Katharina, der Pfau und der Jesuit
Historischer Roman

Transfer LXXIX

Drago Jančar

Katharina, der Pfau und der Jesuit

Historischer Roman

Aus dem Slowenischen von
Klaus Detlef Olof

Geh.
Früchte
und dort voll
hinnen geh,
Biß ich von
O mach mich grün,
O laß mich blühn,
Bewässert gutt.
Dein mildes Blutt
Die deine Liebe sucht.
Und pflantz in mich die Frucht,
In meinem Hertzen selbst den Platz,
Bereite Dir, Du Seelen-Schatz!
Ach nimm mich mir, und gieb mich Dir!
Als Du, mein JESU, meine Zier!
Soll Niemand seyn, und Niemand werden,
Mein Alles, dort, und hier auf Erden,
Mein auserkohrnes GOTTES-Lamm,
Mein schönster Himmels-Bräutigam,
Mein Seelen-Ruhm,
Mein Eigenthum,
Mein Port,
Mein Hort,
Mein Theil,
Mein Heil,
Mein Steig,
Mein Zweig,
Mein Raum,
Mein Baum,

Folio Verlag

Titel der Originalausgabe: Katarina, Pav in Jezuit. Ljubljana: Slovenska Matica 2000.
© der Originalausgabe: Drago Jančar

Mit freundlicher Unterstützung durch die Trubar Foundation
(Trubarjev sklad pri Društvu slovenskih pisateljev).

Umschlagabbildung: Correggio: Jupiter und Io.
© Kunsthistorisches Museum Wien

Lektorat: Eva-Maria Widmair

© FOLIO Verlag Wien • Bozen 2007
Alle Rechte vorbehalten

Grafische Gestaltung: Dall'O & Freunde
Druckvorbereitung: Graphic Line, Bozen
Printed in Austria

ISBN 978-3-85256-374-9

www.folioverlag.com

[1]

Jemand ist im Raum, deutlich spürt Katharina seine fast körperliche Anwesenheit. Der, der auf einmal hier ist, den sie in ihrem Halbschlaf herbeigerufen hat, muss irgendwo bei der Tür sein, von dort kommt das Knistern von Wollgewebe, von dicker Männerkleidung, oder ist das schon das Flüstern feuchter Lippen, das Flüstern eines Körpers, die verhaltene Unruhe eines Näherkommens? Jemand, ein Unbekannter, ist im Raum, unhörbar ist er durch die Tür gekommen, weder hat er den Schlüssel im Schlüsselloch gedreht, noch haben die Türangeln gequietscht, jetzt ist er hier in ihrer Nähe, und sie hat keine Angst. Ein nächtlich Schweigender, ein Mensch aus Dunkelheit und Schweigen. Sie müsste Angst haben, sie ist allein im Zimmer, diese Nacht ist sie allein im Haus, doch statt der Angst verspürt sie in Brust und Kopf und Bauch und überall eine wachsende Unruhe, ein leichtes Frösteln auf der Haut. Es ist kein Frösteln von der Märzkälte, denn das Fenster ist geschlossen, es ist ein Frösteln von dem Frühling, der sich draußen auf Dobrava gelegt hat, von dem milden Silberlicht des Mondes, das ihr Bett überflutet. Und das in dem Raum aus sich, aus dem Mondlicht, dem Halbschlaf, dem Schlaf, der auch schon Wachen ist, aus dem silbrigen Halbdunkel einen dunklen Schatten gezeichnet hat, die dichte Masse einer Männergestalt. Eine schwere Masse, die sich bewegt und mit leichtem Schritt ans Bett tritt. Der Unbekannte steht an ihrem Bett und betrachtet sie, langsam und mit leichter Bewegung fasst er nach der Decke, zieht sie mit ruhiger Unerbittlichkeit weg, Katharina liegt da im Nachthemd, er betrachtet sie. Sein Gesicht sieht sie nicht, vielleicht hat er überhaupt kein Gesicht, aber sie spürt, dass er sie betrachtet, sie spürt es auf der Haut und auf den Lippen, auf den Brüsten und im Bauch. Mit selbstverständlichem Geschick beginnt er ihr Leibchen aufzuknöpfen, vom Hals abwärts, die schweren Hände sind von einer solchen Leichtigkeit, dass sie sie anfangs gar nicht spürt. Sie spürt und weiß nur, dass sie immer nackter ist, dass der Mann sie betrachtet und dass sie nichts dagegen tun kann. Er streichelt sie am Hals, dann gleitet der Handrücken abwärts über Brüste und Bauch, dort, wo vorher sein Blick lag, dort sind jetzt seine Hände, sie hört sein Atmen, doch noch immer sieht sie nicht sein Gesicht. Dieser Mann ist ein Mensch ohne Gesicht, obwohl er einen unerbittlichen Blick hat, obwohl er einen Mund hat, der sich vielleicht auf ihren pressen wird, er hat Hände und einen männlichen Körper. Ohne Widerstand, nur mit Verwunderung und innerer Erregung sieht sie, fühlt sie, sieht sie auch mit geschlossenen Augen, dass er ihren Körper genau dort berührt, wo sie selbst es will, mit ebensolcher Kraft, wie sie selber es möchte. Auch ihre erregend schmerzende Ohnmacht und seine spielerische Unerbittlichkeit, auch die spürt sie. Ein Mann hat den Raum betreten, er zieht sie langsam aus, streichelt ihre Brüste und ihren Bauch, dann tritt er zurück und betrachtet die fast Nackte, und sie kann nichts dagegen tun. Obwohl sie weiß, dass sie aufschreien, ihren Vater rufen müsste, die Köchin und die Magd, die unten neben der verwaisten dunklen Küche schlafen, ihren Vater, der heute Nacht im Dorf um St. Rochus ist, die Stall- und Reitknechte von der anderen Hofseite, ihre Schwester in Laibach oder ihren Bruder in Triest, ihre Mutter Neža im Himmel, den hl. Rochus selbst, irgendwen müsste sie rufen oder sich bekreuzigen und beten, damit nicht die schreckliche Sünde geschähe, die gerade geschieht, etwas müsste sie tun, zumindest etwas sagen: Nein, bitte nicht. Doch sie schreit nicht auf, sie sagt nichts, noch im selben Augenblick wünscht sie sich, ohne dass sie daran gedacht hätte, der Körper selbst wünscht sich, dass die Hände zurückkehren. Auf ihrem Körper ist nur noch der Blick, sind nur noch seine Augen, die mit der Kraft der Frühlingsmondnacht sehen, über den Körper gleiten, auf dem sich von etwas, das sich nicht mehr zurückhalten lässt, Schweißtropfen sammeln, auf dem die Haut zittert vor Aufgewühltheit, vor wohliger Bangigkeit, vor leichtem Schauder. Es ist so verlockend, dass sie die dichte Masse jenes Körpers erneut näher rufen will, die wahrnehmbare Masse des Männerkörpers, der einige Schritte von ihrem Bett entfernt steht, des Menschen, der sie ein wenig abwesend ansieht, ein wenig kühl, allzu unerbittlich, allzu unerbittlich verlockend. Trotzdem will sie sagen: Nein, bitte nicht, denn im Kopf herrscht Verwirrung, doch die Hände sind schon da, sie hat sie selbst herbeigerufen, sie sind da, sie fühlt sie, sie halten nicht mehr an, das Atmen dicht an ihrem Ohr hört nicht auf. Der Mann ist jetzt nah und zugleich fern, sein Blick ist auf ihrem Körper, dort sind auch die Hände, die ihm gehören und zugleich niemandem, der Mann hat kein Gesicht und keinen Namen. Sie richtet sich ein wenig auf, schiebt seine Hände weg, seinen Körper, seinen Atem, der ihr ins Gesicht strömt, widersetzt sich dem allen, schiebt alles weg, aber nur so viel, dass sie noch mehr spürt, wie ohnmächtig sie ist, wie sie sich nicht mehr bedecken, wie sie auch nicht mehr schreien kann, denn was begonnen hat, geht weiter. Bevor sich der Mann erhebt und sich abwendet, bemerkt sie, nimmt sie vielmehr wahr, als dass sie es bemerkte, dass noch jemand eingetreten ist, ob durchs Fenster oder durch die Tür oder durch die Wand, ist völlig unwichtig, jemand steht an der Tür und beobachtet sie voll begehrlichem Schweigen, von ihm geht ein unendlich verlockender schweigender Schauder aus, dieser Jemand beobachtet sie. Doch jetzt kann sie nicht, will sie nicht, es lässt sich nichts mehr tun, es geht weiter, es lässt sich nicht anhalten, sie will es nicht anhalten. Der Mann, der bei ihr ist, dreht sie auf den Bauch, hebt sie an den Hüften, hebt sie aus dem Bett, sodass sie auf einmal nicht mehr liegt, er steht neben dem Bett und hebt ihr von hinten leicht das Hemd, von hinten nähert er sich, jetzt ist sie hinten nackt, vorne greifen seine Hände in das aufgeknöpfte Hemd, hinter die Knöpfe, die er mit solcher Leichtigkeit bis zu ihrem Bauch hinunter geöffnet hat, sie ist ohnmächtig, als er sich ihr nähert, und sie weiß, dass jemand anders all das beobachtet, regungslos, dass mit schmerzender Neugier dort jemand anders steht und das Ausziehen, ihren nackten Körper, ihren schönen Körper sieht, jetzt ist sie hübsch, noch am Abend war sie es nicht, jetzt ist sie schön, dass er das Berühren sieht, das Verschmelzen der Körper, sie ist bereit, ein schreckliches Fieber steigt ihr in den Kopf, etwas Glitschiges kriecht ihr in den ganzen Körper, eine dicke Schlange. Katharina stöhnt laut und bedeckt sich den Mund, damit die Dienstboten sie nicht hören, die auf der anderen Seite schlafen, die Magd neben der Küche unten, das heiße Gesicht, der nasse Mund ächzen in die nasse Hand, der Körper bewegt sich zuckend, er will, dass die Sache zu dem Ende kommt, das kommt, das sicher kommt, sie stöhnt noch lauter, bedeckt ihr Gesicht mit dem Kissen, um nicht aufzuschreien, um nicht in die Frühlingsmondnacht hinauszuschreien, um mit ihrem Schrei nicht Dobrava, die weite Ebene, den dunklen Hang darüber zu wecken.

Das ist die Nacht über Dobrava, die Nacht unter St. Rochus oben auf dem Hang, umgeben von den Häusern des Dorfes, unter dem hl. Rochus, der in dieser Nacht, umgeben von seinen Engeln, oben in der Kirche zusammen mit den Menschen hockt, die wachen und auf etwas warten.

Über und über war sie nass, Katharina. Jetzt, wo alles gekommen und alles gegangen war, hatte sie wieder ihren schönen und vertrauten Namen, aber nur den Namen, denn der Körper war schmutzig, von ihrem Gesicht löste sich die Grimasse, zu der es sich kurz zuvor verzogen hatte, bin nicht hübsch, bin nicht schön, ihr langes dunkelbraunes Haar klebte strähnig an Stirn und Nacken, ihr Atem wurde ruhiger, mit einem Mal war niemand mehr im Raum, nur ihr Atem ging noch stoßartig, aber immer ruhiger, nur das Hämmern des Herzens war noch in der Brust, aber auch das immer leiser. Im Raum war nur noch die Stille, nur noch stilles silbriges Halbdunkel im Raum, und im weiten Umkreis die Stille des Meierhofes, Stille im ganzen Tal, ausgegossen über dem Hügel, über dem unhörbaren Rauschen des Baches, über der reglosen Landschaft.

Sie stand auf, öffnete das Fenster, die kühle Luft umfloss ihr heißes, nasses Gesicht, draußen war die Frühlingsnacht, über das Feld liefen die beiden Gestalten der nächtlichen Besucher, in den Schultern gebeugt, den Kopf der Erde, dem Boden zu, die frühlingshafte Erde einatmend, auf die Regung der Wurzeln in der Erde horchend, sie hoben den Kopf und lauschten dem Knospen des Frühlingslaubes, dem Ruhen der schlafenden Vögel, die bald zu zwitschern beginnen würden, da liefen zwei Hundsköpfige, zwei Werwölfe, immer gebeugter, bis sie auf allen Vieren krochen, im Feld wühlten, auf den Äckern, zwei Eber, zwei Säue; ach, es waren ja nur zwei Schatten, die über die silbrige Wiese liefen, durch den reinen Schein des Frühlingsvollmondes, zwei Hunde, zwei Wölfe, zwei unbekannte dunkle Tiere. Vom Hügel schlug die Glocke, die Schatten blieben stehen, schnüffelten, reckten den Kopf wieder zum Himmel, dem Frühlingsmond entgegen, lauschten, verschwanden zwischen den Bäumen.

Von St. Rochus läutete es, ein silberhelles Läuten kam über den silbrigen Mondhang, dort oben war Licht in den Fenstern, in der Kirche wachten die Wallfahrer. Katharina schloss das Fenster, ging durch das mondbeschienene Zimmer zum Kruzifix in der Ecke, goss sich aus dem Krug Wasser ein, begann sich unter dem Gottesbild mit eckigen Bewegungen zu waschen.

Unter dem Gottesbild, unter dem Gekreuzigten, unter dem sanften Antlitz seiner unbefleckten Gebärerin, unter dem Altar, der in dunkler Vergoldung leuchtete, unter den Bildern ihrer Heiligen und Schutzheiligen schweigend, Gebete murmelnd, erbebten die Wallfahrer nach Kelmorajn, nach Köln am Rhein, erbebten sie wie die Flammen der Kerzen, die sie entzündet hatten, erbebten sie vor dem großen Weg, der sie erwartete, vor dem Unbekannten, das sich irgendwo in der Ferne bereit machte, ihnen Gutes oder Übles zu tun, Gott gebe, dass es Gutes sei, und der hl. Christophorus und der hl. Valentin, die Schutzheiligen der Reisenden, mögen ihnen beistehen.

Während der Vigilien, zu denen auch die gekommen waren, die nicht vorhatten, auf die Reise zu gehen, nächtlich Wachende mit erschrockenem Gesicht, dampfend vor Feuchtigkeit, die die ganze Woche das Dorf, den Hügel und das Tal umspült hatte, um in dieser Nacht plötzlich zu kühlem Mondsilber aufzuklaren, riechend vor Angst, die aus der Haut dunstete während des nächtlichen Wachens, von dem die Augenlider anschwollen, während der Vigilien hallten in der matt erleuchteten Kirche die stummen Hass- und Schmerzensschreie vom Kreuzweg an den Wänden wider. Die flackernden Kerzenflammen beschienen die Gesichter römischer Soldaten, die Fratzen zahnloser Rohlinge in roten Gewändern, hohl grinsende Münder, zu zahnlosem Gelächter verzogen, sie beschienen die gebeugten Häupter der Bauern, die Angst hatten vor ihrem unruhigen Vieh hinter den Holzwänden der Hütten, vor der unruhigen Nacht, selbst vor den Kindern, die im Schlaf weinten, vor den quiekenden Schweinen, den stampfenden Rindern, vor den Schatten, die oben um den Kirchturm huschten. Bleiche Gesichter und Gebete murmelnde Lippen, gesenkte Augen, die nicht zu den Bildern an den Wänden und in den Altären aufzuschauen wagten, zu den Bildern des schrecklichen Martyriums an den Wänden, zu den Bildern des Schmerzes und des Leidens, die sie so gut aus dem Morgen- und Tageslicht kannten, von den Sonntagsmessen, wo sie nur Bilder waren, nur Darstellungen, die aber jetzt in ihrer nächtlichen Bewegtheit auf einmal wirklich wurden, so wirklich wie sie selber. Das waren Bilder, zu denen man gar nicht aufzusehen brauchte, denn sie wohnten in einem selbst, in jedem von ihnen auf eigene Weise, im tiefsten Inneren, Bilder, die sie seit den Kinderjahren begleiteten und die ihnen in dieser Nacht keine Hilfe waren, denn die Szenen aus ihrem Leben waren Darstellungen des Schmerzes. Zwischen den Schatten der flackernden Kerzen sickerte aus dem abgeschlagenen Kopf Johannes des Täufers, sickerte aus seinem Hals dunkles rotes Blut. Alle kannten die Qualen und Leiden der heiligen Männer und Frauen, die diese Nacht in ihren Traum kamen, von den Wänden herabstiegen, aus den Bildern, aus ihren inneren Abbildern, aus den Geschichten, die sie im Schlaf kannten wie auch in der Wachheit dieser Nacht. Der hl. Stefan hob die Hände vor den Steinen, die auf ihn geworfen wurden, er taumelte und blutete. Der hl. Sebastian war durchbohrt von Pfeilen, das Gesicht der hl. Martha war von einem Hufeisen zertrümmert. Dem hl. Bartholomäus war die Haut bei lebendigem Leibe abgezogen worden, wie es die Bauern bei ihren Schweinen taten. Einem Heiligen hatte man die Zunge herausgerissen und den Hunden vorgeworfen, der hl. Agathe waren die Brüste abgeschnitten, Vitalis lag lebendig begraben, Erasmus wurden die Hoden zusammengepresst, sodass er in wilden Schmerzen brüllte, der hl. Michael hielt die Waage in der Hand, er kämpfte mit dem Teufel, er drängte den Satan zurück in die Hölle.

Pfarrer Janez kniete vor dem Altar, und sein breiter Rücken schützte die arme menschliche Herde, die Gebete murmelnde Herde, eine Herde in Angst vor allem, was draußen war, und vor allem Üblen, das den Menschen an den Wänden widerfahren war, als sie noch auf Erden geweilt hatten, aber jetzt waren sie im Himmel, wie auch die im Himmel sein würden, die mit dem Segen im Herzen von der großen Pilgerfahrt zurückkehrten, er betete für sie und für sich, unerbittlich wetterte er gegen den Versucher und all seine Dämonen, die von Istrien her über sie gekommen waren, er wetterte und wunderte sich zugleich, warum sie über Istrien gekommen waren, warum sie sich von dort über die Steiermark und Krain und weiter in die pannonische Ebene ausgebreitet hatten, denn Istrien war gut geschützt, dort lag Vodnjan mit seinen vielen Kirchen. Den alten Kirchtürmen mussten die fliegenden Dämonen in weitem Bogen ausweichen. Istrien war mit Reliquien und Kirchen übersät, fest stand dort die heilige Wehrmauer des Kontinents, da gab es keine Öffnung, durch die der Teufel hätte einen Weg finden können. Auch von Venedig herüber, von wo über das Meer und das Binnenland die Kraft großer Reliquien strahlte, der Relikte des hl. Sebastian, der Relikte seines von Pfeilen durchbohrten Körpers, diesem ganzen Land mussten die Teufel in weitem Bogen ausweichen, dort gab es solche heiligen Dinge, die das Herz der unruhigen Bösewichte mit Schrecken erfüllten, den unzerfallenen Kopf des Heiligen, einen Teil seiner Wirbelsäule, eine Schulter mit erhaltenen Muskeln, alles, was von ihm übrig geblieben war, nachdem man dem heiligen Mann in einem römischen Kerker den Kopf aus dem Körper gerissen hatte. Pfarrer Janez Demšar wusste das alles, er verließ sich auf die Kraft, die vom Himmel, aus der silbrigen Nacht draußen, von den heiligen Bildern in der Kirche, von den Gebeinen der Gemarterten und Geprüften in ihn einging, er erhob sich, hielt die Monstranz mit der heiligen Hostie empor, ragte dort vor allen auf, während hinter ihm die Türen des Tabernakels offen standen. Zwischen Gott dort oben, zu dem wir streben, zu dem unsere Seelen wollen, bis zum Teufel hier unten im Schmutz unter unseren Füßen, der uns umschleicht und seine ekelhaften Sätze flüstert, zwischen diese beiden Pole ist alles, ist unser ganzes Leben gespannt, oben und unten, das ist es, was jede unserer Handlungen bestimmt.

Wir werden uns auf die Reise machen, nach Kelmorajn, wo der Goldene Schrein mit den heiligen Reliquien ist, und die verschreckten Köpfe hoben sich: nach Kelmorajn. Dort ist der Goldene Schrein. Der Goldene Schrein, alle, die in dieser Nacht in der Kirche waren, sahen ihn. Plötzlich schwebte er mitten im Kirchenschiff über ihren Köpfen, eingehüllt in die Nebelwolken des Weihrauchs. Das Rote Meer, sagte Pfarrer Janez, Wallfahren ist ein Zug durchs Rote Meer, ist eine Reise ins Gelobte Land, ist eine Beichte auf dem Berg Sinai, ist eine Begegnung mit der Wüste, Wallfahren bedeutet die alte Lebensweise aufgeben, die istrischen Dämonen vertreiben, Wallfahren ist eine Reise zur Erlösung, ist Leiden, Versenkung, Reinigung und Erlösung, halleluja! Am Ende wartet auf jeden der Segen von Gold, Weihrauch und Myrrhe, halleluja. Die Menschen wurden benommen von der Nacht und der Macht seiner Worte. Und als er sagte: Rotes Meer, Zug durchs Rote Meer, leuchtete in den Nebelschleiern über ihren Köpfen der Goldene Schrein auf. Alle kannten ihn, auf den Pilgerzetteln ihrer Großväter, Wanderer ferner Zeiten, hatten sie das Bild des herrlichen Schreins der drei Weisen aus Kelmorajn gesehen, obwohl er dort irgendwie unscheinbar aussah, grau und schwarz. Jetzt aber war er golden, so golden wie in der Wirklichkeit, Tausende Edelsteine glänzten, wie eine kleine Basilika stieg er über ihren Köpfen auf und schwebte in der Luft. Auf ihm Gott Vater bei der Erschaffung der Welt, umgeben von den Engeln, halleluja! Moses, statuarisch, in Gold geschmiedet, die Tafel mit den Zehn Geboten in den Händen; die Apostel, die Propheten, der Evangelist Johannes, König

Salomo und in ihm die Reliquien der drei Weisen, in Gold und Edelsteine gefasst. Die Gebeine jener, die dem Stern gefolgt waren und den gerade geborenen Heiland aufgesucht hatten. Und zu Aachen, z'Ahen, wie es bei den slowenischen Pilgern hieß, was gab es erst in Aachen! Das Gewand der Gebärerin Jungfrau Maria aus gelblich weißer Wolle, des Jesuskindleins Windeln der Heiligen Nacht aus dunkelgelbem Wollstoff, ein mit Christi Blut getränktes Tuch, halleluja, das Tuch, das Christus am Kreuz um die Lenden geschlungen trug, als er gekrönt, gegeißelt, gekreuzigt wurde, der Schleier, in den der Leichnam Johannes des Täufers nach der Enthauptung gewickelt war, vier große Aachener Heiligtümer, die tausend Jahre aus Konstantinopel gereist waren. Kelmorajn war am Ende der Welt, z'Ahen noch weiter, hier aber, vor ihren wachen und doch schon sich trübenden Augen, hier schwebte der Goldene Schrein. Und mit ihm unbekannte Gegenden, Weite und Tiefe eines Raumes, den sie zu durchmessen haben würden, eines Raumes, der kein Meer, sondern Land war, Hügel, Wälder, Täler, Dörfer und Städte eines ganzen schweren Kontinents, den es zu durchqueren galt. Der Goldene Schrein würde am Himmel vor ihnen herreisen, viele würden ihn in der Ferne sehen, zwischen den Kronen ferner Bäume, zwischen den Türmen ferner Kirchen, über verschneiten Bergen und schwebend über den Ebenen unbekannter Länder.

Und dann, als die Nacht über den Hang ins Tal abzufließen begann, als die Kirchenfenster in der ersten Morgendämmerung Farbe annahmen, als der silbrige Mondschein schon mit dem goldenen Sonnenlicht verschmolz, verwehte im ersten Morgenleuchten auch der Goldene Schrein über ihren Köpfen, der Morgen kam, in der Ferne erbebte die Erde, dort stampften die Klauen einer Riesenherde zu Tausenden darüber hinweg.

Mehrere Tage und Nächte hindurch waren das Dorf und das ganze Land ringsum in Nässe und Dunkelheit getaucht gewesen. All die kurzen Tage und langen Nächte hatte sich die Welt in einen morastigen Umhang gehüllt, in einen Umhang aus morastigem und unruhigem Schlaf, in dem sich die Tiere bewegten und in den die Glocke von St. Rochus manchmal mehr hineinplatschte als hineinklang. Sie bimmelte in die Nacht hinein, die erdig war, die immer aus der Erde kam, aus ihrem Eingeweide, aus ihrem Wachstum, von dort, wo die Schatten wuchsen. Schatten an den Waldrändern, die zuerst in die Länge trieben, sodass sie lang wurden, immer länger, dann dunkel, immer dunkler. Ein

Dorf , umgeben von Wäldern und Nacht, überzogen von einem Nässeschleier, hockend, wartend, ein Dorf mit unruhigen Menschen, die sich durch keinen auf die Dächer trommelnden und sich wieder verziehenden Regenschleier trösten ließen, mit Menschen, auf die sich schon für mehrere Nächte die Unruhe der Tiere übertragen hatte, die Unruhe ihrer Herde.

Die dunkle Stille kam aus dem Dorf am Hang, wo unruhige Menschen schliefen und sich auf den Lagern wälzten, so wie schon mehrere Nächte hindurch ihre Tiere sich unruhig bewegten und mit den Hufen stampften. Die Säue quiekten, sie quäkten wie Kinder, sodass ihre nächtliche Unruhe vom Anwesen Dobrava im Tal bis hinauf zum Dorf um St. Rochus auf dem Berg vernehmbar war. Jeden Abend, bevor alles in ihrem nassen Schlaf versank, sah Katharina das dunkle Häuflein Häuser; jede Nacht sank auch das Dorf, das im Dunkel und in Regenschleiern lag, in ihren Schlaf zurück. Auch die kleinen Augen eines bestimmten Bauernhauses, in dem man die unruhigen Tiere zu heilen versuchte, in dem ihr Vater jede Nacht zubrachte, nur diese kleinen Lichter blinkten noch mitten im dunklen Hang. Alles andere lag im Dunkel, in Regenschleiern, im dunklen Hang, in dunkler vorweltlicher Zeit.

Tagsüber gingen sie mit verhülltem oder bedecktem Kopf, sahen verschreckt zum Himmel, sandten nach Laibach um Heilkundige, die nirgends zu finden waren, entzündeten Kerzen, fluchten und hatten immer mehr Angst. Denn in den Ställen und Schweinekoben mitten im Dorf, unter ihren Füßen, hinter den Wänden ihrer Holzhäuser, in den Schafhürden auf den Bergweiden oben am Hang, überall sandten einander die Herden, die es immer als Erste ahnten, die es immer als Erste wussten, unsichtbare und den Menschen unbekannte unruhige Botschaften. Das Stampfen der Rinder, das Quieken der Schweine und das nächtliche Ächzen der Schafe oben über dem Dorf, all das beunruhigte die Menschen im Dorf am Hang, die Menschen auf dem Meierhof im Tal, die Menschen in den engen Alpenschluchten und in den weiten Ebenen des Nordens schon seit vielen Nächten, verkürzte ihnen den Schlaf und füllte ihn mit unsichtbaren Ahnungen und Gespenstern, Nachtgespenstern, Schattengespenstern, die von den Waldrändern, aus Ställen und Koben durch die Wände in ihren morastigen Schlaf drängten. Und als es das erste Mal läutete, als die Glocke das erste Mal in die Masse aus Schlamm und Wasser, in die Nässe dieser Nacht schepperte, da wussten sie, dass die schrecklichen Nachrichten aus Istrien wahr waren, so wie auch dieses ganze Wasser und das Dunkel wahr waren.

In Istrien hatte man die Legion der Teufel zuerst bemerkt. Nun läutete es, weil in dieser Nacht die wachenden Männer ihre Anwesenheit auch hier spürten, über dem Hang, auf den Gipfeln, wo der Berg an das Dunkel der Wolken rührte. Viele Abende zuvor und viele Abende hintereinander hatten die Menschen sie angeblich unten in Istrien ankommen, nach Istrien hineinkommen und darüber hinwegziehen sehen. Als die Wolken flach über den Himmel bis hinunter an den Rand der Erde zogen, als die dunklen Wolken vom Himmelsgewölbe fast bis an den Erdboden reichten und zwischen ihrer Dunkelheit und der Dunkelheit der Erde ein schmaler Rand der untergehenden Sonne oder vielleicht ein Abglanz der Unterwelt gähnte, als der Tag noch nicht vorüber war und die Nacht noch nicht begonnen hatte, da sahen sie sie durch diesen klaffenden Spalt zwischen Erde und Himmel kommen. Das Helldunkel war offen, sie kamen aus seiner Öffnung. Niemand wusste, aus welcher Ferne oder Tiefe diese Legion plötzlich kam. Es hieß, sie käme aus dem hell glühenden Spalt in die Landschaft geflogen, tief über dem Meer unter den dunklen Wolken hervor über die Felsengestade und das öde Land und seine Steinhäuser ins Innere, hinauf in die Alpentäler und über die Ebenen des Nordens. Es hieß, sie seien aus hellen Gegenden im Süden in die nördliche Nacht geflogen, wo sie sich zerstreut hätten. Von Istrien aus verbreitete sich die Kunde ins Oberland mit Flüstern und Läuten, jetzt läutete es, jetzt waren sie hier. Unten in Istrien gab es Steinhäuser und Ölbäume, unten gab es Licht, das vom Meeresspiegel schräg über die Landschaft fiel, hier waren feuchte, mit einer dichten grünen Baumdecke überzogene Hänge, die in der Feuchtigkeit atmeten, hier oben herrschten schwarze Nacht, unruhige Stille der Ahnungen, Nacht und Stille, in der ihre Tiere in den Koben stampften und gegen die Wände schlugen. Im Fenster brannte Licht, im Tisch stak ein Messer.

Im Tisch stak ein Messer, der Pilgerführer Michael hatte es dort zwischen den Gläsern mit dem Schnaps eingerammt, sodass der Griff im Licht der Öllampe noch immer gefährlich zitterte und sein Schatten zwischen den Pfützen hin und her federte und sich in die verängstigten Seelen der betrunkenen Bauern kerbte. Der Schatten des Messers zitterte an der Wand, unter der geschwärzten Decke, die sie in der Höhle der Nacht beschützte, mitten am Hang in der kosmischen Höhle der

Dunkelheit, in der die Dämonen umherflogen und sich auf die Dächer des Dorfes setzten. Die Dämonen, die durch die dichten Regenschleier zum Glockenturm von St. Rochus hinaufschnellten und sich von dort in steilem Flug, aufgescheucht von den Schlägen der bronzenen Glocke, vom geweihten Beben der Luft und vom Regen, nass hinunterstürzten, in den Wald, in die Schweinekoben, auf die Dächer des Dorfes. Sie drängten sich unter der schwarzen Decke um den Tisch zusammen, schon seit der Vesper begossen sie ihre Angst mit Schnaps, sie hatten den Verwalter des Anwesens im Tal, den Witwer Poljanec, gerufen, dessen noch immer ledige Tochter, Katharina mit Namen, zu allen in den Schlaf kam, sodass sie aufwachten und wach neben ihren Frauen lagen, sodass sie bis Tagesanbruch an die schwarze Decke starrten, an der sich Katharinas Hüften, ihre Brüste, ihr langes dunkelbraunes Haar, ihr gesundes, glänzendes Haar, abzeichneten, während sich unter ihrem Lager das kranke Vieh rührte oder sich an den Wänden ihrer Kammer rieb. Sie hatten Poljanec vom Meierhof gerufen, sie hatten den Bauern- und Pilgerführer Michael gerufen, einen Kaufmann aus der Stadt, der ihnen Arzneien für das Vieh gebracht hatte, denn das Vieh benahm sich von Nacht zu Nacht merkwürdiger, es trat nicht mehr im vertrauten Wechsel und unter dem Wogen der schweren Kuhflanken und Wänste auf der Stelle, es rieb sich nicht mehr an den Wänden ihrer Kammern, was sie jede Nacht beruhigt und morgens geweckt hatte, die Rinderherde stampfte, die Säue in den Koben quiekten und quäkten nachts wie Kinder, die Schafe über dem Dorf ächzten in den Hürden, etwas ging da vor, böse Geister waren gekommen. Als man noch glaubte, es seien Krankheiten, hatte man den Schweinen Beine und Klauen mit Schlempe bestrichen, hatte man ihnen gelöstes Bittersalz ins Futter gegossen, hatte gedörrten Farn und Eichenrinde gekocht, damit das Vieh es trank, den Kühen hatte man getrocknetes Unkraut gegeben, die Euter mit weichem Lehm eingerieben, Wermut in Essig gekocht und dem Vieh damit die verlausten Stellen eingeschmiert, man hatte ihnen getrocknete Arnika verabreicht, zwischen die Klauen hatte man ihnen Zwiebeln und Knoblauch gepresst, alles, was sie in den Jahrhunderten des Lebens mit ihrem Vieh gelernt hatten, alles hatten sie versucht, zum Schluss hatten sie den Schweinen Schwänze und Ohren gekappt, damit das böse Blut aus ihnen abfließen könnte, es hatte alles nichts geholfen, die Säue quäkten mit Menschenstimmen, die Kühe stampften in Angst und schlugen gegen die Stallwände, die Leute lagen wach und starrten an die schwarze

Decke, hinter der nichts als die riesige Höhle der Nacht war, in der ungeheure Dinge geschahen. Nichts hatte geholfen, aus Istrien waren die Teufel ins Oberland gekommen, jetzt waren sie hier, im Dorf, an die Hänge des großen Berges geklebt, auf ihren Dächern, im kreisenden Flug um den Kirchturm, unter dem Vieh in den Koben, wahrscheinlich schon unter ihnen.

– Wenn es ein Teufel ist, sagte Michael, der Pilgerführer, nachdem er sich noch ein Glas Schnaps in die Kehle geschüttet hatte, wenn es ein Teufel ist, soll er dieses Messer herausreißen.

– Du bist betrunken, sagte Poljanec, du bist ein betrunkener Mensch, Michael. Hergekommen, um die Wallfahrer anzuführen, hergekommen, um das Vieh zu heilen, und füllt sich ab mit Schnaps.

– Dieser Michael, sagte einer der ebenso betrunkenen Bauern, das ist ein Hengst, ein Beschäler, ein Fickschwanz, aber kein Pilgerführer.

– Zieh es raus, sagte Michael, dann wirst du sehen, was der Hengst kann.

– Du bist betrunken, sagte Poljanec, geh schlafen.

– Zieh, sagte Michael, zieh, Poljanec, zieh es raus, wenn du ein Kerl bist.

Und der Messerschatten zitterte über die Wand hin, über das Gottesbild.

Die Klauen der großen Herde stampften zu Tausenden über den Hang in die Nacht, die zum Morgen wurde. Wie fernes Donnergrollen, wie das Brechen und Sichtürmen niedriger Erdschichten kam das Dröhnen der Hufe über die Oberfläche der hohlen Unterwelt. Die Gläubigen drängten verschreckt aus der Kirche, Michael lief vor das Haus, und ihm hinterher schwankten die nächtlich schnapstrunkenen Männer mit geschwollenen Lidern und blutunterlaufenen Augen. Nach den nächtlichen Regengüssen kroch trübes Licht unter den Morgenwolken hervor und erhellte den Hang und das Tal darunter. Aus dem Dorf, aus den Schweinekoben rasten über die nassen Wege, über Stein und Morast, Herden von Schweinen, anfangs versuchten die schnapstrunkenen Männer sie aufzuhalten, aber die Säue hatten den blinden Blick, sie rasten wie ein Sturzbach, die Männer wurden an die Häuserwände gedrückt, Michael wurde von einem großen weißen Schwein in den Schlamm gestürzt. An der Kirche des hl. Rochus vorbei schoss die wild gewordene blinde Horde auf irgendein Ziel zu, unter gewaltigem

Quäken und Quieken schoss die Legion über den Hang von Sankt Rochus, von allen Dörfern in den Bergen, aus den Schweinekoben, aus den Häusern, aus den hohlen unterirdischen Landschaften unter ihnen, vereinigte sich im Tal zu einer riesigen Horde, die alles niedertrampeln würde, was ihr in den Weg käme, Äcker und Wiesen, Tiere und Menschen. Die große Schweineherde breitete sich über die Ebene aus, tobte am Meierhof vorbei, unter den Fenstern des Zimmers, in dem Katharina schlief und von einem gewaltigen Dröhnen im Berg träumte. Sie öffnete die Augen, hörte das sich entfernende Donnergrollen, nirgends gab es mehr silbriges Mondlicht, sie schreckte zusammen, was war geschehen, was ging da vor? Sie zündete die Öllampe unter dem Kruzifix an und schluchzte stoßartig, sie tauchte ein Tüchlein ins Wasser und begann mit wilder Wut an den roten Flecken im Bett, im Hemd, zwischen ihren Beinen zu reiben.

In dem Tosen und Stampfen der Klauen aber sammelten sich draußen überall neue Gruppen wild gewordener weißer Dämonen. Aus den pannonischen Ebenen und den Alpenschluchten tobten die Schweinehorden hinab zu den Wassern, zu den Flüssen, Seen und zum Meer. Sie machten vor den Wassern nicht halt, man konnte ein Heer von zweitausend weißen Teufeln sehen, das sich über das Ufer in das dunkle Wasser stürzte, es aufpeitschte und mit den weißen Rücken einen riesigen Schweinelaichplatz bildete. Die irdische Unruhe ging unter, tauchte ins Wasser, sank in seine Tiefen, ertränkte seinen Schmutz am Grunde der Unterwasserwelt, in derselben Finsternis, aus der die Teufel gekommen waren. Und die Menschen liefen zu den Wassern, mit Knüppeln, Mistgabeln, Hauen in den Händen, Männer und Frauen standen an den Ufern und stießen die Säue, die teuflischen Säue, die mit den Dämonen in sich, wer weiß, warum, wieder heraus wollten, die nicht ersaufen wollten, ins Wasser zurück. Sie schlugen auf ihre Köpfe und weißen Rücken ein, stachen ihnen die Mistgabeln in die fetten Flanken, in Rüssel und Augen, und es waren große weiße Laichplätze, wo die weißen Rücken hin und her geschleudert wurden, wo sich die Klauenteufel übereinander bäumten und sich das Wasser rot färbte von Dämonenblut. Bis alles untergegangen war, bis sich der Wasserspiegel beruhigt hatte und nur noch Bläschen und kleine Kreise auf der glatten Fläche anzeigten, dass die Legion untergegangen war, und über den Wassern nur noch Nebelschleier waren, nur noch langsam sickerndes Licht, das den Morgen verkündete, das Ende dieser langen und bösen Nacht.

[2]

Katharina und der Pfau. Katharina steht am Fenster ihres Zimmers auf Dobrava, der Pfau ist im Hof von Dobrava. Katharina befeuchtet mit den Lippen einen Finger und beginnt langsam, ihn, den speicheligen Pfau, auf das Fensterglas zu malen. Nicht den, der in ihrem Hof umherspaziert und sich aufplustert, als wollte er sagen, dass er hier in diesem Hof, der doch ein Bauernhof sei, eigentlich nichts zu suchen habe, dass er doch wenigstens in den Gärten von Baronen umherspazieren und sich aufplustern müsste, wenn schon nicht zwischen den Gartenbeeten eines Landesfürsten. Sie malt nicht den Mann mit der Perücke und dem zwischen den Beinen schlenkernden Säbel, den mit den bunten Bändern auf den weißen Rockschößen, Katharina zeichnet einen richtigen Pfau, einen mit buschigem Schwanz und mit Augen darauf, mit erhobenem Haupt, langem Hals und dünnen Beinen, einen, der den Schwanzfächer weit geöffnet hat, einen, der ein Rad schlägt, wie sie auf Dobrava sagen, so einen malt sie aufs Glas, mit Speichel, einen speicheligen Pfau. Auch der vom Hof ist ein Pfau, das weiß Katharina schon lange, er glaubt zu schreiten, aber in Wirklichkeit trippelt er, dreht den Kopf nach allen Seiten, um zu sehen, ob sie ihm zusehen, er zieht den Säbel und redet von Schlachten, die da kommen werden, von Schlachten, in denen er, der Pfau, in unserer Armee kämpfen wird, die die Preußen schlagen wird; die Kartätschen seiner Kanonen werden sie wie Garben hinmähen, mit dem Sausen des Säbels werden sie, in Stücke gehackt, fallen. Er wendet den Kopf, um zu sehen, ob sie ihm auch zuhören, nicht nur zusehen. Wie ein Pfau sieht er zu den Fenstern hinauf, Katharina zieht schnell den Finger zurück, sie sollte ganz vom Fenster zurücktreten, sie will nicht, dass er sieht, wie sie ihm ununterbrochen zusieht, voller Zorn, doch auch bewundernd, trotz allem voller Bewunderung, denn der Mann im weißen Rock ist schön, ist laut, hat eine raue Stimme, ist ungestüm, schon seit damals, als er als Kadett von der Militärakademie in Wiener Neustadt kam, schon lange ist er so, seit er auf ihren Gutshof kommt, ist er so. Der Pfau deutet eine Verbeugung an, auch Katharina nickt, das ist das Höchste, was der Hofpfau vermag, eine Verbeugung, aber auch das nur, damit Katharina und alle anderen, die ihn beobachten, sehen, dass er nicht nur kämpfen, sondern sich auch graziös verbeugen kann. Die Perücke, der edle Rahmen seines edlen Antlitzes, die Perücke ist reichlich mit Puder bestäubt, das ist auch vom Fenster aus zu sehen, wenn sich der Pfau verneigt, er ist stolz auf die Perücke wie auch auf den Säbel und auf seine siegreichen Schlachten, die da kommen werden, die er noch ausfechten wird, schon sehr bald. Etwas anderes kann und konnte man von ihm nicht bekommen, all die Jahre nicht, nicht mehr als eine Verbeugung und Geschichten über Militärparaden, über Trompeten und Militärkapellen, die durch die Gassen von Wien, Graz oder Laibach marschierten, höchstens erzählt er noch etwas Interessantes über die Flugbahn, die eine Granate beschreibt, mehr bekommt Katharina nicht von ihm, keinen Blick, der in die Brust dringen würde, kein Wort über eine Nähe, obwohl der Pfau gut, nur zu gut weiß, dass ihn junge Frauen gern sehen, dass auch Katharina ihn gern sieht, auch wenn an ihm nichts anderes zu sehen ist als seine offiziersmäßige Pfauennatur. Aber was kann sie, Katharina, dafür, immer wenn er abreitet, wenn alle mit ihren Wagen wegfahren und auf Dobrava wieder Stille einkehrt, das montägige Knarren der morgendlichen Fuhrwerke, die Rufe der Knechte, die auf die Felder fahren, das Muhen der Kühe aus den Ställen, was kann sie dafür, wenn sie in der Brust eine so schreckliche Leere verspürt, so als hätte sie dort anstelle des Herzens ein Loch, und ihr sein Trippeln und Säbelschlenkern auf einmal schrecklich fehlt, ihr seine Stimme und seine Geschichten fehlen, die über die Flugbahn der Granate, die auf die Köpfe der preußischen Landräuber fallen werde, die die österreichische Armee bald wie Hunde prügeln und deren Fridericus sie in den Kerker werfen oder auf eine einsame Insel verbannen werde. Immer wenn er wegreitet, bleibt in der Brust ein Loch, das ihr sagt, dass das Leben davonläuft, dass der einzige Pfau, der ihr wirklich gefällt, obwohl er nur ein Pfau ist, immer wegreitet, wie auch ihre Schwester Kristina mit ihrem Mann wegfährt, wie alle weggehen und nur sie bleibt und auf etwas wartet und immer weniger versteht, worauf. Und wenn sich der Pfau verbeugt, wenn Katharina ihm zunickt, wenn er wieder unbekümmert den Blick abwendet und weiterredet, als hätte er zwischendurch einen Spatz auf einem Baum erblickt und nicht sie, Katharina, überkommt sie ein Zorn, du Windisch, sagt sie, du Pfau, du Gimpel, du weißt überhaupt nicht, wer Katharina ist, du siehst überhaupt nichts anderes als nur dich selbst, deinen Säbel, der dir zwischen den Beinen schlenkert, deinen Pfauenschwanz, ich werde dich wegwischen, Windisch, und schon im nächsten Augenblick wischt sie die speichelige Zeichnung auf dem Fensterglas mit der Hand weg.

Mitten an einem lieben langen sonnigen Nachmittag fasste Katharina den Entschluss, von zu Hause wegzugehen, und einige Tage danach tat sie es wirklich. Es war kurz nach den Osterfeiertagen, der Tag war warm, die Felder schon bunt von den ersten Blumen, der Südwind wiegte die Baumkronen auf der sanften Bergflanke über dem Haus. Sie stand am offenen Fenster und blickte auf den ruhigen Waldhang und das leise Wiegen seiner Wipfel im diesigen Schein des frühen Frühlingslichts. Der Hang schwieg, der Wind war unhörbar, nur aus der Küche unter ihrem Zimmer kam das Scheppern der Kupfertöpfe und Blechteller, die die Mägde nach dem Mittagessen unter kurzen unverständlichen Sätzen und schrillem Lachen abwuschen. Die Teller waren blechern, denn es war ein gewöhnlicher Tag, an Feiertagen waren sie aus Porzellan. Die Menschen, die während der Feiertage im Haus gewesen waren, waren nicht mehr da, am Sonntagnachmittag waren sie unter Abschiedsrufen, unter dem Knarzen des Pferdeleders und dem Klappen der Schläge von Kutschen und Reisewagen abgereist und in alle Richtungen abgeritten, auf ihre Besitztümer und in ihre Stadthäuser, zu ihren Geschäften und Gewerben, das Porzellangeschirr war wieder sorgfältig in den Schrank gesperrt worden, wo es auf neue Feiertage und alte Besucher wartete. Jetzt würden wieder für lange Zeit die gewöhnlichen Teller scheppern, und die Tage würden noch gewöhnlicher werden, als sie es schon zuvor gewesen waren. Jeden Tag würden die morgendlichen Befehle des Vaters rings um die Stallungen und Scheunen zu hören sein, die Rufe von den Feldern und Wiesen, eines Sonntagabends vielleicht das entfernte Singen betrunkener Burschen, der warme Wind würde die Wörter herantragen, die ihr gewidmet sein könnten: ... bist nicht hübsch, bist nicht schön, hab in Stadt und Land tausend Schönere zur Hand.

Im Hof würden im Frühling die Haushunde wieder fröhlich balgen und im Sommer faul herumliegen, die Kühe würden stumpfsinnig glotzen und wiederkäuen, Bauern würden auf Fuhrwerken kommen und den Hut ziehen, wenn sie in Vaters Schreibstube traten, wo sie alle Nachmittage Zahlen über Ertrag und Verkauf notierte, obwohl sie das nicht zu tun brauchte, obwohl sie das überhaupt nicht zu machen brauchte, sondern zu ihrer Schwester Kristina nach Laibach, zu deren Mann und Kindern fahren könnte, um Schokoladensachen zu essen und Kaffee zu schlürfen, denn jetzt tranken alle Kaffee, und ihre Schwester Kristina liebte Kaffee, wie sie auch die Schälchen liebte, aus denen man den Kaffee trank, all das würde sie, all das könnte sie tun. Und zusehen, wie rings um Dobrava die Bäume blühen, wie später auf den Feldern der Buchweizen glüht, wie sich die Kornähren im Wind recken, wie die Libellen tief über dem Wasser fliegen würden, sie würde dem nächtlichen Quaken der Frösche lauschen, bis immer kürzere Tage kämen, mit ihnen der Herbst, immer längere Schatten, und nach dem Herbst der Winter, Lesen, Stille, Gespräche, Einsamkeiten, kalte Sonntagsmessen mit den kalten Gesichtern in der Kirche, und nach dem Winter die Osterfeiertage. Und jeden Morgen würde sie hier, an der Wand, der Spiegel erwarten, auch das Waschbecken, der Kamm, die Seife und die Düfte, aber vor allem der Spiegel. Der Spiegel, der sah, auch den großen ekligen Pickel mitten auf dem Rücken, wenn sie sich richtig hinstellte, sie war in den Jahren, wo es schon keine Pickel mehr geben dürfte, auch auf dem Rücken nicht. Und jeder Tag, der nach dem morgendlichen Waschen und Kämmen vor dem Spiegel kam, vor dem Blick in ihr jeden Tag älteres Gesicht, auf die jeden Tag schärferen Züge, die immer mehr die Züge ihres Vaters wurden, würde auch einen Nachmittag nach sich ziehen, das Scheuern der Kupfertöpfe, das Scheppern der Blechteller in der Küche unter ihrem Zimmer, das schrille Lachen der Mägde, das Platschen, wenn das Wasser in die Senkgrube am Rande des Hofs geschüttet wurde, das leise Wiegen der Baumkronen auf dem Hang hinauf zu St. Rochus auf dem Gipfel des Berges.

An diesem Nachmittag beschloss sie, den Herbst nicht hier zu erwarten, auch den Sommer nicht, sie beschloss wegzugehen.

Am Abend stand sie vor der Tür und blickte dem Vater entgegen, der gemeinsam mit dem Knecht vom Feld geritten kam, auf der staubigen Straße, sie sah das vertraute Bild, in dem die Silhouetten beider Reiter immer größer wurden, für einen Augenblick hinter dem Buchenwäldchen verschwanden, das den Meierhof von den breiten Feldern trennte, und kurz danach vor den Ställen lärmend absaßen, der Vater gab in ruhigem Befehl noch ein paar Anweisungen, dann zog er müde, staubig und zufrieden mit raschen Bewegungen Wasser aus dem Brunnen, goss es in einen Krug und trank hastig in gierigen Zügen. Sie trat zu ihm, wartete, bis er ausgetrunken und Luft geholt hatte, und sagte, sie würde mit den Wallfahrern gehen. Er stellte den Krug ab, er sah sie nicht an, er ging ins Haus, er wollte nicht im Hof darüber sprechen. Er hatte gewusst, dass sie eines Tages so etwas sagen würde, etwas ähnlich Unsinniges, ohne Vernunft und Verstand. Sie ging hinter ihm her, er setzte sich an den Tisch, schenkte sich ein Glas Wein ein. Mit diesen Leuten, sagte er, mit diesen Leuten gehst du nirgends hin. Er wollte sagen: Mit diesem Gesindel, mit diesem disziplinlosen Pack, aber er war ein frommer Mann, er konnte nicht so von den alten Volksfrömmigkeiten reden.

– Ich gehe nach Köln, sagte sie, nach Aachen, durchs Bayerische, den Rhein abwärts fahre ich mit dem Schiff.

Das war eines warmen Frühlingsabends des Jahres siebzehnhundertsiebenundfünfzig, ein paar Tage nach den Osterfeiertagen, und der Vater brauchte nicht zu sagen, was er dachte: Die Sache war wider jede Vernunft. Doch es war zu sehen, dass Katharina es wirklich tun würde. Das war in ihren Augen zu sehen, ihr Blick war fiebrig, es war jener Blick, vor dem der Vater bei aller Liebe zu seiner Ältesten manchmal erschrak. Schließlich wusste er etwas vom Leben, wenngleich er das hier lieber vom Leben anderer Frauen gewusst hätte, nicht von dem seiner Tochter, es war ein Blick völliger Unzufriedenheit mit dem Leben, vollkommener Bereitschaft für alles, was anders sein könnte, nur deshalb, damit es nicht mehr so wäre wie bisher. Er, der Vater, hatte solche Blicke schon gesehen, er war nicht erst so kurz auf der Welt und hatte diese Zeit nicht nur auf Dobrava verbracht. Und letztlich war er an dem Zustand, aus dem dieser Blick erfolgte, irgendwie schuld, zumindest verantwortlich, zumindest dafür, dass er etwas nicht getan hatte, was er hätte tun müssen, obwohl er nicht wusste, was das hätte sein sollen und wo ihm die Gnade abhandengekommen war, das auch zu tun. Und diesen Blick in Katharinas Augen, diesen verzweifelten, verschreckten Blick vor einem Leben, das nur dahinlief und nichts hergab, sah er nicht zum ersten Mal. Obwohl es ihm kalt den Rücken hinunterlief bei dem Gedanken, dass ihre Entscheidung unwiderruflich sein könnte, versuchte er noch einen kleinen Scherz.

– Damals nach Aschermittwoch, sagte er, dachten wir schon, du wolltest Nonne werden.

Vor den Osterfeiertagen hatte Katharina aufgehört zu essen. Das war kein gewöhnliches Fasten gewesen, das war ein Fasten bis zur vollkommenen Läuterung. Einer Läuterung, die den Körper ausstemmte, einer Läuterung fast bis zur Aushöhlung und Transparenz. Anfangs hatte sie von Brot, Milch und gekochtem Gemüse gelebt. Magd und Köchin hatten sie anfangs heimlich verspottet: Warum fastet sie denn, alle wissen doch, dass sie frei von Sünde ist. Sie fühlte diesen Spott, sie hatte einen gut entwickelten Sinn dafür; je mehr sie auf die dreißig zuging, desto mehr entwickelte sich dieser fast schon körperliche Sinn. Die Blicke vor der Kirche, das Grinsen hinter ihrem Rücken, das plötzliche Männerlachen beim Getreidedreschen, das gellende Lachen der verheirateten Frauen, die an dem mit Porzellantellern festlich gedeckten Tisch im großen Speisesaal des Meierhofes saßen, bis in alle Einzelheiten kannte sie all die Gebärden, die Grimassen, die Zwischentöne in den Reden, die auf sie gemünzt waren, auf ihr immer einsameres, immer näher kommendes dreißigstes Lebensjahr. Sie wusste um diesen Spott, manchmal weinte sie in ihrem Zimmer. Vielleicht wäre es leichter, wenn sie die Tränen vor jemand anders vergießen könnte, aber sie hatte niemanden, bei dem sie sich hätte ausweinen und mit dem sie dann, wenn sie sich die Tränen abgewischt hätte, auch würde lachen können. Ihre Schwester Kristina lebte in Laibach, wenn sie mit ihrem Kaufmann angereist kam, erteilte sie ihr Ratschläge, obwohl sie jünger war, erteilte ihr Ratschläge, kam angerannt und redete auf sie ein, dass sie sofort so zu leben anfangen solle, wie sie lebte, Katharina solle so leben, wie sie lebte, Kristina. Und schon klappten wieder die Kutschenschläge. Ihr Bruder war nur selten auf dem Meierhof, er lebte in Triest, aber vor ihm konnte man sowieso nicht weinen, vor dem Vater noch weniger. Jetzt fehlte ihr manchmal die Mutter. Mutter Neža war im Himmel, vor zehn Jahren war sie dorthin aufgefahren, gemeinsam mit vielen anderen, die in den Weilern um St. Rochus vom giftig kalten Herbstwind und von einer unbekannten Lungenkrankheit, einem Husten, einem Blutspucken hingerafft worden waren. Katharina wusste, dass Neža Poljanec im Himmel war, sie spürte, dass sie ihr zusah, besonders wenn sie ganz fest an sie dachte. Oder wenn sie sich um ihr Grab kümmerte, das immer ein Paradiesgärtlein war, ein kleines Beet voller Blumen und allerhand Grün, wie es seit jenen Zeiten fast alle

Gräber in diesem Lande waren. Sie erntete also Spott, doch mit dem Fasten hörte sie nicht auf. Mehr noch, sie ließ auch das gekochte Gemüse, die Karotten, den Porree, schließlich auch Brot und Milch weg. Die freiwillige Hilfe bei den Kontorgeschäften ihres Vaters leistete sie weiterhin untadelig, sie ließ keinerlei Schwäche erkennen, sie wurde nur immer blasser und durchsichtiger. Die letzten Tage hatte sie nur noch von Wasser gelebt, und als auch das Wasser nicht schnell genug aus ihr heraus wollte, kochte sie Tee vom Schachtelhalm, damit noch der letzte Schmutz, damit bei Wasser und Tee noch die letzten Reste der eingenommenen schmutzigen Welt aus ihr abfließen würden. Erst als die Flüssigkeit, die statt der schmutzigen durchgekauten, im Körper durchgekneteten Stoffe aus dem Körper kam, als diese Flüssigkeit gänzlich durchsichtig war, rein wie Wasser, wie ihr Name, der bedeutete: die Reine, erst da hatte sie sich beruhigt, erst da hatte sie weder die Fragen noch den Spott der Mägde noch das Gelächter der Burschen vor der Kirche mehr gehört, hatte weder auf die Schwester gehört, die aus Laibach angereist gekommen war und ohne Unterlass auf sie eingeredet hatte, sie solle doch endlich zu essen anfangen oder zumindest Kaffee trinken, der doch so rein und zugleich belebend sei, noch das wütende Knurren des Bruders, das um so wütender war, als seine Geschäfte unten in Triest nicht gut liefen, noch die besorgten Einwände des Vaters, nichts. Das Leben war auf einmal rein gewesen wie das Wasser, das von ihr abging.

– Ich will keine Nonne werden, sagte sie, das wollte ich nie.

Sie wollte, so hatte sie beschlossen, sie wollte so etwas werden, was vor ihr ihre jüngere Schwester geworden war, die einen Getreidehändler hatte, einen Heereslieferanten, drei Kinder, eine Haushälfte in Laibach, eine Kutsche, mit der sie über die Feiertage nach Dobrava kamen. Auch Kaffee, Schokolade, Bälle im Kasino und Gespräche über die Dienstmädchen. In Wirklichkeit aber wollte Katharina das alles nicht, keine Krinolinen aus der Laibacher Manufaktur des berühmten Jernej Čebulj, wohin Kristina sie geführt hatte, um für sie dort Kleider einzukaufen, damit sie nicht so eine Bauernbraut wäre, wie sie sagte. Doch Katharina hatte sich plump gefühlt, sie wollte lieber eine Bäuerin sein, was sie auch war, war doch ihr Vater, bevor er Gutsverwalter bei Baron Windisch wurde, Bauer gewesen, und sie fühlte, dass sie eine Bäuerin war, noch lieber als eine Bäuerin wäre sie aber ein Bauernbursche gewesen. Einer von denen, die Schlangen fingen und sie den

Mädchen hinter die Kragen steckten, unschuldige, glatte Blindschleichen, die aber auch gefährlich mit Kettennattern herumspielten und mit Stöcken in sie hineinstocherten, lieber wäre sie einer von denen gewesen. Sie hatte Kaulquappen gesammelt und in Gefäße gesteckt und beobachtet, wie aus ihnen Frösche wuchsen, sie hatte Reiten gelernt und wäre am liebsten einer von denen gewesen, die die Pferde führten und zuritten und später zumeist Pferdeknechte wurden, was sie aber dann doch nicht wollte. Sie wollte, ohne es sich richtig zu wünschen, aber weil es so beschlossen war, die von allen anerkannte Frau eines Artillerieoffiziers sein, dessen größter Vorzug es war, einer der vielen Neffen des Barons Windisch zu sein.

Doch der Neffe des Barons Windisch, einer seiner vielen Neffen, war ein Pfau. Er war ein schöner und stattlicher Mann, wie man sagt, doch er war ein Pfau, und vom ersten Augenblick an sagte sie sich, und das hatte sie auch zu ihrer Schwester gesagt, dass sie mit dem Pfau im Leben eigentlich nichts zu tun haben wolle. Aber eines ist, was der Mensch sagt, und ein anderes, was das Herz sagt. Wenn er nicht da war, war da anstelle des Herzens ein Loch, und wenn sie sich noch so oft vorredete, dass ein so uninteressanter Mann weit und breit nicht mehr zu finden sei. Dass er ein Pfau war, so einer zur Zierde, der sich in ihrem Hof aufplusterte, das hatte sie schon bei der ersten Begegnung bemerkt. Ihn interessierte eben nichts anderes als seine eigene Pfauenexistenz und sein Aussehen. Wenn ihn wenigstens Katharina interessiert hätte, wenn schon nicht ihr Gesicht oder ihre Kleider, dann wenigstens ihr Wissen aus der Ursulinenschule, ihre Kenntnis der Psalmen, im Rechnen, des guten Benehmens, der Herzensbildung, zumindest ihre Lektüre des Ovid, den sie einige Male zitiert hatte, ohne damit auch nur einen Bruchteil seiner geneigten Aufmerksamkeit auf sich zu ziehen; würde ihn wenigstens das interessieren, wäre er sofort weniger pfauig, als er es zweifellos war. Wie immer war dieser an die fünfunddreißig Jahre alte Mann, dieser noch immer ledige Neffe des Barons Windisch in seiner weißen Uniform und mit dem Säbel, der ihm die ganze Zeit zwischen den Beinen schlenkerte, auch unlängst, während der Osterfeiertage, den ganzen Tag auf Dobrava auf und ab paradiert. Und wie jedes Mal hatte er auch dieses Mal den ganzen Tag, ob sie beim Mittag- oder beim Abendessen zusammensaßen oder ob sie die Ställe und Getreidespeicher und auch die Kirche des hl. Rochus auf dem Berg inspizierten, nichts gesagt, was interessant gewesen wäre, nur dass es wahrscheinlich Krieg gegen die Preußen geben und dass sein Regiment ins Böhmische marschieren werde. Doch diesmal war er ihr für einen Moment sogar interessant vorgekommen, denn er hatte der versammelten Gesellschaft mit seiner anziehenden rauen Stimme voller Begeisterung erklärt, in welcher Formation er seine Einheit aufstellen würde, er hatte es mit dem Stock gezeigt: Hier, auf dem Berg bei Sankt Rochus, steht unsere Batterie, bereit zur *Attacke,* und dort fliegen die Granaten aus den polierten Kanonen im Bogen hinunter auf Dobrava, das heißt auf die Preußen ... Und dort werden ihre Körper in Stücken durch die Luft fliegen, zusammen mit Uniformen, Säbeln, Gewehren, Kanonen und Wagen.

Er hatte erzählt, wie sie durch die Städte der deutschen Lande marschieren würden, zusammen mit den unterworfenen Bayern und den eingebildeten Franzosen würden seine Krainer Soldaten die Preußen ins Nordmeer oder weit hinauf nach Russland treiben. Die Kriegskunst hatte er auf der Militärschule in Wiener Neustadt erlernt, dort hatte er Exerzieren und Paradieren gelernt, die Grundlagen von Festungsbau und Linientaktik studiert, Flankenangriff der Artillerie und Salvenschießen mit Haubitzen, jetzt war es an der Zeit, das alles auf dem Schlachtfeld anzuwenden. Was kümmerten ihn Ovid und Katharina, er wollte in den Kampf, und dann mit gewichsten Stiefeln und Seidenbändern an der Uniform zur Parade. Jetzt war er Hauptmann, er würde als Oberst zurückkehren, sich ein Anwesen kaufen und einen Ball für die Sieger und ihre Mädchen veranstalten. Er hatte eine raue Stimme und im Blick begeisterte Erwartung angesichts der Schlachten, die da kommen würden. Katharina schien es, dass sie vielleicht wirklich mit ihm mitgehen könnte, irgendwie, nicht wie es der Vater erwartete, nicht gerade sofort, sondern irgendwie eben. Für gewöhnlich redete er furchtbar monoton, seiner eigenen rauen Stimme lauschend, von Pferden, Bällen und Seidentüchern, die seit einiger Zeit ein gewisser Landsmansky in Wien am schönsten fertigte. Und die fabelhaft zur Uniform passten, obwohl es, streng dienstlich genommen, verboten war, sie zu tragen. Deshalb schmückte er sich damit umso lieber, wenn er den langen Rock und die weißen Kniestrümpfe anhatte. Dann trug er auch ein weißes Halstuch, zur weißen Uniform aber trug er trotz des amtlichen Verbots lieber ein grünes aus Seide. Noch schlimmer als die Tatsache, dass er ein Pfau und fast immer sehr langweilig war, war, dass sich der Neffe des Barons Windisch, den ihr Vater und ihre Schwester und ihr Bruder so gern neben ihr und mit ihr gesehen hätten, überhaupt kein bisschen Interesse für sie zeigte. Du bist selber schuld, sagte Kristina, du musst seine Aufmerksamkeit erregen. Das könne sie nur tun, hatte Katharina gesagt, indem sie sein Seidentuch beschmutzte. Aber dann würde er sie ja hassen.

Ach, wie sehnte sich ihr Blick nach dem schönen Gesicht des Neffen des Barons Windisch, nach seinen Pfauenfedern und nach der Seide, nach den graziösen Bewegungen und dem geschickten Hantieren mit dem Säbel, wenn er zum Spaß zeigte, was er konnte, was er Glänzendes auf der Militärschule gelernt hatte, Fechten, Reiten, lautes Hurrarufen, Befehlen; wie sich ihre Ohren immer aufs Neue seine raue Befehlsstimme wünschten. Genauso sehr, wie sie ihn nicht mochte, sehnte sie sich nach ihm.

Einige Zeit mühte sie sich, mit den Kleidern, mit Čebuljs Krinolinen und Miedern und Tüchern die Aufmerksamkeit des Neffen des Barons Windisch zu wecken, und ging in Gedanken versunken mit den Gedichten des Ovid in den Händen umher. Manchmal hob sie den Blick zum Pfau, der mit seinem Säbel paradierte und mit den Männern über die Pferde und Trompeten seines Regiments diskutierte. Er war ein Pfau, trotzdem gefiel er ihr, er war schön und aufgeplustert, und sie wünschte sich, er würde sie einmal für längere Zeit anschauen, tief in sie hinein. Doch wenn er zu ihr hinsah und es ihr für einen Moment schien, als würde er auch ihren vorsichtigen Blick auffangen, sah er stets durch sie hindurch, sodass sie sich selbst sofort unsichtbar vorkam, unbedeutend, und jedes Mal von Neuem gekränkt war. Wenngleich nicht sehr, denn all das tat sie inzwischen eher deshalb, weil ihr schien, dass es getan werden musste, richtige Lust hatte sie nicht dazu. Bist nicht hübsch, bist nicht schön. Wenn er nur einmal tief in sie hineinschauen würde, würde er sehen, dass sie schön war, wenn er sie des Nachts ansehen würde, könnte er sehen, dass es unter dem Hemd schöne Brüste, einen glatten Bauch und feste Schenkel gab. Was immer sie tat, auch wenn sie sich beim Mittagessen mit Wein begoss, auch wenn sie die wertvolle Porzellantasse zerbrach in der Hoffnung, dass er herbeieilen und ihr helfen würde, die Scherben aufzusammeln, alles war vergeblich. Auf den Pfau machte sie keinerlei Eindruck. Sie wusste, dass sie für ihn trotz allem eine Bäuerin war, was sie in Wirklichkeit auch war, nur dass ihr Vater wollte, dass Kristina wollte, dass letztendlich auch sie selbst wollte, dass sie, was sie auch war, des Verwalters Tochter, etwas anderes wäre, etwas mehr, eine Person, die nicht ihr ganzes Leben auf dem Meierhof umherspazieren, um die Ställe und durch die Felder des weitläufigen Anwesens laufen, sondern schon bald in einem Salon sitzen und Gobelins knüpfen würde. So stellte sie selbst es sich vor: Ich werde dort mit einem Pfau und seinen Freunden sitzen und leeres Stroh dreschen. Und vielleicht würde sie all das und alles andere, was dazugehörte, auch tun, schließlich konnte es nicht schlechter sein, als es war, die Schwierigkeit bestand nur darin, dass sie keinen Eindruck auf ihn machte. Auf ihn machte nur er selber Eindruck, seine seidenen Tücher, die Spazierstöcke, die weiße Uniform, die er manchmal trug, der Säbel, der ihm beim Gehen zwischen den Beinen schlenkerte, und vielleicht irgendwelche anderen, irgendwelche ganz anderen Frauen mit gepuderter Perücke und üppigem Busen, Frauen, die sich Katharina gut vorstellen konnte, auf jeden Fall ziemlich anders als sie, auf jeden Fall schöner. Sie wusste, dass der Pfau sie nicht schön genug fand, dass er sie vielleicht sogar hässlich fand, zumindest so wie sie sich selbst.

Aber die Versuche mit den Tassen und Gläsern, das war schon längst vorbei. Bei seinem letzten Besuch hatte sie sich so benommen, dass sie ihn wahrscheinlich gänzlich vergrault hatte. Im Grunde genommen hatte sie alle vergrault, am meisten ihre Schwester und deren Mann, den Heereslieferanten, sie hatte sogar sich selber gegen sich aufgebracht, denn während der Feiertage, als das Haus voller Händler samt Frauen war, Lieferanten, Soldaten und Neffen, hatte sie die ganze Zeit nur gegessen. Vor den Feiertagen hatte sie bis zur Aushöhlung gefastet, jetzt hatte sie alles gegessen, was ihr in die Hände kam, sie hatte das Tablett mit dem Fleisch vor sich hingestellt und sich den Teller vollgepackt, sie hatte gegessen, ohne mit irgendwem zu sprechen, sie hatte vor sich hingesehen und sich vollgestopft; als alle vom Tisch aufstanden, hatte sie sie mit kauendem Gesicht beobachtet. Die Zeit bis zum Abendessen hatte sie in ihrem Zimmer verbracht, am Fenster stehend und den Pfau mit Spucke zeichnend, beim Abendessen hatte sie die Lammstücke mit den Händen gefasst und das Fleisch mit den Zähnen abgerissen. Sie war zur Tür gegangen und hatte die Knochen Aaron gebracht, der sie mit lautem Krachen zerbiss. Was hat sie?, wurde geflüstert, sie hörte die Schwester, sie hörte den Vater, sie hörte die Neffen, die fragten, was sie denn habe, ob sie wirklich so hungrig sei. Natürlich, hatten die anderen halblaut geantwortet, nicht gerade flüsternd, eher nachsichtig, natürlich, mehr als einen Monat lang habe sie nichts zu sich genommen außer gekochtem Gemüse, dann Brot, Wasser, Schachtelhalmtee.

Mit der gleichen Heftigkeit, mit der sie sich zuvor in die Askese gestürzt hatte, warf sie sich jetzt in das zügellose Essen. Am dritten Feiertag saß sie nicht einmal mehr bei ihnen, denn der Anblick des Pfaus war ihr ebenso zuwider wie die Blicke ihrer Schwester und deren Lieferanten. Sie nahm das Essen mit aufs Zimmer. Während sie hinter dem Vorhang beobachtete, wie sie mit ihren Pfauenuniformen und Krinolinen im Hof und zum Wald spazierten, stopfte sie große Stücke Fleisch, Hühnchen, Kartoffeln, Schokoladenkuchen in sich hinein, flößte sich süßen Kaffee ein, erbrach alles und fing wieder von Neuem an. Sie sah ihnen zu, wie sie Verbeugungen andeuteten, hörte die derben Artillerie- und Kavalleriewitze, als die Neffen und Lieferanten unter sich geblieben waren, und erlebte schließlich den glücklichen Augenblick des späten Nachmittags, als endlich die Pferde gesattelt wurden, als die Kutschenschläge knallten und die Peitschen schnalzten, als sie endlich entschied, dass der Neffe, einer der vielen Neffen des Barons Windisch, in ihrem Leben nichts zu suchen habe, wie auch sie nicht in seinem. Das war, das wusste sie selbst, ein schwacher Trost, denn sie war nicht einmal für einen Augenblick in sein Leben getreten, jedenfalls bedeutete sie ihm weniger als jedes einzelne seiner seidenen Halstücher; das weiße passte zur Zivilkleidung und den weißen Strümpfen, das grüne zur weißen Uniform und dem Säbel, der ungeschickt zwischen den Beinen schlenkerte. Es war ein schwacher Trost, aber wenigstens gab es das Loch in der Brust nicht mehr, wenigstens das nicht, nachdem sie beschlossen hatte, sie würde mit den Wallfahrern gehen. Sollten sie doch in ihre Stadtwohnungen und Schlösser und Kasernen oder wohin immer gehen, auch sie würde gehen.

Auf dem Meierhof herrschte Ruhe, aber nun auf eine andere Art, das war die Ruhe der Erwartung, der Vorbereitungen, nicht mehr die Ruhe der Leere. Die Porzellanteller und -tassen warteten auf die nächsten Feiertage, und daran war nichts Schlechtes, es war richtig so, denn zu den nächsten Feiertagen würde sie sie nicht mehr aus dem Schrank nehmen. Und als sie den Hang hinaufsah, glaubte sie auf einmal, die Unruhe der vielen Menschen, einfacher und gelehrter, bäuerlicher und städtischer, zu verstehen, die in diesem Land jedes siebente Jahr von einem seltsamen Wunsch heimgesucht wurden, von einer Sehnsucht, dem Ruf, sich auf den Weg zu machen, durch Wälder, über Felder, über gefährliche Berge, den breiten Rhein abwärts bis zum Goldenen Schrein, wo die reine Schönheit war, noch klarer und verständlicher als die Schönheit des gelblich besonnten Berges, zu dem sie an diesem Nachmittag hinaufsah, zu dem leisen Wiegen der Wipfel im unhörbaren Wind, noch viel tiefer, weil in ihr ein Geheimnis lag, das keine Gelehrtheit ergründen konnte.

– Bei der letzten Wallfahrt, sagte der Vater, haben sie böse Überschwemmungen erlebt. Nahe Koblenz sind drei aus einem Unterkrainer Dorf ertrunken.

Der Vater saß in der Ecke, über ihm war das Kruzifix mit dem Schriftzug HISHNI SHEGEN, er selbst war dieser Haussegen, unter dem er seine unruhige Tochter zurückzuhalten versuchte, die er nicht verstand, wie er überhaupt die Frauen nie recht verstanden hatte.

Er stellte sich vor, dass seine Tochter vielleicht von irgendwoher, von einem der fernen Urahnen eine Vagabunden- oder Zigeunernatur in sich trug. Mit dem vom Wein immer schwereren Kopf überlegte er, wer das gewesen sein könnte, aber sie waren alle Bauern gewesen, an Dobrava gebunden, an die Ebene unter der Bergflanke, ihr Blick hatte bis zum Gipfel gereicht, wo der Glockenturm von St. Rochus in den Himmel ragte, sie waren reiche Bauern gewesen, bis hin zu ihm, der kein Bauer mehr war, sondern schon ein ziemlich hoher Herr, und alle waren immer hier in der Gegend geblieben, selten war jemand weiter als bis nach Laibach gereist, kaum jemand war bis nach Graz oder gar Wien gekommen, höchstens Soldaten oder Bettler, aber Letztere hatte es in ihrer Familie nicht gegeben.

Er stellte sich vor, dass seine Tochter die Städte deutscher Lande und Frankreichs sehen wollte, von denen hier die Neffen des Barons Windisch und auch Baron Leopold Henrik Windisch selbst erzählt hatten, sie wollte die Märkte der großen Städte sehen, auch noch andere Perücke tragende Herren außer dem Neffen des Barons Windisch und den Heereslieferanten und Mitgliedern der hauptstädtischen Gesellschaft zur Beförderung der Künste und nützlichen Gewerbe, die auf sein Hofgut kamen und über Bienenstöcke redeten und darüber, wie viele Golddinare und Kreuzer in diesem Jahr ein Pfund Rindfleisch wert war. Vielleicht wollte seine Tochter Herren treffen, die in Kästen Violinen trugen und bei Hofe spielten, vielleicht Komponisten und Gelehrte, Astronomen und Poeten, kühne Soldaten, andere und höhere Offiziere als den Neffen des Barons Windisch, der trotz allem nur ein Hauptmann war, vielleicht Oberste oder Generäle. All das ging ihm durch den Kopf, und auch dass er ihr eine hinter die Ohren geben und sie in ihr Zimmer sperren müsste. Doch im selben Moment wusste er, dass er damit nichts erreichen würde. Nicht nur, weil sie fast dreißig Jahre alt war und weil sie ihm die Buchhaltung machte, weil sie hier sozusagen seine verstorbene Frau ersetzte, sondern deshalb, weil sie Katharina war, die das tat, wozu sie sich entschlossen hatte: die hungerte oder aß, besser gesagt fraß. Vielleicht hört sie wieder auf zu essen, dachte er voll Grauen, vielleicht hört sie überhaupt auf zu essen. Er musste daran denken, dass es schrecklich sein würde, wenn sie in diese Ungewissheit ginge, denn diese Ungewissheit bedeutete nicht Kutschen und Violinen, sondern *pauper et peregrinus*, Entsagungen, Mühen und viele Gefahren. Er wusste manches über die deutschen Lande, über die dortigen Webereien und Hammerwerke, aber auch über die Armee des Preußenkönigs Friedrich, der seine, ihre junge Kaiserin Maria Theresia, sie alle ihres Erblandes berauben wollte, des ganzen Schlesiens, viel guten Landes, von Rechts wegen und seit jeher Teil der habsburgischen Erblande, er wusste von Wallfahrten und Narrenschiffen, die auf dem Rhein von Stadt zu Stadt irrten, weil man sie nirgends aufnehmen wollte. Er fürchtete Landstreicher, Wallfahrer, Narren, Armeen und große Städte. Obwohl der Meierhof von Dobrava viel mehr war als ein Bauernhof, obwohl er einen bürgerlichen Speisesaal und Möbelstücke wie die Herren in den Schlössern und Städten besaß, war er selbst noch immer Bauer, in der Ecke hing der HISHNI SHEGEN, der Haussegen, man brauchte nirgends hinzureisen, außer wenn die Geschäfte es wirklich verlangten. Und das nackte Grauen überkam ihn bei dem Gedanken, dass seine Tochter reisen würde. Aber er wusste auch, dass ihm niemand, weder Pfarrer Janez Demšar noch der Laibacher Fürstbischof, helfen würde, sie von diesem Wege abzubringen. Wer spürt, dass ihn der Goldene Schrein in Kelmorajn oder der hl. Jakob in Compostela ruft, der soll auch gehen, Mann oder Frau, alt oder jung, würden sie sagen, der Erste wie der Zweite würden so sagen, der kleine und der große Pfaff.

Deshalb dachte er, sich selbst zum Trost auch, dass Katharina erwachsen und gesund war, dass sie viel gelesen hatte, dass sie Deutsch, auch ein wenig Latein konnte, sie war zu den Ursulinen gegangen, dass sie vielleicht, wenn er für sie beten und den hl. Christophorus, den Beschützer aller Reisenden, bitten würde, sie zu beschützen, wenn er eine Messe bei St. Rochus zahlte, dass sie dann vielleicht mit Gottes Hilfe und mit guten Menschen reisen würde. Genau genommen schien ihm nur, dass er all das bedachte. In Wahrheit wusste er, dass hier mehr geschah, als er imstande war zu verstehen, dass es nicht nur ums Wallfahren ging, dass sie einfach weggehen würde, für immer, und dass er nichts dagegen tun konnte, wenn er nicht alles noch viel schlimmer machen wollte.

– Wenn ich an den Goldenen Schrein von Kelmorajn treten werde, sagte Katharina leise und mit fiebrigen Augen, wird sich mir etwas offenbaren, das ich noch nicht kenne. Vielleicht Gott. Soll er sich mir offenbaren. Und soll mich der Anblick Seiner Schönheit umbringen.

Der Vater wandte sich ab. Da war etwas in ihrem Blick und in ihren Worten, das jenseits seiner Fähigkeit lag, die Frauen, die Welt, überhaupt alle Dinge zu verstehen. Diese Frau war jetzt mit ihrem fiebrigen Blick, mit ihren ungeheuren Worten und ihrer Entschlossenheit so groß wie das berühmte Riesenmädchen, in der Kirche von Crngrob hatte er dessen Rippe gesehen. So waren früher die Frauen gewesen, die einen solchen Blick hatten und solche Worte sagten wie jetzt seine Tochter, sie hatten bis zu zehn Fuß oder mehr gemessen, wie die hiesigen Bauern einander noch immer erzählten, wie es ihm sein Vater erzählt hatte. Er hatte immer gewusst, was gut war für die Wirtschaft, für die Felder und die Tiere, für Schafe und Kühe, für Pferde und Ziegen und Bienen, ihm schien sogar, dass er wusste, was gut für sie wäre. Aber da war auf einmal etwas, mit dem er nichts zu tun haben wollte, hätte es sich nicht um seine Tochter gehandelt. So etwas wie ein böser Traum, der mitten in der Nacht kam, oder eine unbekannte Krankheit, die das Vieh in den Ställen unruhig machte und für die niemand den Grund wusste. Vielleicht wusste auch Katharina nicht, warum sie sich so plötzlich und mit solcher Heftigkeit entschlossen hatte, wie sie auch nicht wusste, ob die Dinge, die mit ihr in der Nacht geschahen, Traum oder Wirklichkeit waren. Auf ihre Art waren sie auch schön, vielleicht kamen unbekannte Menschen aus der Ferne zu ihr, denen sie nun begegnen würde. Auf jeden Fall war auch in dieser Nacht, als ihr Vater über den leeren Weinkrug gebeugt unter dem HISHNI SHEGEN saß, jedenfalls war auch in dieser Nacht jemand in ihrem Zimmer gewesen, Katharina hatte deutlich seine fast körperliche Anwesenheit spüren können.

[3]

Teufel?, ruft der Fürstbischof von Laibach zornig und schreckt im selben Moment ob dem Worte zusammen, das ihm ungewollt entwischt ist, denn der Sekretär hat es nicht gesagt, der Sekretär hat gesagt, man habe über Istrien etwas hinfliegen sehen und unter dem Vieh seien im vorigen Monat Krankheiten ausgebrochen, mehrere Tiere seien ertrunken und unter den Leuten greife Unruhe um sich. Sofort schlägt er ein Kreuz, der Fürstbischof, schon im Bett muss er das, jetzt müsste er eigentlich das morgendliche Ave Maria beten, stattdessen muss er ein Kreuz schlagen, weil ihm ein Wort herausgerutscht ist, das er nicht einmal in einem theologischen Disput aussprechen würde, aber jetzt hat er es ausgesprochen, und das im Plural, und es bleibt ihm nichts anderes übrig als Bereuen und Beten, Beten und Bereuen bis zum Abend, muss denn der Tag wirklich schon in aller Frühe so unschicklich beginnen? Er hat es ausgesprochen, das unschickliche Wort, wegen des Sekretärs, der dort mit dem Tablett in den Händen an der Tür steht, mit schwarzem Kaffee, der über den Rand der Tasse schwappt, jeden Tag verschüttet er ihn, ob aus Ungeschick oder aus Ehrerbietung, das wird er nie erfahren, wie er auch nie erfahren wird, was dieser Mensch denkt, wenn er ihm in aller Frühe all diesen Unsinn erzählt.
– Was für ein Unsinn ist das wieder?, sagt er und sieht zum Fenster und denkt: Es ist bewölkt, es wird wohl wieder Regen geben.
– So wird geredet, sagt der Sekretär, schon seit Aschermittwoch wird davon geredet, in Istrien hat man sie gesehen, und in Krain sind etliche Stück Vieh ertrunken.
Man muss den Zorn in sich bezähmen, den Grimm, die Wut, die *ira* bemächtigt sich des Menschen, tobt in seiner Brust, er wird sich das nicht erlauben. Der Fürstbischof atmet aus, atmet tief ein, einatmen, ausatmen,

er lehnt sich zurück in die Kissen und verdreht die Augen zum Himmel über seinem Bett, zu den Engeln auf dem Baldachin. Warum hat dieser Welsche die Engel golden und rötlich gemalt, sodass ihre Haut vor Gesundheit nur so strotzt? Sie sind weiß, sie können nur weiß sein, wenn man an Markus 16,5 denkt; und weil sein Gedächtnis für sein Alter noch gut funktioniert, ruft er noch schnell Matthäus 28,3 auf: *Seine Erscheinung war wie der Blitz, und sein Kleid weiß wie Schnee.* Dem Maler ist es weniger um das Evangelium zu tun, er will Farben, lebendige, schöne runde Körperchen, sogar Mariens Gesicht borgt sich der Maler manchmal von irgendeiner Frau, und dann soll man womöglich noch herausfinden, wer diese Person war und wie sie gelebt hat. Der Sekretär tritt ein paar Schritte vor und fragt, ob er Kaffee wolle, natürlich will er Kaffee, er soll ihn nur nicht wieder überschwappen lassen, bitte schön. Der Fürstbischof setzt sich auf und lehnt sich in die Kissen. Er hätte sie so weiß malen müssen, dass sie wie durchsichtig wären und überhaupt nicht zu sehen; andererseits, was hätte er dann, gemäß dem Malerverstand des Fürstbischofs, überhaupt malen können? Er hätte sie ganz gut weiß malen können, ist doch der Hintergrund blau, übrigens auch Offenbarung Johannis 4,4: *Und auf den Thronen saßen vierundzwanzig Älteste, mit weißen Kleidern angetan.* Also müssten die Gewänder der Engel an der Decke seines Bettes strahlend weiß sein, denn der Geist der Wahrheit Gottes ist rein, ist weiß, Seine Gewänder leuchten wie die Gewänder der Engel, strahlend weiß. Vielleicht müsste überhaupt alles weiß sein, und nicht all diese blauen, roten, goldenen und violetten Farben an der Decke seines Bettes. Noch einmal irrt sein Blick über diese falschen Himmelsfarben und Paradiesgärten des welschen Malers, der unentwegt seine italienische Sonne und den blauen Himmel vor Augen hatte und sich deshalb auf nichts als auf die Farben von Putten und Orangen in den Paradiesgärten verstand. Jeden Morgen, wenn er die Augen öffnet, sieht er als Erstes diesen welschen Malerhimmel, und auch wenn er die Augen schließt, ist unter den Lidern nichts Weißes, es ist dunkel, und das Dunkel wird von roter Glut durchschnitten. Das kommt von der Hitze, von der heißen Stirn und den krankhaften Wahnvorstellungen im Kopf, die ihn ins Bett geworfen haben. Die Fastenzeit ist lang und der Körper wird geschwächt, eine Krankheit hat ihn befallen, aber wer sollte fasten, wenn nicht der Fürstbischof, wer? Etwa dieser Pfarrer von St. Rochus, der zu ihm, seinem Bischof, sozusagen seinem Vater, letztes Jahr, ein bisschen angetrunken, einmal gesagt hat: Die Fastenzeit ist nicht zur richtigen Zeit. Der Fürstbischof ist erstarrt: wie nicht zur richtigen Zeit? Das Blut brodelt vor Frühling und Liebe, hat der Pfarrer gesagt, aber in den Herzen der Menschen nistet Übellaunigkeit, denn der Magen ist leer, das ist nicht richtig. O Allmächtiger, wer hätte so etwas schon je gedacht! Er hat mit ihm geredet, lange, er hat ihm Buße auferlegt, und trotzdem: Was für einen Glauben hat dieser Mensch und auf welche Schulen ist er gegangen?

Damit ihm der Grimm nicht wieder das Herz in Aufruhr bringt, versucht der Fürstbischof statt an Pfarrer Janez Demšar lieber an die weißen Engel zu denken, die im himmlischen Licht und in Gottes Weisheit leben, im Licht, das sie wärmt und ihren inneren Blick erhellt, deren Körper so weiß sind, dass sie schon fast durchsichtig sind und nicht fleischig, wie die an der Decke seines Bettes, nicht mit roten Lippen, die wahrscheinlich deshalb rot sind, weil sie sich von diesen gelben Orangen und Äpfeln, wer weiß, von was alles noch, ernähren. Der Fürstbischof setzt sich im Bett auf, der Sekretär bringt den Kaffee, natürlich lässt er ihn überschwappen. Wieder habt Ihr ihn überschwappen lassen, sagt Seine Exzellenz verdrossen, dem Sekretär scheint es, dass ältere und sieche Menschen so reden. Wäre es möglich, dass Ihr ihn einmal nicht überschwappen lasst? Er tropft mir aufs Hemd, sagt er griesgrämig und blickt verzweifelt auf den schwarzen Fleck, der auf dem weißen Gewebe zerfließt und aufgesogen wird. Und noch einmal bezähmt er an diesem Morgen seinen Zorn, denn auch die weiße Spitze ist dahin, sie wird nie wieder so sein, wie sie einmal war. Der Sekretär sieht seine Verzweiflung, der Fürstbischof tut ihm fast ein wenig leid. Wir werden es waschen lassen, sagt er. Waschen, waschen, sagt der Bischof ungnädig, mit zitternden Händen setzt er sich die Perücke auf, als ob man Spitze einfach so waschen könnte, er legt den bischöflichen Talar mit dem roten Saum an und schlurft zum Fenster. Sein Blick haftet auf den Strähnen des dünnen Regens und auf der nassen Straße unter dem Bischofspalais, wo Fuhrleute Fässer von einem Wagen in den Keller rollen. Noch geraume Zeit wird er den heurigen süßen Steirischen nicht verkosten dürfen, bis diese Fastenkrankheit vorbei ist, noch geraume Zeit wird er das Palais nicht verlassen, außer heute für die Kirche, um das Regiment zu segnen, das nach Schlesien abrückt, nur dafür, und noch geraume Zeit wird er den Sekretär, der den Kaffee überschwappen lässt, jeden Tag ertragen müssen, den Sekretär, der keinen Spaß kennt und der es noch weit bringen wird.

Wie geschickt die Fuhrleute mit den Haken, Riemen und Stangen umgehen, die sie unter die Fässer mit dem edlen gelben Traminer legen. Am liebsten würde er diesen Anblick genießen, das Bild einfacher, nützlicher, gottgefälliger Arbeit. Hier hinter seinem Rücken, wo der Sekretär mit einem Bündel Papiere steht, hier warten nur Sorgen, nur Schwierigkeiten, lauter ungelöste Fälle, der Zubau in Obernburg, die Kosten, der Krieg gegen die Preußen, die Jesuiten und ihre Schule, die Korrespondenz mit dem Hof wegen der Wallfahrer nach Kelmorajn und jetzt noch diese fliegenden Dinger über Istrien und das verwirrte Vieh in Innerkrain, dieser ganze dumme Kram, von dem sich der eifrige Sekretär nicht lösen kann. Aber die Schwierigkeiten sind nicht nur hinter, sie sind auch vor seinen Augen, unten auf der nassen Straße gibt es ein kleines großes Problem: Dort wartet es, versteckt in einem Überzieher geht es auf und ab und späht immer wieder zu den Fenstern hinauf. Das ist doch nicht möglich, ruft der Fürstbischof aus, das ist doch nicht möglich, sagt er und deutet dem Sekretär mit dem Kopf, er solle zum Fenster kommen. Noch immer steht er dort, er kann seinen Augen nicht glauben. Der Verwalter von Dobrava, dem Gut des Barons Windisch, Jožef Poljanec. Auch selbst ein reicher Gutsbesitzer, sagt der Sekretär, Ihr wolltet ihn nicht empfangen, Mitglied der Bauernvereinigung, er ist ein angesehener Mann, sagt der Sekretär, er sagt, er werde so lange vor der Tür stehen, bis Ihr ihn empfangt. Der Fürstbischof spürt, dass in ihm wieder diese *ira* aufsteigt, er weiß nicht, was er sagen soll: Warum steht er dann unter den Fenstern? Warum lungert er vor meinen Fenstern herum, wenn er gesagt hat, er werde vor der Tür stehen? Vielleicht sollte man ihn doch empfangen, sagt der Sekretär, er hat in Obernburg mit Holz ausgeholfen. Um Himmels willen, Mann Gottes, sagt der Fürstbischof, soll etwa der Fürstbischof von Laibach seine unruhige Tochter überreden, nicht auf die Wallfahrt zu gehen? Soll er ihr etwa diese heilige Reise rundheraus verbieten? Ist das die Aufgabe eines Fürstbischofs? Er hat seine Frau verloren, sagt der Sekretär, jetzt hat er Angst, auch noch seine Tochter zu verlieren, ihr Name ist Katharina. Ein schöner Name, der reine Name einer reinen Frau, Katharina von Alexandrien, Katharina von Siena, er ist ein guter Mensch, Poljanec, ein kluger Wirtschafter und ein frommer Mann, aber stur und dumm zugleich, wie soll der Fürstbischof jemandem verbieten, auf Wallfahrt zu gehen, wie kann er so etwas überhaupt, wer hätte das je gehört? Er fasst sich an die Schläfen, es hämmert, schon in der Früh regen ihn so viele Dinge auf, dass es in seinen Schläfen hämmert.

Das Schlimmste ist, dass bei all dem dieser Jožef Poljanec recht hat, dass er wirklich Grund hat, besorgt zu sein, denn bei der Wallfahrt nach Kelmorajn ist schon vor sieben Jahren etwas schiefgegangen, auch ihm, dem Fürstbischof, machen diese Wallfahrten Sorgen, da ist so einiges außer Kontrolle geraten, die Hofkanzlei verlangt kurzerhand, dass sie eingestellt werden, aber das wird er nun doch nicht zulassen, er wird bestimmt nicht derjenige sein, der mit diesem althergebrachten Brauch ein Ende macht, er nicht, niemals. Er wird an den Hof schreiben, welcher Schade durch ein Verbot entstehen kann, ein seelischer Schaden, den der Staat nicht versteht, und wie soll er überhaupt, wie soll er seinen Schäfchen, seiner Herde den Weg dorthin verbieten, wohin sie die Hoffnung zieht, die ungeheure Macht der Heiligtümer von Köln und Aachen, soll er auch die Wallfahrten nach Compostela verbieten? Zuerst sollen die ihre Kriege einstellen, soeben schicken sie auf demselben Weg ein großes Heer in die deutschen Lande; er wird nichts verbieten, obwohl die Sorgen groß sind; schlimme Sorgen herrschen auch in diesem friedlichen Land. Wie soll der Mensch alles das schaffen: die Bataillone segnen, die in den Krieg marschieren, sich mit Wien und Rom herumschlagen, sich auf Krankheiten und Unruhe unter dem heimischen Vieh verstehen, den Aberglauben des hiesigen Volkes? Und zu allem Überfluss hat er unter den Fenstern noch den unglücklichen Jožef Poljanec stehen, wird sich Poljanec etwa beim Papst beklagen? Wird er vor dem Heiligen Vater Benedikt niederknien, dem alten kranken Mann, wenn der Fürstbischof von Laibach seine Tochter nicht zurückhält, was? Oder wird er den Heiligen des heutigen Tages aufsuchen, den hl. Hermenegild, den Märtyrer? Poljanec, der dort unter den Fenstern auf und ab geht, ist selbst so ein Märtyrer. Wie soll der Mensch das alles schaffen, wie soll er das alles auf sich nehmen, jetzt auch noch die Qualen eines verschreckten Vaters, auch wenn er der Fürstbischof ist, Kriege und Unruhen und Hochmut und Zügellosigkeit und das alles? So wie alle anderen, gibt er sich selbst die Antwort, so wie alle anderen: Mit Gottes Hilfe, mit Gottes Hilfe.

Was haben wir heute?, sagt er mit noch immer verdrossener Stimme, wenn wir von diesen Besuchern aus Istrien einmal absehen? Sie sind über Vodnjan geflogen, sagt der Sekretär, und man hat sie bei Sankt Rochus gesehen. Den Bischof schüttelt es jetzt ein bisschen, sein Körper zittert, aber nicht vom Fieber, nicht von der Krankheit. Und das Vieh, sagt Ihr, hat sich ertränkt? Unruhig war es schon ein paar Nächte hindurch, sagt der Sekretär mit ernstem Gesicht, und dann ist es über die Hänge in die Täler gestampft, es wird erzählt, dass ganze Herden geradewegs ins Wasser gerast sind. Ein seltsames Phänomen, in der Tat. Dem Bischof pfeift es aus der Lunge, der Körper zittert, offensichtlich braucht er Hilfe, der Sekretär geht zum Schrank, um für ihn ein Erkältungspulver mit Wasser zu mischen. Das Land ist ruhig, der Krieg ist fern, Pest oder Cholera hat es schon lange nicht mehr gegeben, die letzte Hexe wurde vor dreißig Jahren verurteilt und verbrannt, die Dominikaner hatten sie angezeigt, *domini canes,* die Hunde des Herrn, die Lutheraner haben sich schon lange aus dem Staub gemacht, und dann – gab es denn nicht genug andere Schwierigkeiten? – erfinden sie irgendwelche fliegenden Geschöpfe. Es pfeift ihm aus der Lunge, aber nicht von der Krankheit, nicht von der Krankheit, sondern vor zurückgehaltenem Lachen. So wird erzählt? Denkt Ihr auch so, glaubt Ihr das? Er glaubt es, der Sekretär glaubt, dass die Teufel wieder in das ruhige Land gekommen sind, jetzt wo sich Pilger in allen slowenischen Gegenden gerade anschickten, ihr Herz für die siebenjährliche Wallfahrt nach Kelmorajn zu rüsten, jetzt wo auch der Krieg gegen die Preußen losging, jetzt wo das Getreide teurer wurde und man für ein Pfund Rind mehr zahlen musste als ein Jahr zuvor und wo ein wild gewordener junger Dorflümmel nach der Messe des Bischofs in Radmannsdorf frech vor die Kirche geritten kam und in die Luft schoss. Erinnert Ihr Euch, Exzellenz, an dieses Schießen? Seine Exzellenz erinnert sich: Was wollt Ihr damit sagen? Eine solche Dreistigkeit kommt vom Teufel, sagt der Sekretär, das Pferd unter ihm hat wie verrückt getänzelt und er hat in Eurer Gegenwart in die Luft geschossen. Ein betrunkener Bauer, sagt der Fürstbischof, und nicht der Teufel! Wieder ist mir dieses Wort über die Zunge gekommen, wieder werde ich das Kreuz schlagen wie ein abergläubisches Weib. Kein Wunder, dass der Sekretär es glaubt, noch immer herrscht viel Verwirrung in der Welt. An einem Ende des Landes werden Hochöfen und Zuckerfabriken errichtet, in den Kaffeehäusern schlürft man Kaffee, der in Triest gemahlen wird, am anderen Ende sind Dämonen in die Tiere gefahren, haben sie verrückt gemacht und sie in die Fischteiche getrieben, in die Seen und Flüsse. An einem Ende diskutieren in der Akademie gelehrte Männer mit heißem Kopf unter heißer Perücke über lateinische Verse und mathematische Logarithmen, am anderen hocken die Bauern in verrauchten Räumen und horchen auf das Heulen des Windes über den Strohdächern und versuchen die Stimmen der alten Werwölfe, Hexen und anderer unsichtbarer Gestalten zu deuten, die ihnen helfen oder schaden könnten, eher schaden als helfen. Ist es verwunderlich, dass die Bischöfe in solchen Zeiten ein wenig nervös sind, auf jeden Fall mehr als andere Menschen? Dass sie manchmal vom Zorn in der Brust gepackt werden, was noch keine Sünde ist, das noch nicht, sondern nur der Ausdruck großer menschlicher Sorge eines armen Dieners? Nichts ist noch gewiss und völlig klar auf der Welt, diese Zeiten sind verworren, die Sorgen groß, wie soll der Mensch sie ertragen, wenn nicht mit Gebet und, auch wenn er der Fürstbischof ist, mehr mit Gottes als mit eigener Hilfe? Auch er muss seinen Engel im Himmel haben, auch er hat einen, aber keinen welschen, keinen Putto, sondern einen weißen, wie es geschrieben steht und wie es in Wirklichkeit ist. Genau genommen, wenn er genauer nachdenkt, muss er mehrere haben, wahrscheinlich hat er wirklich mehrere, sonst hätte er nicht das werden können, was er ist, der Hirte und Führer einer großen Herde, eines großen Bistums, das von Weißenfels bis Obernburg und weiter bis Windischgrätz an der Grenze zum Lavanttaler Bistum reicht, von den weißen Felsen der Karawanken hinunter bis nach Istrien, er hätte all das nicht werden können, wenn er nicht mehrere Engel gehabt hätte, und schließlich muss es bei der Fürsorge für so viele Menschen und Dinge auch mehrere Helfer geben, obwohl Letzteres nicht entscheidend ist, entscheidend ist die Erwähltheit, wer zum Fürstbischof erwählt ist, der hat mehrere Engel, diese Sache, so scheint ihm, diese Sache ist doch wohl klar.

Der Sekretär stellt das Glas mit dem Pulver auf den Tisch und weicht vor dem Schüttelanfall zurück, der Seine Exzellenz in seiner Gewalt hat, einem Schüttelanfall, der kein Fieber ist, sondern Lachen, vor Lachen pfeift es ihm durch die kranken Lungen. Das Vieh hat nichts gesagt? Niemand hat Farnsamen zu sich genommen? Der Sekretär schweigt beleidigt, er wird nichts mehr sagen. Versteht mich nicht falsch, sagt der Fürstbischof, als er den Apothekerbitterstoff getrunken hat, das ist alles zu viel, zu viele Sorgen für einen armen Menschen, trotz allem bin ich nur ein armer Mensch, obwohl ich der Allerhöchste und Erhabenste im weiten Umkreis bin und über mir nur noch Papst Benedikt in Rom steht, auch schon ziemlich in den Jahren, auch schon in den Jahren, der Pontifex Maximus. Dieser Sekretär glaubt an das alles, davon ist der

Bischof überzeugt, an den Farnsamen, den man in der Johannisnacht einnehmen muss, damit man versteht, was die Tiere reden, bestimmt bekreuzigt er sich heimlich vor dem Mund, wenn er gähnt, damit die Teufel, schon wieder habe ich dieses Wort ausgesprochen, genau genommen nur gedacht, damit die bösen Geister nicht durch den Mund in den Menschen eindringen, Heidenvolk, heidnisches. Der Bischof wäre kein Bischof, wenn er an der Existenz des Teufels zweifelte, er zweifelt auch nicht an der Existenz des Bösen, das der gefallene Engel in der Welt verbreitet. Er weiß, nur zu gut weiß er, dass der Satan und das Böse viele Gesichter haben, auch schöne, auch glänzende, Gott aber hat nur eines. Er weiß, dass das Gute und das Böse in jedem Menschen aufeinanderprallen, unaufhörlich, jeden Augenblick, und dass Gott auf der Seite des Guten ist, wo wohl sonst sollte Er sein? Doch das hiesige Volk und der geehrte Sekretär sollen nun endlich aufhören mit ihren fliegenden Kreaturen und Werwölfen, es ist an der Zeit. Ach, diese heidnische Welt in den Alpentälern, in den Ebenen des Nordens. Während wir nach Amerika segeln und Missionsstationen gründen, während wir Hochöfen befeuern und Sonaten spielen, während wir das Cembalo vibrieren lassen und Augustinus studieren, wo es das alles auf der Welt schon gibt, laufen hier noch immer all diese Freischützen und grünen Jäger und Goldhörner und Werwölfe herum, die einen mit dem bösen Blick verhexen, Feuervögel und Perchten und Hexen an Kreuzwegen und verschollene und auf Friedhöfen umherirrende Menschen, das geht ihm schon ein wenig auf die Nerven, wenn man das so sagen darf, in diesen Zeiten geht den Bischöfen so manches auf die Nerven, nur dass man dazu anders sagt. Und jetzt sehen die kurz vor der großen Wallfahrt irgendwelche Dinger durch die Luft fliegen, und das sogar über Vodnjan, vielleicht sogar über Venedig, über dessen Kuppeln und alten Reliquien in den Kirchen, über den heiligen Gebeinen, die zweifellos ihre Macht haben, aber dass sie alles das, alle ihre alten heidnischen Wahnvorstellungen gleich dem Schlimmsten zuschreiben, dem Hässlichsten, er wird seinen Namen nicht noch einmal aussprechen, weder im Singular noch im Plural, einfach „ihm", das ist zu viel, zu viel, als dass er sich in seinen Jahren und bei seinem Wissen und bei den zahlreichen Obliegenheiten noch damit beschäftigen könnte, als dass er daran auch nur einen einzigen Gedanken verschwenden würde. Er muss sich die Lachtränen wegwischen, der Herr Sekretär möge ihm verzeihen, aber das alles ist irgendwie zu viel. Der Fürstbischof wird ernst, die Angelegenheit muss in einen vernünftigen Rahmen gebracht werden: Wenn sich die Säue ersäuft haben, sagt er, wisst Ihr, was das bedeutet? Der Sekretär schweigt, er hat beschlossen zu schweigen, aber er weiß, er weiß gut, was das bedeutet. Das bedeutet, sagt der Fürstbischof von Laibach mit aller Entschiedenheit, die er bei seiner Krankheit aufbringt, das bedeutet, dass auch der Herr in der Nähe war. Er hat die Dämonen in die Säue und die Säue ins Wasser getrieben. Lukas 13,32 und alle anderen Evangelien, ich muss sie nicht alle nennen.

Jetzt ist die Sache klar, sie ist beendet. Und noch etwas, sagt der Fürstbischof scharf, mit einer Stimme, die keinen Widerspruch duldet, noch etwas, um es mit den Worten des hl. Augustinus zu sagen, wenn Ihr ihn aufmerksam gelesen hättet, kenntet Ihr sie: Versucht nicht mehr zu erkennen, als euch zukommt.

Der Sekretär senkt den Blick, gemeinsam gehen sie in den Empfangssaal.

– Also, sagt der Fürstbischof schroff, wie oft soll ich noch fragen: Was haben wir heute?

– Zuerst die Wallfahrer nach Kelmorajn, sagt der Sekretär.

Natürlich, das hat er schon heute Morgen befürchtet. Diese Sache mit den Wallfahrern nach Kelmorajn, denn mit denen hat es in letzter Zeit noch mehr Schwierigkeiten gegeben als mit den Teufeln, die um Kirchtürme herumfliegen, wenn sich der Fürstbischof einen kleinen Scherz erlauben und wieder den hässlichen Namen im Plural aussprechen darf. Die frommen Menschen von hier wallfahren schon seit je, sie wallfahren seit Jahrhunderten, mündliche Überlieferung und älteste bischöfliche Aufzeichnungen berichten von Wallfahrten ins Heilige Land, durch Ungarn und die Türkei, sie berichten von einer Schar der Hundertfünfzig aus Laibach, von denen es nur neun nach Jerusalem zum Heiligen Grab schafften, die Übrigen wurden von Türken und räuberischen Arabern umgebracht oder in die Sklaverei verschleppt. Sie sind nach Rom gewallfahrt und ins ferne Compostela, zu Fuß, monate- und abermonatelang, manchmal über mehrere Jahre, die Grafen von Cilli sind mit reicher Begleitung geritten, um sich von ihren schrecklichen Sünden freizukaufen, von Morden und böser Begehrlichkeit nach menschlichem Fleisch und Landbesitz und Herrschaft; gewöhnliche Bauern haben sich die Füße blutig gelaufen, irrsinnig weit gelaufen sind sie mit ihren Pilgerkitteln und -stöcken und den daran befestigten Muscheln. Und er kann nicht anders, der Fürstbischof, als den Eifer seiner Herde zu bewundern, die es von jeher an die heiligen Orte und heiligen Stätten zieht, seit den ältesten Zeiten. Die heilige katholische Kirche könnte stolz sein auf ihr heiliges slawisches Volk im südlichen Österreich, statt dass ihr Bischof Berichte nach Rom schicken und sich mit den weltlichen Behörden in Wien herumschlagen muss. Sie könnte wissen, dass einzig das hiesige Volk jede seiner heiligen Reisen nach der Stadt benennt, in der sich die *Sedes Apostolica* befindet, in Krain heißt jede Wallfahrt „romanje", Romfahrt. Von jeher wird gewallfahrt, von jeher wird viel gesündigt und viel gewallfahrt, je schlimmer die Sünden, desto weiter und beschwerlicher werden die Wallfahrten, der Wunsch nach dem himmlischen Königreich, wo sie einmal zu Hause sein werden, sitzt so tief in diesen Leuten, dass man all das respektieren und mit Segnungen und guten Ratschlägen versehen muss. Aber die Wallfahrten ins Rheinland haben in letzter Zeit Auswüchse angenommen, dem Bischof liegen genügend Unterlagen vor, genügend Schreiben aus der Wiener Hofkanzlei, von wo man ihm gedroht hat, als ob er selber dort durch Bayern und das Rheinland gepilgert wäre. Er weiß das, nach der letzten Wallfahrt war die Sache bereits so weit, dass man in Wien in der Hofkanzlei offen davon sprach, diesen Brauch einfach zu verbieten. Zumindest die Wallfahrten ins Rheinland, die in letzter Zeit verschiedentlich zu Sittenlosigkeit auf den Gotteswegen geführt haben. Mit Unbehagen denkt er an den letzten Bericht, wenn man ihm Glauben schenken kann: Landstreicherei, Saufgelage, Jubel und Trubel, Zügellosigkeiten, Marktschreierei, alle möglichen Ärgernisse. Statt reumütiger Reinigung, Frömmigkeit, Andacht und Gebet sind Raffgier und Gewalt zur Gewohnheit geworden, wenn man diesem Bericht wirklich glauben kann und er nicht vielleicht doch von bösen und verleumderischen Menschen aufgesetzt wurde. Die Verhältnisse haben sich sozusagen von Jahr zu Jahr verschlechtert, obwohl man sagen müsste: von einem Jahrsiebt zum anderen Jahrsiebt, so war der Zyklus der heiligen Pilgerreisen ins Rheinland. Nur jedes siebente Jahr nämlich werden die Gläubigen und alle möglichen anderen Menschen im Süden Österreichs von dieser eigenartigen Unruhe ergriffen, ähnlich einer fiebrigen Epidemie, sodass sie ihre bäuerlichen und städtischen Heimstätten, ihre Familien, ihre obligaten Tätigkeiten verlassen und sich zu Fuß auf den fernen, ungewissen und auch gefährlichen Weg machen. Auch in den deutschen Landen werden die ungarischen Pilger, wie die Pilger aus den slowenischen Landen aufgrund oberflächlicher Geografiekenntnisse genannt werden, in den Städten, wo ihnen einst eine überwältigende Gastfreundschaft zuteil wurde, von einem Jahrsiebt zum nächsten Jahrsiebt mit immer größerem Unbehagen erwartet. Bis schließlich das siebente, das Pilgerjahr das Jahr der Angst, der Heuschrecken oder Türken ist, wie in einigen Berichten behauptet wird, denen der Fürstbischof von Laibach nicht glaubt, es gibt zu wenige Beweise, das hat er auch der römischen Visitation gesagt. Und diesen Berichten zufolge sollen nur noch wenige Städte an dem alten Brauch festhalten und sie an den Stadttoren durch Vertreter der örtlichen Behörden und des Landadels mit allen Ehren und Bewirtungen empfangen. In Bayern, wo die Wallfahrten noch immer in hoher Blüte stehen, zeigt man darob noch eine gewisse Freude, wenngleich das Land nach dem letzten Krieg noch immer verwüstet und arm daniederliegt. In Köln und Aachen hingegen hat man die Wallfahrer zuletzt sogar mit der Stadtgendarmerie empfangen. Es sind nicht mehr die Zeiten, als Reiseführer in slowenischer Sprache mit dem Titel „Der ungarische Wallfahrer" gedruckt wurde. Ungarisch oder krainisch, das war doch egal, aus dem Osten strömten ganze Völkerschaften zu ihren Heiligtümern – wer könnte sie auseinanderhalten! Und alle werden sie einander immer ähnlicher: Statt der einstmals unendlich frommen Menschen, deren Gottesfurcht, Bescheidenheit und Beharrlichkeit fast ebenso bewundert wurden wie ihr Gesang, ihre Tänze und ihr mustergültiges moralisches Leben, ziehen jetzt, nach diesen unangenehmen und kaum glaublichen Berichten zu urteilen, Scharen von lauten, manchmal betrunkenen, manchmal gewalttätigen Fremdlingen mit fahrigen Bewegungen und unsteten Augen durch die deutschen Städte und Dörfer. Nicht nur dass sie nicht mehr in härene Gewänder gekleidet sind, einige tragen, so die Berichte, wertvollen Schmuck, andere sind bewaffnet, jede Gruppe von Gläubigen hat zudem noch eine Rotte von Frauen und Männern von zweifelhaftem Ruf im Schlepp. Der Fürstbischof weiß: Die Reise ist eine Versuchung, und das Böse ist ansteckend, Männer und Frauen reisen zusammen, Heu entzündet sich leicht am Feuer. Es wäre wirklich betrüblich, wenn die Gläubigen und Beharrlichen, die vorne gehen, denen ähnlich würden, die hinten nachkommen, den Huren und Dieben. Wenn sich, was auch schon vorgekommen ist, sollte man den Berichten glauben, anständige Stadtbürger auf dem langen Weg in Vielfraße und Lotterbuben verwandelten, wenn bäuerliche Menschen keinen Respekt mehr vor fremdem Eigentum hätten und wenn, wie ein

Dominikaner berichtet, verheiratete Frauen und unschuldige Mädchen zu kreischenden Weibern mit Gläsern in den Händen und gerafften Röcken würden. Die letzte Wallfahrt nach Kelmorajn hat ihm eine römische Visitationskommission mit einem ganzen Bündel von Anzeigen eingebracht, und alle hat er zurückgewiesen, der Fürstbischof. Und jetzt stehen sie wieder vor der Tür, die Wallfahrer nach Köln. Auch diese Sorge, auch diese große Sorge wird ihm auferlegt, er trägt die Verantwortung für alles, für die Seele und für die Gesetze, für Ehre und Ansehen, für den guten Namen des Bistums, für alles; all das trägt er, nur wie soll er das alles schaffen? So wie alle anderen, nur so – mit Gottes Hilfe, mit Gottes Hilfe.

– Lasst sie schon eintreten, sagt der Fürstbischof, worauf warten wir?

Der Sekretär öffnet die Tür, und ein großer Mann in städtischer Kleidung tritt ein, hinter ihm drängeln sich ein paar Bauern in den Empfangsraum, und zum Schluss tragen sie auf einer Trage noch eine mächtige Frau herein, die so breit ist, dass man sie zusammen mit der Trage durch die Tür zwängen muss. Der große Mann nimmt den Hut ab und donnert los, sodass die Scheiben zittern:

Jesus cum Maria
Sit nobis in via.

Und er stampft durch den Raum, um dem Bischof den Ring zu küssen.

– Gott hört Euch, sagt der Fürstbischof, auch wenn Ihr weniger laut seid.

Obwohl es zu laut und zu aufdringlich war, denkt er: Ein Bass, so einer fehlt uns in der Kathedrale für das *Te Deum Laudamus*. Die Bauern und die Frau lässt die Herrlichkeit des Anblicks, der hohen Fenster, des glatten Parketts, der Bilder an den Wänden, der Statuen, der Herrlichkeit des ganzen Bildes mit dem Bischof unter der weißen Perücke und seinem Sekretär, ebenfalls mit Perücke, auf die Knie sinken. Ich bitte Euch, sagt der Bischof ungnädig zu dem Bassisten, wenn Ihr der Pilgerprinzipal sein wollt, so setzet Euch die Perücke wieder auf, und die Dame soll sich erheben. Der mächtige Mann richtet sich auf und sieht ein wenig verwirrt auf die Perücke, die er in Händen hält. Er kann nicht verstehen, wie sie dort hingekommen ist, im ersten Moment weiß er selber nicht, dass er sie zum Zeichen der Demut unabsichtlich mit dem Hut zusammen vom Kopf gezogen hat. Ich heiße Michael Kumerdej, sagt er in seiner Verlegenheit, und ich bin ein Kaufmann aus Windischgrätz, Leder, Wein, Pferde. Hastig steckt er sie dorthin, wohin sie der Würde wegen gehört. Eine Perücke auf dem Kopf weckt mehr Respekt als eine in den Händen. In der Glasscheibe hinter dem Rücken des Bischofs versucht er zu sehen, ob sie gut sitzt. Die vier Bauern bringen die Frau nur mit Mühe auf die Beine. Das ist Magdalenchen, sagt der Pilgerprinzipal, meine Frau. Ist recht, ist recht, sagt der Fürstbischof. Es ist gut, auf so einer Reise, die viele Schwierigkeiten, um nicht zu sagen Versuchungen, mit sich bringt, eine sorgende Frau mitzuhaben. Aber noch besser als eine Frau ist es, sich mit festem Glauben und Gebet zu wappnen. Manche vergessen das beim Wallfahren mitunter. Wenn Ihr singt, sagt er, wird man Euch, zum Ruhme des Herrn, weithin hören. Ich bin nicht sonderlich musikalisch, gibt Michael mit seinem Bass zurück, dafür bin ich mächtig fromm und sehr anständig.

Die Frau nickt rasch, auch die Bauern, die sich an der Tür drängen, bestätigen, dass Michael mächtig anständig ist. Ich verstehe mich auf Geschäfte und aufs Reisen, sagt er, auf die Preise für Übernachtungen und Essen, für das Mieten von Pferd und Wagen, auf Kranke und Gesunde, auf Anständige und Gauner, auf Sitten und Bräuche in fremden Ländern. Der Fürstbischof fragt, ob sich der Pilgerführer, der Prinzipal Michael Kumerdej, der Größe seiner Verantwortung bewusst sei? Michael brummelt auf, er sei sich dessen bewusst, er sei sich der großen Ehre und der großen Verantwortung bewusst. Doch könnten die Herren, die ihn begleiteten – er deutet auf die Bauern, die sich an der Tür drängen –, bestätigen, dass er die Wege und die Menschen von hier bis zum Norden, bis nach Preußen und ans Eismeer kenne. Magdalenchen setzt hinzu, dass auch Michael überall bekannt sei, in jedem Hospiz, in jeder Schenke; die Bauern nicken. Michael beginnt die Gasthäuser von Laibach über Villach bis Salzburg und weiter aufzuzählen. Der Fürstbischof hebt die Hand, denn jetzt ist es im Raum für seinen kranken Kopf wirklich zu laut, er überhört die Namen der vielen Klöster und Hospize, er fängt noch das Detail auf, dass es irgendwo, wo denn noch?, in Landshut, ja, dort, ein Gasthaus Zum heiligen Blut gebe. Zur heiligen Kuh, sagt ein Bauer an der Tür, er kann seinen rohen Einfall nicht zurückhalten, sie grinsen. Blut, verbessert ihn Michael, Zum heiligen Blut; der Fürstbischof hat alles überhört.

Er winkt dem Sekretär, der sich zu ihm niederbeugt. Der Bischof will wissen, wie es mit der geistlichen Umsorgung dieser Leute stehe.

Der Sekretär erklärt, dass mit den Pilgern auch Pfarrer Janez Demšar von St. Rochus reisen werde. Das ist der, denkt der Bischof, der meint, die Frühlingsfasten finden zur falschen Zeit statt. Aber es werden sich vielleicht noch einige steirische, Kärntner und furlanische Geistliche anschließen.

Alle warten nun gespannt darauf, was der Bischof sagen wird. Wird er sie endlich segnen? Er sagt nichts, er sieht vor sich hin, er denkt daran, dass ihm noch immer das Fieber zusetzt und er zurück soll ins Bett. Wenn sie doch endlich gingen, denkt er, sollen sie in Gottes Namen doch endlich gehen. Er wird ins Bett gehen und beten, dass es nach dieser Wallfahrt nicht wieder eine Visitationskommission gibt. Dass ihr mir nicht, sagt er dann doch, wie irgendwelche Türken oder Heuschrecken durch Bayern und anderswo durchzieht. Er sagt, sie mögen in Gottes Namen ziehen, sie mögen zusehen, dass alles in Ordnung sei und es keine Beschwerden gebe. Michael Kumerdej lässt ein Marienlied erschallen, der Sekretär unterbricht ihn, der Fürstbischof denkt: Der ist wirklich nicht musikalisch. Den Segen, sagt der Sekretär. Natürlich, sagt der Fürstbischof. Er faltet die Hände und betet kurz, dann öffnet er sie und hebt sie zum Segen, Magdalenchen und die Bauern fallen auf die Knie, der Pilgerprinzipal nimmt erneut versehentlich die Perücke ab, die starken Männer brauchen lange, um das schwer keuchende Magdalenchen wieder auf die Füße zu bringen.

Der Bischof steht am Fenster, die Hände auf dem Rücken. Wieder schaut er in den Regen, der an diesem Tag stetig durch den düsteren Tag vor dem Bischofspalais rinnt. Auf der nassen Straße zurren jetzt die Fuhrleute die leeren Fässer mit Riemen und Stricken fest. Die leeren auf den Wagen, die vollen in den Keller, denkt er, aber ohne mich, der heurige süße Steirer ohne mich. Er denkt, dass er den unglücklichen Poljanec, der unter seinen Fenstern auf und ab geht, vielleicht doch empfangen solle – wenn er schon diesen Pilgerprinzipal empfangen hat, der mit seinem Bass die Mauern von Jericho zum Einstürzen brächte, dann kann er auch Poljanec empfangen, er hat Holz für den Bau in Obernburg gegeben, er könnte ihm ein gutes Wort sagen, er könnte seiner Tochter einen Rosenkranz mit auf den Weg geben. Aber an diesem Tag hat der Fürstbischof noch viele Dinge zu tun. Er diktiert einen Brief nach Wien des Inhalts, dass er alle notwendigen Maßnahmen getroffen habe, damit die diesjährige Wallfahrt ohne Konflikte mit den Gesetzen der habsburgischen Lande und derjenigen, durch die seine Schäfchen reisen würden, vonstattengehen könne. Dann begibt er sich mit Mühe in die Kathedrale und segnet das dort versammelte Artillerieregiment, das zum Krieg nach Preußen abrücken wird. Krieg mit den Preußen, Kosten, Steuern, Beerdigungen, Töten, Sünde über Sünde. Er segnet das ganze Regiment, er muss es segnen, sie würden es ihm nie verzeihen, wenn er es nicht täte, und so tut er es, obwohl er krank ist und fiebrig. Er muss an diesen Pfarrer denken, der das Fasten nicht mag, was würde Pfarrer Janez von St. Rochus jetzt sagen: Soll das Heer doch dem Teufel in den Arsch kriechen! Dann würde er sich bekreuzigen und Buße tun, weil er das gesagt hat. Er muss auch ein paar Anstellungen und Versetzungen unterschreiben, schließlich muss er auch etwas essen und ruhen, er muss das Brevier beten, und als er am Abend aus dem Fenster sieht, sind keine Fuhrleute mehr da, und als er sich endlich entschlossen hat, Windischs Verwalter, Jožef Poljanec, zu empfangen, obwohl es schon spät ist, ist dessen Gestalt unter dem Überzieher nicht mehr unter seinen Fenstern zu sehen. Jetzt tut es ihm leid, schließlich kann er Poljanec gut verstehen: Alle möchten sie irgendwohin gehen, und wer wird hierbleiben? Etwa nur noch Poljanec und der Fürstbischof? Immer weniger werden Ordnung und Ehre, überall gibt es Hochmut, verschwenderische Kleider, Kaffeetrinken, Malereien und Bälle und Konzerte, auf dem Lande Raub und Unzucht, und alle reisen irgendwohin, nach Triest und Wien und weiter, über Meere und über Kontinente, alle treibt es irgendwohin, auf Wallfahrten und in Kriege; aber jemand wird hierbleiben müssen, die Felder bestellen, die Schafe hüten, sollen etwa Poljanec und der Fürstbischof allein zurückbleiben? Doch was kann er daran ändern? Sollen die Pilger in Gottes Namen ziehen, zum Kuckuck mit der Hofkanzlei, sollen die Regimenter gegen die Preußen ziehen, soll dieses abergläubische Volk weiterhin mit seinen Werwölfen und Säuen leben, die sich ins Wasser stürzen, er selber wird nach Obernburg gehen, dort wird er lesen und lustwandelnd mit den Bäumen und dem Himmel reden. Ich darf nicht so denken, denkt er, das sind schlimme Gedanken, das kommt von der Müdigkeit. Wenn überhaupt, sagt der Fürstbischof von Laibach laut, dann sollen sie die Kriege verbieten, dieses Regiment, das er gesegnet hat, soll hierbleiben, sollen die Burschen und die Männer auf den Feldern arbeiten, sollen sie die Hacken schwingen, statt Köpfe einzuschlagen, sollen sie Fässer in Keller rollen, das ist eine schöne Arbeit und zudem nützlicher, als

Kanonen aus dem Morast zu ziehen. Die Pilger aber sollen ziehen, auch die Katharina vom Poljanec soll ziehen, wenn sie das Herz treibt, sollen sie nach Kelmorajn gehen, das nur eine Station auf dem Weg zum himmlischen Jerusalem ist, wohin wir alle reisen.

Mit diesen Gedanken legt sich der Fürstbischof von Laibach unter den hölzernen Baldachin mit den gesunden rotwangigen Engeln. Er will den Sekretär rufen, damit er ihm einen Kaffee bringt, denn er beabsichtigt, noch ein wenig zu lesen, aber er weiß, dass der ungeschickte Sekretär den Kaffee über ihm verschütten wird, deswegen nimmt er lieber einen Tee. Er wird auch den Tee verschütten, aber das wird kein solcher Schade sein. Er sieht an die Holzdecke über seinem Bett, er sieht die bunten Engel, und bevor er noch den Sekretär zu rufen vermag, damit er ihm einen Tee bringe, hat er sich so tief in den Himmel am Baldachin mit all den Engelchen und goldenen Trompeten verschaut, dass er, anstatt nach dem ungeschickten Menschen zu rufen, denkt, dass die Engel eigentlich weiß sein müssten, leuchtend weiß wie bei Lukas und Markus und Johannes, so weiß und rein wie der Geist der Wahrheit Gottes, was sein ureigener theologischer Gedanke ist, dermaleinst wird man zitierten: nach dem Fürstbischof von Laibach. Bei diesem Gedanken wird ihm warm ums Herz, auch die himmlischen Putten vom Baldachin kommen ihm nicht mehr unangenehm rund und rotwangig vor, sondern so weiß, wie auch der Himmel sein müsste, weiß ... Weiter kommt er nicht mit seinen Überlegungen, er ist schon eingeschlafen. Und bald danach beginnt er sich auf dem Bett hin und her zu wälzen, ihm träumt, dass um dieses Weiß und diese Sauberkeit der Sekretär mit einem Krug schwarzen Kaffees in den Händen herumgeht und dass diese schwappende schwarze Flüssigkeit gefährliche Wellen schlägt.

[4]

Den durchgefrorenen Jožef Poljanec versuchte der Sekretär des Bischofs mit guten Worten zu überreden, nach Hause zurückzukehren, wo Geschäfte, Felder und Tiere auf den sorgenden Herrn warteten. Er werde nirgendwohin gehen, sagte Poljanec, hier werde er bleiben, bis ihn der hohe Herr dort im zweiten Stock des Bischofspalais empfangen werde. Und Schecke, seine Stute, werde am Eingang ins Palais angebunden bleiben, hier werde sie das Heu aus dem Sack rupfen, sie werde auf das nasse Pflaster vor dem Palais scheißen, bis ihn der Bischof empfange. Der Sekretär fuchtelte mit den Armen, was er sich denn denke, Mann Gottes, soll Seine Exzellenz die Menschen etwa überreden, nicht auf die Wallfahrt zu gehen? Die Kirche habe die Menschen stets zu dieser heiligen, wenngleich anstrengenden, wenngleich gefährlichen Verrichtung ermuntert, und es sei der innere Ruf des Menschen, wenn er sich so entschlossen habe. Und überhaupt, wie sollte das gehen, dass der Fürstbischof einer jungen Frau dieses Vorhaben ausredete, wenngleich man im Palais natürlich dankbar für das Holz sei, das Poljanec gespendet habe, auch für das Gespann und die Knechte, der Bau sei dadurch schneller vorangegangen. Aber das ist meine Tochter, schrie Poljanec heraus, sodass sich der Sekretär verlegen umsah, weder der Fürstbischof noch sein Sekretär hätten eine Tochter, um das zu verstehen: morastige Straßen, Regen, dreckige Quartiere, gewissenlose Leute, Krieg mit den Preußen. Der Sekretär drehte sich um und flüchtete vor dem schreienden Menschen zurück ins Palais, die Fuhrleute, die aufgehört hatten, die vollen Fässer in den Keller hinein- und die leeren aus dem Keller herauszurollen, gaben Poljanec einen Traminer zu trinken und nahmen ihn mit ins Wirtshaus Kolovrat unweit des Bischofspalais, der Fürstbischof zog den Vorhang zur Seite und atmete auf, weil Poljanec nicht mehr unter seinem Fenster zu sehen war, er war zur Vernunft gekommen.

Im Kolovrat dröhnte es vor Lachen, Singen und Rufen, die Gäste trampelten mit den Füßen und schlugen mit den Krügen auf die Tische, sodass der Wein fröhlich über die Ränder schwappte, hier genoss man eine ganz anders geartete Vorstellung als im bischöflichen Ordinariat. Auf der Bank stand ein Kerl in langem Mantel, der Wein lief ihm über den grauen Bart, gerade hatte er eine Geschichte beendet, als er schon zur nächsten ansetzte:

– Und als ich in Padua war ..., rief er und wartete, dass sich die Zuhörer beruhigen sollten, ... als ich in Padua war, bin ich einem jungen Menschen aus unseren Landen begegnet, der dort studierte.

Weil es in der Kneipe noch immer nicht leiser wurde, schwieg der Erzähler beleidigt und stieg von der Bank.

– Wenn ihr nicht zuhören wollt, dann eben nicht, sagte er eitel, dann gibt es eben keine Geschichte mehr.

Von allen Seiten tosten Rufe heran, sie würden zuhören, Vater Tobias erzähle die besten Geschichten, er solle erzählen, das sei wahres Theater, und nicht diese Prozessionen und Passionen. Das ließ sich Vater Tobias nicht zweimal sagen, er erzählte gern, er stieg wieder auf die Bank und schwang seinen Stock über den Köpfen, und als hätte er mit diesem Luftschlag den Lärm abgeschnitten, herrschte plötzlich Stille.

– Also, sagte Tobias, sein Name war Franc, Španov Franc. Oder France, wie er zu Hause gerufen wurde, und der ist nach Padua auf die Universität studieren gegangen. Und da kommt ihn Knecht Johann besuchen. Überall fragt er: Ist unser France wohl da?

Die Gäste lachten.

– Da gibt es nichts zu lachen, donnerte Tobias, das ist eine traurige Geschichte.

– Na, endlich haben sie einander doch gefunden, fuhr er fort. France fragt ihn, ob es zu Hause was Neues gebe. Ach, da gibt's nichts Neues, sagt Johann. Ich bin nur sehr müde, ich bin ja zu Fuß gekommen.

Jetzt begann Tobias beide zu spielen, France sprach näselnd und singend, wie die gelehrten Leute eben sprachen, und Knecht Johann so abgehackt, wie er es gewohnt war, mit den Pferden und Kühen zu sprechen.

Fragt France verwundert: Ja wie denn das?

Sagt Johann traurig: Wenn doch unser Brauner krepiert ist.

Fragt France: Welcher Brauner?

Sagt Johann: Ja erinnerst du dich denn nicht mehr? Unser schöner Brauner.

France: Das Pferd?

Johann: Das Pferd, ja. Und an allem ist unsere Franca schuld.

France: Welche Franca?

Johann: Ja kennst du denn deine eigene Schwester nicht mehr? Die ist an allem schuld.

France: Und da sagst du, dass es nichts Neues gibt? Und warum ist er krepiert, er war doch so gesund wie ein Pferd.

Johann: Er ist erstickt.

France: Erstickt?

Johann: Das Haus hat gebrannt, und da ist er erstickt.

France: Das Haus hat gebrannt?

Johann: Das Haus hat gebrannt, ja. Und der Stall auch, vom Haus ist der Funke auf den Stall übergesprungen, und im Stall stand der Braune, und der ist erstickt. Und an allem ist die unglückselige Franca schuld.

France: Jesus, das Haus hat gebrannt, Mensch, Johann, warum sagst du, dass es nichts Neues gibt? Wie das, was ist passiert, dass das Haus gebrannt hat?

Johann: Sie hat eine Kerze angezündet, die ist umgekippt, und da hat das Haus angefangen zu brennen.

France: Eine Kerze? Und wo hat sie die angezündet?

Johann: Auf der Bahre.

France: Auf der Bahre? Oje!

Johann: Auf der Bahre, ja. Der Vater lag auf der Bahre, und da ist die Kerze runtergefallen, und da hat das Haus angefangen zu brennen, und wegen dem Haus auch noch der Stall. Der Vater wurde gerettet, der Braune aber nicht.

France: Und du sagst, dass es nichts Neues gibt ... Gott im Himmel erbarme sich seiner! Was war denn geschehen, dass der Vater auf der Bahre lag?

Johann: Der Vater und der Nachbar haben einander totgeprügelt. Wegen der Franca.

France: O du heiliger Bimbam! Wegen der Franca?

Johann: Der Nachbar hat gesagt, dass sich unsere Franca mit

jemandem eingelassen hat. Das hat unseren Vater in schlimme Wut gebracht. Er hat gesagt, die Franca hat sich noch nie mit jemandem eingelassen. Und da haben sich der Vater und der Nachbar totgeprügelt. Und für die Mutter war das so schlimm, dass sie vor lauter Trauer gestorben ist. Gott schenke ihnen allen die ewige Ruhe.
    France: Die Frau Mutter sind auch gestorben?
    Johann: Ja. Die Frau Mutter sind vor Trauer gestorben, der Herr Vater haben sich totgeprügelt, das Haus hat gebrannt und der Braune ist krepiert.
    France: Und was ist mit Franca?
    Johann: Franca? Die hat sich wirklich mit jemandem eingelassen.

Das Publikum im Kolovrat toste wieder vor Fröhlichkeit, die Vorstellung hatte ihm überaus gefallen. Sogar Poljanec' trauriger Blick hellte sich ein wenig auf. Den Leuten passieren noch viel schlimmere Dinge als dem Gutsherrn und Verwalter auf Dobrava und seiner unruhigen Tochter. Der atemlose und mit seinem Auftritt offenbar zufriedene Kerl, der bärtige Vater Tobias, setzte sich zu ihm und erzählte, dass er aus Pettau stamme, dass er auf die Wallfahrt gehe, nach Kelmorajn. Poljanec kam der Gedanke, da kann er ja selber mitgehen, warum denn nicht? Wenn dieser Alte geht, kann er es auch. Jetzt wird er nach Hause gehen und Katharina sagen, dass er auch nach Kelmorajn geht, das Gut mag seinetwegen herunterkommen und in den wirtschaftlichen Ruin steuern. Und wenn er nicht nach Köln geht, wird er sich einfach bei Laudon melden, Laudon ist ein großer Soldat, Poljanec wird alles hinter sich lassen, er wird mit dem Neffen des Windisch nach Böhmen und Schlesien reiten, sie werden die Preußen in die Flucht schlagen, Maria Theresia, *vivat*! Aus ihm sprach nicht mehr nur der Steirische, sondern auch schon der Wippacher, den er und Tobias und die Fuhrleute geleert hatten, schwankend kam er hoch und drohte mit der Faust zum Bischofspalais hinüber, auch er werde gehen und dann würden sie schon sehen, was es hieß, seine Tochter vom häuslichen Herd, vom HISHNI SHEGEN und vom sicheren Heim wegzuschleppen. Vater Tobias freute sich, weil er einen Begleiter haben würde, und sie schenkten sich noch einmal aus dem Krug ein, er erzählte Poljanec und den Fuhrleuten und allen, die ihm zuhören wollten, er sei schon auf vielen Wallfahrten gewesen, auf dem Pettauer Berg und auf dem Monte Lussari, in Tschenstochau bei der Schwarzen Madonna und in Maria Saal auf dem

Zollfeld, in Compostela und natürlich auch im Heiligen Land sei er gewesen, er sei auch mancherorts sonst gewesen, auch in der Schlacht vor Wien, als die Ihrigen die Türken vermöbelt hatten. O nein, sagte Poljanec, dieser Krug hält kein Wasser, das war vor mehr als hundert Jahren. Das soll nicht wahr sein?, sagte Tobias, er sollte nicht dort gewesen sein? Nicht nur dass er dort gewesen sei, er habe sogar Holzscheite mit auf den Scheiterhaufen gelegt, dreitausend hätten sie verbrannt, dreitausend Teufelssöhne, die nie in den Himmel kommen würden, wie auch die Juden, die Lutheraner und die Hexen nicht, die hätten sie verbrannt, damit sie den *Dies irae* und die Feuerströme der Hölle schon auf Erden zu spüren bekämen, und dadurch hätten sie gleich noch die Luft um die christliche Stadt gesäubert, die von dieser Unreinheit verschmutzt gewesen sei. Natürlich habe es, bevor die Luft sauber gewesen sei, bis hinauf nach Prag und hinunter nach Triest nach Türkenfleisch gestunken. Wenn das so ist, sagte Poljanec, dann ist es vielleicht sogar wahr! Alle möglichen seltsamen Dinge passierten auf der Welt, warum sollte der Mann nicht hundert, genau genommen mehr als hundert Jahre alt sein, obwohl er eher aussah wie um die sechzig. Er musste schon lange auf der Welt sein, seine Kenntnisse waren nicht zu verachten, wenn er wusste, was er den gaffenden Zuhörern laut erklärt hatte, der Altvater aus Pettau, dass es in diesem Jahr genau fünftausendsiebenhundertfünfundfünfzig Jahre her sei, dass Gott die Welt erschaffen habe, viertausendeinhundert Jahre seit der Sintflut, eintausenddreihundertsechzig Jahre seit der Teilung des Römischen Reichs, vierhundertdreizehn Jahre seit der Erfindung des Schießpulvers und dreihundertfünfzehn Jahre, dass man begonnen habe, Bücher zu machen; zweihundertachtundvierzig Jahre sei es her, dass Luther begonnen habe, den Glauben zu verfälschen, und hundertvierzig Jahre, dass sie den Kaffee nach Europa gebracht hätten, fünfzehn Jahre seien es, seit über ihre Lande das habsburgisch-lothringische Haus herrsche, Ihre erlauchte Kaiserin Maria Theresia, *vivat*! Und das Wirtshaus Kolovrat hallte wider von Trinksprüchen und Hochrufen bis hin unter das Fenster des Bischofspalais, unter den Baldachin mit den Engeln, unter den bischöflichen Himmel. Sie ließen Maria Theresia hochleben, und General Laudon, der nach Schlesien! nach Schlesien! marschieren würde, in dieses große und reiche Land, das unserer Kaiserin gehört, den Hauptmann Windisch, der in Wiener Neustadt Hydraulik und Geometrie studiert habe, damit er die Preußenschädel zerschmettern könne; Friedrich, den Preußenkönig, der ein Landräuber war, den ließen sie nicht hochleben, aber Erzvater Tobias, der schon so viele Dinge und Länder gesehen hatte, auch Jožef Poljanec, der sein Gut verlassen und nach Kelmorajn ziehen würde, und auch den einsamen Mann dort in der Ecke, von dem es hieß, er sei als Missionar bei den Indianern gewesen, sogar ihn, nur den Laibacher Fürstbischof nicht, den nicht, sagte Poljanec, den nicht, der will mich nicht empfangen, ich habe Holz und Fuhrwerk gestellt, und er will mich nicht empfangen.

Gegen Morgen, es dämmerte schon, als er mit Mühe die Pferde einspannte, die schon den zweiten Tag in den Fuhrmannsställen auf ihn warteten, ging er seine Schecke holen, die noch immer an der Tür des Bischofspalais angebunden war und die man nur deshalb nicht weggeführt hatte, weil Jožef Poljanec ein großer Wohltäter des Hauses gewesen war. Er band Schecke an den Wagen und brach, schwer vom Wein und von der schweren Entscheidung, auf nach Dobrava, auf halbem Weg schlief er ein, doch die braven Haflinger fanden den Weg zum heimischen Hof allein. Dort mussten die verwunderten Knechte, die Poljanec noch nie so gesehen hatten, zwischen den anderen morgendlichen Verrichtungen auch noch den Herrn vom Wagen heben und sich erschrocken sein wüstes Gebrabbel über Laudon, seinen General, anhören, über Türken und Bischöfe, die sie vor Wien verbrannt hätten, dreitausend Laibacher und alle anderen Bischöfe auf einem Scheiterhaufen, der bis nach Triest und Prag zu sehen gewesen sei. Und als er am mittleren Vormittag aufwachte, war ihm voller Entsetzen bewusst, dass er sich nur an weniges erinnern konnte, auch an seine schwere Entscheidung nicht, an nichts, außer an einen biblischen Propheten, der so viele Zahlen über die Entstehung der Welt und alles andere aufgezählt hatte. Er konnte sich aber an schlimmere Dinge erinnern, dass nämlich Katharina an diesem Tag unwiderruflich weggehen würde und dass er nichts mehr dagegen tun konnte. Er klopfte an ihre Tür, und sie wusste, was er sagen würde. Er sagte, das sei der letzte Versuch, hast du daran gedacht, sagte er, was sie sagen würde, ihre Mutter, seine Frau? Keine Antwort kam von seiner Tochter, vor der er irgendwie Angst hatte. Er beschloss, hinaufzugehen zu St. Rochus, wo seine Neža ruhte, seine Agnes, sein Lamm Gottes, vor ihr hatte er keine Angst, auch nicht, als sie noch am Leben gewesen war, dort oben sprach er manchmal mit ihr, auch im härtesten Winter, am einundzwanzigsten Januar, am Tag der hl. Agnes, zündete er eine Kerze an, das Feuer, die Flamme der Kerze war die Verbindung zwischen ihm und ihr, zwischen jener Welt dort und dieser hier, zwischen Himmel und Erde. Ja, er würde hinaufgehen zum Friedhof, sollte seine verstorbene Neža, sollte ihre Seele, die im Himmel amtlich Agnes hieß, sollte Nežas Seele Agnes die Jungfrau Maria bitten, sollte Maria Ihren Sohn bitten, sollte der Sohn dem allerhöchsten Vater sagen, dass seine Tochter Katharina zu Hause bleiben müsse. Sollte der vereinte Himmel durch Entscheidung des Allerhöchsten sie vor dieser langen und gefährlichen Reise bewahren.

Besseres fiel ihm nicht mehr ein, vielleicht geschah dort ein Wunder, das seine Tochter aus der bösen Verirrung errettete, wenn ihm nicht einmal der Bischof mehr helfen konnte, vielleicht konnte sie ihm etwas raten, das ihm den schmerzenden und vom Wein vom Vortage noch immer benommenen Kopf klar machte – vielleicht konnte sie im Himmel eine andere Lösung erbitten. Er kroch den schmalen Steig hinauf, die Abkürzung zur Kirche auf dem Berg und zum Friedhof daneben, er sah hinauf zum Kirchturm und betend zum Himmel, dass sich eine Lösung fände, dass Katharina im letzten Moment davon abgebracht würde, diese lange und gefährliche Reise anzutreten. Es war rutschig, zwischen dem Regen fiel auch ein wenig Schnee, mit fiebrigen Augen und hämmerndem Herzen hastete er den Berg hinauf, als es auf einmal irgendwo in seinem Kopf ganz schrecklich krachte, es war so ein hohler Knall, und vor seinen Augen blitzte es, sodass er im Nu in den schmutzigen Schneematsch sackte. Er betastete seinen Kopf, unter der Bilchfellmütze kam ein blutiges Rinnsal hervor, etwas ist passiert, dachte er, etwas ist mir gegen den Kopf geflogen. Er wischte sich das Blut ab und sah sich um, der Kopf war auf einmal klar und nüchtern, nicht mehr benommen, und er verstand: Ein dürrer nasser Ast war auf ihn gefallen, genau auf seinen Kopf, nass und dürr, wie er später feststellte. Dürr vom Herbst und vom langen Winter und nass vom gerade gefallenen Schnee, er verstand, warum er abgebrochen war, er war wieder der alte Poljanec, der die Natur um sich herum verstand, er verstand auch und fühlte noch mehr, dass der Ast verdammt schwer gewesen war, als er ihm gegen den Kopf flog. Und als er hinaufsah, zum Kirchturm, zum Friedhof, wo sie lag, zum Himmel, wo ihre Seele war, und auch zu der Buche, unter der er saß, da verstand er auf einmal alles, es war ein hohes Zeichen gewesen, das da von der hohen Buche herabgekommen war.

So einem offensichtlichen Zeichen konnte man sich nicht widersetzen. Das war schlimmer als der Bischof, auch härter. Sollte sie gehen, sollte geschehen, was zu geschehen hatte, es geschah Gottes Wille, er musste geschehen, soeben war ihm mitgeteilt worden: Setz dich mit verbundenem Kopf unter den HISHNI SHEGEN, Poljanec, sei froh, dass dir nicht der Braune verreckt und dein Haus abgebrannt ist. Und lass das Kind, das fast dreißigjährige, lass das Mädchen, lass Katharina ihren Weg gehen.

[5]

Katharina ging ihren Weg, und sie wäre ihn auch gegangen, wenn die hohe Buche ihrem Vater das nicht mitgeteilt hätte. Sie wollte nicht, dass der Vater sie zum ersten Sammelplatz nahe Bischofslack brachte, sie würde allein gehen, die Wallfahrt begann in diesem Moment, von Dobrava bis Kelmorajn und Aachen, über die hohen Berge und weit nach Norden, eigentlich dem sonnigen Westen entgegen, zu einem breiten Strom und durch große Städte in den deutschen Landen, zum Goldenen Schrein der drei Weisen, wo alles Erlösung fand, einfach alles, wo alles vergeben, wo alles vergessen wurde, wo goldene Kuppeln schimmerten, wo nur noch die Schönheit der Erinnerung blieb, ohne Bitterkeit, ohne Zukunftsangst, ohne Einsamkeit.

Die ganze Nacht packte sie die Reisetasche, packte ein und aus, was soll der Mensch auf so eine Reise überhaupt mitnehmen? Und sie schlief auch nicht übermäßig viel, denn der Vater war verschwunden, wahrscheinlich zu ihrer Schwester nach Laibach, er hoffte noch immer sie zurückhalten zu können, am Vortag war er den ganzen Nachmittag finster ums Haus gelaufen, dann hatte sie gesehen, dass er die Pferde einspannte, sie war hinuntergelaufen, um ihn zurückzuhalten, er hatte sie nicht einmal angesehen, hatte mit der Peitsche ausgeholt und die Kalesche mit solcher Macht angetrieben, dass der Knecht, der die Pferde hielt, zur Seite springen musste. Sie war in ihr Zimmer zurückgekehrt und hatte begonnen Kleider in die Tasche zu werfen, dann hatte sie alles wieder herausgeworfen und von vorne angefangen. Den Rock aus Tuch und den aus Leinen für die wärmeren Tage, den wollenen würde sie anziehen, sie würde den kurzen Mantel aus Barchent mit dem Flanellfutter mitnehmen, die Wollmütze, ein paar Kopftücher, mehrere Leinenunterröcke, auch einen aus Brokat, ein paar Ellen weißes Leinen, ein seidenes Halstuch, das sie schon getragen hatte, damit Windisch es sähe, aber der sah nur seine eigenen Tücher, die aus Seide und Atlas. Die Schuhe aus festem Leder waren für den Weg und die anderen, die aus bedrucktem Leder, waren in der Tasche, vielleicht würde sie in Umstände geraten, wo es gut sein würde, sie anzuziehen. Golddinare und Kreuzer aus dem Schrank, die dort für sie bereit lagen für eine Zeit, wo sie sie brauchen würde. Sie packte Nähzeug ein, Seife, Kämme, Haarklammern und Haarbänder, Dörrfleisch und eine Korbflasche mit Wasser, Mutters Rosenkranz, den Katechismus und das Gebetbuch für die geistliche Erbauung, Katharina war eine praktische Frau, alles hatte sie vorbedacht, alles vorausberechnet.

Jetzt hatte sie nur noch den Wunsch, ihren Vater zu beruhigen und so bald wie möglich wegzukommen, noch bevor sie eine Träne in seinen Augen sehen würde und das Weinen der Mägde. Sie wollte das Bellen des Hundes Aaron nicht hören, das sich in ein trauriges Heulen verwandeln würde, wenn sie weggegangen, wenn sie nicht mehr da sein würde.

Sie kannte den Weg, und trotzdem zitterte sie innerlich die ganze Zeit davor, dass sie sich verirren oder gar unter feindlich gesinnte Leute geraten könnte, an denen in diesen Zeiten nirgends Mangel war, vor irgendwelche strengen Richter, die überall zugegen waren, überwachten sie doch aufgrund einer Verordnung Maria Theresias, der erlauchten Kaiserin, alles, vor allem die Frauen, insbesondere die weibliche Sittlichkeit. Pfarrer Janez Demšar hatte es deutlich gesagt, zu ihrem Vater hatte er gesprochen, und sie hatte ihn gut gehört: Unsere Kaiserin Maria Theresia hat ein Patent gegen unehrenhafte, unziemliche, anstößige und leichtsinnige Kleidung erlassen, mit dem den Frauen im Gailtal das Tragen von kurzen Röcken verboten wird. Wer das nicht befolgt, soll mit einer eintägigen Gefängnisstrafe bei Wasser und Brot bestraft werden, im Falle wiederholten Ungehorsams soll die Person, den anderen zur Abschreckung, an den Schandpfahl gestellt werden. Aber sie war, da sie natürlich eine wohlwollende Kaiserin war, so großzügig, dass sich Frauen, die sich auf eigene Kosten keine längeren Röcke kaufen konnten, ihre Kleider und eng geschnittenen Mieder auf Staatskosten länger und weiter machen durften. Jedenfalls sollte der Oberkörper nicht allzu sehr entblößt und mussten die aufreizenden Schenkel und Waden bedeckt sein. Katharina zog es bei dem Gedanken an den

Schandpfahl, an dem eine Frau stand, das Herz zusammen, auf einmal war auch sie völlig ausgesetzt, wusste sie doch nicht, wo sie sich schon am nächsten Tag befinden würde, jetzt war überall nur Bangigkeit. Auch bei dem Gedanken an den Vater krampfte sich ihr das Herz zusammen. Er war allein zurückgeblieben. Ein paar Mal blieb sie stehen und wollte wieder umkehren. Doch bei dem Gedanken an den Schandpfahl, bei dem Gedanken, dass erst das der wahre Pranger wäre, die Tatsache, dass sie nicht einmal bis Bischofslack gekommen wäre, das Gelächter des Bruders, der Spott der Schwester, der heimliche Spott der Dienstboten und Bauern, der Spott, der sie bis zum Ende aller Tage verfolgen würde, bei dem Gedanken biss sie die Zähne zusammen und setzte ihren Weg fort. Die ganze Zeit über versuchte sie am Waldrand zu gehen. Besiedelten Gegenden und auch einsamen Häusern wich sie aus. Tiefer in den dunklen Wald hinein traute sie sich nicht. Trotzdem kam sie hier und da einem Haus zu nahe, sodass sie wildes Hundegebell auslöste. Auch bei dem Gedanken an Aaron, der vor ihrer Tür liegen und jeden Tag warten würde, dass sie zurückkäme, wurde es ihr schwer ums Herz. Bei dem wohl am meisten. Sie würde ja zurückkommen. Ganz verändert allerdings, und auch das Leben würde anders sein. Sie wusste noch nicht, wie anders, aber so, wie es bisher gewesen war, konnte es nicht mehr sein. Etwas musste es geben, etwas musste es sein, das alle diese Menschen trieb, etwas, das in ihr war, der Wille, jemand anders zu sein, noch immer sie selbst, aber zugleich eine andere Katharina, nie mehr die, deren weitester Weg von zu Hause bis nach Laibach führte, wo sie der Prozession der hl. Muttergottes vom Rosenkranz hinterhertrottete, oder nach Bischofslack zur Karfreitagspassion. Sie war nicht mehr das Mädchen, das bei den Ursulinen den kleinen Hirten gespielt und über das sich der schreckliche Herodes gebeugt hatte. Sie hatte gelacht, denn Herodes war die Krone vom Kopf gefallen, sei ernst, hatte der Vater gesagt, das Leben ist kein Spiel, und was, wenn doch?, hatte sie gesagt, nein, hatte er gesagt, doch, hatte sie gesagt, im Spiel ist auch Ernst, im Ernst ist aber nie Spiel; dich, hatte der Vater gesagt, wird dein Verstand noch weit bringen, jetzt brachte er sie irgendwohin in die Ferne, und sie war auch überhaupt nicht mehr die Katharina, die am Fenster gestanden und in den Hof hinunter-, irgendeinem Windisch nachgespäht hatte, der sich gerade die Perücke seiner Vornehmheit gepudert hatte, dem Pfau, der auf Dobrava herumstolzierte und sich mit seiner rauen Stimme aufplusterte. Sie wusste mit Sicherheit, dass sie eintreten würde, die große Veränderung in ihrem Leben, obwohl sie nicht die leiseste Ahnung hatte, in welchem Ausmaß. Die Pilger, die von fernen Gotteswegen zurückgekehrt waren, waren andere Menschen gewesen, irgendwie geheimnisvoll, in ihren Augen glänzten die Kuppeln ferner Städte, die weiten Wasser breiter Ströme, die Erfahrungen vieler Tage und Nächte, der Altäre, die ihnen die Wegzehrung für das Leben und für das himmlische Königreich in die Seele geprägt hatten, sie waren andere Menschen gewesen. Auch sie würde ein anderer Mensch werden. Als sie im Morgengrauen auf die erste Gruppe der Pilger stieß, zog sie sich das Kopftuch in die Stirn, fast über die Augen, Katharina war ein schamhaftes Mädchen, zwar fast eine Frau, aber irgendwie doch immer noch ein Mädchen.

Die Menschen dieser Zeit waren nicht besonders schamhaft, selbst Frauen aus höheren Kreisen hörte man oft fluchen, selbst dem Fürstbischof war am Morgen der Schandname von der Zunge gerutscht, aber das bedeutete noch nicht, dass Katharina nicht schamhaft war, sie war es. Bei dem Gedanken daran, dass man sie wegen eines zu kurzen Rocks an den Schandpfahl binden könnte, wie man es mit den Mädchen im Gailtal gemacht hatte, stieg ihr die Röte ins Gesicht. Die Röte überflutete sie auch bei dem Gedanken, wie es auf diesem Weg wohl mit den Sachen sein würde, die den Körper verließen, mit dem Wasser ein paarmal am Tag, mit dem Kot jeden Tag und mit dem Blut jeden Monat, eigentlich hatte sie von allem, was mit der langen Reise einherging, am meisten Angst davor, mehr als vor Räubern und Soldaten, Überschwemmungen und Erdbeben. Sie hatte Angst vor ihrem Körper, vor seiner unangenehmen verräterischen Unsauberkeit, die den Menschen niedrig machte, einem Tier gleich, und die Frau zusätzlich in eine besondere Verlegenheit brachte und sie vor dem Mann weniger wert, spottenswert machte, sie immer wieder in eine Lage brachte, auf die sie mit ihren derben Späßen nur warteten. Unter so vielen Menschen zu sein mit ihren Bedürfnissen und Verlegenheiten, das war doch das Schlimmste von allem, was ihr passieren könnte – dass sie einmal in Anwesenheit von anderen müsste, und sei es auch nur in Anwesenheit von Frauen … An so etwas durfte sie nicht einmal denken. Aber sie musste bald daran denken, schon bald nachdem sie zum großen Sammelpunkt nahe Bischofslack gekommen war. Sie sah sich suchend um, dort zwischen den Wagen, Menschen und Pferden, sie wollte fragen, wo die Wallfahrer eingetragen würden, wo mit mächtiger Stimme der Prinzipal herrschte, der Pilgerführer mit seinen Helfern, natürlich fragte sie nicht. Sie lenkte ihre Schritte Richtung Wald, langsam und voller Scham, als beabsichtigte sie etwas Unehrenhaftes, als wollte sie aus der Kirche die goldene Monstranz entführen, sie hatte es doch schon oft im Wald und sogar auf dem Feld getan, aber hier gab es auf einmal so viele Leute, so viele Männer, junge und alte, Bauern und Städter, laute, grobe, immer zu einem Spott oder Schimpf bereit. Und als sie sich hinhockte und den Rock hob, schüttelte es sie, weil sie aus dem Augenwinkel sah, wie ihr jemand zusah, auf diesem Weg würde sie nie mehr allein in ihrem Zimmer sein, immer würde ihr jemand zusehen, das hatte sie wirklich nicht genug bedacht. Sie traute sich nicht hinzusehen, wer sie anstarrte. Es war eine Frau, selbst mit erhobenem Rock und leuchtend weißem Hintern mitten im Wald, so muss ich auch selber aussehen, schrecklich, dachte Katharina, das ist schrecklich. Es ist nichts dabei, sagte die Frau, ich heiße Amalia, sagte sie, jede hat Angst vor diesen Dingen, ich werde es dir schon erklären, auf dem Weg gehen die Männer nach rechts in den Wald, die Frauen nach links, Wasser zum Waschen findet sich im Hospiz, auch in den Fässern auf den Wagen ist welches, ich war schon auf einer Wallfahrt, hab keine Angst, wie heißt du? Katharina? Ich bin Amalia, jetzt kennen wir uns.

Es ist nicht bekannt, wie Katharina sich das Ganze vorgestellt hat, aber sicherlich nicht so, dass sie auf einmal mit ihrer Tasche mitten in einer Menschenmenge stehen würde, zwischen Bauern mit breitem Hut und hohen Stiefeln, aufdringlichen Bettlern, Städtern in Samt, solchen, die die Armut aus der Nähe kannten, und anderen, die im Überfluss lebten, dürren Kümmerlingen und feisten Rotgesichtern, all das gab es hier, menschliche Gesundheit und Krankheit, Wagen, Rufe, Gestank nach Pferdekot und den Geruch nach dem Fleisch, das in den Kesseln schmorte, mitten in dieser ganzen Menge stand sie, in dieser Herde, dieser Unzahl von Leibern, der sich hin und her bewegte, durch den Morast watete, auf die Wagen kletterte, es ist nicht bekannt, wie Katharina sich diese Sache, diese Reise zum Goldenen Schrein vorgestellt hat, auf jeden Fall weniger dreckig und mit weniger Gestank. Aber wie alle Töchter, die nicht auf die Warnungen ihres Vaters hörten, würde sie am eigenen Leib erfahren, was schlechtes Wetter und Menschen- und Tiergestank bedeuteten, nachdem sie unwiderruflich entschlossen war weiterzugehen, obwohl sie nicht wusste, wohin das Leben sie auf einmal führte, aus diesem Schmutz zu einer Schönheit, die in der Ferne aus einer Stadt mit seltsamem Namen leuchtete: Kelmorajn. Bekannt ist, was ihre Schwester zu ihr gesagt hätte: Du hast es dir selber ausgesucht; bekannt ist, was ihr Bruder gesagt hätte: Du tust immer alles nach deinem Kopf; und der Vater: Komm zurück, Katharina, du weißt, was Neža sagen würde, noch ist es Zeit, komm zurück. Amalia lachte, ihr fiel es nicht schwer, sie freute sich auf den Weg, sie half gern. Auch Katharina lachte jetzt, in Amalias Gesellschaft war alles leichter. Amalia war eine gute Frau, sie half auch den Kranken, denen, die mit Krücken und Stöcken auf dem Leiterwagen fuhren. Jeder kennt so eine, es ist nicht schwer, sie sich vorzustellen: Sie hatte weder blaue noch schwarze Augen, sie war weder rothaarig noch verführerisch, ihr Haar war weizenblond, ein bisschen gelockt, ein bisschen strähnig, ihre Stimme war reif, sie war nicht zu dick und nicht zu dünn, sie war so, dass sich Katharina sofort mit ihr verstand, sie würde ihr helfen. Amalia sah gern den Burschen nach, dann drehte sie sich zu Katharina um und sagte: Nicht schauen, als würde Katharina schauen und nicht sie, nicht schauen, Gott sieht alles, Gott weiß alles, Sünden darf man keine begehen.

Auf die Wagen geladen und mit starken Stricken festgezurrt wurden Fässer und Kisten, aufgeladen wurde das große Kruzifix mit dem Gekreuzigten, den man durch die Tore der deutschen Städte und in die Kirchen vor die goldenen Altäre tragen würde, ihr slowenischer Gekreuzigter aus Holz, aufgeladen wurden die Kirchenfahnen mit den alten Krainer Heiligen Primus und Christophorus, Sebastian und Rosalia, Rochus und Martin, Baldachine und Messgewänder, Kelche und Monstranzen, aufgeladen wurden Werkzeug und auch etliche Waffen, Gewehre, Säbel, ein Fass Wein, ein Fass Pulver, Pilgerbündel und Bettelsäcke, um sie nicht tragen zu müssen, dicke Rauhaardecken und Rollen von Leinenplanen, Futter für die Pferde und Nahrung für die Menschen, dicke Rollen Tauwerk, mit dem sie die Wagen aus dem Schlamm ziehen würden, falls es nötig sein sollte, die ganze große Menge war in Bewegung, alles hatte man genauestens aufgeschrieben und vorbereitet, man musste wissen, wer mitreiste und woher er kam, die ganze große Menge musste essen, trinken, schlafen, reisen. Der Großteil würde sich zu Fuß bewegen, einige zu Pferd, wer schwächer oder krank war, reiste auf den Wagen. Auf zweien davon waren die mit Krücken und Verbänden, Hinkende und Schielende, Leute mit vorspringendem Unterkiefer und solche, denen der Sabber über das Kinn rann, Leute mit verkrüppelten Armen und solche ohne Arme, ob nun so geboren oder von einer Krankheit heimgesucht, sie wussten wohl am besten, warum sie nach Kelmorajn reisten, ihr Platz würde am Ende, ganz am Ende ihres Kelmorajner Pilger- und Lebensweges zur Rechten Gottes sein.

Katharina war auf vielen Jahrmärkten und Messen gewesen, sie war in Laibach im Theater gewesen, sie war in Bischofslack bei der Osterpassion gewesen, aber was sich ihr hier darbot, schien ihr gänzlich neu. Vielleicht, weil sie das Passionsspiel und die Historie von Judith im Theater mit ihren kindlichen Augen, mit ihren nur neugierigen Augen gesehen hatte und das alles nicht ihr widerfahren war. Das, was hier war, das war auf einmal Teil ihres Lebens, all diese Männer und Frauen, gesund bei fröhlichem Geplauder und krank auf den Wagen bei grantigem Nörgeln, all das war auf einmal Teil ihres Lebens, das war keine Vorstellung, weder ihr Vater noch ihre Schwester noch Aaron, niemand war bei ihr, außer Amalia, die sie kurz zuvor kennengelernt hatte und die sie jetzt sah, wie sie mit den jungen Fuhrleuten und Pferdeknechten scherzte. Mit Pferdeknechten, die ihren Pferden den breiten Hintern tätschelten und mit Peitschen gegen ihre Stiefel schlugen. Und dann schlugen die Fuhrleute vor den Pferden das Kreuz auf der Straße, der Fuhrmann des ersten Wagens schlug mit der Peitsche drei große Kreuze, damit den Pferden in der Nacht nicht irgendwelche unsichtbaren Teufel oder Hexen unter die Hufe schlichen, damit es kein Unglück gäbe, wenn ein Hase oder eine schwarze Katze über die Straße lief, sie schlugen auch Kreuze hinter dem letzten Wagen, damit von dort nicht irgendeine böse Kreatur angestreunt käme, und sogar hinter jedem Wagen zusätzlich, hinter jedem Pferd und jedem Maultier, damit ihnen nicht irgendwelche unsichtbaren deutschen Hexen Schaden zufügten, damit die Zauberinnen nicht von hinten angeschlichen kämen. Alle empfahlen sich dem hl. Christophorus, sie sahen auf sein Bild an der Kirchenwand, damit sie an diesem Tag nicht sterben würden, sie empfahlen sich dem hl. Christophorus, damit er sie sicher auf dem Weg geleiten und über hochgehende Flüsse tragen sollte, wie er das Jesuskind auf dem Bild trug, das bei ihnen an viele Pfarrkirchen gemalt war, damit sie es jeden Tag ansehen könnten, denn wer zum hl. Christophorus emporgeblickt hat, wird an dem Tag, an dem er ihn angesehen hat, nicht sterben, und das war schon etwas, wofür es sich lohnte, den Blick zu ihm zu heben. Alle empfahlen sich dem hl. Valentin und jeder seinem eigenen Heiligen besonders, und die große Pilgerprozession setzte sich in Bewegung, wir fahren, wir fahren nach Kelmorajn.

Sie setzten sich auf der Erde in Bewegung, mit den Füßen, sie rissen die Wurzeln ihrer Füße aus und brachen auf, sie setzten sich mit den Rädern ihrer Wagen in Bewegung, mit den Hufen ihrer Pferde; sie waren auf der Erde, in der großen Kathedrale zwischen den Altären der Berge und den Fenstern des Himmels, zwischen blühenden Feldern und weißen Gebirgen, mit den Füßen auf der Erde, mit dem Herzen hoch droben, dort, wo in der Himmelsbläue zwischen weißen Inseln große Erscheinungen schwammen, Tiere mit langem Hals, Drachen, in denen sich das große Tier von Babylon verbarg, als würde es nur darauf lauern, sich hinunterzustürzen unter die fahrenden Menschen. Unter die Pilger, die mit ihren Wagen, den zerbrechlichen Schiffen, auf das offene und unruhige Meer hinaussegelten, ohne zuvor seine Ferne und Himmelsweite ausgemessen zu haben, Menschen, die mit ihren Ängsten hinausirrten in die nebeligen Weiten des großen Kontinents.

[6]

Das Donnern der Pferdehufe ließ die Brücke über dem Wasser erbeben. Die Balken ächzten, und die dicken Bretter bogen sich unter den schweren Pferden und ihren mächtigen Reitern. Über die Brücke, über das Flüsschen in Kärnten, dessen Namen er nicht kannte, dröhnte die österreichische Militäreinheit auf ihrem Weg nach Norden, dorthin, wo es Krieg geben würde, wo es schon Krieg gab, wo die morgendlichen Reiter sich bald mit der gefährlichen preußischen Kavallerie schlagen, wo sie gegen ihre schrecklichen präzisen Kanonen anstürmen und schließlich Auge in Auge mit der noch schrecklicheren preußischen Infanterie stehen würden. Simon Lovrenc stand in der Morgendämmerung vor der Brücke, nach einer schlaflosen Nacht, nach einem Marsch über die Krainer und Kärntner Berge, und wartete, dass die schweren morgendlichen Erscheinungen mit den bunten Feldzeichen über den Köpfen, mit den Federbuschen über den Offiziershüten zur anderen Seite hinüberdröhnen sollten. Er senkte den Kopf vor dem Gewicht der plötzlichen Erinnerung, er wollte keine Soldaten mehr sehen, er wollte an Soldaten, die er, ob aus der Nähe, ob aus der Ferne, bereits genug gesehen hatte, nicht mehr denken. Bandeirantes, dachte er trotzdem und spürte, wie sich in seinem Mund die Bitterkeit sammelte, wie ihm die gelbe Galle ohnmächtiger Verzweiflung aus dem Magen hochkam, aus der Leber, aus einer schmerzenden Gegend unter den Rippen, Bandeirantes, die über die rote Erde der Ebene auf dem fernen Kontinent stampften, wilde portugiesische Reiter auf ihrem erbarmungslosen Zug durch die Missionen, durch sein fernes Leben, Bandeirantes, Inbegriff von Raub, Mord, Vergewaltigung, Zerstampfer der roten Erde und Zerstörer der hundertjährigen Arbeit der Gesellschaft Jesu.

Er beobachtete sie, wie sie über die Waldstraße und den Berg hinauf verschwanden, irgendwo dorthin, wohin offensichtlich alles zog, Armeen und Pilgerprozessionen, hinauf, hinauf nach Norden, über den breiten Bauch des europäischen Kontinents, Soldaten auf dem Ritt nach Ruhm, Geld und Tod, nach Ruhm und preußischem Tod, Totenpilger auf dem Weg des Suchens, Reinigens und ewigen Lebens. Die Reiter verschwanden, und Simon Lovrenc schnallte sich den ledernen Wanderranzen auf, um den im Morgenrot ungewollt unterbrochenen Weg fortzusetzen. Doch als er seinen Fuß auf die Brücke setzen wollte, kam hinter der Biegung langsam eine breite Schar Reiter hervor, vermischt mit Wagen und schweren Kanonen, die von dahintrottenden, gleichmäßig nickenden dicken Gäulen gezogen wurden. An der Spitze der gedrängten Kolonne bewegte sich eine mächtige Erscheinung, ein ruhiger Rappe mit erhobenem Haupt und breiten Flanken, und auf ihm ein noch mächtigerer Reiter mit ragender Nase, mit seidenen Bändern und Schnüren behängt, silberne Pistolengriffe hinter dem Gürtel, mit schwarzem Hut und weißem Federbusch darauf, einem Hut, der über die Augen gezogen war, die von hoch oben auf die Welt unter sich hinuntersahen. Diese ganze große morgendliche Kommandeurserscheinung brachte das Pferd vor der Brücke mit einem abgehackten Befehl zum Stehen.

– Aus dem Weg, Mann, sagte er, damit du nicht unter die Hufe oder unter die Räder meiner Kanonen kommst!

Simon Lovrenc wusste nicht, wohin er noch ausweichen sollte, er war schon vom Weg und von der Brücke gewichen. Trotzdem machte er einen Schritt zurück, ins hohe und unangenehm nasse Gras, er hatte keine Lust, sich an diesem müden Morgen mit dem Offizier anzulegen, der dort oben saß, den Kopf in den Wolken, das Gesicht von einer weißen Perücke umrahmt, die weißen Federn leicht schwingend über dem breiten Hut, einem Mann, der nur darauf wartete, seine Macht gegenüber einem Reisenden zu zeigen und seine Kanonenhunde von der Kette und die Räder seiner Kanonen über ihn hinwegrollen zu lassen. Er trat zur Seite, schließlich waren das keine Bandeirantes, das war nicht sein Krieg, sollten sie mit ihren Kanonen reiten, wohin sie wollten, er würde ihnen nicht im Weg stehen, er machte noch einen Schritt zurück ins nasse Gras. Das versetzte den Kommandeur beinahe in gute Laune, ein Soldat versteht eben, was das ist, Rückzug; in jedem Augenblick sind wir dem Rausch des Sieges, der Ahnung des Triumphes nahe. Über sein hübsches Gesicht flog ein Lächeln, geschickt sprang er vom Pferd und streifte langsam die langen Handschuhe ab. Er trat auf die Brücke, inspizierte die Bohlen und prüfte mit den Stiefeln ihre Festigkeit.

– Die hält, sagte er irgendwohin zu der Armee, die immer näher kam, jedenfalls nicht zu dem Mann, der im nassen Gras stand. Wenngleich die folgenden Worte wahrscheinlich ihm galten, dem einsamen Fußgänger, so schien es Simon Lovrenc zumindest, da außer ihm sie niemand sonst hören konnte:

– Schwer sind die Haubitzen, meine Herren, die schwere Artillerie unserer Kaiserin Maria Theresia.

Deshalb erschien es dem dort im Gras stehenden Wandersmann sinnvoll, doch etwas zu sagen.

– Reist Ihr weit, hoher Herr?, fragte er mit freundlicher und heiterer Stimme.

Den hohen Herrn versetzte diese Frage oder vielleicht auch ihre selbstverständliche Heiterkeit unerwartet in Rage.

– Wer bist du denn, dass du mir Fragen stellst?, rief er. Seit wann sind wir zwei denn vertraut miteinander, sodass wir hier Unterhaltungen führten, wohin die kaiserliche Armee marschiert? Haben wir zusammen Kühe gehütet?

Offensichtlich machte ihn der Gedanke an die Möglichkeit, jemals Kühe gehütet, mehr noch, sie mit diesem Menschen zusammen gehütet zu haben, der hier Maulaffen feilhielt, während er mit seinen festen Offiziersstiefeln und mit seiner ganzen Offiziersverantwortung dabei war, zu prüfen, ob die Brücke hielt, offensichtlich machte ihn all das noch wütender. Die Röte stieg ihm ins Gesicht. Die Reiter an der Spitze der Kolonne, ebenfalls Offiziere, die das Schreien gehört hatten, gaben den Pferden die Sporen und kamen in leichtem Trab näher. Auch sie waren mit Seide gegürtet, und auch auf ihren Hüten schwangen die schönen weißen Federbuschen, auch bei ihnen glänzten die silbernen Pistolengriffe hinter dem breiten Gürtel.

– Mit welchem Recht stellst du mir Fragen, bist du ein preußischer Spion oder was? Er sah sich um, um zu sehen, ob ihm die Offizierskameraden zuhörten. Als er sah, dass sie es taten und dass sie kaum das Lachen zurückhalten konnten, fuhr er fröhlich fort:

– Wer hat dich denn gefragt, rief er, hat dich jemand gefragt, wo du hin willst, ob du einer Kuh in den Arsch willst oder was?

Die Offiziere brachen in lautes Gelächter aus. Sie wussten nicht recht, warum, aber lachen taten sie immer gern.

– Heb dich von der Straße, du Hammel!, rief der Kommandeur mit seiner rauen Soldatenstimme und musste selbst grinsen. Auch ihm kam es komisch vor, dass er zu dem da, der ohnehin schon im nassen Gras stand, gesagt hatte, er solle sich von der Straße heben, vor allem deshalb, weil der dort im hohen Gras verwundert glotzte wie ein Hammel. Er schwang sich wieder aufs Pferd, sichtlich zufrieden, weil der Hammel nichts zurückgesagt hatte.

– Sonst, fügte er, noch immer ziemlich rot im Gesicht, hinzu, sonst wird dich Hauptmann Franz Henrik Windisch mit der Peitsche ins Wasser treiben. Du Hammel.

Er zog tatsächlich die Peitsche hinter dem Sattel hervor. Bandeirantes, dachte Simon Lovrenc, sie lachen ... Wenn dieser gefiederte Mensch die Peitsche schwingen sollte, ziehe ich ihn vom Pferd und, Gott vergebe mir, tunke ihn mit all seinen Federn in diesen Bach. Das laute Gelächter der Offiziere hatte ihn verwirrt, nun überkam ihn Wut. Er dachte an das Messer, das er in der Tasche hatte, an den Dolch, der nicht nur zum Brotschneiden da war. Die Augen, von der plötzlichen blutigen Wut erfüllt, starrten auf den Hals des Hauptmanns, auf das Seidentuch unter dem schönen Gesicht, vor den Augen blitzte die Messerklinge auf, der Hals, das Gesicht eines portugiesischen Soldaten, Gott, vergib mir diesen Gedanken, Gott, vergib mir. Er wich zurück, stolperte, fiel fast hin, konnte kaum das Gleichgewicht halten und zog ab Richtung Waldrand, das ist Flucht, dachte er, wieder laufe ich weg.

– Zieht den Schwanz ein, rief Hauptmann Windisch hinter ihm her, der Hammel, der hündische! Hat keine Ehre, sagte er zu seinen Offizieren, der Mensch muss Ehre haben, Ehre ist das Gesicht des Soldaten, sagte er, wer keine Ehre hat, hat kein Gesicht.

Wieder lachten die Offiziere fröhlich, als Windisch mit der Peitsche knallte und sein Pferd auf der Brücke wendete. Er war zufrieden, mehr war nicht nötig, obwohl kurz zuvor auch er mit dem Gedanken gespielt hatte, den Hammel in diesen Bach zu tunken, zusammen mit seinem Bettelsack. Inzwischen drängten schon viele Soldaten zur Brücke, Pferdegespanne, die schweren Kanonen drückten auf die Straße, leicht abwärts geneigt, zum Flüsschen und zum Übergang.

Vom Waldrand aus beobachtete Simon, wie die Soldaten mit lauten Rufen die Wagen und Kanonen über die Holzbrücke schafften. Für einen

Augenblick kam ihm der Wunsch, die Brücke möge unter den schweren Haubitzen der Kaiserin Maria Theresia nachgeben und mitsamt den Haubitzen möge auch Hauptmann Franz Henrik Windisch dort hinunterdonnern, er hatte sich seinen Namen gemerkt, für immer würde er ihn sich merken. So wie er sich einst gewünscht hatte, dass die rote Erde der Mission während der langen Regen die portugiesischen Reiter in den Morast ziehen, dass die Erde auf Befehl der Engel aufbrechen und sie verschlingen möge, obwohl er so nicht hätte denken, sich das so nicht hätte wünschen dürfen, denn seine einzige Waffe war das Gebet, war die Liebe, sein Handeln war die Fürbitte, San Ignacio, der du bist in dem Himmel und weißt, was sie deinen Brüdern angetan haben, gib mir die Kraft zu vergeben, denen, die ich mir für immer gemerkt habe, den Bandeirantes, und diesem Säbelrassler, diesem Maulhelden und Rabauken, den ich ebenso nie vergessen werde. Jetzt hatte er sich beruhigt, er sagte sich, dass Windisch und seine Soldaten sicherlich noch einen weiten Weg vor sich hätten, einen sehr weiten, dass sie vielleicht Angst hätten oder dass sie zumindest in ihrer Seele Beklemmung verspürten bei dem Gedanken an irgendwelche unbekannten und fernen Schlachtfelder und dass sie, ob sie es wollten oder nicht, vielleicht nicht nur einen weiten, sondern auch einen tiefen Weg vor sich hätten, nämlich den unter die Erde, unter den Rasen, unter das Gras jenes fernen Schlachtfeldes. Trotzdem, trotzdem war gallige Bitterkeit ob der plötzlichen Demütigung zurückgeblieben, aber mehr noch ob der plötzlichen Erinnerung, ob des Gedankens, dass es vor Reitern, vor ihrer Macht, ihrer Übermacht und gewalttätigen Hoffärtigkeit zu weichen galt, immer hatten Kopf und Herz, Verstand und Seele vor Macht und Gewalt, Hoffart, Reitern und Kanonen zurückzuweichen, hier auf irgendeiner Brücke über irgendeinen Kärntner Bach oder dort, mitten in der roten paraguayischen Ebene, wo ihre Jahrhunderte alten Wohnstätten leer zurückgeblieben waren, die Wohnstätten der Jesuiten und der Guaraní, der Väter und ihrer geistlichen Söhne, die Kirchen aus rotem Stein, die Marienstatuen, die Statuen des hl. Ignatius, die Felder und Werkstätten, Schulen und Theaterbühnen, die leeren Estanzias mit den umherirrenden Rindern, wo mächtige Mauern in sich zusammenfielen, der rote Stein zurücksank in die rote Erde, ihr hundertjähriges Werk, Gotteswerk, Menschenwerk, vor der Hoffart und Gewalt immer neuer Reiter, ihrer Schwerter und Lanzen, Gewehre und Kanonen, vor der Teufelsgemeinschaft, die über diese Welt herrschte.

Vor dieser Welt könnte man in den Traum flüchten, wenn man schlafen könnte. Aber er konnte es nicht, schon lange war er ohne Schlaf, Bruder Simon, einst Pater Simon, jetzt nur noch Simon Lovrenc, Pilger auf dem Weg nach Kelmorajn, dem Volk nach, das im siebenten Jahr aufgebrochen war und sich auf den weiten Weg begeben hatte. Es wäre so schön, in der Früh am Waldrand einzuschlafen, mit dem Blick auf die weißen verschneiten Berge in der Ferne, in der Wärme eines nahen Frühlingsfeldes, in der Sicherheit des Waldes hinter sich, aber er wusste, dass es keinen Schlaf geben würde, wie es auch in der vergangenen Nacht keinen gegeben hatte, wie es ihn in vielen anderen Nächten seines Lebens nicht gegeben hatte, wohl in allen Nächten seit damals, als man sie auf das portugiesische Schiff verbracht hatte und er Nacht für Nacht vor Seekrankheit hatte erbrechen müssen, als er vor Verzweiflung gebetet und im Fieber vor Zorn geflucht hatte, weil er hatte gehen, weil sie in den Missionen alles hatten zurücklassen müssen, nicht nur die Mauern und die Menschen und das gute Guarana, auch die Gräber seiner Brüder in Jesus, alles, sein ganzes Leben, alle Tode seiner einzigen Nächsten. Es würde keinen Schlaf geben, weil er ihn auf dem Galeerenschiff verloren hatte, in dem dreckigen und wilden Lissabon, wo er jede Nacht die Streitereien der betrunkenen Seeleute und ihrer Weiber mit angehört und die Sterne über dem Ozean gesehen hatte, denn die schmutzige Unterkunft, die ihm zugewiesen worden war, hatte ein aufgerissenes Dach, wenn es regnete, wurde er nass, wenn die Sonne brannte, trocknete sie ihn. Aber all das war nichts gewesen, all das war er von dem fernen Kontinent her gewöhnt, das Schlimmste war, dass nach der Vertreibung der Gesellschaft Jesu aus den paraguayischen Reduktionen alles zusammen keinen Sinn mehr hatte, das Schlimmste war, dass sich Gott zurückgezogen hatte, irgendwohin unter diesem fernen Himmel, der durch das zerfetzte Dach in Lissabon hereinsah, er war nicht mehr nahe, wie er es auf jener roten Erde beim breiten Fluss gewesen war, in den unendlichen Wäldern dahinter. Seit damals gab es keinen Schlaf mehr, weil Gott auf einmal so weit weg war. Er hatte wach gelegen in Lissabon, und als er zurückgekehrt war, hatte er wach gelegen in Olimje, wo ihn für einige Zeit die Pauliner aufgenommen hatten und er auf dem Bett in der Zelle gelegen und an die Decke gestarrt und verstanden hatte: Wer den Schlaf verliert, kann nirgendwohin flüchten. Der schlaflose Simon Lovrenc konnte nirgendwohin flüchten, denn des Menschen Geheimnis war der Schlaf, des Lebens Geheimnis war der Traum, der

Traum, den er am anderen Ende der Welt gehabt hatte, als er von den Wäldern hier träumte, von den Kirchen seines Krains und von ihren goldenen Altären, als er indianische Träume von großen Wasserfällen und von Waldgeistern geträumt hatte. Jetzt hatte er sie nicht mehr, weil er auch keinen Schlaf mehr hatte, weil er schon lange keinen Zutritt mehr zum Vergessen durch den Schlaf hatte, zum Land der Träume, höchstens in seine Nähe, bis an die Grenzen und an die Ränder dieses Landes. In seine Nähe, wo sich hinter den geschlossenen Augen, hinter den Lidern die Bilder eines fernen, vergangenen Lebens vermischten, in seine Nähe, die darauf wartete, dass sich hinter dem Tag, hinter der Erinnerung an den Tag der Vorhang des Vergessens senkte und das geheimnisvolle Leben der Jenseitsgefilde begann, wo die Regeln und die Ordnung des vorangegangenen Tages, des wachen Lebens nicht mehr galten. Am Abend davor hatte er mit offenen Augen schlaflos unter einem Heuboden geruht, auf die Regenschauer gehorcht, die unter den Bergen hervor- und über die Bergflanken daherkamen, wo Dörfer kauerten, Häuserhaufen, Menschen darin, Vieh, das sich hinter den Wänden bewegte, das ruhige Leben der Menschen im Traum unter dem beruhigenden Schleier des Regens, der beruhigenden himmlischen Wasserfluten. Als der Regen aufgehört hatte, war er aufgebrochen, er war nachts gewandert, er wusste, dass er nicht schlafen würde, und er wollte kein verzweifeltes Grübeln wie in einer Klosterzelle, keine Nacht des Schwebezustands zwischen Wachen und Schlafen, er wollte, was er jetzt hatte: eine Nacht der Anstrengung, der Überwindung der Entfernung, des Raums, der Beherrschung der Landschaft. Oh, er war geübt im Gehen, er war von Candelarie bis Asunción, von Posadas bis Loret gegangen, er hatte es gelernt, über die rote Erde zu gehen und sich des göttlichen Tages zu freuen, so wie er jetzt den Pilgern nachging, um erneut den Schlaf zu finden, um den Frieden zu finden, den ihm die rote Erde in den Missionen gegeben hatte, die Stimmen der Vögel in den dortigen Wäldern, der Choralgesang, die Stimmen der Brüder, das Singen der indianischen Kinder, all das würde er unter diesem einfachen Volk so wiederfinden, wie er es schon einmal besessen hatte, auf dem Weg nach Kelmorajn würde er dorthin zurückkehren, wo seine Seele schon einmal Ruhe gefunden hatte, wo sich der Schlaf, auch wenn am Waldrand, von selbst auf die müden Augen senken würde.

Er war mit Fuhrleuten durch die Oberkrainer Felder, durch Neumarktl und zum Loiblpass hinauf gereist, unter den Dörfern an den

Berghängen, die nach dem Regen so friedlich und ruhig gewaschen dalagen, nach dieser Nacht, in der sie von schmutzigen Wasserschleiern verhüllt gewesen waren, hatte ihren derben Späßen zugehört, ihrem Gehen, ihrem Fluchen und dem Knallen der Peitschen auf den breiten Pferdehintern, die vor Anstrengung kugeligen Dreck aus sich herauspressten, hatte im Wirtshaus fettes Fleisch aus einer Suppe gegessen und es mit saurem Wein hinuntergespült; das Schweben, die nächtlichen Gebete, das Warten auf den Aufbruch in die geheimnisvollen Gefilde des Schlafs und der Träume hatten ein Ende gehabt. Er hatte nicht auf dem Wagen sitzen wollen, den ganzen Nachmittag war er mit dem Klumpen fetten Fleisches im Bauch marschiert. Zum ersten Mal nach den Jahren des Lernens und der Herzensbildung in Laibach, zum ersten Mal nach seiner Rückkehr aus den Missionen, zum ersten Mal nach dem einsamen Umherirren im Hof und auf den Feldern von Olimje, im Jahr des Unterschlüpfens und des Versuches zu vergessen, zum ersten Mal seit langer Zeit war er wirklich gegangen, mit einer Anstrengung gegangen, an der der ganze Körper bis zur letzten Faser beteiligt war. Am Abend hatte er sich in der Kühle des Bergpasses vom Geschrei der Pferdeknechte und Kaufleute abgesondert, sich ein ruhiges Plätzchen auf der anderen Seite gesucht, für kurze Zeit geruht und dann seinen Weg hinunter fortgesetzt. Er hatte den befestigten Weg und eine Abkürzung über ein Sumpffeld genommen, durch einen duftend feuchten Wald, über modriges Laub, das nach Fäulnis und Zerfall roch, über weiches grünes Moos, das schwammig nachgab, an Bauernzäunen vorüber, über eine Brücke über die reißende Drau, wo er den bläulich weißen Rücken einer ertrunkenen Sau sah. Die Fuhrleute hatten von unzähligen Säuen im Krainischen und im Steirischen gesprochen, die den Weg aus den Koben gesucht hatten und in nahen Gewässern ertrunken waren, sie waren auch in der Drau in Kärnten ertrunken, er hatte die Rücken dieser Tiere gesehen, er hatte die Körper der ermordeten Indianer gesehen, die im Fluss Paraná schwammen, er hatte den schwarzen Mantel von Bruder Luis gesehen, dem französischen Bruder, der Musik unterrichtet hatte, sein schwarzer Mantel war im Fluss zwischen den nackten Körpern der Guaraní-Krieger geschwommen.

Er durchquerte das Getümmel von Villach, ging durch das Geschrei der Stadt zurück in die Stille der Felder und der leeren Straße, in die Nacht hinein und spät in der Nacht die Straße, den Fluss entlang bis zu den Feuern eines Sammelpunktes der Pilger, bis zu der weißen Kirche der hl. Dreifaltigkeit, deren Inneres hell erleuchtet war und vor der die ganze Flur mit Feuern übersät war, wo zwischen den Vigilien Gemurmel und lautes Singen aus der Dunkelheit zu hören waren, wo er zwischen Schatten und Lichtgarben hindurchging, wo auf Brettern, über Steine gelegt, Hammel zerteilt, Suppe und Tee gekocht, Suppe und Tee geschlürft, Menschen in Listen eingetragen, gebetet, gesungen, Knochen abgenagt und unablässig die Kirche betreten und verlassen wurde. Auch später, im Pfarrhaus, wo man ihn empfangen hatte, war er wach gewesen, auch nach dem Abendessen, das schon fast ein Frühstück war, konnte er nicht einschlafen. Wenn er endlich in einen Zustand zwischen Schlafen und Wachen gesunken war, weckten ihn Rufe von noch spät Eintreffenden, Rufe von Menschen, die einander zwischen den Feuern und an der Kirchentür suchten. Er stand am Fenster und sah in ihre von den roten Flammen beleuchteten Gesichter, Erscheinungen, die in die Dunkelheit zurücktraten, um sich an anderen Feuern unter anderen Gesichtern erneut zu zeigen.

[7]

Ein solcher Anblick hatte sich Katharina noch nie zuvor gezeigt: Feuer brannten in der Kärntner Ebene, der Himmel darüber leuchtete. Es wäre nicht verwunderlich gewesen, wenn über so viel Leuchten dort droben der Goldene Schrein dahergeschwebt wäre. Die Abendglocke läutete, man sprach das Abendgebet, jeder brockte seine Bitten mit hinein und rettete sich für kurze Zeit vor seinen Ängsten, immer wieder ein kleines Gebet für einen glücklichen Weg und eine glückliche Heimkehr, für schönes Wetter auf dem Weg, ohne Felsstürze, ohne Unwetter, ohne Straßenräuber, ohne Krankheiten und Verletzungen. Aus der Kirche kam Gesang, auch an einem Feuer wurde gesungen. Es war die Nacht der Müdigkeit, der Suche nach Rast, aber auch eine wundersame Nacht aus Feuerlicht und Funken, die zum Himmel aufstiegen. Funken, die sich von den Flammen losrissen und durch die Nacht nach oben reisten, zuerst hell glühend, dann hoch oben unter dem Himmelsgewölbe erlöschend. Sehr gut konnte sie sich die Engel vorstellen, wie sie unsichtbar zwischen diesen Glühwürmchen aus Feuer schwebten und auf die versammelten Wallfahrer heruntersahen und diejenigen erwählten, die sie auf dem langen Weg beschützen würden. Beim abendlichen Ave Maria konnte sie spüren, wie gemeinsam mit den Engeln auch ihre Mutter vom Himmel herabsah, mit besorgtem Gesicht, sie war nicht nur ihretwegen besorgt, sondern auch wegen des Vaters, der auf dem Meierhof zurückgeblieben war bei den Knechten und Mägden, bei Vieh und Hund, wegen ihres Vaters, der fast geweint hätte, als sie an jenem Morgen weggegangen war. Trotzdem hatte er noch mit Pfarrer Janez gesprochen, es war klar, worüber: Sie sollten auf sie aufpassen, alles, was er hatte, war sie, Katharina. Und trotz aller Zusicherungen hatte er fast geweint, Hund Aaron hatte geheult wie bei Mutters Begräbnis, die

Mägde hatten sich bekreuzigt: Wie konnte es angehen, dass eine so junge Frau so weit wegging und für so lange. Aber ihre Mutter und sie, sie und ihre Mutter wussten genau, dass sie es schaffen würde, dass sie zum Goldenen Schrein kommen und dass sie mit etwas zurückkehren würde, mit etwas Neuem in der Seele, sie wusste nicht, womit, aber bestimmt mit etwas von dem in der Seele, was schon seit hundert und vielleicht viel mehr Jahren jedes siebente Jahr im Frühling so viele Menschen aus ihrem Weiler und aus anderen Dörfern dazu trieb, sich wie eine kauernde Herde auf unbekannten Befehl hin zu erheben, um, von Unruhe getrieben, ins Unbekannte, durch unbekannte Gegenden, einem fernen Ziel entgegenzustreben, das da hieß: Kelmorajn. Sie ging zwischen den Feuern umher, Amalia blieb hier und dort stehen und plauderte mit den Frauen, Katharina trat an ein Feuer, wo jemand laut redete, ein Alter mit grauem Haar und Bart. Sie trat näher, aus reiner und freier Neugierde, denn es war Nacht, und sie war frei, eine große Wegstrecke lag hinter ihr, sie konnte gehen, wohin sie wollte, auf einmal fühlte sie sich sicher in der Menge der Pilger, sie trat ans Feuer, von allen Engeln und dem Blick der Mutter vom Himmel herab beschützt. Und in diesem Moment sah sie die Augen, die ihr Herantreten begleiteten, die sie unentwegt ansahen, als sie mit flammenbeschienenem Gesicht beim Feuer stehen blieb. Es war ein Mann, älter als sie, er stand im Hemd, die Ärmel aufgekrempelt, neben dem Feuer, er trug Reisestiefel, Katharina war eine gute Beobachterin, mit einem Blick hatte sie alles gesehen, die zitternden Flammen ließen sein Gesicht unablässig verändert erscheinen, mal war es beleuchtet, ganz hell, einen Augenblick später verschattet, ganz dunkel. Sie sah ihn um einen Augenblick zu lange an, sie musste in diese Augen sehen, die sie so angesehen hatten, für einen Augenblick zu lange sah sie in sie hinein.

Je tiefer auch diese Nacht in die Vergangenheit reiste, je näher der Morgen aus der Zukunft kam, desto mehr Menschen verließen die Vigilien in der Kirche, und desto mehr sammelten sich um die Feuer. Mit heiseren Männer-, mit schrillen Frauenstimmen wiederholten sie ihr leierndes Lied, immer und immer wieder, das Lied der Sprache und des Landes, die Simon Lovrenc vor langer Zeit verlassen hatte, des Landes, in das er nach langer Reise zurückgekehrt war, um jetzt von Neuem zu hören:

Maria kommt aus Ungarland,
Von Trauer ist ihr Herz entbrannt.
Maria kommt zum Meeresstrand
Und bittet schön den Schiffersmann:
Ach, fahre mich um Gottes Lohn,
Ach, fahre mich um Gottes Thron!

Leiernd sangen sie ihr Lied und beruhigten sich selber mit ihren Stimmen in ihrer Angst vor der Nacht, vor der neuen fremden Welt, bis zur nächsten Stunde. Oh, wie warm war auf einmal diese liebe heilige Einfalt, die mit einem Lied, mit dem Bild des Goldenen Schreins, zu dem sie aufgebrochen waren, die durch die Wärme des Liedes und das Licht des fernen Schreins die Angst leichter und die Hoffnung voller machte, die das Raue und Schwere des Lebens löste, so wie er die Einfalt des Herzens auch vom anderen Ende der Welt her kannte, wo die Menschen mit der Erde lebten, wo es Erdenmenschen gab, die aus Angst sangen und die Augen mit unendlicher Hoffnung zum Himmel hoben. Und aufgebrochen waren sie um der Gesundheit, um des Viehs willen, zum Schutz vor Krankheiten, vor Feuer, Blitz, Hagel, Krieg, vor innerer Versuchung, vor Mord, Diebstahl und Ehebruch. Aufgebrochen zu der weiten Reise sind sie auch zum Danken, schon in der ersten Pilgerkirche häuften sich zu Füßen Mariens, unter ihrem goldenen Schutzmantel, Dankbilder, Votivtafeln, ein ungeschickt gezeichneter umgestürzter Wagen und verschreckte Pferde, ein Mensch fällt unter die Hufe, Maria hat ihn gerettet, das Bild eines Kranken im Bett, auch der hatte sich bei ihr zu bedanken, das Stück einer Leiter, von der jemand gefallen und am Leben geblieben war, das Bild einer Dorfschlägerei, einer der Burschen hob ein Messer – demjenigen, der sich bei ihr bedankte, war das Messer nicht ins Herz gefahren; da waren Krücken und Stöcke, aus Holz geschnitzte Herzen, viele Herzen, Lebern, Lungen, Arme, Beine, Köpfe, Schultern, da waren Haare, ein Haarschopf, den sich ein Mädchen um eines Gelübdes willen abgeschnitten hatte, nur die Himmelsjungfrau Maria kannte es; an der Kirchenwand hing eine Kette, EX VOTO, an diese Kette waren Christen in der türkischen Sklaverei gelegt worden. Maria wusste, kannte alle Geheimnisse, jeden, der sich voller Angst von zu Hause, von seinen Nächsten, von allem verabschiedet hatte. All das kannte auch Simon, seit seinen Kinderjahren war ihm das nicht unbekannt, er kannte dieses Vertrauen, das bei diesen Städtern

und Bauern ebenso stark war wie bei den Indianern, die gestern noch
Götzen angebetet hatten und heute ihr Leben in Ihre Hände legten, er
kannte die Hoffnung, die sie zum Goldenen Schrein führen würde und
weiter und durch ihn und mit seiner Macht bis in den Himmel. Er wollte
ein Teil davon sein, noch einmal, wie er es in den Missionen gewesen
war, in der Nacht, in der Morgendämmerung, mit dem Atmen, mit dem
Lauschen auf alles, auf all die tausendfachen und einzelnen Wünsche,
die die Nacht füllten und sich in den heraufziehenden Tag voller
Ungewissheit leerten.

Ich fahre nicht um Gottes Lohn
Und fahre nicht um Gottes Thron,
Ich mache ja für Kreuzer nur
Und blanke Sechser diese Fuhr.

Der schlaflose Simon Lovrenc, der flüchtige, von seinen Brüdern getrennte, von der Gesellschaft Jesu getrennte, der einsame und verlassene
Simon Lovrenc sah in seinem Wachsein durch das Fenster dieses
einfache und geheimnisvolle Volk, das zu seinem Ziel aufgebrochen
war, und wünschte sich, er wäre ein Bauer unter Bauern, ein Städter
unter Städtern, eingetaucht in die Masse der Wünsche und Hoffnungen,
in die erfüllte Nacht, er wäre da draußen unter ihnen und zwischen den
Feuern und würde singen, aus vollem Herzen, aus dem ganzen ungewissen Sein in der zweiten Stunde dieser Nacht.

Der Fährmann hebt zu fahren an,
Das Schifflein fängt zu sinken an.
Der Schiffer ruft mit ganzer Kraft:
Maria, hilf mit Deiner Macht,
Maria mit dem Gnadenherzen,
Maria siebenfach in Schmerzen.

Sie sangen, ohne aufzuhören, tiefe Männer-, hohe Frauenstimmen,
auch selber hätte er gern gesungen, nicht lateinisch, sondern eben
slowenisch, so wie sie, die Bauern, mit dieser Hingabe und dieser
Hoffnung im Herzen, wie sie es taten, mit demselben selbstverständlichen Wissen um das Geheimnis, das sie besaßen und das er selber nicht
hatte. Nach all den Büchern, die er gelesen hatte, nach all den gelehrten

Gesprächen, nach all den Irrungen, nach der schweren Zeit des Noviziats, nach den einsamen Kontemplationen, die ganze Zeit und auch jetzt besaß er das nicht, was sie aus sich selber hatten, mit der Angst im Herzen am Feuer unter den tief stehenden Sternen, mit dem einfachen Lied, das sie mit ihren rauen und schrillen Stimmen leierten. Deshalb war er gekommen, deshalb folgte er ihnen, der Frömmigkeit und Gottesfurcht des Volkes, aus Unruhe und aus Wissen, um in diesem einfachen Pilgern jene Erkenntnis zu finden, die ihm fehlte, die er schon einmal besessen hatte, bei den Guaraní, und die ihm jetzt ebenso fehlte wie der Schlaf. Die Hoffnung, die schon Erkenntnis war und die sie einfach so hatten, einfach von sich, durch sich. Sie waren auf diesem Weg namenlos, vom Verstand zum Geheimnis namenlos, mit dem einfachen Lied, das über ihnen schwebte, zwischen den Feuern, ins dunkle Dickicht des Waldes; mit ihrem Lied, das auch die Raubtiere in ihrer nächtlichen Schöpfung ruhig werden ließ und das zurückkehrte in die Herzen, wie es hieß, ja, in die Herzen. Er ging von Feuer zu Feuer und blickte in die Gesichter der Menschen, die er nicht kannte, verzückte und erschöpfte, knochige und runde, Gesichter von Frauen, unter die Kopftücher gezwängt, von Männern mit zahnschartigem grinsendem Mund.

Das Schifflein kann ich halten nicht,
Zum Helfen mir's an Kraft gebricht,
Soll'n Helfer dir die Kreuzer sein
Und deine blanken Sechserlein.

Am großen Feuer, wo sich immer mehr Leute einfanden, fuchtelte ein grauhaariger Alter mit einem Stecken in der Hand, eine Art biblischer Prophet, und verkündete seine Weisheiten. Und dort traf er plötzlich auf einen Blick, unter all diesen einander gleichenden, in die Nacht versunkenen, vom Feuerschein beleuchteten Gesichtern, dort formte sich plötzlich aus der nächtlichen Masse ein einzelnes Gesicht heraus, schmerzlich jung, schmerzlich nachdenklich, mit abwesenden Augen, die ins Feuer schauten und gleichzeitig in sich hinein, ein schmerzlich schönes Gesicht. Alle anderen von dem späten Pilgerfeuer beleuchteten Gesichter waren auf einmal zusammengeschmolzen zu einer undeutlichen Masse, nur eines hatte darunter plötzlich aufgeleuchtet, auf der anderen Seite des Feuers, durch die Flammen hindurch, ein Frauengesicht, ein Blick, der ihn getroffen hatte, über diesem einzigen Gesicht strahlte eine kleine Kuppel aus Licht.

Dort am Feuer stand Katharina Poljanec, sie sah, dass jemand sie ansah, ein dunkles Gesicht von der anderen Seite des Feuers her, sie spürte diesen Blick auf sich, endlich sieht jemand nicht durch mich hindurch, so wie der Pfau im Hof auf Dobrava durch mich hindurchgesehen hat, im Speisesaal auf Dobrava ... Der hier sah nicht durch sie hindurch, sondern in sie hinein, irgendwo tief in sie hinein, dorthin, wo etwas nach menschlicher Nähe verlangte, mehr noch nach einem Wort der Ermutigung, denn das brauchte Katharina dringend, obwohl sie sich auf einmal frei fühlte, mehr als je zuvor, obwohl sie ganz verzaubert in diese glühenden Augen der Nacht schaute, in die züngelnden Flammen, die in ihrer ersten Pilgernacht allüberall aufstiegen.

Diese Augen, die sie ansahen, waren traurig. Das dunkle Gesicht des Mannes, der auf der anderen Seite der flackernden Feuerzungen, der leuchtenden Flammen stand, das vom nächtlichen, fast schon morgendlichen Pilgerfeuer beschienene Gesicht hatte die Augen eines traurigen Menschen, Bitterkeit in den scharfen Linien um die Nase und ein wenig herabgezogene Lippen, Katharina war eine gute Beobachterin, an vielen Tagen und Abenden hatte sie von ihrem Fenster aus jede Einzelheit auf einem Männergesicht zu sehen gelernt. Nur dass die Augen jenes Mannes, den sie am häufigsten beobachtet hatte, auf dessen Gesicht sie jeden harmonischen Zug kannte, dass dessen Augen sie kaum einmal angesehen, und wenn doch, dann durch sie hindurchgesehen hatten. Der hier sah nicht durch sie hindurch, sondern in sie hinein, schon zu lange, sie sah ins Feuer, bis ihr die Augen brannten, sie dachte, dass sie vielleicht lieber die anderen Schuhe, die in der Tasche waren, hätte anziehen sollen, in denen, die sie an den Füßen hatte, sah sie doch sehr tollpatschig aus. In ihrer Verlegenheit trat sie von einem Fuß auf den anderen. Während der Prediger in der Pilgerkutte am herunterbrennenden Feuer zu der Gruppe von Menschen sprach, die rundherum standen, blieb der Blick dieses Menschen an ihr haften und bewegte sich nicht mehr weg. Etwas durchfuhr sie. Es war wie der Blick des nächtlichen Besuchers, der kein Gesicht gehabt hatte, nur Blick, Hände und Körper, für einen Augenblick durchfuhr es sie, dass das nur er sein konnte und niemand anders. Der, der nicht schlafen konnte, der zu ihr in der Wahnnacht kam, wenn sie allein im Haus war, wenn ihr Vater oben im Dorf mit den Bauern bei Schnaps saß und über das Unglück

redete, das über das Vieh gekommen war. Sie spürte, dass er sie ansah, nur für einen Augenblick versank auch sie in seinem Blick, ungewollt wanderte sie über sein Gesicht, das von den niedrigen Flammen des herunterbrennenden Pilgerfeuers beschienen wurde. Dann richtete sie mit einer Beunruhigung in der Brust, die derjenigen in der Nacht glich, den Blick ins Feuer und fuhr zusammen, als der Prediger mit mächtiger Stimme ausrief:
– Zählt eure Sünden!
– Ich habe schon eine, zwitscherte neben ihr Amalia, eine Sünde habe ich schon auf dem Gewissen, sagte sie und lachte. Gerade habe sie den Männern beim Waschen zugesehen, sagte sie, einer habe sein Hemd ausgezogen, er sei so behaart gewesen, vom Hals bis zum Bauchnabel, am Rücken genauso, so etwas habe sie noch nie gesehen, so behaart, dass sie sich seinetwegen fast den kleinen Zeh gebrochen habe, den hier, sie sei gegen eine Wurzel gestoßen.

Katharina hörte ihr nicht zu, sie war von dieser Nacht durchdrungen, sie interessierte nicht, welcher behaart war und welchen Zeh sich Amalia fast gebrochen hatte. Ihr Herz pochte, für einen Augenblick zu lange hatte sie in bestimmte Augen gesehen, hatte zugelassen, dass sich dieser Blick in sie versenkte, davon hämmerte das Herz.

– Zählt eure Sünden, rief der nächtliche Prediger mit mächtiger Stimme, und durch die schläfrigen Menschen ging ein Wogen und Raunen: Hört, hört, Tobias wird sprechen. Der Redner räusperte sich, er wartete, dass sie sich beruhigten. Er zog die Kapuze vom Kopf, und im Licht leuchtete sein langer, ein wenig verfilzter und vernachlässigter Bart auf. Das Singen klang ab, die Zuhörer beruhigten sich, denen, die jetzt zum Feuer kamen, wurde flüsternd mitgeteilt, dass unter ihnen der Erzvater aus Pettau sei, denen, die nicht wussten, wer der Erzvater aus Pettau war, wurde erklärt: Er kommt aus Pettau, man kennt ihn aber auch in der Umgebung und auf allen Pilgerwegen, der Vater aus Pettau, das ist der Erzvater Tobias, berühmt dafür, dass er mindestens einhundertdreißig Jahre alt ist, wenn nicht mehr. Zählt eure Sünden! Also rief Tobias:

– Ihr werdet überrascht sein, ihr werdet über ihre Anzahl entsetzt sein! Und ihr werdet ausrufen wie David, dass die Zahl eurer Sünden größer ist als die Anzahl eurer Haare auf dem Kopf! Sünden, die ihr kennt, und solche, die sich euch von selbst nähern und die ihr schweigend annehmt, ohne euch etwas dabei zu denken. Sünden des Tages,

Sünden der Nacht, Sünden des Wachseins und Sünden des Schlafs. Ja, wenn ihr nur ein bisschen in eurem Gewissen forscht, werdet ihr sehen, dass dieser Abgrund ein weites, unauslotbares Meer voller Kriechtiere und Insekten und dass ihre Zahl unermesslich ist.

Katharina dachte an ihre nächtlichen Besuche. Mit Grauen dachte sie daran, dass ihr Abgrund ein weites, unauslotbares Meer war. Aber noch weiter und tiefer war der Blick, der auf ihr ruhte. Sie spürte, dass aus diesem Blick etwas in ihre Brust hineinkroch, etwas wie diese Kriechtiere, und dass ihre Anzahl unermesslich war. Unwillkürlich sah sie noch ein paarmal zu ihm hin. Der Blick und die Hände, die etwas untersetzte Gestalt, all das war ihr von irgendwoher bekannt, das sagte ihr ein warmes und wohliges Empfinden im ganzen Körper. Ich bin müde, dachte sie, ich bin viel gegangen. Konnte es sein, dass der Mann aus dem Traum jetzt ein Gesicht angenommen hatte, das Gesicht des unbekannten Pilgers am morgendlichen Feuer, dieses nachdenklichen, müden Mannes mit den etwas traurigen Augen, mit dem ein wenig bärtigen Gesicht? Je mehr sie diesen aufdringlichen Gedanken wegstieß, desto hartnäckiger wurde er.

Der Prediger Tobias stieß ein Holzscheit ins Feuer, sodass es bis unter die Baumwipfel Funken sprühte. Er hob die Hand und spreizte fünf Finger.

– Seht her, rief er. Seht diese Hand.

Die Hand war hoch über ihren Köpfen, rot beschienen, Funken umschwirrten sie.

– Das sind fünf Finger, rief er, die fünf Sündenfinger der Lüsternheit, der Zügellosigkeit, der Ausschweifung, jedweder teuflischen Versuchung. Hütet euch vor der Sünde, überall auf dem langen Weg wird sie auf euch lauern. Der erste Finger ist der lüsterne Blick, der zweite die falsche Berührung, das ist die Berührung der Frau, der Schlange, die beißt, der dritte ist die schmutzige Sache ähnlich dem Feuer, das einem das Herz ausbrennt, der vierte ist der Kuss. Der Kuss ist schon das Feuer selbst.

Er zog das glühende Scheit aus dem Feuer.

– Wer wäre so dumm, seine Lippen der Glut zu nähern? Und viele begehen sie, diese Dummheit, die sie dorthin führt, wofür der fünfte Finger steht, der fünfte Finger ist die stinkende Sünde der Ausschweifung.

Der Prediger warf das Scheit zurück ins Feuer. Wieder flammte es auf, loderte für einen Augenblick hoch und jagte Funken unter die rot beschienenen Baumwipfel.

Katharina bemerkte, dass der Mann, der sie noch immer ansah, lächelte. Sie wusste nicht, ob das Lächeln ihr galt oder dem feurigen Prediger. Er lächelte und sie dachte, dass das doch wohl jemand anders sein musste, nicht der, der in der Nacht gekommen war, der hatte nie gelächelt.

Er konnte es nicht, Simon konnte seinen Blick nicht abwenden, zuerst dachte er, dass er dort am Feuer den Blick wegen eines Moments der Abwesenheit, der Zerstreutheit, einer unwillkürlichen Neugier nicht hatte abwenden können. Der Kuss ist schon das Feuer selbst! Wann hatte er schon jemals eine so brennende und feurige Predigt gehört? Er lächelte, ihm kam es so vor, als lächle auch sie, dort zwischen den Flammen auf der anderen Seite. Zwischen ihnen war das Feuer, und ringsum wurden die Menschen immer schweigsamer, die Nacht ging dem Ende zu, es kam das feuchte Erwachen des Waldes, das nasse Atmen des morgendlichen Grases, das Hellwerden vor dem Sonnenlicht, das mit einem einzigen Schnitt die dumpf abziehende Nacht von dem grell heraufkommenden Tag trennte, alles, all das Atmen der göttlichen Schöpfung in der Unzahl einzelner lebendiger Dinge, all das verflog in dem Moment im Hintergrund zu nichts, als er den Blick nicht mehr abkehren konnte. Eine Frau, die er noch nie gesehen hatte, stand auf der anderen Seite des Feuers, in der dumpfen Morgendämmerung, das Kopftuch hatte sie in die Stirn gezogen, bis knapp über die Augen, über jene Augen, die ihn plötzlich mit aller Kraft auf sich und in sich zogen. Mit einem Blick, der in ihn einfuhr, durch die Öffnung seiner Augen, durch die beiden Öffnungen, durch die, wie die Kirchenväter lehrten, die Welt kam, die Erkenntnis der Welt, mit allem Guten und Schlechten, Schönen und Hässlichen, mit der wahren Schönheit der Gegenwart Gottes und der falschen Schönheit plötzlicher Versuchung. Er hatte sie aus einem Bild treten sehen, sie war in den Kreis der Wallfahrer getreten, im Licht war sie aus dem Gruppenbild herausgetreten. Gerade noch hatte sie am Feuer gestanden, und jetzt war sie schon aus seinem Sichtkreis und für einen Augenblick aus seinem Bewusstsein entschwunden. Sie war, bevor sie entschwunden war, eine schmerzlich schöne, schmerzlich deutliche Erscheinung aus der morgendlichen und zugleich noch nächtlichen Welt vor Beginn der langen Pilgerfahrt gewesen, beim Erwachen des Morgens, ein Bild wie der feuchte Wald oder das nasse und erwachende Gras, eine Erscheinung der Welt, die kam und verging. Als sie dort stand, als sie ihre Augen nicht senkte, als ihre Blicke einander trafen, als auf ihrem seltsam ruhigen Gesicht von unten der rote Schein des niederbrennenden Feuers leuchtete und als sie gleichzeitig von irgendwo oben, vom Hügel herab, von den Baumwipfeln und durch sie hindurch mildes Sonnenlicht überströmte, da war sie ein lebendiges Bild, das einmal zu einem anderen Bild erstarren würde, zu dem Bild eines zornigen, tötenden Racheengels. So wie für einen Augenblick von dem irdischen Feuer die Glut der unteren Welt auf das Frauenantlitz ausstrahlte, von der Erde, aus ihr, aus ihrem hohlen feurigen Wirken heraus, so flutete das morgendliche Himmelslicht von oben, verwischte die Ränder, verschmolz die Welten. Mitten zwischen ihnen brannte in ruhigem Glühen das Feuer nieder, der Rauch stieg auf unter den klaren Morgenhimmel, zwischen ihnen hatte sich ein Feuer entzündet.

Die roten Leuchtkäfer über den Baumkronen ermatteten, die Engel rauschten davon, die Fuhrleute trieben die Gespanne an, die Nagelschuhe stemmten sich in die Straße, über den Hang rief jemand, der einsame Ruf weckte jene, die schliefen, als würde in der Ferne eine Trommel die Glocken wecken und zum Läuten rufen, und das taten sie wirklich.

[8]

Katharinas Engel erwachte, weil er spürte, dass es auf einmal warm und licht wurde dort droben im Glockenturm von St. Rochus. Den ganzen Winter hatte ihn gefroren und war ihm langweilig gewesen, denn auch Katharinas Leben war kalt und langweilig gewesen, er hatte nichts Rechtes zu tun gehabt, außer in jener Nacht, als er bei ihr sein musste, wenngleich sie ihn gar nicht gerufen hatte, damals hatte sie andere herbeigerufen, jene, vor denen er sich selber etwas fürchtete und wegen deren Katharina und er dermaleinst würden Rede und Antwort stehen müssen vor dem Hohen Tribunal. Er hatte sich in den Glockenturm verkrochen, wo er dem Heulen des Windes lauschte, meistens schlief er, manchmal sah er hinunter auf Dobrava, ob es etwas Neues gäbe. Dort gab es eigentlich nichts außer einem Pfau, der vielleicht imstande gewesen wäre, Katharinas Herz zu erwärmen, der es aber noch kälter machte, sodass selbst ihn durch all seine engelhafte Transparenz hindurch fror. Eines Nachts im Frühling war er unter den schlagenden Glocken erbebt, hatte vorsichtig durch das Schallloch des Kirchturms gespäht, den schwarze Gespenster umhuschten, die aus dem schmalen Spalt zwischen Erde und Himmel über Istrien, aus den Erdhöhlen des Karsts herbeigeflogen waren, wo sie, das wusste er genau, sehr gern in Dunkelheit und Kälte verweilten, wenn das Wasser langsam über die Stalaktiten und Stalagmiten rann. Steil über den Hang stürzten sich die Dämonen auf Dobrava hinunter und schwangen zwischen die Häuser um St. Rochus zurück, in denen die Menschen hockten, während sich in den Ställen das Vieh unruhig bewegte. Dem Engel Katharinas hatte das Herz geflattert zwischen den Schnürböden und den Metallschwengeln, die auf die Glockengehäuse einhämmerten, um die nächtlich wirbelnden Flieger aus dieser ruhigen Gegend zu vertreiben. Und bald waren sie davongeflogen, aus der Ferne war das Stampfen einer großen Herde zu hören gewesen, dann war auch das verklungen, und er war zurückgekrochen in den wieder stillen und friedlichen Kirchturm, hatte den Gebeten aus der Kirche gelauscht und sich gefragt, wann Katharina ihn nun endlich rufen würde. Jetzt war er auf einmal aufgewacht von einem Feuerschein, von einem Licht, das von weither kam.

Es ist allgemein bekannt, wie das mit den Engeln ist: Ihr Hauptwerk ist die Liebe, und was die Liebe betrifft, sind die Engel keineswegs durchgängig im gleichen Zustande. Dieser Zustand, wie ihn die größten Kenner beschrieben haben, nimmt stufenweise ab oder zu, von höchster bis zu geringster Intensität und umgekehrt. Wenn sie auf der höchsten Stufe der Liebe sind, sind sie im Licht und in der Wärme, wenn auf der niedrigsten, sind sie im Schatten und in der Kälte. Mit gelehrten Worten heißt das, dass sie einmal im klaren und seligen und das andere Mal im verschatteten und unseligen Zustande sind. Mit Katharinas Engel, den wir ruhig auch Engelin nennen können, denn die Diskussion über das Geschlecht der Engel ist zu der Zeit, in der diese Geschichte spielt, schon längst geführt, war es so, dass ihn schon lange mächtig fror, fast bis zu Katharinas dreißigstem Lebensjahr, richtig weiß war er schon vor Kälte und völlig abwesendem Geist dort oben im Glockenturm, wohin er sich in seiner Untätigkeit zurückgezogen hatte. Jetzt aber spürte er, dass Wärme und Licht von einem fernen Pilgerfeuer kamen, er fühlte, dass seine Wangen rot und rund wurden, so, wie ein gewisser italienischer Maler sie auf einen gewissen Baldachinhimmel gemalt hatte. Er sah an sich hinunter und erkannte, dass er nicht mehr weiß war, wie es die Engel nach Überzeugung des Laibacher Fürstbischofs waren, sondern schon geradezu golden und rot vom fernen Glühen, das die Engel sofort wahrnehmen, wenn es irgendwo dazu kommt. Katharinas Engel, oder auch: Engelin, säumte nicht lange, nutzvolles Werk war zu tun, er hatte schon gedacht, er müsse Katharinas ganzes Leben im Glockenturm verfrieren. Also stürzte er sich flugs durch das Schallloch, hinunter über den Hang, zog einen Kreis über Dobrava, wo Jožef Poljanec unter dem Schriftzug HISHNI SHEGEN vor einem Krug Wein saß und wo zu seinen Füßen der Hund Aaron schnarchte, und flog hinauf zu den Bergen, noch heute musste er zu den verschneiten Bergen nahe Salzburg gelangen.

Nahe Salzburg schloss sich den Kelmorajnpilgern ein sonderbarer Mensch an, sie brachten in Erfahrung, dass er ein Eremit war. Über diesen Einsiedler, der sein Leben den Dingen des Jenseits gewidmet hatte und die des Diesseits mit aller Kraft geringschätzte, hatten sie unterwegs schon viel vernommen. Er lebte mitten im Fels hoch in den Bergen. Er hatte sich gewissermaßen in das Gestein eingemauert. In eine Höhle, zu der ein so schmaler Weg führte, dass einem ganz schwindelig wurde und man sehr leicht in die Tiefe stürzen konnte, wenn man nicht die Fähigkeiten einer Gämse besaß oder Gottes Hilfe erfuhr. Der Eremit mit Namen Hieronymus genoss beides. Nicht nur dass er unzählige Male den gefährlichen Weg zu seiner Einsiedler- oder Älperklause überlebt hatte, er war auch nie erfroren, obwohl das nach allen Gesetzen der Natur hätte geschehen müssen. Seine Höhle war nämlich so klein, dass er darin weder heizen noch sich etwas kochen konnte. Selbst aufzustehen und sich aufzuwärmen durch Bewegen der Arme und Beine war unmöglich. Die meiste Zeit verbrachte er liegend, freilich in Tierfelle gehüllt, und jeden Morgen und jeden Abend bimmelte er vor dem Gebet mit einem Glöcklein, das draußen hing und zu dem ein Faden durch einen kleinen Spalt führte. Im Sommer hörten ihn zur Vesper die Hirten auf den Bergweiden tief unter dem Felsen. Und sie sahen, wie die Ziegen, die sich an das sanfte abendliche Glockenläuten gewöhnt hatten, den schmalen Pfad hinaufkletterten und an den spärlichen Büscheln von scharfen Berggräsern rings um seinen Felsspalt rupften. Selbst im Winter hörte er nicht auf zu läuten zum Ruhme Gottes. Den Faden mit dem Glöcklein hatte er sich an den Fuß gebunden, an die große Zehe, die der einzige Körperteil war, der aus den struppigen Fellen herausragte, mit denen er über und über bedeckt war. Sein Körper, der sich von kargen Bissen nährte und dahinsiechte, war zu größerer Anstrengung nicht fähig. Also bewegte er die große Zehe und tat damit jeden Abend Beginn und Ende seines Gebetes kund. Auch wenn ihn dann niemand hörte, weder die Hirten noch die wilden Bergziegen.

Im Frühjahr stieg er ins Tal ab, um im Pfarrhaus Essen und Kleider entgegenzunehmen, und dann kamen die Neugierigen, ihn zu bestaunen, manche sogar aus Salzburg. Viele wollten den heiligen Mann auch berühren. Es hieß, seine Sünden müssten gewaltig sein, weil er sich zu einer so schrecklichen Buße entschlossen habe. Es hieß, er sei ein Prinz, der Gedichte geschrieben und sie Prinzessinnen unter dem Fenster vorgetragen habe. Er sei unglücklich verliebt gewesen und habe in seinem Unglück unglücklicherweise seine Geliebte in der Liebesumarmung erwürgt. Jedenfalls rede er in so ungewöhnlichen Sätzen, dass er, bevor er zum Einsiedler im Felsen geworden sei, Gedichte geschrieben haben müsse. Die Sätze, die er sagte, klängen zumindest so.

Als sie ihn beim Pfarrhaus trafen, wohin der Eremit Hieronymus just an dem Tag, an dem die Wallfahrer in dem Alpendorf eintrafen, gekommen war, um Vorräte für den langen Winter zu holen, und als sie ihn fragten, wer er sei, antwortete er:

– Ich bin ein Winterwald im November.

Die Bauern verstanden ihn nicht, jemand sagte, das bedeute wahrscheinlich, dass ihn dort oben oft friere. Aber Janez erklärte ihnen, dass das Trauer bedeute, dass das der Widerschein der berühmten *tristitia* sei, die außer von tiefgläubigen nur noch von hochverliebten Menschen empfunden werde. Für den Verliebten sei das die kalte Seele, die Trauer um eine Person, die es nicht mehr gebe, oder die weit entfernt sei, für den Gläubigen sei es die Abwesenheit göttlicher Gnade unter kalten Menschen.

– Ich bin ein Sickerfluss, sagte er.

Das deutete man als das Geheimnis der Gottesgegenwart. Der Fluss, der unter unseren Füßen fließt, ist der Fluss des Lebens, wir sehen seinen Lauf nicht, wir wissen nicht, woher er kommt und wohin er geht.

– Was ist eine Landkarte?, fragte er. – Eine Landkarte ist der Vogelflug, gab er selber die Antwort.

– Der Abgrund der Sprache, sagte er, das ist die stumme Sprache des Erinnerns.

– Ich bin ein Blinder, sagte er, der den Weg der Sprache zu allem sucht.

Weil es noch viele solcher Definitionen seines Daseins gab, mühten sie sich nicht mehr mit Auslegungen, sondern luden ihn ein, sich ihnen auf dem Weg zu den heiligen Gebeinen in Köln und den heiligen Tüchern in Aachen anzuschließen. Zu ihrem großen Erstaunen war er sofort bereit, seine Felsenwohnstatt und die umwohnenden Ziegen zu verlassen. Nur das Glöckchen, sagte er, werde er mitnehmen.

– Da wird das Glockenkettchen ums Herz läuten, sagte er.

Die Pilger deuteten seinen Entschluss als ein gutes Zeichen. Der heilige Mann begab sich auf den Berg, um sein Glöckchen zu holen, und sie widmeten sich im Weiteren dem Gebet für den sonderbaren Menschen und für ihr Seelenheil, dann aber auch den Bohnen, die man im Pfarrhof zubereitet hatte und von denen fröhlich der Dampf aufstieg.

Noch bis lange in die Nacht hinein sprachen sie über den Eremiten Hieronymus, darüber, was ihn in die Einöde getrieben haben mochte, und darüber, dass er darin nicht erfror. Nur Erzvater Tobias aus Pettau war ein wenig unwirsch, denn sein Ruhm hatte sich mit der Ankunft des Mannes vom Berge etwas verdunkelt. Und möglicherweise sollte sich sogar herausstellen, dass der Eremit noch älter war als er. Man sah ihm nicht an, dass er hundertfünfzig Jahre alt wäre oder mehr, wie Tobias, denn er hatte sich recht geschickt bewegt, als er über die Felsen geklettert war. Aber bei einem solchen Menschen konnte man nie wissen, wie es sich mit ihm verhielt, wie lange er schon auf der Welt war und wie lange er es noch sein würde.

[9]

Wohin Katharina auch blickte, überall sah sie das Gesicht des Mannes vom Abend davor, erhellt vom warmen Feuerschein, seine Augen, die sich nicht abwandten, vor denen sie den Blick senkte, wie es schicklich war und sich gehörte. Sie wunderte sich über sich selbst: wie war es möglich, dass das andere Männergesicht so schnell verschwunden war, das Gesicht des Hauptmanns Windisch, das so viele Jahre fast jede Nacht, bevor sie einschlief, vor ihrem inneren Auge gewesen war, seine Stimme und seine prahlerischen Bewegungen, auf die sie vor jedem neuen Festtag gewartet hatte. Noch vor wenigen Tagen war ihr schwer ums Herz gewesen; obwohl sie ihn für immer aus dem Haus ihrer Seele verbannt hatte, war ihr schwer gewesen bei dem Gedanken, dass er in den Krieg ritt, aus dem viele nicht zurückkehren würden, noch vor wenigen Tagen hatte es ihr bei diesem Gedanken das Herz abgeschnürt. Nun war es ihr gleich, in welchem Hof sich der Pfau jetzt aufplusterte, vor welcher Militäreinheit er mit seinem weißen Federbusch auf dem Hut einhermarschierte, mit dem Säbel, der sich zwischen den Beinen verheddert, auf welchem gebohnerten Parkett er sich verneigte, wie nur er es konnte. Das Feuer hatte ihn davongetragen, schmerzlos hatte es ihn ausgebrannt. So schnell war das gegangen, sie konnte es selbst nicht glauben, sie hatte sich aus der langjährigen Erstarrung auf Dobrava befreien und aufbrechen müssen, so einfach und klar, wie der Tag klar und kristallen war, durch den sie schritt.

Im Tal war der Tag kristallen klar, über den verschneiten Bergen in der Ferne sammelten sich Wolken. Die Pilgerkolonne zog langsam die Straße hinauf, zur Linken waren ausladende Wiesen, zur Rechten Wald bis zur Straße. Katharina hielt Schritt mit Amalia und den anderen Frauen, die das Blöken der Schafe nachmachten und kicherten, sie lauschte dem Gemurmel von Bäuerinnen, die an einem Wegzeichen stehen geblieben waren und den Rosenkranz beteten. Amalia murmelte andere Gebete, sie hinkte ein wenig, seit sie gegen die Wurzel getreten war, als sie die Männer beim Waschen beobachtet hatte, sie murmelte, dass sie mit so einem Behaarten sicher nicht gehen würde, lieber, als mit so einem Behaarten zu gehen, würde sie Kuhmist essen, lieber, als mit so einem Mann etwas anzufangen. Katharina musste lachen, sie ging am Waldrand, an der Grenze zwischen der dunklen und der sonnigen Welt. Bäume, Felder, Gespanne, Häuser, nie zuvor hatte sie die Dinge und die Natur, durch die sie wanderte, so deutlich gesehen, jedesmal andere Erdenlandschaften, jedesmal andere Bilder der Schöpfung Gottes, der auf einmal so großen Welt. Die Welt war so groß, man brauchte nur in sie einzutreten, und alles war anders. Die Welt zur Rechten, die Weiden, die Felder, die Wege dazwischen und die abgeschiedenen Häuser, die menschliche und die göttliche Ordnung der Dinge wurden schon vom frühlingshaften, aber noch immer auch winterlichen Sonnenlicht beschienen. Zur Linken war das dunkle Schweigen des Waldes, das nachts von den Schreien aus der tierischen Ordnung der Dinge unterbrochen wurde, jetzt schwieg er friedlich. An seinem Saum war das vom Winter gelähmte Gebüsch mit seinen Schatten und Fangarmen, vom Winter, der hinter ihr lag, von der Lähmung, die vorüber war. Und irgendwo in der Nähe war der Mensch des warmen Feuers und der lebendigen Augen, sie fühlte deutlich, dass er nicht weit sein konnte, sein Gesicht war eingezeichnet in den Berghang, in das zitternde Licht der Sonnenstrahlen. Sie sah über die lang gezogene Pilgerkolonne hin, sie wusste, dass das kein Bild aus einem Traum gewesen war; der nächtliche Mensch, der sie am Feuer an sich geschmiedet hatte, war wirklich gewesen. Mitten am Tag irrten ihre Erinnerungen ab in die Nacht, zum Glühen des Lichts auf dem Gesicht des Unbekannten. Er musste irgendwo in der Nähe sein, das spürte sie so deutlich, wie sie in ihrem Zimmer auf dem Gutshof die Gegenwart der nächtlichen Besucher gespürt hatte. Zu niemandem hatte sie von den nächtlichen Besuchen gesprochen, wenn sie kein Traum gewesen waren, wenn sie nicht doch ein Traum gewesen waren, wie das letzte Nacht am Feuer vielleicht ein Traum gewesen war, als der Blick des müden Menschen mit den lebendigen, so lebendigen Augen sie in sich hineingezogen hatte. Sie wusste, dass all das eine Sünde war, aber sie konnte nichts dagegen tun. Sie wusste, was Pfarrer Janez über diese Dinge sagte, das wusste sie seit der Zeit, als sie noch ein Mädchen gewesen war, und das war vor langen, langen Jahren gewesen: Über den Körper muss man wachen. Die Seele wohnt im Körper, in ihm lebt sie wie in einem Haus. Die Seele ist im Haus, das Haus ist eine Festung, die ständig bedroht ist. Wenn böse Gedanken in sie eindringen, beginnen geheime Mächte zu wüten, nimmt in Körper und Seele unverzüglich der böse Geist Wohnung. Was am Abend zuvor gekommen war, dieser Blick, das konnte einfach nichts zu tun haben mit solchen Warnungen, eine Frau fühlte das, Katharina wusste, was recht war und was nicht, was gut war und was schlecht, einige Sätze aus den Evangelien kannte sie auswendig, sie hatte den Kempener, aber auch Ovid gelesen, es stimmte, dass das Richtige manchmal schwer zu erkennen war, aber manchmal kam mit der Ahnung oder nur mit einem Blick ein Zeichen, etwas, was sich in der Brust bewegte und der Seele sagte, dass die Sache des Herzens eine beschlossene war.

Beschlossen war, dass sie sich beim Brunnen treffen würden. Mit kräftigen Zügen hob er den Eimer aus der Tiefe und goss das Wasser in einen Krug.

– Ich habe dich beim Feuer gesehen, sagte er.

Katharina schwieg, sie sah zu Boden, was sollte sie sagen, auch sie hatte ihn beim Feuer gesehen und kurz zuvor an die Felswand eines Salzburger Berges gezeichnet.

– Du heißt Katharina, sagte er.

– Das stimmt, sagte sie. Jetzt hätte sie erröten müssen, das hätte sich so gehört, zu ihrem Unwillen wurde sie nicht rot, sie senkte den Blick zu ihren plumpen Schuhen, die bemalten waren noch immer in der Tasche, dann siegte die Neugier, sie hob den Blick zu seinen unruhigen Augen: Wer hat Euch das gesagt?

Amalia hatte es ihm gesagt, unwillkürlich erinnerte sie sich, wie sie einander im Wald begegnet waren, unwillkürlich dachte sie daran, dass auch er sie hätte sehen können, wie Amalia sie gesehen hatte, jetzt errötete sie, wie es sich gehörte.

– Ich bin Simon, sagte er.

– Was bedeutet das schon, wenn Ihr Simon seid, sagte sie, meinetwegen könnt Ihr auch Petrus sein.

Sie lachten, sie tranken Wasser, Simon hatte auch einen Krug mit Wein, er bot ihr davon an, sie nahm an, trank einen Schluck Wein, das hätte sie nicht dürfen, aber einen Schluck Wein auf dem Weg darf man, er stärkt den Menschen. Sie kannte ihn gut, hatte sie doch den ganzen Tag sein Gesicht vor Augen gehabt. Aber erst jetzt, als sie ihn ganz aus der Nähe ansah, über den Rand des Kruges, jetzt sah sie es: Er hatte dunkle Flecken unter den Augen und etwas geschwollene Lider, dieser Mensch, dieser Simon hatte schon lange nicht geschlafen.

– Wir werden uns noch sehen, sagte er. Ich hoffe, dachte sie, der Weg ist lang, ich weiß nicht, sagte sie, ob es Gottes Wille ist. Natürlich war es Gottes Wille, das war jetzt schon beschlossen, sie erkannte eine Stimme, die das zu ihr sagte, es war ihre Stimme, aber zugleich die Stimme von jemand anders in ihr, natürlich würden sie sich noch sehen, und wie oft noch und wie sehr.

Diese Nacht schliefen sie in einem Weiler unter dem Pass, die Wolken türmten sich über den Bergen, sie waren rechtzeitig zu dem Ort gekommen, wo die Einheimischen den Pilgerführer Michael kannten, sie nahmen die heiligen Wanderer gern unter ihrem Dach auf, und die Pilger waren zufrieden und beruhigt, als sie sahen, dass sie eine gute und zuverlässige Führung hatten. Jetzt galt es, in den Häusern, in Scheunen und auf Heuböden, im Pfarrhaus und im Gasthof Nachtlager finden. Der Weiler erstreckte sich in die Länge, die Häuser standen weit verstreut, sodass sich die Menge an den Hängen verlor. Eine Nacht überstehen, wie es sie noch viele geben würde. So viele, dass man es sich gar nicht vorstellen konnte. Die Frühjahrsmonde, der regnerische April, der blühende Mai und der heiße Juni, Nacht für Nacht würden sie zu fremden Sternen über sich aufblicken. Und erst gegen Winter würden sie zurückkehren, gebe Gott, dass alle zurückkehrten. Obwohl sie im Sicheren waren, spürten sie jetzt doch, dass sie in der Fremde waren, unter Bauern, die Deutsch sprachen, unter Wolken, die sich über den Bergen türmten. War es da verwunderlich, dass den Pilgern Ängste ins Herz krochen? Nirgends gab es die vertrauten Häuser und Felder, nirgends die engen Gassen und steinernen Märkte, nirgends die vertrauten Heiligen, die über den Wiesen, Wäldern, Häusern und Kirchen wachten, plötzlich gab es nirgends mehr den großen Frieden der heimischen Geborgenheit, es gab auch die schlimmen Dinge nicht, vor denen sie sich zu Hause fürchteten, die kannten sie und von denen wussten sie, wie man sich vor ihnen zu fürchten und sich gegen sie zu wehren hatte. Ihre Teufel waren eingebürgert, man sprach über sie. Hier glühten in der Dunkelheit irgendwelche Augen, und niemand wusste, wem sie gehörten, was in ihnen und was hinter ihnen war. Manch einer wachte bis spät in die

Nacht in der Kirche zwischen flackernden Kerzen und betete. In einer Scheune wurden leise bäuerliche slowenische Klagelieder gesungen. Im Wald waren die wilden Tiere erwacht. Die Sterne waren hoch hinter den Wolken, und der Himmel war tief. Dort oben war der Goldene Schrein, er schwebte über ihren Köpfen; wie er tagsüber zwischen den Baumwipfeln vor ihnen hergezogen war, so schwebte er jetzt, ihr Ziel und ihr einziger Schutz. Nirgends ein heimisches Dach, keine Dorfbewohner, die in den Nachbarhäusern oder auf den Nachbarbergen geatmet hätten, keine Mitbürger, die in den engen Gassen noch ein letztes Mal tollende Kinder angefahren hätten, keine Stadtwächter, die unter den Fenstern miteinander gesprochen hätten, kein Singen verirrter Betrunkener, alles war anders. Mit der Nacht kam auch die einsame Ungewissheit in den Pilgerschlaf, im Schlaf war jeder allein, in die Träume kamen die Fratzen der Nacht. Der leere Raum des unbekannten Berges hatte keine Grenzen, der Wald hatte keinen Saum, die Lichtung hatte keinen sicheren Boden, der Raum war uferlos. Der Heuboden war ein Schiff auf unruhigem Alpenmeer, der unbekannte Berg war eine ferne fremde Insel. Die Welt war auf einmal groß, zu groß, eine große Höhle unter den Sternen, ein dunkler Ozean.

Katharina wurde ein Lager auf dem Boden eines Bauernhauses zurechtgemacht. Das Bett bekam Amalia, die sich wusch und ohne Unterlass redete und Fragen stellte, ohne dass sie eine Antwort abgewartet hätte. Wohin der Mann reise, mit dem sie Wein getrunken habe? Er heiße Simon, das wisse Amalia schon, ein Schweiger sei er, an den Schläfen habe er ein paar graue Haare, obwohl er noch jung sei, ob er nach Kelmorajn wolle? Er müsse viel erlebt haben, wenn er schon ein paar graue Haare habe, er habe einen dunklen Blick, er gehe allein ... Glaubst du, er hat jemanden umgebracht? Was redest du da?, sagte Katharina, was redest du denn! Amalia hörte nicht auf: Ob er ihr, Katharina, gefalle? Ihr komme er geheimnisvoll vor, sie habe gehört, wie er etwas auf Spanisch gesagt habe, warum? Und Katharina? Komme er ihr nicht geheimnisvoll vor, ein Fremder, obgleich einer von ihnen? Katharina habe Wein mit ihm getrunken, warum habe sie dort beim Brunnen so gelacht? Katharina sah zur Decke, ich habe dich beim Feuer gesehen, hat er gesagt, warum habe er das gesagt? Sie wusste, warum er das gesagt hatte. Amalia legte sich hin, redete noch etwas im Halbschlaf, ächzte kurz auf und begann zu schnarchen. Einen Augenblick später war sie wieder wach.

– Hier spukt es, sagte sie.
– Du hast geträumt, sagte Katharina.
– Ich habe nicht geträumt, sagte Amalia. Für einen Moment war sie vollkommen wach: Weißt du, was das ist, ein Alb?
– Das ist ein böser Traum.
– Ein Alb, sagte Amalia, ein Alb ist die Seele eines Menschen, die den Schlafenden verlässt, um andere Menschen zu erschrecken.

Sie drehte sich zur Seite, Katharina hoffte, dass sie jetzt nicht zu schnarchen beginnen würde, sie tat es aber sofort, sie wurde gerade nicht von der Seele eines Schlafenden bedrängt. Dafür wurde es Katharina, Simons Blick war auch hier, vielleicht seine Seele, und die war kein Alb. Sie musste daran denken, dass er in ihr Inneres gesehen hatte, es war offen gewesen, ein offenes Inneres, Gott gebe, dass es kein Abgrund war, ihr Inneres. Unter Amalias Schnarchen und den Käuzchenrufen aus dem nahen Wald, unter dem entfernten Singen der Pilger war Katharina auf einmal wieder ganz allein. Sie wusste, dass sie nicht an ihn denken durfte, sie musste an die Menschen denken, die sie zurückgelassen hatte, sie musste an ihren Vater denken, der allein geblieben war, an Aaron, der vor der Hausschwelle lag und bei jedem Geräusch den Kopf hob in der Erwartung, sie würde zurückkehren. Auf einmal war ihr Gesicht tränennass, und als sie schon schlief, dachte sie daran, dass sie nicht einschlafen durfte, weil dann jene angenehmen Teufel kämen, die sie genau so berührten, wie sie es selber wollte, wenngleich gegen ihren Willen. Dann würden die beiden Herren kommen und sie wegbringen, irgendwohin, wo es alle sahen und alle alles wussten, wo das Bett ein Pranger war. Fast schon im Schlaf begann sie die Lippen zu bewegen und laut zu beten, wie ihre Mutter es sie gelehrt hatte:

Heilig treuer Engel mein,
Lass mich Dir empfohlen sein.
Steh in aller Not mir bei,
Halte mich von Sünden rein.

Hinter der Wand bewegten sich die Kühe und brummelten in ihrer kühischen Ruhe, das wirkte beruhigend, noch beruhigter aber wäre sie gewesen, wenn sie gewusst hätte, dass der Engel, den sie, nein, die Engelin, die sie gerufen hatte, in der Nähe, ganz in der Nähe wäre. Mitten in der Nacht weckte sie ein Donnern, auf dem Dach prasselte der Regen, aus den schwarzen Wolken über den Bergen, unter denen das kristalline Licht geschwebt war, fing es endlich an zu gießen. Amalia atmete oben auf dem Bett endlich ruhig und gleichmäßig. Katharina hörte von irgendwoher, vielleicht vom Dachboden, Stimmen, die sich unterhielten, doch es war eigenartig, so als würde eine einzige Stimme mit sich selbst reden.

Es hilft nichts, sagte die Stimme, die eine männliche, aber auch eine weibliche sein konnte, man wird sie ins Wasser stoßen müssen. Aber sie kann doch nicht schwimmen, antwortete die andere Stimme, die genauso klang wie die erste. Ja, gerade deshalb, sagte die erste. Sie wird sich erkälten, sagte die zweite. Und genau das muss geschehen, entgegnete die erste. Die Engel, das heißt die Engelinnen, sagten das zugleich mit männlicher wie mit weiblicher Stimme, genau das muss geschehen, sagten sie, die Engel wissen schon, was sie tun. Katharina wusste nicht, wer diese Worte sagte, wer sie ins Wasser stoßen würde, obwohl sie nicht schwimmen konnte, und warum sie sich obendrein noch erkälten sollte. Solche Dinge hört der Mensch nur im Traum, und das auch nur, wenn er in der Fremde ist. Das ist ein Traum, dachte Katharina, was für ein seltsamer Traum.

[10]

In den Bergen grollte es, der Donner trommelte irgendwo bei den Felsgipfeln, rollte ins Tal hinab und flüchtete durch die enge Schlucht, prallte von ihren Wänden ab und verlor sich in den Wäldern. Die Pilger erwachten auf ihrem Lager, sahen zu den Felsen auf, die einen sagten, das seien die Kanonen Ihrer Majestät der Kaiserin Maria Theresia, dort oben halte ihre Artillerie in aller Frühe Manöver ab, ihre Kanoniere sendeten Granaten zwischen die Felsen, dass sie dort zerkrachten, wie sie bald über den preußischen Städten und Köpfen krachen würden. Andere meinten, salzburgische Bergleute sprengten Eingänge zu den Gruben voller Salz, Dritte behaupteten, Baumeister würden Felsen wegsprengen für die Fundamente einer neuen großen Kirche zu Ehren des hl. Josef. Weder das Erste noch das Zweite noch das Dritte stimmte, in Wahrheit fuhr natürlich der hl. Elias auf seinem Feuerwagen über die Wolken, von Gipfel zu Gipfel, das war das Donnern seiner Himmelsräder und seiner Feuerpferde, wer wollte, konnte sehen, wie dort oben ihre Hufe Funken schlugen.

Katharina hört unter dem fernen Donnerrollen des frühen Morgens ein seltsames Ächzen, Frauenschreie und Stöhnen, ihre Nacht- und Traumbilder sind noch nicht vorüber. Sie hebt den Kopf und horcht, auch Amalia dreht sich auf dem Bett um, was ist?, sagt sie und lacht, kannst du nicht schlafen? Denkst du an den dunklen Mann, wie heißt er noch, Simon? Katharina denkt nicht an ihn, auch an Windisch nicht, wie er an diesem dreckigen Morgen in irgendeinem Feldlager aufwacht und wütend sein schlammbespritztes weißes Gewand besieht, Katharina horcht jetzt verwundert zum kleinen Fenster hin, die stöhnende Frauenstimme ist irgendwo dort draußen. Ach das?, sagt Amalia, das ist

Magdalenchen. Sie hat Gesichte. Gesichte? Sie sieht Dinge, die wir anderen nicht sehen können. Wenn es besonders schlimm ist, kommt Pfarrer Janez und besprengt sie, er begießt sie einfach mit Weihwasser. Komm, sagt Amalia und bindet sich schon die hohen Schuhe, komm, und die beiden Frauen stoßen die knarrende Tür auf, springen über die Pfützen im morastigen Hof und huschen unter den Scheunenboden, dort steht bedeckt der Wagen, mit dem der Pilgerherzog reist, man hat diesen Wagen einfach unter den Scheunenboden gezogen, um seine Fracht nicht abladen zu müssen, von dort kommt das heftige Ächzen. Amalia legt den Finger an den Mund, horcht, tritt vorsichtig zum Reisewagen und schlägt die gewachste Plane zurück.

Im schwachen Morgenlicht sehen Katharinas Augen das Wogen rötlichen Fleisches, das sich zwischen Kleiderhaufen und zottigen Decken bewegt, irgendwo aus dieser Masse kommt das Ächzen und Stöhnen. Aus dem Fleischmeer, das auf dem Wagen wabert, löst sich ein Jauchzer, sodass Katharina zurückspringen möchte, aber sie kann nicht, ihr Blick ist von diesem weichen Gewaber gebannt, die Neugier und die Gewalt der plötzlichen Szene sind stärker. Das ist Magdalenchen, ihr großer Körper liegt auf dem Wagen, der abwechselnd von Pferden und Maultieren gezogen wird, das ist Magdalenchen, die mit ihren Schmerzen und Freuden, wie sie derer niemand sonst teilhaftig ist, in das ferne Land reist. Ihr großer Körper, die Fülle ihres Fleisches, atmet und bewegt sich, die wogende Fläche dieser beweglichen rötlichen menschlichen Konfiguration bewegt sich vom Rand des Wagens zum Rand Michaels, des Pilgerprinzipals, der ruhig neben ihr schläft; an ihr reiches Innenleben gewöhnt, hört er kein Ächzen und kein Jauchzen, er hört nicht einmal das entfernte Donnern.

Was sieht Magdalenchen, dass ihre Schreie in die Nacht hallen, was sieht sie?, fragen sich die Pilger respektvoll und besorgt, ist das, was sie sieht, gut oder schlecht, bringt es Glück oder Unglück? Viel Gutes, darauf lassen ihre fröhlichen Jauchzer schließen, aber noch mehr Schlimmes, davon zeugt ihr Stöhnen. Ich sehe, sagt Magdalenchen flüsternd, wenn sie nicht jauchzt, ich sehe, flüstert sie für sich und in sich hinein und sagt es zu niemandem, auch nicht zu ihrem Pilgerführer, mächtig liegt er neben ihr, sein mächtiger Bauch hebt und senkt sich gleichmäßig. Ich sehe, sagt sie mit einer Freude und einem Schmerz, die niemand außer ihr begreifen kann, ich sehe unseren Erlöser, sie geißeln seinen Leib und schlagen ihn ins Gesicht, ich sehe seinen zerpeitschten

Leib, wie er vor meinem Gesicht pendelt, das Kruzifix pendelt in einem großen Raum, und sein schmächtiger, sein zarter Leib ist voller Wunden, voller richtiger Löcher, aus denen das Blut spritzt, Flüsse von Blut aus einem schmächtigen Leib, aus Leber und Herz und Lunge, aus Kopf und Armen und aus dem Geschlecht, und all dieses Blut ist das Blut des Lebens und das Blut der Liebe, unendlicher Liebe, die mich erneuert, sodass ich auf einmal leicht bin, sodass ich kein Magdalenchen mehr bin, die in der eigenen Schwere auf dem Wagen liegt, der nach Kelmorajn reist, sondern vor lauter sehnsüchtiger Liebe, die mich zugleich mit seinem Blut überflutet, so leicht, dass ich über dem Wagen schwebe, über dem Nachtlager der Pilger, die an ihren morgendlichen Brotkrusten kauen, die sie aus den Bündeln nehmen, über dem Rauch, der von den Häusern aufsteigt, über dem Wald, unter dem Felsenkamm, von dem der dröhnende Morgenritt des alten Propheten herüberschallt, dort sehe ich das heilige Blut, ich sehe die Liebe dieses Blutes, durch die ganze Welt und durch meinen ganzen Körper fließt dieses Blut, das sehe ich und davon lebe ich in Freude und Schmerz, in der Freude, weil mir gegeben ist, es zu sehen, und im Schmerz, weil sein Leiden für uns, für unsere Erlösung so groß und so grenzenlos ist.

Elias hörte auf, über den Himmel zu ziehen, Magdalenchen beruhigte sich und wartete unter leisem Schluchzen auf die Morgenmahlzeit, die Pilger lungerten den ganzen Vormittag in dem Bergweiler herum und warteten darauf, dass sie den Weg fortsetzen würden. Überall war viel Dreck, und weil so viele Menschen so lange Zeit an einem Ort waren, gab es auch viel menschlichen Dreck, es begann zu stinken, und viele Menschen versetzte das in schlechte Laune, laute Streitereien und Vorwürfe gingen los, eine Pilgerfahrt ist nicht nur eine Reise durch kristallenes Licht, sie ist auch ein Weg durch den Dreck. Je höher der Mensch hinauf will, desto tiefer gerät er in den Dreck, um in Hinblick auf die dortigen Verhältnisse nicht zu sagen: in die Scheiße, desto tiefer gerät er in die eigene Scheiße. Bis zum Mittagessen nahm die schlechte Stimmung schon derartige Ausmaße an, dass jemand etwas unternehmen musste, Pfarrer Janez sagte zornig, sie sollten lieber beten, was für Menschen sie denn seien, dass sie sich wegen etwas ganz Menschlichem stritten, Pilgerführer Michael Kumerdej ließ die Peitsche gegen den Stiefel knallen, es sind Wolken über den Bergen, wir müssen aufbrechen, auf, auf, aber hier fressen sie noch, los, los, er ließ die Peitsche

knallen, aber hier streiten sie sich wegen Scheiße. Da erhob sich zum Glück der Erzvater aus Pettau und erklärte den Versammelten, was für eine schwere Last der Mensch zu tragen habe. Er sagte:
– Warum ärgert ihr euch, Leute, wo ihr doch am gedeckten Tische sitzt?

Die Leute riefen, dass sie sich nicht wegen des Tisches ärgerten, sondern wegen der schlechten hygienischen Verhältnisse, wegen dem, was vom gedeckten Tisch am folgenden Morgen durch sie hindurch und in schlecht funktionierende Latrinen gehen würde. Manche würden ihre Häufchen und Haufen einfach hinter den Häusern und in den Höfen machen, anstatt tiefer in den Wald hineinzugehen, wo es, zugegeben, dunkel und glitschig sei, wo es Bären und Wölfe gebe, aber zumindest nicht stinke, wie es jetzt hier stinke, selbst beim Mittagessen. Sie stritten noch weiter, klapperten mit den Tellern, schlabberten und begossen sich mit Wein. Jetzt erhob sich auch Pfarrer Janez und rief: Still, hört dem Erzvater zu.

Still, still, zischelte es an den Tischen, der Vater aus Pettau wird sprechen. Und sie legten die Löffel weg und stellten die Krüge leise auf den Tisch. Sie schmatzten aber noch immer.

– Warum ärgert ihr euch, Leute?, wiederholte Erzvater Tobias. Es ist nicht klug, sich beim Mittagessen wegen des morgendlichen Gedränges bei der Nahrungsabfuhr zu ärgern. Hat nicht schon der Dichter gesagt: *maturum stercus est importabile pondus?* Tobias konnte natürlich Latein, da aber die Pilger der alten Sprache seiner Jugend nicht mächtig waren, übersetzte er sogleich: Reife Scheiße ist eine unerträgliche Last.

Er wartete, bis die Pilger über die Weisheit nachgedacht hatten und zustimmend nickten, dann fuhr Erzvater Tobias, der sehr alt war und schon viele Dinge erlebt hatte, etliche vor zweihundert und mehr Jahren, fort:

– Seid froh, dass die Wälder so groß sind, was wäre, wenn wir die Wallfahrt auf einem Schiff machen müssten? Als wir im Jahre sechzehnhundertdreißig, wenn ich mich recht erinnere, auf Schiffen ins Heilige Land pilgerten, gab es noch größere Schwierigkeiten, als wir ihrer heutzutage Zeuge sind, ich will sagen: deren wir heute Morgen Zeugen wurden. Jeder Pilger hatte zwei Gefäße bei sich, eines zum Abführen des Wassers und eines für das Erbrochene. Letzteres war ein kleines Gefäß aus Ton, zu dem man damals, wenn ich mich recht erinnere,

Terracotta sagte, das andere eine Art Glasflasche, wenngleich Glas damals noch nicht sehr in Gebrauch war. Weil das Gedränge im Unterdeck unerträglich war, konnte man diese Gefäße nicht vor dem Morgengrauen leeren. Und stets fand sich irgendein tollpatschiger Kamerad, den der Drang hinaustrieb und der auf seinem Weg mindestens fünf Flaschen, das heißt, Uringefäße, umstieß, was einen unerträglichen Gestank im Raum verursachte. In der Früh, wenn die Pilger erwachten und ihre Bäuche sie um Erbarmen baten, kletterten alle auf einmal an Deck, das heißt auf den Schiffsbug, wo es mehrere Plätze gab, um sich zu erleichtern. Manchmal saßen gleich dreizehn Leute auf der Bank, und die waren nicht unvergnügt, dafür aber wurden oft jene nicht von Verlegenheit, sondern von Zorn gepackt, die am Warten waren, vor allem wenn sich jemand zu lange an diesem Ort aufhielt. Kurzum: *Nec est ibi verecundia sed potius iracundia*!

Pfarrer Janez Demšar übersetzte: Dort herrscht mehr Zorn als Scham!

Und Tobias fuhr fort: Dieses Warten könnte man mit der Ungeduld vergleichen, die die Menschen überkommt, wenn sie in der Fastenzeit so schnell wie möglich beichten wollen, aber unendlich lange Schlange stehen müssen, weil jemand vor ihnen so lange braucht, sich von seinen Sünden zu reinigen. Verständlich, dass sie das in schlechte Laune versetzte. Die größten Probleme aber gab es bei Schlechtwetter. Der Wind warf das Schiff hin und her, und die Wellen überspülten die Bank am Bug. Dann bedeutete, sich auf den Abort zu setzen, eine große Gefahr, zumindest konnte es einem alles Gewand vom Leibe reißen, weshalb sich manche gleich nackt dorthin begaben. Dabei nahm die Schamhaftigkeit natürlich großen Schaden. Solche Verhältnisse bringen auch ehrsame Menschen in Verlegenheit. Manche, die sich schämten, nackt auf die Abortbank zu klettern, verrichteten ihr Bedürfnis in ein Gefäß neben dem Bett, was aber ekelerregend war und ihre Nachbarn vergiftete. Ich finde keine Worte, um zu beschreiben, was ich selbst durchzumachen hatte wegen eines kranken Menschen auf dem Nachbarlager. Deshalb, liebe Leute, dürfen wir einander nicht zürnen, sondern sollen diese Sache so oft wie möglich erledigen und alle Anstrengungen der Diskretion machen. Selbst drei- oder viermal am Tag muss man es versuchen, man muss mit offenem Gürtel und aufgeknöpfter Hose reisen, und der Abgang wird kommen, selbst wenn die Verdauungsorgane mit Steinen gefüllt wären. So werden wir das morgendliche Gedränge, den Gestank und alle unnötigen Streitereien vermeiden. Und auch der böse Geist wird von uns fahren, wie er in die Schweine und ihren Gestank gefahren ist; er wird im Meer ersaufen.

– Markus 5,13, sagte Pfarrer Janez, Amen.

– Amen, sagte auch Michael, der schon sehr durstig war, und alle widmeten sich rasch dem dampfenden Essen, die morgendlichen Schwierigkeiten waren bald vergessen und jeder Streit beendet. Eine gute Geschichte, aus der man etwas lernen kann, ist die beste Medizin gegen schlechte Laune oder Zorn, besonders, wenn man an ihr sieht, dass es vormals den Menschen in ähnlichen Situationen noch schlechter erging als in modernen Zeiten.

Dennoch deutete alles darauf hin, dass dieser Tag den Kelmorajner Pilgern nichts Gutes verhieß. Wenn die Dinge einmal im Dreck stecken, kriegt man sie schwer wieder heraus, da hilft keine noch so lehrhafte Geschichte. Die Berge waren in Wolken gehüllt, auf der Erde lag aller Arten Morast, der Himmel war nicht zu sehen, hinter den Häusern wühlten die Schweine, die Pferdeknechte schirrten die Pferde an und beluden die Maultiere, alle wollten heraus aus diesem verschlammten Weiler und weiter, dem Licht entgegen, das aus der Ferne rief, obwohl überall nur das Dunkel der nassen Wolken herrschte, und was die Nässe betraf, so erging es den festländischen Pilgern an diesem Tag nicht sehr viel besser, als es damals denen auf den Schiffen ergangen war. Es wurde Zeit, dass Pilgerherzog Michael Kumerdej die Dinge in die Hand nahm und seine organisatorische und strategische Stärke und Fähigkeit bewies. Den Stab in der Hand, stand er breitbeinig auf dem Gipfel des Berges, auf den er sich als Erster hinaufgekämpft hatte, und blickte wie ein schlammbedeckter Moses hinunter auf sein Volk, das sich zu seinen Füßen den gewundenen Weg aus dem Schlammtal hinaufmühte, der Bergpass war hinter ihm, hoch über seinem Kopf. Noch diesen Nachmittag, noch bis zu diesem Abend galt es, über den Pass, über die grauen Felsen, wo noch Schneefelder lagen, auf die andere Seite zu gelangen, aber was, wenn sich die Haufenwolken über ihnen zusammenzögen? Wieder sah es nach Regen aus. Der schlammige Moses trat zornig von einem Fuß auf den anderen, rief, kommandierte, aber die Pilgerkolonne schleppte sich trotzdem nur langsam hinauf, die Pferde rutschten auf den nassen Steinen weg, die Wagenräder drehten sich leer, die älteren Leute kamen überhaupt nicht mehr weiter, der Wagen mit den Kranken war weit hinten geblieben, die Fuhrleute fluchten und drückten mit dem

Rücken gegen die Seitenbretter, stemmten die Räder hoch, eine Frau betete laut und rief die himmlische Mutter um Hilfe an, hinten setzte sich jemand an einen Baum und sagte, er ginge nirgends mehr hin, er bleibe hier, die anderen drängten unter Weinen und Klagen und Zähneknirschen weiter, Kelmorajn gelte es sich hart zu erarbeiten, durch Schlamm und Schweiß, unter dem Rülpsen der Maultiere, die damit gegen die Schläge protestierten, die auf sie niederfielen, unter dem Furzen der Pferde, die vor heftiger Anstrengung, wenn sie die Wagen aus dem Morast ziehen mussten, trompeteten. Man musste durch die Anstrengung, durch die Nässe hindurch, man würde die kranken Kameraden mitschleppen müssen, die älteren Frauen und die Alten, es galt nach Kelmorajn, unter Beten und Fluchen.

Zwischen zwei rutschigen Felsen, die in einer morastigen Sumpfaue stecken, hat sich der Reisewagen des Herzogs endgültig verkeilt. Man versucht ihn zu heben, legt Baumstämme darunter, Michael schlägt ein auf Pferde und Menschen, nichts hilft, die schwere Fracht muss abgeladen werden. Langsam wälzt sich das Große Magdalenchen über den Rand, Stück für Stück gleitet das wogende Fleisch vom Wagen auf den Boden, bleibt auf dem Boden sitzen, aber der Wagen steckt noch immer fest.

Da steht Michael Kumerdej, die Arme in die Hüften gestemmt, vor dem Mann, der sich an den Baum gesetzt hat, was ist, der Herr, ruft er, werden wir uns einfach ausruhen? Steh auf, schreit Michael, schieb mit an, der Mann mit dem nassen Grauhaar und dem unsteten Blick, offensichtlich ein Herr, ein Stadtmensch in einem schlammverschmierten Samtanzug mit einem Goldkettchen um den Hals, schüttelt den Kopf, heilige Muttergottes, wie bin ich fertig, keucht er und schüttelt den Kopf, ich kann nicht mehr, schnauft er vor sich hin, ich kann nicht mehr. Michael tritt vom Weg auf die Seite, um die Sache zu überdenken, er knöpft sich die Hose auf und pisst in weitem Strahl, so kann er besser nachdenken, er pisst in einem Pferdestrahl, dass dichter Dunst in den feuchten Tag aufsteigt, aus seinem ganzen Körper dunsten die Hitze, der Schweiß, er hat Pferdeschaum vor dem Mund.

– Wer, verdammt, ist wohl nicht fertig?, schreit Michael, als er zurück ist und besorgt zu Magdalenchen hinübersieht, die im Gras sitzt, zum Wagen, der sich nicht vom Fleck bewegt, obwohl Magdalenchen im Gras sitzt und nicht droben, er sieht auch zu den Wolken hinauf, der Wind bringt sie heran, ein Unwetter ist im Anzug, jeden Augenblick werden die Himmelsreisenden ihre nasse Fracht über ihnen ausgießen. Es wird nur dann ausgeruht, wenn der Herzog es befiehlt, schreit Michael, das hat er sich gerade überlegt, nur dann wird ausgeruht. Rundum versammeln sich die Bauern und Pferdeknechte. Der andere antwortet nicht, er schüttelt nur den Kopf mit seinen nassen Haarsträhnen, die ihm über das Gesicht fallen. Stimmt's?, fragt Michael. Die murmelnden Männer, jene, die geschuftet und die Wagen aus dem Schlamm gezogen haben, stimmen ihm zu, jetzt ist keine Zeit zum Ausruhen. Altvater Tobias, sagt ein Pferdeknecht und spuckt aus, der Altvater aus Pettau haben hundertfünfzig Jahre oder mehr auf dem Buckel und setzen sich nie in den Schatten. Er bedenkt nicht, dass es nirgendwo Schatten gibt, der Tag ist düster, die Wolken hängen tief über den Bergen, über den Schneefeldern, unter dem Überhang, dort, wo sie hin wollen, sie stecken im Schlamm, ein Unwetter zieht auf, und hier sitzt der Mensch an einen Baum gelehnt, als säße er mitten am hellen Tag im Schatten, und will nicht helfen, er will nicht. Michael stochert dem Herrn in Samt und Gold mit seinem langen Stock zwischen die Rippen. Ich kann nicht mehr, sagt der Mann unter dem Baum. Stoß ihn auch in den Bauch, ruft ausgelassen ein junger Bauer, da wird er rasch mit anpacken. Vielleicht hilft das wirklich, ruft Michael so laut, dass ihn alle hören können, er beugt sich zu seinem Gesicht hinunter und sagt leise: Hast du gehört, was sie sagen? Ich soll dich in den Bauch stoßen. Ich komme ja, sagt der Mann und versucht aufzustehen, ich komme ja, aber er rutscht weg und sackt wieder zusammen. Ich werde dir ein bisschen helfen, sagt Michael. Er sieht zum Himmel und murmelt etwas, als wollte er um Verzeihung bitten für das, was jetzt folgen wird. Dann beißt er die Zähne zusammen und packt den Stock mit beiden Händen. Er holt nach der Seite aus und lässt es dumpf gegen die Hüfte des sitzenden Körpers schnalzen. Nicht schlagen, ruft eine Frau, vielleicht ist es Amalia, vielleicht ist es Katharina, nicht schlagen, was für eine rohe Welt ist das plötzlich, wie tief sind wir Menschen gesunken. Der Mann stöhnt auf und sieht Michael erschrocken und ungläubig in die Augen, er scheint nicht zu verstehen, was gerade geschehen ist, hat dieser Kraftmensch doch kurz zuvor noch gescherzt, als er ihn mit dem Stock anstieß, jetzt hat er ihn geschlagen. Bevor er sich wirklich bewusst wird, dass man ihn hier schlägt, vor den Augen der dummen Bauern, kommt es von der anderen Seite, sie bestrafen ihn in aller Öffentlichkeit dafür, dass er etwas nicht getan hat:

Weil er Bauchweh hat und sich an einen Baum gesetzt hat, wird er sozusagen am Schandpfahl körperlich bestraft. Ohne dass ein Richter die Strafe, wenn auch zu Unrecht, ausgesprochen hätte, deshalb sagt er: Ich werde mich beschweren, sagt es und hebt beide Arme über den Kopf, denn der Stock hängt jetzt in der Luft über ihm, alles deutet darauf hin, dass er, zur Befriedigung der sich Schindenden und ihn Umstehenden, dem Faulpelz beim dritten Mal gegen den Kopf knallen wird. Bei wem?, fragt Michael. Der Mann schweigt, es ist besser, dass er schweigt, denn es wird vorübergehen, und dann werden wir ja sehen, in der ersten Stadt werden wir vor den Richter gehen, auch aufs bischöfliche Ordinariat, das denkt er und schweigt. Bei wem willst du dich beschweren?, fragt Michael. Bei niemandem, sagt der andere und sieht zu Boden, bei niemandem. Michael senkt den Stock gegen den Boden bis zu dem Punkt, auf den er durch die strähnigen und nassen Haare sieht. Erhebe dich, sagt er, erhebe dich und wandle. Der Mann mit dem Goldkettchen um den Hals kommt hoch, knickt ein, erhebt sich, jetzt müsste es gut sein, aber Michael sieht, wie traurig ihn Magdalenchen ansieht, sie sitzt noch immer im nassen Gras, der Wagen ist noch immer eingekeilt, Magdalenchen kann er nicht mit dem Stock hochkriegen, sie sitzt im Schlamm, weil diese Stadtmenschen in den Samtkleidern so faul sind, und plötzlich befällt ihn eine wilde Wut, die er überhaupt nicht mehr bezähmen kann, die Wolken kommen immer tiefer, sie haben fast eine halbe Stunde wegen dieses Faulpelzes verloren, alles steht noch immer auf der Stelle, und der Stock hebt sich von allein, hohl knallt es auf den Scheitel des einknickenden Menschen, der Mann sackt nach vorn auf die Knie und dann auf alle viere. Zwischen den grauen Haaren rinnt Blut. Er versucht sich zu erheben, er greift sich an die Haare, an den Kopf, und beschmiert sich dabei mit der schmutzigen Hand das Gesicht, auch zwischen den grauen Haaren hat er Schlammbrocken, und Gesicht und Kleidung sind blutverschmiert. Mit verzweifelten Augen blickt er um sich und sucht Hilfe, die von nirgendwo kommen will. Von Weitem beobachtet Simon die Szene, er vergräbt sein Gesicht in den Händen, Katharina schluchzt, was für eine Welt, was für eine rohe Welt, Amalia sagt, ich weiß nicht, was das ist, es ist nicht immer so, Magdalenchen sitzt auf dem Boden und heult laut den Himmel an, die Bauern schweigen jetzt und gehen langsam auseinander, auf einmal gefällt die Gewaltszene keinem mehr so recht, es ist zu viel Schlamm und Blut, das ist immerhin ein heiliger Weg, alles Mögliche passiert, aber war das nötig, dieser letzte

Schlag? Was gafft ihr so?, sagt Michael und sieht sich um. Obwohl fast niemand mehr hinsieht, sie drehen sich weg, packt Michael einen Bauern am Ärmel: Was ist? Nichts ist, sagt der Bauer, er ist schlau genug, keinen Ärger zu suchen, ich will sagen, setzt er hinzu, als er das gefährliche Flackern in Michaels Augen sieht, dass es richtig ist. Es ist richtig, wir müssen alle mit anpacken. Sonst kommen wir nie nach Kelmorajn.

Der Mann am Baum versucht aufzustehen, er kriecht wieder auf allen vieren, die Goldkette baumelt von seinem Hals. Michael packt die Kette und zieht ihn wie einen Hund, der Mann stemmt sich mit den Händen gegen den morastigen Boden, langsam bewegt er sich auf allen vieren, ich gehe ja, sagt er, ich schiebe mit an. Da kommt Pfarrer Janez angelaufen und hilft ihm auf die Beine, es scheint, als wollte Michael auch ihn schlagen, mehr noch sieht es so aus, als würde er diese Kette nur allzu gern herunterreißen, aber die ist aus reinem Gold, die ist fest und gut geschmiedet. Wer hat das schon gesehen, mit Gold um den Hals auf Pilgerfahrt, was willst du mit dem Gold?, sagt Michael, hier gibt es weder Reiche noch Arme, alle sind dreckig und alle sind gleich, dies ist eine Wallfahrt. Der Mann sieht an sich herunter, er ist am dreckigsten und auch am blutigsten, er versteht nicht, warum das so sein muss, warum alles so gekommen ist, warum er sich auf den Weg begeben hat, für die Gesundheit, einen Segen, gute Geschäfte, für einen Sitz zur Rechten Gottes, wenn die bittere letzte Stunde geschlagen hat, wenngleich ihm scheint, als wäre diese Stunde schon jetzt gekommen. Auf, auf, schreit Michael Kumerdej, als er neben dem Stadtbürger hergeht, der sich auf Pfarrer Janez stützt, er wiederholt, er schreit es ihm ins Ohr. Auf, auf, schreit der Herr im Samtanzug, tritt zum Wagen, stemmt sich mit dem Rücken dagegen, drückt, auf, auf nach Kelmorajn. Der Wagen bewegt sich, Magdalenchen wird zwischen die Kleiderhaufen und kratzigen Decken zurückgehoben. Und als sie oben ist, schlägt sie die Wachsplane zurück und nickt dem schlammbedeckten Städter mit der Goldkette aufmunternd zu, siehst du, es war doch gar nicht so schlimm. Doch, das war es, es war schlimm, es ist noch immer schlimm, Kelmorajn ist auf einmal sehr weit, Gott ist noch weiter und Herzog Michael mit dem Stock ist so nah, so nah.

Von Pfarrer Janez steigt eine Dunstwolke auf, der Schweiß läuft ihm über die Schläfen, er hätte etwas unternehmen müssen, das war nicht recht, er ist erschüttert, das wird man der Diözese berichten müssen, aber jetzt muss man weiter, sonst werden sie vom Regen eingeholt und ins Tal zurückgeschwemmt. Er ist ein Tier, sagt Simon, der laut neben ihm atmet, er ist gefährlich. Was soll ich machen, schnauft der Pfarrer, was soll ich machen, er ist ein erfahrener Pilgerherzog, er hat alle Papiere, er kennt den Weg. Das nächste Mal bringt er mit diesem Stock noch jemanden um, sagt Simon, ein so wütender Mensch darf keine Wallfahrt führen. Was soll ich machen, sagt der Pfarrer von St. Rochus, was soll ich machen, ein bisschen habe ich selber Angst vor ihm. Man braucht keine Angst vor ihm zu haben, sagt Simon, er ist ein Tier, und ein Tier ist feige, es weicht immer zurück, wenn es schwächer ist. Wenn es weiß, dass es stärker ist, greift es an, genau das ist der Beweis, dass es feige ist. Woher diese Weisheit?, fragt Janez. Aus den Missionen, sagt Simon. Du warst in den Missionen? In Paraguay, sagt Simon. Die Jesuiten, sagt Janez, warum bist du nicht in Schwarz? Aber für mehr ist keine Zeit, keine Zeit, die Wolken kommen immer tiefer, die Herde wird immer langsamer und versinkt immer tiefer im Schlamm, die Wagen kommen kaum noch voran, wenn es sie hier erwischt, geht es abwärts wie über einen Wasserfall. Wenn ein Schaf hinter der Herde zurückbleibt, schreit Michael irgendwo hinten und blökt, blökt wie ein Widder, wird es von den Wölfen zerrissen. Es regnet gleich, schreit er, es gießt gleich, wir müssen zum Pass hinauf, zum Pass. Er springt neben der Kolonne einher, stößt mit dem Stock in die Pferdehintern, aus denen vor Anstrengung die Scheiße fällt, er schlägt die Maultiere gegen die Beine, mit der bloßen Hand klatscht er einer Bäuerin auf den Hintern, ein paar junge Bauern fangen trotzdem an zu feixen, sie ziehen den Wagen mit den Kranken, denn die Pferde rutschen aus und knicken ein, trotzdem feixen sie, einige blöken wie ihr mächtiger Widder, jene, die schon fast unter dem Gipfel sind, antworten, sie blöken, die vom Tal herauf blöken zurück, das ist schon alles aus Angst, solche Sachen machen Menschen, wenn es bereits zu spät ist, wenn schon klar ist, dass die Herde den Pass nicht erreichen wird, und sie tut es wirklich nicht, sie erreicht ihn nicht, vom Himmel fängt es an zu gießen, ein Sturzbach schießt schon Richtung Tal, sie sind gefangen, sie hätten lieber beten sollen, statt zu blöken.

Irgendwo unter den Gipfeln jagt Elias wieder in seinem schrecklichen Donnerwagen dahin, das ist das Ende der Welt, die große Flut kommt, *mit der reißenden Flut wird er ihrem Ort ein Ende bereiten,* wie es im

Buch aller Bücher geschrieben steht, *seine Feinde werden von Finsternis, Vergessen und Tod verfolgt werden,* wie ebenfalls geschrieben steht, und den Kelmorajner Pilgern droht ein furchtbares Urteil weit vor dem Ziel, wie ebenso geschrieben steht, *wenn ich die abgründige Flut über dich kommen lasse,* und es ist genau genommen egal, was geschrieben steht, denn jetzt sind die großen Wassermassen da, die Flut tost, Blitz und Donner erschüttern die Erde, sie wankt und stöhnt. Die Kuppe des Berges ist aufgebunden wie ein voller Sack, daraus hat sich dichtes Wasser ergossen, mit Gestein vermischt, darunter der reißende Bach, der Fluss, der Himmelswasserfall, nur jene Pilger, die aus Oberkrain kommen, wissen, was es heißt, wenn einen die Wasserflut in den Bergen ereilt, in den Felsen, welch ungeheure Macht aus einem unschuldigen Bach erwächst, der Steine, ganze Felsen fortwälzt, Bäume ausreißt, Schneebrei und Schlamm heranträgt, ein Tier, das krepiert oder sich zu retten sucht. Von allen Seiten schießen Wildbäche von den Hängen, jetzt können sie weder vor noch zurück, da hilft auch Michaels Geschrei nicht, die Wagen stürzen um, die Pferde versuchen bergan zu fliehen vor den steigenden Wassermassen im Tal, vor dem breiten Wasser, das über die Straße schießt, manche durchqueren es, andere halten an, mehrere jüngere Männer legen den schweren zottigen Mantel ab, um sich nicht zu behindern, und versuchen hinüberzukommen, doch einem zieht es schon die Beine weg, er verliert das Gleichgewicht, fast zieht er noch andere hinter sich her, die ihn mit Stöcken und bloßen Händen unter dem Holz und den Steinen, den schweren, für das strömende Wasser leichten, für menschliche Knochen schweren Brocken kaum hervorretten können. Als sie ihn zurück auf den trockenen Teil der Straße ziehen, blutet er, und der gebrochene Arm baumelt schlaff an ihm herab. Michael, stark wie ein Stier, befiehlt, vom Hang einen samt Wurzeln ausgerissenen Baum herzuziehen, er packt selbst mit an und bewegt ihn, man muss den Baum über den Sturzbach schieben, mit Hauruck und Gekeuche schieben sie, so viel Kraft sie noch haben; die Wagen haben sie schon aus dem Schlamm gezogen, die Kranken bergauf, Magdalenchen haben sie abgeladen und aufgeladen, Lastvieh und keine heiligen Pilger. Aber die Brücke gelingt, der Stamm ist gut für den Übergang, die Wagen lassen sie stehen, die Pferde werden sie suchen, wenn das Unwetter abgeklungen ist, alles werden sie in Ordnung bringen, jetzt gilt es die eigene Haut zu retten, das arme Leben auf dieser Welt, das nicht einmal Zeit hat, Rechenschaft abzulegen,

Reue und Buße für die andere Welt zu zeigen. Einer nach dem anderen kriechen sie über den Stamm und durch das Astwerk auf die andere Seite, hier ist ein Übergang, tiefer unten bildet sich auf einem Grasband ein See, ein Talsee, das Wasser steigt mit großer Geschwindigkeit, hier ist der letzte Übergang zum höher gelegenen Teil der Landschaft, wo das Wasser zwar dahinschießt, aber nicht so tief wie unten, wo schon die Pakete und Maultiere schwimmen, wo sich Gürtler Schwartz mithilfe seiner schönen Frau an Land zieht, wo Pilgerfahnen und Messgewänder schwimmen. Dort schwimmt der graue Bart von Altvater Tobias, das reißende Wasser hat seine mächtige Gestalt umgeworfen, und jetzt schwimmt er zwischen den Messgewändern und -fahnen, um ihn herum sind Hunderte von Kerzen, die von einem der Wagen gerutscht sind, langsam am Absaufen, ein großes Stück Holz wird vorbeigetrieben, das abgerissene Seitenteil eines Wagens, und Tobias klammert sich daran fest, wer wird die alten Geschichten erzählen, wenn er ertrinkt, wie bei der Sintflut die biblischen Väter ertrunken sind. Er darf nicht ertrinken, er hat noch so viele Geschichten zu erzählen. Und wo auf dem Grunde des Sees liegt jetzt wohl die wertvolle Monstranz, wo sind die Kelche? Daran denkt jetzt niemand, nicht einmal Pfarrer Janez. Jeder, der über den Stamm auf die andere Seite klettert, schlägt glücklich ein Kreuz und dankt seinem Schutzheiligen mit einem kurzen Gebet für die Rettung, die Bauernburschen und Grundbesitzer aus dem Pilgertribunal, Amalia und des Gürtlers Frau Leonida, selbst Michael schlägt ein Kreuz für sich und Magdalenchen, die sie heil von dem geborstenen Wagen herunter- und über das Ufer des Wildbachs hinaufgezogen haben. Aber nicht alle, nicht alle, nicht alle haben dieses Glück, die alten Leute haben es hier bei diesem Wildbach nicht, wie sie es überhaupt im Leben nicht haben, weil sie alt sind und nicht jung, beim Übergang über die improvisierte Brücke haben sie große Schwierigkeiten. Der Mesner von St. Rochus, sein Name ist Balthasar, rudert so stark mit den Armen, dass er sich in den Ästen verheddert, und als er sich wieder befreien kann, kriegt man ihn weder vor noch zurück. Mit hervorquellenden Augen starrt er bald in die Wahnsinnsflut unter sich, bald gegen den finsteren Himmel über sich und wiederholt ohne Unterlass, dass es mit ihm vorbei sei. Er habe es gewusst, noch bevor er von zu Hause aufgebrochen sei. Janez, der ihn, seinen Mesner, gut kennt, redet auf ihn ein wie auf einen alten sturen Gaul, nur einen Schritt braucht es, und du bist auf der Brücke, der Stamm ist die Brücke, geh weiter. Der andere aber, anstatt weiterzugehen, reckt die Arme in die Luft und erklärt, er wisse schon seit Langem, dass er den Goldenen Schrein nicht sehen werde, er werde Kelmorajn nicht sehen, er habe gedacht, er werde im Rhein enden, er habe Angst vor dem großen Wasser gehabt, aber jetzt sei das große Wasser schon gleich in den Bergen gekommen, und hier werde er enden, so etwa redet er, so etwa denkt er, jedenfalls wirft er die Arme in die Luft, anstatt nach dem langen Ast zu greifen, den ihm Pfarrer Janez, sein Nächster, sein Nächster im Leben ebenso wie bei den heiligen Verrichtungen und sein Nächster in diesem Augenblick, entgegenstreckt, er reckt die Arme in die Luft und bittet den Himmel, er solle ihn einfach hier lassen. Wer unter solchen Umständen so inniglich bittet, dessen Bitte wird natürlich bald erhört, genau genommen auf der Stelle. Nur dass er lieber in den Himmel, zu dir, himmlischer Vater, aufgefahren wäre und nicht mit diesem Sturzbach hinunter in das Erdloch, mit diesem Wasser, das unter gewaltigem Getöse große Felsen fortwälzt, sodass alle auch von der Brücke flüchten, von dem Stamm, an dem der Mesner von St. Rochus, der alte Balthasar, festhängt und die Arme zum Himmel reckt, sie fliehen diesen Höllenfluss, der nirgendwo anders hinschießen kann als hinunter in den Höllenschlund. Ein Baumstumpf, ein Stück Stamm, kommt mit dem Wasser heruntergesaust und begräbt ihn unter sich und erfüllt seine Bitte, sie können nur hoffen, dass er wirklich in den Himmel fährt und nicht mit dem Höllenfluss abwärts, wohin der unglückliche, von den Felsen abprallende Körper treibt, darum wird Pfarrer Janez in Kelmorajn beten und noch viele Jahre später in St. Rochus, falls er jemals dorthin zurückkehrt, falls überhaupt einer je zurückkehrt. Dann sieht man nur noch seinen Pilgerstab, der zwischen den Felsen stecken bleibt und dort wie ein Wunderzeichen in die Luft ragt. Alle wissen, dass der alte Balthasar der Erste ist, der den Schrein der Heiligen Drei Könige nicht sehen wird, und alle denken an sich, jeder denkt an sich und seine Nächsten, werden sie jemals dort hinkommen? Was ist der Mensch? Ein wimmelnder Wurm, der noch diesen Morgen im Schlamm herumgekrochen ist, ein Schwein, das noch diesen Morgen im eigenen Dreck gewühlt hat, und jetzt ein Ding, das hinabgerissen wird wie ein Stück Holz, ein Stein oder dieser ragende Pilgerstab.

Sie sehen einander an: Wer wird der Nächste sein? Denn eine Brücke gibt es nirgends mehr, und überhaupt ist nirgends Rettung in Sicht.

Unten gähnt der Abgrund, im Tal hat sich schon ein tiefer See gebildet, oben wartet ein steiler Berg. Einige fallen auf die Knie und beten, andere schreien, Michael flucht über die Alten, die sich auf so einen Weg begeben haben, obwohl er sie auf die Gefahren hingewiesen hat. Vor lauter Wut schlägt und tritt er die knienden Menschen um sich herum, sodass sie vor ihm zurückweichen wie eine Herde Schafe. Eine Frau stimmt das Lied von Maria und dem Fährmann an, Maria, die Himmelsmutter, wird sie über dieses Wasser bringen, wie sie sich selbst dort übers Meer gebracht hat, wenngleich sie später den Fährmann, der sie nur für Sechser und Kreuzer hatte fahren wollen, ertrinken hat lassen. Viele Frauen stimmen mit ein, jemand schwört einen heiligen Eid, dass er dieses Kelmorajn sehen wird, und wenn die Teufel noch zehn Wildbäche den Hang hinunterstürzen lassen. Wenn Wille und Glaube stark genug sind, kommt die Rettung von allein. Jemand sagt, dass er oben auf dem Berg einen alten Pfad kenne, dass er sich daran noch von vor sieben Jahren erinnere, als er mit der Brüderschaft denselben Weg gegangen sei. Und obwohl ihm niemand glaubt, verbeißen sie sich in den Berg, ob alt oder jung, hinfällig oder gesund, mit dem gleichen unnachgiebigen Willen. Mit Krallen und Klauen greifen sie nach den Wurzeln und schlagen die Zähne in die Erde. Zu beiden Seiten tost das Wasser, aber mit Gottes Hilfe ziehen sie über den Hang aufwärts, mit ihren Körpern verdecken sie den ganzen Berg, sie sind eine große Masse schwarzer, mit der Erde verschmolzener Salamander. Unterhalb des Gipfels wachsen Fichten, und wer es bis dorthin geschafft hat, kann verschnaufen. Es sind nur wenige, die sich in dem sicheren Wäldchen einfinden und von dort ihre Hände denen entgegenstrecken, die noch am Klettern sind. Jeder verzieht sich schleunigst ins Innere des Wäldchens und strebt dem graufarbenen Licht auf dem Bergrücken entgegen. Dort wird es schon heller, Elias hat nachgelassen, die Wolken treibt es irgendwo über den Pass, der Regen kommt nur noch in schwachen Schüben, nur das Wildwasser schießt noch über die Bergflanken. Sie haben noch zwei verloren. Zuerst eine Frau, der ein Grasbüschel, an dem sie Halt suchte, ausgerissen ist. Ohne zu rufen oder zu schreien, ist sie hinuntergestürzt, ihr schwerer Körper ist unten auf die Straße gefallen und einen Augenblick später über den Überhang gerollt. Bei ihrem Fall hat sich ein großer Felsbrocken gelöst, der über den Hang gekollert und im großen Bogen einem der letzten kletternden Pilger ins Gesicht geprallt ist. Genau in dem Augenblick, als er den Kopf erhoben hat, um zu sehen, was da los ist, kommt er angeflogen, und statt eines Gesichts und eines Kopfes gibt es dort nur noch eine breiige rote, mit Schlamm und Schnee vermischte Masse. Jetzt haben sie keine Zeit, sich zu fragen, wer die beiden sind, und auch für ihre Seelen zu beten ist nicht möglich. Jeder hastet hinauf, und jeder ruft seinen Schutzheiligen an.

Auf dem breiten Flachstück unter dem Felsgipfel, wo sie einer nach dem anderen und in Gruppen eintreffen, steht ein Leiterwagen mit zwei eingeschirrten Pferden, und schon von Weitem winken die Kranken mit Krücken und Stöcken. Pfarrer Janez Demšar und Pilgerherzog Michael Kumerdej sehen einander an: Wie ist dieses Ding hier heraufgekommen? Der hier, rufen die Kranken, der hier hat uns gerettet. Der Eremit Hieronymus, eingehüllt in seine Felle, die Zügel in den Händen, lächelt geheimnisvoll und zufrieden, er kennt die Bergpfade, man muss am Saum gehen, sagte er, immer am Saum.

Von diesem grasbewachsenen Plateau öffnet sich der Blick auf eine kurvenreiche Straße, die auf die andere Seite hinüberführt, in eine breite Gegend ohne Wildbäche, ohne Felsen, über ihr sind die Wolken aufgerissen, und Strähnen, erste Strähnen göttlichen Lichts legen sich auf Felder und Häuser in der Ferne. So hat einst Moses vom Berge Nebo in das Gelobte Land geblickt. Vom Kamm wird es möglich sein, bis zur Straße und zu den ersten Häusern abzusteigen, dort ist auch eine kleine Holzkirche, bei der sie niederknien und sich für die gnädige Rettung bedanken werden. Alle haben sich nicht retten können, viele haben sich verirrt, Katharina Poljanec ist nirgends zu sehen, auch viele andere fehlen. Die werden sie finden, am nächsten Tag werden die kräftigsten Männer zurückgehen, das Wasser wird zurückgegangen sein, sie werden die Wagen wieder instand setzen, sie werden die Pferde und Maultiere und all die Pilger suchen, die sich vor dem Wasser unter die Bäume gerettet haben, in felsige Unterschlupfe oder zurück zu dem morastigen Weiler. Jetzt meldet sich auch schon das Mitleid mit den drei armen Seelen, die ihren sündigen, schlamm- und blutverschmierten Körper im Tal gelassen haben und niemals den Goldenen Schrein erblicken werden, zumindest den in Kelmorajn nicht.

Pfarrer Janez faltet die Hände und spricht: In Deine Hände, Herr, übergeben wir die Seele Deines Dieners Balthasar, der sich danach gesehnt hat, so rasch wie möglich zu Dir zu kommen, Dir übergeben wir auch die Seelen jener heiligen Pilger, deren Namen ich nicht weiß, aber Du kennst sie nach ihrem Namen, wie Du auch jeden unter uns kennst. Vergib ihnen ihre Sünden, nimm sie auf in Deiner Güte, gib ihnen die ewige Ruhe, und das ewige Licht leuchte ihnen. Amen. Alle murmeln ihnen ein letztes Amen nach. Wir anempfehlen ihre Seelen auch, fährt Pfarrer Janez fort, und alle stimmen mit ein, Deinem Sohne Jesus Christus, der gebenedeiten Jungfrau Maria, dem hl. Johannes dem Täufer, den hll. Petrus und Paulus, dem hl. Rochus, unserem Schutzheiligen, und allen Heiligen im Himmel. *In nomine Patris et Filii et Spiritus Sancti. Amen.*

[11]

Du hast mich in die tiefste Grube gelegt, in Finsternisse und Tiefen ... Deine Fluten rauschen daher ... alle Deine Wasserwogen und Wellen gehen über mich. Katharina fantasierte, im Fieber erschien ihr das weite Meer, das gegen sie anbrandete, der Fluss, der mit seiner Wildwassergewalt gegen sie antobte, Tage und Nächte hindurch, natürlich konnte sie nicht wissen, wie viele es waren, auch nicht genau, wann Tag war und wann Nacht, sie fantasierte in dem von Karmeliterinnen geführten Hospiz von der großen Flut und sagte Psalmentexte auf, die sie längst vergessen hatte, die aber jetzt aus ihr herauskamen, *Du drängst mich mit allen Deinen Fluten ... Herr, der Du Dich in Licht hüllst wie in ein Gewand, der Du den Himmel ausspannst wie ein Zelt, der Du Deine Obergemächer errichtest auf den Wassern, der Du die Wolken zu Deinem Wagen machst und einhergehst auf den Flügeln des Windes.* Als sie in die Ursulinenschule ging, hatte sie am liebsten dem Lesen von Psalmen gelauscht, sie hatte sie auch selbst laut lesen müssen, *preise den Herrn, meine Seele, mein Herr, groß ist Deine Herrlichkeit, Majestät und Pracht hast Du angelegt.* O Gott, sagte sie, mein Herz ist hart, und die Nonne, die an ihrem Bett stand, deckte sie zu und schlug ein Kreuz über ihr, sie hätte sich auch selbst bekreuzigt, wenn sie verstanden hätte, was Katharina da in ihrer slawischen oder ungarischen oder sonst welchen Sprache sagte, wenn sie sie verstanden hätte, hätte sie gewusst, dass ihr Herz nicht hart war, wer, sagte die fiebernde Katharina, wer wäre so töricht, dass er seine Lippen der Glut, dem glühenden Holzscheit aus dem Feuer näherte, ich will die meinen nähern, ein Kuss ist schon das Feuer selbst, und die warme Schlange gleitet in mich, die großen Wasser können meine Liebe nicht auslöschen, und alle Flüsse können sie nicht hinwegschwemmen.

Denn seit sie ihrem Retter die Hände um den Hals gelegt hatte, wünschte sie sich nur noch das eine, nämlich auch ihre Lippen auf seine zu pressen, auf die Lippen des Menschen, der sie aus dem Wasser gezogen und der beim Feuer gestanden hatte, bei dem diese Lippen geglüht hatten, wie ihre glühten, wie das aus dem Feuer gezogene brennende Holzscheit, der Feuerbogen, den der Prediger mit dem schwingenden Scheit gezogen hatte: Wer wollte wohl seine Lippen dem Feuer nähern? Sie, sie wollte es. Vor Müdigkeit, vom Marschieren durch das morastige Tal, vom Wasser, das ihr auf einmal bis zu den Knien und höher gereicht hatte, hatte sie nichts mehr gesehen, sie hatte gedacht, für einen Augenblick hatte sie gedacht, dass dieses Wasser wenigstens den Schmutz wegwaschen würde, der überall auf der Haut und auf den Kleidern war, der in die Tasche und in die Augen kroch, die Müdigkeit hatte sie hinuntergezogen, sie war zurückgerutscht ins Tal, wo sich der See gebildet hatte. Sie sah einen Hund auf einem Inselchen mitten im reißenden Wasser, sie hörte sein Bellen, sein Rufen um Hilfe, der wird nicht überleben, wird sie Aaron auf Dobrava jemals wiedersehen? Dann spürte sie, dass sie von etwas ganz leicht dort hineingeschoben wurde, man wird sie ins Wasser stoßen müssen, hörte sie die Stimme der vorigen Nacht, weil sie nicht schwimmen kann, deshalb. Ihr schien, als ob etwas – mit der weichen Hand einer psalmierenden Ursulinin – sie schöbe, als ob etwas – mit der weichen Stimme dieser guten Nonne – sagte, sie könne ja nicht schwimmen, ich kann wirklich nicht schwimmen, sagte sie, ich werde ertrinken. Wer konnte in dieser Zeit schon schwimmen, vor allem wenn er von Dobrava kam? Dort gab es nur Wiesen und Wälder, keine tiefen Wasser nirgendwo, das Wasser hat mich bis zum Hals erfasst, die Fluten schließen mich ein, das Gras schlingt sich mir um den Kopf. Sie spürte, wie sie sank, das weiche Gras aus den Psalmen schlang sich um ihren Kopf, es ist aus, mein liebes Mütterchen im Himmel, jetzt ist es aus, und ich bin noch so jung, ich werde ertrinken, auch das verzweifelte Hundegebell, das sie immer noch hörte, auch das wird vom Wasser überdeckt werden. Natürlich wird sie nicht ertrinken, das ist ja das Ganze, so war es gedacht, starke Hände greifen nach ihrer Bluse, die zerreißt, runde weiße Brüste schauen heraus, es ist keine Zeit für Schamhaftigkeit, die Hände ziehen sie aus dem Wasser, packen sie um die Mitte, die starken Hände des Menschen, den sie am Pilgerfeuer gesehen hat, mit dem sie am Brunnen Wein getrunken hat, sein dunkles Gesicht und die unruhigen Augen, die starken Hände von Simon Lovrenc ziehen sie zum festen Boden, irgendwohin weit weg trägt er sie, hinunter zu dem Ort, wo sie schon waren. In dem noch immer reißenden Wasser rutschen sie aus, sie schlingt ihre Arme um seinen Hals, so geht es leichter, für beide ist es leichter, ihr ist schlecht und warm von der großen Müdigkeit, vor sich sieht sie seine Lippen, sie wird sie zum Dank für die Rettung küssen, sie wird sie küssen, weil sie feurig sind, weil sie rot sind, o Gott, mein Herz ist hart, o Gott, du kennst meine Unvernunft, meine Schuld ist dir nicht verborgen, ich werde in die Sünde einer nicht geweihten Liebe gleiten wie jene Schlange in mich. Dann liegt sie auf einem Bett, ihr scheint, dass sie unter dem Fenster das Winseln eines Hundes hört, eine Nonne beugt sich über sie und gibt ihr etwas Heißes zu trinken, Suppe oder Tee, Katharina kann es nicht unterscheiden, sie hat keinen Geschmack auf den Lippen, die glühen, wo ist er?, fragt sie, mein Retter? Die Nonne schüttelt den Kopf, es ist keine Ursulinerin aus der Schule, es ist eine andere Frau, sie versteht nicht, Katharina fragt auf Deutsch, vor der Tür des Hospizes, sagt die Nonne, Männer dürfen nicht herein. Wenn er nur hier ist, denkt Katharina, wenn er nur in der Nähe ist, sie entsinnt sich noch eines Psalms von den Ursulinen, *mein Herz wurde heiß in meinem Innern, bei meinem Stöhnen entbrannte ein Feuer.*

Ob sie Mann und Frau seien?, fragte die Nonne, sie hieß Pelagia, mit aller Strenge, ob sie im heiligen Bund der Ehe lebten? Was hätte Simon Lovrenc der strengen Schwester Pelagia sagen sollen, als er das Muli an der Leine und die kranke Katharina auf dem Muli, im Sattel, hielt, hätte er sagen sollen, dass sein Bund ein so starker sei, dass er in keinem heiligen Bund der Ehe sein könne, und dass er aus seinem Bund nicht heraus könne, niemals, wenn sie das wüssten, würden sie zum nächsten bischöflichen Ordinariat rennen, zum nächsten Richter. Er sagte, sie seien Pilger, ein Hochwasser sei oben in den Bergen gekommen, die übrigen Pilger seien vermutlich schon über den Pass. Sie werden wir aufnehmen, sagte die strenge und heilige Frau in dem strengen und heiligen Gewand, die Frau werden wir aufnehmen, aber Ihr bleibt draußen, Ihr könnt tun, wie Ihr wollt. Simon konnte nicht, wie er wollte, auch ihn hatte es in die Tiefe geworfen, *ins Herz der Meere und Fluten,* beschlossen war, dass er wie ein Wachhund vor ihrer Tür sitzen würde. Gemeinsam mit dem richtigen Hund, der ihnen nachgekrochen war, einem Straßenköter mit abgewetztem Fell, misstrauisch und verängstigt bis auf die Knochen. Er mietete ein Zimmer in einem nahe gelegenen Gasthof und versorgte sich, den halbwilden Hund, der die Reste der fettigen Suppe schlabberte, das Maultier, das arme Geschöpf, das sich wie er noch nicht von der Angst erholt hatte, auch das Maultier hatte nicht gewusst, dass es auf dieser Reise einmal würde schwimmen müssen, und das mit schwer bepacktem Rücken, das war völlig gegen seine Maultiernatur, all dieses Wasser und die Schreie und die Schläge, die von überall fielen, seiner Maultierüberzeugung nach ohne triftigen Grund, da es ja hinauf und aus dem Wasser heraus wollte, wer wollte schon in den österreichischen Alpen ertrinken, selbst ein Maultier nicht. Er kraulte es hinter den Ohren, brav hast du die kranke Katharina getragen, er rieb es mit Stroh ab und schüttete ihm einen Haufen Heu auf, bäuerliche Verrichtungen waren ihm nicht völlig fremd, obwohl es schon lange her war, schon lange, dass er sie gegen die Bücher und die Stille der Klostergänge eingetauscht hatte, gegen die Fahrt übers Meer, gegen die Schule, die er in den Missionen geleitet hatte.

Er fiel ins Bett, schlief endlich ein, schlief bis zum Mittag wie ein Toter, dann setzte er sich mit dem verwahrlosten Hund vor die Tür des Nonnenhospizes und lauschte den Fieberfantasien ihrer Seele. Simon Lovrenc wusste: Die menschliche Seele kommt aus der Erde, gehört aber dem Himmel. Auch er hatte sie in der tobenden Flut schon dem Himmel anempfohlen: Ich lege meine Seele in deine Hände, mein Herr, sie ist nicht ganz vorbereitet, es war keine Zeit dafür, aber ich bereue, die Wildbäche sind zu schnell herangestürzt, aber ich bereue, ich bereue. Er hatte keine Zeit gehabt, ans eigene Entkommen zu denken, sondern war geschwommen und hatte Katharina aus dem Wasser gezogen, die Pilger waren den Hang hinaufgekrochen und sie beide waren an die Oberfläche geschwommen wie die letzten zwei Menschen auf Noahs Arche, und das Maultier war von irgendwo dahergestreunt gekommen, nass und mit erschrockenen Augen. Wenn er nicht gewesen wäre, was er war, wenn er nicht gesehen hätte, was er am anderen Ende der Welt gesehen hatte, dann wäre der Gedanke, die Seele komme aus der Erde, sündhaft gewesen, die Dominikaner, die weißen Hunde des Herrn, hätten ihn für einen solchen Gedanken vor die Inquisition und auf den Scheiterhaufen gebracht, in den Jesuitenmissionen durfte man das sagen, man durfte denken, was die Indianer dachten. Aus den Tiefen kam sie, dort waren ihre Wurzeln, sie wurzelte in der Tiefe, die Guaraní wussten es, die Seele kam aus der Erde und aus dem Wald, aus den

Tieren und aus dem Fluss, aus allem, was war, und sie verstanden leicht, dass die Seele hinauf wollte, unter die Kuppel des Himmelsgewölbes, wohin Gott sie rief. Es war nicht der richtige Zeitpunkt für Missionstheologie, während er den Fieberfantasien der Frau lauschte, die an jenem Feuer durch seine Augen in ihn eingetreten war, wie auch er in sie eingetreten war, der Frau, mit der er die erste Nacht nach der Rettung im Heu über einem Stall gelegen hatte, wo sie dann am Morgen neben ihm aufgewacht war, ganz nass, verweint, fiebernd, fantasierend von der Nacht der verschlungenen Körper, die sich inmitten der wütenden nassen Bergnacht hatten aneinanderklammern müssen. Er war den Pilgern nachgezogen, um das zu finden, was er jenseits des großen Meeres zurückgelassen hatte, jetzt saß er vor der Tür eines Karmeliterhospizes, blickte in die Augen eines Hundes und fragte: Woher kommst du, unglückliches zerzaustes Tier, wie wirst du gerufen? Er horchte auf Katharinas Stöhnen und betete für ihre Genesung. Und die Pilger, die ihre morastigen Dörfer verlassen hatten, ihre Tiere, mit denen sie fast in denselben Räumen lebten, deren stinkenden Kot, die ihre duftenden Erdwiesen verlassen und sich durch Regen und Wasserfluten, über Bergpässe, durch gefährliche Schluchten, über die Berge auf den Weg gemacht hatten, damit ihre Seele an etwas rühren würde, was die Ahnung des irdischen Himmelsgewölbes, der Sterne war, zu denen sie seit ihren Kinderjahren hinaufsahen und die sie nicht verstanden, die weder die Bauern verstanden noch er selbst nach all den Jahren, die er in den Bibliotheken zugebracht hatte, diese Pilger waren ihm näher als seine Brüder, die die unglücklichen paraguayischen Reduktionen, die lieben Seelen der roten Menschen auf der roten Erde alleingelassen hatten. Und jetzt hatte er statt der neuen Ruhe, die er gesucht hatte, eine noch größere Unruhe gefunden, die er nicht verstand, eine Unruhe, die von der Frau ausging, die in dem Bett hinter dieser Tür lag, hinter den Fenstern, hinter der Tür, durch die er gern eingetreten wäre, es aber nicht konnte, weil sie von der schrecklichen Schwester Pelagia bewacht wurde. Schwester Pelagia wusste, dass zwischen diesen zwei Menschen eine geheime Spannung herrschte, sie wusste, welche Unruhe von ihren Seelen Besitz ergriffen hatte, von seinem Jesuitenverstand und von jeder Faser seines Körpers, schon damals, schon damals, als er Katharinas Gesicht am Pilgerfeuer erblickt hatte. Er war hergekommen, um jenen Frieden zu finden, den er auf dem fernen Kontinent verloren hatte, im Unterdeck einer Galeere, auf der Flucht, im Aufgeben, im Bruch mit seinen Brüdern, er hatte ihn unter seinen Landsleuten gesucht, aber wem es so bestimmt war, der würde ihn nicht finden, schon auf dem Weg hatte es ihn zu ihr gezogen, er hatte versucht, in ihrer Nähe zu sein, aber das war nur selten möglich gewesen, weil die Mädchen und Frauen, die keinen Mann hatten, zusammen reisten, wache Augen der Strenge warnten vor Zügellosigkeit, scharfe Worte unangenehm scharfzüngiger Weiber hatten Einhalt geboten, wenn er sich ihr beim Mittagessen nähern wollte. Abends irrte er mit dem Hund, der ihm auf Schritt und Tritt folgte, um die Häuser, in denen er ihre Anwesenheit spürte, ihm schien, als hörte er ihren Atem, ihren ruhigen Schlaf, das Wogen ihrer Haut, das Reisen ihrer Seele an Orte, von denen sie gekommen war, wo sie ihren Vater zurückgelassen hatte, zur Mutter über den Wolken, von der sie am Morgen gesprochen hatte, im Wahnfieber, von Mutter Neža, die dort unter den Engeln wohnte und die ihren Erdenwandel beobachtete. Mit der Unruhe wachsenden Zorns hatte er Michael beobachtet, dieses männliche Tier, das in großen Kreisen um Katharina herumgestrichen war, wie er es tat, der sich ihr vorsichtig näherte, wie er es tat, doch tat es Michael Kumerdej mit allem Recht des Pilgerherzogs, mit dem Recht des Beschützers, dem solches Beschützertum schließlich von ihrem Vater aufgetragen worden war, wie es auch Pfarrer Janez aufgetragen worden war, bevor die Pilgerprozession von Sankt Rochus in Krain aufgebrochen war. Eines Abends hatte er gesehen, wie Michael, bevor sie ins Haus ging, nach ihrem Haar griff und es scheinbar väterlich, in Wahrheit aber raubtierhaft mit der Geste eines lauernden Tieres, streichelte, wie er ihre Wange berührte. Und Simon hatte einen Schmerz verspürt, der fast körperlich, der auch irgendwie raubtierhaft war, denn in ihm war etwas Angriffslustiges erwacht, etwas, das ihren Körper dachte und spürte, und zugleich eine gewaltige Wut auf den Menschen, der seine Hand nach ihr ausgestreckt hatte, Wut. Eifersucht, die in Wut umgeschlagen war, als er sie in der Dorfschenke gesehen hatte, dort, wo man ein herausfordernd in den Tisch gestoßenes Messer zog, um jemanden damit abzustechen. Das war die Wut seiner uralten Vorfahren, eine Wut, mit der sie Burgherren und Büttel erschlagen hatten, eine Wut, die nicht weit weg war von jesuitischem Gehorsam, die Wut eines Auersperg'schen Untertanen, die fähig war zu verletzen, wenn nicht sogar zu töten. Ja, so weit war die Sache gekommen, Simon war eifersüchtig, gefährlich eifersüchtig, noch mehr aber verliebt, obwohl er es nicht hätte sein dürfen. Auch er brannte im Fieber, noch so große Wasser können das Feuer der Liebe nicht löschen, und keine noch so großen Flüsse können es überfluten.

Als Schwester Pelagia erfuhr, dass Katharina bei den Ursulinen in die Schule gegangen war, heiterte sich ihre Miene auf. Mehr noch, als sie erfuhr, dass sie dort nicht nur Lesen und Weben, Schreiben, Rechnen, jedes Wort des Katechismus, sondern auch Latein und das Schlagen der Zither zu den Psalmen gelernt hatte. Sie brachte ihr eine Zither, sie spielten und sangen gemeinsam, danach lasen sie Psalmen: *Du prüfst mein Herz und forschst nach ihm des Nachts und läuterst mich – und findest nichts. Ich habe mir vorgenommen: Nichts wird meinem Mund entschlüpfen ... Gedenke, Herr, Deiner Barmherzigkeit und Deiner Güte, denn sie sind von Ewigkeit an. Gedenke nicht der Sünden meiner Jugend und meiner Vergehen ... Nimm meinem Herzen die Angst und führe mich aus meiner Not!* Schwester Pelagia sah bald ein, dass sie die beiden Menschen, den Mann und die Frau, nicht würde auseinander halten können, sie konnte den Mann vor der Tür nicht fortjagen wie einen Hund. Wenn sie zu ihm sagte, dass Katharina schlafe, ging er zwar weg, ging dann aber schweigend ums Haus, in großen Kreisen und immer näher, sie wollte kein so schrecklicher Zerberus sein. Wenngleich ungern, freundete sie sich mit seiner hündischen Anwesenheit vor dem Haus an, doppelt hündisch, waren doch seine Augen wie die Augen des Hundes, der ihm nachlief. Er brachte ihr Kräuter und trug ihr streng auf, welche Tränke und welche Tees sie machen solle, damit sie sich aushusten, damit die Krankheit, die in den eiskalten Fluten in sie gekrochen war, von ihr weichen könne; einen solchen Menschen konnte man nicht fortschicken. Sie wünschte sich nur, dass diese Pilgerin, die Gott unter ihr Dach geschickt hatte und mit ihr diesen Menschen, der auch gern unter diesem Dach wäre, dass diese Pilgerin so rasch wie möglich genesen und weiterziehen würde, die Sache war zu kompliziert, als dass gerade Schwester Pelagia sie hätte lösen können, selbst höhere Mächte als sie vermochten das nicht, wenn die sie nicht überhaupt absichtlich hervorgerufen hatten.

Und Katharina wusste, dass der schlaflose Mensch vor ihrer Tür wachte, dass ihn niemand fortzuschicken vermochte und dass auch sie selbst ihn nicht aus ihren Gedanken vertreiben konnte. Jetzt saßen die Träume überall und lauerten auf sie. Sie lauschte dem Rauschen des Frühlingswindes, der die Wolken zerjagte, es wurde immer wärmer, die

Kräfte kehrten zurück, sie lauschte dem Rauschen ihres Blutes in der Brust, im Bauch, dem Hämmern in den Schläfen. Sie hörte sein Atmen, das Atmen jener Nacht auf dem Heuboden, auf Noahs Arche, das Atmen, das langsam und warm durch die Wände kroch, unter die Daunendecke ins Bett, das Atmen, das ihren warmen, vom ganztägigen Liegen und dem abziehenden Fieber heißen Körper umfing. Jetzt sah sie nicht mehr nur seinen Blick durch das Feuer, den flammenden Blick, jetzt fühlte sie auch seine Hände.

Nach einer Woche wurde Schwester Pelagia weich, am Morgen ließ sie ihn zu ihr und stellte sich an die Tür. Solange sie hier war, würde nichts Ungebührliches geschehen, nicht unter dem Dach des Karmeliterhospizes, sollten sie aber weiterziehen wollen, sie war eine erwachsene Frau, würde sie beide mit einem Gebet verabschieden, möge Gott ihnen helfen.

– Ich habe einen Hund winseln hören, sagte sie, hast du den Hund auch gerettet?

– Du bist krank, sagte er. Er hätte ihr die Hand auf die Stirn gelegt, aber er wollte die gute Schwester an der Tür nicht ins Unglück stürzen. Schwester Pelagia würde wissen, dass das nicht die Hand eines Arztes war, dass sich da das lebendige Strömen zweier Körper ereignete, so viel wusste sie noch aus ihrem früheren Leben, und auch aus dem jetzigen, dass das die mächtige Anziehung zweier Seelen war, die zueinander, die von allem Anfang an zueinander mussten.

– Ich bin nicht mehr krank, sagte Katharina, du hast mich geheilt. Die Gegenwart dieses Mannes, das musste auch Schwester Pelagia zugeben, hatte heilende Wirkung gehabt, noch nie, sagte Katharina, noch nie hat jemand so etwas für mich getan, die Mutter schon, der Vater würde es auch tun, aber kein Mann. Die einzigen Männer, dachte sie, und das sagte sie natürlich nicht, die einzigen Männer, die ihr wirklich nahe gekommen waren, waren jene gewesen, die ohne Gesicht gekommen waren, nur als Körper und Hände, und die dann durch die Wand verschwunden waren. Und sogar den Hund hatte er aus der Flut gerettet, das Letzte, was sie gesehen hatte, war der verzweifelte Hund auf einem Inselchen mitten im Wasser gewesen. Sie streckte die Hand zu ihm aus, als wollte sie den Hund hinter den Ohren kraulen, komm. Die Tür schlug laut, Schwester Pelagia hatte sie wie zufällig zugeschlagen, sie trat zum Tisch und nahm den leeren Topf, willst du noch Tee, Katharina?, sagte sie, später werden wir Zither spielen und Psalmen lesen. Katharina sagte, sie möchte bitten, dass dieser Herr jetzt hier bleiben könne. Doch das wäre nur nach dem augenblicklichen Tod Schwester Pelagias möglich gewesen. Komm näher, sagte Katharina, er setzte sich aufs Bett, gib mir die Hand, sagte sie.

Am Abend zog sie um in Simons Zimmer im Gasthof unweit des Hospizes. Der Wirt hatte nichts dagegen, solange für beide und für das Maultier im Stall bezahlt wurde. Des Hundes aber sollten sie sich entledigen, wer weiß, wo der sich herumgetrieben hat. Sie saßen in der Dämmerung, der Tag war am Erlöschen, draußen war ein warmer Abend. Ich will keinen Tee mehr, sagte Katharina und lachte, ich will Wein, von dem, den du mir am Brunnen gegeben hast. Was würde Schwester Pelagia sagen, sagte er, sie versteht es schon, sagte Katharina, sie darf es nur nicht verstehen, sagte sie. Sie tranken Wein und lachten über ihre plötzliche Genesung, ein süßer Rausch legte sich zwischen sie, sie legten sich aufs Bett. Du wirst so oder so wach bleiben, lachte sie, du schlafloser Mensch, ich werde schlafen, sagte sie, ich werde nicht wissen, was geschieht. Sie schloss die Augen, auf ihrer Wange spürte sie einen Hauch, heißes männliches, vertraut männliches Atmen, das im Fieber dieser Tage und Nächte durch die Wände des Karmeliterhospizes gekommen war, er küsste sie auf den Mund, dorthin, wo die gefährliche Glut war, wer würde so unvernünftig sein, mit den Lippen die Glut zu berühren, er, und das nicht zum ersten Mal und das nicht nur einmal. Mit beiden Händen ergriff sie seinen Kopf und presste ihn mit aller Kraft an sich. Komm, flüsterte sie, komm, du bist mein, sagte sie einfach, für immer. Es war einfach und selbstverständlich, menschlich und göttlich wie das Atmen. Du bist mein erster Mann, sagte Katharina. Simon musste daran denken, dass sie nicht seine erste Frau war, das war die Magd in Zapotok gewesen, im Farn, vor einer Ewigkeit. Und wo ist das Blut?, dachte Simon, wo ist das erste Blut? Es gab kein Blut, Katharina war keine *virgo intacta*, das erste Mal hatte sie es selbst getan in den wahnhaften Nächten des Besuches, mit einem Gegenstand, das konnte sie niemandem erzählen, auch Simon nicht, trotzdem war er ihr erster Mann, jetzt war sie hübsch, jetzt war sie schön.

Am Morgen, als es nicht mehr regnete und sich irgendwelche Tiere im Wald meldeten und unter dem Fenster der Streuner, der, der sich nicht vertreiben ließ, die Antwort bellte, am Morgen schliefen sie wie zwei Liebende, die sich schon sehr lange kennen und auch schon gemeinsam zu schlafen wissen. Nicht wie ein Liebespaar, als Mann und Frau, die gemeinsam durch Krankheit und Gefahr gegangen sind, auch ohne Sakrament als Mann und Frau, denn das mussten sie schon sein, woher würde sonst seine Hand so gut ihr Haar und ihren Hals kennen, ihre Brüste und Hüften, über die er an diesem Morgen glitt, noch in ihrem Schlaf, in ihrem Halbschlaf; Katharina spürte seine Hand, roch seinen sicheren Körper, seinen Nacken, den sie umklammern konnte, wenn die Fluten kamen, und auch wenn das Feuer im Körper kam, auch sie kannte ihn, seinen, ihren gemeinsamen Schlaf, in den sie zu der späten Morgenstunde noch einmal gemeinsam ruhig hinüberglitten.

Hlub?

Ein merkwürdiges Wort, das er noch nie gehört hatte. War es ein Wort aus dem Guaraní, ein wenig hatte er die Sprache in jener Zeit gelernt, durch den Kopf ging ihm das ganze Wörterbuch, das er sich notiert hatte, aber nein, es war aus absolut keiner Sprache, die er kannte. Hlub? ... Hlub?, rief in langen Abständen eine Männerstimme. Sie musste von irgendwo hinter dem dunklen und dumpfen Berg kommen. Vielleicht ein Tier, dachte er, vielleicht ein Tier mit menschlicher Stimme, vielleicht ist es ein Tier, das sich in der Morgenstunde in einen Menschen verwandelt. Ich schlafe, dachte er, kann das sein, ich schlafe und träume. Er brauste in Gedanken auch durch die lateinischen und spanischen Wörter. Nirgends war es, dieses Wort, und trotzdem drang es in sein Bewusstsein. Er dachte, dass das Wort etwas in einer Sprache, die er überhaupt nicht kannte, bedeuten musste, oder sprachen so die Engel? Nein, von Engeln weiß man, dass sie die Menschen in ihrer Sprache anreden, sind sie doch ein Teil ihrer Seele, verstehen sie sie und sprechen sie doch wie sie selbst. Vielleicht war das Wort länger und hier aus einem Kontext genommen, wenn man das für den Schlaf, für den Halbschlaf so sagen konnte. Dann stand er irgendwo mitten in einem Tal, zu beiden Seiten senkte sich die Landschaft leicht herab, auf beiden Rändern war sie mit spärlichem Wald bestanden, ganz vorn mit Gebüsch, und diese Landschaft war ihm vertraut, wenn ich die Augen aufmache, wird überall rote Erde sein, die Wände der Kammern, in denen die Pater schlafen, werden aus rotem Stein, der Mörtel wird aus roter Erde sein, draußen wird die Trommel schlagen, die die Siedlung weckt, alle Menschen und alle Vögel rund um die Siedlung mit Namen Santa Ana oder vielleicht San Ignacio Miní.

Er erwachte. Jetzt wusste er, dass er geschlafen hatte und dass Wort und Ruf aus einer unbestimmten Traumlandschaft gekommen waren, diese Landschaft war jetzt so fern, dass sie nur noch geträumt sein konnte. Eine Stimme, die er noch nie zuvor gehört hatte, ein Wort, das er nicht verstand, und eine Landschaft, die er schon einmal gesehen hatte, die aber jetzt anders war, eine Traumlandschaft eben. Er hatte geschlafen und der Schlaf war kein Vergessen gewesen, sondern ein neues Wachen, ein anderes Wachen. Er dachte an die unermessliche, leicht abfallende, mit einem spärlichen Wald bewachsene Traumlandschaft, die kein Schlaf, sondern ein anderes Wachen war, von der, wenn der Mensch erwachte, nur noch Reste in den Sinnen zurückblieben, Reste eines Traums, der ein anderes Gefilde, der eine Parallelwelt war. Nie können wir mit wachen Augen in sie eintreten, nie mit träumenden Augen gänzlich ins Wachen. Das erste Wort war aus dem Traum gekommen, das zweite aus dem Wachen. Das zweite Wort, das aus dem Wachen kam und nicht aus dem Traum, war ein griechisches: *deimos* – das Entsetzen, *deimos* in Form einer weißen Frauenhand, die – ein regloses weißes Tier – auf seiner Brust lag. Fünf Finger, gespreizt zwischen den Schweißtropfen auf seiner Brust. Fünf Finger, fünf Finger, hatte der Prediger aus dem alten Buch gesagt, das in der Klosterbibliothek lag, fünf Finger der Lust. Der erste ist der lüsterne Blick, der zweite ist die falsche Berührung der stechenden Schlange, der dritte ist ein schmutzig Ding, gleich dem Feuerbrand, der das Herz entflammt, der vierte ist der Kuss, der wahnsinnig ist, wie der Mensch wahnsinnig ist, der seine Lippen einem glühenden Ofen nähert, der fünfte Finger ist die stinkende Sünde der Zügellosigkeit. Die stinkende Sünde der Zügellosigkeit auf dem Gottesweg, hatte der alte Prediger aus dem Buch zu ihm gesprochen, kann niemals *fin amoris* sein, *fin amoris* ist immer unkörperlich, ist eine Sache des Geistes und des Verstandes, der Schönheit, die transparent ist wie Luft. Das Geschlechtsloch, hatte er gesagt, ist das klebrige Loch der Hölle. Was für Gedanken, was für Gedanken an diesem Morgen, das ist die Angst vor der Sünde, die Angst aus der Sünde, tief in der Erziehung, tief im Kopf, tief unter der Haut sitzt sie bei ihm. Vorsichtig schob er Katharinas Hand weg und stand auf. Er sah, dass im Hof die Pferde angeschirrt wurden. Der Pferdeknecht sagte einem Pferd etwas leise ins Ohr. Er beobachtete die strenge Frau, Schwester Pelagia, die sich auf den Wagen setzte und zum Fenster hinaufschaute, hinter dem Katharina schlief. Er horchte, er dachte, dass vielleicht der Pferdeknecht jenes seltsame Wort hinter dem Berg gerufen hatte. Er hörte nur die Pferde, die auf der Stelle traten. Aus den Mäulern und von ihren Körpern stieg Dampf in den vom Regen gewaschenen Morgen auf.

Katharina steht vor dem Spiegel. Gewaschen, mit klarem Blick, mit glatt gekämmtem Haar, mit fühlender Haut am ganzen Körper verspürt sie plötzlich lautere Freude. Das üppige Haar, das gewaschene Gesicht, jede Saite im Körper und im Herzen vibriert in morgendlicher Musik. Der gestrige gute Rausch hat das Fieber aus ihr vertrieben, den Keim jeglicher Krankheit. Nirgends mehr Angst vor dem Reisen, Angst vor dem vergangenen Leben, wo einst eine zitternde Katharina gegangen ist, am Fenster gestanden und gewartet hat, wann ihr der Pfau im Hof einen Blick schenken würde. Und doch ist da auch ein kleiner Druck in der Brust, hat sie doch lange Jahre gedacht, dass dieser Neffe des Barons, dieser Hauptmann mit dem schönen Gesicht, für sie bestimmt war und sie für ihn und dass niemand sie berühren durfte außer ihm. Sie denkt an die nächtlichen Besucher, die von allein gekommen sind, und an die Berührungen, die Berührungen ihrer Hände gewesen sind, an all diese nächtlichen Trugvorstellungen, deren sie sich einst geschämt hat, an den Schwindel vor der Tiefe des unbekannten Abgrunds, vor dem sie sich gefürchtet hat, der Schwindel vor etwas, das sie nicht verstanden hat, das nichts ist, schlechthin nichts, dieser Schwindel ist verschwunden. Simon, sagt sie, sein Name ist Simon. Da ist sein milder Blick, sein starker Blick, der irgendwohin ins Innere ging und sich an etwas festgeklammert hat, hier, sie berührt sich am Körper, und hier und hier war seine Berührung, waren seine Finger, war seine Hand, die ruhig und ungeduldig und freundlich und fiebernd nach ihrem Körper griff, so wie es gut war, so wie auch sie es wollte, wie es im Traum gewesen war, als sie noch Angst hatte, und wie es jetzt ist, wo es gut ist, wo sie nichts dagegen tun kann und wo sie genau das will, und da war sein Körper, der Teil seines Körpers, der genau deshalb anders ist als ihrer, weil auch das so sein muss und es keinen Zweifel daran gibt, dass es von Anfang an so bestimmt ist, und da waren seine Lippen auf ihrer Haut, die vor Fieber geglüht hat, vor jenem Fieber, das mit der Erkältung gekommen war, wie es bestimmt war, und von jenem anderen Fieber, das mit dem heißen Wunsch irgendwo aus dem Inneren gekommen ist, Lippen, die den von zweifachem Fieber glühenden Körper berührt haben und über seine heißen Gefilde geglitten sind, und da waren zum Schluss zwei duftende, nach Körper, nach Schweiß, nach gemeinsamem Atmen und Ächzen riechende Körper, ohne Zügellosigkeit, ohne Sünde, in Gegenseitigkeit, die richtig ist, weil sie es so fühlt, weil es so sein muss, weil dieser Mann einfach der Ihre ist und sie von nun an die Seine sein wird bis ans Ende ihrer Tage.

Und jetzt, wo es so ist, jetzt will sie alles wissen, alles über ihn, über jeden Tag seines Lebens ohne sie, Simon, sagt Katharina, wer bist du?

Simon steht am Fenster und sieht Schwester Pelagia zu, die mit den Händen gestikuliert und dem Pferdeknecht etwas erzählt, noch immer sind sie nicht losgefahren, wohin reist Schwester Pelagia? Er weiß nicht, was er sagen soll, ob er selbst weiß, wer er ist, seit er nicht mehr ist, was er war, und seit ihn das, was er gewesen ist, Tag und Nacht begleitet, die strengen Worte der Pater, die milden Blicke der in Gehorsam erzogenen, zum Gehorsam entschlossenen Brüder.

Ich bin Jesuit, sagt er. Ich war es.

[12]

Sie war verdutzt, ein bisschen verwirrt, vielleicht im ersten Augenblick ein bisschen erschrocken, dann presste es ihr vor Beklommenheit das Herz ab. Der Mensch, mit dem sie gelegen hatte, wie sie noch mit niemandem zuvor gelegen hatte, trug auf der Stirn das unsichtbare Zeichen eines Gelübdes, des Gelübdes der Ordenszugehörigkeit, der Keuschheit und des Gehorsams, einer unsichtbaren Verbindung zu Menschen und Dingen, die sie nicht verstand. Selbst die Ursulinenschwestern, bei denen sie in die Schule gegangen war und die sie somit kannte, hatte sie nicht verstanden. Ein Teil ihres Lebens war die Schule gewesen, Lernen, Sticken, Lesen in der Heiligen Schrift, Auslegungen und Messen, Psalmieren und Marienliedersingen, aber all das war auch Teil dieser Welt gewesen, einer Welt, in der es auch den Vater gab, die Schwester, den Bruder, den Dorfpfarrer, die Straßen, auf denen sie ging, Bäcker und Metzger, die, wenn sie unterwegs zur Schule war, ihre Läden öffneten, einer Welt, auf die sie sich dort vorbereitete, dorthin war Katharina zusammen mit anderen Mädchen deshalb gegangen, um für diese Welt vorbereitet zu werden, ihre Seele, ihr Verstand und die geschickten Hände für das Heim, für den Bräutigam, der eines Tages kommen würde, sie hatte gehofft, dass es der Neffe des Barons Windisch sein würde. Der andere Teil ihres Lebens bei den Ursulinen war das Geheimnis gewesen, das jenseits des Vorstellbaren lag, dort war der himmlische Bräutigam gewesen, und Katharina hatte sich vor einem solchen Bräutigam gefürchtet. Das Geheimnis des klösterlichen Lebens selbst, aus dem die Schwestern kamen, eines Lebens in Klosterzellen und eines Lebens der Morgengebete in kalten Kirchen, wenn alle anderen Menschen noch schliefen, schon das war kaum begreiflich gewesen, geschweige denn ihr Gelübde, die Vermählung mit dem

Heiland, das war etwas so Dunkles und Unklares, dass es besser gewesen war, so wenig wie möglich darüber nachzudenken, und auch wenn sich die anderen Mädchen flüsternd über die sanften und zugleich strengen Schwestern und ihr ewig lediges Lebens lustig machten, wurden sie dadurch nicht diesseitiger und weniger geheimnisvoll.

Und jetzt war hier jemand, der so etwas war wie die Ursulinenschwestern, und sie schlief mit ihm, ach Gott, was hatte sie getan? Hier war jemand, der einmal unter Ordensbrüdern gelebt hatte, wie die Schwestern lebten, die sie gekannt hatte, es schüttelte sie ein wenig bei dem Gedanken, dass er ihr Retter war und dass er, den sie zumindest gern hatte, wenn sie ihn nicht schon liebte, denn es war noch keine Zeit gewesen, um über Liebe nachzudenken, an den sie auf einmal mit aller Macht gebunden war, dass er in seinem anderen Leben oder zumindest in seinem früheren Leben hinter Klostermauern gelebt hatte, dass dieser Mann genau genommen eine Art Ursulinenschwester war, zwar ein Mann, aber genauso mit dem Erlöser durch das Sakrament verbunden, das aus den Ursulinenschwestern anders geartete Frauen machte, als es Katharina war und als es alle anderen Mädchen und Frauen waren. Er hatte zwar gesagt, „ich war", also war er es nicht mehr, aber was bedeutete das, das war noch komplizierter, hatte man ihn ausgeschlossen, was hatte er getan, dass er es nicht mehr war, oder hatte er jemanden umgebracht? Aber so ein Mensch zieht doch niemanden aus dem Wasser, setzt nicht sein Leben aufs Spiel und sitzt, ein treuer Diener, um ihre Gesundheit zitternd, vor der Tür. Im Nu war alles so kompliziert geworden. Natürlich wusste sie, dass es Sünde war, was sie getan hatte, aber dieser Gedanke ruhte irgendwo tief in der Seele, versteckt, denn die Rettung aus den Wasserfluten, die Genesung und der sanfte Blick dieses Mannes, seine Hände, denen sie sich überlassen hatte, all das war so selbstverständlich, es war das geschehen, was nie hätte geschehen können, wenn sie auf Dobrava geblieben wäre, und sie hatte gewollt, dass es geschehe; alles, was geschehen war, war stärker als die Angst vor der Sünde, vor dem Verderben der Seele und dem Verlust des Heils. Jetzt kam der verborgene Gedanke an den Tag, lieber Herr Jesus, Mütterchen im Himmel, was ist geschehen, ich habe mit einem Jesuiten Sünde getrieben, sie hörte ihre Freundinnen sagen, du hast bei einem Pater gelegen, einem Jesuiter, sie sah den mahnenden Finger des hl. Ignatius, desjenigen, dem mitten auf der Brust ein großes Herz blühte, das Herz Jesu, der Finger war auf sie gerichtet, auf jene

Nacht ihres Sichvergehens, sie hatte seinem Sohn, einem Soldaten des heiligen Heeres beigelegen. War das denn nicht schlimmer, als wenn sie Windisch beigelegen hätte, noch bevor man sie aufgeboten hätte? Obwohl sie das, Hand aufs Herz, ruhig ertragen hätte, vielleicht hatte sie sich das sogar gewünscht. Es war noch schlimmer, als wenn sie einem verheirateten Manne beigelegen hätte, schlimmer als die Dinge, die ihr nachts auf Dobrava widerfahren waren, denen sie nun einmal nichts hatte entgegensetzen können und die gegen ihren Willen geschehen waren. Dieses aber war nach ihrem Willen geschehen, die Lippen hatten sich der weißen Glut genähert, der Kuss war das Feuer selbst gewesen, jetzt brannte sie darin. Warum war sie nicht auf Dobrava geblieben?, sagte der verborgene Gedanke, der jetzt durch ihre weit geöffneten und verwunderten Augen ans Licht drängte, warum hatte ihr Simon das nicht gesagt, warum war sie überhaupt auf diese Reise gegangen, sie hätte doch besser am Fenster stehen und warten sollen, dass der Pfau hinaufsähe, dass der Neffe des Barons Windisch sie endlich als Frau wahrnähme, die ihn auf ihre Weise liebte, obwohl sie ihn zugleich nicht mochte, die auf ihn wartete, durchaus auf ihn wartete, o unglücklicher Tag, an dem sie beschlossen hatte, nicht mehr auf ihn zu warten.

Katharina Poljanec weiß, wer die Jesuiten sind, wer würde sie in dieser Zeit nicht kennen, die stolzen Soldaten Jesu, die in ihrer protzigen Bescheidenheit in Laibach sogar die Hauptleute und Obersten der kaiserlichen Regimenter in den Schatten stellen, Prediger, Scholastiker, Gelehrte, man kann sie in den Armenhäusern sehen, wo sie demütig für die Armen sorgen, in den Hörsälen der Universitäten, und es heißt, man könne sie überall am Wiener Hof sehen, wo sie den Herrschern die Beichte abnehmen und sie in Angelegenheiten des Gemeinwohls des Kaiserreichs und ihrer Untertanen beraten, man sieht sie in Krankenhäusern und bei St. Jakob, wo sie das eine Mal dem protzig ausstaffierten und parfümierten Adel aus ganz Krain auf Deutsch und das andere Mal den Laibacher Bürgern und den Bauern aus der Umgebung auf Slowenisch predigen, wer kennte sie nicht? Sie weiß, dass das jene jungen Leute sind, die alles zurücklassen, die ihr Vermögen, wenn sie eines besitzen, der Gesellschaft Jesu überschreiben, die weder Vater noch Mutter mehr sehen wollen, weder Bruder noch Schwester, die bis zur letzten Faser ihres Willens entschlossen sind, für die Gesellschaft und mit ihr für die hohe Sache des Glaubens zu arbeiten. Bei ihnen hat sie ebenso wenig wie bei den Ursulinen verstanden, was das Geheimnis ihres Lebens sei, des Teils des Lebens, das sich nicht in Schulen, bei Theaterprozessionen oder bei der Arbeit in den Krankenhäusern ereignet, aber sie weiß genug, um eine Sache zu verstehen: Das, was hier begonnen hat, ist nicht gut für sie, auch nicht für ihn, für Simon Lovrenc, den Mann, der vor ihr steht und die ganze Nacht an ihrer Seite gewesen ist, von dem sie gedacht hat, er sei ihr der Allernächste auf der Welt, der aber auf einmal ein vollkommen Unbekannter ist. Sie ist mit einem Unbekannten im Bett gewesen, es scheint, dass sie ihn auch mehr liebt, als es sich gehört, wenn sich in so einer Verbindung überhaupt irgendetwas gehört. Und da ist auch noch der fast abstoßende Gedanke, dass sie mit einer Art männlicher Schwester Pelagia geschlafen hat und man nichts mehr dagegen tun, nichts mehr wiedergutmachen kann. Die irrende Seele der Katharina Poljanec befand sich in arger Verwirrung, in arger Not.

Sie steckte in irgendeinem Dorf im Salzburgischen fest und wusste nicht, was sie tun sollte. Die Pilgerprozession mit Herzog Michael und dem stöhnenden Magdalenchen, mit Pfarrer Janez, der ihr vielleicht hätte raten können, wenn sie sich denn ihn zu fragen getraut hätte, mit Amalia, die ihr sicherlich einen guten Rat hätte geben können, die Prozession der frommen Menschen, die einander halfen und einander kannten, musste schon weit sein, vielleicht irgendwo in Bayern. Dobrava war noch weiter weg, der Vater unter dem HISHNI SHEGEN mit verbundenem Kopf, vermutlich war die Wunde von dem Ast, der von der großen Buche gefallen war, schon verheilt. Alle Menschen vom Meierhof, die Mägde, die mit den Töpfen lärmten, und die Knechte, die von den Feldern zurückkehrten, die Pferdeknechte, die die Pferderücken mit Stroh abrieben, der treue Hund Aaron, auch das Grab des guten Mütterchens, alles, was sichere Zuflucht gewesen war und was sie unüberlegt zurückgelassen hatte, war auf einmal so weit weg, fast unerreichbar. Wie sollte eine Frau sich jetzt allein auf den Weg begeben, weiter gen Kelmorajn oder zurück nach Krain, wenn wenigstens Franz Henrik mit seinem Heer irgendwo in der Nähe wäre, vielleicht würde er sie mit einer Eskorte nach Salzburg schicken, wo sie sich dann guten Leuten auf ihrem Weg nach Süden anschließen könnte. Sie ging ins Hospiz, um Schwester Pelagia zu fragen, was eine Frau, eine bedauernswerte Person wie sie, in einer so unglücklichen Lage tun könne. Sollte sie ihr Leben einem Menschen anvertrauen, der das Gelübde der Keuschheit abgelegt und gebrochen hatte, so wie sie es natürlich auch selbst gebrochen hatte? Aber sie hatte ja kein richtiges Gelübde abgelegt, im Gegenteil, sie hatte gewollt, dass es doch endlich einmal passierte, aber nicht so, nicht so, nicht mit einem Menschen, von dem sie nichts wusste, sie wusste, dass er Jesuit gewesen war, vielleicht war er geflüchtet, vielleicht hatte er etwas Böses auf dem Gewissen, nachts schlief er oft nicht, seine Augen waren unruhig und seine Lippen heiß, seine Arme waren stark, sie würde sich gegen sie nicht wehren können, diese Sache würde weitergehen, wenn sie sich nicht sofort von ihm trennte. Schwester Pelagia war nicht da, der alte Diener sagte ihr, sie sei zur Mutter Oberin nach Salzburg gefahren, Katharina wusste, warum: um von zwei Pilgern zu berichten, die wie Mann und Frau lebten, obwohl sie das nicht waren, die sich in wilder Ehe gegen alle göttlichen und menschlichen Gesetze dieser Welt vergingen. Sie fragte, ob hier ein Heer durchgezogen sei. Ja, erklärte der Alte, das seien betrunkene Krainer gewesen, sie hätten ihre Kanonen durch Schlamm und Unwetter gezogen, ein paar Hühner gestohlen, und mehrere Soldaten seien dafür mit dreißig Stockschlägen bestraft worden. Gott sei Dank, sagte er, dass es sie davongetrieben hat, es ist zwar unsere Armee, die kaiserliche, aber die sind um nichts besser als die Türken oder die Heuschrecken. Sie dachte, dass vielleicht Franz Henrik Windisch unter ihnen gewesen war, der Hauptmann in seinem Federschmuck, vielleicht hatte er befohlen, die Soldaten zu bestrafen, er wusste, was für eine Disziplin in der Armee zu herrschen hatte, das hatte er mehrmals auf Dobrava erzählt, jedes noch so kleine Vergehen müsse bestraft werden, welche Strafe würde es für ihr Vergehen geben, eine schlimmere, eine viel schlimmere.

Sie ging über die Weiden am Dorfrand, die Sonne schien, der Frühling hatte auch schon in dieser Höhe Einzug gehalten, auf den grünen Hängen wuchsen Christrosen, Märzenbecher und Schneeglöckchen, genauso wie auf Dobrava; nur damit ihr noch schwerer und noch unruhiger ums Herz wurde, nur deshalb zeigte sich auf einmal überall der Frühling. Sie wusste es, die Ursulinen hatten es sie schon vor einer Ewigkeit gelehrt: In jedem Menschen gibt es die Wurzeln des Bösen. Die gilt es zu erkennen und auszureißen. Tut man das nicht, wachsen ihre Früchte im Herzen. Dann tun wir auf einmal etwas, das wir nicht wollen, und was wir nicht wollen, das tun wir. All das war ihr widerfahren, aber das Schlimmste war, dass es sie trotz allem, was sie wusste, zurückzog zu ihm. Schließlich war er allein, wie auch sie allein war, unter all diesen Menschen waren sie sich trotz allem, was geschehen war, am nächsten, hätte sie den Mut gehabt, hätte sie gedacht: Gerade wegen dem, was geschehen war, trotz allem waren sie einander die nächsten Seelen in diesen Bergen.

Sie beschloss, zusammen mit Simon den Pilgern zu folgen, eine andere Wahl hatte sie gar nicht. Nur dass es sich nicht wiederholen durfte. Sie würde mit ihm bis zur ersten Stadt gehen, dort würden sie erfahren, wo die Pilger waren, vielleicht konnte sie von dort aus auch nach Hause zurückkehren. Nur wiederholen durfte es sich nicht, nur das durfte nicht geschehen.

Bevor sie in den Gasthof zurückkehrte, schien es ihr, als sähe sie am Waldrand eine Erscheinung, in Tierfelle gekleidet. Ein Menschengeschöpf, es stand dort und schaute in die Ferne, es kam ihr bekannt vor: War das nicht der Eremit, der sich den Pilgern bei Salzburg angeschlossen hatte? Sie wollte ihm zuwinken, aber da war er schon im Wald verschwunden, sie rieb sich die Augen, winkte ab und ging zurück ins Dorf hinunter. Simon marschierte im Hof auf und ab und wartete auf sie: Ich hatte Angst, du wärest gegangen. Ich bin nicht gegangen, sagte sie. Er sagte, er habe ein paar Sachen für den Weg gekauft. Ein Gefühl der Dankbarkeit überkam sie, weil bei all dem Unglück trotzdem ein Mensch bei ihr war, der für sie sorgte, dankbar besah sie die neuen Taschen, die auf dem Bett warteten, gewaschene und trockene Kleidung, die er aus dem Wasser gerettet hatte, die Wirtin hatte alles gewaschen, genäht und gebügelt, er hatte es ihr bezahlt, er hatte sich um alles gekümmert, sogar das Maultier im Stall. Ich bin viel gereist, sagte er, in Salzburg kaufen wir neue Kleider, sagte er, dann sehen wir weiter. Gut, sagte sie, nur das, was vergangene Nacht geschehen ist, war eine schlimme Sünde, das wird nicht wieder geschehen. Natürlich geschah es wieder. Simon Lovrenc war nicht Schwester Pelagia, durchaus nicht, seine Gliedmaßen waren stark und muskelgeschwellt, des Nachts floss auch durch seine Glieder vom Frühling bewegtes Blut. Obwohl seine Seele dabei um nichts weniger litt als ihre, obwohl auch er in die Tiefe, ins Innere des Meeres geworfen war und obwohl unter den Fenstern der *deimos* umging, war er von den Fluten umgeben wie damals auf dem Schiff, aber hier waren andere Fluten, er wurde vom Branden und Wogen des Liebesverlangens umschlungen, es war egal, ob es das Feuer war, bei dem sich ihre Blicke entflammt hatten, oder die Wasserfluten, die sie vereint hatten, es war etwas, was sich nicht einfach aufheben ließ, nur deshalb, weil es verboten war.

Mitten in der Nacht standen sie heiß am Fenster, der Frühlingswind kühlte sie, sie schauten zu den Sternen empor. Jeder hat seinen Stern am Himmel, das wussten die Menschen in ihrem, in ihrer beider Land sehr gut. Als ich klein war, sagte Katharina, wollte ich wissen, welcher meiner ist. Kristina sagte, Kristina ist meine Schwester, du darfst nicht raten, welcher Stern deiner ist, denn wenn du es errätst, stirbst du am selben Tag. Und fährst auf der Milchstraße in den Himmel. Jetzt dachte sie nicht das, was sie noch heute Morgen gedacht hatte. Ob sie wohl jemals auf der Milchstraße in den Himmel fahren würde? Sie standen am Fenster, Simon Lovrenc, der geflohene Jesuit, und Katharina Poljanec, die Pilgerin alten ehrlichen Namens auf dem heiligen Weg nach Kelmorajn, sie standen dort, umarmt, und der Mond, in Ewigkeiten unverrückbar, war ihr treuer Zeuge am Himmel.

[13]

O kalte Morgen im Ersten Probehaus, wenn er in der Kapelle des Franz Xaver unter den Gewölben von St. Jakob in Laibach stand, er war dort nach der Morgenmesse zurückgeblieben, wenn die durchfrorenen Scholasten aus dem Kolleg schon längst gegangen waren, und hatte sich manchmal bis zur ersten Unterrichtsstunde inneren Betrachtungen hingegeben, wie man ihn angewiesen hatte, wie der Rektor all jene Scholaren angewiesen hatte, die dem Orden beizutreten wünschten, o dunkle Wintermorgen, wenn die Hände rot waren vor Kälte und die Beine steif vom Stehen auf dem kalten Pflaster, o helle Frühlingsmorgen, wenn das Licht durch die farbigen Glasbilder hindurch den schönsten Altar von allen überströmte, die er in Laibach und überhaupt je gesehen hatte. Der junge Simon Lovrenc hatte nicht viel von der Welt gesehen, vor allem hatte er jenen Teil zwischen dem Auersperg'schen Besitz und der Stadt Laibach gesehen, von dem Haus in der Klamm und der Siedlung mit Namen Zapotok aus hatte er die Dächer und Türme des Auersperg'schen Schlosses gesehen, mit den Eltern war er in die Kirche in einem Ort mit dem vielsagenden Namen Rob, also Rand, gegangen, er hatte am Rande gelebt, vielleicht hätte er sein ganzes Leben in der Schlucht und am Rande, zwischen Wäldern und Wiesen verbracht, wenn ihn nicht die Jesuiten in die Lateinschule aufgenommen hätten. Und als er das erste Mal den Altar des hl. Franz Xaver erblickt hatte, hatte er sich nicht mehr von ihm losreißen können. Dort gab es Welt, viel Welt, und obwohl der Heilige tot war und sein Leichnam, das heißt seine Statue, im Tisch des Herrn lag, glänzte hier alles vom Leben seiner Reisen, Abenteuer und Taten zum Ruhme Gottes; der erste lateinische Satz, den er gelernt hatte, war: *omnia ad maiorem Dei gloriam*. Simon wollte kein Heiliger werden, aber an jenen kalten

Morgen wünschte er sich tief und aus ganzem Herzen, einmal so wie Xaver zu reisen und zu streiten; wenn man das alles hinter sich hatte, war es nicht schwer, so zu liegen, aufgenommen von einem malerisch prachtvollen Altar, dann wäre es möglich, auch ohne ihn und ohne die himmlische Glorie ruhig in einem bescheidenen Sarg zu liegen, aber zuvor galt es, etwas zu tun und zu erleben. An jenen kalten Morgen war Simon Lovrenc im Seitenaltar von St. Jakob zu Laibach oft sehr warm ums Herz gewesen, seine Gedanken wurden von fernen Welten, von Landschaften erwärmt, wo es niemals Schnee gab wie in den Auersperg'schen Wäldern, sondern die strahlende Sonne am Himmel, eine große Sonne und nachts einen klaren Himmel. Der Heilige war groß, und sein Körper lag in der Mitte des Altars, sein großer Körper war tot, aber seine Seele weilte fern in den asiatischen und afrikanischen Ländern, auf die blickte er vom Himmel herab, auf die Welt, die Xaver gekannt hatte und in der er zu Hause gewesen war, eine schwarze Statue, die Afrika darstellte, kniete neben ihm, und eine wunderbare Frau, die Asien war, eine weiße Königin und ein schwarzer König, dann zwei große Engel, ein Seraph mit einem Herzen mitten auf der Brust und mit Flügeln, die sich um seine Beine schlangen, und ein Cherub, der das Auge Gottes auf der Brust trug, kleine Neger, zwei brennende Herzen, die Inbrunst und die Weisheit, kleine Neger, der Name Jesu, Glorienschein und Wolken, roter Veroneser und weißer Genueser Marmor, in Venedig und Laibach bearbeitet. Simon spürte, dass es auch auf ihn überströmte, auf seine Seele, die das erste Mal in Rob in das Antlitz Gottes geblickt hatte, die von diesem Rob, von diesem ‚Rand' aus über die Weiten schwimmen wollte, die schon hier sich zu öffnen und sich auf große Aufgaben vorzubereiten begonnen hatte. Aber zuerst musste sie sich an Beharrlichkeit, Kontemplation und Gehorsam gewöhnen, warten, dass sich das Zeichen des Heiligen Geistes für immer in sie einprägte. Der junge Scholar Simon Lovrenc, Sohn eines Auersperg'schen Untertanen aus dem Weiler Zapotok, bereitete sich darauf vor, sich bis zur letzten Faser zu unterwerfen, wie es befohlen war und wie er sich selbst entschlossen hatte. Hinter ihm lagen die Jahre der Kindheit, die Jahre der Fronarbeit waren, in die er hineingeboren worden war und in der sein Vater sterben würde. Sobald er stark genug war, hatte er ihm geholfen, nicht den ganzen Tag, nicht die ganze Zeit, der Vater schleppte Holz aus dem Wald über Zapotok, er hackte Äste und entrindete die Stämme von der Morgenstunde bis zum Abendläuten von St. Achaz, von der Jungfrau Maria vom Kurešček. Auf dem Heimweg und manchmal in der Kirche betete er ein Ave Maria, er, sein Sohn, half ihm, wenn es besonders viel Arbeit gab, und an Arbeit fehlte es nie, denn die Auersperger waren immer damit beschäftigt, etwas zu bauen oder zu erneuern, und wenn nicht sie, dann taten es andere, eine Kapelle, einen Bildstock, sie stellten schon um das Pfarrhaus in Rob Maurergerüste auf. Sonst kümmerte er sich um den Stall, hütete Vieh, wurde von der Mutter mal hierhin, mal dorthin gesandt, er lebte, wie sein Vater bis zu seinem letzten Tag leben würde. Nicht aber Simon, Simon Lovrenc wurde vom Pfarrer ins Jesuitenkolleg geschickt, wo man arme Schüler aufnahm, für ihre Nahrung sorgte, körperliche wie geistige.

Er war noch kein Jahr im Kolleg, wo er sich in Latein, in der Exegese und der Dogmatik auszeichnete, den Vergil las und dem Profess lauschte, der jede Stunde mit dem Satz begann: *Es gilt der Alten Schönheitsmaß der Schülerseele einzuprägen,* er war noch kein Jahr dort, als er beschloss, dass er nicht leben würde, wie sein Vater lebte, eines Tages wartete er auf dem Gang auf den Rektor und sagte zu ihm, er wolle Kandidat werden, er fühle, dass Gott und der hl. Ignatius ihn riefen, dass ihn die Gesellschaft Jesu rufe, seine Armee, er fühle, dass er zu allem bereit sei. Simon Lovrenc wollte nicht leben, wie er gelebt hatte, solange er bei den Eltern war, und auch nicht, wie der Großteil der Menschen lebte, die er kannte: in Schinden und Gebären, in Trieben, die sie leiteten, in Arbeit und Sklaverei, im Anhäufen von Geld und in Versuchen, reich zu werden, auch die, die bereits reich waren, lebten so, sie wollten eben noch reicher werden, während jene anderen, zu denen er gehörte, vom Anfang bis zum Ende in Armut lebten und, solange sie von der Plackerei noch nicht vollkommen ausgelaugt, noch nicht völlig abgestumpft waren, sich nichts anderes wünschten, als etwas anderes zu sein als das, was sie waren, nämlich geschundenes Untertanenvieh. Die einen wie die anderen, dachte der junge Simon Lovrenc, die einen wie die anderen lebten ohne Freude und starben, ohne die Wahrheit zu erkennen, ohne Gott zu erkennen. Mindestens genauso sehr, wie Gott zu erkennen, wünschte er sich, China zu sehen, vielleicht das große Indien, wie es Franz Xaver und viele andere auf ihrem Weg des Suchens kennengelernt und gesehen hatten, die Welt war groß, der Auersperg'sche Besitz hingegen klein, wenngleich der größte in Krain, die Meere waren weit, die Laibacher Straßen hingegen eng. Auf den Laibacher Straßen gab es nichts von dem, wonach sich seine Gedanken sehnten, manchmal gab es eine Prozession, in der Zeit der Missionen waren die Menschen in Bußgewändern von weither gekommen, manche hatten Stricke um den Hals getragen, manche hatten mit bloßen Knien auf dem Pflaster vor den Kirchentüren gekniet, hier gab es für Gott nichts zu tun, für ihn gab es vielleicht etwas in China zu tun, dort, wohin jener Iberer gegangen war, der in der Mensa der Jakobskirche lag; Simon hatte verstanden, was die slowenischen Pilger verstanden hatten, die sich auf weite Reisen begaben, nach Compostela, Kelmorajn oder sogar ins Heilige Land, dass Gott irgendwo weit weg war und dass eine viel größere Wahrscheinlichkeit bestand, ihm in der weiten Welt zu begegnen als in den Laibacher Kirchen oder Straßen während der Prozessionen, bei der Schinderei in den Auersperg'schen Wäldern, wo man eher noch einem Bären begegnen würde. Oder einem Fuchs mit trüben Augen. Bestimmt, ja mit Sicherheit aber würde er das Göttliche Licht erkennen und finden, wenn er in die Armee der Ignatiussöhne eintrat: Warum würde man sonst so viel davon sprechen, dass diese Söhne etwas so besonderes und anderes waren als alle geistlichen Männer und Frauen. Die Predigten aus den Exerzitien des hl. Ignatius, den Geistlichen Übungen, kannte er auswendig, aber er wusste in seinem Innern, dass diese Lehren und Weisheiten an ihm nie geprüft werden würden, wenn er sich nicht an jene Orte aufmachte, die er auf Bildern mit Franz Xaver hatte sehen können, bei den Prozessionen, bei denen lebende Bilder mit schwarz bemalten äthiopischen Kindern aufgeführt wurden, oder bei den Theatervorstellungen im Auditorium des Laibacher Jesuitenkollegs, wo er auch Berichte über mutige Taten von Missionaren las, die mit Gottes Hilfe riesige Entfernungen, Meeresstürme, wilde Tiere überwanden und die so viele Wilde mit ihren schrecklichen unmenschlichen Sitten, darunter auch Kannibalismus, zum Lichte des Evangeliums bekehrten. Dort auf dem Gang sagte er zu seinem Rektor, der ihn mit aufmerksamen und prüfenden Augen ansah, dass er gern in die Gesellschaft Jesu eintreten würde, und er dachte, was er nicht sagte, was der Rektor aber zweifellos wusste, dachte, wie gern er am Bug eines Schiffes mit großen geblähten Segeln in einen chinesischen Hafen einsegeln würde, wie es mit Gottes Hilfe auch Franz Xaver getan hatte. Nach ein paar Wochen erhielt er eine Antwort, kurz danach legte er lange Examen ab, er wurde Kandidat, Novize. Das Erste, was er lernte, war, über Vater und Mutter, über

Bruder und Schwester im *tempus praeteritum* zu sprechen, so wie es die Konstitution der Gesellschaft Jesu verlangte, und bald hatte er das verinnerlicht: Ich hatte einen Vater, er war ein Auersperg'scher Untertan. Zapotok und das Kirchlein in Rob, das Kirchlein Mariä Geburt dort hinter den Bergen waren auf einmal weiter weg als die chinesische Küste, die Xaver nie betreten hatte, die er, Simon, aber einmal betreten würde. Er wusste sofort, dass er es schaffen würde; sich vom bäuerlichen Untertanenleben loszureißen war nicht schwer, er war jung, er wollte weit weg und hoch hinaus. Nach langen Befragungen wurde er in die *domus probationis*, in das Erste Probehaus, aufgenommen, wo er sechs Experimente zu absolvieren hatte, das wichtigste, die Exerzitien, absolvierte er, zugleich mit der Lektüre der Geistlichen Übungen des Ignatius, allein, jeden Morgen in der Kapelle des Franz Xaver, an kalten Wintermorgen mit steifen Beinen und roten Flecken im Gesicht. Von dort ging er die Kranken versorgen, er brachte Kindern Lesen und Schreiben bei, geduldig trichterte er ihnen den Katechismus ein, wie es früher der Pfarrer von St. Marien zu Rob getan hatte, er rupfte Unkraut aus im Garten des Jesuitenhauses, denn Jesuiten leben nicht in Klöstern, haben keine vorgeschriebene Bekleidung, kennen keinerlei körperliche oder sonstige Buße, sie brauchen eben nicht hinter Klostermauern zu leben, sie beaufsichtigen, ermahnen, prüfen sich gegenseitig, sie alle aber beaufsichtigt der hl. Ignatius, ein ehemaliger Soldat, jetzt ihr Kampfschutzheiliger im Himmel. Im Herbst trug er Äpfel in die Keller, er machte alles, was und wie es ihm aufgetragen wurde, es war nicht schwer für ihn, er konnte arbeiten, er wusste, dass er sich jetzt auf der *via Domini* befand, die zur Erkenntnis führte, zum Gelübde von Gehorsam, Armut und Keuschheit. Aber auch nach China.

Vor jeder Verrichtung krempelte er die Ärmel auf, so war er es aus Zapotok gewohnt, bevor er in den Wald ging, hatte er gemeinsam mit jenem Menschen, der einmal sein Vater gewesen war, die Ärmel aufgekrempelt, jetzt wurde er im Haus und im Kolleg bekannt als der Novize mit den aufgekrempelten Ärmeln. Auf dem Gut der Gesellschaft Jesu und bei den Vorlesungen, im Krankenhaus und beim Reinigen der Kapelle, auch wenn er ein Buch vom Regal nahm und es auf den Tisch legte, auch bei dieser Tätigkeit, auch beim Studieren krempelte er die Ärmel auf. Bald kannten ihn alle, das war nicht selbstverständlich, denn das Laibacher Jesuitenkolleg hatte fast tausend Schüler. Die Pater und Brüder belächelten den Vorzugsschüler, der Rektor nickte zufrieden:

Der weiß, worum es hier geht; wer für Gott arbeiten will, muss die Ärmel aufkrempeln, jeden Morgen, wenn der Tag beginnt.

O kalte Morgen, an denen er seinen Willen zu Demut und Gehorsam übte und versuchte, auch die ihm übertragenen schmutzigen und sinnlosen Arbeiten in Dankbarkeit anzunehmen, an denen er zu verstehen versuchte, warum man den Blick senken musste, wenn der Pater Superior verlangte, dass man unverzüglich die Pfütze, die er mit seinen Schuhen gemacht hatte, mit einem Lappen aufwischte; er bückte sich und tat, was zu tun war. Das geschah nicht deshalb, weil ihn der Superior erniedrigen wollte, sondern gerade deshalb, damit er selbst, Simon, das Aufbegehren in seiner Brust zähmte, jegliche Überheblichkeit und jeden Hochmut, deren gerade die jungen Leute voll sind, ohne zu wissen, warum, denn im Leben haben sie noch nicht viele nützliche und wichtige Dinge vollbracht. Auch wenn er dem Koch die Töpfe schrubben musste, gehorchte er ohne Widerrede, er kniete in seinem Zimmer, ohne dass es ihm jemand befohlen hätte, er betete und bereute, weil er sich am Vortag vor allen gerühmt hatte, der Beste in lateinischer Grammatik zu sein; er musste selber wissen, ob er entschlossen und bereit war, jedes Unrecht, jede Beschämung und Verhöhnung anzunehmen und mit der Gnade Gottes geduldig zu ertragen, so wie jener alte Mann, der einmal sein Vater gewesen war, jedes Unrecht und jede Fron ertragen hatte. Wenn er mit dem Lappen in den geschwollenen und roten Händen mitten im kalten Winter den Boden in der Kapelle des Franz Xaver aufwischte, zwang er seine Gedanken, nicht über die Berge hinter der Stadt zu steigen, nicht in die Auersperg'schen Schluchten hinabzuwandern und dort dem Vater zu begegnen, der genau solche Hände hatte, als er in diesem Moment das Holz aus dem Winterwald schleppte. Was der Mensch tat, der einst sein Vater war, hatte keinen Sinn, was er selbst tat, auf Knien, war Erziehung des Herzens und Erziehung des Willens, der einem hohen Zweck dienen würde, der ihm bereits diente, wenn auch mit dem Lappen auf dem kalten Boden, der Unterschied war riesig. Sein Wille stand von allem Anfang an im Dienste der Gesellschaft. Als er das erste Mal nach Hause kam, um seinen ehemaligen Eltern mitzuteilen, wie er sich entschieden hatte, drängte er sie, sie sollten allem entsagen und alles an die Armen verteilen: *dispersit*, sagte er, *dispersit, dedit pauperibus*. Verwundert sahen sie ihren Sohn an, ihren ehemaligen Sohn, wem sollen sie denn entsagen, dieser Armut, den drei Kühen, dem Fleckchen Wald und Wiese?

Natürlich konnten sie nicht verstehen, sie wussten nicht, dass die Welt groß war, was er wusste, dass der Mensch noch demütiger sein musste, dass er auch demütig sein konnte, wenn er arm war, wie er selber, ihr ehemaliger Sohn, es sein wollte, deshalb, weil er erhöht werden wollte, der Superior war zufrieden mit ihm, auch der Rektor des Kollegs, der Novize mit den aufgekrempelten Ärmeln zeichnete sich bei jedem Schritt aus, er absolvierte seine Kandidatenzeit auf hervorragende Weise, nur eines erzählte er niemandem, nämlich dass er das alles auf sich nahm und deshalb verrichtete, weil er anderswo große Taten vollbringen wollte, in China, dort waren seine Gedanken, dort irgendwo wartete Gott wirklich auf ihn und auf all das, was er für ihn tun musste, für ihn tun wollte.

Er hatte sich geirrt, wenn er geglaubt hatte, man könnte mit auch nur einem verborgenen Gedanken in die Gesellschaft eintreten. So wie er im Einklang mit den Bestimmungen der Institution den Vorsitzenden berichtete, was andere Kandidaten und sogar was die Mitschüler Unrechtes getan hatten, wie er alle um sich herum sorgfältig beobachtete, so wurde auch er selbst beobachtet. Die Liste seiner mündlichen und schriftlichen Berichte war lang: Im stillen Büro des Superiors berichtete er mit gesenktem Blick, dass die Mitschüler bei einer Rangelei die Marienstatue in der Nische der Vorhalle umgeworfen und zerschlagen und während dieses Tuns ihre weißen Blumen zertreten hätten, er erzählte, wer, und er erzählte, wer vorgeschlagen hatte, die Sache zu verschweigen; er erzählte, wer in der Fastenzeit Fleisch gegessen und wer in der Sakristei Messwein getrunken und sich die Lippen mit der Messserviette abgewischt hatte, als würde er die heilige Zeremonie vollziehen; er erzählte von der Fleischessünde, die sein Kollege mehrmals nachts begangen und dabei vor Lust gestöhnt hatte; er erzählte, es war ihm ja aufgetragen und befohlen worden, dass man jeden überwachen und ermahnen müsse, denn ein solches Überwachen sei nichts anderes als brüderliche Hilfe bei der Reinigung der Seele. Auch das hatte er nicht verschwiegen, mit aufgekrempelten Ärmeln war er vor den Superior hingetreten und hatte erzählt, dass sich während der Prozession, und zwar während der Darstellung des Letzten Abendmahls, nicht nur die Novizen, nicht nur die Brüder Gärtner und Krankenpfleger, sondern auch die gelehrten Patres stark betrunken hätten und danach in arger Weise durch die Straßen getorkelt seien, mit den Teufeln und Juden aus der Prozession Späße getrieben hätten, als ob alle zusammen Faschingsnarren gewesen wären und keine heiligen Menschen, die das *Theatrum Passionis Christi Salvatoris* inszeniert hatten. Gerade dieser letzte Bericht, der den Provinzial selbst und die gesamte Gesellschaft in diesem Teil der Welt stark erschüttert hatte, nachdem man von diesem peinlichen und dreisten Treiben der Jesuitenpatres auch in der Diözese erfahren hatte, wo der Fürstbischof auf Fehler der äußerst aktiven, immer erfolgreicheren und beliebteren Gesellschaft geradezu wartete, gerade dieser Bericht verschaffte ihm großes Ansehen in den Augen des Provinzials selbst. Aber er kannte seinen Orden schlecht, wenn er dachte, dass ihn ein Lob erwartete; ihn erwarteten Rüge, Fastenstrafe und Arbeit auf einem Anwesen der Gesellschaft, die Gesellschaft hatte so viele landwirtschaftliche Güter, dass sie ihre Leute versorgen konnte, nicht mehr und nicht weniger; ihn erwarteten Rüge und Arbeit auf einem Untertanengut, nachdem der Bibliothekar des Kollegs gemeldet hatte, dass Simon Lovrenc Stunden um Stunden in Büchern über China, über Mandarine und Feuerdrachen blättere, dass er mehr Zeit auf das Abzeichnen von Ozeanseglern verwende als auf das Gebet.

Eine einzige Sache hatte er verschwiegen. Vielleicht weil er sich nicht erklären konnte, was dort in der Sanktpetervorstadt an jenem Morgen mit ihm geschehen war. Er war auf dem Heimweg von einer nächtlichen Krankenbetreuung gewesen, er dachte, er würde vor der Vorlesung aus Exegese noch an Xavers Altar treten, ein wenig hatte er in dieser Frühlingsnacht unter dem Stöhnen der Kranken geschlafen, er war ein bisschen verwirrt vom Duft des blühenden Holunders und der Akazien, die in diesem Frühling mit ihrem Weiß und ihrem Duft die Stadt und die ganze Umgebung erfüllten. Er war um die Ecke des Spitalgebäudes gebogen, als ihn eine Szene erstarren ließ, die ihm mit etwas gefährlich Betörendem, mit etwas Abstoßendem und zugleich unendlich Anziehendem nach der Brust griff. Ein paar jüngere Herren, der Kleidung nach zu urteilen Bürger, Menschen, die die Frühlingstage anders verbrachten, als er sie verbrachte, standen unter einem Baum, auf den ersten Blick war klar, dass sie die Nacht mit Feiern verbracht hatten. Er wollte mit raschen Schritten vorübergehen, als er unter den weißen Blüten der Akazie eine Frau erblickte, mit ihnen war eine junge Frau, in ihren Augen war ein müder Schwindel, in ihren Augen war etwas, was sie diese Nacht erlebt hatte und das fortzusetzen sie bereit war, ihre Blicke trafen sich, von ihren benommenen Augen wurde ihm schwindlig, von ihrem zu allem bereiten Blick, ein Duft stieg auf von den Blüten der Akazie und von ihrem Körper ... Er dachte daran, dass er Pickel im Gesicht hatte, einer zwischen Nase und Wange war geradezu spürbar, unwillkürlich fasste er sich ans Gesicht, um diese jugendliche Misslichkeit zu verbergen. Einer der Männer wollte der Frau eine Flasche an den Mund setzen, sie Wein trinken lassen, am Morgen, es war Morgen, aber sie schob ihn mit einer langsamen Geste weg, sie sah ihn an, den Bauernjungen, den Jüngling aus dem Jesuitenkolleg, sie sah ihn so an, als wollte sie sagen: Den will ich, so einen habe ich noch nicht gehabt, so einen mit Pickeln, einen kleinen Jesuiter, der verlegen ist, der rot wird. Einer der Herren berührte ihre Brüste, sie aber sah nur ihn an, willst du?, sagte sie. Die jungen Männer fingen an zu lachen, einer von ihnen legte sich vor Lachen ins Gras, sie war keine Hure, sie war keine Frau für Geld, sie scherzte nur, aber ihm schien, ihr Blick hatte es so ausgesagt, dass sie das ernst meinte, dass sie lieber mit ihm gehen würde als mit den Herren, mit denen sie die Nacht verbracht hatte, in ihr war etwas, was sie selbst nicht kontrollieren und abstellen konnte. Er flüchtete. Hinter sich hörte er das Gelächter der jungen Männer: Er hat Angst vor einer Frau, der Jesuiter! Wenn er allein ist, grölten sie, wird er wichsen, dass das Bett quietscht! Aber das Lachen verpuffte, zurück blieb ihr Blick, ihr einladender Körper. Noch bei der Exegese hörte er es, er blätterte im Buch und fand: *Und siehe, da kommt ihm eine Frau entgegen, aufgemacht wie eine Hure und Eroberin der Herzen.*

Die heiligen Worte aus dem heiligen Buch hatten nichts geholfen, am Abend lag er bleich auf seinem Bett, stand immer wieder auf und besah sich in der Fensterscheibe, um zu sehen, ob sie seine Pickel hatte bemerken können, dann legte er sich wieder zurück und tauchte mit geschlossenen Augen in die taumelige Tiefe ihres Blicks, knöpfte ihr Kleid auf, griff ihr unter den Rock, in ihren feuchten Schoß, griff nach sich selbst mit dem Gedanken an sie. Noch lange, noch viele Nächte lang hatte ihn jener Blick aus der Sanktpetervorstadt nicht verlassen.

[14]

Das Bakkalaureat, die Priesterweihe und das feierliche Gelübde vor der Gesellschaft, alle diese großen Dinge kamen wie selbstverständlich. Die Gesellschaft nahm ihn als einen geistig formierten Scholastiker in ihrer Mitte auf, mit einem Mal war er nicht mehr jener Junge, der in den Straßen umhegerirrt war, der die Augen vor dem Superior im Haus und dem Rektor im Kolleg niedergeschlagen hatte, auf einmal rutschte er nicht mehr mit dem nassen Lappen über den kalten Boden, er war einer von ihnen geworden, er stand in der ersten Reihe und war unter den am höchsten Ausgezeichneten und auf große Taten Vorbereiteten; die Gelübde ewiger Keuschheit, der Armut und des Gehorsams waren für ihn auf einmal etwas völlig Selbstverständliches. Selbstverständlich war für ihn auch, noch ein viertes, ein besonderes Gelübde abzulegen, genau genommen hatte ihn nur das interessiert: dass er mit allen Kräften sofort, ohne jedes Zögern oder Herumreden ausführen werde, was immer der jetzige oder künftige Bischof von Rom ihm in Verbindung mit dem Seelenheil und der Verbreitung des Glaubens befehlen und wohin immer er ihn entsenden werde, auch wenn er beschließen sollte, ihn zu den Türken oder zu sonst welchen Ungläubigen zu senden, auch in das so genannte indische Land oder zu wie immer beschaffenen Falschgläubigen, Kirchenspaltern oder sonst welchen Gläubigen. Voll Freude und erwartungsfroher Ungeduld war er bereit, auch dieses Gelübde abzulegen, damit könnte der Weg dorthin sich öffnen, wohin es ihn trotz der Strafe zog, die ihn während seines Noviziats gerade wegen dieser Sehnsucht ereilt hatte – nach China. Natürlich kannte er nun die Gesellschaft schon gut, nichts war gewiss, sie konnten ihn als Lehrer im Kolleg behalten, als Beichtvater für die Kranken, als Verwalter eines entfernten Gutes, er könnte ins sumpfige Pannonien, an den

Wiener Hof oder als Gesellschafter zu einem einsamen sterbenden Grafen entsandt werden, er könnte ein *Cicero suae linguae* werden, diese Tätigkeit könnte er bei St. Jakob ausüben, er könnte in die Missionen auf dem Land geschickt werden, wo sich mancherorts noch immer der protestantische Ketzergeist hielt, man könnte ihn nach Triest entsenden, auch dort hielt man Predigten auf Slowenisch, es war wirklich nichts gewiss in der Kampftruppe Jesu Christi. Eine Hochmutssünde war nur darin zu sehen, dass er zu der Kampflegion der Auserwähltesten und Exponiertesten gehören, dass er in der ersten Reihe der Legion stehen wollte.

Das feierliche Gelübde vollzog sich, wie jene langen Stunden in der ersten Probezeit in der Kapelle des Franz Xaver, in morgendlicher Adventkälte. Während des langen Wartens und der inneren Vorbereitung fror es ihn so sehr an den Füßen und unter den Nägeln, dass es schon schmerzte, hinten in der Kirche standen etliche Bürger im Pelz, für deren Anwesenheit es zwar keinen Grund gab, die aber der Provinzial zugelassen hatte, da sie große Wohltäter der Gesellschaft waren. Es war kein schweres Vergehen, weil es dem Guten diente, doch Simon störte es; wenn er schon hundert und mehr Morgen hier allein zugebracht hatte, wollte er auch das jetzt ohne die Leute im Pelz absolvieren. Er leistete das Gelübde, legte es dem Provinzial, wie es hieß, „in die Hände", er empfing die heilige Kommunion, die *exercitia spiritualia militaria* waren beendet, jetzt war er ein Soldat der ersten Legion, ein Gotteskämpfer und Sohn des hl. Ignatius. Und später, als er sich im Refektorium in die durchfrorenen Hände hauchte, wagte Pater Simon Lovrenc bereits, einen Scherz zu machen: Wenn er jetzt der Sohn des hl. Ignatius war, dann war er der Enkel des Herrn, was sie ihm nicht übel nahmen, wir alle sind seine Kinder, wie immer wir uns nennen, aber zum Vater haben wir jetzt nur einen, und er wusste, dass das nicht der war, der für die Bauten der Auersperger Grafen die Baumstämme schleppte. Der Sohn des hl. Ignatius hatte kein Heim mehr, keinen Bauernhof, nicht Vater, Mutter, Schwester mehr, er hatte Zellenwände, Bibliothek, Dogmatik, Latein, Rhetorik, das Gebet, das Siegel des Heiligen Geistes in der Seele. Am Abend versenkte ihn der matte Winterschimmer der Jakobskirche, besonders der Altar Xavers, bei dem er noch einmal stehen geblieben war, die Gefäße und die Kerzen, die goldenen Statuen und das glänzende Messgewand, all das versenkte ihn in kalte Träume, er reiste durch ein kaltes Land, der Wind wehte schneidend, bin ich in Russland?, dachte er, das ist nicht China, so eine Kälte und am Ende der großen Ebene ein großes kaltes Licht, gähnend in einer Wand aus Dunkelheit, all diese unbefleckte und kalte Reinheit, ein Mund aus Licht, der sich öffnete und ihn verschlang.

Jetzt sah er durch den Spalt der halb geschlossenen Augen, dass Katharina in ihrem langen Nachthemd aufgestanden war, er hatte es für sie gestern bei der Krämerin gekauft, ein ganz neues, etwas zu großes Nachthemd hatte er gekauft, und jetzt beobachtete er heimlich, wie sie darin ans Fenster trat und in die Morgendämmerung blickte, in die Nacht, die ging, in den Tag, der kam. Dann drehte sie sich zum Raum hin und sah ihn lange an. Einen Augenblick lang dachte er, sie sehe ihn, sie sehe sein kindliches Schummeln, seinen Blick aus den halb geschlossenen Augen. Schon wollte er die Augen öffnen und lächeln, als sie zum Kachelofen trat, sich niederhockte und mit einem Holzstück anfing in der Asche herumzustochern. Sie fand ein Stück Glut, warf ein paar Späne darauf und blies mit spitzen Lippen in das Glutnest, bis eine Flamme zwischen dem Holz emporschoss. Sie legte ein paar Scheite nach, er beobachtete ihr konzentriertes morgendliches Tun. Noch einmal sah sie zu ihm hin, als wollte sie sich überzeugen, dass er noch schlief, dann zog sie im Halbdunkel des Zimmers das Hemd aus, und ihr warmer Körper entflammte seinen Blick, durch den engen Augenspalt drang siedende Glut in ihn ein, eine Glut, die er kannte, er, der er sie in dieser Nacht umarmt und zum Glühen gebracht hatte, bis sie erschöpft und kraftlos neben ihm liegen geblieben war, im ruhigen gleichmäßigen Atmen, das in Schlaf übergegangen war, in ihren und seinen. Aber jetzt war dieser Körper wieder hier, wieder neu und anders, ungewollt heimlichem Beobachten ausgesetzt. In die Feueröffnung stellte sie einen Topf Wasser, sie stand da, vom Feuer beschienen, und wartete, dass es heiß wurde. Sie fasste ihn mit Lappen und goss das Wasser in ein Tongefäß. Abgekehrt von ihm, mit langsamen und konzentrierten Bewegungen, schlug sie ein sauberes Stück Leinen auf und hielt es in der Hand, hockte sich über das Wasser und ließ langsam die Hand darin kreisen. Langsam wusch sie sich zwischen den Beinen, den Blick auf einen Punkt am Fenster geheftet, wahrscheinlich sah sie die Wipfel der Bäume, die vom ersten Tageslicht gefärbt wurden.

Vielleicht ist das jenes Licht, dachte er, von dem er in jener Nacht nach dem Tag träumte, als er das heilige Gelübde abgelegt hatte. Oder war jener gähnende Mund aus dem Traum, der sich am Ende der unbekannten Landschaft geöffnet hatte, schon die Botschaft seiner innersten, ihm noch völlig unbekannten Sphäre, die ihn davor warnte, es zu verletzen? Zuerst das vierte, dann das dritte, jetzt auch das erste, alle hat er verletzt, und jedes Mal war es ein Schmerz, wie es vielleicht Menschen schmerzt mit so zahlreichen Sünden, wie er selbst sie in der unteren Sphäre auf sich geladen hatte. Wer sagt denn, dass sie feurig glüht, vielleicht ist sie auch kalt, wie sie es in seinen Träumen war, oder war das der Schein der Hölle, vielleicht hat es aus der Erde geschienen, aus ihrer weiß glühenden Landschaft an die kalte Oberfläche jener Traumebene. Am Morgen rief ihn der Praepositus provincialis zu sich, und heute weiß er, dass er genau seinetwegen, wegen solcher Menschen, wie der kleine Mann mit dem grauen Haar einer war, alle Gelübde verletzt, die Entlassung gefordert hat, von seinen Brüdern geflohen, seiner Wege gegangen ist, wegen dieser Menschen zog er hinter der Pilgerprozession her, um etwas zu finden, vielleicht wird er, wenn ihm die große Gnade begegnet, etwas finden, was er verloren hat.

Der Praepositus provincialis hatte am Tisch eines großen kalten Zimmers gesessen, es war ein kalter Morgen im Advent des Jahres siebzehnhunderteinundfünfzig, der kleine graue Mann hatte schon gefrühstückt, aus der Tasse mit dem Tee stieg eine kleine Dampfwolke auf, seine Augen waren geduldig, freundlich, auch die Hände waren freundlich, er stand auf und bedeckte Simons einstmals bäuerliche, noch immer bäuerliche Finger mit seinen kleinen weichen Handflächen, nur Gutes, sagte er, ich höre nur Gutes über Euch, Pater Simon, mit aufgekrempelten Ärmeln seid Ihr durch alle Prüfungen hindurchmarschiert. Großes Wissen habt Ihr Euch angeeignet, der Superior hat mir erzählt, dass Ihr auch im Konvikt gesiegt habt. Er lächelte und rasselte los: *superbia, invidia, luxuria, avaritia, gula, ira* und *acedia*, alle haben sie Euch versucht, alle habt Ihr besiegt. Ihr seid ein freundlicher Mensch, Krain ist ein freundliches Land, freundliche Menschen, Freundlichkeit ist unsere Stärke. Krain, dachte Simon, ich werde hier bleiben, Kolleg, Schulgänge, Prozessionen. Oder ein einsamer und kranker Graf, ein Sack voller Sünden, voll wie mit Flöhen, ein Beichtvater für einen alten Grafen, ein Begleiter in seiner Angst vor dem Jüngsten Gericht, unten ein morastiges Dorf, betrunkene Bauern, ich werde hier bleiben. Freundlich rieb er ihm die abgestorbenen Finger, Euch friert, sagte er, wollt Ihr Tee? Setzt Euch, Pater Simon, Ihr seid ein Teil der Armee Jesu geworden, was soll ich Euch lehren, Ihr wisst es selbst, Ihr habt den Eid geleistet, zusammen mit dem vierten Gebot, das Euch zu völligem Gehorsam in den Werken verpflichtet, nicht nur in den Werken, auch in den Gedanken, zu einem Gehorsam, der auch dem eigenen Willen absagen muss, Ihr wisst ja, dass für uns nur ein einziger Wille existiert, der Wille der Gesellschaft. Er lächelte freundlich, vom Tee war weit und breit nichts zu sehen, im Raum war es kalt, kalt war es in ihm selbst, noch von der nächtlichen Traumlandschaft her, durch die er geirrt war. Daraus erwächst die Einheit, die die Einheit Seines Körpers und Seines Blutes ist, wir sind, wie soll ich sagen, wir sind ein mystischer Körper, ein Organismus, Ihr seid gebildet genug, um zu verstehen. Ich verstehe sehr gut, sagte Simon, ich bin bereit. Krain, dachte er, hier werde ich bleiben, oh, warum bist du, meine Seele, bedrückt und voller Unruhe? Ihr wart der Beste, hatte der Provinzial freundlich gesagt, Simon hatte geschwiegen, er wusste, dass der Hochmut keinen einzigen Augenblick Besitz von ihm ergreifen durfte, heute hingegen glaubt er, später glaubte er, dass sich der Provinzial hochmütig hatte einschmeicheln wollen, dass der Obere der Große Einschmeichler war, unser Provinzial war ein kleiner Herrscher mit grauem Haar, bei allen hat er versucht, sich einzuschmeicheln. Sein Haar war grau geworden von diesem Sicheinschmeicheln. Sich einschmeicheln bedeutete nämlich eine große Anstrengung: Sich bei den Großen einschmeicheln, das war leicht, bei den Kleinen war es schon komplizierter. Sie freuten sich, wenn sie sahen, dass sich der Provinzialherrscher bei ihnen beliebt machen wollte, er ist so wie wir, sagten sie, auch wir schmeicheln uns ein, aber bei den Oberen, er hingegen schmeichelt sich bei den Unteren ein, das bedeutet, dass in ihm etwas Höheres ist. O freundlicher grauhaariger Schmeichler, der Novize Simon verstand damals noch überhaupt nichts, der Provinzial schmeichelte ihm, um klein und bescheiden zu erscheinen, in Wirklichkeit aber wollte der Herrscher über seine kleine Provinz – aber das hatte Simon damals nicht interessiert – herausfinden, was mit ihm geschehen sollte.

Dafür war noch Zeit, der Provinzial hatte keine Antwort, er hatte eine Frage: Was denkt Ihr, was wird mit uns? Wie meint Ihr das, Pater Praepositus? Mit uns allen, Pater Simon, mit der Gesellschaft. Wie sollte er das wissen, wenn es der Obere nicht wusste, warum fragte er ihn, der sich verpflichtet hatte, jeden Befehl zu befolgen? Was ihn betraf, würde er tun, was getan werden musste, er würde zu den Kranken gehen oder als Gutsverwalter arbeiten, bäuerliche Arbeiten waren ihm nicht fremd. Die Gedanken des Provinzials schwebten woanders, in höheren

Sphären. Die Gesellschaft hat es heute nicht leicht, sagte er, viele Bischöfe, sagte er, denken, dass wir zu viele Mauern übertreten, die Rahmen des reinen Glaubens, wenn jemand weiß, was das ist, wenn das überhaupt jemand weiß; in Rom häufen sich die Beschwerden, für die weltlichen Herrscher sind wir zu fromm, die Welt beugt sich zu sehr vor dem Kreuz, vor unserem, für die kirchlichen sind wir zu weltlich, versteht Ihr, wir sind die Steuermänner vieler Länder. Den Dominikanern, vor allem den spanischen und portugiesischen, scheint, dass wir die göttlichen Gebote missachten, dass wir die Kirche brechen, dass wir den Irrglauben zulassen, weil wir wollen, dass diese Völker, all diese Kinder Gottes in China, in Marokko, in Russland sich mithilfe ihrer Überzeugung zu Gott durchschlagen, dabei bleibt etwas vom Alten, da hilft nichts, aber den Weg zu Gott gilt es irgendwie zu ebnen, unsere Brüder, die Söhne des Dominikus, verstehen nicht, dass man ihnen dabei helfen muss, *convincere, non vincere*. Russland, dachte Simon, wahrscheinlich gehe ich nach Russland, dort sind wir als Lehrer angeblich sehr gern gesehen. Sollen wir diese Leute in die Wälder zurücktreiben, unter die wilden Tiere, sollen wir die Kirchen niederreißen, sollen wir die Siedlungen verwildern lassen und die Seelen dem Heidentum überlassen? Nur weil ihnen scheint, dass die Gesellschaft mehr Siege erringt als irgendwer anders? *Convincere* ist doch per se *vincere*, ist es nicht so? So ist es, sagte Simon, er war bis auf den Grund seiner Seele überzeugt, dass es so war. Und in den Missionen brauchen wir gute Arbeiter, die besten Krieger, sagte der Provinzial. Pater Simon, sagte er und fing an zu lachen, wir wissen, dass es Euch in den Kampf zieht, wie es den hl. Franz Xaver in den Kampf gezogen hat, wir wissen gut, wohin es Euch zieht. China, dachte Simon, sein Herz fing mit aller Kraft an zu schlagen, vor Aufregung musste er aufstehen. Nach Indien, sagte der Provinzial, Ihr werdet in die Indischen Provinzen gehen, so werden jene Länder von unseren spanischen Brüdern noch immer genannt, dort werden wir momentan am meisten gebraucht. Ihr wisst, dass wir mit den Ignatiussöhnen in Spanien gute Beziehungen pflegen, dass uns von Anfang an das stärkste Band mit ihnen verbindet, der hl. Ignatius von Loyola selbst, er hat sich sehr für unser Land interessiert, für Triest und Laibach, wir bewahren wertvolle Briefe auf, aus denen Heiligkeit atmet. Und in Paraguay sind viele Brüder aus Krain, Pater Adam Hrovat, Inocenc Erberg, ihn haben wir aus Laibach entsandt, und viele andere. In den paraguayischen Reduktionen ist die Herde groß, es gibt ungeheuer viel Arbeit, dort haben wir einen Staat errichtet, wie es ihn auf der Welt noch nicht gegeben hat, einen Jesusstaat, könnten wir mit ein bisschen Übertreibung sagen, in Frankreich sagt man, wir hätten dort eine Theokratie, gut, die ganze Welt ist eine Theokratie, Jesus ist der Herrscher, vor allem in den paraguayischen Reduktionen, dort siegt das Evangelium mit Macht. Danke, sagte Simon, ich werde alles tun, was ich vermag. Ich weiß, dass Ihr das werdet, sagte der Provinzial, für den Anfang werdet Ihr Spanisch lernen müssen, es wird Euch nicht schwer fallen, Euer Latein ist hervorragend, auch die Sprache der Indianer werdet Ihr erlernen, aber dazu ist noch Zeit, hoffen wir, dass es noch viel sein wird, vielleicht bis zum Ende Eures Lebens. Wann werde ich reisen?, fragte Simon. Morgen, sagte der Provinzial scharf, nach Möglichkeit morgen, sagte er, morgen nach Triest, dort befinden sich schon die Pater, die aus Wien und Mailand gekommen sind. Es eilt, sagte er mit bestimmter Stimme, dunkle Wolken ziehen auf, der portugiesische Hof fordert, die Gesellschaft solle sich aus Paraguay zurückziehen, man übt großen Druck auf den Generaloberen in Rom aus, auf Papst Benedikt, deshalb heißt es: Auf in den Kampf nicht nur um Seelen, auch um die Gesellschaft, Pater Simon, auch um die Gesellschaft. Seid mutig, aber exponiert Euch nicht: Wer die Gefahr liebt, kommt darin um.

Simon trat zum Tisch und küsste ihm die Hand. Das war nicht nötig, sagte der Provinzial kühl, ich weiß, was Ihr befürchtet habt, dass ich Euch in irgendein Krankenhaus schicken würde, um Beichten abzunehmen, Wunden zu verbinden, menschlichen Eiter und Dreck wegzumachen. Ich hätte gehorcht, sagte Simon. Ich weiß, sagte der Provinzial, gerade deshalb schicke ich Euch nach Paraguay, Ihr werdet das Gelübde niemals brechen, Gott sei mit Euch, nehmt auch meinen Segen, Pater, so beugt schon Euren Kopf, das werdet Ihr noch oft müssen. Der Provinzial schlug mit väterlicher Hand ein Kreuz über ihm, *in nomine Patris.*

Das war im Advent des Jahres einundfünfzig gewesen. Wo mochte der grauhaarige Provinzial jetzt sein, wem schmeichelte er und wen segnete er? Jetzt, im Frühjahr des Jahres des Herrn siebzehnhundertsechsundfünfzig, gut vier Jahre danach, kann Simon Lovrenc jedes Wort deutlich hören, das dort ausgesprochen wurde, in dem kalten Zimmer, an jenem fernen kalten Dezembertag. Nur vier Jahre danach ist alles anders, Dinge, die ein ganzes Leben füllen könnten, liegen hinter ihm, er hat gekämpft, um Seelen und um die Gesellschaft, er hat den Kopf gebeugt, oftmals, er hat alles getan, was er tun konnte, bis er es nicht mehr konnte, den Kopf beugen, bis er sich schließlich im Bauch eines portugiesischen Schiffes wiederfand, das ihn ins dreckige Lissabon brachte. Wo war jetzt San Ignacio Miní, wo waren Loreto und Santa Ana, wo im Himmel war die kleine Teresa, was machte Bruder Matías Strobel, und wie weit war die Kapelle des hl. Franz Xaver, von wo aus ihn der Wille des Herrn auf diese ferne Reise geschickt hatte, auf diese große Probe, die er, was die Gesellschaft, aber auch die Gelübde betraf, nicht sehr gut bestanden hatte.

Er öffnete die Augen und bewegte sich, Katharina zuckte zusammen; ohne zu ihm hinzusehen, ließ sie das Hemd bis zu den Knöcheln hinab. Sie war noch immer eine schamhafte Frau, und wenn wir von seltsamen Träumen auf Dobrava absehen, auch ziemlich vernünftig. Es war Morgen, sie würde sich mit diesem Menschen auf den Weg machen, für den Anfang musste sie sich von dieser Nacht reinigen, von allem anhaftenden Körperschweiß, von den Speicheln und allen schleimigen Substanzen, die über sie gekrochen waren. Dafür benötigte sie Wasser; der Mond, der treue Zeuge, entfernte das nicht. Draußen schlug jemand mit einem Hammer, der Schmied schlug das heiße Eisen für einen Pferdehuf weich, gleichmäßige, dumpfe Schläge, wie die Schläge der Trommel, Trommel, Trommel, die Simons Morgen in Paraguay begleitet hatte.

[15]

Die Trommel schlägt, die Trommel schlägt, mit dem Klang der Trommel erwacht Santa Ana, der Trommelklang, den des Trommlers Hand in genauen Abständen bemisst, weckt Indianer und Jesuiten, Soldaten und Handwerker, Hirten und Weberinnen, weckt den, der sich mit einem Gebet zur Ruhe begeben, und den, der gesündigt hat, weckt den Organisten, der mit dem Kinderchor das Pfingstoratorium einüben, und den Metzger, der mit verlässlicher Hand dem Kalb den Hals durchschneiden wird, weckt den Häftling, der aus Eifersucht verletzt, und sie, derentwegen er das getan hat, die Trommelschläge wandern über die roten Dächer, wecken die Vögel in den Baumkronen, die die Siedlung umsäumen, unweit davon antworten die Morgentrommeln von Loreto und San Ignacio Miní, die Reduktion Corpus Christi erwacht, und in unsichtbarer Ferne erheben sich auf der anderen Seite des großen Flusses die Christenmenschen zu einem neuen Tag in Trinidad, Santiago, Candelaria und vielen anderen Siedlungen des mächtigen jesuitischen Missionslandes. Zusammen mit zweitausend Guaraní und fünfzig Jesuiten erwacht der Bruder der Gesellschaft Jesu, Simon Lovrenc, in Santa Ana; Lorenz, wie der Bibliothekar Bruder Ramón in die Chronik eintragen wird, ist schon fast ein Jahr hier, seine erste Station war San Ignacio Miní, jetzt ist er schon fast ein Jahr in Santa Ana. San Ignacio ist eine große Kolonie, obwohl sie Miní heißt, und zwar weil die Guaraní zusammen mit den Jesuiten das alte San Ignacio vor langer Zeit vor den Angriffen der portugiesischen Kolonisten verlassen und diese neue Siedlung gegründet haben, man kann sie genauso gut San Ignacio Guazú nennen, denn in der guaranischen Sprache bedeutet guazú klein, für San und Ignacio aber gibt es in dieser Sprache keine Worte, es gab keine, die Guaraní wurden heilig und wurden Ignatius' Kinder, als die Pater mit dem Gebetbuch in der einen Hand und der Machete in der anderen kamen, wie sie gern einen Scherz auf eigene Rechnung machen, sie kamen vor vielen, vielen Jahren, Simon Lovrenc gehört zu der Gruppe der Letzten; er ist gemeinsam mit Patern aus vielen europäischen Ländern über spanische Häfen und Buenos Aires angereist, sozusagen von unten den Kontinent aufwärts, von oben abwärts konnte man nicht, dort waren die portugiesischen Bandeirantes, gefährliche feindliche Soldaten, geübt in der Grausamkeit der alten Kolonisten. Er gehört zu den Letzten, die gekommen sind, um die erste Kampflegion der Armee Jesu in ihrer an allen Seiten gefährdeten evangelischen Republik zu verstärken.

Nie im Leben wird er diese Morgen vergessen, das waren ganz andere Morgen als die in Laibach, es waren heitere Morgen, obwohl damals über den Missionen schon die drohende Wolke der brutalen Armee hing, die sich *bandeira* nannte, einer echten Armee, nicht jener Armee des unsichtbaren Bösen, gegen die die Jesuiten mit dem Gebet zu kämpfen wussten und deren sich auch die Guaraní mit ihren alten Waldbeschwörungen zu erwehren verstanden, wenn kein Vaterunser mehr half, die drohende Wolke der brutalen portugiesischen Soldateska, über die er schon alles auf der langen Seereise erfahren hatte, dieser schrecklichen Freiwilligenmiliz, die erschoss, auf Lanzen spießte, Hände abhackte, auch Köpfe, wenn es ihnen noch nicht schrecklich und blutig genug war. Trotz der drohenden Gefahr waren das heitere Morgen, und noch viele Jahre später wird ihm jeden Morgen diese heitere Trommel im Kopf schlagen, die keine militärische war, sondern eine Trommel zum Wecken, eine Trommel, die die Menschen zu Gebet und Arbeit, die Vögel zum Singen und die warme Sonne zum Liebkosen weckte. Auch wenn er weit weg sein wird, im Bauch eines großen Schiffes, im stinkenden Unterdeck, oder auf dem Weg nach Kelmorajn, wird er sich ihrer Wärme und ihres Lichts erinnern, wie er auch nie die kalten Morgen seines Noviziats in der Kapelle des hl. Franz Xaver, die Kälte, die starren Beine und den scharfen Schmerz unter den Nägeln vergessen wird. Der dumpfe und heitere Klang wird ihm die schwindenden Sterne des fernen Himmels vor die müden Augen rufen, die gelbe Kugel, die über der roten Landschaft aufgeht, über ihren grünen Wäldern, über dem schimmernden Spiegel des Flusses Paraná. Wenn er in seinem Kopf das morgendliche Trommeln hört, wird er sich stets auch an die Heiterkeit eines jeden dieser Morgen erinnern, die Heiterkeit der erwachenden Schöpfung mit den brausenden Echo des bunten Vogelchors aus dem Wald, *vita beata!* Er wird sich der Heiterkeit des christlichen Erbarmens beim Rufen der guaranischen Ärzte, genauer gesagt der Wundheiler und Medizinmänner erinnern, die von Haus zu Haus gingen und fragten, ob jemand krank sei und Hilfe benötige; der Heiterkeit der Arbeitsamkeit und Weisheit, die dort in die Gesellschaft einzog, einer Arbeitsamkeit, die ihn gleich morgens zu Gebet und Buch rief, der Heiterkeit beim Anblick der Kinder, wenn sie zur morgendlichen Katechismusstunde eilten. Er wird sich der kleinen Teresa erinnern, des neunjährigen Mädchens mit der dunklen Haut und den großen schwarzen Augen, einer der fünf Töchter des Corregidors Hernandez Nbiarú, einer Art guaranischen Bürgermeisters in Santa Ana. Sie erwartete ihn vor der Tür des Flügels des Jesuitenhauses, wenn er mit aufgekrempelten Ärmeln heraustrat, zur Arbeit bereit, und begrüßte ihn mit *Deo gratias*, sie hatte gerade auf Lateinisch zu grüßen gelernt. Aus der Bäckerei duftete es nach frischem Kuchen, die Frauen, die vor der Kirche kehrten, plapperten fröhlich in ihrer guaranischen Sprache. Die Morgen waren erfüllt von Fröhlichkeit, denn alle Dinge hatten ihre Ordnung, und alle nahmen daran mit einer Freude teil, die nicht befohlen war, es war die Fröhlichkeit vor dem Leben der Schöpfung, das dachte er bei der täglichen Morgenmesse, beim Frühstück im Refektorium, von dem die Pater durch die Fenster auf den großen Markt sehen konnten, über dem sich schon die Rauchfahnen der morgendlichen Feuer kräuselten, denn aus den Häusern kamen die Düfte von Mehlspeisen, mit denen es sich für die handwerklichen Verrichtungen und Feldarbeiten zu versorgen galt.

An solch einem göttlichen Morgen lösen sich aus dem dunkelroten Hintergrund der großen Kirche zwei männliche Gestalten, als würden sie der Fassade entsteigen, in der die Statuen des hl. Sebastian und des hl. Rochus, der hl. Anna und der hl. Klara stehen. Diese beiden können natürlich nur Sebastian und Rochus sein, die von der Fassade, die von Rosetten und Pilastern aufgelockert wird, alles wurde hier in den Missionen gearbeitet, nichts ist mitgeführt aus Spanien und anderen europäischen Ländern, alles ausziseliert von den geschickten Händen der guaranischen Bildhauer, die diese Kunst von den Jesuiten gelernt haben; als ob zwei Statuen laufen gelernt hätten, gehen sie auf der festgetretenen roten Erde über den großen zentralen Platz von Santa Ana, Superior Inocenc Herver und Pater Simon, der eine in schwarzer

Soutane, der andere in Arbeitskleidung, in breiten Hosen, das Hemd bis zu den Ellbogen aufgekrempelt. Sie bleiben bei der Statue des hl. Ignatius stehen, die auf einer hohen Säule mitten auf dem Platz steht, die Marienstatue, golden, die schönste im Ort, ist in der Kirche, der hl. Ignatius, der Soldat, steht mitten auf dem Platz, wo jeden Nachmittag eine richtige Militärparade stattfindet, die Guaraní sind hervorragende Soldaten, sie wissen sich zu wehren, sie werden sich zu wehren wissen, der hl. Ignatius ist zufrieden, wenn er ihnen zusieht, wie sie mit ihren Waffen an ihm vorbei exerzieren. Die Pater Inocenc und Simon sind nicht zufrieden, der Zustand des hl. Ignatius ist nicht gut, die blaue Farbe der Säule blättert ab, auch die goldene Farbe seines Herzens und der Inschrift IHS auf dem Herzen blättert ab, man wird sie restaurieren müssen, am Sonntag ist Pfingsten, der Provinzial kommt aus Asunción angereist, der verehrte Joseph Barreda, viele Professen und Koadjutoren werden mit ihm kommen, auch Vertreter der spanischen Behörden aus Posadas, es ist nicht gut, dass die Säule des hl. Ignatius bei einem solchen Anlass von der Sonne rissig und bis aufs Weiße abgeblättert ist. Vom Eingang her rufen sie den Meister, zeigen ihm Ignatius' Beschädigungen, die Risse, die abgeblätterte Farbe, das verwundete Herz, so kann man keinen hohen Besuch erwarten.

Beim Eingang am Ende der langen Allee, die zur Siedlung führt, geht es lebhaft zu, ein neuer Torbogen wird errichtet, ein richtiger Triumphbogen. Am Sonntag ist Pfingsten, der Heilige Geist kommt unter uns, es kommt auch der Provinzial der Gesellschaft aus Asunción, beide verdienen einen hohen Torbogen, einen Triumphbogen, der den Provinzial begrüßen und auch noch viele Jahre später immer neue Besucher begrüßen wird, die sich über seine Schönheit wundern, die mit Bewunderung über die hiesige Maurer- und Bildhauerkunst sprechen werden, die ihn nicht nur als eine mächtige Himmelsbrücke erbaut hat, sondern auch mit Rosetten, steinernem Flechtwerk, lebendigen Farben verschönert hat, noch viele werden nach Santa Ana kommen, niemand will daran denken, dass sich über Santa Ana, so wie über dem nahe gelegenen San Ignacio Miní und überhaupt über allen Missionen, dunkle Wolken türmen, niemand erwähnt das, obwohl sie vielleicht gerade deshalb mit noch größerem Eifer bauen, Tag und Nacht, nachts bei Fackellicht, tagsüber wechseln sie sich ab, die einen ruhen sich aus und essen, was ihnen von den Frauen gebracht wird, die anderen arbeiten weiter, die Maurer und die geschickten Meister, die luftige Schnörkel aus Stein formen, die einen, die die Steine aufschichten, und die anderen, die den Kalk anrühren, die Bretter, Pfähle, Beschläge und Eisen für die Türen, einen Zierstein für den Türstock heranschleppen. Pferde und Maultiere ziehen Baumstämme aus dem Wald, überall quirlige Eile, die Arbeiten nähern sich dem Ende, aber auch Pfingsten nähert sich, es eilt, auf dem Boden liegt das Bogenrund, man sieht schon die Inschrift SOCIETAS JESU und darunter EL PUEBLO DE SANTA ANA; wenn sie ihn aufstellen, wird der Name der Gesellschaft richtig schön glänzen und den Provinzial der paraguayischen Reduktionen begrüßen, vom ganzen weiten Platz und aus der langen Allee, von überall her wird ein Singen erschallen, *Gloria tibi, Domine, laus tibi, Christe.*

Superior Inocenc Herver und Pater Simon beobachten dieses Treiben in der freundlichen, göttlichen Morgenstunde, als von Weitem, vom Fluss her eine Kanone kracht. Über den Bäumen zeigt sich ein kleines Wölkchen, vom Pulver, es stinkt nach Pulver, nach Krieg, obwohl man ihn bis hier nicht riechen kann und obwohl die Arbeiter in ihrer Arbeit fortfahren, ohne sich wirklich um den plötzlichen morgendlichen Krach zu kümmern. Alle wissen, dass die guaranischen Soldaten mit den Patern Cardenal und Kluger die neue Kanone ausprobieren, man hat sie gestern auf dem Fluss gebracht. Eine lange Reise hat die Kanone zurückgelegt, damit man sich ihrer hier erfreuen kann, aus einer fernen katalanischen Gießerei, wo sie geboren wurde, wie Pater Cardenal liebevoll zu sagen pflegt, dort hat die katalanische Provinz der Gesellschaft Jesu sie zusammen mit dreißig Schwesterkanonen herstellen lassen. In Barcelona wurde sie geweiht und aufs Schiff verfrachtet, das zusammen mit den schweren Kanonen in einem Sturm kurz vor dem Silbernen Fluss beinahe untergegangen wäre, von Buenos Aires ist sie dann durch die Pampas gereist, auf Ochsengespannen landeinwärts, bis man sie wieder auf Schiffe verladen hat, zusammen mit den anderen, für die Pueblos bestimmten Mitkämpfern, sozusagen Mitkanonen, in jeder Pueblo eine Kanone, dreißig Kanonen für die Verteidigung gegen die Gefahr, die von Tag zu Tag ernster wird, alle wissen, aber niemand will es wahr haben, wie ernst, todernst. Man weiß davon in Madrid, wo die Suppe gekocht wurde, bestimmt ist sich auch Pater Retz der Gefahr bewusst, der Generalobere der Gesellschaft in Rom, daran ist nicht zu zweifeln, man kennt das Problem auch in Wien und Paris sehr gut, was der Heilige Vater denkt, das weiß nur Gott, aber man wird es auch hier zur rechten Zeit erfahren, die Entscheidungen des Papstes kommen mit Verzögerung, aber zuverlässig. Wie es wirklich ist, wissen sie aber nur hier, die Guaraní am besten, die werden nicht zum ersten Mal mit der Bandeira im Krieg sein, bisher sind sie unglaublich erfolgreich gewesen, bisher haben sie sie immer geschlagen, aber jetzt ist es anders, alles ist anders, die europäischen Höfe haben sich eingemischt, die Intrige ist groß und weit gespannt, um die Gesellschaft schnürt sich der Ring enger, je mehr die Diplomatie nachgibt, desto stärker wird der Druck, das Atmen fällt einem schwer; der Generalobere in Rom gibt dem Papst nach, der Papst gibt dem spanischen König nach, der spanische König seiner Frau, die die Schwester des portugiesischen Königs ist, sie gibt dem großen Intriganten am portugiesischen Hof, Minister Pombal, nach, der zusammen mit seinen Ansiedlern in São Paulo die Jesuiten aus dem Land haben will, aber die wissen, was sie wollen, die anderen geben nach, aber nicht Pater Kluger, der gibt nicht nach, in den Händen hält er österreichische mathematische Bücher für die Artillerie; die Bahn, sagt er, die Flugbahn der Granate muss flacher sein, wenn sie nahe herankommen, sagt er, aber man kann auch direkt durch das Rohr messen. Was passieren kann, dessen sind sich die Jesuiten bewusst, die hier sind, Superior Inocenc Herver ist sich dessen bewusst, dessen bewusst ist sich auch der Provinzial in Asunción, die Bandeirantes haben schon ein paarmal im Norden und im Osten zugeschlagen, sie haben ein paar exponierte Estanzias geplündert, auf denen die Indianer und die Brüder Rinder für die Schlachthöfe in den Pueblos züchten, was heißt geplündert, sie haben alles niedergemetzelt, was es an Lebendigem gab, die Menschen, ja auch das Vieh, soweit sie es nicht stückweise wegtreiben konnten, alles geplündert, erschlagen, niedergebrannt. Das weiß auch der guaranische Befehlshaber Jose Tiaragu, der Corregidor der Siedlung San Miguel, ein tapferer Kämpfer, ein hervorragender Stratege, den man in allen Reduktionen unter dem Namen Sepé kennt. Sepé ist jetzt in Santa Ana, gemeinsam mit Kluger und Cardenal probiert er die Kanone aus der katalanischen Gießerei, die Soldaten gehen um die dunkle Mündung herum und sehen hinein, spanische und deutsche Ausdrücke für einzelne Teile fallen durcheinander, sie stopfen sie, sie füllen sie, Cardenal hebt die Hand, es kracht, in der Ferne zeigt sich ein Wölkchen, es stinkt nach Pulver, nach Krieg, obwohl hier Pfingsten ist und der große Torbogen am Eingang schon fast fertig gebaut ist.

Schon als Pater Simon vor zwei Jahren in die Mission San Ignacio Guazú kam, sprach man davon, dass der schwachsinnige König, wenn man das von Königen so sagen darf, dass der unglückliche König Ferdinand VI. mit den Portugiesen in Madrid einen Vertrag über eine Neuaufteilung des westlichen Indiens unterzeichnet habe, die Jesuiten würden zu verschwinden haben, allein oder zusammen mit ihren getauften Wilden. So hatte es geheißen, aber das Leben war weitergegangen. All das war immer noch irgendwo weit weg, das Leben war hier, er krempelte die Ärmel auf, auf diesem Gottesacker ebenso wie auf dem anderen, wo Mais, irgendwelche Erdknollen, Kürbisse wuchsen ... Er kannte die bäuerlichen Verrichtungen, man hatte ihm auch leidlich beigebracht, das Schwert zu schwingen und zu schießen, für alle Fälle. Wie jeder Pater hatte er zuerst die Missionen durchreist, er war gereist und hatte gestaunt. Alles war so einfach und sanft, die Menschen waren heiter und liebenswürdig wie Kinder, er sah Guaraní, die in Pueblos lebten, aber auch andere, die sich nicht dem Kreuz anschließen wollten, wilde Menschen, halb nackt, aus den Stämmen der Charrua, Macetone und Camba; aber noch größer als bei den Dingen, die er erwartet hatte, war sein Staunen über die kleine Kopie der europäischen Christenwelt gewesen, die hier unter den Guaraní und mit deren Hilfe aus dem Nichts entstanden war. Und es war warm, nirgends gab es die Kälte, die ihn in den Auersperg'schen Wäldern gequält hatte, als er Holz schleppen musste, die ihn im Jesuitenhaus und im Kolleg, in den Bibliotheken und Kirchen, in der Zeit des Noviziats jeden Morgen bis auf die Knochen gequält hatte. Im Winter gab es hier keinen Schnee, daran gewöhnt sich der Mensch nur schwer, dafür aber lang anhaltende Regen, Sturzregen, windgebeugte Baumwipfel. Man schaufelte Gräben, damit das Wasser nicht die Siedlungen überflutete, sie liefen mit roter Lehmerde voll, die Füße sanken ein, die weiche Masse klebte an Haut und Kleidern, die schwarzen Soutanen waren beschmiert, die Patres hielten sich in ihren Zellen, in der Bibliothek und im Refektorium auf, manchmal eilten sie den Indianern zu Hilfe, wenn sie Gräben schaufelten, Erde wegtrugen und bis zu den Knien in Wasser und Schlamm wateten. Und er, Jesu Beobachter, war in Regen und Schlamm, in Sonne und Staub gereist, er war auf den Flüssen Uruguay und Paraguay gefahren, war bis zu den Iguazú-Fällen gekommen und zurückgekehrt, durch Wälder, durch leere und öde Landschaften, durch Siedlungen, die sich in Gegenden befanden, wo noch vor hundert Jahren wilde Vegetation gewuchert hatte, das Brüllen wilder Tiere aus dem Wald gedrungen war, jetzt herrschte hier das Kreuz, lebte das Evangelium und lebte all das, was sie gebracht hatten. Er hatte Paläste und Kirchen aus rotem Stein gesehen, Estanzias mit riesigen Kuhherden, er hatte gesehen, wie Bauholz aus dem Wald geschleppt und auf Schiffe verladen wurde, die Pampa und den Frost im unteren und die Wälder und Gewässer im oberen Teil der endlosen Landschaft, bestellte Felder, Werkzeugfabriken in den Pueblos, Webereien und Nähereien, Waffenfabriken, Bibliotheken, Bildhauerwerkstätten und Musikkonservatorien. Er war mitten in der riesigen Arbeit gewesen, die die Jesuiten leisteten, die die Gesellschaft Jesu geleistet hatte, viele vor ihm, Hunderte, vielleicht Tausende von Jesuiten, darunter Krainer Landsleute von ihm.

Als er nach Santa Ana kam, wurde er von Superior Inocenc Herver empfangen, lieber Landsmann, sagte er, mit seinen dünnen Armen presste er ihn an die Brust, drückte ihn an sich, Simon fühlte, wie sein altes Herz schlug, Ihr seid gewiss müde, sagte er in der vertrauten heimatlichen Sprache, ein Tee wird Euch beleben, er bot ihm Mate-Tee an, ob es denn Schnee in Krain gebe? Meine Augen haben vergessen, wie das Weiß des Schnees ist. Doch meine Hände, sagte Simon, haben seine Kälte nicht vergessen.

Der Superior in Santa Ana war Inocenc Erberg aus Laibach, in den Chroniken sollte er als Herver eingetragen bleiben, in den Missionen kannte man auch Adam Hrovat, der war aus Semič an der kroatischen Grenze, aber das interessierte hier niemanden: Wer Vater und Mutter und alle natürlichen Verwandten zurückgelassen hatte, der konnte auch seine Heimat hinter sich lassen. Die Pater Inocenc und Simon wussten: Ihre Heimat ist die Gesellschaft und dieses weite Land, ihre Brüder und Kinder sind die Guaraní. Vom ersten Augenblick an, als Simon Lovrenc hier angekommen war, wusste er, dass die paraguayischen Reduktionen ein freier Staat der Krieger Jesu waren, der nur auf dem Papier dem spanischen König Gehorsam schuldete, wenn jemandem, dann dem Generaloberen und dem Papst in Rom, dem mystischen Körper der Gesellschaft, in organischem Wollen zum Höchsten vereint. Wenngleich er wusste, dass der Generalobere und der Papst sich weit jenseits der Wälder und Meere befanden, dass sie von den Glocken von St. Peter in der Ewigen Stadt geweckt wurden, die Trommel schlug hier, der Schnee von Laibach zeigte sich nur noch in den Träumen.

Sollen die Bildhauer und Maurer, die den Pfingstbogen in Santa Ana bauen, ruhig mit ihrer Arbeit fortfahren, sollen die Soldaten Cardenal, Sepé und Kluger ihre Kanone erproben, sie werden sie brauchen, alle werden wir sie brauchen, von diesen Kurven, die der Flug der Granaten beschreibt, wird so manches abhängen, und Superior Inocenc Herver und Pater Simon setzen ihren Weg fort, sie reiten schwer beladene Pferde, jetzt wiegen sie sich langsam in den Sätteln auf dem Waldweg, der sich nach einiger Zeit zum Fluss hin in der Ferne öffnet. Ich brauche etwas Ruhe, sagt Pater Inocenc, der Pueblo ist so unruhig, immer geschieht etwas Wichtiges, man sollte meinen, dass man in den Missionen Ruhe findet, habt Ihr auch so gedacht, Pater Simon Lovrenc? Ich schon, ich dachte, ich würde viel lesen und viel taufen, dass ich einen kleinen Staat leiten würde, das habe ich nicht gedacht. Wenn ich ehrlich sein soll, sagt Simon und bedeckt die Augen vor dem Gleißen der Flussoberfläche, habe ich erwartet, dass es hier wilder wäre, und als ich hier ankam, sah ich, dass die Guaraní eigentlich alles zusammen selber leiteten, so etwas hatte ich wirklich nicht erwartet. Wer hat denn das erwartet, sagt Herver, niemand, außer Ihm, der wusste, was geschehen würde. Der Superior hätte Ignatius aus den Geistlichen Übungen zitieren können, er hätte sagen können, dass so wie sich der der Gesellschaft Vorstehende nicht zwischen Gott und den Jesuiten stellen darf, genauso darf sich, hätte er applizieren können, der Jesuit nicht zwischen Gott und den Indianer stellen, damit der Schöpfer unmittelbar mit der Sache, das heißt mit dem Indianer, und die Sache mit ihrem Schöpfer und Herrn zusammenarbeiten kann. Das hätte er sagen können und manches andere, was die weise Anwesenheit der Jesuiten in diesem Land begründete, er hätte aus Büchern zitieren können, die man schon lange ohne Furcht in den Missionsbibliotheken las, Platons Staat, Bacons Neues Atlantis, mancherlei war ihnen bekannt gewesen, bevor sie die Reduktionen nach genau durchdachter Ordnung und innerer Organisation geschaffen hatten, es waren nicht nur die Heilige Schrift und die evangelische Überlieferung das, was sie auf die Idee des Gemeinschaftsbesitzes, der *chakras*, die einzelnen Familien eigen sind, der gewählten Vertreter und natürlich der geistigen Führung der Gesellschaft gebracht hatte, einer Führung, die aus der Natur ihrer mystischen Einheit hervorgeht, über der die soldatische Weisheit die Erfahrung des hl. Ignatius schwebt und alles andere, was aus dem Schweben des Heiligen Geistes kommt, der aber, ebenso wie das *summum bonum*, ohnehin mehr oder weniger in uns ist. Nichts von alledem sagt Superior Inocenc Herver auf dem Ritt zum Fluss, das sind Gedanken für einen Novizen oder vielleicht einen Zugereisten, nicht für einen fertigen Scholastiker, wie es Pater Simon ist, Scholastiker und Bauer mit aufgekrempelten Ärmeln, beides zugleich; all diese Dinge hat er schon tausendmal durchgedacht, jetzt reitet er lieber, schweigend in sich und seine Sorgen versunken. In der Ferne ist Gesang zu hören, die Frauen in den Yerbales pflücken jenes wunderbare Kraut, zu dem man längst überall Jesuitentee sagt, auch Yerba Mate; die Männer stutzen die Buschkronen, jedes zweite Jahr werden sie gestutzt, die Frauen reißen die kleinen Zweige ab und legen sie in große Körbe, andere Männer tragen die Körbe zu den Wagen. Sie singen schön, denkt der Superior, die Frauen, die Männer sind arbeitsam, fleißig, nur dass manche noch immer mehrere Frauen haben, sagt er, wie sollen wir sie aus der Sünde herausziehen, was meint Ihr, Pater Simon, ist es richtig, dass wir in dieser Hinsicht ein Auge, beide Augen zudrücken? Richtig, sagt er gleich zu sich selber, ihre Kinder verstehen es schon, zwei, nur zwei, nur ein Mann und eine Frau in ewiger Treue, das ist nach dem Willen Gottes, die jüngeren sind ein bisschen offener für alles, sie arbeiten mehr, sie singen mehr, üben sich mehr in den Waffen, je mehr Arbeit, desto weniger körperliches Durcheinander. Sie sitzen ab und gehen eine Weile am Fluss entlang, aber das Schilf wird immer dichter, das Ufergeäst schlägt auf die Pferde und sie beide ein, deswegen sitzen sie ab, binden die Pferde an und setzen ihren Weg zu Fuß fort. Habt Ihr dieses Singen gehört?, fragt Pater Inocenc Herver, es macht mich glücklich, es kommt mir vor, als sei es ein Marienlied, unglaublich, sagt er, welch gute Wirkung die Musik hat, Evangelisierung und Zivilisation, das ist ein und dasselbe, Pater Simon, ein einheitlicher Begriff, man braucht nichts anderes zu tun, als die Menschen in die Reduktion zu führen und das Evangelium wirken zu lassen, dann arbeitet auch das Handwerk, auch die Viehzucht, aber die Musik am meisten, noch besser als die Predigt. Versteht Ihr? Ja, sagt Simon, die *fides implicita* hat sich hier in eine *fides explicita* verwandelt, das ist unser Werk. Das habt Ihr gut gesagt, sagt Superior Inocenc Herver, ich brauche kein Lob, sagt Simon; man hat Euch gut vorbereitet, sagt der Superior, das ist ein Lobpreis an die Gesellschaft, an ihr Haus in Laibach, sagt Simon, das könnt Ihr preisen, beide lachen, obwohl beide wissen: man soll niemanden vor seinem Tode preisen.

Am Sonntag wird es feierlich, am Montag wird es arbeitsam und spannend, am Montag werden sie vom ehrwürdigen Provinzial Joseph Barreda von den schlimmen Dingen hören, die sich über den Missionen zusammenballen. Man wird überlegen müssen, was zu tun ist, ob man wirklich für den bewaffneten Widerstand rüsten muss? Sind sie überhaupt imstande, Krieg zu führen? Der Generalobere Retz in Rom hat sich noch nicht entschieden; auch am spanischen Hof überlegt man, ob man mit der Unterzeichnung des Madrider Vertrages über die Aufteilung Indiens richtig gehandelt habe. Das Schicksal der Missionen hängt in der Luft, dem Superior Inocenc Herver sieht man von Weitem an, wie ihn die Sorgen drücken, aber darüber will er nicht sprechen, obwohl er vermutlich genau mit der Absicht, über diese Fragen zu sprechen, mit Pater Simon zu dem Ritt am Fluss aufgebrochen ist, er kann nicht, es ist zu schwer, zu wenige Dinge liegen in ihrer Hand, deshalb spricht er lieber über die Frage der Promiskuität, in welchem Maße sie zuzulassen sei, die Dominikaner würden ihn bei solchen Überlegungen um einen Kopf kürzer machen.

Auch die Guaraní bereiten sich auf die Sonntagsfeier vor, als würde über ihren Köpfen nicht das portugiesische Schwert hängen, obwohl sie sehr gut wissen, dass die alten Drohungen wieder zugenommen haben, dass sie diesmal am realsten und gefährlichsten sind, seit es das Zusammenleben mit den Patern gibt. Etwas ahnen sie, etwas wissen sie, die Pater kommen besorgt zusammen, und die Öllampen brennen bis spät in die Nacht, man hat sie sogar zusammen beten sehen, was keinesfalls jesuitischer Brauch ist, die Pater beteten für sich, allein oder vor den anderen, auf dem Weg oder in ihren Zimmern, jetzt beten sie gemeinsam und sprechen viel miteinander. Reiter mit Briefen kommen und ziehen davon in raschem Galopp. Auch ist nicht allen Patern recht klar, was vor sich geht, Gerüchte verbreiten sich, die Gesellschaft sei nicht nur in beiden Indien in Gefahr, nicht nur unter der spanischen Krone, auch nicht nur in Portugal, wo sie am Hof geradezu verhasst sei und sich die dominikanische Inquisition anschicke, mit ihr abzurechnen, sie sei überall in Gefahr, von China bis Marokko, von Spanien bis Österreich, gegen sie arbeiteten Monarchen und Fürsten, Geldmagnaten und Großgrundbesitzer, die vom Missionsland und von den christlichen Seelen dort angelockt werden, um sie in sklavische Arbeitskraft zu verwandeln. Gegen die Gesellschaft arbeiteten auch Bischöfe, Fürstbischöfe, Prälaten und Kardinäle, der kränkelnde Papst Benedikt könne den Forderungen kaum Einhalt gebieten, sie kurzweg aufzulösen, die

Lieblingsgesellschaft aller Päpste, den erfolgreichsten Orden aller Zeiten, abzuschaffen, aufzulösen, die Ritter des Christentums zu vertreiben, die gehorsamen, bis in die letzte Faser ihres Willens gehorsamen Soldaten, welch unerhörter Wahnsinn in den Köpfen unserer Feinde, der hl. Ignatius im Himmel werde das nicht zulassen.

Bis zum späten Nachmittag bleiben sie am Fluss, die Arbeit muss warten, die Briefe nach Buenos Aires, Posadas, die Briefe nach Spanien, Österreich und Italien, die Briefe an heimliche Freunde an den Höfen und in den Armaden, der Brief an den preußischen König, der die Jesuiten schätzt, obwohl er ein Anhänger der Reformation ist, sogar Russland versteht uns besser, alles muss warten, die Bestellungen, das Studium, die Gespräche mit den Patern und Brüdern, die eine Versetzung anstreben, alles muss warten, man muss sich einen Tag am Fluss nehmen, dessen weite Fläche langsam dunkler wird, nicht mehr das flimmernde Gleißen hat, sondern eine dunkle Röte, ein Karminrot, es ist nicht möglich, dass beide nicht denken: blutrot. Als sie in die Siedlung zurückkehren, werden in der ersten Dämmerung Fackeln entzündet, am Eingang quietschen noch immer die Flaschenzüge und pochen die kleinen Hämmerchen, in der Mitte des Platzes bereitet man Pechfackeln vor, in der Mitte des weitläufigen Platzes, weil sich dort nichts entzünden kann, das Feuer kann nirgendwohin überspringen an diesem trockenen, für Juni, wenn es feucht und regnerisch sein müsste, an diesem ungewöhnlich trockenen Abend. Man bereitet Haufen von Fackeln vor, jede zehnte wird geprüft, manchmal heult jemand vor Schmerz auf, wenn ihm das Pech auf die Haut tropft, dann kreischen die Kinder fröhlich und rennen in alle Richtungen davon, mit den Fackeln werden sie am Sonntagabend den Eingang zur Kirche und den ganzen weiten Markt beleuchten, es werden schöne Pfingsten sein, ein feierlicher Empfang der Gäste, eine feierliche Messe mit dem Oratorium Nisi Dominus, eine Militärparade, schon am Vormittag wird Firmung sein, die Kinder freuen sich auf dieses Ereignis, auch die Erwachsenen freuen sich darauf, es wird hell sein und feierlich, draußen wird ein weiter Kreis von Dunkelheit sein, viele böse und lauernde Blicke, aber hier wird es hell sein, und Lieder werden erschallen, über den Missionen wird von Ost bis West, von Meer zu Meer der große jesuitische Leitspruch über den Himmel geschrieben stehen: *Omnia ad maiorem Dei gloriam.*

[16]

Unter dem Fenster flötet eine Amsel, Katharina lauscht, über das Bett flutet warmes Frühlingslicht, es ist Morgen, ein neuer Morgen ihrer Reise zum Goldenen Schrein, wieder vermeint sie das Schimmern seiner Schönheit in der Ferne zu sehen, der Schönheit eines fernen Ortes, wo sich dem Pilger Gott offenbart, wie er sich in jenem fernen Land offenbart, wo einst Simon unter den Wilden, jenen Kindern Gottes, weilte, wie er sich ihm in Laibach in der kalten Kapelle des hl. Xaver aus dem Baskenland offenbart hat. In dieser Kapelle kann sie sich Simon mit offenen Augen vorstellen. Wenn sie ihn inmitten der roten Erde und Wälder des fernen Kontinents sehen will, muss sie die Augen schließen; wenn sie die Augen schließt, kann sie ihn am Fluss entlangreiten sehen, dessen Fläche glänzt wie dieser Morgen in den hohen Bergen, von denen sie noch heute in die Ebene hinabsteigen werden. Stell dir vor, sagt Simon, dass diese Ebene das Meer ist. Das ist leicht, sagt Katharina ... Ich wollte schon immer nach Padua pilgern, ich weiß nicht, warum wir in dieses kalte Land müssen ... Würden wir nach Padua pilgern, könnten wir das Meer sehen, wir sind in ein Tal gesperrt und drängen ins nächste, sagt sie, wenigstens der Rhein ist breit, so gern möchte ich ihn sehen, Katharina ist auf einmal ins Reden gekommen, ich kann mir die Ebene dort unten vorstellen, dass sie das Meer ist, du hast viel Meer gesehen. In Lissabon riecht es nach Afrika und Asien, hat er gesagt, dort kann man fast über das Meer sehen, schwarze Seeleute prügeln sich unter den Fenstern, und schwarze Frauen bieten sich an, in Lissabon habe ich ein Stück Himmel durch das eingestürzte Dach gesehen ... Erzähl mir auch von Lissabon, erzähl mir alles ... Die Zweifel und Ängste haben sich verflüchtigt, jetzt wo sie die Dinge kennt, jetzt ist ihr Simon wieder nahe, wie in jener ersten Nacht, als sie sich gerettet haben. Sie leben noch immer in Sünde, wenn Liebe eine Sünde ist, aber jetzt sind sie auch zwei Menschen, die sich kennen, in Krain haben sie einmal zu denselben Sternen aufgesehen, sie auf Dobrava und er irgendwo über den Auersperg'schen Wäldern, sie sind zusammen, wahrscheinlich für immer, unter dem Fenster singt die Amsel, der Schmied beschlägt die Pferde, es ist ein ruhiger Morgen, Katharinas Schutzengel ist in der Nähe, es wird ein warmer Tag werden, schön zum Reisen. Rasch zieht er sich an und läuft hinaus auf den Hof, das Maultier stupst Simon zufrieden in die Hände und rupft am Heu, es ist noch immer dankbar, dass sie es aus dem Wasser gerettet haben, der Hund mit dem räudigen Fell und den schönen Augen wedelt mit dem Schwanz, kommt jedoch nicht näher, er ist klug, er hat Angst vor den Menschen. Simon krault das Maultier hinter den Ohren, solche Tiere halfen das Holz schleppen, er ist noch immer der Bauernjunge, obwohl ein Scholastiker, er kennt die Tiere, ihren ergebenen Blick, dumpf und ergeben, so einen Blick hatte auch sein Vater, der Auersperg'sche Untertan, dumpf und ergeben. Es wird schwer werden, es zurückzugeben, das Lasttier, wenn sich der Besitzer findet, noch schwerer wird es für das Maultier sein, denn bei ihnen geht es ihm gut, es fehlt ihm nicht an Futter, Stall und freundlichem Kraulen zwischen den Augen, auch Katharina krault es, das gute, ruhige Tier, und als sie auch den ebenfalls aus der Sintflut geretteten Hund sieht, schnürt es ihr die Kehle zu bei dem Gedanken an den Hund zu Hause, an Aaron; wer einmal in die Augen eines Hundes gesehen hat, der weiß, dass sie eine Seele haben, warum würden sie sonst so traurig und ergeben dreinsehen, Katharina weiß nicht, ob alle Tiere, Hunde aller Wahrscheinlichkeit nach schon, Aaron fast mit Sicherheit. Aber jetzt wird sie nicht an Dobrava denken, dort gibt es auch Menschen und Dinge, derentwegen sie weggegangen ist, den Pfau zum Beispiel; bei dem Gedanken an ihn schnürt es ihr dennoch die Kehle zu, sogar ein bisschen mehr als bei dem Gedanken an den Schäferhund Aaron, wo treibt es Windisch umher, ist er noch am Leben, steht er an diesem Morgen im Feuer einer schrecklichen Schlacht, liegt er verletzt auf einem Bett, ohne Hilfe? Simon fängt ihren Blick auf, die beiden kennen einander schon, den Blick des anderen, wenn darin Freude ist oder wenn traurige Schatten der Erinnerung ihn erfüllen. Was ist mit dir?, fragt er, nichts, sagt Katharina, ich habe mich an etwas erinnert, an den Hund, den Pfau erwähnt sie nicht, warum sollte sie? Brechen wir auf, sagt sie und lächelt schelmisch: Pater Simon, auf, auf. *Omnia ad maiorem Dei gloriam,* ruft Simon und lächelt, Katharina lacht, das Maultier wiehert, als ob es ein Pferd wäre und nicht nur ein Muli, der Hund folgt ihnen in sicherem Abstand, er bellt fröhlich, als wäre er Aaron und nicht ein verschreckter Streuner, das Muli ist kräftig, es wird ihre Bettelsäcke tragen, die sind leicht, alles mögliche Schwerere hat es schon getragen, davon zeugen die verhornten Abschürfungen auf dem Rücken, von dem langen und schweren Leben eines Mulis.

So geht der entlassene Pater Simon Lovrenc, Katharina weiß noch nicht, warum er entlassen wurde, sie wird es schon noch erfahren, etwas Schlimmes kann es ja nicht gewesen sein, ihr Simon hat niemanden umgebracht. Neben ihm geht Katharina in festen Lederschuhen, auch die hat er von der Wirtin gekauft, neue, aus Salzburg, sie geht auf der Straße, auf der sie jetzt schon Gespannen und Fuhrwerken begegnen, die auf dem Weg über die Berge in den Süden sind, jetzt sind die Wege schon trocken und sicher, manchmal zieht sie die Schuhe aus und geht barfuß im Gras, zwischen den Frühlingsblumen, den gelben, weißen und blauen Blumen, wie früher auf Dobrava. Simon weiß noch nicht, wie es für sie auf Dobrava war, er wird es schon noch erfahren, zwei wie sie erzählen sich alles, aber noch nicht jetzt, jetzt sieht er zu, wie sie barfuß zwischen Gras und Gänseblümchen wie durch Wasser watet, sie schlägt den Rock auf bis über die Knie, was für ein Anblick! Davon schlägt das Männerherz in ihm rascher, das Herz eines lüsternen Junggesellen, er geht ihr nach, die Hand fährt wie von allein unter den Rock, es ist nicht möglich, dass er nicht nach diesen Beinen und unter den Rock greift, sie legen sich ins Gras, der Hund liegt zum Knäuel zusammengerollt unter einem Baum, das Maultier sieht dem Sichwälzen und Stöhnen eine Zeit lang zu, dann widmet es sich wieder dem üppigen Gras, überall ringsum ist sein grünlicher Schein, das Flimmern der Sonnenstrahlen, der duftende Erdentag, das Plätschern des Meeres, das Atmen der Tiere, des ruhigen, ergebenen Hundes ...

Und wieder schlafen sie für eine kurze Zeit ein; als sie wieder unten auf der Straße sind, nickt hinter ihnen das Maultier, reisen über ihnen die Wolken, unter denen Schwalben hin und her schießen, die Vögel der Gottesmutter, wer sie im Frühling als Erster erblickt, wird das ganze Jahr über gesund sein, das hat Katharina von Mutter Neža erzählt bekommen, die ihr sicherlich von irgendwoher zusieht, man darf ihre Nester nicht zerstören, das bringt Unglück über das Haus. Und auf den

Regenbogen, den Regenbogen dort, der sich weit draußen in der Ebene zeigt, wo die Wolke abzieht, die einen Regenvorhang hinuntergelassen hat und nun in die Ferne reist, auf den Regenbogen darf man nicht mit dem Finger zeigen, weil einem sonst der Finger abfällt. Jetzt fehlt nur noch der Kuckuck, so oft der Kuckuck ruft, so viele Kinder werdet ihr haben.

Am Nachmittag setzen sie sich an den Waldrand, aus dem Bettelsack tauchen Brot und Speck auf, eine Handvoll Grieben, getrocknete Äpfel, solche einfachen Speisen, was übrig bleibt, kriegt der Streuner, danach schlabbert er sich mit Wasser aus dem Bach voll; das Maultier ist noch anspruchsloser, es spaziert frei auf der weiten Wiese herum und rupft Gras und gelbe Frühlingsblumen, manchmal dreht es sich nach ihnen um, es mag nicht allein bleiben, auch der Streuner nicht, manchmal bellt er das Maultier an, manchmal einfach so, es ist schön auf der Arche Noahs, es gibt keine reißenden Wasser, die ganze Wiese ist ein sicheres Dach für die Geretteten. Katharina legt sich auf den Rücken, sie sieht den Wolken nach, den himmlischen Reisenden, die nach Kelmorajn eilen, wie sind dort die Wolken?, sagt sie, wo?, fragt Simon, dort hinter dem Meer, welche Wolken ziehen über deinen Indianern? Simon lächelt, so wie hier, sie sind ein bisschen schneller, es gibt keine Berge, zwischen denen sie sich verkeilen könnten wie bei uns. Erzähl mir, sagt Katharina, ich will alles wissen. Wovon soll ich dir erzählen, Katharina? Von den Indianern, von den Wilden, die in die Kirche gehen. Sie sind keine Wilden, sagt Simon, sie sind so wie du und ich. Katharina ist eine neugierige Frau, als sie noch ein Mädchen war, saß sie bei den Ursulinen in der ersten Bank, sie wollte alles wissen: Was für Kronen hatten die Heiligen Drei Könige, solche aus Papier, wie sie die Sternsinger haben, oder welche aus echtem Gold, waren sie wirklich schwarz oder nur angemalt, und Herodes, warum war er so schrecklich und böse? Früher lebten die Indianer in Wäldern, sagt Simon, sie lebten von der Jagd und dem Sammeln von Früchten, nach unserer Ankunft fingen sie an, das Land zu bestellen, wie es die Bauern bei uns bestellen, denn das haben wir ihnen beigebracht, wie wir ihnen auch beigebracht haben, für große Viehherden zu sorgen, die schönsten Kirchen zu bauen, Orgel zu spielen, Choräle zu singen und das Vaterunser und das Ave Maria zu beten, wie du sie betest, auch das haben wir ihnen beigebracht wie guten und klugen Kindern, denn sie waren offenen Herzens und Sinnes. Und Menschenfleisch, Katharina stützt sich auf die Ellenbogen, Menschenfleisch essen sie nicht mehr? Simon lacht, ich weiß nicht, ob sie es je gegessen haben, sagt er, aber er wundert sich nicht allzu sehr über ihre Frage, es ist eine Zeit, in der Geschichten kursieren, alle wollen mehr über die Länder erfahren, wo noch immer ganz andere Menschen leben, in den Geschichten ist viel Wahres und noch mehr Erfundenes, kein Wunder, wenige Menschen sind dort gewesen, wenige sind über die großen Meere gesegelt, viel weniger, als Compostela, Kelmorajn oder sogar das Heilige Land gesehen haben. Ich habe sie nicht nur Lesen und Schreiben gelehrt, Katharina, sondern die schlauesten Köpfe, die wir ausgewählt hatten, jene, die nicht Maurer, Weber oder Ackerbauer wurden, haben wir auch Latein gelehrt, sie spielten Orgel und sangen das Paternoster schöner als wir im Kolleg in Laibach. Katharina ist begeistert: auch Psalmen? Auch Psalmen, Pater Luis Berger hat sie gelehrt, schöner zu singen als irgendein Wiener Chor, er hat sie Orgel, Posaune und Cembalo spielen gelehrt. Simon steht auf und geht auf und ab, seine Augen sind auf einmal abwesend, er sieht keine Frühlingsblumen und Auen hinter der Wiese, er sieht keine verschneiten Berge, die sie hinter sich gelassen haben, manchmal kommt es mir so vor, sagt Simon aufflammend, als wäre dort jemand anders gegangen, durch das weite Land, das Misiones heißt, wie wir es genannt haben, das heißt, die ersten Jesuiten, Spanier, die dort hinkamen, obwohl das nur ein Name ist, denn so ist dieses Land seit Anbeginn der Welt: eine große rote Ebene, durch die der breite Paraná und die kleineren Flüsse Iguazú, Piratini, San Angel fließen, Bäche, deren Namen ich nicht kenne, die weite Ebene ist wie mit einem grünen Kranz von unendlichen Wäldern umgeben, in denen Vögel in grellen Farben und schrecklich schnelle wilde Tiere leben. Katharina schließt die Augen und hört ihm zu, nur so kann sie sehen, was Simon erzählt: Am Ende der Ebene, dort oben, wo das Waldmeer beginnt, dort gibt es große Wasserfälle, das Wasser des Iguazú stürzt von überall her in einen tiefen Abgrund, in dem Sprühnebel fliegen die Schwalben, die in den Felsen unter den Wasserfällen nisten, überall flattern Tausende großer Schmetterlinge, auf den Bäumen hoch oben nisten bunte Vögel, und unten strömt, während sich oben die Wasserfälle austoben, der ruhige und stille Fluss durch die Ebene, seine Fläche glänzt in der Sonne, die Indianerkinder fahren auf Flößen und Booten, ihre Väter fangen Fische, die Mütter sind in den Yerbales, dort pflücken sie ein Kraut, das bei ihnen Mate heißt, jetzt nennt man es Jesuitentee, von Weitem kann man ihren Gesang hören.

Katharina kann jetzt mit geschlossenen Augen alles sehen, auch hören, wenngleich natürlich auf eigene Art, es ähnelt ein wenig den Bildern, die sie aus den Büchern kennt, dem Gesang aus der Kirche, hier irrt sie sich nicht sehr, das Bild ist aus dem Paradies, sie hat es oft gesehen, dort stehen Adam und Eva nackt mitten im Wald, es gibt viele Schlingpflanzen und Blätter und Wurzeln und freundliche Tiere, es muss schön gewesen sein, es wäre immer so geblieben, hätte es nicht jenen Apfel gegeben; eine solche Welt gibt es dort in jenem Indien, unter den Wasserfällen, auf der roten Ebene, von der Simon erzählt.

Simon weiß nicht, was für eine Welt das war, bevor die Jesuiten gekommen sind, er weiß nicht, ob es das Paradies war, auf jeden Fall hatten sie dort außerhalb der Gnade Gottes gelebt, ohne Kirchen und Kirchengesang, der Weg zur Erlösung war ihnen verschlossen gewesen, hatten sie denn leben können, so wie sie waren, ohne die Gnade Gottes? Ohne daran zu denken, wie sie auch ohne Dach über dem Kopf gelebt hatten, ohne Pflüge und Hacken, ohne Viehherden und Schlachthöfe, ohne Webereien und Schmieden, ohne Arkebusen und Musketen, ohne die Kanonen von Bruder Kluger, mit ihren Pfeilen und Bogen hatten sie sich kaum verteidigen können. Das aber mussten sie, denn die Attacken und Massaker hatten sofort eingesetzt, als die portugiesischen Ansiedler sahen, dass die Guaraní, so nannten sich die Indianer, mithilfe der Jesuiten das Land besiedelten und bestellten. Sie konnten nicht akzeptieren, was die ganze christliche Welt schon längst akzeptiert hatte, schon damals, als er in seinen Briefen aus Indien an die christlichen Herrscher berichtete, was Bartolomeo des las Casas schon längst niedergeschrieben hatte: Sie sind keine Tiere, sie sind Menschen, sie haben Gott in sich, nur dass sie ihn noch nicht kennen, der Heilige Geist möge kommen. Sie konnten es nicht akzeptieren, denn sie waren vom Heiligen Geist verlassen worden, in ihnen hatten sich die bösen Geister des Landes eingenistet, in dem sie schon lange gelebt hatten und in dem sie verroht waren. Die Angriffe reihten sich aneinander, je brutaler sie waren, desto heiliger und gerechter fühlten sie sich, *bellum cruentum, sed sacrum*, aber sie waren es nicht, sie waren kein bisschen heilig und gerecht. Was blieb den Jesuiten anderes übrig, als die Guaraní außer in der Lehre von den sieben Sakramenten, den sieben Haupt- und Todsünden und den sieben Teilen der christlichen Barmherzigkeit noch in zahlreichen Künsten der Kriegsführung zu unterweisen? Mit Gottes Hilfe und der Hilfe der Jesuitenbrüder konnten sie bald die Schwerter schwingen und die Kanonen füllen, und die angreifende Bandeira, so nannte sich die portugiesische Armee, holte sich blutige Köpfe in den Missionen. Im Jahre sechzehnhunderteinunddreißig jedoch, so berichten die Chroniken, als man den Angriffen nicht mehr standhalten konnte, bauten sie siebenhundert Flöße und Boote und siedelten zwölftausend Menschen auf dem Fluss Paraná in Orte um, wo sie neue Siedlungen errichteten, ein neues San Ignacio, jetzt nannte man es San Ignacio Miní, ein neues Loreto, ein neues Santa Ana. Das war ihr Exodus, ihr Weg aus Ägypten, ich weiß nicht, ob dort jemals das Paradies war, ich weiß, dass sie ihren Exodus auf dem Weg ins Gelobte Land erlebt haben. Katharina sieht mit geschlossenen Augen das überwältigende Bild: Moses führt das auserwählte Volk auf siebenhundert Flößen und Booten den Fluss Paraná hinab, sie rudern, der Fluss schäumt und trägt sie in Sicherheit, die Guaraní und die Jesuiten, Simon sitzt mitten unter ihnen und singt, alle singen, die Seele ist ein Boot, das auf dem Wasser schwimmt und in einen ruhigen Hafen einläuft. Auch Katharina fährt auf dem Boot, dort in der Ferne kann Simon nicht allein sein, vielleicht schläft er aber auch schon im Gras, vielleicht träumt er das sanfte Bild, oben ziehen die weißen Wolken, unter ihren Füßen erstreckt sich die rote paraguayische Ebene, das silbrige Schimmern des Flusses windet sich durch sie hindurch, hier unten kann sie ihn sehen, unterm Waldrand, auf der Wiese, auf der das Muli Gänseblümchen rupft.

Gegen Abend bogen sie von der Straße bergwärts zu einem einsamen Bauernhof ab, dort würden die erschöpften Reisenden bei guten Menschen übernachten. Eine große Müdigkeit hatte sich ihrer bemächtigt; obwohl Katharina ein Stück Wegs geritten war, fielen ihr die Lider über die Augen, der Schlaf am Waldrand war kurz gewesen, mit schönen Träumen zwar, aber kurz, Simon hielt das Maultier an der Leine und musste es manchmal zornig ziehen, es hatte auch keine Lust mehr zu gehen, erst recht nicht so einen Berg hinauf, der Hund schleppte sich, weit zurück, hinterher. Als sie näher kamen, erkannten sie bald, dass das Haus verlassen war, die Menschen waren längst von hier weggezogen, Krankheit oder Schulden, Krieg oder Armut, das Dach war am Giebel bereits eingebrochen, einen Winter noch, und hier würden nur noch die Mauern stehen. Genau genommen war der ganze Bauernhof verlassen, ein trauriger Anblick der Hof, wo ein zerbrochener Pflug und ein paar wurmstichige Holzteile herumlagen, von denen sich nicht mehr sagen ließ, zu welchem Möbelstück sie einmal gehört hatten, im Stall gab es keinerlei Gesellschaft für das Maultier, nur rostige Eisenringe in der Wand, an denen einmal Kühe angebunden gewesen waren, zerfallene Tröge, schwarzer Schmutz auf dem Boden, ein trauriger Anblick der leere Stall, selbst das Muli mochte ihn nicht, auch Futter würde es hier keines geben, gut, dass es sich den Bauch mit Gänseblümchen vollgeschlagen hatte, morgen früh würde sich schon etwas finden. Sie sahen sich um, wo sie ihr Lager einrichten könnten, genau genommen schaute sich Simon um, Katharina stand an der Wand, sie musste sich anlehnen, vor Müdigkeit schwankte der Boden unter ihr, Simon und das Muli tanzten ihr vor den zufallenden Augen, diese Augen würden schlafen, lange, fest und traumlos. Das Haus war voller Staub, und bei Simons Eintreten waren Mäuse in alle Richtungen geflüchtet, es gab keinerlei Hausrat, man hatte alles weggeschleppt, hier konnte ihnen im Schlaf noch das Dach auf den Kopf fallen; der Stall war schmutzig, vom Getreidespeicher waren ein paar Bretter und Balken übrig geblieben, um ein Nachtlager war es schlecht bestellt. Zuletzt entschied er, dass die Nacht nicht so kalt sein würde, wir sind nicht mehr in den hohen Bergen, es ist möglich, draußen zu schlafen, unter den Sternen, unter dem Himmelsgewölbe. Er trug Bretter, die vom Getreidespeicher übrig geblieben waren, unter den Apfelbaum auf der Wiese hinter dem Haus, säuberte sie, rollte Planen und Decken auseinander, es würde ein wenig hart werden, die Ledertaschen und Bettelsäcke sollten als Kissen dienen, es würde hart werden für Katharina, er war an solche und schlimmere Nächtigungen gewöhnt. Er legte die schwankende Katharina wie ein Kind aufs Lager, im Nu war sie zu einem Knäuel zusammengerollt und eingeschlafen, noch bevor er sie zugedeckt hatte.

Schläfst du nicht? Mitten in der Nacht hörte er etwas sich bewegen, ganz nahe atmete jemand, er öffnete die Augen, Katharinas Gesicht war über ihm, ihr offenes braunes Haar, langes Haar, dunkles, in dieser Nacht fast schwarzes Haar, warum schläfst du nicht? Mich friert, sagte sie. Wenn ich dich ansehe, wie du schläfst, friert mich ein bisschen weniger. Der Tasche unter dem Kopf entnahm er einen rauhaarigen Überzieher: Leg das noch über. Jetzt hast du aber kein Kopfkissen mehr. Macht nichts, ich werde die Sterne betrachten. Kann ich sie mit dir betrachten? Komm. Sie betrachteten die Sterne. Hoch ist das Himmelsgewölbe, ist dort Gott? Nicht nur dort, Er ist überall. Wie kann Er alles zugleich sehen? Weil Er allmächtig ist. Und warum gibt es dann die

Sünde, warum gibt es das Böse, warum sind wir so oft unglücklich, warum lässt Er das zu? Als Simon Lovrenc noch ein junger Scholar im Jesuitenkolleg gewesen war, hatte er mit den Freunden kühn über die gefährlichsten Fragen diskutiert, über die Prädestination, über den freien Willen und über die Existenz des Bösen. Nachts, wenn der Lärm verstummt war, hatte er mit einem Scholarenkollegen im Konvikt aus der Dunkelheit in das helle Oberlicht ihres Zimmers gesehen und flüsternd über die geheimen vier Letzten Dinge gesprochen, bebend über das Böse, das auf jeden lauerte, begeistert über den Zorn Gottes, der Völker zerstreute und Städte vernichtete. Wenn Simon damals oder noch vor drei Monaten, als er in Olimje war und auf den Entlassungsbescheid wartete, wenn ihm damals jemand gesagt hätte, dass er bald mit einer Frau unter freiem Himmel liegen und über theologische Fragen diskutieren würde, hätte er ihm geantwortet, er sei verrückt. Jetzt lag er mit Katharina unter einem Apfelbaum, sah zu den Sternen hinauf und erging sich in klugen Gedanken über den unendlichen göttlichen Raum jenseits von ihnen. Die Sterne schienen auf sie herab, es war eine warme Nacht, wenngleich sie fror, sodass sie sich noch mehr an ihn drückte, das sind dieselben Sterne, zu denen einst der Kachuita hinaufgeschaut hatte, er war ein Kachuita, so nannten die Guaraní die Jesuiten, er war auch ein Pají, was Pater bedeutete, er ist in Paraguay gewesen und hat zu den Sternen emporgesehen, wie er es jetzt hier auf dem Berg tat, von dem aus sie am nächsten Tag nach Bayern absteigen würden. Wir hatten ein Gerät, mit dem wir die Sterne betrachteten und ihre Himmelsbahnen berechneten, Pater Buenaventura Suarez hatte ein Teleskop gebaut, wir blickten in den Himmel, wir sahen Meere und Felsen auf diesem Mond, der auch auf uns scheint, Katharina, Pater Suarez hat ein Buch über die Sterne geschrieben, *Lunario de un siglo* hieß es, *Lunario*, wiederholte Katharina, *Lunario de un siglo*, das klingt schön. Friert dich noch immer? Jetzt nicht mehr. Lehn deinen Kopf an meine Schulter, Katharina, sieh die Sterne über uns, noch in dieser Nacht werden diese Sterne über dem Land scheinen, wohin wir mit dem Schiff einen Monat und länger reisen müssten und dann wochenlang über das Festland, so weit weg ist dieses Land, zehnmal, hundertmal weiter als Kelmorajn. Und diese Sterne betrachten jetzt Indianerkinder mit den christlichen Namen Alonso, Teresa, Anastasia, Pedro, Miguel, Paola, ja auch Luis, und auch Franz, und vielleicht ist auch eine Katharina unter ihnen, ganz sicher sind sie jetzt keine Kinder mehr, wenn sie noch am Leben sind, wenn die portugiesischen Soldaten sie nicht hingemetzelt haben, oder sie sich nicht in den Wäldern verirrt haben, in denen sie nicht mehr zu leben wissen, wie es ihre Vorfahren wussten. Diese Kinder sind jetzt schon fast erwachsen, mit fünfzehn heiraten sie, die Mädchen mit fünfzehn, die Jungen mit siebzehn, nicht so wie ihre Eltern, die machten noch durcheinander Liebe, nicht jeder mit jedem, aber jeder mit dem, der ihm gefiel. Alle haben gern die Sterne betrachtet, manchmal konnte man ihnen schwer klarmachen, dass man nachts schlafen müsse, auch wenn Pfingsten war oder Ostern, weil man tagsüber arbeiten muss, sie betrachteten gern die Sterne, besonders durch unseren Sterngucker. Vielleicht erinnern sie sich an die Pater Simon, Ramirez, Matías in den schwarzen Mänteln und an die vielen anderen, die weggegangen sind, weil sie gegen ihren Willen das evangelische Land verlassen mussten, das sie mit ihrem Glauben, ihrem Verstand und ihren Händen mit der Hilfe Gottes und mithilfe der offenen Seelen der Guaraní geschaffen hatten. Vielleicht warten sie, dass sie zurückkehren, sie haben sie verlassen, diese Kinder, warten, obwohl sie jetzt erwachsen sind. Ich war ein Kachuita, Kachuita ist ein Wort, das sie nicht nur mit Ehrfurcht, sondern auch mit Liebe ausgesprochen haben, ein Kachuita ist ein Jesuit, ein weißer Vater im schwarzen Mantel, ein Pají, einer, der in das Land ohne Böses reist. Bei uns ist das der Himmel, bei ihnen ist das irgendwo am Ende der Welt, jenseits der großen Wälder und Meere, von wo die Pater kommen, hier irgendwo, Katharina, wo jetzt wir sind und die Sterne betrachten. Die alten Slowenen, sagte Katharina, haben geglaubt, die Sterne seien die Kinder der Sonne. Offenbar waren auch die alten Slowenen zu ihrer Zeit Indianer, so würden die Guaraní sagen, sagte Simon. Denkst du nicht so?, fragte Katharina. Jeder Mensch, sagte sie nachdenklich und ein bisschen traurig, jeder hat seinen Stern, wenn er erlischt, ist die Seele von dieser Welt geschieden. Die Engel, sagte sie, die Engel zünden die Sterne für neue Menschen an, neue Sterne, das sind neue Menschen. Und löschen sie bei denen, die sterben, bei meiner Mutter haben sie ihn gelöscht.

[17]

Nach dem schlimmen Unwetter, das sie unter dem namenlosen Bergpass überlebt hatten – wer hätte sich mitten am Jüngsten Tag gefragt, wie die schreckliche Schlucht hieß? –, waren die Kelmorajner Pilger die kurvenreiche Straße hinunter zu einem Dorf nahe Salzburg gezogen. Dort machten sie für zwei Tage Halt, um die Kleider zu trocknen, die Wagen zu reinigen und ihre verschreckten Seelen in Ordnung zu bringen. Und man musste auf jene warten, die sich während des Jüngsten Tages in Felsenhöhlen und Hirtenhütten geflüchtet hatten. Einige fehlten, nicht nur der Mesner Balthasar, der jetzt schon seinen Frieden beim himmlischen Vater gefunden hatte, bestimmt hatte ihm der hl. Rochus, dem er so viele Jahre gedient, dessen Wunden er zu jedem Feiertag gereinigt und neu bemalt und zu dessen Ehre er jeden Tag die Glocke geläutet hatte, mit seiner Fürsprache zu einer günstigen Bewertung seiner Sünden verholfen, auch Mesner Balthasar hatte welche, wer hatte sie nicht? Noch zwei unglückliche Seelen hatte das Wasser genommen, und für alle drei hatte Pfarrer Janez die Seelenmesse gehalten, die den heiligen Reisenden ans Herz gegangen war, niemand hatte sich des Gedankens erwehren können, dass das geradeso auch ihm hätte zustoßen können und dass es das noch immer konnte, der Weg war noch weit, man musste durch schwarze Wälder, über große Flüsse und durch Gegenden, die vom Krieg verheert wurden. Die Einheimischen hatten ihnen erzählt, dass es bereits Gefechte kleinerer Einheiten in Bayern und Böhmen gegeben habe, die österreichische Armee sei siegreich geblieben, versteht sich, mit ihr war Gott, wem sollte Gott helfen, wenn nicht der Armee Ihrer katholischen Majestät, der Kaiserin Maria Theresia, hätte er etwa den ketzerischen Preußen und ihrem raffgierigen König Friedrich helfen sollen? Trotzdem hockte die Angst in der Brust, unter den Pilgern gab es einige Männer, die zehn Jahre zuvor im Krieg gewesen waren, als Soldat war der Preuße ein Teufelskerl, wenn man ihm eine Hand abhackte, kämpfte er mit dem Stumpf weiter, erst wenn er ein Loch im Kopf hatte, hörte er auf. Aber die Schlachtfelder waren weit oben, der Weg zum Rhein und nach Köln war sicher, und auch: Wer sollte den frommen und friedlichen Leuten etwas tun wollen, die mit ihren slowenischen Liedern an den heiligen Ort pilgerten, in manchem Dorf aber auch ihren Pilgerreigen tanzten, sich an den Händen nahmen und im Kreis trippelten und dazu unverständliche Worte jauchzten oder traurige Marienlieder sangen? Trotzdem war es nicht leicht, sie zogen in ein Land, wo einst, Pfarrer Janez hatte ihnen das erzählt, schlimme Dinge geschehen waren: Man hatte Geistliche niedergemetzelt und in heilige Gefäße geschissen.

Vermindert hatte sich ihre Zahl noch um eine Gruppe von sechs oder sieben jungen Leuten, Burschen und Mädchen, die sich ihnen in Kärnten angeschlossen hatten, sie waren zu Fuß durch das Drautal gekommen. Die hatten umgedreht und waren nach Hause gegangen, wir haben nicht gewusst, dass man nach Köln schwimmen muss, hatte einer der jungen Männer gesagt, schwimmen und ärschlings über glitschige Felsen rutschen. Es war ihre Sache, wenn sie den Mut verloren hatten, man hätte sagen können: Gott mit ihnen, wenn sie nicht gerade Ihm den Rücken gekehrt hätten. Aber es war nicht ihre Sache, dass seit ihrem Verschwinden Richtung Marbruk auch vier Zugpferde und ein Maultier abgängig waren, und wenn man dazu die zerbrochenen Wagen zählte, die jetzt von den Stellmachern repariert wurden, die Kleider, die Kiste Dörrfleisch, siebzehn Gebetbücher, dreihundert Kerzen, darunter ein paar richtig große und schwere, drei Banner mit den Krainer Heiligen, zwei Kelche und noch manche Kleinigkeiten, dann waren die Verluste gar nicht so gering. Vor allem aber stimmte Herzog Michael und Pfarrer Janez das Verschwinden von Katharina Poljanec besorgt, der Tochter des Gutsverwalters von Baron Windisch, das versprach große Schwierigkeiten bei der Rückkehr nach Krain, eine Rechtfertigung vor dem bischöflichen Ordinariat und vielleicht auch noch vor einer Untersuchungskommission. Dass auch der schweigsame Mann verschwunden war, der gar nicht auf der Liste stand und von dem man nicht wusste, woher er kam, war von geringerer Bedeutung, der Vagabund, der in der Nähe von Villach angestreunt gekommen war, würde sich schon zurechtfinden. Aber Katharina Poljanec, das war eine ernstere Angelegenheit. Michael Kumerdej rief das Pilgertribunal zusammen, und bis spät in die Nacht wurde gemutmaßt, was der jungen Frau zugestoßen sein mochte, man befragte Zeugen, die gesehen hatten, wie sie vom Wasser abgetrieben wurde, und andere, die gesehen hatten, wie sie mit diesem dunklen Menschen in den Wald ging, vielleicht hatte er sie entführt? Je mehr Überlegungen sie anstellten und je mehr Augenzeugen sie anhörten, desto klarer wurde es: Ja, er musste sie entführt haben, Gott wusste, was er mit ihr anstellte! Altvater Tobias, der in der Ecke saß und diesen Mutmaßungen zuhörte, sagte, dass mit den Frauen auf Wallfahrten schon sehr schlimme Dinge geschehen seien, eine sei gar im Magen ihres Mannes geendet. Bekannt sei die Geschichte von dem Pilger ins Heilige Land, der in Anatolien Muselmanen in die Hände gefallen und von ihnen bis an den Rand des Todes ausgehungert worden sei. So sei ihm nichts anderes übrig geblieben, als seine Frau zu töten und sie langsam zu verzehren, bis er endlich das Heilige Land erreicht hatte. Er wurde nicht zum Tode verurteilt, er war ja ein heiliger Mann, die Frau war schließlich sein Besitz gewesen und er hatte das Fleisch seiner Liebsten in böser Not unter der Drohung seines eigenen Todes gegessen. Aber ihm wurde eine gerechte Strafe für seine Tat auferlegt: Bis zu seinem Tode durfte er kein Fleisch mehr zu sich nehmen, hundert Mal am Tag musste er das Vaterunser beten, er durfte nie wieder heiraten, der Grund dafür lag auf der Hand, er musste in Sack und Asche gehen und durfte nie zweimal an ein und demselben Ort übernachten, zuletzt wurde er sogar ein Heiliger. Wollen der geehrte Altvater Tobias etwa sagen, dass dieser Mensch die Katharina Poljanec aufgegessen hat?, fragte dann, als er die Sache überdacht hatte, der Grundbesitzer Dolničar aus Šentjanž in Unterkrain, ein Mitglied des Tribunals. Ich habe nur erzählt, was alles schon vorgekommen ist, sagte Tobias. Pfarrer Janez widersprach, einen solchen Heiligen kenne er nicht, so einen Heiligen gebe es nicht, Gott kenne ihn nicht. Nichts hätte Tobias mehr erzürnen können als dieser Einwand, er lüge nie, er erzähle die Dinge, wie sie geschehen seien, und die Leute sollten damit machen, was sie wollten, er habe nicht gesagt, Katharina Poljanec sei aufgegessen worden, es habe aber schon alle möglichen Heiligen gegeben. Beleidigt sprang er auf die Beine: Und was ist mit dem hl. Hugo?, rief er aus, was ist mit ihm? Ob er den auch nicht kenne? Der hl. Hugo, erzählte der Altvater aus Pettau triumphierend, ein Abt der Abtei Lincoln in England, sei Ehrengast in Fécamp gewesen und man habe ihm gestattet, die Hand Maria Magdalenas zu sehen, eine Reliquie, zu der die Massen aus ganz England und Frankreich gepilgert kämen. Die Reliquie war in wertvolle Tücher gehüllt, aber das konnte Hugo, der damals noch kein Heiliger war, nicht aufhalten. Er löste die Tücher und beschloss, nachdem er schon so weit gekommen war, ein Stück der Hand mitzunehmen. Er wusste sich keinen anderen Weg, als die Hand der Heiligen in den Mund zu nehmen und zu versuchen, ihre Finger, zuerst mit den Schneidezähnen, dann mit den Eckzähnen, abzubeißen; schließlich gelang es, er hatte gute Zähne, er biss ihr zwei Finger ab und diktierte dann seinem Sekretär: Wenn ich unmittelbar davor den Leib unseres Herrn im Munde hatte, warum sollte ich dann nicht auf ähnliche Weise mit den Gebeinen einer Heiligen verfahren dürfen, wenn das der einzige Weg ist, um an sie heranzukommen? Die Geschichte machte auf die Anwesenden großen Eindruck, vor allem deshalb, weil auch Pfarrer Janez nichts dagegen anführen konnte: Die Sache stand geschrieben, sie war vom Sekretär des hl. Hugo aufgezeichnet worden.

Tobias war zufrieden, triumphierend rief er Pfarrer Janez zu:
– Na? Und was sagt Gott dazu?
– Fragt ihn selber, erwiderte der Pfarrer von St. Rochus wütend.
– Ihr vertretet ihn hier, sagte Tobias.
– Ihr kennt ihn aber besser, knurrte Pfarrer Janez zurück.

So endete die Sitzung des Pilgertribunals, die dem Verschwinden Katharinas, der Tochter des Poljanec, und anderen Sorgen der weisen Führung gewidmet war. Dazu zählten sicherlich die großen Schwierigkeiten mit dem Wagen, auf dem der Leib des Großen Magdalenchens befördert wurde, auch schon fast einer Heiligen; der Wagen war bei dem Unwetter fast vollständig auseinandergefallen, bis zum Dorf hatte man Magdalenchen auf einer Trage bringen müssen, die sonst bei Prozessionen für die Heiligenstatuen verwendet wurde. Jetzt lag die Ärmste in der Vorhalle des Pfarrhauses, die Tür musste offen gelassen werden, damit sie, wenn sie nicht litt, sehen konnte, was draußen vor sich ging, ihr Weinen und Lachen lockte die Dorfbuben an, die aus lausbübischem Übermut die Hosen runterließen und sich auf den bloßen Hintern klatschten, was sie äußerst belustigend fanden, zumal Magdalenchens Stöhnen angesichts dieser Beleidigungen noch lauter, ja fast schon zum Kreischen wurde.

Sie standen vor dem Eintritt nach Bayern, dorthin reichte der Machtbereich Maria Theresias formal nicht, obwohl die österreichische Armee vor gut zehn Jahren das Land in die Knie gezwungen, es ziemlich verheert und leer geräumt hatte. Den bayrischen Beamten würde man die bischöfliche Erlaubnis und die Pilgerlisten zeigen müssen, hier würde es ein wenig mehr Ordnung geben, ein Pilger, der mit allem versehen war, was zum so genannten *habitus peregrinorum* gehörte, konnte hier auf jedweden Rechtsschutz zählen, auf kostenlose Übernachtung und oft auch einen feierlichen Empfang samt Bewirtung. In Bayern mochte man fromme Menschen, die Statistik besagt, dass es in diesem Land zu der Zeit, als die slowenischen Pilger dort durchzogen, achthundert Communitates Corporis Christi, sechshundert Herz-Mariae- und dreihundert Herz-Jesu-Gesellschaften gab, bei solchen Zahlen wurde man von Ehrfurcht erfüllt, in Deutschland gab es von allem mehr, und alles war größer. Auch an Wundern fehlte es nicht, unweit hatte sich erst gut zwanzig Jahre zuvor, genauer im Jahre siebzehnhundertdreiunddreißig, im bayerischen Kloster Steingaden Folgendes ereignet: Ein fünfzehnjähriger Klosterschüler, dem es offenbar an Ehrfurcht vor den heiligen Dingen mangelte, kletterte ohne jede Angst aufs Kruzifix und begann an der Jesusfigur herumzuzerren und sie am Bart zu zupfen. Kaum hatten sich die Anwesenden von der Verblüffung über so viel Dreistigkeit erholt, fing vor ihren entgeisterten und bestürzten Augen die Jesusfigur an, sich zu bewegen, die Ketten, die sie um Arme und Beine geschlungen hatte, begannen zu rasseln und verursachten einen solchen Lärm, dass der Delinquent vor Angst und Entsetzen zu Boden stürzte. Er zitterte am ganzen Leib, und Schaum trat ihm vor den Mund. Das Ganze war ein großes Wunder, auch lehrreich für die jungen Leute, wozu gibt es denn Wunder und Erscheinungen, wenn nicht dazu, dass der Mensch etwas daraus lernt? Und sie stärken den Menschen auch vor den Gefahren, die auf ihn lauern, denn bei solchen Ereignissen weiß man, dass Gottes Gegenwart nahe ist.

Und die würde nötig sein, denn dort in der Ferne in den deutschen Landen wartete eine weitere Gegend auf sie, deren Name angsteinflößend war: Schwarzwald. Die deutschen Lande erweckten schon allein von sich selbst Angst in einem, geschweige denn eine Gegend mit einem solchen Namen: Schwarzwald. Vor Wäldern fürchteten sich die slowenischen Menschen von jeher, es gab darin immer etwas, was für den Menschen nicht gut war, irgendwelche Kurente, Perchten und Werwölfe seit uralten Zeiten bis heute; wenn einer durch den Wald ging, wurde er von glühenden Blicken aus der Dunkelheit begleitet. Das waren Teufel, die auf die Seele lauerten, Werwölfe, verlorene Hunde, Wildschweine, Glühwürmchen, Amseln, schon zu Hause mangelte es an all dem nicht, was würde erst in deutschen Landen sein, wo alles größer und gefährlicher war, die Gegend und die Flüsse, die Wälder und die Werwölfe darin.

Der Wald ist gefährlich, die Dunkelheit dicht und voller Erscheinungen. Überall auf dem Weg begleiten dich ihre glühenden Blicke aus der Dunkelheit, sie beobachten deine Bewegungen, sie hören deine Rufe und du hörst ihr Flüstern. Behaarte und gehörnte Menschen, die in den Bergen leben, in den Felsen, Skorpione, die im Farn kriechen, Schlangen, die von den Bäumen herabhängen, blutrünstige Wut sich windender Vipern, Bestien in ihren Höhlen, Bären, die deine Schafe reißen, Wölfe, die mit ihren dämonischen Stimmen den Mond anheulen. Die Dämonen kauern friedlos in ihren Höhlen, streichen durchs Schilf an den Bächen, aus dunklen Gegenden sehen ihre großen Köpfe auf langen Hälsen hervor, ihre bleichen und dünnen Gesichter mit den roten Pupillen, mit Ziegenohren, Pferdezähnen, unsichtbar bewegen sie sich mit ihren gedrungenen Körpern durch den Wald, manche haben Schweinezitzen, runde Bäuche, in denen die Flammen lohen, die aus dem brüllenden Mund hervorbrechen. Der Wald, in dem es immer ein leises Brüllen, Brummen, Rucken, Rascheln und Zischeln gibt, Felsenhöhlen, in denen es zusammengerollte Knäuel von Schlangen gibt, Adler- und Geierhorste im Fels, die auf Aas warten, gleich ob Tier oder Mensch. Aber auch andere Wesen, gefährliche und bösartige Gnome, geflügelte Schlangen, Waldfeen, zottige und gehörnte Perchten, grüne Waldmännchen, Wassermänner in Bächen und Flüssen, Hundskopfaffen, geschuppte Drachen, lodernde Büsche mitten auf Waldlichtungen, in denen der Geist Satans brennt, im See der Leviathan, das siebenköpfige Meeresungeheuer, ein Löwe mit Adlerflügeln, ein Monster, das sich vom Boden erhebt und wie ein Mensch auf Beinen steht und dem ein Menschenherz gegeben ist, ein Panther, der vier Vogelschwingen auf dem Rücken hat und vier Köpfe besitzt und dem große Macht gegeben ist, und überall der Große Drache, die alte Schlange, Gog und Magog.

Die unsichtbare und zugleich sichtbare Welt, ihr Leben, das Leben ihrer Erfahrung, ihrer Väter und Mütter, Großväter und Großmütter, aller derer, die in einer langen Kette vor ihnen sind. Ihr Leben, ihre

Erfahrungen haben diese Welt geschaffen, die zugleich sichtbar und unsichtbar ist, die hier im Wald und in der Luft, im Wasser, in Feld und Flur ist. Sie mögen ihren Pfarrer, sie freuen sich über seine Worte, die von der Sünde sprechen, obwohl sie wissen, dass hinter allem mehr steckt, viel mehr, auch Pfarrer Janez weiß das, aber er versucht es ihnen richtig zu erklären, wie er es sich selber zu erklären versucht: Diese Gespenster, das sind unsere Dämonen, sie folgen uns, sie sind unsere Sünden. Jesus hat sie ausgetrieben in die Schweine hinein und die Schweine ins Wasser, aber sie haben einen Weg aus dem Wasser gefunden, weil wir sie selbst herbeigerufen haben, und jetzt folgen sie uns nach, überall lauern sie auf uns. Schön, aber was hat das mit den Hundskopfaffen und den Augen zu tun, die aus der Dunkelheit starren? Ihre Sünden sind in ihnen selbst, das wissen sie ja schon seit Langem; ein Dämon, der Leviathan, der brennende Busch, das wissen sie auch, ist aus sich selbst, wie auch das Heulen des Waldes, sein Flüstern, Rascheln, Zischeln, Rucken und Heulen aus sich selbst ist. Man muss sich bewegen, damit einen nicht der Zweifel erfasst, bis zur Tür der nächsten Kirche, zu den Heiligenbildern. *Gehet ein durch die enge Pforte*, steht in der Heiligen Schrift geschrieben, *denn weit ist die Tür und breit der Weg, der zur Verdammnis führt, und ihrer sind viele, die darauf wandeln. Und die Pforte ist eng und der Weg schmal, der zum Leben führt, und wenige sind ihrer, die ihn finden.*

Endlich lichtete sich der Wald, ein schönes Tal öffnete sich, ein Bach, einige Häuser in der Ferne, eine verlassene Mühle, wo man rasten konnte. Der große Getreidespeicher war völlig leer, ohne ein Getreidekorn, was schlecht war, weil sie hungrig waren, was aber auch gut war, weil sie genug Platz hatten, es sich entlang den Wänden bequem einzurichten. Man brauchte sich nicht an andere Körper zu drücken, denn es war warm. In der Mitte hatte man vorsichtig ein Feuer gemacht und eine Feuerwache aufgestellt, die die ganze Nacht Bretter von der Mühle abriss und sie auf die Feuerstelle schichtete, zugleich aber darauf achtete, dass im Schlaf keiner versengt wurde. Der Hunger war schlimm, und die Männer beschlossen, ein Pferd zu töten, dem das schon lange zugedacht war, das arme Tier war unter der Schwere der großen Kerzenpakete eingeknickt. Das geschah, sie hatten auch einen Metzger dabei, bald brutzelten große Stücke Fleisch auf dem langsamen Feuer. Die Töpfe füllte man mit Erbsen, die gekocht wurden, um sie dem Fleisch beizugeben, wenn es gebraten sein würde, lediglich Fleisch zu essen, war nicht gesund. Der Rauch biss in den Augen, der Fleischduft stieg in die Nase, und es war schön, denn draußen heulte der Frühlingswind, und die Mühlräder drehten leer.

Die goldene Kette um den Hals des Städters, die Michaels Augen so gern betrachtet hatten, dass sie ihre Begehrlichkeit nicht hatten verbergen können, befand sich jetzt in Michaels Händen, um seinen Hals. Der verprügelte Städter, der Gürtler Schwartz, wer hätte sich noch entsinnen können, warum dieser Mensch verprügelt worden war? Er selbst hatte es vergessen, oder aber er hatte sich die Sache inzwischen gut überlegt, und die Prügel hatten die richtige Wirkung gehabt, denn der Gürtler Schwartz trat vor allen zum Herzog und bedankte sich bei ihm laut, weil er sie alle zusammen sicher hinübergeführt hatte über die wütenden Wassermassen, des Gürtlers Frau Leonida bedankte sich ebenfalls bei ihm. Jetzt waren sie bereits so weit weg von jener Sintflut, dass man sagen konnte: Sie waren in Sicherheit, vor ihnen lagen nur noch die Städte der deutschen Lande und ein gerader Weg nach Kelmorajn. Hinübergeführt, murmelte Michael verlegen, alle zusammen nun nicht gerade sicher hinübergeführt, knurrte er, aber immerhin fast alle.

Und außerdem, sagte der Gürtler, habe der Pilgerherzog Michael Kumerdej recht: Ein Pilger brauche wirklich weder eine Goldkette noch irgendeinen anderen Prunk. Solle sie der Pilgerprinzipal, der Herzog, um den Hals tragen, damit seine Bedeutung noch stärker betont werde. Nach allem, was er für sie getan habe, habe er sich das verdient.

Alle waren über diese Wandlung verwundert, und alle schrieben die plötzliche Bescheidenheit des Städters der Wirkung des Pilgerns zu, den ersten Wunderwirkungen mitten im Alltagsleben, die sich ja auf unterschiedliche Weise zeigten, auch so, dass sie menschlichen Dünkel gänzlich verpuffen ließen; dass dabei ein schärferes Wort oder ein Stock half, mit dem man jemandem einen Stoß in den Bauch versetzte, wenn bei ihm der Kopf verrückt spielte, das stimmte allerdings auch.

Wenn wir ans Ziel gelangen, sagte der Städter, soll die Goldkette zum Goldenen Schrein gelegt werden, den Drei Weisen als Geschenk und zu Gewahrsam und als Dank für die Rettung aus den wütenden Wassermassen.

Es war Michael anzusehen, dass er mit diesem Nachtrag nicht sehr zufrieden war, aber er nahm die Kette nunmehr von Amts wegen entgegen und versprach, dass es so geschehen würde, wie es gesagt war.

Einige Pilger waren Michael, wenngleich sie ihn wegen seiner Entschlossenheit respektierten, ein wenig neidisch wegen des Goldes, das plötzlich um seinen dicken Nacken glänzte. So dankbar ist er ihm, sagte der Grundbesitzer Dolničar aus Šentjanž, dass er ihm auch seine Frau geben würde. Einige lachten laut, auch der Neider, der wusste, warum er das gesagt hatte. Die schöne Frau Leonida, des Gürtlers Frau, war schon seit einigen Nächten immer wieder aufgestanden, war zwischen den Schlafplätzen der Pilger dorthin getappt, von wo das Jammern und Lachen des Großen Magdalenchens herüberhallte, und von dort waren zwei Gestalten in die Nacht hinausgeschlichen, manch einer hätte die Hand dafür in das Feuer gelegt, auf dem das Pferdefleisch brutzelte, dass sich in den Händen und um den Hals Michaels nicht nur des Gürtlers Kette eingefunden hatte, sondern auch seine Frau, eine dieser beiden Gestalten war die Gestalt des Prinzipals Michael, die andere die der schönen Leonida, so etwas kam vor, auch auf einem heiligen Weg, vor allem, wenn die Herzogin eine halbe Heilige war. So mancher hatte keinen Zweifel, dass Magdalenchen das eines Tages auch sein würde, sie musste nur noch ein wenig abnehmen.

Einer der Pilger, der den Weg schon einmal gegangen war, wusste zu berichten, dass die Mühle deshalb leer war, weil man den Müller in die Stadt gebracht und in den Teig gerührt und, so angerührt, in den Backofen geschoben habe. Weil er ein Betrüger gewesen sei, habe man anstelle des von ihm erschwindelten Mehls gleich ihn zu einem großen Müllerlaib verbacken. Den Bäcker habe man im Fluss ersäuft, weil auch er betrogen hatte. So waren einst die revolutionären Zeiten.

All das, sagte Altvater Tobias, der am Feuer stand, beleuchtet von den roten Flammen und in den Rauch des schmorenden alten Fleisches gehüllt, all das wegen des Brotpreises. Ich kann mich erinnern, sagte er und strich sich über den grauen Bart, dass die Situation in der Landwirtschaft schon vor hundert Jahren unaufhörlich schlechter wurde. Im ersten Viertel des Jahres sechzehnhundertvierundneunzig hatte sich der Preis für ein Maß Weizen im Vergleich mit dem Jahre einundneunzig verdreifacht. Deshalb starben, wenn ich mich recht erinnere, ganze eintausenddreihundertzweiundneunzig Menschen mehr als drei Jahre zuvor. Damals waren nur dreihundertzweiundneunzig gestorben. Das hat das demografische Bild sehr beeinträchtigt. Das Brot wurde stark verteuert, und die Leute aßen gekochte Brennnesseln und Tierinnereien, die sie vor den Schlachthöfen sammelten. Das stank noch mehr als das angeschmorte Stück Fleisch, das hier von den Männern über dem Feuer gewendet wird. Und deshalb kam es auch zu schlimmen Sachen, es kam zu einer großen Unordnung im Land. Die Leute waren besonders wütend auf die Bäcker und Müller, die natürlich Spekulanten und Monopolisten waren, und die Massen vor den Bäckereien schrien: Volksfeinde! Raffgierige Wölfe! Doch man braucht nicht hundert Jahre zurückzublicken. Noch letztes Jahr, als ich in Paris war, hat die Menge mehrere Müller und Getreidehändler erschlagen, Kornspeicher und Bäckereien geplündert. Es gab viel Wut, Geschrei, Verhöhnung und Schläge. Und das alles wegen des Brotpreises. Was will man machen, wegen des Brotpreises kommt es zu einer Krise in der Manufaktur, es fehlt an Arbeit und deshalb auch am Verdienst, so sind die Zeiten, wir leben in einer unruhigen Zeit, je ärmer das Volk ist, desto besser herrscht der König. Altvater Tobias war zufrieden, weil sich die Pilger über sein genaues Zahlengedächtnis wunderten, über alles, was er schon erlebt hatte, vor allem aber über seine Weisheit. Die Armut macht den Menschen weich, er wird immer gehorsamer und weicher, gern fühlt er die Peitsche auf seinem Rücken. Auch wird er ein wenig beschränkter, so ist Gottes Wille. Trotzdem darf man das Volk nicht in allzu große Verzweiflung stürzen, es weich klopfen, unterwerfen und beschränken. Denn wenn es so ist, geschehen Dinge, wie sie vor hundert Jahren geschehen sind und ich sie mit eigenen Augen gesehen habe. Einen Menschen in den Teig rühren und in den Ofen schieben ist nicht eben christlich, da werdet ihr mir alle zustimmen, aber allzu arm und allzu beschränkt zu sein ist ebenso unschön. Am Ende wird immer einer erschlagen oder in den Teig gerührt und in den Ofen geschoben. Andererseits, sagte Tobias und kraulte sich spitzbübisch den Bart, hat nicht alles zusammen mit einem Linsengericht und einem Stück Brot angefangen? Er rieb sich die vom Rauch gereizten roten Augen, sah die Pilger an, die ihm aufmerksam zugehört hatten, und schloss wirkungsvoll: 1. Buch Mose 25,34.

Amen, sagte Pfarrer Janez, der Metzger und der Koch fingen an, die duftenden Stücke jenes Pferdes zu zerteilen, das sich aus der Sintflut hatte retten können und stattdessen im Pilgerkessel gelandet war, Michael schenkte das erste und schönste Stück dem Gürtler und seiner Frau, dem Gürtler zum Dank für die Goldkette und das Vertrauen und der schönen Leonida für dieselben zwei Dinge.

Alles wäre schön und recht gewesen, wäre nicht von irgendwoher dieser Salzburger Eremit aufgetaucht. Er wollte nichts essen, er ging um

die dampfenden Erbsentöpfe herum, und es war zu sehen, dass sich in ihm Zorn ansammelte.
– Warme Erbsen werdet ihr mir hier fressen! Pferdefleisch!
Niemand beachtete ihn, mit Schöpfkellen bewaffnet packten die Köche neben dem Fleisch auch große Portionen gekochter Erbsen auf die Teller. Der Eremit aber schritt dürr und in seine Felle gehüllt um sie herum und sprach:
– Warme Scheiße, die aus euren sündigen Körpern kommt. Wie sie aus den Tieren kommt, aus den Schafen und Ziegen, und wie die Fladen aus den Kühen kommen. Das kommt auch aus euren warmen, tierischen, sündigen Körpern, die warme Erbsen fressen und warmen stinkenden Dreck ausscheiden. Deshalb denkt ihr auch die ganze Zeit an die menschliche Materie, an ihren Schweiß und ihre Feuchtigkeit, an den Schwanz, der steht, um seinen Samen zu spritzen. Ihr seid warm mit eurer warmen Scheiße, weil ihr an den Körper denkt und nicht an Gott. Der Mensch muss kalt sein, eiskalt, dünn und so hungrig, dass er den Hunger nicht mehr spürt, dass er sich des Hungers nicht einmal mehr bewusst ist, weil er nur noch an Gott denkt, an seine eisige, übermenschliche Allgegenwart und Allmacht. Um die zu begreifen, muss sein Blick dem sausenden Flug des Falken über dem eisigen See folgen, er muss den Schwingen des Adlers an der Felswand und im Schnee folgen, wenn er an Gott denken will. Und er darf nicht seinen Blick an die Felder verschwenden, die mit Scheiße und Gestank gedüngt sind, an den Acker, der stinkt und lebendige Dinge gebiert, damit sie in seiner Wärme zerfallen und neuen Gestank verursachen. Nicht einmal den Krähen darf er zusehen, wenn sie auf den Feldern nach etwas Warmem stöbern, an denen ist lediglich das gut, dass sie mit ihrem Krächzen Schnee und Frost herbeirufen. So wie Anton der Einsiedler und Paul der Simplex waren, so werde ich Hieronymus der Kalte sein. Nach dem Vorbild Jesu muss man in völliger Einsamkeit mit dem Satan kämpfen. Und wenn eure Seelen in der Sünde gefesselt sind, müsst ihr das Gleiche tun. Und euch nicht zu einer dreckwarmen Herde zusammendrängen.
Niemand nahm Notiz von ihm, sie aßen, es zog sie in den Schlaf. An jenem Abend verschwand der Eremit und ward nicht mehr gesehen.

In der Mühle, im Getreidespeicher, auf den Wagen oder einfach unter dem freien Frühlingshimmel schläft die zufriedene Menge der Kelmorajner Pilger mit vollen Bäuchen; an den Berghängen und in sicherer

Entfernung atmet über ihnen der feindliche deutsche Wald. Sie sind weit weg von zu Hause, weit von ihren Lieben, aber Kelmorajn schon viel näher. Erhebe dich, mach dich auf den Weg, Mensch, wenn du willst, dass deine Augen etwas sehen, auch Wunder, es stimmt schon, dass keiner der Pilger das Wunder, das in Steingaden geschehen ist, mit eigenen Augen gesehen hat, aber dass man einem solchen Ort so nahe war, das war schon viel. Wer zu Hause bleibt, versäumt das alles. Wann hätte schon Jesus jemals in einer Krainer Kirche mit den Ketten gerasselt, wenn ihn ein frecher Bengel am Barte gezupft hat? Das Höchste, was sich bei ihnen zu Hause ereignet hat, ist in Moravče passiert. In Moravče sind bei der Weihe des Grundsteins für die Kirche Mariä Verkündigung über dem Kopf des Bischofs drei Schwäne gekreist, und einen Tag später wurde ein Arbeiter beim Vorbereiten der Kalkgrube für den Bau verschüttet, nach einer Stunde hat man ihn lebend und unverletzt ausgegraben, am selben Tag sind bei einer Feuersbrunst alle Häuser auf dem Markt abgebrannt, nur die hölzerne Marienkapelle wurde vom Feuer nicht angetastet, ein schönes Wunder, keine Frage, aber verglichen mit dem in Steingaden ist das ein kleines lokales Wunder, verglichen mit jenem weit zurückliegenden in Regensburg, wo die Hostie in Erinnerung an die Judenvernichtung im Jahre dreizehnhundertachtunddreißig geblutet hat, dort sind Scharen von Kranken und halb Verrückten zur Schönen Maria gepilgert, um geheilt zu werden, sie haben sich unter Krämpfen auf dem Boden gewälzt und wurden unter schrecklichen Schreien gesund, wann ist dergleichen schon einmal bei uns geschehen? Deshalb sind alle zufrieden, weil sie zu einer Pilgerreise in ein fernes Land aufgebrochen sind, weil ihnen, fast allen, der Himmel bei dem gewaltigen Unwetter wohlgesinnt war, weil sie volle Bäuche haben und eine weise Führung und weil sie noch große Erlebnisse in den deutschen Städten erwarten, jeder liebt die Stadt, die Stadt ist ein sicherer Hort, die Straßen sind voller Leben, auch die kleinste Stadt hat mehrere Kirchen, eine Mühle und einen Anger mit Galgen, nahebei lebt ein Mann mit dunklem Gesicht, in einem kleinen Häuschen in der Nähe der Wiese, ein Mann, dem alle aus dem Weg gehen, der Henker, aber ohne ihn geht es nicht, wer würde diese traurige und notwendige Pflicht verrichten, wenn es ihn nicht gäbe? Die Stadt hat auch zahlreiche Vergnügungsstätten, goldene Kuppeln und heilige Stätten, der größte Heilsort aber ist jener, an dem sie den Goldenen Schrein aufbewahren.

An den herunterbrennenden Feuern steht auch Janez, der Pfarrer von St. Rochus, gedankenverloren, selbst müde von den Beichten, müde von den Wortflüssen, die schon den ganzen Weg auf ihn eingeflutet sind. Die Leute kommen einer nach dem anderen und beichten. Auf ihn, in ihn, in das arme Erdenwesen mit dem Namen des Apostels Johannes, legen sie ihre Vergangenheit, die sie hier, mit jedem Schritt und unverzüglich ablegen wollen, um für den Goldenen Schrein bereit zu sein, für den Weg zu den Drei Weisen, wohin der Mensch gereinigt, vorbereitet, offen und mit einem neuen Gesicht treten muss. Obwohl sie schon in den heimischen Kirchen gebeichtet haben, wollen sie unter dem niedrigen sternenübersäten Himmelsgewölbe noch einmal alles ablegen, was sie belastet, was sie nicht mehr mit sich tragen wollen. Weite und unbekannte Landschaften begleiten ihr Leben, aber es begleiten sie auch die Bilder der Täler und Berge, die sie verlassen haben, der Tiere und Pflanzen, der Waldränder, überall hören sie das Bellen der Hunde und das Läuten der Kirchen zu Hause. Trotzdem, trotzdem muss man zumindest versuchen, alles abzulegen. Und Pfarrer Janez kann das verstehen, er ist selbst einer von ihnen, er kennt sie, er kennt sie gut. Wenn sich der Mensch erinnert, wenn er beichtet, erinnert er sich an eine Wirklichkeit, an ein Ereignis aus der Wirklichkeit, an ein Ereignis, das Wirklichkeit war und jetzt nicht mehr ist, diese Wirklichkeit verschwindet beim Erzählen, bei der Beichte. Zurück bleibt die Landschaft, das Bellen des Hundes daheim, die Stimme einer geliebten Person, die am Herd, im Hof, auf dem Feld oder im Wald geblieben ist. Ein Ereignis, ein sündiges Tun aus der wirklichen Vergangenheit hinterlässt nur vage Spuren in der Erinnerung und den Sinnen. Und auch das, auch diese Spuren muss man vor der Reise ablegen. Wenn sich der Mensch öffnet, im Freien, unter den Sternen in einem fremden Land, ändert er sich, versucht er sich zu ändern, unter solchen Umständen ist das eine Konversion, die Reise zu den Drei Weisen ist eine Bekehrung, für manchen die Auferstehung schlechthin. *Vita nova*, nur Gott kann die Verstricktheit des früheren mit dem neuen Leben verstehen, die Verstricktheit der Wirklichkeit aus dem vergangenen sündhaften Leben mit den Wundern, die sie im neuen erwarten. Und das ist das Leben, Pfarrer Janez weiß das, das ist das Leben für denjenigen, der glaubt und den Glauben hat: ein unauflösliches Geflecht aus Alltäglichem und aus Wundern, aus verlorenen Spuren von Ereignissen, die die Seele verletzt haben, die ihr noch immer wehtun, das ist Reisen, das ist Wallfahren.

Müde setzt er sich hin und vergräbt den Kopf in den Händen. Er streckt die Hände aus und wärmt sie am Feuer. Dann reibt er sie, wie ein Arbeiter, und macht sich auf den Weg übers Feld, dem Sonnenaufgang entgegen.

[18]

Du hast allenthalben Hurerei getrieben, würde der Eremit und Prophet Jeremias sagen, *auf alle hohen Berge und unter alle grünen Bäume bist du gegangen und hast Hurerei getrieben, du hast es mit einem Fremden getrieben und bist ihm nachgefolgt.* Katharina erwachte mitten in der Nacht, sie konnte nicht schlafen. Ihr Geliebter schlief und atmete gleichmäßig in seinem Traum, seit er mit ihr zusammen war, konnte er schlafen, manchmal lächelte er im Schlaf, manchmal stöhnte er, sie wusste, dass er dann bei den Indios war, dass er das Singen hörte und die rote Landschaft sah, ein Singen, das sie nie hören würde, und eine Landschaft, die sie nie sehen würde, die aber längst ebenso ihre wie seine war, sie hörte und sah sie, wenn auch anders. Sie erwachte mit dem Gedanken, was denn mit ihr geschehen sei, dass sie auf einmal nicht mehr dort war, wo sie hingehörte, in der Pilgergemeinschaft, die jetzt irgendwo mit Gottes Segen friedlich schlief – wie es die zufriedene Gottesherde mit ihren vollen Bäuchen in einer verlassenen Mühle und rings herum tatsächlich tat. Auf einmal ist sie nicht mehr dort, unter ihnen, an ihrer Seite liegt ein Mann, ein wirklicher Mann, nicht so wie die beiden von Dobrava, die sicherlich etwas bedeutet haben, von etwas sind die nächtlichen Besucher die Vorboten gewesen, etwa von dem, was ihr jetzt widerfährt? Eine Wasserflut ist gekommen, das Wasser ist über sie hinweggegangen, dann ist das Fieber gekommen, Feuer hat sie erfasst, Katharina und Simon, heißes Lodern der Körper, hohe Flammen brennender Seelen, etwas, das sie noch nie erlebt hat, etwas, das von Gott gekommen sein muss, denn mächtig wie der Tod ist die Liebe, gewaltig wie die Unterwelt ist die Liebesleidenschaft! Und es ist schön gewesen; was vom Teufel kommt, ist hässlich, und trotzdem sind sie plötzlich Ausgestoßene, trotzdem geschieht auch das in einem falschen Traum, sie reisen allein, Simon zeigt keinerlei Willen, nach den Pilgern zu suchen, wie wird das enden? Kann man das ohne Strafe tun, und wie lange? Ihr ganzes Leben hat sie von Sünde und von Strafe gehört, die kommt, die unweigerlich kommt. Jetzt kommt in den Nächten die Angst, Angst ist noch keine Strafe, obwohl schon ein Teil davon, sie wacht auf, das kann kein gutes Ende nehmen. Der HISHNI SHEGEN, unter dem der nicht mehr unglückliche, sondern schrecklich zornige Vater aufragt, Herzog Michael, Pfarrer Janez, der Bischof in Laibach, die Burgrichter, Schwester Kristina, die kommt und sagt: Hat das denn sein müssen? Sie wird vom Gerichtsdiener abgeführt werden, wie man Maria aus Brnica abgeführt hat, wird man sie so abführen? Maria aus Brnica ist vom Gerichtsdiener abgeführt worden, der Büttel hat ihr mit den Daumenschrauben gedroht, worauf sie alles gestanden hat, was der Herr bei ihr gemacht hat. Nur, was der Herr bei ihr und mit ihr gemacht hat, das wusste Katharina damals nicht und das weiß sie auch jetzt nicht, jetzt hat sie nur Angst, wie damals: Von irgendwoher wird der Gerichtsdiener kommen, man wird ihr die Schrauben anlegen, man wird sie auf einem öffentlichen Platz zur Schau stellen, vielleicht wird man sie auspeitschen, und Simon wird man in den Kerker werfen, sie wird ihn nie wiedersehen, ihr wird man das Urteil verlesen, das mit den Worten des Propheten Jeremias beginnt, *auf allen hohen Bergen und unter allen grünen Bäumen hast du Hurerei getrieben.* Damit hat man sie bei den Ursulinen ziemlich geschreckt, nicht nur bei den Ursulinen, das ganze Leben hat man sie mit der Strafe geschreckt, die kommen würde, wenn sie täte, was sie gerade tut; sie hat es wirklich getrieben, es ist ein süßer, immer wärmerer, immer mehr ein rauschhafter Frühling, der Mond folgt ihrer beider Bewegungen, und wer wird sich um drohende Urteile kümmern, um die Angst, die die Verfolger in ihre Nähe ruft, denn es steht geschrieben: *Wovor du dich fürchtest, das kommt gewiss.*

In solcher Nacht, in einer Herberge an einer Straße, die ins Bayrische führt, hörte sie unter den Fenstern zuerst das Knurren des wachenden Streuners, dann sein Winseln, jemand hatte ihn getreten, dann heimatliche Klänge, die Sprache, die sie verstand. Genau genommen mehr rohes Lachen als Worte, Worte sehr wenige: Hier stecken sie also, die Vögelchen.

Die Pilger waren im Hof des kleinen Schlosses versammelt. Sie drängten sich um die Kessel, aus denen jetzt der Dunst mit dem Duft nach gekochten Bohnen aufstieg, auch nach Fleisch, nach jenem Pferdefleisch, das noch aus der Mühle übrig geblieben war. Unter sie hatten sich auch die Arbeiter aus dem nahen Salzbergwerk gemischt, die mit Tellern in den Händen darauf warteten, ihre Tagesmahlzeit mit den fremden Betbrüdern zu teilen, die Bohnen gehörten ihnen, das Fleisch den Pilgern, einfache Leute waren in dieser Zeit solidarisch, man hatte sich schnell geeinigt. Als man Katharina Poljanec und Simon Lovrenc in den Hof brachte, rückten die Trauben um die Kessel auseinander, und sie gingen durch ein Spalier von Körpern, gepeitscht von neugierigen und vielsagenden Blicken. Sie waren nicht gebunden, trotzdem war es so, als hätte man zwei Verbrecher herangebracht.

– Was gafft ihr so, sagte einer von den Bauern, sie haben sich verirrt. Katharina kannte ihn, er stammte aus Sankt Rochus, er hatte früher für ihren Vater gearbeitet.

– Auf dem Heuboden verirrt, kreischte eine Frau, und das Volk grölte fröhlich. Die kannte sie nicht, wer würde ein solches Weibergekreisch kennen wollen.

– Kümmert euch um euch selbst und esst eure Bohnen, sagte der Bauer und machte ihnen den Weg zur Schlosstür frei. Katharina ging nicht mit niedergeschlagenen Augen, sie ging hoch erhobenen Hauptes, absichtlich, sie wollte sich wegen nichts schämen, absichtlich, sie sollten es wissen: Sie hatte nichts Derartiges getan, dass sie ihren Blick hätte verstecken müssen. Aber das Gegröle der Menge, die auf ihre Bohnen wartete, traf sie trotzdem, als würde es Ohrfeigen und Schläge auf ihren ganzen Körper regnen. Sie erinnerte sich, was mit jenem unglücklichen Gürtler aus Laibach geschehen war, welche Rohheit, niemand hatte ihm geholfen. Der Pöbel grölt gern, wenn jemand in ihrem Namen ruft: Dirne, Hure, Ziegenbrunft, die ist läufig, die Sau, das liebt der Pöbel von jeher, noch mehr, wenn jemand in seinem Namen zustößt oder zuschlägt, auch wenn das auf heiligem Wege geschieht und auch wenn der Pöbel einst unseren Erlöser verhöhnt hat, aber das war etwas ganz anderes, der Pöbel weiß genau, dass das etwas ganz anderes und Besonderes gewesen und schon längst Vergangenheit ist.

– Es ist nichts, Katharina, sagte Simon, es ist nichts. Alles wird gut, sagte er, mach dir keine Sorgen.

An der Tür trennte man sie. Simon wurde von einem Begleiter in die Schlossstube geschoben, sie sah ein paar Männer, die dort standen und sich laut unterhielten, sie erkannte Pfarrer Janez, mehrere deutsche

Herren waren vom Schloss. Ihr werdet ihm doch nicht, wollte sie sagen, ihr werdet ihm doch nichts tun? Doch sie sagte nichts, was konnte eine Frau zu all diesen Männern sagen? Jetzt dachte sie noch an ihn, sie dachte nicht, was mit ihr sein würde, sie dachte daran, was mit ihm sein würde, ob man ihn in den Kerker werfen würde? Ihren Ersten, Einzigen, für immer Einzigen, der auf einmal mehr war als alles, mehr als der Vater, als Aaron, mehr sogar als Mutter Neža dort über den Wolken. Wie sollte sie sich keine Sorgen machen, sie musste sich Sorgen machen, wenn man sie trennte, aber warum überhaupt? Sie konnten sich gemeinsam verantworten. Hinter ihm schloss sich die Tür, sie blieb im dunklen Gang zurück. Erst jetzt bemerkte sie, dass das Fenster auf der anderen Seite des Ganges von der schweren, großen Gestalt des Pilgerprinzipals verdeckt wurde. Michael trat zu ihr, sein Gesicht war hochrot von jener Wut, die die Pilger bereits zur Genüge kennengelernt hatten, sie gingen ihm lieber aus dem Weg, wenn sie diese dunkle Röte in seinem Gesicht sahen.

– Dirne, sagte er, und es schüttelte sie von Kopf bis Fuß, das hatte noch nie jemand zu ihr gesagt, bestimmt hatten sie das zu der Maria aus Brnica gesagt, noch kurz zuvor hatte Katharina draußen im Hof erwartet, dass jemand etwas Derartiges rufen würde, aber es war nicht geschehen, doch der hier, dem die Leitung der Pilgerreise anvertraut war, aber nicht ihrer Seelen und Körper, der zischte es nun, als redete er mit seiner Frau, die natürlich keine Dirne war, sondern eine Heilige. Ohne sich um den Bauern zu kümmern, der noch immer dort stand, trat er dicht an sie heran, sodass sie seinen schweren Geruch nach ungewaschenem Körper verspürte, vielleicht auch nach einer ungeschlafenen Nacht mit einer Frau, der Geruch eines Fickschwanzes, ein Geruch genauso, wie seine Worte waren: Du treibst Hurerei auf einer Pilgerfahrt. Es fehlte nur noch: Du läufige Hündin. Er zog sie zu sich heran und stieß ihr seinen schweren Bohnenatem entgegen:

– Was würde dein Vater sagen? Was wird Poljanec sagen, wenn er das erfährt?

Sie riss sich los und wich zurück: Mit meinem Vater werde ich selber sprechen. Der Bauer, der unsicher dort stand, nickte. Michael streifte ihn mit einem Blick, und er nickte nicht mehr, er verschwand durch die Tür, es war vernünftiger, sich den gekochten Bohnen zu widmen. Sie stand an der Wand, auf der Lauer: Wenn er mich noch einmal an den Arm fasst, werde ich schreien oder ihn beißen. Er kam nicht mehr näher.

Geh hinauf, sagte er. Die schwache und junge Frau hatte über den großen und schweren Menschen eine unsichtbare Macht. Dennoch gehorchte sie und folgte ihm hinauf, dort war es trotz allem besser als im Hof in der Menge. Er sperrte eine Tür auf. In dem kleinen Zimmer lag auf dem Tisch ein Stück Brot, daneben stand ein Krug mit Wasser.

– Du wirst ein paar Tage bei Brot und Wasser sein, sagte er. Bis die Herren entschieden haben, was mit dir geschehen soll.

Die Tür schloss sich hinter ihr, und sie hörte, dass er den Schlüssel im Schloss umdrehte.

– Ich komme noch, sagte er von der anderen Seite der Tür, wir werden uns noch unterhalten.

Sie hörte die sich entfernenden schweren Schritte, die Treppe knarrte von dem Gewicht, das sie zu tragen hatte.

Bis die Herren entschieden haben? Was sollen die Herren entscheiden? Jetzt konnte sie sich deutlich an die Urkunde erinnern, die sie einmal zwischen den Papieren ihres Vaters gefunden hatte: Der Gerichtsdiener hätte die verurteilte Maria aus Brnica Mitte September ins Pfarrhaus bringen sollen, doch sie war entkommen, man hatte sie bei ihrer Schwester in Breg gefunden, der Büttel hatte ihr mit den Schrauben gedroht, worauf sie gestanden hatte, was der Herr mit ihr gemacht hatte. Katharina hatte sich den Namen gemerkt, sogar das Datum, das dort notiert gewesen war, natürlich hatte sie oft wissen wollen, was es mit jener Maria aus Brnica auf sich hatte, was man von ihr hatte wissen wollen und was der Herr mit ihr gemacht hatte. Das war vor langer Zeit gewesen, sie hatte nie gewagt, den Vater zu fragen, jetzt war sie selbst so eine Maria aus Brnica, sie würden wissen wollen, was der Herr mit ihr gemacht hat, was sie gemacht hat, auf einmal hatte sie Angst vor jeder Frage und vor jeder Antwort, die sie würde geben müssen. Mein Vater, dachte sie, wo ist dein HISHNI SHEGEN, wo ist der hl. Rochus, der dich beschützt, und der treue Hund Aaron zu deinen Füßen, hilf mir, Mutter Neža, dort oben war ihr Name Agnes, sie hatte noch immer schwarzes Haar, wie Katharina es hatte, sie hatte es von ihr bekommen, Neža war ihr Erdenname, im Himmel konnte sie nur Agnes sein, hilf mir, liebe Agnes über den Wolken. Und was ist mit Simon? Er kann nicht weit sein, es wird nichts geschehen, hatte er gesagt, es ist nichts, es wird gut, er musste es wissen, er hatte schon viel erlebt. Langsam beruhigte sie sich, sie fühlte Hunger, setzte sich zum Tisch, brach ein Stück Brot ab und begann gedankenlos zu kauen, auch bei Brot und

Wasser und ohne Gedanken an die Gerichtsdiener konnte man leben, wenn einen die Nähe eines geliebten Menschen nährte, er war nicht weit, alles würde sich irgendwie lösen.

Vom Fenster sah sie auf den Hof hinunter, die Frauen spülten die Kessel und kratzten die verbrannten Essensreste von den Rändern, von irgendwoher kam ein Hund angezottelt, ihr Streuner, eine Frau schlug mit einem Stock nach ihm, sodass er auf seinen abgewetzten Rücken knallte, er klemmte den Schwanz zwischen die Beine und flüchtete zum Hofausgang, dort trat der Lendler Wächter nach ihm. Wenn er ihn doch beißen würde, dachte sie, aber das tat er nicht, der Heuler rannte auf die Straße, dieser Hund war da, um getreten zu werden, es schnürte ihr das Herz ab, wenn sie den Hund sah, der sich gemeinsam mit ihnen gerettet hatte, wenn sie an das Muli dachte, das nirgends mehr zu sehen war. Im Hof wurde es immer ruhiger, die Bohnen waren vertilgt, die Bergleute waren wieder an die Arbeit gegangen, die Pilgermänner zur Rast, alles war in der Zeit des nachmittäglichen Verdauens zur Ruhe gekommen. Nur Altvater Tobias fand irgendwie keine Ruhe, er ging zwischen den Kesseln und den schwatzenden Frauen hin und her, hin und her mit seinem grauen Bart und dem flatternden Mantel. Irgendein Teufel ließ ihm keine Ruhe, er brauchte einen Einfall. Und den hatte er auch, er schwang den Stock hinauf gegen das Fenster, an dem Katharina stand, und rief: Die Weiber sind lasterhaft!

Die Frauen an den Kesseln protestierten, ihre scharfzüngigen Widerworte stachelten ihn noch mehr an. Mit mächtiger Stimme fing er an zum Fenster hinaufzuschreien:

– Das Weibergeschlecht ist niederträchtig, hitzig und voller Gift.

Katharina wich in den Raum zurück, setzte sich hin und horchte auf seine Tirade.

– Das Weib ist unleidlich und hoffärtig, voller Untreue, es hurt auf der Pilgerfahrt. Es ist ohne Aufrichtigkeit, es achtet das Gesetz nicht, ist ohne jede Gabe, ohne Verstand, es schätzt weder Recht noch Rechte noch Gerechtigkeit. Das Weib ist

Abergläubisch abgeschmackt
Boshaft
Creutzdumm
Dreist
Eitel
Flatterhaft

Grausam
Habgierig
Intrigant
Jähmütig
Kleinlich
Lügenhaft und leichtgläubig
Machthungrig
Nachschnüffelnd
Obszön
Peinigend
Quatschmäulig
Raffiniert
Spitzzüngig
dem Trunk ergeben
Unstet und ungezügelt
Vergnügungssüchtig
Wetterwendisch
HeXe und Xanthippe zugleich
Yberbrausend
Zänkisch und zornmütig ...

Katharina hielt sich die Ohren zu, der Hof hallte von Gelächter, die Pilger sammelten sich und sahen zu ihrem Fenster hinauf, Tobias stieß mit dem Stock einen gewaschenen Kessel um, dass es hohl rumpelte, und rief noch lauter:

– Lass niemals und um keinen Preis zu, dass eine Frau ihren Fuß auf deinen setzt. Denn morgen wird dir die Hure auf den Kopf treten wollen. Ihr Auge ist das Auge einer Spinne, ihr Gehirn besteht aus Affenrinde und Fuchskäse.

Katharina setzte sich auf den Stuhl. Was ist das, was bedeutet das alles? Und ihre Schultern begannen zu zucken unter ihrem Schluchzen. Wohin bin ich geraten?, dachte sie. Lieber Jesus, was geschieht mit mir?

Es war Nacht, und die Sterne standen am Himmel, Katharina dachte an Simon, an die grasigen Lager, die rauschhaften Nächte, die hinter ihnen lagen. Sie hatte Hunger, die Liebe macht einen trotz allem nicht satt, und Brot und Wasser bewirken nur so viel, dass man nicht stirbt, sie versuchte, Schlaf zu finden mit dem Gedanken an ihn, an das Wundersame, das in ihr erwacht war, im Körper wie in der Seele, im ganzen Raum ringsum, auch wenn sie bei Brot und Wasser eingesperrt war und auch wenn ein Verhör auf sie wartete und die Entscheidung der Herren, was man mit ihr machen würde, was man mit ihm machen würde, mit beiden zusammen. Die Strafe bei Brot und Wasser, die schon galt, oder die Verstoßung aus der Pilgerbrüderschaft, vielleicht eine öffentliche Rüge, eine Zurschaustellung vor allen, nichts konnte sie daran hindern, mit jeder Faser, in jedem Gedanken zu fühlen, was sie zum ersten Mal und so stark erlebt hatte. Völlig wach hörte sie, wie die Tür geöffnet wurde. Eine große, schwere Gestalt drängte sich in die dunkle Öffnung. Es war Michael. Auf der Brust glänzte die Goldkette, er hatte sie umgehängt, um würdevoll und vielleicht auch weniger betrunken zu erscheinen. Sie erhob sich und wich unwillkürlich zur Wand zurück.

– Hab keine Angst, sagte er. Ich habe dir Essen gebracht. Fleisch.

Er legte etwas in ein Tuch Gewickeltes auf den Tisch, zog ein Messer aus der Hosentasche und legte es auf den Tisch.

– Iss, sagte er.

Sie rührte sich nicht von der Wand.

– Du kriegst auch Wein.

Schweigend blieb sie an der Wand stehen. Michael setzte sich an den Tisch und wickelte das Tuch ab, er nahm das Messer und schnitt vom Fleisch ab. Wie selbstverständlich steckte er das Stück in den Mund und fing an zu kauen.

– Das Weib, sagte Michael, das Weib ist von Natur aus verdorben. Hast du Altvater Tobias gehört?

Sie sagte nichts, sie wartete, dass er gehen würde, damit sie mit ihren Gedanken zu den Sternen und den Tagen und Nächten zurückkehren konnte, die sie mit Simon verbracht hatte. Er kaute weiter und starrte durch das Fenster. Es schien ihr, dass er auch ein wenig betrunken war, warum würde er sonst ein und dasselbe so oft sagen?

– Das Weib ist verdorben, das weiß ich. Und du hurst herum auf einer Pilgerfahrt. Ich werde mich um dich kümmern müssen.

Sie dachte, dass sie selbst sich um sich kümmern würde, dass Simon und sie sich umeinander kümmern würden, dass um beide sich Mutter Agnes und die vielen Engel über den Wolken kümmern würden.

– Ich weiß, was du denkst, sagte er, dass du erwachsen bist und sich dieser entsprungene Jesuiter um dich kümmern wird. Er wird es nicht. Dein Vater, der Poljanec, hat es mir aufgetragen. Denn wenn ich mich nicht um dich kümmere, wird man dich auf dem Markt zur Schau stellen, wenn wir in die Stadt kommen.

Er drehte sich zu ihr um, woher wusste er, dass Simon Jesuit war? Hatte man ihn verhört, was wollte man von ihm? Ist das denn strafbar, wenn er den Orden des hl. Ignatius verlassen hat? Sie dachte, dass Michael jetzt die Hand ausstrecken und wollen würde, dass sie näher kam. Er streckte wirklich die Hand in der Dunkelheit aus, sie war wie ein Fangarm, wie ein Strick, wie das Glied eines Tieres.

– Komm näher, sagte er.

Sie rührte sich nicht. Auch er stand nicht auf. Seine Hand fiel wieder herab.

– Du wirst schon noch kommen, sagte er und schob sich mit dem Messer ein neues Stück Fleisch in den Mund.

– Sonst aber, sagte er kauend, solch hurenden Frauen kann noch viel Schlimmeres widerfahren als die Zurschaustellung auf einem öffentlichen Platz. Etliche haben wir früher untergetaucht, um die Dämonen aus ihnen zu vertreiben. Im Wasser verschwinden die Dämonen, sie ersaufen.

Er stand auf und tastete durch die Dunkelheit zur Tür.

– Ich dachte ..., sagte er im Dunkeln. Er winkte mit der Hand ab und ging mit betrunkenen Schritten hinaus.

Sie dachte an Simon, wie er die Sterne betrachtete und wie seine Gedanken um etwas Wichtiges kreisten, etwas, das sie überhaupt nicht verstand und was er auch nicht gut erklären konnte, zumindest nicht so, dass sie es verstand. Sie ging zum Fenster und sah zu den Sternen empor, zu denen auch er aufblickte. Dann fühlte sie wieder Hunger, sie drehte sich um und setzte sich an den Tisch. Mit hastigen Bewegungen stopfte sie sich das Fleisch in den Mund, das Michael übrig gelassen hatte. Der Krug mit dem Wein musste irgendwo draußen geblieben sein.

Katharina fühlte sich jetzt, in der Schreibstube des Schlosses, so wie früher in jenen Träumen, deren sie sich geschämt hatte. Nur dass sie damals, in den Träumen, in ihrer Ohnmacht, nicht hatte fliehen wollen, sich jetzt jedoch umsah, ein verschrecktes Tier, das einen Ausweg suchte. Michael und Pfarrer Janez saßen am Tisch und sahen sie reglos an. Dort waren noch einige deutsche Herren, die sie nicht kannte, der Besitzer des kleinen Schlosses, zwei Richter, sie hießen Stolzl und Stelzl, so war das eben, manchmal hatten zwei, wenn sie lange zusammen waren, auch ähnliche Namen, oder sie wurden hier nur so genannt, wer sollte das wissen? Sie waren wohlgenährt und besonders angriffslustig, von Anfang an betrachteten sie sie wie irgendein Tier, sie waren wie zwei piesackende Teufel. Sie stand vor ihnen, die Augen niedergeschlagen.

– Seit wann bist du denn so schamhaft?, sagte Michael. Auf der Brust glänzte die Goldkette, jetzt kam sie ihm recht, er brauchte in seiner Würde den Richtern, denen genau solche Insignien um den Hals hingen, nicht nachzustehen.

Sie hob den Blick nicht. Sie wusste, dass ihre Augen den Gedanken an die Scham, der sie gerade getroffen hatte, den Gedanken an die Träume, den Gedanken an die Nächte mit Simon verrieten.

– Was wollt Ihr?, sagte sie entschlossen und den Blick noch immer auf den Steinboden gerichtet. Lasst mich, ich werde nach Hause gehen.

– Du wirst gehen, sagte Michael, wenn wir uns unterhalten haben. Wohin du gehen wirst, das werden wir erst noch sehen. Der Schlossherr blickte neugierig, was vor sich ging.

– Ihr Vater, sagte Michael auf Deutsch, ist ein ehrlicher Mann. Er hat uns gebeten, auf sie aufzupassen ... damit nicht etwas Besitz von ihr ergreift.

– Sie ist ziemlich jung, sagte der andere und lächelte, ziemlich schön, jede Jugend ist schön, kein Wunder, dass sie vom Wege abgekommen ist.

– Lasst meinen Vater kommen, sagte sie.

– Wie sollte das wohl gehen?, sagte der Pfarrer, Katharina, deinen Vater vertreten wir hier.

– Du weißt noch nicht, was dich erwartet, sagte Michael.

– Was mich erwartet?, hob sie fragend den Blick.

– Es hängt davon ab, was du erzählen wirst. Wenn du nicht lügst, wird alles in Ordnung sein.

Sie schwieg, am besten würde es sein, wenn sie schwieg.

– Erzähl, was zwischen dir und dem Klosterbruder Simon Lovrenc geschehen ist.

– Er ist kein Klosterbruder, sagte sie und dachte, jetzt ist es also wie bei Maria aus Brnica, was hat sie mit dem Herrn gemacht, was hat der Herr mit ihr gemacht, wie bei ihr in jener Niederschrift, die die junge und unschuldige Seele einst bebend in den Händen gehalten hatte, als sie sich auch selbst bebend gefragt hatte: Was hat sie mit dem Herrn gemacht?

– Er ist ein Sünder, sagte Michael, und du, du bist auch eine sündige, eine verworfene Seele.

– Ich werde meine Sünden beichten, sagte Katharina, ich werde bereuen, ich werde beten. Aber euch werde ich nichts erzählen.

Der Richter mit Namen Stelzl nahm einen Schluck Wein, seine Augen leuchteten.

– Welch widerspenstiges Tierchen, sagte er.

– Sie will nicht kooperieren, sagte Michael. Sie war bei Wasser und Brot.

Katharina sah ihn an.

– Gab es eine Kopulation?, sagte der andere der Herren, das war Stolzl, sie solle sagen, ob eine Kopulation stattgefunden habe. Sie solle sagen, wie.

Katharina drehte sich zu Pfarrer Janez um: Ich werde es euch in der Beichte sagen, hier werde ich nicht sprechen.

– Das ist eine andere Sache, sagte Pfarrer Janez und sah jetzt ebenfalls verlegen zu Boden. Auch er wünschte sich, dass das Ganze endlich vorbei wäre. Die Herren, sagte er zögernd, wollen das wegen der öffentlichen Moral wissen, wegen des Ärgernisses auf der Heilsfahrt. Sie sagen, es sei strafbar, wilde Ehe. Was kann ich machen?, sagte er, die Herren wollen, dass du es auch ihnen sagst. Was du mir sagen wirst, ist um Gottes willen, aber dies hier ist um der Menschen willen. Damit sich die Sünde nicht noch mehr ausbreitet.

Katharina hatte verstanden. Sie schwieg. Sie könnte es dem Pfarrer sagen, aber sie würde es nicht vor dem Herrn Stolzl und vor dem anderen sagen, der fast so hieß wie der Erste. Noch weniger würde sie es vor Michael sagen. Sie überlegte, trotzdem etwas zu sagen, aber sie wusste, dass danach, wenn sie etwas gesagt hätte, die nächste Frage käme.

Jetzt verspürte auch der Schlossherr Lust, sie zu befragen, sie solle sagen, was der Mönch mit ihr gemacht habe, sagte er, sie solle es sagen, Mönche konnte er überhaupt nicht leiden, diese schwarze Brut, die ihm seine Besitztümer weggefressen hatte, die gelehrten Jesuiten verachtete er, diese junge Frau hatte sich mit einem von ihnen eingelassen, das war doch ziemlich aufregend. Sie solle sagen, ob ihr der Pater den Rock gehoben habe. Sie solle zeigen, wohin er ihr mit der Hand gefahren sei.

Sie hatte verstanden, was der Herr wollte. Das, von dem sie wollte, das es Simon mit ihr machte. Was Simon gemacht hatte. Sie drehte sich zur Wand. Sie ist verstockt, sagte einer der Herren. Wir werden sie bestrafen müssen. Vielleicht sollten wir sie untersuchen, sagte der andere, sie hat bestimmt irgendwelche Zeichen, die auf eine Kopulation hindeuten. Wir sollten sie auspeitschen, sagte Stolzl, das wäre die richtige Strafe, doch das Auspeitschen darf nicht zu sanft sein, denn wenn es nicht stark genug ist, sagen die Kenner, erregt es die Sinnlichkeit, vor allem beim Weib, und dann kommt es zu keiner Buße mehr in dieser Sache, die selbst sinnlicher Natur ist.

In Katharina war jetzt nichts, was sinnlicher Natur gewesen wäre, da war nur Angst. Jene Angst war wiedergekehrt, die immer dann kam, wenn sie neben Simon aufgewacht war, die ganze Angst kam jetzt über sie, groß wie ein Berg, der dunkle Hang eines Berges mit den Gesichtern all dieser Männer, die sie ansahen und ihr etwas antun wollten, noch nie hatte sie jemand so etwas gefragt, es stimmte, dass sie auch noch nie so etwas getan hatte, aber diesen Männern würde sie es nicht sagen, sie würde beichten, wenn sie das Bedürfnis dazu empfände, doch da war die Angst vor der Drohung, was, wenn sie es wirklich taten? Hier war auf einmal alles möglich, noch nie hatte sie jemand geschlagen, geschweige denn mit einer Peitsche. Sie erinnerte sich, wie ihr Vater einmal einen Knecht mit der Peitsche traktiert hatte, weil er ungeschickt mit dem Pferd umgegangen war. Angst überkam sie bis in die letzte Faser, trotzdem sagte sie mit großer Bestimmtheit, sodass sie aufhörten: Ich will, dass Ihr meinen Vater kommen lasst, sagte sie. Sie wollte sagen: Simon, ruft ihn, wir zwei gehören jetzt zusammen, aber sie dachte, wie sie bei dieser Forderung laut lachen würden, den Vater, sagte sie, das wirkte, sie hörten auf.

Im Traum geht sie wieder den Waldrand entlang. Aber jetzt ist Nacht, und das Mondlicht scheint. Die Welt zur Rechten, die Felder, dazwischen Wege und einsame Häuser, die Menschenordnung der Dinge wird von dem schon frühlingshaften, doch immer auch noch winterlichen Mondlicht beschienen. Zur Linken liegt das dunkle Schweigen des Waldes, das von den Schreien aus der Tierordnung der Dinge unterbrochen wird, zur Linken gibt es das starre Gebüsch mit seinen Schatten und Fangarmen. Auf diesem schmalen Grad geht sie. Mitten in der Nacht hört sie im Schlaf Schreie, das ist Magdalenchen, Katharina schläft und wacht zugleich, sie ist am Rande eines Waldes und zugleich eingesperrt in das Zimmer eines Schlosses in Bayern. Sie ist machtlos gegenüber dem, was man mit ihr vorhat, aber es ist nicht wie in jenen fernen Träumen auf Dobrava, deren sie sich schämt und an die sie nicht denken mag; in diesem Zustand flutet alles auf sie ein, früher und jetzt, dort und hier, Simon und der große Berg der Angst, gleich ist jetzt nur die Angst, sie gleicht jener Angst, jener Hilflosigkeit. Alles andere ist anders. Die Männer haben Gesichter und Namen. Simon hat sie am Waldrand verlassen, er ist irgendwohin in das Innere des Waldes gegangen. Geh nicht, sagt sie, geh nicht in den Wald, dort sind wilde Männer, am ganzen Körper behaart, mit einem Messer im Gürtel, Waldschrate und andere Dämonen. Auf einmal ist dort am Waldrand auch eine Tür, sie sieht hinüber, sie will fliehen, denn in dem Raum sind auf einmal viele Körper, sie sind gefährlich und gewalttätig. Beide Schlossherren stehen dort, es hat eine Kopulation stattgefunden, sagt der eine, sie dreht sich zur Tür, als ob sie fliehen wollte. Einer der beiden Männer hebt ihr den Rock mit dem Säbel, was hat dir der Mönchsbruder gemacht, wohin hat er dir gegriffen? Zeig auch deine Brüste, sagt der andere. Der Fickschwanz Michael beugt sich zu ihr und sagt, du Pilgerdirne, komm zu mir. Im Falle mehrfachen Ungehorsams, sagt Pfarrer Janez, das ist seine Stimme, obwohl er nicht im Raum ist, es kann nur seine Stimme sein, soll ein solches Weib den anderen zur Mahnung an den Schandpfahl gestellt werden, es tut mir leid, Katharina, es tut mir wirklich leid um dich, aber du bist tief gefallen. Wenn sie wüssten, was sie träumt, denkt sie im Traum, würden sie sie nicht nur an den Schandpfahl stellen. Sie würden sie unter Wasser drücken, nein, sagt sie, nicht unter Wasser; mit Wasser würden sie aus ihr den bösen Geist vertreiben. Mein Vater wird das nicht zulassen, sagt sie und fühlt die Tränen über ihr Gesicht laufen. Dein Vater ist weit, sagt Michael, die Mutter ist hoch über den Wolken, aber ich bin hier, er beugt sich über sie, die Goldkette baumelt von seinem Körper, sie spürt den Geruch nach Fleisch, nach Bohnen, nach Knoblauch, nach Wein. Du wirst an den Schandpfahl gestellt. Und alle werden über dich johlen. Von Sonnenaufgang bis Sonnenuntergang wirst du am Schandpfahl stehen. Die Menge johlt schweigend, sie hat offene Münder, sie hört nichts, Altvater Tobias schwingt seinen Stock, das Weib ist verdorben. Ausgezogen, sagt Michael und hebt ihr den Rock, dein Vater, sagt Michael, dein Vater hat das schon erlaubt. Es gibt keine Wahl. Ich werde nicht weinen, denkt sie, ich werde nicht weinen. Beide Herren schweigen und betrachten die Entkleidete. Es ist ihr ganz einerlei, sagt der Pfarrer. Sollen wir sie einsperren?, sagt Michael. Bei Wasser und Brot. Sie hört das Schnarchen des Vaters aus einem Zimmer am Ende des Ganges, jetzt wird er aufwachen und mit der Mutter sprechen, immer wenn er aufwacht, tut er das, sie ist vom nahen Friedhof gekommen, und jetzt erklärt er ihr, welches Unglück über das Haus gekommen ist, gebracht hat es ihre unruhige Tochter, die nicht essen will, die am Fenster steht, Tassen zerschlägt, der Gerichtsdiener wird sie abführen. Unglücklicher Vater, hilf ihm, Gott, hilf ihm. Und auch dem Hund Aaron, den ich jetzt verlassen werde, wie ich dieses Haus verlassen werde und den Wald darüber, der Gerichtsdiener wartet, der Scherge wird die Daumenschrauben nehmen, vielleicht wird man mich auspeitschen, aber ich komme zurück, sagt sie, ich komme zurück.

Sie öffnete die Augen. Am Bett saß Pfarrer Janez.
– Was ist mit dir, sagte er, was faselst du, unglückliche Seele?
Sie wischte sich das tränenfeuchte Gesicht.
– *Status animae*, der Zustand deiner Seele, Katharina.
– Wo ist Simon?, sagte sie mit vertrauensvollem Blick, er würde verstehen, er musste verstehen.
Pfarrer Janez erhob sich und ging zum Fenster.
– Heute wirst du noch ruhen, morgen setzen wir den Weg fort.
– Ich werde nach Hause gehen, sagte sie.
– Du wirst weitergehen, nach Kelmorajn zum Goldenen Schrein.
– Ich will zu ihm.
– Ihr habt im Konkubinat gelebt, das ist eine schlimme Sünde. Wir haben dir den Namen Katharina gegeben, weißt du, was dein Name bedeutet?
Sie nickte: Ich weiß.
– Er bedeutet: die Reine.
Katharina schwieg, was sollte sie sagen, auch Pfarrer Janez Demšar schwieg, was sollte er zu dem sagen, was schon geschehen war.
– Die Maßnahme der Trennung ist notwendig, sagte er nach einiger Zeit, und zwar deshalb, damit auf der Pilgerfahrt keine körperliche und seelische Unordnung um sich greift. Hör mir gut zu: Du wirst ihn nicht wiedersehen.
– Wir dürfen uns nicht wiedersehen?
– Auch er will es so.
– Das ist nicht wahr.
– Es ist wahr. Er ist gegangen, er ist geflohen.

Katharina stiegen Nebel vor den Augen auf, das ist nicht wahr, das kann nicht wahr sein, nur von Weitem hörte sie, was Pfarrer Janez mit gleichmäßigem, ein wenig besorgtem Ton, aber auch mit einer Stimme, die das schon oft gesagt hatte, zu ihr sagte:

– Der Zustand deiner Seele ist schlecht, es steht schlecht um sie, sie braucht eine Arznei, von nun an wirst du unter Aufsicht reisen. Du wirst dich aber auch selbst um sie kümmern müssen, um deine arme, verwirrte Seele. Nämlich: Jeden Morgen, gleich wenn du aufgestanden bist, wirst du dein Herz zu Gott erheben, das Kreuz schlagen, dich rasch und in aller Demut, ohne deinen Körper anzusehen, ankleiden, dann dich mit geweihtem Wasser bekreuzigen, das wirst du immer bei dir haben, du wirst vor dem Kreuz oder einem Heiligenbild niederknien und beten. Am Abend wirst du das Confiteor beten, dann demütig und in aller Stille dein Gewand ablegen, das Kreuz mit geheiligtem Wasser schlagen und einschlafen mit dem Gedanken an den Tod und die ewige Ruhe, an das Grab unseres Herrn oder ein anderes Heiltum. Und nichts wird dich mehr verfolgen, alle Dämonen und Versucher werden dich fliehen, du wirst wieder, was du bist, rein.

Sollen die Versucher fliehen, denkt Katharina, wenn nur Simon bleibt, auch wenn man sie für eine Dirne auf Pilgerfahrt hält; er ist nicht weggegangen, das ist nicht wahr, das hat er nicht gesagt, hallt es in ihrem Kopf, Simon soll kommen, er hat sie nicht verlassen, er wird sie nicht vergessen, sie wird auf ihn warten, auch wenn man sie für eine Pilgerdirne hält, soll man sie halten, wofür man sie halten will, ihr ist schwindlig im Kopf, was aber, wenn es stimmt, wenn er weggegangen ist, sie vergessen, sie verraten hat, wie er seinen Vater und seine Mutter und alle natürlichen Verwandten vergessen hat, wie man es ihm einst befahl, wie er aus Indien weggegangen ist und die Kinder dort auf Gnade und Ungnade den wilden Soldaten überlassen hat, die Kinder, die er unterrichtet hat, die er gern gehabt hat; hat er nicht bereits vergessen, ist weggegangen, hat verraten? Seinen Orden hat er verraten, er hat verlangt, dass man ihn entlässt, man hat ihn entlassen, er hat die Gelübde gebrochen; hat er das alles nicht schon früher getan, warum sollte er es jetzt nicht auch tun? Und wenn er es getan hat, wenn er es gesagt hat, wenn er weggegangen ist, sie verlassen und vergessen hat, dann ist sie wirklich das, wofür man sie hält, eine Dirne auf Pilgerfahrt, eine Hure, *nimm die Zither, geh durch die Stadt, vergessene Dirne, spiel schön, sing brav, vielleicht wird man sich deiner erinnern.*

Was ist mit dir, Katharina? Was schaust du so seltsam? Pfarrer Janez schüttelte sie an den Schultern, Katharinas Blick war abwesend und wild, hasserfüllt und blind.
– Wirst du es so tun?
Katharina hörte zuerst nichts, ihre Gedanken waren auf weiter Reise, was, Confiteor? Ja, ja, ja, segnet mich, Vater, meine Gedanken sind schrecklich, was wird aus mir? Ans Grab? Ich werde ans Grab denken, mit großer Freude; und wenn es wahr ist, wenn es wirklich wahr ist, dass er das will, dass er es so will, werde ich mit großem Hass an ihn denken, an Simon, den Feigling und Verräter, mit noch größerer Wut, als ich jemals an den Pfau gedacht habe, an Windisch, der mir trotz allem nichts Böses getan hat, denn an ihn habe ich mit Hass und Liebe gedacht, meine Seele ist verwirrt, Vater, jetzt ist es wahr, ich werde daran denken, Vater, an meine Sünde, wenn er wirklich gegangen ist, jeden Abend werde ich mich in der Stille ausziehen, nie wieder werde ich meinen Körper ansehen.

So sei es, sagte Vater Janez, obwohl, wollte er hinzufügen, obwohl sich unser Kampf nicht gegen das Blut und das Fleisch richtet, sondern gegen die weltlichen Gebieter dieser Finsternis, gegen die böswilligen geistigen Mächte in den himmlischen Gefilden, aber er sah, dass ihr das nicht helfen würde, sie war verwirrt, sie würde diese Weisheit nicht verstehen, ihre Seele irrte einem Menschen nach, der gegangen war, er kannte solche Situationen, noch einige Zeit würde es so sein, dann würde sie sich erholen, und eines Tages würden bei St. Rochus die Glocken läuten, Katharina Poljanec würde jemanden heiraten, der ihrer wert war, der kein entlassener Jesuit und auch kein prahlerischer Neffe eines Barons war, der ihr auch einmal zugedacht war, irgendwo musste es einen solchen Menschen für sie doch geben.

Der Pfarrer hat recht, der Kampf wird zwischen dem guten und dem bösen Engel gefochten, aber wie kann er wissen, was mit Katharina Poljanec geschehen, wen sie finden, wen sie heiraten wird, auch er ist ein Mensch von dieser Welt, noch nie hat er Engel gesehen, und auch alles andere weiß er nur vom Hörensagen und aus Büchern, was dasselbe ist. Dieser Kampf ist noch lange nicht beendet und gefochten wird er auf Blut und Fleisch. Denn Blut und Fleisch eines einsamen Weibes sind ein überaus verlockender Köder für Bösewichter aller Art, von Weitem wittern sie es schon: Hier wird man mithilfe des Blutes und des Fleisches eine große Seelenverwirrung bewirken können, zuerst bei einem einsamen Weibe, dann aber auch bei einem Manne, einem, zweien, vielleicht mehreren, wenn es geht, wenn es irgend möglich ist. Die guten und die bösen Engel kämpfen um solche Seelen, denn auch die guten Engel sind nicht allmächtig, genau genommen haben sie genauso viel Macht wie die bösen. Sie sind ziemlich machtlos, wenn diese Galgenvögel auftauchen, auch Katharinas guter Engel hat gekämpft, gerungen, um die Wärme zu bewahren, die hier aus den Zweien strahlt, aus Katharina und Simon, hat sich aber ein wenig zurückgezogen, denn in ihrer Seele toben Verwirrung und Wut, hier kämpfen ihr guter Engel aus dem Glockenturm bei St. Rochus im Krainischen, den wir schon kennen, und ihr böser, den wir noch kennenlernen werden. Und auch sein Werk. Er ist mit schwarzen Schwingen von irgendwo angerauscht gekommen, man weiß, von wo, und auch er will ihre Seele für sich, er ist aus einem Bild angefahren gekommen, das Katharina einmal gesehen hat, aus einem Wandbild an dem Kirchlein des hl. Nikola in Visoko oberhalb Laibachs. Auf dem Bild ist eine nackte Frau zu sehen, zu ihren Füßen liegt das Ungeheuer der Ausschweifung, die rote Zunge aus seinem Rachen kriecht über sie, umschlingt ihre Beine; die Frau ist schön, sie ist jung, sie ist anmutig, ihre Augen sind benommen und abwesend, mit ihren langen strohfarbenen Haaren, mit ihrem weißen Körper sieht sie verführerisch aus, sie ist in ihre eigene Verführung getaucht, sie ist sich dessen bewusst, dass der Versucher neben ihr steht, er ist grün, an seine Kette ist sie gelegt, jetzt wird er nach ihr greifen, nach ihren Brüsten und dem nackten Schoß, jetzt wird er nach ihr greifen, nach der entblößten Frau, der unter den Brüsten zwei Schlangen wachsen, zwei Schlangen aus ihrem Körper. Das Kind liegt zu ihren Füßen, sie hat vergessen, wem ihr Körper gewidmet ist – der Mutterschaft, sie hat sich der Lüsternheit hingegeben, über dem Bild steht die Aufschrift LUXURIA, seit ewigen Zeiten schon steht sie da, noch lange wird sie da stehen. Von dort sieht man St. Achaz, der uns vor den Türken beschützt, in dunkler, feuchter Nachbarschaft liegt Maria zu Rob, oberhalb ist die Jungfrau Maria auf dem Kureščck, dorthin ist Simon Lovrenc gegangen, von allen Seiten sind die Menschen von Kirchen beschützt gewesen, von Maria, Achaz und Nikola, aber an der Wand herrscht trotz allem die Luxuria; im Tal darunter liegt der Weiler Zapotok, woher Simon kommt, ihr Simon, das Dorf, das er vergessen hat, wie er Mutter, Vater und Schwester vergessen hat, wie er eines Tages auch sie vergessen haben wird, Katharina. Sie hat das

Bild des alten Malers Johannes von Laibach gesehen, sie hat sich selbst vor dieser nackten Frau mit dem Versucher daneben gesehen, und das Bild hat auch sie gesehen, hat sie für sich haben wollen, ihren Körper für den Anfang.

[19]

Wer kopflos lebt, bringt sich am Ende um seinen Kopf. Hier in Lendl, genau in diesem Schloss, war vor Jahren ein gewisser Hans Wallner zum Tode verurteilt worden, und zwar wegen *crimen bestiale*. Er wurde geköpft, und auch das Tier, mit dem er verkehrt hatte, wurde um seinen Kopf gebracht. Warum das Tier?, fragt man sich. Warum, warum, würden die Herren Stolzl und Stelzl, die damals im Richterkollegium saßen, einer nach dem anderen sagen, darum, darum, würden sie sagen, weil auch das Tier bei diesem furchtbaren Vergehen des bestialischen Beischlafs mitgetan hat. Bei der Sünde hat es sich nicht gewehrt, mit keinem Brüllen oder einer Stimme, die seine Gattung in der Not von sich gibt, es hat gegen das Verbrechen nicht um Hilfe gerufen. Er wurde geköpft, Hans Wallner, seinen Kopf ließ man im Hof unweit seines Körper liegen, dort lag auch der kopflose Körper eines Tieres, das man nicht beschreiben oder benennen muss, es war eben ein Tier, ein Haustier, von nah und fern kamen die Untertanen, dieses Schreckensbild zu begaffen, um anschaulich zu lernen, was recht ist und was nicht, bis wohin man im Leben darf und von wo weiter es nur noch ins Verderben geht: Lebe nicht kopflos, wenn du den Kopf zwischen den Schultern behalten willst. Nachdem Kopf und Körper ihre erzieherische und lehrreiche Aufgabe erledigt und schon zu stinken begonnen hatten, wurde alles zusammen aufs Feld gebracht und verbrannt. So ein Ort kann nicht gut sein, er kann kein erbaulicher Schauplatz für den schweren Augenblick in Katharinas Leben sein, für einen Augenblick, in dem sie am standhaftesten und am meisten von sich selbst überzeugt sein müsste, von sich und von Simon, von beiden zugleich, so ein Ort löst Wirrung, Wut, Seelenstürme aus, ruft einen wilden Blick auf die noch gestern sanften Augen herab, über diesem Ort rauschen schwarze

Schwingen. Es ist nicht verwunderlich, dass manche Schicksale in einem schrecklichen Missverständnis gerade hier in Verwirrung geraten, an diesem Ort, der nicht gut ist, obwohl man ihn nach jener Hinrichtung sozusagen mit geweihtem Wasser übergossen hat, es ist nicht verwunderlich, dass Katharina gerade hier mit abwesendem, hasserfülltem und blindem Blick auf die feuchten Flecken an der Wand sieht und in ihnen die Umrisse des Bildes erkennt, das sie an der Wand der Kirche in Visoko gesehen hat, es ist nicht verwunderlich, dass sie gerade hier einen weiteren großen schrecklichen Irrtum ihres Lebens erkennt, dass jenes Bild mit seiner ganzen Wirklichkeit in ihre Seele und ihren Körper eintritt, in ihre Seele, die von Verrat und Lüge und Hurerei schreit, und in ihren Körper, der noch immer nach Simons Händen ruft, nach den Nächten und Tagen, die sie wie Mann und Frau verbracht haben, zwei auch ohne das heilige Sakrament der Ehe im Gelöbnis ewiger Treue Vereinte, es ist nicht verwunderlich, dass gerade über diesem Ort die dunklen Flügel von Katharinas, von Simons Engel und vieler anderer nichtsnutziger Kumpane rauschen.

In diesem Lendler Haus hatte am Vortag Simon Lovrenc vor dem Richterkollegium im Verhör gestanden, verdächtigt, ein Sünder zu sein, ein Verführer, ein Verbrecher, eine Bestie. Nein, er blieb am Ende nicht ohne Kopf, das kann man vorwegnehmen, es kam nicht einmal zur Verlesung einer Anklageschrift, von denen hätte er sich bestimmt nicht richten und verurteilen lassen, er hatte sofort gesehen, dass mit den Herren Stolzl und Stelzl nicht zu spaßen war, so wohlgenährt sie waren, so gefährlich waren sie auch, das nächste Verhör und die etwaige Verlesung der Anklageschrift, das wusste er gleich, würde er nicht in Lendl erwarten, in diesem Haus zweifelhaften Rufes. Als sie ihn vor das Richterkollegium brachten, verlangte er sofort ihre Vollmachten: Welche Vollmachten sie hätten, ihn verhören zu dürfen? Er bekam sie, er hätte wissen können, was alle wussten, auch er hätte es wissen können, wenn er wirklich ein Bakkalaureus des Laibacher Kollegs war, war er gelehrt genug: Schon vor mehreren Jahren war in Rom beschlossen und in den Diözesen und Gerichtsbehörden aller katholischen Länder bestätigt worden: Das römische Tribunal und die lokalen Gerichtsbehörden durften über Pilger zu Gericht sitzen; Ordnung, wegen zahlreicher Beschwerden und Unregelmäßigkeiten auf den Pilgerfahrten galt es, Ordnung herzustellen: *ad primum*, die Pilgerfahrten werden von zuverlässigen und strengen Männern geleitet, die große Vollmachten besitzen; *ad secundum*, es sind Gerichte eingerichtet, Pilgertribunale, die mit den lokalen Behörden und Gerichten zusammenarbeiten, die hohen Herren Stolzl und Stelzl sind zwei vom Hof bevollmächtigte und vereidigte Richter in Lendl, beide stellen die lokale Gerichtsbarkeit dar und dürfen in allen kriminellen und sittlichen Angelegenheiten mit aller Macht des Urteilens und Strafens tätig werden. Ob er mit den Erklärungen zufrieden sei? Ja. Ob er die Papiere sehen wolle? Nicht nötig. Wessen werde er verdächtigt, wessen müsse man ihn beschuldigen?

– In Lendl ist mit den Richtern nicht zu spaßen, sagte Herr Stolzl stolz, hier wurde ein Urteil wegen *crimen bestiale* gefällt, wegen Sodomie hat ein Mensch namens Wallner seinen Kopf verloren. Und sein Tier auch, fügte Stelzl hinzu. Simon wurde vorsichtig, er roch einen merkwürdigen Gestank, wer waren die beiden? Pfarrer Janez Demšar war nirgends zu sehen, Pilgerherzog Michael Kumerdej nickte, da war noch Dolničar, der Gutsbesitzer aus Šentjanž, nein, die würden nicht über ihn zu Gericht sitzen. Er wollte wissen, was er damit zu tun habe, er habe nichts Derartiges begangen, er habe sich keines *crimen bestiale* schuldig gemacht.

Oh, rief Richter Stelzl, und was für ein bestialisches Verbrechen ist es erst, ein junges Mädchen zu verführen! Michael nickte, er konnte gut Deutsch und verstand sich auf Gerichtsverfahren, wie hätte er sonst Pilgerherzog sein können. Nun war er noch mehr Herzog, die Goldkette hing ihm um den Hals, ein Zeichen der Würde, wer würde sich noch daran erinnern, dass das einmal die Kette des Gürtlers Schwartz aus Laibach gewesen war? Dolničar verstand kein Deutsch, Recht war auch nicht sein Gebiet, er kannte sich besser beim Weinbau aus. Michael übersetzte für ihn: Sie sagen, er ist ein wildes Tier, weil er Katharina verführt hat. Das stimmt, sagte Dolničar.

– Ein junges Mädchen, ohne Erfahrung, ohne Kontrolle über ihre Leidenschaften, fuhr Stelzl fort, kann sich nicht wie ein Tier mit Schreien und Brüllen wehren, vor allem deshalb nicht, weil ihr Verstand noch besonders schwach ist und weil die Lüsternheit bei jeder, vor allem bei einer so jungen Frau den unteren Teil des Leibes ergreift, Verstand im Kopf dagegen herzlich wenig zu finden ist. Und Simon Lovrenc, der ein gelehrter Herr ist, hätte das wissen müssen. Simon wusste es auch: Meint Ihr Erasmus? Stolzl und Stelzl sahen einander an.

– Gerade habt Ihr Erasmus zitiert, sagte Simon Lovrenc bestimmt, als stünde er vor dem Rektor des Jesuitenkollegs und nicht vor den

Richtern Stolzl und Stelzl, doch ich muss Euch sagen, werte Herren, dass Ihr ihn falsch zitiert habt, richtig heißt es so: Jupiter hat dem Menschen weitaus mehr Leidenschaft als Verstand zugeteilt, und zwar in einem Verhältnis von 24:1. Außerdem zwängte er das Gehirn in den engen Teil des Kopfes, den ganzen Körper hingegen überließ er den Leidenschaften. Zum Schluss stellte er dem einsamen Verstand zwei sehr mächtige Feinde entgegen: der erste war der Zorn, der in der Brustfeste und im Herzen herrscht, der zweite war die Lüsternheit, die sich die Herrschaft in breiter Front aneignet, bis hinunter zum Zwerchfell. Und was sollte der Verstand gegen diese zwei vereinten Kräfte? Er schreit, schließlich zieht er sich zurück und hebt verzweifelt die Hände.

Im Raum wurde es still. Man hörte das schwere Atmen Michaels. Was hat er gesagt?, fragte Dolničar. Still, belferte Michael. Herr Stelzl erhob sich, werden wir hier etwa eine Disputation halten? Dies ist ein Gericht und Ihr werdet verhört, Ihr werdet uns keine Vorträge halten. Du wirst nicht vortragen, Frater, sagte Michael und legte seine Kette auf der Brust zurecht, was sich der erfrecht, sagte Richter Stelzl, Dolničar nickte, es stimmte, er hatte begriffen, dass sich der Angeklagte, ein zügelloser Mensch, der ein anständiges Mädchen auf einer Pilgerfahrt abgeschleppt hatte, erfrechte, der Gerichtsbehörde zu widersprechen.

– Ich habe Euch nur ergänzt, sagte Simon. Man hat uns gelehrt, richtig zu zitieren, wenn man zitiert.

Stolzl setzte sich. Flüsternd beriet er sich mit Stelzl. Nun gut, nun gut, sagte er, man muss uns keine Vorträge halten. Auf jeden Fall vermuten wir, dass es sich um ein schlimmes Sittlichkeitsdelikt handelt. Er zeigte mit dem Finger auf Simon, dieser Herr, sagte Stolzl, hat mit Katharina Poljanec geschlafen; wir sind davon unterrichtet, dass dies die rechtmäßige eheliche Tochter des Jožef Poljanec ist, des Verwalters der Güter von Baron Windisch, dieser Herr hat mit dem Fräulein in wilder Ehe gelebt, in ehebrecherischem Verhältnis, und das wird sich nach dem Verhör der betreffenden Person leicht beweisen lassen. So ein Vergehen, lieber Herr, ist strafbar nach dem Gesetz, das wir Euch gern zitieren wollen, wenn ihr es wünscht. Ihr wünscht es nicht, auch recht. Es ist umso schlimmer, als der betreffende Jožef Poljanec die Unschuld seiner Tochter den Herren anvertraut hat, die die Pilgerfahrt auf dem Gotteswege leiten, und noch schlimmer, weil es gerade auf dem Gottesweg geschehen ist, das ist fast so, als wäre es in einem geweihten Raum geschehen.

So ist es, sagte der Pilgerprinzipal Michael, ihm war es egal, ob eine Ähnlichkeit mit einem *crimen bestiale* vorlag oder nicht, er würde Zügellosigkeiten auf der Pilgerfahrt bestimmt nicht durchgehen lassen. Und Simon Lovrenc, der entlassene Jesuit, war viele Nächte mit Katharina Poljanec durch das fremde Land und seine Nachtlager gezogen. Die Sünde ist ansteckend, sagte er, und überhaupt sind Pilgerfahrten nach Kelmorajn gefährdet, denn am Wiener Hof liegen Beschwerden über die Pilgerfahrten der vergangenen Jahre vor, bei denen bis spät in die Nacht getanzt wurde und es zu Ausschweifungen kam und auch zu Gewalttaten, Diebstählen und Raubüberfällen, sodass mittlerweile ernsthafte Forderungen nach dem Verbot der Pilgerfahrten erhoben werden.

Simon sagte, das Mädchen sei krank gewesen und er habe sich um sie gekümmert.

– Um sie gekümmert!, rief Michael, und alle brachen in fröhliches Gelächter aus. Simon sagte, sie sei nunmehr genesen, und bewirkte damit einen neuerlichen Lachanfall. Und sie, sagte er, sei es gewesen, die ihn von der Schlaflosigkeit geheilt habe. Jetzt schien das Lachen nicht mehr enden zu wollen. Die vier vom Tribunal waren vor Lachen außer sich. Sie hat ihn von der Schlaflosigkeit geheilt! Er sah ihre verzerrten Gesichter, die vom Lachen hochroten Köpfe, die grölenden Münder und dachte, dass mit ihrem Gelächter sicher viele Teufel große Freude hatten, wohl schon seit der Geburt dieser vor Lachen brüllenden Herren. Man werde herausfinden, sagte Richter Stelzl und wischte sich die Tränen, und protokollieren müssen, wie weit diese Sache gegangen sei, ob eine außereheliche Kopulation stattgefunden habe, und wenn sie stattgefunden habe, wie sie vonstattengegangen sei. Nun, wie? Von hinten, wie bei den Tieren? Weil der Verhörte heute auf diese Schlüsselfrage offensichtlich noch nicht antworten wolle, gelte es vielleicht in der Folge, es mit dem Zwicken der Zange zu versuchen, vielleicht werde ihm das die Erinnerung zurückbringen. Bis dahin solle er eingesperrt werden, solle er in Ruhe nachdenken, morgen werde das Verhör fortgesetzt, sollte allerdings in der Zwischenzeit die Katharina Poljanec die Wahrheit sagen, werde schon morgen die Anklageschrift verlesen.

Ach, jede menschliche Geburt ist ein Vergnügen für Beelzebub, Beliar, Asasēl, Samael, Abaddon und ihre Kumpane, eine Geburt löst unter ihnen nicht enden wollendes Gelächter aus. Sie wissen, dass sie wieder einmal – sich selbst zum Vergnügen und dem Menschen zum Verderben – ihre vielfachen und vielfältigen schurkischen Fertigkeiten zur Anwendung bringen und dabei in derart rohes Gelächter ausbrechen können, dass ihnen davon der Bauch wehtut. Simon schienen die beiden Herren nicht ohne Verbindung zu diesen Vögeln zu sein, die Fragen, die sie stellten, wiesen darauf hin, auch nach Schwefel roch es in diesem unglücklichen Lendl; ja, Stolzl und Stelzl gehörten zu dieser Kumpanei, es gab überhaupt keinen Zweifel mehr, dass sie zu dieser Schurkengesellschaft gehörten, als Richter kostümiert. Er kannte die Menschen, die Prüfungen und Versuchungen, er kannte sie aus den Jahren im Konvikt, er hatte gesehen, wie besessen seine Scholarenkollegen gewesen waren, jene, die in Kirchengefäße uriniert hatten, nur um etwas zum Lachen zu haben, und jene, die sich vor der Fronleichnamsprozession die Schuhe an den Bannern mit den Heiligenbildern abgewischt hatten; jene, die in der Passion am Karfreitag Juden, Teufel und Tote gespielt hatten und betrunken durch Laibach getorkelt waren, Körbe mit Salat und Brot umgeschmissen hatten, maskierte Teufel, die Mädchen begrapscht hatten und handgreiflich geworden waren, und jene, die die Legion des Todes gespielt hatten, sie waren unter den Kleidern besessen gewesen, vor jugendlicher Kraft hatte es sie umgetrieben, ihnen waren in den Straßen die Pferde durchgegangen, dass die Menschen wegspringen mussten, alles das hatte er schon gesehen und manches Schlimmere: portugiesische Kavalleristen, die, besessen vom bösen Geist, Guaraní niedermetzelten, und Guaraní, in denen die alten Wald- und Flussteufel erwacht waren, sodass sie den Besitzer einer Encomienda an den Füßen über einem Ameisenhaufen aufgehängt, ihm vorher noch viele Wunden am Körper zugefügt hatten, um Ungeziefer und die großen Ameisen anzulocken, die ihn dann bis auf die Knochen abfraßen; er hatte den Schmutz und die Spelunken und die Hurerei in Lissabon gesehen, wohin man ihn gebracht hatte, überall waren diese übermütigen Kumpane am Werk gewesen, und er wusste: von hier musste er verschwinden, weg, so schnell wie möglich.

Aber wie? Die beiden Lendler Büttel stießen ihn in einen dunklen Keller, es waren Gerichtsbüttel, nicht mehr irgendwelche Krainer Pilgerbauern, die mehr Lärm machten, als dass sie Böses getan hätten, es waren zwei bärtige Narbenkerle, sicherlich früher einmal Soldaten, hier hörte der Spaß auf, oben saßen Stolzl und Stelzl, hier waren die beiden Narbengesichter, das würde böse ausgehen, wenn er sich nicht davonmachte, nur wie? Unter den Stiefelsohlen war es glitschig, er zermanschte faulige Äpfel, überall stank es nach Schimmel, zerfallendem

Obst, Rüben, Kohl. Von draußen wurde der Riegel heruntergelassen, also gab es kein Schloss, das war gut, aber einer der Schergen hatte sich vor die Tür gestellt, das war mehr schlecht, als das andere gut war. Unter der Decke war ein kleines Fenster mit einem Holzgitter, das ließe sich durchbrechen, wenn nicht der eine vernarbte Soldat vor der Tür stünde, dort konnte man hinausschlüpfen. Die Augen gewöhnten sich an das Dunkel, es war sogar ein wenig Licht, er fand einen Korb, den er unter die Luke stellte, er stieg darauf, die Luke ging auf den Hof hinaus, wo die Pilgerfrauen die Kessel schrubbten, es roch nach angebrannten Bohnen, zwischen ihnen ging dieser Verrückte umher, dieser Geschichtenerzähler aus Pettau, er schrie etwas und fuchtelte mit seinem Stock. Er sah auch die Fenster des Schlosses, in einem Augenblick schien es ihm, als ob von einem Katharina zurückgetreten wäre. Was würde mit Katharina, wenn er floh? Es schnürte ihm die Brust ab bei dem Gedanken, dass sie vor den beiden Bösewichtern zu stehen haben würde, auch vor dem lauernden Tier Michael, aber wenn er hier bliebe, könnte er ihr nicht viel helfen, zuerst musste er hier weg, Katharina war jetzt schließlich unter ihren Leuten, die Bauern von Sankt Rochus und von Dobrava kannten sie, hier war Pfarrer Janez, es würde ihr nichts Böses geschehen, vielleicht war es noch leichter, wenn er nicht mehr da war, man würde ihr leichter vergeben und alles vergessen. Zuerst musste er fliehen, dann konnte er darüber nachdenken, was sich für Katharina tun ließe, für sie beide, zum ersten Mal begann er über die Zukunft nachzudenken, er konnte nicht daran denken, dass Katharina und er nie mehr zusammen sein würden, es würde sich ein Weg finden, es wird sich ein Mittel finden, der Zweck heiligt die Mittel, zuerst musste er aus diesem miesen, schimmeligen Lendler Keller heraus. Aber wie? Die Tasche war oben geblieben, auch der Dolch, er wollte ihn nicht benutzen, aber man könnte damit dem Büttel drohen, ihn so sehr verwirren, dass er fliehen könnte, er würde zu Fuß gehen müssen, er dachte an das gute Maultier, er hoffte, dass man ihm einen Sack Heu ums Maul gebunden hatte, damit es etwas zum Rupfen hatte, wie es die Gänseblümchen auf jener Lichtung gerupft hatte, ach, auf jener Lichtung, wo Katharina und er gesessen und über die Schönheiten des Lebens geredet hatten. Er setzte sich auf den Boden, lehnte sich mit dem Rücken an die Wand und sah zu der Luke unter der Decke hinauf, durch die langsam der Abend hereinkam. Ich bin nicht im Kerker, dachte er, dies ist kein Kerker, dies ist der schimmelige Keller von Lendl, aus dem ich bald herauskommen werde. Es war wirklich kein Kerker, den Kerker würde er noch kennenlernen, fürs Erste war ihm sein Engel, der Engel des Herrn, noch ziemlich wohlgesinnt. Obwohl unter schweren Umständen, denn um das Schloss in Lendl schwirrte alles Mögliche herum. Er hörte das Singen der Pilger bei der Abendmesse, Mariiiiiia, das ganze Volk stöhnte, Mariiiiiia, hilf uns, Du. Es war Zeit fürs Gebet, auch für seines, er kniete sich zwischen die zermanschten Äpfel und betete das Vaterunser in Latein, dann rief er sein Wissen aus der Exegese zu Hilfe und sprach mit verständigen Worten: Hilf mir, Herr, wie Dein Engel Petrus im Kerker geholfen hat, Du erinnerst Dich doch, Dein Engel trat zu ihm, und ein Licht ward in der Zelle, er stieß Petrus in die Seite und weckte ihn und sprach: *Stehe rasch auf!* Lass Deinen Engel mich in die Seite stoßen, o Herr, lass ihn zu mir sagen: *Gürte dich und binde dir die Sandalen,* wie er es zu Petrus gesagt hat, *wirf deinen Mantel um und folge mir nach,* lass mich von hier gehen, wie Petrus mit dem Engel ging, als er meinte, er sähe ein Gesicht, in Wahrheit aber war es Dein Engel, vor dem die Türen aufsprangen. Dann betete er noch zum Herrn, er solle die Teufelsgenossen Stolzl und Stelzl von ihm abwenden, er betete auch für Katharina, dass sie in diesem Augenblick standhaft bleiben solle, dass ihr Herz voller Friede sei und dass sie fest bleibe im Warten auf den Augenblick, da sie einander wiederfinden würden, er bat für beide, dass sich ihre Wege irgendwo in diesem bayerischen oder einem anderen Land wieder vereinen würden, dass ihnen die Gnade zuteil würde, zusammen zu leben, so gut sie es verstünden.

Pfarrer Janez war von diesem Durcheinander in den Seelen seiner Pilger sehr beunruhigt, er saß im Zimmer und trank Wein, er würde in der Predigt etwas dazu sagen müssen, er trank viel Wein, denn mit den Richtern dieses Ortes kam er nicht zurecht, Pfarrer Janez hatte einen Schluckauf vom vielen Wein. Janez war betrunken. Er wusste, dass er etwas über den Zustand ihrer Seelen sagen musste, denn der beschäftigte sie alle. Deswegen hatten sie sich auf den Weg gemacht: Meine Lieben, der Zustand der Seele, *status animae,* ich habe oft davon zu euch gesprochen. Hicks. Nichts ist gewisser als der Tod, und nichts ist weniger gewiss als die Stunde seiner Ankunft. Aber fürchtet euch nicht, hicks. Noch immer bleiben uns die Vespern. Uns bleibt das Abendgebet. Tausend Jahre haben unsere Vorfahren so gebetet. Tausend Jahre waren sie sich jeden Abend, wenn der Tag zu Ende ging, bewusst, dass mit diesem Tag auch ein Tag ihres, unseres Lebens vorübergegangen war. Das Feuer, an dem wir uns wärmen, mit dessen Hilfe wir dieses Tier und jene Pflanze kochen, das Feuer erlischt. Der Tag erlischt, die Kerze, unser Leben erlischt. Deshalb beten wir: Die Sonne ist untergegangen, Schöpfer, sei uns gnädig, gib uns eine ruhige Nacht, vertreibe den bösen Geist, vertreibe alles Böse, alle Geister der Nacht. Ruf die ruhigen Engel in unseren Schlaf, lass nicht die in unseren Schlaf, in diese Nacht kommen, vor denen wir uns fürchten: geflügelte Schlangen, Hundsköpfige, Dämonen, die sich zusammen mit den Schweinen in den Fluss stürzen, alle unsere Sünden, die in unserem Schlaf erwachen und in unserer Traumnacht leben. O gütiger Vater, vertreibe diese ganze Brut von uns, darum bitten dich Pfarrer Janez und alle anderen, die so denken, wie er denkt, der jeden Tag vor Sonnenaufgang das Buch zur Hand nimmt und daraus sein Brevier liest: *Aber über das Haus Davids und über die Bewohner Jerusalems will ich den Geist der Gnade und des Gebets ausgießen. Und sie werden den ansehen, den sie durchbohrt haben, und um ihn klagen, wie man klagt um ein einziges Kind, und werden bitterlich um ihn weinen, wie man bitterlich weint um seinen Erstgeborenen.*

Und ihr Pilger, wovor habt ihr Angst?

Sehet die Vögel unter dem Himmel an! Sie säen nicht, sie ernten nicht, sie sammeln nicht in die Scheunen, und euer himmlischer Vater nährt sie doch. Seid ihr denn nicht viel mehr als sie? Wer ist unter euch, der mit seinem Sorgen seines Lebens Länge eine einzige Spanne hinzufügen könnte? Und warum tragt ihr Sorge um eure Kleider? Sehet die Lilien auf dem Felde, wie sie wachsen. Sie arbeiten nicht und sie spinnen nicht. Ich sage euch: Selbst Salomo in all seiner Herrlichkeit war nicht bekleidet wie eine von ihnen. Und wenn Gott das Gras auf dem Felde so kleidet, das doch heute steht und morgen in den Ofen geworfen wird, wird er denn das nicht viel mehr mit euch tun, ihr Kleingläubigen? Macht euch also keine Sorgen und sagt nicht: Was werden wir essen? Was werden wir trinken? Womit werden wir uns kleiden? Nach all dem fragen die Heiden. Denn euer himmlischer Vater weiß, dass ihr das alles benötigt. Trachtet zuerst nach dem Reich Gottes und nach seiner Gerechtigkeit, so wird euch das alles gegeben werden. Sorgt euch nicht um das Morgen, denn der morgige Tag wird für das Seine sorgen. Jeder Tag hat an seinem Übel genug ... Gebt das Heilige nicht den Hunden und werft eure Perlen nicht vor die Säue, damit sie sie nicht mit den Füßen zertreten und sich danach umdrehen und euch zerreißen ... Gehet ein durch die enge Pforte, denn weit ist die Pforte und breit der Weg, der zur Verdammnis führt, und es sind viele, die auf ihm wandeln. Eng ist die Pforte und schmal der Weg, der zum Leben führt, und es sind wenige, die ihn finden ... Sieben Sakramente, Beichte, Kommunion, hier ist das Ziborium, darin befindet sich die Hostie. Wir wissen, was die Hostie ist. Das Allerheiligste, Sein Körper. Seht doch, die Türen des Tabernakels stehen offen.

Er sammelte die letzten Kräfte und sagte:

Also: Empfehlen wir unsere Seelen dem Allmächtigen, Gott, seinem Sohn Jesus Christus, dem gesegneten hl. Johannes dem Täufer, den hll. Petrus und Paulus und allen Heiligen im Himmel.

So sprach Pfarrer Janez und dachte auch so, obwohl er schon eine dicke und raue Zunge hatte und er seine schweren Worte nur schwer aussprechen konnte.

Nach der Abendmesse brachte man Simon Lovrenc zu essen, einen Topf aufgewärmter Erbsen vom Mittag natürlich. Auch der Büttel vor der Tür bekam nichts Besseres. Aber im Gegensatz zu ihm, der einen Krug Wasser bekam, brachte man dem Büttel einen großen Krug Wein. Simon hörte sein Saufen, gluck, gluck, gluck, und der Krug war leer. Er verlangte mehr, über den Hof rief er seinen Büttelkollegen, noch Wein, noch Wein, und als kein Wein mehr kam, polterte er unter Fluchen selber los, um welchen zu holen. Simon beobachtete ihn, wie er über den Hof zu dem weit offen stehenden Tor des Lendler Schlosses hinausstolperte, hin zu den erleuchteten Fenstern im Dorf, wie er hinter dem Streuner hertorkelte, um auch nach ihm zu treten, und fast hinfiel, als sein Fuß im großen Bogen den Kopf des Hundes verfehlte. Er wird lange nicht zurückkommen, was Simon betraf, genau genommen nie mehr, Simon wird den narbigen Wächter nie wiedersehen, das Narbengesicht auch ihn nicht. Er wird erst am frühen Morgen mit einem großen schmerzenden Kopf zurückkommen und nicht einmal einen Blick in den Keller werfen, er wird sich vor die Tür setzen und einschlafen. In den Keller wird er erst mitten am Vormittag sehen, wenn die berühmten Lendler Juristen mit dem Verhör fortfahren wollen, dann aber werden, das wissen wir doch, im Keller nur noch zermanschte Äpfel, schimmelige Rüben und Kohl liegen, um alles andere wird sich um die vierte Morgenstunde Amalia gekümmert haben. Ja, Amalia war der gute Engel, wer hätte gedacht, dass diese zierliche Frau mit dem weizenblonden Haar und der unbestimmbaren Augenfarbe, mit den wenig ausgeprägten Gesichtszügen, dass sie bestimmt war zu helfen, sie wollte helfen. Sie beobachtete sorgfältig, was um den Keller vor sich ging, sie beobachtete es, sie hatte schon zuvor beobachtet, was mit Katharina vor sich ging, den Hohn, dessen sie teilhaftig wurde, sie hatte sie am Fenster stehen sehen, als unten das Volk in fröhliches Gelächter ausbrach. Und sie mochte Katharina, wer weiß warum und wer weiß seit wann, wahrscheinlich schon seit damals, als sie gemeinsam im Wald ihre Notdurft verrichtet hatten. Katharina war Amalia im ersten Augenblick ans Herz gewachsen, sie war in der Klemme, sie fand sich nicht zurecht, sie war unbeholfen, hilfsdürftig, wie sollte man jemanden nicht gern haben, dem man helfen konnte. Und jetzt konnte sie Katharina helfen, indem sie Simon rettete, sie wusste, dass Katharina ihr dankbar sein würde. Sie war es also, die um die vierte Stunde am Morgen wie ein Schatten über den Hof ging, an der Wand des Gebäudes entlang bis zu der Tür, die in den Keller führte. Sie stand einige Zeit lang an der Tür, überall war es still, nur ab und zu meldete sich Magdalenchen mit ihrem Lachen oder Stöhnen, sie schob den Riegel auf. Sie stieß ihn *nicht* in die Seite, und es ward *kein* Licht in der Zelle, sie zog ihn am Arm, sie gingen an der Wand zur Tür, die Tasche, flüsterte Simon, Amalia verdrehte die Augen, was dem alles einfällt? Aber sie huschte in die Vorhalle, die Tür zum Gerichtsraum stand offen, auf der Bank wartete Simons Ledertasche, alles ging so problemlos, dass sie es selbst nicht glauben konnte. Dank' dir Gott, flüsterte Simon, lauf jetzt, flüsterte Amalia, sag es Katharina, sagte Simon, lauf, sagte Amalia außer Atem.

Er lief hinter den Häusern des Dorfes hinaus, löste Hundegebell aus, durch das Fenster eines Hauses sah er betrunkene Bauern und unter ihnen beide Büttel, sie warfen die Würfel, das Licht strahlte von unten auf ihre hochroten Gesichter, er lief über ein Feld, und weit hinten blieb die dunkle Masse des Lendler Schlosses zurück, des Hauses, in dem Stolzl und Stelzl herrschten und Urteile wegen *crimen bestiale* fällten, am Ende des langen Feldes blieb er außer Atem stehen, Katharina, sagte er, Gott mit dir, bald sehen wir uns wieder.

Am Morgen war er weit von Lendl, er ging am Waldrand, vielleicht an genau jenem, wo im Traum die Seele der friedlosen Katharina gegangen war. Er in Freiheit, Katharina bei Wasser und Brot, welch Trauerbild, aber wie hätte er bleiben sollen, wie?, hätte er etwa mit diesen Menschen über Sünde und Tugend, über Ehebruch und wilde Ehe disputieren sollen, wie hätte er diesen Leuten, diesem lächerlichen, aber durchaus auch gefährlichen Tribunal erklären sollen, was ihm mit Katharina widerfahren war? Nicht einmal sich selbst konnte er es richtig erklären, er fand sich in Fesseln wieder, wie er sie bisher nicht gekannt hatte, es stand in keinem Buch und in keiner Predigt, die über die Liebe sprachen, unentwegt über die Liebe, in Fesseln, die dem Menschen Simon die Brust zusammenschnürten, wenn er an sie dachte, so stark, dass er mehrere Male stehen blieb und daran dachte zurückzugehen, und sei es auch in jenes seltsame Gericht. So viel von der Welt hatte er durchwandert, um sie endlich zu finden, ach, eine Schlichtheit, die eine Einfachheit war, die Schlichtheit zweier, die mit einfachen Worten und Gesten Dinge möglich machten, näher brachten, eins werden ließen. Von jenem Pilgerfeuer bis hin zum Lager der genesenen Katharina, in den erwachenden Morgen, in den Glätten und Wölbungen ihres Körpers, im aufgelösten Haar, dem morgendlichen Lächeln, dem morgendlichen Waschen, wenn sie das Hemd über die Blöße des hockenden Körpers herabließ, das Hemd bis zu den Knöcheln, in ihrem Blick irgendwohin über die Berge, zurück, nach Hause, in all dem lag Nähe, das war der einfachste Zustand aller Dinge, den nur sie zwei bestimmen und füllen konnten, nur sie beide in ihrer plötzlichen, sich ergänzenden Wechselseitigkeit, warum so gelehrt, Bakkalaureus Lovrenc? In der Liebe, einfach in der Liebe, nicht in jener aus den Büchern, in dieser, die Geruch und Geschmack hatte, Fleisch und Blut, bei der der Mensch von Glück, von der Landschaft, von Freude erfüllt wurde. Und wie es in solchen Zuständen üblich ist, litt er einen Augenblick später schon gewaltig, er sah Katharina stehen, wo er gestern gestanden hatte, vor den wabbelnden Doppelkinnen, den hochroten Gesichtern, zwischen den Bündeln sich kreuzender Blicke voller Beredtheit, Doppeldeutigkeit, Anspielungen, kalter Schweiß überflutete ihn bei diesem Gedanken. Er blieb wieder stehen, ich muss zurück, ich muss zurück. Er würde zurückgehen und wiederholen: Er habe an schwerer Insomnie gelitten, doch diese Frau habe ihn geheilt, jetzt könne er auch schlafen und jetzt habe er beschlossen, sein Leben zu ändern. Für ihn habe die Pilgerfahrt ihren Zweck schon erfüllt. Es gebe keinen Grund, ihnen das Wiedersehen zu verweigern, es brauchten keine Maßnahmen getroffen zu werden. Er, Simon Lovrenc erkläre bei vollem Bewusstsein und mit aller Verantwortung, dass er der Verursacher des Liebesverhältnisses sei, er habe sie überredet, er nehme alle Verantwortung auf sich. Und erkläre zugleich feierlich, dass er gegenüber Katharina, der Tochter des Schlossverwalters, des Witwers Poljanec aus dem Tal unter St. Rochus, ernsthafte und ehrenhafte Absichten hege: Wenn er sich seiner Pflichten entledigt und die entsprechenden Genehmigungen seiner früheren Vorgesetzten erhalten habe, werde er sich vor Gott und vor den Menschen für das ganze Leben mit ihr verbinden, wie auch sie sich entschlossen habe, sich bis an ihr Lebensende mit ihm zu verbinden. Es wäre schön gewesen, aber es war nicht möglich, so nicht, vor diesen Richtern nicht, vor Michael und Dolničar mit Sicherheit nicht. Er biss die Zähne zusammen und setzte seinen Weg fort.

Gegen Mittag setzte er sich mit auf einen Wagen, wohin soll es gehen? Nach Köln, ei, das ist noch weit, und das Militär ist überall in Westfalen, auch hier reiten sie durch und schleppen ihre Kanonen, ihre Intendantur und ihre Huren mit sich, sie aber fahren nach Landshut, bis dahin können sie ihn mitnehmen, schade um die Sohlen, er hat gute Stiefel, in Landshut sind ihre Frauen, Marktfrauen, einer bringt sie morgens hin, der andere nachmittags zurück, auf dem Wagen aber sind sie zu mehreren, damit es Gesellschaft gibt, und das Bier werden sie bei Wittmann trinken. Dann redeten sie über die Preise von Sauerkraut und Speck, in der Ferne waren die Dächer der großen Stadt zu sehen, Katharina war immer weiter entfernt, noch immer in Lendl? Oder waren sie schon aufgebrochen? Der schaukelnde Wagen, das gleichmäßige Latschen der Pferde, ihre breiten Hintern, deren ruhiges Schaukeln, das ruhige Reden der Bauern, es hätte ihn fast in den Schlaf gewiegt, doch seine Gedanken gingen zurück in die Nacht, die hinter ihm lag, und hin zum Tag, der eine Lösung bringen musste, wenn nicht dieser Tag, dann einer der nächsten. Er wusste nicht, welche, aber bestimmt keine Lösung, die die Wurzeln von etwas ausriss, an dem nichts Böses war – o ihr Gedanken eines gelehrten Scholastikers, wann werdet ihr zur Ruhe kommen! –, es war nicht das Böse, das zwischen ihnen beiden war, sondern sein Gegenteil, es musste eine Lösung kommen, die Vereinigung war, nicht Trennung. Denn so, wie diese Nacht in den Morgen überging und der Morgen in den Tag, so hatten sich er und Katharina, Katharina und er auf natürliche Weise vereinigt und waren ineinander übergeströmt, Seele in Seele, Körper in Körper. Die Frau, die er vor zwei Sonntagen noch nicht gekannt hatte, wie er auch diese Stadt nicht kannte, die er jetzt betrat, und der Mann, den die Frau nicht gekannt hatte, die am selben Morgen in dem Schloss weit hinter ihm erwachte und vielleicht ans Fenster trat, und alles, was zwischen ihnen war, ungeachtet dessen, wo und wie weit auseinander sie waren, alles zwischen ihnen und in ihnen sagte, dass es da nichts auszureißen gab, dass sich hier Natürliches mit Natürlichem vereinte, etwas, was so bestimmt war, und dass das Böse die Trennung war, nicht ihre Vereinigung, denn Vereinigung war Liebe, nichts anderes, nur eine Spielart jener Liebe, um derentwillen sie zum Goldenen Schrein von Kelmorajn pilgerten.

In Landshut irrte er durch die Straßen, bis er von Müdigkeit übermannt wurde. Er klopfte ans Tor des Dominikanerklosters, eines großen Gebäudes am Rande der Stadt, er war nicht glücklich darüber, dass es Dominikaner waren, er kannte sie von der anderen Seite des Meeres, auch von dieser Seite, aus Lissabon, aber was sollte er machen, irgendwo musste er etwas Ruhe vor den Gedanken finden, die in ihm bohrten und schmerzhafte Schründe und Schrammen hinterließen. Er erzählte nicht, dass er einmal Jesuit gewesen war, dass er ein Pater und Scholastiker war, er fürchtete die zahllosen Fragen, die folgen würden, er sagte, er pilgere nach Köln, er log nicht, er habe die Gruppe verloren, mit der er reise, er bitte die guten Brüder, die Söhne des hl. Dominik, um ein Nachtlager. Schön, sagte der Dominikanerbruder, das sei ein heiliger Weg, obwohl er, ei, noch lang sei und es an Militär auf diesem Weg keinen Mangel gebe. Wir haben viel Platz, sagte er, wir werden Euch ein Zimmer geben, das heißt eine Zelle, wir sehen uns beim Abendgebet, das ist unerlässlich. Natürlich, sagte Simon, das ist unerlässlich.

Mitten in der Nacht hörte er ein Poltern, tacka-tacka-tack, jemand ging durch den großen Raum im oberen Stock, tacka-tacka-tack, ohne Unterlass, er dachte schon, das müsse Ignatius von Loyola sein, der hatte ein kürzeres Bein, in der Schlacht bei Pamplona war er von einer Granate getroffen worden, als er noch Soldat war, als er die Armee Jesu noch nicht gegründet hatte, deshalb ging er mit einem Stock, tacka-tacka-tack, jede Nacht hörten sie ihn in seiner Sorge oder Unruhe, jede Nacht schritt der Praepositus generalis auf und ab, der Generalobere der Gesellschaft Jesu schlief nie, nachts ging er zu den Kranken oder schrieb Briefe, tacka-tacka-tack, jetzt tackatackerte er hier über ihm, was machst du bei den Dominikanern, unglücklicher Simon? du bist mein Sohn, wenn auch entlassen, das Land der Indios wartet, die erste Kampflegion wartet, du gehst am Rande, auf der einen Seite ist das Reich des Teufels, tacka-tacka-tack, auf der anderen das Hochland der

Schönheit, die Welt Gottes, nur ein Schritt, und es zieht dich hinunter, in die heißen Eingeweide der Erde, hüte dich, mein Sohn, tacka-tacka-tack, dass es dich nicht hineinzieht, das kalte Meer am Rande des großen Kontinents tost hinunter, um die glühenden Eingeweide der Erdmitte zu kühlen, achte auf deinen Schritt, Simon, tacka-tacka-tack.

[20]

Von irgendwo weht Kadavergeruch heran, Pater Simon und Superior Inocenc Herver sehen einander an: Und das genau heute, an einem so großen Feiertag, Pfingsten in Santa Ana, der große rote Platz strahlt, kein Staubkorn findet sich darauf, es ist etwas kühl, hier ist es im Juni kühl, die Wolken ziehen über das Land, aber es ist trotzdem feierlich, und gerade an diesem Tag herrscht ein solcher Gestank, in ihrer Nähe vermischt er sich mit den starken Düften, mit denen sich einer der Pater überschüttet, der, der in der Bibliothek arbeitet. Er kann nicht davon lassen, Pater Romero, er liebt die Gerüche aus dem Orient, er hat in Barcelona gelebt, wo sie angeliefert werden, dort hat er es sich angewöhnt. Das Problem liegt darin, dass die Düfte betäubend wirken und die Bibliothek nicht gerade groß ist, beim Lesen der Geistlichen Übungen des Ignatius oder von Plato oder Horaz wird einem schwindelig vom Jasminduft und den anderen süßlichen Gerüchen, und man muss ausweichen in den Garten hinter dem Refektorium, dort riecht es nie nach Kadaver, auch nicht nach Pomaden und Rasierwässerchen, in der Mittagszeit vielleicht nach Essen, das ja. Dort hinten scharrt Bruder Koadjutor Pablo mit der Hacke auf den Beeten herum, er ist schon alt, mit ihm kann man über die Kunst des guten Todes sprechen, auf den er sich vorbereitet, manchmal helfen ihm die Guaraní, und Vater Pablo plaudert herzlich mit ihnen in einer Mischung aus Französisch, Spanisch und Guaraní, auch manch lateinisches Wort findet sich darunter, dort kann sich Simon erholen. Hier aber muss er sich kurz vor dem großen Fest die Nasenlöcher mit den Fingern zuhalten, eine seltsame Kreatur ist der Mensch, dieses große göttliche Wesen mit den kleinen Lastern, Pater Romero ist ein fleißiger, gehorsamer, frommer Mann, aber den betäubenden Wohlgerüchen kann er nicht absagen, und es ist schwer zu sagen, ob daran etwas Sündiges ist. Schade, dass Pater Ramón so nahe ist, und schade, dass sie nicht einen Blick hinter die Mauern geworfen haben, wo dieser Tierkadaver liegt, der stinkt, jetzt ist es zu spät. Lieber würde er den alten Pablo in seiner Nähe sehen, seinen Weisheiten lauschen, aber der alte Pater Pablo steht jetzt heiter und lächelnd zwischen den indianischen Kindern unter der Fassade aus rotem Sandstein, die Mädchen sind in Weiß, die Jungen in Leinenhemden, zwischen ihnen steht der alte Pater in der schwarzen Soutane, welch apostolische Pastorale, er beugt sich zu der kleinen Teresa hinab und wiederholt mit ihr die Worte des Willkommensgrußes, die sie dem Bischof und dem Provinzial sagen wird; zur Linken stehen die guaranischen Soldaten, bewaffnet mit Gewehr und Schwert, dort steht Pater Kluger, die Kanone ist poliert, ihre bronzene Oberfläche wirft die Sonnenstrahlen zurück, die Wolken wandern über diesen metallenen Spiegel, und zwischen ihnen stehen die gebeugten Silhouetten der Soldaten um die Kanone herum, unter den indianischen Soldaten herrscht keine deutsche Disziplin, alle sind unaufhörlich in Bewegung, gehen hin und her, genauso wie die Kinder unter der roten Fassade, wie die Menge der erwachsenen Guaraní, die zu beiden Seiten des großen quadratischen Platzes warten, alles ist in Bewegung und alles wogt, von überall hallen Rufe. Nur die Pater stehen ruhig um Superior Herver versammelt, wenden den Kopf hin und her und unterhalten sich ruhig, hier sind Ignatius' Söhne aus allen möglichen europäischen Städten und Nestern, Gelehrte und Handwerker, Astronomen und Philosophen, Katecheten und Maler, die Pater Bläulich, Cardenal, Sanchez, Romero, Simecka, Simonitti, Dubois, Lovrenc und viele andere; fünfzig Pater und genauso viele Brüder in schwarzen Kutten, was für ein Anblick! Ritter der ersten Kampflegion der Armee Jesu, umgeben von zweitausend Guaraní des Pueblos Santa Ana, Träger des Evangeliums, mutige Entdecker, Träger des Kreuzes, durch ihr Verdienst ist es tief in diese rote Erde gepflanzt, niemand reißt es mehr heraus, ihr Werk ist es, dass an diesem Tag die Banner mit den Heiligenbildern über den bestellten und fruchtbaren Feldern flattern, über den fernen Estanzias mit den großen Herden, über den dreißig Siedlungen des mächtigen Jesuitenstaates; auf dem fernen Kontinent wartet die Creme der Gesellschaft Jesu auf die Ankunft eines hohen Besuches, es kommt der Praepositus provincialis Matías Strobel, es kommt der Bischof aus Asunción, mit ihm viele Gäste aus Posadas und Corrientes; die Legion Jesu macht einen ruhigen Eindruck, als ob sie schon seit je und für alle Zeiten hier wäre, aber es ist nicht so, alle wissen, dass es nicht so ist, in dieser Ruhe sind versteckte Ungeduld und Ungewissheit, der Zweifel wühlt in den Seelen der Legionäre: Der Provinzial Matías Strobel und der Bischof aus Asunción bringen letzte Nachrichten über das Schicksal der Missionen, über alles, was in Rom vorgeht und in Madrid, in Lissabon und schließlich in San Miguel, dem südlichsten Pueblo, wo die Professen und Koadjutoren, der Superior und der guaranische Corregidor, wo alle einig und offen, klar und deutlich erklärt haben, dass sie sich jeglichem Versuch einer gewaltsamen Evakuierung widersetzen werden. Mit Pomp werden auch hohe Beamte der Madrider Regierung kommen, ein paar reiche Encomenderos; sollen sie kommen, obwohl es den Patern klar ist, wie es allen hier klar ist: Beamte und Grundbesitzer, der Bischof und seine Pfarrer, alle zusammen können nur kommen, um sich aufzuplustern; das Sagen in diesem Pueblo wie auch in den dreißig anderen, in allen paraguayischen Reduktionen hat niemand außer ihnen, den Ignatiussöhnen in ihrer Gesamtheit, hier herrscht die Compañía de Jesus. Man wird sie schön empfangen, man wird ihnen die Siedlung zeigen, die Messe wird feierlich sein, die Lieder wunderschön, doch alle werden wieder abreisen, sie hingegen werden in ihrer Republik bleiben, Herrscher und Untertanen zugleich, Herrscher über ihre Leidenschaften und Schwächen, wenn wir die Düfte Pater Romeros ausnehmen, wenn wir Pater Simecka ausnehmen, der sich eine Nacht mit einem guaranischen Mädchen vergessen hat, oder Pater Simon, bei dem sich schon zahlreiche Einsprüche gegen Vorgesetzte angesammelt haben – wie er einst im Laibacher Kolleg eigene und fremde Vergehen gemeldet hat, so erhebt er jetzt auch hier immer öfter Einspruch –, alle wurden in Kürze zur Kenntnis gebracht und vermerkt, aber wer ist schon ohne Sünde, selbst die Besten müssen bereuen; Herrscher, weil sie fähig sind, den irdischen Versuchungen zu widerstehen, fromm und der Gesellschaft Jesu gehorsam und dem Evangelium untertan zu leben, dem sie hier mit der letzten Faser ihrer Seele und ihres Körpers dienen. Fünfzig einheimische Pater und Brüder stehen vor der mächtigen Kirche in Santa Ana, gut dreißig sind noch aus anderen Pueblos gekomken, an die zweitausend Indios sind um sie versammelt, man muss sich zurückhalten, um keinen Stolz zu zeigen, rasch macht sich Stolz, *superbia*, in der Seele breit, wie sich aller auch die Sorge bemächtigt, Stolz und zugleich Sorge: Mit was für Neuigkeiten kommt Provinzial Strobel? Ist es möglich, dass dieses gewaltige Werk, das von achtzig Rittern der Societas Jesu verkörpert wird, zerfällt, wie der Kadaver unter den Mauern des Pueblos zerfällt und sich sein Gestank, vom milden Wind getragen, mit den Düften des glatt gekämmten Paters Romero vermischt? Wieder treffen sich die Blicke von Superior Inocenc und Pater Simon: Was tun? Nichts, der Superior zuckt mit den Achseln und winkt mit der Hand ab, man kann nichts tun, das wird uns nicht die Pfingstfeierlichkeiten verderben.

Was war das für ein Kadavergeruch, von wo hatte es ihn gerade an diesem Tag hergeweht? Es war schon ein Paradies dort in Paraguay, wird Simon Jahre später denken, wenn er sich erinnern wird, dass es gerade an diesem Schicksalstag war, zu Pfingsten, als sie erfuhren, dass man weg müsse, dass es genau damals nach Kadaver stank, noch lange würde er diesen Duft in den Nasenlöchern haben, es war das Paradies, ja, aber es stank darin auch schon ziemlich, nicht nur damals, zu Pfingsten, das würde ihm in Erinnerung bleiben, es stank oft und stark, doch eigentlich: Wo steht geschrieben, dass das Paradies ohne Düfte ist, paradiesische Düfte bedeuten nicht notwendigerweise die Düfte Pater Romeros, es können auch die Gerüche menschlicher oder tierischer Körper sein, was wissen wir denn? Gerüche von Pflanzen, von üppigem Wachstum, wie in den paraguayischen Reduktionen; gewöhnlich stank es am meisten unter den Mauern des Pueblos, wohin die Guaraní irgendein Tier geworfen hatten, betäubend duftete es in der Bibliothek, aber das so stark, dass es auch schon fast Gestank war, auf dem Platz oder in der Kirche vermischte sich beides mit den Düften aus der Bäckerei und aus den Kesseln, in denen der Maisbrei kochte. Den Schlachthof hatte man schon lange Zeit davor weit aus der Siedlung herausverlegt, kurz zuvor auch noch die Fleischerei, den menschlichen Unrat leitete man in Gräben oder Bäche, die Lappen, in die man den Kranken im Hospital die von ansteckenden Krankheiten zerfressenen Glieder wickelte, wurden im Wald verbrannt, die Ratten, die man per Schiff aus spanischen Häfen eingeschleppt hatte, wurden regelmäßig erschlagen und ihre dicken Leiber in der Erde vergraben, ebenso die Mäuse, die aus der Wüste gekommen waren und sich gern in Menschennähe einnisteten; aber all diese Maßnahmen reichten nicht aus, dass es nicht doch manchmal, besonders in Regenperioden, aus den verschiedenen Ecken stank. Aber was war das schon, im Inneren der europäischen Häfen und Städte stank es noch mehr, dort hatten sie die Pest, den stinkenden Schwarzen Tod und gerade kurz zuvor die hässliche Cholera, die den Menschen bis auf die Knochen auszehrte, während des letzten Krieges hat sie Massen von österreichischen, französischen und preußischen Soldaten hingerafft.

Der rote Platz, der große zentrale Markt von Santa Ana, wallt nun auf, vom Torbogen, den es rechtzeitig aufzurichten gelungen ist, hört man Rufe: Sie kommen! Vom Wagen steigen der Bischof von Asunción und der paraguayische Missionsprovinzial, mit festem Schritt gehen sie hinüber zu dem von guaranischen Männern getragenen Baldachin, hinter ihnen reiht sich die lange Prozession der Besucher ein, zuerst ein Leiterwagen und darauf die höchste Besucherin, die Jungfrau Maria, auf einem Bild, das sie dem Pueblo von Santa Ana als Geschenk bringen, das Bild eines guaranischen Malers in schreienden, lebendigen Farben, ihre Gloriole ist rot, so rot, wie es die Erde und abends der Himmel über den paraguayischen Reduktionen sind, ihre Wangen sind rot, ihre Kleider blau, der Rahmen golden und mit Blumen in wundervollen Farben und wilden Formen geschmückt, vom Rahmen führen bunte Bänder herab, Mädchen in Weiß halten sie in den Händen; gesunde, gestriegelte Pferde ziehen dieses wunderbare Geschenk, nichts ist davon zu sehen, dass jemand beabsichtigen könnte, die Missionen zu evakuieren, wer ein solches Geschenk bringt, hat nicht vor, den Exodus anzuordnen, hinter dem Wagen schreiten die Priester in Messgewändern, einige streifen sie in Eile noch unter den Gewölben über ihre Reisegewänder und laufen hinter dem Zug her; weiße Pferde ziehen offene Kutschen mit Damen und Herren, mit vielen gepuderten Perücken, mit Tüchern, auf denen die Sonnenstrahlen von den Pailletten reflektiert werden, die Damen deuten einander mit dem Fächer in der Hand auf interessante Menschen und Dinge, vor allem auf die Fassade, vor allem auf die mächtige Fassade der Kirche. Es folgen die Kavalleristen, Encomenderos und Soldaten, eine Kompanie mit Gewehren, eine Kompanie mit Lanzen, von ferne werden sie von den um Pater Kluger und seine glänzende Kanone versammelten Brüdern unter Waffen begrüßt. Diese ganze glänzende Prozession gelangt durch die Allee und ein dichtes Spalier von Leibern auf den Platz, und hier eröffnet sich ein majestätischer und zugleich rührender Anblick: Eine kleine Indianerin, die kleine Teresa, geht ganz allein den großen Herren unter dem Baldachin, dem gesamten Gefolge entgegen, über die ganze große Fläche des Platzes, es herrscht völlige Stille, Pater Simon, Pablo und manch anderem schnürt es die Kehle zu, Superior Inocenc nickt zufrieden, gut, gut haben wir das inszeniert, besser als das Passionsspiel, das auch noch folgt, das Theatrum divinum; was für ein schöner und gewaltiger Beginn, bei der Statue des hl. Ignatius treffen sie sich, die zwei großen Herren und ihr großer Tross, die globale Kirche und Europa begegnen Teresa, der kleinen Indianerin, eine gute Idee, sagt der Superior, brillant, das Mädchen kniet nieder, der Bischof segnet sie, der Provinzial macht sogar mit dem Daumen das Kreuzzeichen auf ihrer Stirn, Teresa deklamiert in völliger Stille, mit silbriger Stimme deklamiert sie:

*Salve, culte puer, numero permite deorum
Et gravis angelicis associate choris!*

Sie macht keinen Fehler, die kleine Guaraní, Simon freut sich, er hat ein Gedicht des Laibacher Bischofs Hren mitgebracht, das Gedicht begrüßt einen Jüngling, der unter die Götter und in den Engelschor aufgenommen wurde, vielleicht ist es nicht das Passendste, beide hohen Herren sind schon in den Jahren, Simon hat es gern in der Zeit seines Noviziats gelesen, damals hat er in so einem Engelschor gesungen, aber den Herren gefällt es, sie lachen, die Begleitung klatscht, die kleine Teresa ruft: *Deo gratias*, vor wenigen Tagen hat sie es gelernt; das Lied wird sie vergessen, mit *Deo gratias* aber wird sie noch viele Morgen die Pater im Pueblo begrüßen, alle lachen, es ist ein hübsches Kind, zehn Jahre alt, noch fünf Jahre, und sie wird vielleicht heiraten, die Mädchen mit fünfzehn, die Jungen mit siebzehn, alles ist weise bestimmt, alles steht mit Gottes Plan und den menschlichen Erfahrungen im Einklang. Und jetzt brausen in der Kirche die Orgeln auf, aus dem Kirchturm dröhnen die Glocken dazu, jemand hat sich kräftig an die Seile gehängt, über den ganzen weiten Platz schallt das *Pastor bonus*, das Lied zu Ehren des Bischofs und des Provinzials, des Provinzials und des Bischofs, aber auch ihrer Begleiter; auf die ganze Szene blickt die große Kirchenfassade aus rotem Sandstein herab, von der Fassade schlägt das Hohelied zurück und schwebt über den Menschen, über den Heiligenstatuen, über den Engeln, den glänzenden Ornamenten, den länglichen niedrigen Häusern der Guaraní, über der Bibliothek, dem Refektorium und den Gärten, ein hohes Kreuz mit dem Erlöser wird aufgehoben, die zwei hohen Herren nehmen das weiße Mädchen in ihre Mitte, das Kreuz ist groß, der Jesus daran ist schwarz vor Schmerz, hinter ihm geht das Mädchen in Weiß, *ecce Agnus Dei, qui tollit peccata mundi*, dem Bischof wird ein Weihrauchfass in die Hand gedrückt, die wohlgeborenen Herren und die große Menge der Guaraní, Pater, Brüder und Kinder, alles drängt jetzt in die Kirche, was für ein Fest. Simon sieht zu Pater Inocenc, er ist hochzufrieden, es ist gelungen, seit je mögen wir solchen Pomp, nicht wahr, Pater Inocenc, denkt Simon, wir beide kennen ihn noch aus dem Laibacher Kolleg und von den Straßen der Stadt, die Fronleichnamsprozessionen, die Karfreitagsprozessionen, seit je gehört das zu uns: Musik, Prozession, Theatrum divinum, Peitschen, Stöhnen, himmlischer Gesang, Engelschöre. Vor dem Kircheneingang ist wieder dieser unangenehme Verwesungsgeruch, doch wer würde jetzt etwas auf diesen Kadavergestank geben in seiner ausgewogenen Harmonie mit den Pomaden des Bruders Romero, wo es doch hier die Rhythmen von Musik und Gesang gibt, der Trommeln und Posaunen auf dem Platz, des trauten Orgelklangs aus der Kirche, wohin sich der Strom der schwarzen Pater bewegt, der große Strom der Guaraní in den weißen Gewändern, der um nichts kleinere Strom der bunten Herrschaften, der Kerzen in den Kinderhänden, der Blumen, der Marienbilder, wer würde in einem solchen Augenblick an Kadaver denken, wer würde an Befehle aus Rom und Madrid denken, an die portugiesische Bandeira, die schon die Pferde sattelt, die Schwerter wetzt und die Musketen prüft, über Santa Ana schwebt jetzt Weihrauchduft, an den Kadaver, der irgendwo unter den Mauern eines Pueblos in den paraguayischen Jesuitenreduktionen liegt und zerfällt, denkt jetzt niemand.

[21]

Perinde ac cadaver, blinder Gehorsam, man würde den Kopf senken und die Herrlichkeit und die rührenden Szenen vom Sonntag vergessen müssen, es war Montag, ein gewöhnlicher Tag, alle waren wieder weg, Provinzial Matías Strobel hatte sie vor der Abreise im Refektorium versammelt und ihnen kurz und bündig mitgeteilt: Der Brief des Generaloberen Franťois Retz bleibt gültig. Das Gemurmel, das unter den fünfzig Patern anhub, zwang ihn, die Stimme zu erheben: Ist jemand hier, der die Konstitution nicht gelesen hat? Es wurde still. Ist jemand hier, der nicht die drei Gelübde abgelegt hat und zusätzlich das vierte? Schweres Schweigen legte sich über das Refektorium, Provinzial Matías Strobel stand unter dem Kreuz, er stand, ein kleiner Mensch, wenngleich der Praepositus provincialis, unter dem großen Schriftzug an der Wand: SOCIETAS JESU, wem wäre da in den Sinn gekommen zu widersprechen, auch das Murmeln war jedem vergangen. Doch auch das Schweigen war Unheil kündend, es war ein Schweigen stillen Widerstandes, das war in der Gesellschaft nicht hinnehmbar, jeder Sohn des hl. Ignatius musste sich in sich selber beugen, die hier beugten sich nicht.

– Ich höre das Schweigen, sagte der Provinzial, ich sehe, dass ich den Brief noch einmal werde verlesen müssen. Ihr habt ihn schon vor langer Zeit bekommen, sagte er, ich stelle fest, dass ihr ihn nicht ernst genommen habt. Also, der Provinzial von Paraguay, Pater Joseph Barreda, und meine Wenigkeit, der ich der Vorsteher der hiesigen Missionen bin, haben am zwölften Januar siebzehnhunderteinundfünfzig, beide am selben Tag, den Brief bekommen, wollt ihr ihn hören? Ihr müsstet ihn kennen, wir haben ihn unverzüglich an alle Reduktionen gesandt. Pater Inocenc Herver, hat Santa Ana den Brief nicht bekommen?

– Man kennt den Brief, sagte der Superior.
– Aber man hat ihn nicht verstanden, wie ich höre. Also muss ich ihn noch einmal verlesen.

Er nahm das Papier, der Generalobere der Gesellschaft Jesu Franťois Retz teilt mit: Ich verfüge, dass Ihr, Euer Hochwürden, in meinem Namen, auf dem Fundament des heiligen Gehorsams und unter der dringenden Ermahnung, Euch keiner Todsünde schuldig zu machen, veranlasst, dass die sieben Reduktionen ohne Zögern und ohne jeden Widerstand der portugiesischen Krone übergeben werden. Ich befehle und verlange, dass alle Jesuiten, die auf diesen Ländereien arbeiten, all ihren Einfluss verwenden, dass die Indianer dieses Gebiet unverzüglich räumen, ohne Widerstand, Ausflüchte und Ausreden.

Er las Wort für Wort, eines schwerer als das andere, es waren Worte mit dem Gewicht Lissabons und Madrids, dieses Gewicht hätte sich noch tragen lassen, aber in ihnen war auch das Gewicht Roms, des Papstes und des Generaloberen, das Gewicht der Gesellschaft, das Gewicht der mystischen Einheit des Körpers, dessen Kopf sich nicht irren konnte. Es ging um die sieben Reduktionen bis zum Fluss Uruguay, aber alle wussten, dass das nur der Anfang war, die nächsten würden folgen, Loreto, San Ignacio Miní, Trinidad, alle dreißig bis hinauf zu Santa Rosa und Santa Maria de Fe, Santa Ana würde darunter sein. Auch Strobel und Barreda wussten, dass es nur eine Frage der Zeit war, wann sie zusammenpacken und gehen würden. Wohin? Vielleicht nach China oder zurück in die europäischen Kollegs? Und die Guaraní, wohin sollten sie gehen, etwa zurück in die Wälder wie die Hasen? So würde es Nicolas Neenguiro, der indianische Corregidor in Concepción, formulieren, sollten sie etwa wie die Schnecken in die Wüste kriechen, wohin?

Diese Frage hing über der schweigenden Versammlung, sie stand in unsichtbaren Lettern neben das SOCIETAS JESU geschrieben, alle konnten dort deutlich das MENE, MENE, TEKEL, UPHARSIN sehen, nichts anderes konnte es bedeuten, dieses Wohin? Der Auszug Pater Strobels aus Santa Ana war ein völlig anderer als sein Einzug, zusammen mit Superior Inocenc Herver ging er zu dem neu errichteten Torbogen, wo seine beiden Begleiter mit den Pferden auf ihn warteten, er war in der bischöflichen Kutsche gekommen, verlassen würde er Santa Ana zu Pferde; wie einst Pater Diego de Torres, der erste Provinzial, auf einem Pferd in die Wildnis gekommen war, so würde Pater Strobel fortreiten, doch nicht aus einer Wildnis, sondern aus einer christlichen Welt voller Kirchen und guter Seelen, die sich darin versammelten, nicht mehr lange, nicht mehr lange. Er ging gesenkten Hauptes grußlos über den großen Platz von Santa Ana, vorbei an der Ignatiusstatue, auch die Guaraní grüßten nicht, es hatte sich herumgesprochen, es war nicht zu verheimlichen gewesen, aber warum, fragte Pater Inocenc, hat dieser ganze Zirkus sein müssen? Strobel sah ihn ärgerlich an: Das nennt Ihr Zirkus? Superior Inocenc senkte den Blick. Der Provinzial schob den Stiefel in den Steigbügel, der ihm von einem Begleiter hingehalten wurde.

– Es war eine glänzende Vorstellung, sagte der Provinzial, ich kann Euch gratulieren. Vor allem dieses Mädchen, wie war noch ihr Name? Die kleine Teresa, ja, das war herzergreifend. Und notwendig war das Ganze, Pater Superior. Um ihre Herzen zu erheben, sagte er, *sursum corda*!

Provinzial Matías Strobel versuchte sich hinaufzuschwingen, in den Sattel, er wollte zeigen, dass ihn die Jahre nicht behinderten, aber die Jahre verrieten ihn, fast wäre er hinuntergefallen, er musste sich an den Hals des Tieres klammern. Die Begleiter halfen ihm aufs Pferd.

– Und brecht die Herzen der Pater, sagte er, sicher im Sattel sitzend, habt Ihr gehört, Superior Herver? Beugt sie, sagte er, ihr Schweigen war sehr beredt, so schweigen keine Menschen, die Gehorsam gelobt haben.

Er ritt los unter dem Bogen, der für ihn errichtet worden war, unter dem Bogen, der einstürzen und zerfallen würde, wie alles zerfallen würde, es stinkt wirklich nach Verfall und Verwesung, dachte Pater Inocenc Erberg müde, vielleicht werde ich in irgendeinem Krainer Armenhaus der Jesuiten sterben, in einer Bruderschaft für einen guten Tod.

Noch mehrere Tage nach diesen Ereignissen ging Simon Lovrenc wie benommen durch den Pueblo und ritt am Fluss entlang, wo er Pater Inocenc begleitet hatte. Das war erst vor wenigen Tagen gewesen, der Superior hatte besorgt ausgesehen, aber Simon hatte es geschienen, als wären die dunklen Wolken noch fern, irgendwo über den Wasserfällen, über den Wäldern, dort über São Paulo, und als wären die Schatten, die über das Schicksal der Missionen entscheiden würden, noch weiter weg, irgendwo in den Hallen des Vatikans. Jetzt war plötzlich alles näher gekommen. Bei den katechetischen Verrichtungen war er zerstreut, wenn er in der Bibliothek ein Buch in die Hand nahm, starrten ihm leere Buchstaben entgegen, die nichts aussagten, beim Gebet bewegte er die Lippen, die Seele und der Verstand waren weit weg: Wie war das möglich? Ihm kam der Gedanke, dass sich beim Generaloberen Retz der Verstand getrübt haben musste, wenn er eine solche Anordnung schreiben konnte, wer sagte denn, dass der Höchste in der Einheit der Gesellschaft nicht vom bösen Geist besessen war, warum sollte das nicht möglich sein? Wenn es grundsätzlich nicht möglich war, warum waren dann allen Vorstehern Admonitore beigegeben, auch der Generalobere musste einen haben, genau dafür war diese brillante Idee umgesetzt worden, der Admonitor schützte den Vorsteher vor Fehlern, ein Rat gebender Engel, er riet, korrigierte, überlegte, ob die Taten und Gedanken des Vorstehers im Einklang mit den Konstitutionen standen, ob sie aus den Prinzipien und der Praxis der Geistlichen Übungen des hl. Ignatius hervorgingen, ob sich sein Weg nicht vielleicht von der Reinheit der Kirche und ihren Lehren entfernt hatte, oder hatte auch der Admonitor des Generaloberen die Richtung verloren? Das waren seine Gedanken, und das sagte er einigen Brüdern beim Abendessen auch. Er wusste, dass sie ihn melden würden, aber so dachte er nun einmal, er konnte nichts dagegen tun. Einen Monat zuvor hatte er ein paar der aufgewecktesten Jungen um sich versammelt und angefangen mit ihnen Vergil zu lesen, jetzt hatte er keine Lust mehr dazu, wenn sie nach der Morgenmesse in die Klasse kamen, ließ er sie miteinander rangeln und sich schubsen, dann schickte er sie fort und sah ihnen nach, wie sie wie junge Hunde, die man aus dem Haus lässt, fröhlich durch das hohe Gras liefen, ja auch die bäuerlichen Verrichtungen machten ihm keine Freude mehr, das Gras unter der Südmauer des Pueblos hatte er einst regelmäßig gemäht, jetzt war wieder alles zugewachsen, sodass nur die Köpfe der Jungen und ihre winkenden Hände zu sehen waren, als sie hindurchliefen, ja bald würden sie keinen Vergil und auch nichts anderes mehr zu lesen brauchen, sie würden wie die Hasen in den Wald flüchten, wie die Schnecken in die Wüste kriechen. Pater Christian und er hatten mit dem Gedanken gespielt, auch in Santa Ana eine einfache Druckerpresse aufzustellen, wie sie sie in San Ignacio Miní hatten, Pater Christian hatte einst in Österreich für die Gesellschaft Pilgerzettel, Prozessionslieder, Homilien gedruckt, auch ein paar Bücher, darunter die Sünder erweckende und zur Bekehrung aufrufende Himmlische Trompete des französischen Autors Antoine Yvan in der deutschen Übersetzung von Pater Gauss. Pater Christians großer Wunsch war es, die Himmlische Trompete in guaranischer Sprache zu drucken, man würde sie mit vereinten Kräften übersetzen, obwohl schon eine Handschrift mit Predigten und lehrreichen Geschichten auf den Druck wartete: *Sermones y Exemplos en lengva Gvaraní*. Mit all dem hatte er plötzlich keine Freude mehr: Wozu das alles, wenn man gehen musste? In Santa Ana würde irgendein Grundbesitzer seine Aufseher einquartieren; über den Indianern, die bleiben würden, würde die Peitsche singen, wenn überhaupt jemand bliebe, wenn sich hier nicht zuerst die Schakale ansiedelten, um die Erschlagenen zu vertilgen, ihre verwesenden Kadaver, und danach Ratten, Schlangen und irgendwelche Affen. Auch die Exerzitien begann er zu vernachlässigen. Wenn er sie in Laibach verrichtet hatte, hatte das zum Ziel, sich auf die großen Aufgaben vorzubereiten, auf China, dessen Küste Franz Xaver nicht betreten hatte, die zu betreten Simon Lovrenc aber fest entschlossen war. Auch hier hatte man ihn an das Suchen nach Gottes Nähe gewöhnt, an die Klarheit der Gedanken, an das Tätigsein für die Gesellschaft und die Guaraní, diese Kinder Gottes, doch worüber sollte er jetzt nachdenken? Dass er zurückreisen würde, wohin? Ins Laibacher Konvikt, wo ihn bis zum Dritten Probehaus alle möglichen Versuchungen dieser Welt gequält hatten, denen er aber standgehalten hatte, wohin? In den Laibacher Frost und in den ungesunden Nebel, der aus den umliegenden Sümpfen durch die Spitalstüren zog? Oder zum Vater, um für den Auersperger Herrn Holz aus den Wäldern zu schleppen? Ach, er hatte keinen Vater mehr, auch keine Mutter, die Gesellschaft hatte ihm verboten, beide zu haben, er hatte sie einmal, das hatte er schon längst gelernt; sie hatte ihm diese Kinder gegeben, die kleine Teresa, Miguel, Alexis und all jene, die jetzt, wie von Vergils Kette gelassen, in den Wald liefen, aber auch die würde sie ihm nehmen, die Gesellschaft nahm alles, das war von Anfang an beschlossen; bitter wurde er sich dessen bewusst, dass er nicht richtig dachte, die Gesellschaft nahm nichts, der Gesellschaft gab man auch nichts, die Gesellschaft nahm und gab zugleich, die Gesellschaft war ein mystisches Eins.

Eine lange Zeit verbrachte er mit Koadjutor Pablo im Garten zwischen den Beeten, dort versuchte er sich zu beruhigen, Bruder Pablo lächelte unentwegt, bei ihm wuchsen immer die schönsten Blumen, zu allen Jahreszeiten, hier gab es keinen richtigen Winter, vor dem Pablo, obwohl er aus dem warmen Granada kam, Angst gehabt hätte, mit dem Winter kamen die kalten Winde; genauso ungern hatte ihn Simon, mit dem Winter kamen in seiner Heimat der Nebel und der Lungenkatarrh.

Die Guaraní sagen, erzählte Pablo, während er mit der Hacke in der roten Erde scharrte, dass alle Kachuiten, das sind wir, dass wir mit der *apyka* fahren, erzählte er, *apyka* ist ein Sitz, ein geflochtener Sessel, man setzt sich hinein und fährt in den Himmel, von dem wir ihnen erzählen. Sie sagen: Mit einer *apyka* werden die Kachuiten in das Land ohne Böses fahren, das am anderen Ende der Welt liegt, hinter dem Meer, dort, von wo sie vor vielen Jahren gekommen sind, als die Großväter unserer Großväter noch in den Wäldern lebten und nicht in Pueblos wie wir. Was sagst du, Simon, freut es dich, in das Land ohne Böses zu fahren? Mich nicht, mir scheint, dass es dieses Land hier ist, das hier könnte es sein, ich werde schon bald in das Land ohne Böses fahren, sehr bald, und mein Grab wird dort hinten sein, er zeigte auf den Jesuitenfriedhof, unter meinen Brüdern, viele liegen schon in dieser Erde, mich, sagte Pablo, interessiert nur noch das *bonum mortis,* meine Gedanken sind nur noch gute *contemplationes mortis*. Aber sie sind schlechter Laune in letzter Zeit, unsere Guaraní, ich bekomme kaum noch jemanden, der mir den Garten umgräbt. Das brauchte man Simon nicht zu sagen, alle sahen, dass die Guaraní anfingen sich unfreundlich zu verhalten, warum waren sie gekommen, die Kachuiten, wenn sie jetzt vorhatten, über das Meer wegzufahren?

Eines Nachmittags sprach er beim Brunnen mit dem indianischen Corregidor, Hernandez Nbiarú. Er lobte dessen Tochter, die kleine Teresa, das klügste Mädchen in Santa Ana, ihr Auftritt habe alle begeistert, auch den Provinzial und den Bischof. Hernandez blickte finster, diesmal wollte er nicht über seine Tochter sprechen, obwohl sie sonst sein liebstes Gesprächsthema war, auf sie war er so stolz, dass er sie immer, wenn sie von den Feldern oder den Yerbales kamen, aufs Pferd setzte und sie wie in einem kleinen Triumphzug durch den Torbogen reiten ließ. Selbst ging er neben ihr her, hielt das Pferd an der Trense und blickte in alle Richtungen: Ob sie sie wohl sahen, das schönste, das klügste Mädchen von Santa Ana? Wir haben mächtige Kirchen, sagte Hernandez und sah ihm in die Augen, deren Blick Simon nirgendwohin lenken konnte, wunderschöne Pueblos, er sagte es so, wie es sein Vater gesagt hätte, den er nicht mehr hatte. Wir haben Ställe voller Vieh, Scheunen, eine Baumwollweberei, Chakras und Estanzias, all das ist unser Werk. Warum also wollen die Paulisten sich das alles aneignen? Sie machen sich lustig über uns, und ihr auch, unsere Väter, ihr macht euch ebenfalls lustig über uns. Aber es wird ihnen niemals gelingen. Unser Gott will nicht, dass es so sein wird. Simon dachte, dass auch sein Gott nicht wollte, dass es so sein würde, aber was, wenn sein Generaloberer es wollte?

Dieses Gespräch weckte in ihm den einstigen Bauernjungen aus den Zeiten, als er noch einen Vater hatte. Er wollte etwas tun, was den Guaraní nützen würde, auch wenn er selbst tatsächlich in das Land zurück müsste, wo der Nebel und der Lungenkatarrh zu Hause waren. Die Bandeira versetzte die Missionen noch immer und immer öfter in Unruhe, die Angriffe auf die östlichen Pueblos in Tapé häuften sich. Seit nunmehr hundert Jahren griffen sie die Reduktionen erfolglos an, Guaraní und Jesuiten hatten hundert Jahre lang ihre Angriffe abwehren können, mit allem Recht, für sie waren die, die sich den Namen Paulisten gegeben hatten, weil sie aus São Paulo kamen, nichts als Plünderer, und die anderen, die sich den Namen Bandeirantes gegeben hatten, ebenso. Jetzt plünderte und mordete die Bandeira im Einklang mit dem Vertrag von Madrid, im Einklang mit der Entscheidung Roms und sogar ihres Generaloberen, jetzt taten sie das sozusagen legal. Sie plünderten auch die Estanzias und vernichteten die Felder, eine Hungersnot drohte. Deshalb hatte die Cabilda, die innere Verwaltung der Guaraní in Santa Ana, gemeinsam mit den Jesuiten beschlossen, alle entfernteren Estanzias aufzulösen, alle Herden zu einer zu sammeln und sie in die Pampas zu bringen. Und so hatte Simon beschlossen, mit Hernandez und gut zwanzig weiteren Guaraní in die Provinz Tapé zwischen den Flüssen Piratini und Rio Ibicui zu gehen, wo ihre Herden waren. Mit ihm gingen zwei belgische Pater, auch sie wollten lieber etwas tun, als in Santa Ana zu hocken und das Schicksal abzuwarten. Jetzt fühlte er sich besser, auf einmal spürte er wieder Kraft in sich, er würde nicht mit Pater Pablo über die Kunst eines schönen und guten Todes disputieren, all das war noch weit, auf einmal war er ein Bauer von den Auersperg'schen Besitzungen, nicht mehr der Junge, der einst Holz aus dem Wald geschleppt hatte, im Schnee, im Frühlingsschlamm, in der Sommerschwüle und an den dunklen Herbstmorgen, sondern ein Bauer in den besten Jahren, ein Wirtschafter, der dafür zu sorgen hatte, dass das Vieh in Sicherheit war, dass die Familie zu essen hatte.

Bevor er in die Provinz Tapé aufbrechen, bevor er den Rio Piratini sehen, bevor er sich von Santa Ana verabschieden konnte, ohne zu wissen, dass er sich für immer verabschieden würde, bat ihn Superior Inocenc Herver zu einer Unterredung.

Pater Herver stand am Fenster und sah auf den Garten hinaus, wo Bruder Pablo eremitengleich gärtnerte, er drehte sich nicht einmal um, als Simon eintrat. Simon fühlte den Wunsch, Pater Inocenc möge ihn mit seinen schwachen Armen kräftig an sich drücken, wie er es damals am ersten Tag getan hatte, als er nach Santa Ana gekommen war. Damals hatte ihm geschienen, er werde eines besonderen Wohlwollens des Superiors teilhaftig, weil sie aus demselben Land kamen, sie hatten dieselben Wälder gesehen, dieselben Laibacher Straßen, und jeder war zu seiner Zeit durch dieselben Flure des Laibacher Kollegs gegangen, vielleicht hatte auch Pater Inocenc Herver damals, als er noch Erberg war, in derselben Kapelle des Franz Xaver in der Jakobskirche gestanden, wer weiß, ob nicht auch ihn Geist und Vorbild dieses entschlossenen baskischen Mannes mitgerissen hatten, wer weiß, was ihn in die *domus probationis* geführt hatte? Er stammte aus einer reichen und vornehmen Krainburger Familie, ganz anders hätte er sein Leben gelebt, als es Simon Lovrenc getan hätte, der Sohn eines Auersperg'schen Leibeigenen, jetzt lebten sie es auf dieselbe Art und Weise, beide waren gleich und beide einig in der Armut und im Gehorsam der Gesellschaft gegenüber, obwohl Pater Inocenc sein Vorgesetzter war. Für einen Augenblick fühlte Simon den Wunsch, der Superior möge ihn väterlich umarmen, wie er es damals getan hatte, als Simon in die Missionen gekommen war, um ihn jetzt mit einer guten Geste auf die Reise zu einem anderen Fluss zu entlassen, der sich in der Ferne wand, zum Rio Piratini.

– Also habt Ihr Euch für das Handeln entschieden, sagte der Superior kühl dorthin ins Fenster, für die physische Anstrengung, für das Risiko, Ihr wisst doch, dass es rund um die Reduktion San Miguel schon gefährlich ist, nicht? Ihr wisst das, Pater Lovrenc? Er sagte nicht Simon, sonst sagte er immer Pater Simon. Ihr fürchtet Euch vor dem Warten, Ihr könnt die Ungewissheit nicht ertragen, nicht wahr?

– Wenn wir nicht für die Herde sorgen, kann eine Hungersnot ausbrechen, sagte Simon, er sieht mich überhaupt nicht an, dachte er.

– Was redet Ihr da, Pater Lovrenc, Ihr wisst doch, wie es mit Euch steht. Ihr sucht die Lösung dort, wo es keine gibt, in Euch selbst wollt Ihr sie nicht mehr suchen, Pater Lovrenc.

– In den Regulae steht geschrieben, dass jedes Glied der Gesellschaft die Art und Weise seines Tätigseins selbst suchen müsse.

– Ach, in den Regulae? Pater Inocenc drehte sich vom Fenster weg, er sah ihn noch immer nicht an. Er ging zum Tisch und legte die Hand auf ein Buch, Simon konnte sehen, auf welches: *Regulae Societatis Jesu*. In den Regulae steht noch so mancherlei anderes. Man hat mir gesagt, Pater Lovrenc, dass Ihr Zweifel in die Verfügung des Generaloberen der Gesellschaft setzt, Ihr wisst doch, dass man mir das gesagt hat?

– Ich weiß, sagte Simon und wollte etwas hinzufügen.

– Schweigt, rief der Superior mit schwacher Stimme, schweigt lieber. Ihr wisst, dass einen Tag, nachdem er den Brief an die Provinziale Barreda und Strobel geschrieben hatte, der Generalobere Franťois Retz gestorben ist? Ihr müsst nicht antworten, ich weiß, dass Ihr es wisst, und ich weiß, dass Ihr das wie so ein ungebildeter Hinterwäldler kommentiert habt, wie einer von dort, wo Ihr herkommt, Ihr habt gesagt, der Finger Gottes, etwas in der Art habt Ihr gesagt ... Nein, Ihr müsst nichts erklären, schweigt, und was ist mit Ignazio Visconti, dem neuen Generaloberen, was ist mit ihm? Ist er auch vom bösen Geist besessen, irrt sich auch der neue Generalobere, was, Pater Lovrenc? Nun, sagt es mir.

– Ihr sagtet, ich solle schweigen.

– Das ist wirklich besser. Wenn Ihr sprecht, ist es noch schlimmer, als wenn ihr schweigt. Ihr habt auch geschwiegen, als euch Provinzial Strobel angesprochen hat. Und nach dem, was Ihr gerade gesagt habt, ist es wirklich besser, Ihr schweigt, Ihr habt nichts zu sagen, Eure Worte sind dasselbe wie Euer Schweigen: Ungehorsam.

Im Raum war es still, nur vom Garten her waren die Schläge der Hacke zu hören und von Weitem das Geschrei der indianischen Kinder, Pater Gonzales hatte die Katechese beendet. Der Superior nahm ein Fläschchen vom Regal, in der Alkohollösung schwammen einige Pflanzen, Simon ließ den Blick über diese sorgfältig angeordneten Reihen von Flaschen mit Heiltränken und Tinkturen wandern, es war bekannt, dass sie dem Superior sehr wertvoll waren. Pater Inocenc betrachtete das Fläschchen, entkorkte es, roch daran und stellte es hart auf den Tisch.

– Yerba Mate, sagte er, Ihr wisst doch, dass man ihn den Jesuitentee nennt, ich werde beweisen, dass er noch für etwas ganz anderes nützlich ist als gegen den Durst ... Ich selbst nehme ihn ganz gern in der Früh, er ist ein gutes Abführmittel ... und was ist mit Euch, Pater Lovrenc, trinkt Ihr Yerba Mate?

– Ja.

Jetzt sah er ihn an, wohin seht Ihr denn?, sagte er, könnt Ihr mir nicht in die Augen sehen? Was ist so interessant an meinen Flaschen? Die interessieren Euch doch gar nicht.

– Ich weiß nicht, worum es geht, Reverendissime.
– Lasst das Reverendissime. Und Ihr wisst genau, worum es geht. Seht her, denkt Euch: Zum Bischof aus Asunción, der zu Pfingsten bei uns war, zu ihm hat ein Dominikanerpater gesagt ... er hat gesagt, dass wenn sie, die Dominikaner, die *domini canes*, die weißen Hunde des Herrn sind, worauf sie stolz sind, dann sind die Jesuiten ... hat er gesagt, die schwarzen Wölfe, aber nicht des Herrn. Ich konnte es nicht glauben, es ist nicht zu glauben, welches Gift sich unter uns angesiedelt hat, die wir alle Diener Gottes sind, versteht Ihr? Ihr versteht gar nichts, sie unterstellen uns, wir strebten nach der höchsten Macht, nach der Macht, wie wir sie in den paraguayischen Reduktionen hätten, sie sagen, ich sollte lachen, wir würden in unseren Reduktionen große Mengen Gold verstecken, sie sagen, wir wollten uns so auch die Menschen in Spanien und Böhmen, in Österreich, Polen, Russland, ja auch in Rom unterjochen ... als wüssten sie nicht, wer die höchste Macht hat, nämlich der Allerhöchste, sie sagen, wir hätten die Indianer, die sich widersetzen, die wollen, dass wir bei ihnen bleiben, zu sklavischer Treue erzogen ... Zur Treue schon, aber zu keiner sklavischen, zur Treue zum Evangelium, zu Sklaven wollen sie sie machen, Pater Lovrenc. Ihr müsst nicht nicken, ich weiß, dass auch Ihr so denkt, zu Arbeitern in den Bergwerken, dort wären sie wirklich Vieh, sie müssten zwölf, fünfzehn Stunden arbeiten, wie man in Österreich arbeitet, lieber Pater Lovrenc, den Geist des hl. Vaters Ignatius haben wir durch alle Stürme über den Ozean getragen, haben Wälder und Wüsten durchquert, Städte gebaut, Schulen und Tempel des Herrn, ja, wir haben auch viele Kriege ausgefochten, und jetzt sind wir, was noch gleich?, schwarze Wölfe?
– Alles das, Hochwürden ...
– Lasst das Hochwürden, ich weiß, was Ihr denkt, dass wir recht haben und nicht unsere Verleumder. Warum zweifelt Ihr dann, warum verbreitet Ihr Zweifel, wenn Ihr wisst, dass unsere Sache die rechte ist?
– Ich zweifle überhaupt nicht, aber ... ich, der ich unter den Letzten gekommen bin, soll ich jetzt unter den Ersten weichen? Vor der Gewalt ... Bandeirantes, Paulisten, sie brechen ihnen die Glieder mit Eisenstangen, bei San Miguel haben sie einem jungen Guaraní die Hände abgehackt, zwanzig haben sie wie Vieh zusammengebunden und zur Arbeit in die Bergwerke getrieben ... Die Guaraní werden Widerstand leisten, sie werden nicht fortziehen, ein schrecklicher Widerstand wird das.

– Und Ihr?
– Was ich?
– Was werdet Ihr machen?
– Fürs Erste gehe ich auf die Ländereien, wir werden so viel Vieh zusammentreiben wie möglich.
– Und danach, was werdet ihr danach machen?
Simon sah durchs Fenster, ich weiß nicht, sagte er, ich habe nicht darüber nachgedacht.
– Und dann werdet Ihr Krieg führen, zuerst werdet Ihr hartnäckig schweigen, dann werdet Ihr lernen mit dem Gewehr umzugehen, mit der Kanone, Ihr werdet lernen zu metzeln, Ihr werdet metzeln.
– Daran habe ich nicht gedacht.
– Wo Ihr gedacht habt, habt Ihr zu viel gedacht, wo Ihr gesprochen habt, habt Ihr Falsches gesagt, wo Ihr geschwiegen habt, habt ihr widersetzlich geschwiegen. Der Mensch ist frei, er ist frei für gute Taten, er muss sich für die Gnade entscheiden, nicht fürs Metzeln ... So schweigt doch. Was immer Ihr sagen wolltet, ich will es nicht hören. Ihr seid auf dem besten Weg, großes Leid zu verursachen, wegen des Ungehorsams, wegen des falschen Zweifels.

Superior Inocenc Herver setzte sich erschöpft in den geflochtenen Lehnstuhl, die Weidenruten knarrten unter seinem schmächtigen Körper, *apyka*, dachte Simon, mit der *apyka* werden sie dorthin zurückfahren, von wo sie ins Land ohne Böses gekommen sind.

– Ich habe geglaubt, sagte der Superior langsam, dass Ihr Pater Admonitor, vielleicht einmal Superior werden würdet, jetzt aber denke ich, dass man Euch aus der Gesellschaft entlassen sollte, so, wie Ihr jetzt seid, kann Euch die Gesellschaft Jesu nicht gebrauchen.

Simon wurde schwarz vor Augen, die Flaschen auf dem Regal fingen an zu tanzen, der alte Mann, Bruder Pablo, hackte draußen mit immer größerer Wut in die Erde, vielleicht gräbt er sich sein Grab?, dachte Simon.

– Ihr habt nie an diese Möglichkeit gedacht, nicht wahr? Ich aber schon, seht Ihr, ebenso wie ich geglaubt habe, dass Ihr einmal Praepositus in Santa Ana sein würdet. Ihr seid gelehrt, Ihr kennt die Dogmatik und die Exegese, Spanisch habt Ihr in drei Monaten gelernt, Astronomie und Musik sind Euch nicht fremd ... Ihr seid, Ihr wart, ich würde sagen ... Ihr wart, ja, so muss man sagen, exzellent ... Ihr wart nicht faul, wirklich nicht ... Die Katechese habt Ihr gut betrieben, den Kranken habt Ihr Mut gegeben, die Kommunion habt Ihr zu jeder Stunde erteilt, wenn es gewünscht wurde, natürlich, Ihr habt hier Glück empfunden, so etwas! Wir sind nicht dazu da, um Glück zu empfinden, wir verbreiten es, das Glück des Evangeliums. Warum, denkt Ihr, hat Euch die Gesellschaft hierher geschickt? Damit Ihr glücklich seid? Christliche Hilfe schließt den Gehorsam nicht aus. Was mit ihnen wird? Was für eine Frage ist das? Denkt Ihr nicht, dass der Allerhöchste für sie sorgen wird? Oder denkt Ihr, dass sie all das, Musik, Malerei, durch Euer Geschick gelernt haben? Denkt Ihr etwa, dass Sein Wille hier *nicht* am Werk war? Vor hundert und mehr Jahren sind unsere Brüder aus Spanien hierhergekommen, und später aus vielen anderen Ländern, aus Frankreich und Belgien, aus Österreich und dem polnischen Königreich, aus Heiden im Wald haben sie Menschen des Evangeliums, des Bauwesens, einer gerechten Gesellschaftsordnung, der Musik und der Malerei gemacht. Soll ich Euch, einem gelehrten Scholastiker, vom Wunder der göttlichen Gnade erzählen, das sich in der Ebene zwischen den Flüssen Uruguay und Paraná ereignet hat? Als ein Volk, das sich Guaraní nennt, bis zum Letzten das Evangelium angenommen hat, nur ein einziges Volk, warum haben alle anderen Stämme, Völker anderer Namen es verweigert? Denkt Ihr, dass es *nicht* der Finger Gottes war, der auf sie gezeigt hat, dass es *nicht* der Heilige Geist war, der zu ihnen geschwebt kam? Die Guaraní haben in zwei Generationen den Weg zurückgelegt, für den die Menschheit Tausende von Jahren gebraucht hat, vom Leben in der Wildnis bis zum Bau mächtiger Kirchen, von der Jagd bis zur Architektur, von der Beschwörung der Waldgeister bis zu Carissimis Motetten ... Nun, und wenn sie damals mit ihnen war, warum sollte die Gnade des Heils ihnen gerade jetzt entzogen werden? Was auf der Erde sein wird, darüber können wir nicht befinden, es ist genug, genug. Ihr seid kaum angekommen und wollt schon kämpfen ... Unterwerfung, Gehorsam, wohin sind sie verschwunden? Die Ausstoßung aus der Gesellschaft ist schlimmer, als Ihr euch vorstellen könnt, ist schlimmer als der Tod selbst, für ewige Zeiten begleitet Euch die Strafe für die Unbotmäßigkeit, Ihr habt ja keine Vorstellung, wie diese Buße ist, bis zur letzten Stunde, bis zum letzten Atemzug ... Ich werde vorschlagen, Pater Lovrenc, dass die Gesellschaft Euch nach allen Regeln entlässt, wenn ... wenn Ihr nicht vorhabt, in Euch, tief in Euch darüber nachzudenken, worin Ihr falsch gehandelt habt, wenn Ihr nicht vorhabt, Euch jeglicher Anordnung der Vorgesetzten unterzuordnen, aber nicht mit Schweigen, noch weniger mit Reden, sondern so, wie es zu sein hat: indem Ihr die Anordnung in Euch annehmt, indem jede Faser Eures eigenen Körpers sie annimmt, jeder Atemzug Eurer eigenen Seele, jeder Winkel Eures eigenen Gehirns ... Versteht Ihr?

Simon fühlte den Wunsch, Pater Inocenc möge ihn mit seinen schwachen Armen an sich drücken, wie damals, als er gekommen war. Dann würde er leichter verstehen. Er verstand auch jetzt, er musste sich beugen, er musste sein Herz brechen, allein, die Gesellschaft wollte, dass er sich beugte, sein Herz aber musste er allein brechen, sie würde es nicht brechen, die Gesellschaft interessierte sein Zweifeln nicht, die Gesellschaft Jesu war jenseits seines Zweifelns, war mehr als sein Verstand, mehr als Hernandez Nbiarú, mehr als dessen Tochter Teresa und alle Guaraní, die Gesellschaft war unendlich mehr als seine Angst, ins Kolleg zurückkehren zu müssen, in die kalten Stunden der nebligen Stadt, wo ihn nur noch Xavers Altar an die fernen Welten erinnern würde; seine zitternden Lippen wollten etwas sagen, mit feuchten Augen sah er Pater Inocenc an, den schmächtigen gebeugten Mann im geflochtenen Lehnstuhl, in der *apyka,* von weither war er gekommen, von dort, wo Simon Lovrenc zu Hause war, wo es zu dieser Zeit nach Schnee roch, er war müde, Bruder Pablo grub dort draußen das Grab für beide, Pater Inocenc hatte das alles schon längst in sich und mit seinem Herzen getan, er hatte es gebrochen, er hatte ihm das Grab gegraben, schon vor langer Zeit, sonst hätte er ihn umarmt, wie er ihn vor dem Aufbruch zu der gefährlichen Reise wirklich gern umarmt hätte, aber das durfte er nicht tun, das würde er nicht tun.

Superior Inocenc Herver hob den Blick zu dem Fläschchen, schüttelte es ein wenig und hielt es gegen das Licht.

– Wolltet Ihr etwas sagen?

– Nein.

– Geht auf die Ländereien, sagte er müde, tut, was sich tun lässt. Und Ihr werdet als ein anderer zurückkehren, nicht wahr?

– Ja, Pater.

Wenn er jemals zurückkehren sollte, dachte er, wenn er lebend zurückkehren sollte. Wenn nicht, würde er vor dem Tod an Inocenc Herver denken, er würde sich seiner erinnern, wie er ihn jetzt sah, mit dem Fläschchen mit Kräutern in der Lösung, mit Yerba Mate in der Hand, wie er es gegen das Licht hält, gegen den Garten, wo Pablos Hacke gräbt, daran wird er sich erinnern, voller Liebe.

[22]

Katharina spürt, wie sich das lauernde Tier nähert, wie es die Kreise immer enger zieht. Michael kommt in ihr Zimmer, bringt ihr zu essen, versucht ihre Zuneigung zu gewinnen, aber die unglückliche Frau spürt untrüglich das Tier in ihm. Dafür hält er sie für das, was er gesagt hat, für eine Dirne: Wenn sie mit dem Pater geschlafen hat, wird sie auch mit ihm schlafen, wie auch Leonida, die Frau des Gürtlers, mit ihm geschlafen hat, wie so viele Frauen, die vorgaben, Heilige zu sein, aber er kennt sie, er kennt diese Weiberrasse, die fällt, wenn sie einmal gefallen ist, die in der Verzweiflung ohne Verstand und Abwehr bleibt und in der schmerzlichen Verlassenheit über kurz oder lang reif ist für einen neuen Fall, das ist die Regel, da gibt es keine Ausnahme. Sie hat zu ihm gesagt, er solle nicht in ihr Zimmer kommen, er solle ihr kein Essen bringen, sie werde von Wasser und Brot leben, wie ihr befohlen worden sei und was sie akzeptiert habe; mit heuchlerischem Verständnis hat er genickt, er verstehe ihr Unglück und ihren Schmerz, er werde nicht mehr kommen, wenn sie es nicht wolle, er wolle ihr nur die schweren Augenblicke erleichtern, die Stunden der Einsamkeit verkürzen. Und diese Augenblicke sind in der Tat schwer, und lang sind nicht nur die Stunden der Einsamkeit mit den Gedanken an den Verrat des geliebten Menschen, mit Träumen und mit der Luxuria an der Kirchenwand in Visoko, so sind auch die Tage und so sind auch die langen Nächte. Die Pilger steckten in Lendl fest, als die Nachricht kam, dass im Bayrischen Wald irgendwo oberhalb von Regensburg Kämpfe mit der preußischen Armee aufgeflammt seien, die aus Böhmen vorgerückt sei, dass es nicht sicher sei, den Weg fortzusetzen, wer würde die armen Pilger verteidigen, unter ihnen viele Frauen, wenn sie zwischen die beiden Armeen gerieten, mitten in den Kanonendonner oder vielleicht, was am Ende noch schlimmer wäre, mitten zwischen die ruhenden Soldaten, die die Spannung vor der Schlacht gern durch einen Raubzug oder eine Vergewaltigung abbauen würden.

Katharina will nicht daran denken, dass sie ihn nie wiedersehen wird. Das will ihr Michael jeden Tag einreden: dass er geflohen ist und sie verlassen hat, dass er sich nicht vor das Gericht traut. Dort hätte er wenigstens seine guten Absichten herausstreichen können, wenigstens wäre sie nicht das, wofür dieses lauernde Tier sie hält und wofür die zischenden Blicke der Pilgergemeinschaft sie halten, sie kann nicht mehr daran denken, dass sie ihn vielleicht wirklich nicht mehr wiedersehen wird, dieser Gedanke ist zu schlimm, um ihn zuzulassen. Doch im morgendlichen Halbschlaf springt er sie, die Nichtbereite, wieder an, springt sie genau dann an, wenn in ihr weder Zorn noch Müdigkeit sind. Wenn sie im morgendlichen Halbschlaf das Läuten und Singen aus der Kirche hört, weiß sie, dass wenigstens das gut ist, dass sie nicht zur Morgenmesse muss, unter all diese Krainer Blicke und dieses Getuschel. Nur für einen Augenblick öffnet sie die Augen, hinter den Fenstern graut der Morgen, sofort senkt sie den Vorhang, die Augenlider, sogleich sinkt sie zurück in den Schlaf des süßen Vergessens, sie will in den Schlaf des Vergessens sinken, aber zu dieser Stunde ihres Nichtbereitseins kommen statt des Vergessens süße Sätze der Erinnerung und der Sehnsucht, das Hohelied, das sie in ihrem Herzen nicht unterdrücken kann: *Komm, mein Geliebter, lass uns aufs Feld hinausgehen und in den Dörfern bleiben ... Ich schlafe, aber mein Herz ist wach, das ist die Stimme meines Geliebten, der anklopft! ... Ich habe mein Kleid schon abgelegt, wie soll ich es wieder anlegen?*

Schlaftrunken sieht sie auf ihre Kleider, und ihr Blick schweift zum Tisch, wo es nicht Wasser und Brot gibt, sondern Fleisch- und Erbsenreste und einen halb leeren Krug Wein. All das bringt ihr Michael, um sie nach dem Schlimmen zu trösten, was ihr in den letzten Tagen und Nächten widerfahren sei. Das sei er auch ihrem Vater schuldig, er habe ihm versprochen, sich um sie zu kümmern. Obwohl sie ihn schwer enttäuscht habe, das müsse er schon sagen, so etwas habe er nicht von ihr erwartet. Er sitzt dort in der Dunkelheit und redet, schluckt und isst, was er selbst angebracht hat, dann geht er wieder. Wie schlecht dieses lauernde Tier sie doch kennt, ihre Seele will wirklich hungern und einsam auf den Knien vor dem Kruzifix beten, um eine Antwort zu hören, wo ihr Liebster jetzt ist, was das alles soll, was mit ihm und ihr geschehen ist: *Ich habe ihn gesucht, aber ich habe ihn nicht gefunden, ich habe ihn gerufen, aber er hat mir nicht geantwortet.* An Simons Stelle sitzt das große männliche Tier mit seinem mächtigen Körper im Dunkeln, malmt das Fleisch zwischen den Zähnen, schenkt sich Wein ein und erzählt ihr von den Städten, durch die sie reisen werden, von dem Fluss, auf dem sie nach Kelmorajn fahren werden, dem großen Rheinstrom, wo sich zu beiden Seiten Weingärten erheben, über denen auf den Berggipfeln weiße Schlösser leuchten. Das klingt schön, doch sie würde dort lieber mit Simon wandeln, der weggelaufen ist, und bei dem Gedanken, dass jemand anders hier sitzt und nicht er und dass alles anders sein könnte, wenn Simon nicht weggelaufen wäre, bei diesem Gedanken schleichen sich wieder Wut und blanker Hass in ihr Herz. Als der Mann im Dunkeln die Hälfte des Krugs geleert hat, fragt er sie, was sie mit Simon getrieben habe, sie solle es ihm erzählen. Immer näher kommt es, das lauernde Tier, das vorgibt, ihr helfen zu wollen.

 Die Seele ist krank, der *status animae* ist kritisch, niemand wird ihr etwas zuleide tun, jeden Morgen, sofort nach dem Aufstehen, hat man sein Herz zu Gott zu erheben, das Kreuzeszeichen zu machen, man hat sich rasch und mit aller Bescheidenheit, ohne seinen Körper anzusehen, anzuziehen, dann hat man sich mit geweihtem Wasser zu bekreuzigen, vor dem Kreuz oder einem Heiligenbild niederzuknien und zu beten. Eigentlich, das wusste sie selbst nur allzu gut, sollte sie ihren Körper hassen, dann würde sie auch nicht mehr an Simons oder wessen Hände auch immer denken. Doch am Abend kann sie nicht mehr beten und sich dann demütig und in aller Stille entkleiden, denn dort sitzt wieder Michael mit seiner dunklen und großen Gestalt im Dunkeln und spricht zu ihr von schönen, von sehr aufregenden Dingen, die auf dieser Reise noch auf sie warteten. Und wenn er geht, wenn er endlich geht, schlägt Katharina ein Kreuz mit dem geweihten Wasser, aber einschlafen mit dem Gedanken an den Tod und an die ewige Ruhe, an das Grab unseres Herrn oder eine andere heilige Sache, das kann sie nicht mehr. Sie schläft ein mit dem Gedanken an die Schlösser am Rhein, später im Traum sind die Gedanken auch bei Simon, seinen Händen, die ihr über das Haar streicheln, über die Wangen, die überall sind, doch nicht so wie die Hände in jenen Nächten, bevor sie zu der Reise aufgebrochen ist. Vorige, letzte Nacht ist sie bei dem sonderbaren Gedanken zusammengezuckt, dass jene Hände den Händen Michaels gleichen könnten, sie hat sie im Mondlicht gesehen, als sie weich und doch fest den Krug umfassten und Wein in die Gläser schenkten, das Brot hielten und mit einem glatten Messerschnitt hindurchfuhren, durch das Brot und durch das Fleisch.

Katharina will gut, tugendhaft und mutig sein, sie will rein sein, wie ihr Name rein ist, aber wie soll sie das mit diesem Durcheinander in der Seele, das Simon Lovrenc verursacht hat, einmal liebt sie, einmal hasst sie, einmal kommen ihr seine, ein andermal andere Hände in den Traum, die schöne Luxuria, über sie kriecht die Schlange, der Versucher flüstert ihr ins Ohr, wie soll Katharina Poljanec all das besiegen, sie ist keine Heilige, sie ist nicht auf diese Reise gegangen, um eine Heilige zu werden. Sie hat keinen solchen Mut, wie ihn die hl. Johanna hatte, die so viel Mut und Edelmut besaß, dass sie ein glühendes Eisen in die Hand nahm, es als Schreibzeug benutzte und sich damit den heiligen Namen Jesu auf die Brust schrieb. Und sie hat auch nicht so viel Mut, wie ihn jene Frau hatte, die keine Heilige, sondern eine ganz gewöhnliche Frau aus Beaune war, Margareta aus Beaune im Burgund, die eine sanfte und empfindsame Seele besaß und die Reinlichkeit liebte, die, um für ihre Sünden zu büßen, Dinge berührte, die sie verabscheuungswürdig fand. Und nicht nur das, sie nahm sie sogar in den Mund. Sie erniedrigte sich so sehr, dass sie jeglichen Schmutz in den Mund nahm, Spucke, Eiter, der den Kranken aus den Wunden rann. Und all das behielt sie so lange im Mund, wie lange sie noch irgendeinen Ekel spürte. Sie glaubte fest, dass alle Wesen das Recht hätten, verachtet zu werden. Sie selbst verlangte sogar, gedemütigt zu werden, immer mehr und immer stärker. Deshalb bereitete es ihr besondere Befriedigung, wenn ihr zarter Körper litt, wenn sie sich selbst bis aufs Blut bestrafen konnte, wenn sie Metallgürtel mit scharfen Spitzen trug, immer wieder verlangte sie, auf diese Art auch von anderen bestraft und erniedrigt zu werden. Sie ließ sich auspeitschen, und nie konnte es für sie genug Leiden geben. Zuletzt musste man ihre Handflächen über Kerzenflammen sengen, sie ließ sich mit Brennnesseln quälen, sich gesunde Zähne ausreißen, mit der Zunge leckte sie den Auswurf einer Kranken auf, über ihren Körper ließ sie geschmolzenes Wachs rinnen, und beim Gehen tat sie sich Steine in die Schuhe.

Das lauernde Tier, das so lange im Kreis schleicht, packt schließlich zu. Die Frau steht am Fenster, als sie spürt, dass sich ihr von hinten etwas nähert, sie weiß, was: das Tier. Sein schwerer Körper füllt einen großen Teil des Raumes, einen noch größeren Teil füllt seine schwere

Begierde, sein schweres Atmen. Diese Fleischmasse pulst, das Blut pulst im Raum, von den Schlägen in seinen Schläfen schlägt es gegen die Wände, es pulst von seinem Geschlecht, seinem Bauch, seinem hastigen und schnaufenden Atem. Er steht hinter ihr, hebt die Hand, langsam, zögernd, dann kann sich die Hand nicht mehr zurückhalten, mit einer stoßartigen Bewegung berührt sie ihre Schulter, die Bewegung will weiter, über die Schulter und zu den Brüsten, sie packt sie nicht, sie berührt die Schulter, mit suchender und bebender Fläche gleitet sie weiter, noch ist diese Pranke nicht gewalttätig, sie berührt sie, aber in dieser Berührung liegt die ganze Schwere seines starken und betrunkenen Körpers. Die Frau weicht aus, springt zum Tisch, ergreift einen Gegenstand und holt damit aus, noch bevor sich der große Körper umdrehen kann. Der Krug, der Teller, etwas ist auf den Boden gefallen und in Scherben zersprungen, sie hat ihn auf den Kopf geschlagen, womit hat sie ihn geschlagen?, erst jetzt sieht sie, womit: mit dem schweren Schöpflöffel, diesmal hat er sich zum Abendessen Brei mit Speck mitgebracht, sie hat mit aller Kraft zugeschlagen, sodass es an dem Schädel kracht, dann noch einmal auf der Fleischmasse klatscht und der heiße Brei durch den Raum spritzt, jetzt schlägt sie noch ein drittes Mal zu, jetzt auf seine erhobenen, krallenartig vorgestreckten Hände; als sich das Tier krümmt und zurückweicht, schlägt sie ihm auf den Kopf, auf den Rücken, mit der Hand ins Gesicht, irgendwohin zwischen die Augen. Verwundert weicht der Mann hastig zur Tür zurück. Die Frau verharrt in lauernder Stellung, jetzt ist sie auf der Lauer, ein knurrendes Tier, jetzt keucht sie und sieht ihn schnaufend an, der Brei rinnt ihm über die Haare, seine Augen sind beinahe verstört, fast verstört blickt er und sucht mit der Hand hinter seinem Rücken die Klinke, den Riegel, den er kurz zuvor heruntergelassen hat, jetzt, um ihn zu heben und zu flüchten. Er findet den Keil nicht, jetzt ist er selbst gefangen. Er bückt sich und scheint sich wie ein Widder mit dem Kopf voran auf sie stürzen zu wollen, um sie niederzustoßen zwischen diese Scherben, die Frau überlegt, ob sie wegspringen, aus dem Fenster klettern, schreien, aus dem Fenster springen soll, eine verwundete Bestie ist gefährlich, aber er bückt sich nur, einige Augenblicke lang hängt er in dieser Haltung mit den Armen nach unten, Jesus im Himmel, denkt die Frau, er wird fallen, Jesus, ich habe ihn umgebracht! Aber der Mann fällt nicht, er sinkt in die Knie, er kniet sich auf den Boden und beginnt die Scherben aufzusammeln, sie hat ihn nicht umgebracht, sie hat ihn gebrochen. Verzeih mir, murmelt er, vergib mir, ein Missverständnis, ich wollte es nicht, sagt er hinunter zum Boden und kriecht mit seinem großen Körper schnell überall herum, sammelt die Scherben in seine breite Hand und legt sie auf den Tisch, hier, murmelt er schluchzend, hier liegt noch ein Stückchen, was für eine Wut, was für eine Wut herrscht in der jungen Frau.

Die Frau weicht zurück und sieht verwundert auf den breiten Rücken, den mächtigen Körper der großen Schnecke, was für eine Bestie! Die Schnecke bewegt sich in dem Raum hin und her und lässt einen mit Wein vermischten Brei hinter sich zurück, einen hässlichen Schneckenschleim, sie kriecht in dem Raum hin und her, auch unter dem Tisch und unter der Bank sucht sie nach geborstenen Teilen. Von irgendwoher bringt sie einen Lappen und wischte hastig das breiige Gemisch vom Boden, hebt den Blick, und die Frau sieht, dass seine Augen von Brei und Blut verschmiert sind, es rinnt ihm unter dem Scheitel hervor. Blut fließt ihm vom Kopf, sie denkt, man muss das Blut stillen, Mensch. Als ob er sie gehört hätte, fährt er sich zum Gesicht und sieht verwundert auf seine blutverschmierten Hände, Verwunderung und Angst sind jetzt noch größer. Dieser Mensch hat sie kurz zuvor mit seiner Körpermasse bedroht, mit seiner körperlichen Begierde, noch einen Augenblick zuvor hat sie ein Zittern der Angst vor der Gewalt durchrieselt, die über sie aufgeragt war und sich von dieser Fleischmasse und dem pulsenden Blut in ihr im ganzen Raum ausgebreitet hatte. Jetzt ist diese Masse auf dem Boden, betastet sich den Kopf und die Augen, der große Mann ist kurz vor dem Weinen wegen etwas, das er selbst verursacht hat und das er vielleicht nicht hat verursachen wollen. Der Frau tut dieser große Mensch für einen Augenblick leid, gegen ihren Willen, gegen ihre Wut, die gerade aufgehört hat, gegen ihre Überzeugung, dass eine schwache Frau das Recht hätte, eine solche Bestie in ihrer Verteidigung auch zu erschlagen, trotzdem wird sie von einer Art Rührung erfasst, sie will sagen, ich werde dir den Kopf verbinden, das Blut muss gestillt werden, sagt es aber nicht. Verschwinde, sagte sie, hau ab. Nein, diese Frau ist eben nicht die hl. Johanna, auch keine fromme Frau Margareta aus Beaune, sie ist Katharina Poljanec von einem Gut im Krainischen, als sie dort noch ein Mädchen war, hat sie sich manchmal gewünscht, ein Junge zu sein.

Lange kann sie nicht einschlafen, wer könnte schlafen nach einer so siegreichen Schlacht. Sie fühlt, wie es von ihr abfällt, die Angst, die

Nachstellung des lauernden Tieres, alles, selbst Simons Weggang, sein eindeutiger Verrat. Jetzt ist ihr viel leichter, als es ihr jemals nach dem Kreuzschlagen mit dem geweihten Wasser und dem Gebet vor dem Heiligenbild gewesen ist, sie braucht sich nicht mit Brennnesseln zu quälen, sich gesunde Zähne herauszureißen, sich geschmolzenes Wachs über den Körper zu gießen, sie braucht nicht mit Steinen in den Schuhen herumzulaufen, ein Schlag mit einem Schöpfer voll Brei hilft genauso. Jetzt fühlt sie sich wieder so, wie sie von jeher war: gut, tugendhaft und mutig. Wenn Simon irgendwo in der Nähe wäre, wäre alles noch leichter, es wäre so leicht, dass sie über diese Landschaft schweben würde, gemeinsam mit ihm nach Kelmorajn oder noch weiter, übers Meer nach Indien, wo sein Herz geblieben ist, anstatt bei ihr, ganz nahe. Auch sein Herz ist zerrissen, zum ersten Mal denkt sie, dass es vielleicht gebrochen ist, weil er nicht mehr dort ist, wo er sein müsste, vielleicht ist es zwischen ihr und diesen indianischen Menschen zerrissen, die er damals verlassen hat, vielleicht zwischen ihr und seinem Gelübde, wer kann das wissen. Wie das Herz des Großen Magdalenchens zerrissen ist, die selbst ein einziges großes pochendes Herz ist, zerrissen zwischen Freude und Trauer, dass sie die ganze Nacht lacht und stöhnt, nichts weiß, nichts hört, was unweit von ihr geschieht, sie ist woanders, Katharina bekreuzigt sich dennoch mit dem geweihten Wasser, damit ihr das wenigstens hilft, ruhig einzuschlafen, wenn schon Magdalenchen nicht von ihrem Herzog beruhigt und zum Schweigen gebracht werden kann, jetzt leckt es sich irgendwo die Wunden, das verprügelte Tier.

Magdalenchen, der Fleischberg, bewegt sich wie eine große Sülze auf dem Bett, auf zwei zusammengeschobenen Betten im Zimmer neben dem Katharinas, mitten in der Nacht fängt sie an zu weinen und zu jauchzen, Katharina sieht zur Decke und hört die Stimmen, die aus dem Jenseits kommen, aus einer anderen Welt, aus den Visionen von Dingen, die niemand sieht, vielleicht schläft sie, vielleicht nicht, Magdalenchen kann nichts aus ihrem Schlaf aufwecken, der zugleich ein Wachen ist, auch der Lärm aus dem Nachbarzimmer nicht, Magdalenchen lacht vor Freude, weil sie den Goldenen Schrein sehen wird, weil man sie in die Kirche der Heiligen Drei Könige nach Köln bringen wird und weil ihr alle fleischlichen Sünden vergeben werden. Sie weint vor Trauer über das Schicksal unseres Erlösers, der wegen ihrer, wegen unser aller Sünden so viel hat leiden müssen, das Lamm Gottes. Pfarrer

Janez und andere gelehrte Männer denken zwar schon lange, dass ihr Schreien nicht so heilig ist, wie sie selbst beteuert, denn Unsere Liebe Frau, sagen sie, hätte nie so geschrien wie ein verwundetes Tier, vielleicht, sagen sie, gut möglich, dass das arme Magdalenchen von etwas Schlimmem verfolgt wird; auch die Heiligen und die Engel im Himmel, die voller Heiligkeit sind, schreien und stöhnen nicht, aber was weiß schließlich Pfarrer Janez, was weiß Herzog Michael, für den ihr Schreien schon etwas ganz Vertrautes ist, was wissen sie alle zusammen darüber, wie sich das Große Magdalenchen fühlt, was da blubbert und gluckst im Inneren ihres großen Körpers, der auch eine große Seele besitzen muss, in der das Große Gute und das Große Böse gegeneinander kämpfen, was wissen sie von einer Sache, die in so mächtiger Form zutage drängt? Ihre Schreie sind Dornen, die aus der schwebenden Sülze wachsen, in die sich die Stoffe ihres Körpers und ihrer Seele verwandeln. Manchmal schweigt sie und sinkt in den Schlaf, sie kann nicht die ganze Zeit weinen oder lachen, manchmal wird sie von Rührung durchströmt, weil sie alles versteht und mehr sieht als andere; sie sinkt in den Schlaf, aber lange kann sie all das nicht in sich behalten, was nur sie fühlt, was unaufhörlich in den Tiefen ihres wallenden Fleisches wogt und dann hervorbricht; je tiefer der Quell der Freude oder der Trauer ist, desto höher bricht es mit einem Schrei hinaus, der die schlafenden Pilger im Traum beunruhigt, sie sind schon an diese Schreie gewöhnt, aber trotzdem drehen sie sich auf ihren Nachtlagern hin und her und versuchen zu verstehen, was diese heilige Frau sieht, dann verwandeln sich ihre Schreie in ein stoßartiges Ächzen, und die erschöpften Reisenden fallen zurück in den Schlaf, nur Katharina, nur sie kann nicht einschlafen, sie hat sich mit der Schlaflosigkeit der unruhigen Seele Simon Lovrenc' angesteckt, der so viel gesehen und erlebt, der Meere und Kontinente durchreist hat und jetzt gegangen ist, ach, ohne sich umzudrehen, hat er sie hier zurückgelassen, gefangen, schlaflos, mit einer sturmgebeutelten Seele, in der Liebe und Hass mit solcher Gewalt kämpfen, wie sich in Magdalenchen Freude und Leid abwechseln.

Gegen Morgen schläft Katharina trotzdem ein, der Körper will es so, der Körper will ihrer unruhigen Seele nicht mehr folgen, er will mit ihr nicht noch länger im Traum durch unbekannte Landschaften und ferne Kontinente irren, die Seele eines geflohenen Jesuiten suchen, eines geflohenen Geliebten, es hat genug Aufregungen, Kämpfe mit

Bestien und Magdalenchens Ächzen gegeben, der Körper will schlafen, auch auf ihre inneren Stürme kann er keine Rücksicht mehr nehmen, er will schlafen, und morgen will er essen, trinken, leben, reisen. Auf dem Reisewagen wird eine ausgeruhte und fast gesundete Katharina Poljanec fahren, sie wird bis zu den Mauern der großen Stadt mit den vielen Kirchen fahren, schon von Weitem werden die goldenen Kuppeln zu sehen sein, die schmalen Kirchtürme, in der Stadt gibt es fast ebenso viele Geschäfte wie Kirchen, der Markt ist reichlich versorgt, die Altäre sind golden, auf den Plätzen werfen Jongleure bunte Bälle in die Luft; als sie aufsteht und sich aufs Bett setzt, schnürt es ihr zwar ein wenig das Herz ab, aber sie denkt an das, was noch alles auf sie wartet, nachdem sie schon einige Sachen gut gemacht hat. Und auch der Gedanke an den Mann, an Simon Lovrenc, der plötzlich und mit solcher Macht in ihr Leben getreten und ebenso plötzlich wieder daraus verschwunden ist, ist nicht mehr so unerträglich.

[23]

Wer kann wissen, ob es tatsächlich eine Schlacht oder zumindest ein Scharmützel dort oben im Bayerischen Wald gegeben hat, die Zeiten sind so, dass sich Nachrichten rasch verbreiten, die schlechten noch rascher als die guten, die einen sagen: Sie haben ziemlich gekämpft, die Unseren und die Preußen, die anderen sagen, dass die großen Schlachten erst kommen werden, wenn sie noch nicht gekämpft haben, werden sie es mit Sicherheit noch tun, in Böhmen oder in Bayern, in Schlesien oder in Polen; es ist gut, wenn man darüber unterrichtet ist, was vor sich geht, damit man sich in den nächsten Wald oder Sumpf verziehen kann, wohin einem die kaiserlichen Panduren auf den Pferden nicht folgen können. Das Volk hat es nicht leicht, weder das eine noch das andere, nicht das unsere und nicht das ihre, auf dem ganzen Kontinent, von Meer zu Meer, werden Soldaten rekrutiert, ob im Guten oder im Bösen, ob jung oder alt, allen voran jene, die nichts haben, um die ist es am wenigsten schade, Drückeberger werden gefunden, auf dem Heuboden oder unter dem Mist, mit Heugabeln oder aufgepflanzten Bajonetten werden sie von den Panduren in ihrem Versteck aufgespießt, sie werden wie mit einem Spieß aufgegabelt und in eine Uniform gesteckt, unter die Füsiliere oder Grenadiere, unter die Kürassiere oder Dragoner gebracht, und wenn sie zu gar nichts zu gebrauchen sind, werden sie Pferdemist schaufeln oder Kanonen aus dem Schlamm ziehen, jeder ist willkommen, auch ein Delinquent, ein Unzufriedener oder Faulpelz, das Exerzieren und das Offiziersstöckchen werden ihm schon beibringen, wie man ein Bajonett auf die Flinte steckt, wie man damit einen Bauch aufschlitzt oder einen Kopf zerfetzt, das Militär ist kein Scherz, da geht es um den Ernst: Österreich will Schlesien zurück, Preußen will Schlesien behalten, es hat es gerade bekommen, es will noch einen Teil Polens, es will Sachsen und Pommern, Russland ist Österreichs Verbündeter, Russland will Ostpreußen, die Engländer halten es mit den Preußen, und weil es so ist, weil die Engländer aufseiten der Preußen sind, sind jetzt die Franzosen aufseiten der Österreicher, die Franzosen waren noch im letzten Krieg und genauso in allen früheren Kriegen unsere Feinde, jetzt sind sie unsere Verbündeten, so ist das mit dem Militär; eine preußische Armee marschiert nach Böhmen, zwei österreichische nach Schlesien, auch Polen und das Königreich beider Sizilien werden nicht lange mit verschränkten Armen zusehen, auch die polnischen Dragoner und Schützen und Husaren werden sich bald auf die Schlachtfelder stürzen, es ist gut, wenn man informiert ist und wenn man weiß, worum es geht, denn die Armeen sind angetreten und marschieren schon, die Magazine sind gefüllt mit Munition und Lebensmitteln, die Haubitzen warten darauf, Feuer zu spucken, die Säbel sind gezogen, die Pferde schnauben, für einen reisenden Menschen, sei er auch ein Pilger auf heiliger Fahrt, ist es am besten, den Kopf einzuziehen, besser, als ihn einzubüßen. Es stimmt, dass die Untertanen aller dieser Kaiserreiche der Krieg nichts angeht, das ist die allgemeine Regel; was wird die Armee essen, wenn sie die Untertanen erschlägt, die eigenen oder die fremden, wer wird das Land bestellen, damit darauf etwas für die Armee wächst, wenn die Armee die Untertanen erschlagen hat; auch die Felder niederzutrampeln hat keinen Sinn, womit werden sie die Scheunen füllen, damit die Armee sie leer machen kann, wenn sie die Felder niedertrampeln? Alle wissen, dass der Krieg nur die Generäle und Oberste und Hauptleute, Füsiliere und Grenadiere, Husaren, Dragoner und Küraßiere etwas angeht, aber auf der Reise informiert, vorsichtig und vorbereitet zu sein, kann trotzdem nicht schaden.

Die Artilleriebatterie des Krainer Hauptmanns Franz Henrik Windisch mit sechs Dreipfündern und drei Achtpfündern war im Frühjahr siebzehnhundertsiebenundfünfzig rasch über Villach und Spittal vorgerückt, sie schleppte sich langsam, bei Regen und durch Schneematsch über die Alpen, bis sie mitten im Gebirge für ganze fünf Wochen in Tamsweg stecken blieb. Windisch schickte Boten zum Stab nach Graz, einen schickte er sogar nach Wien, ins Generalkriegskommissariat. Sie kehrten mit immer gleichen Nachrichten zurück: warten, eine Generalstrategie werde ausgearbeitet, der Kurier, der nach Wien geritten war, kam allerdings überhaupt nicht zurück. Zweihundert Artilleristen,

Kavalleristen, Pferdeknechte und Männer der Intendanz hockten in diesem Ort, der von allen Seiten von Felswänden umschlossen war, tagsüber wurde exerziert und für Vorräte gesorgt, nachts deckte man sich mit Decken und Schafsfellen zu, roch den Stallgestank und wartete, wann man endlich in die Ebene absteigen würde, in Richtung Donau, vielleicht weiter in Richtung Böhmen und Schlesien, um es zu befreien und im Paradeschritt durch Triumphspaliere nach Krain und in die Steiermark zurückzukehren, zu Kühen und Ställen und Schafsfellen. Hauptmann Windisch lief mürrisch herum, jeden zweiten Tag ordnete er eine Inspektion der Waffen und Kanonen an, eine Überprüfung der Uniformen und des Gesundheitszustandes seiner Einheit, damit die Männer nicht faul wurden und in ihrem Dahocken und Warten den wiederkäuenden Kühen und den kleinen, runden und struppigen Armeepferden ähnlich wurden. Trotzdem war das nicht zu verhindern, sie wurden immer runder und struppiger, auch Windisch. Einen Soldaten, der ein Stück Speck aus der Selchkammer eines Bauernhauses gestohlen hatte, verurteilte er zu dreißig Stockschlägen, das brachte ein wenig Abwechslung ins Soldatenleben, aber die Strafe wurde nicht zur Gänze ausgeführt, schon beim fünfzehnten Schlag war der Stock blutig und zerfranst, die Haut des Soldaten auch, fast hätte er sein Leben ausgehaucht. In die angetretene Einheit kamen durch dieses Nachmittagsereignis Ordnung und innere Spannung zurück, doch schon am nächsten Tag ging es mit dem Herumhocken, Streiten, Saufen, Prügeln, dem elendiglichen Kanonenputzen und monotonen Schnarchen wieder los. Oder mit dem Singen, wenn diese Bauern doch nur nicht unentwegt singen würden, Abend für Abend, dies Gewehr wird meine Braut, dieser Säbel meine Liebste, trag ich erst den weißen Rock:

Wer hat schönere Soldaten
Als die Untersteiermark?
Wer ist tapf'rer als die Krainer,
Als Husar'n aus Ungarland?

Von wegen schön, meinte Windisch, nicht einmal die Perücke können sie sich richtig aufsetzen, sie singen, als ob Wölfe heulen würden, sie haben noch nie gehört, was eine Sonate ist und was ein Menuett, tapfer, nun ja, das sind sie möglicherweise, wenn du sie mit Säbel und Kugel in den Angriff treibst. Abend für Abend sangen sie bis zur Heiserkeit, kaum war die erste Dunkelheit hereingebrochen und sie hatten sich in ihre mit Schafsfellen bedeckten Kojen gelegt, fing schon jemand zu murmeln an, sangen sie schon wieder, eine Kugel kam geflogen, hat sich in sein Herz gebohrt, noch hatten sie keine Kugel durch die Luft sausen gehört, noch war nirgends ein Preuße zu sehen gewesen, aber sie sangen es trotzdem, Abend für Abend, man kann einen Soldaten doch nicht fürs Singen bestrafen, obwohl man es tun müsste, und ob. Als er auf der Militärakademie in Wiener Neustadt war, hatte er nie gedacht, was er jetzt, schon am Anfang des Weges zu den Schlachtfeldern, wusste: Krieg bedeutet warten, sich über riesige Entfernungen bewegen, Kanonen aus dem Schlamm ziehen, Gestank von Pferdemist, Gestank von Schafsfellen, Feststecken in einem gottverlassenen Nest in den Alpen, ständig geleierte Bauernlieder; wenn der Befehl zur Truppenverlegung kommt, ist das eine richtige Erfrischung, eine Beunruhigung, die fast schon kriegsähnlich ist. Wie seine Söldner ähnelte auch er immer mehr den runden und struppigen Pferden, die die Kanonen schleppten, an der Weste waren ihm alle Knöpfe abgesprungen, klar, was sollte man in Tamsweg machen, würde man nicht jeden Abend fressen, Wild und Schweinefleisch, Hühner und Speck, Lammfleisch und Wein, könnte man hier nicht einmal schießen, welchen Sinn hätte es, Kugeln hier in die Felswände zu schießen? In Wiener Neustadt hatte es ein ähnliches Übungsgelände gegeben, die Einheit war in strenger Ordnung hingeritten, hatte die Kanonade absolviert, die Glückwünsche entgegengenommen, die Sache hatte ihre Soldatenlogik von Anfang bis Ende, schließlich hatten sie eine anständige Kapelle, die den Marsch blies, Trommeln, Tschinellen, Trompeten, keine bäuerlichen Soldatenklagelieder wie hier, hier sangen die Söldner abends bis zur Heiserkeit, und er schrie tagsüber seine Befehle bis zur Heiserkeit. Hier gab es auch keine Frauen, die einheimischen Bauern sperrten vor den fremden Bauern in Uniform, mehr noch vor den Offizieren ihre Töchter und Frauen in den Häusern ein; wenn eine herauskam, zur Sonntagsmesse, und ein Offizier sie ansprach, regnete es schon Beschwerden. Tamsweg war nicht das, was sich Hauptmann Franz Henrik Windisch von diesem Feldzug versprochen hatte, nirgends gab es diesen satanischen Friedrich und seine unfähigen Generäle, nirgends verschreckte preußische Grenadiere, die vor dem Kugeldonner aus seinen Zehnpfündern wie die Hasen davonliefen, wie es seine Kompanie sang:

Das Heer marschiert auf breitem Feld,
O preußische Armee,
Es donnert der Kanonenhall
Und zittert alle Welt.

Jetzt müssen wir marschieren,
Den Preußen attackieren,
Erst hau'n wir ihn in kleine Stück',
Dann zieh'n wir froh nach Haus zurück.

Endlich kam der Befehl, eine Woche lang schleppten sie sich in Richtung Salzburg und München, dann wurde Kehrtwendung angeordnet: Wels, dort würden sie sich einem Artillerieregiment mit Haubitzen anschließen, als Begleitung würden sie eine Schwadron böhmischer Kürassiere bekommen. Aber bevor sie nach Wels kamen, wurden die Befehle noch einige Male geändert. Also zogen sie in Richtung Donau und wieder zurück, Richtung München und wieder zurück, einmal hieß es, sie kämen unter das Kommando Serbellonis zu stehen, der dreißigtausend Mann bei der böhmischen Stadt Königgrätz zusammenführen würde, ein andermal, dass sie der schreckliche Feldmarschall Franz Nádasdy in die Schlacht führen werde, irgendwo in Wien lagen die Landkarten ausgebreitet, über die sich Karl von Lothringen beugte, von dort sah man von Meer zu Meer, Karl von Lothringen hatte die Fläche des Kontinents vor sich wie Gott Vater, hier gab es Schlamm, manchmal Hitze, manchmal Regen und überall die verschreckten Bayern, noch vom letzten Krieg bedrückt und verschreckt, man brauchte nur den schrecklichen Spitznamen Bärenklau aussprechen, und schon flüchteten sie in den Wald oder holten für das Heer die letzte Sau aus dem Stall. Leopold Bärenklau war jener Heerführer, der Bayern unterworfen hatte, seine kroatischen und serbischen Panduren hatten weder vor den Soldaten noch vor den Bauern und ihren Ställen haltgemacht, auch vor den Frauen nicht. Es war ein hässlicher Krieg gewesen, Straßen brannten, Bauernhöfe blieben leer zurück, in den Höfen lagen Leichname und Tierkadaver, es stank, Krankheiten brachen aus, aber es war wenigstens Krieg gewesen, sogar ein siegreicher. Und jetzt hatten sie Manöver, Karl von Lothringen war kein Bärenklau, geschweige denn ein Eugen von Savoyen, Oberbefehlshaber Karl von Lothringen liebte Manöver, wenn er den Preußen in den Rücken käme, würde er losschlagen, aber wann würde das sein? Hauptmann Windisch war nicht glücklich, kein bisschen, es gab niemanden, der ihm zugehört hätte, wie man ihm in Laibach und auf Dobrava zugehört und ihn dazu noch bewundert hatte, und auch wenn es jemanden gegeben hätte, was hätte er ihm erzählen sollen? Er versuchte, in die verzweifelt eintönigen militärischen Manöver von Schlaf zu Schlaf ein bisschen Abwechslung zu bringen: In einer kleineren Stadt ließ er für sich einen Empfang im Rathaus ausrichten, in einem Dorf erlaubte er den Soldaten, sich ein bisschen auszuleben, dann bestrafte er wieder einen der Männer öffentlich, aber all das tat er ohne rechte Freude. Hauptmann Windisch wollte eine Schlacht, worüber sollte er seinem Onkel Baron Windisch schreiben, wenn es keine Schlacht gab, keine große und richtige, mit *Attacke*, das heißt mit halbkreisförmiger Anordnung der Kanonen, mit den entfernten Wölkchen der Explosionen ihrer Granaten, mit einer Kavallerie, die hinter seinem Rücken wartete und stürmte, wenn die Kanonen ihre Arbeit getan hatten, mit Grenadieren, die eine vorrückende eiserne Wand bildeten und am Ende das Preußenpack wegfegten, was sollte er machen, wenn es keine Schlacht gab, wovon sollte er dem Onkel schreiben? Wovon würde er in Laibach und auch auf dem Meierhof von Dobrava erzählen, wenn es keine Schlacht gab, etwa davon, wo sie gezeltet haben, wo sie in einen Sumpf geraten sind, wo sie einen Kapaun gegessen und wo sie Schweine geschlachtet haben, wovon? Vielleicht davon, dass er gelernt hat, sich mit der Säbelschneide zu rasieren? Dass ihm an der Weste alle Knöpfe abgesprungen sind und er sich neue Kleidung hat nähen lassen müssen, auch neue Stiefel hat er sich gekauft, aus weichem Leder. Dass ihn ein Chirurg zur Ader gelassen hat, weil das Blut zu stinken begonnen hatte und von dem ganzen Fressen und Herumliegen gestockt war, dass ihm der Feldscher, dieser Pfuscher, die Ader so ungeschickt geöffnet hat, dass ihm der rote Stoff über seine weiße Uniform gespritzt ist; solche Chirurgen, die sich für Ärzte halten, schleppen wir mit, wir bezahlen sie, damit sie einem die frisch gewaschene Uniform mit dem eigenen Blut vollspritzen. Natürlich, wo die doch auch noch nie in einer Schlacht gewesen sind, die fetten Faulpelze, wo doch die einzige Kunst, die sie verstehen, das Schneiden von bäuerlichen Pestbeulen ist, die vom Schmutz kommen, das Zähnereißen und Gliedereinrenken bei den Bauerntrotteln, die vom Krieg ebenfalls nur singen, die nur ihre Krainer Leierlieder kennen; und kein Preuße weit und breit zu sehen, nicht ein einziger Preuße. Sollte er davon schreiben, dass die Soldaten murren, weil es seit zwei Wochen keinen Sold gegeben hat, dass er dann doch gekommen ist und sie in einer Nacht alles versoffen haben? Lieber Gott, wie sehr Hauptmann Franz Henrik Windisch eine Schlacht brauchte, wenigstens eine, wenigstens eine kleine, wenn schon keine große irgendwo wartete.

In der Nähe von Passau schlugen sie ihr Lager auf, und hier erwartete Windisch das größte Glück auf dem ganzen Weg, natürlich ein kleines Glück im Vergleich mit dem Glück, das eine Schlacht bedeutet hätte, aber trotzdem, wenigstens das: Die Batterie wurde verstärkt, unter sein Kommando kam auf Befehl von General Laudon eine Schwadron böhmischer Kürassiere mit riesigen Helmen auf dem Kopf, mit Karabinern bewaffnet, es kamen noch zweihundert Mann und mit ihnen etliche Kanonen und Haubitzen, genauer vier Siebenpfünder und zwei Zehnpfünder, schwere Biester, wie freute er sich darüber, das letzte Mal hatte er diese Geschöpfe in Wiener Neustadt gesehen, in Krain konnte man nirgends mit so etwas schießen. Jetzt stand er wenigstens an der Spitze einer durchaus anständigen Armee, jetzt hatte es endlich den Anschein, dass es etwas geben würde, es hieß, dass die kaiserliche Armee marschiere, nicht nach Schlesien, sondern, wie raffiniert!, einfach nach Sachsen, von dort würden sie Friedrich auf den Kopf hauen, ins Herz seines kleinen frechen Preußens. Jeden Morgen erwachte er mit der Hoffnung im Herzen, mit einem etwas benommenen Kopf vom Wein der letzten Nacht, wenn er zusammen mit anderen Offizieren herumgerätselt hatte, wo sie jetzt losschlagen würden, jeden Morgen wartete er dort am Zusammenfluss der Flüsse in Passau auf den Befehl. Aber jeden Morgen blieb sein Blick enttäuscht an den Mauern des mächtigen Passauer erzbischöflichen Palais haften, auf der Fläche des leise gleitenden Flusses, und wenn es keinen Befehl gab, wenn er sich am Ufer ins Gras setzte und sein enttäuschter und benommener Kopf mit dem Kinn auf die Brust fiel, blieb sein Blick auf dem Bauch haften, wo die ersten Knöpfe von der neuen weißen Weste absprangen.

Der Befehl zur Truppenverlegung kam schließlich doch, aber nicht nach Schlesien, nicht nach Böhmen und nicht nach Sachsen oder sogar direkt nach Preußen, er bekam den Befehl, mit der Einheit nach Landshut zu reiten, wo es zu irgendwelchen Unruhen gekommen war, zu einem Bauernaufstand oder was auch immer, die städtische Obrigkeit rief die Armee zu Hilfe, damit sie Ordnung schaffe. Das war nicht jene Schlacht, nach der sich Hauptmann Windisch sehnte, trotzdem gab er rasch Befehle aus, bis Mittag waren sie zum Abmarsch bereit, die Kavallerie und die leichteren Kanonen würden die Vorhut machen, die Haubitzen im langsamen Zug folgen, die würde er für diese Bauernschädel ja wohl nicht brauchen.

[24]

Krieg ist eine ansteckende Sache, wenn er beginnt, breitet er sich schneller aus als die Cholera, genau genommen am besten zusammen mit der Cholera, er breitet sich aus wie die Mäuse im Frühjahr auf den Feldern. Als ob es nicht schon überall genug Krieg gäbe, Kürassierschwadrone, die hin und her reiten, Grenadierbataillone, die Flüsse forcieren und in Sümpfe geraten, Kanonierbatterien, die Städte belagern und sich von Hügel zu Hügel beschießen, als ob es nicht schon zu viel von all dem gäbe, mussten sich noch heilige und friedliebende Menschen in Konflikte verstricken, natürlich, weil Krieg eine ansteckende Sache ist. Anstatt glücklich zu sein, dass sie von alledem noch nicht berührt waren, dass die Armee ihnen bisher glücklich aus dem Weg gegangen war, schlugen die Kelmorajner Pilger und die Bürger von Landshut, die einen friedliebender als die anderen, aufeinander los. Am ungewöhnlichsten war der Umstand, dass die Unruhen, die schon seit drei Tagen Landshut erschütterten, von den urteilsfähigsten und weisesten Männern ausgelöst worden waren. Die Unruhen, begleitet von vielfältiger Gewalt, waren nicht wegen irgendwelcher betrunkenen Gewalttäter oder, was in solchen Fällen häufig ist, wegen Bier oder Frauen entstanden, sondern wegen eines unbedeutenden Vorfalls, wegen einer Behauptung, die die Bürger von Landshut nicht hatten glauben wollen, wir können sagen, wegen einer kleinen, übermütigen Lüge. Aber: Wegen was allem hat es nicht schon weitaus schlimmere Zusammenstöße gegeben, wegen was allem sind nicht große Kriege ausgebrochen? Hatte man sich nicht genau in dieser Gegend noch keine dreißig Jahre zuvor wegen Wahrheit und Lüge bekriegt, wegen des Abendmahls in beiderlei Gestalt?

Zu den Unruhen war es gekommen, als die Festlichkeiten bereits alle in einen Zustand beschwingten Wohlbefindens versetzt hatten, sowohl die Reisenden, deren Frömmigkeit man in diesem Land offensichtlich hoch schätzte, als auch die Landshuter Bürger, die trotz Mangels und des Hungers, der in diesem Jahr dem Land drohte, trotz der Armee, die mitnahm, was sich mitnehmen ließ, den frommen Leuten aus dem fernen Land einen so schönen und reichhaltigen Empfang bereitet hatten. Im Rathaus für die Pilgerprinzipale und in der Bierhalle für das Volk, mit Bohnen, Speck und vollen Fässern Bier. Mit Ständen auf den Straßen, mit Tanz und Musik, mit schönen Reden und einer feierlichen Messe in St. Martin. Seinen Ausgang genommen hatte alles zusammen zu später Nacht- oder früher Morgenstunde im Wirtshaus Zum heiligen Blut in der Nähe der Heiligblutkirche, zur närrischen Stunde, wie man in jener Gegend sagt, und bis zum Morgengrauen angedauert, nicht nur im Wirtshaus und in seiner Umgebung, sondern auch auf den Straßen und Plätzen, mit schlimmen Folgen sowohl für die Stadt als auch für die Pilgerbruderschaft. Dann hatte sich tagsüber alles ein wenig beruhigt, waren doch Verhandlungen über einen Waffenstillstand aufgenommen worden, aber in der darauffolgenden Nacht hatten menschliche Wut und alle möglichen Naturgewalten noch heftiger zu toben angefangen.

    Der römische Visitator, der gemeinsam mit dem Vikar der Laibacher Erzdiözese, dem Vertreter des Passauer Bischofs und den hohen Beamten der Wiener und Münchner Hofkanzlei die Untersuchung zu leiten hatte, sollte nicht umhin können, sich zu wundern, dass eine so unbedeutende Ursache solche Folgen haben konnte, dass, wie er protokollieren sollte, aus einem Funken Überheblichkeit und Wut ein so großes Feuer entstehen konnte, das kaum zu löschen gewesen war. Die Folgen der Landshuter Unruhen sollten schlimm sein, für das geistliche Befinden der guten und gläubigen Menschen in Krain, der Steiermark, Kärnten und Görz sollten sie langfristig sein, jahrhundertelang, das muss sofort gesagt werden: Nach beendeter Untersuchung sollten die Pilgerfahrten nach Kelmorajn für alle Zeiten verboten werden, die Landshuter Unruhen hätten, wie es hieß, dem Fass den Boden ausgeschlagen. Gerade diesen literarischen und in einer Stadt mit großen Brauereien sehr treffenden Vergleich sollte in der Stadtchronik der dortige *scriba communitatis* bei der Schilderung der Naturgewalt verwenden, die seiner Meinung nach von den ungarischen Pilgern ausgelöst worden war. Die Stadt habe ihnen nämlich einen schönen Empfang bereitet, sollte er schreiben, in diesen schlimmen Zeiten sei Frömmigkeit eine geschätzte Tugend, für die Pilger seien auf Kosten der Stadt Brot, Speck, Erbsen und Bier gekauft worden, sodass es sogar zu viel gewesen und alles schnell in ein schlimmes Fressen und Saufen ausgeartet sei, einige hätten hinter den Ecken ihr Innerstes nach außen gekehrt, und das seien nicht gerade schöne Anblicke gewesen, sie hätten nur wenig mit den Feierlichkeiten und Gebeten am Nachmittag gemein gehabt, ja des Singens, Schreiens und Wütens sei schon überall zu viel gewesen, selbst aus den Fenstern des Rathauses hätten die Trinklieder herausgeschallt.

Alle Berichte aber würden darin übereinstimmen, dass alles im Wirtshaus Zum heiligen Blut begonnen hatte, das nach diesen Ereignissen auch Wirtshaus Zur heiligen Wut heißen könnte, ausgelöst hatte alles ein eigenartiger Apostel von zweifelhaftem Ruf, ein gewisser Tobias, von dem auch die Pilger den Untersuchungsbeamten nicht würden sagen können, wie er in Wirklichkeit hieß, und auch nicht, wie alt er war. Seinen Teil der Schuld trug zweifellos auch der Stadtrichter von Landshut, der hochgeehrte und gerechte Herr Franz Oberholzer, vor allem deshalb, weil gerade er hätte vernünftig sein müssen, wenn es schon die anderen nicht waren. Sehen wir, was passiert ist.

Weise und verständige Männer, Landshuter Bürger, darunter die beiden angesehensten, der Stadtrichter Oberholzer und der Bierbrauer Wittmann, der noch Jahre später bedauern sollte, in dem Wirtshaus gewesen zu sein und nicht in seiner Brauerei, einige Laibacher Bürger, Gutsbesitzer Dolničar aus Šentjanž, Pfarrer Janez Demšar und der Altvater aus Pettau tauschten also bei einigen Krügen Bier im Wirtshaus Zum heiligen Blut ihre Ansichten zur Stadtverwaltung, zum Handel, zu den Türken und verschiedenen Krankheiten sowie ihre Weltanschauungen aus, das heißt ihre Gedanken zu Welt und Leben. Anzumerken ist, dass in dieser angesehenen Gesellschaft der Pilgerherzog fehlte, niemand wusste zu sagen, wo er zuletzt gesehen worden war, man wird noch erfahren, wo er gerade ging oder lag, als es zu den fatalen Ereignissen von Landshut kam. Hätte er sich an seinem Platz, in der angesehenen Gesellschaft des Stadtrichters Franz Oberholzer, befunden, hätte sich so etwas mit Sicherheit gar nicht ereignen können. Trotz seiner Abwesenheit lief zuerst aber alles bestens, man verstand sich gut, bis die Pilgersleute den Bürgersleuten erklärten, dass sich unter ihnen der Altvater aus Pettau befinde, genau der, der hier sitze, genau der sei einhundertfünfzig Jahre alt oder älter, genau der alte Mann mit dem grauen Bart und dem Stock, genau der, der hier sitze und fleißig die Krüge mit Wittmanns Bier leere. Die Landshuter Bürger schüttelten den Kopf und gossen ihren Unglauben lieber mit einem Schluck Bier hinunter, als dass sie wegen einer derart unglaublichen Behauptung ihre überall bekannte Gastfreundschaft gegenüber den ungarischen Pilgern in Verruf gebracht hätten. Der Stadtrichter fragte höflich, woher der Herr denn stamme. Aus Pettau, sagte Altvater Tobias, deswegen werde er auch so genannt: der Altvater aus Pettau.

– Was für Menschen leben denn dort?, wollte einer der Bürger wissen.

– Wie, was für Menschen? Anständige, rief Tobias, katholische, gut erzogene! Und weil er schon am Wort war, fuhr er fort: Wir wurden gut erzogen. Als ich klein war, erzählte mir mein Vater, der auch aus Pettau war, ein Verbrecher habe eine siebzigjährige Frau vergewaltigt. Damit ich niemals etwas Ähnliches täte, brachte er mich an den Ort, wo der Mann bestraft wurde. Damit es sich mir für immer ins Gedächtnis einprägte, was mit so einem Verbrecher geschah. Diesem Menschen, der am ganzen Körper behaart war, wurde bei lebendigem Leib die Haut mit Zangen abgezogen. Mit eigenen Augen habe ich das glühende Eisen gesehen, das die Haare am Körper röstete, und den dicken Qualm, der vom lebendigen Fleisch aufstieg, wo ihn die glühende Zange zwickte. Scharfrichter Miklauž, der aus Graz gekommen war, hatte eine schwere Arbeit zu verrichten. Der Verurteilte war nämlich ein zäher und kräftiger Mensch, ein gesunder, behaarter Mann. Deshalb hackte er ihm zuerst die Hände ab und schnitt ihm dann jenen kleineren Körperteil ab, mit dem er das Verbrechen begangen hatte. Er blutete stark, bevor man ihn zum Schauplatz des Todes brachte. Er konnte nicht stehen und fiel dauernd um. Zum Schluss hackte man ihm den Kopf ab, zog ihm ein Bein zu einer Schlinge und warf den Leichnam in eine Grube. Mein Vater hielt mich die ganze Zeit an der Hand und sagte: Für die Jugend ist es gut, dass sie an solchen Beispielen lernt.

Den Bürgern gefiel die Geschichte, den Pilger ebenfalls, sie war streng und lehrreich, an Strenge und Belehrung fehlte es der Jugend in diesen Zeiten eben sehr. Als Tobias sah, dass die Zuhörer zufrieden waren und sich wunderten, wie man früher die Jugend zu erziehen verstand, mehr noch aber die Geschicklichkeit des Scharfrichters Miklauž bewunderten, der eine so dünne Haut, wie es die menschliche war, abziehen konnte, bekam Altvater Tobias große Lust zu erzählen, und bei der Geschichte, die folgte, bekamen die Landshuter Bürger auch große Lust zuzuhören.

Das war noch gar nichts, sagte er, denn die Scharfrichter waren bei uns schon immer recht rau und direkt. Die Italiener waren in ihrer Vorgehensweise viel raffinierter. Ihr Verfahren nannte sich *italianissimo*, und ich hatte die Ehre, einem solchen in Rom gemeinsam mit einem Engländer beizuwohnen, wir beobachteten das Ganze aus einer Loge, denn wir waren Reisende und Gäste, deswegen wurden uns besonders ehrenvolle Plätze zugeteilt. Damals war so ein Jud an der Reihe, und ich bitte um Nachsicht, dass ich mich nicht mehr erinnere, was er verbrochen hatte. Bei so zahlreichen Ereignissen, die ich in meinem langen Leben gesehen habe, entfleucht mir die eine oder andere Einzelheit aus dem Gedächtnis. Aber weil er ein Jud war mit Namen Zadoh, brauchte er wahrscheinlich keine siebzigjährige Frau zu vergewaltigen, um so traurig zu enden, denn seine Schuld war offensichtlich. Sogar der Ketzer Luther war der Meinung, dass Gottes Zorn sich über niemandem so deutlich erklärt habe wie gerade über diesem Volk. Nicht nur sie, wie Luther sagte, auch ihre Synagogen müsste man in Brand stecken und dann alles unter Sand und Schlamm begraben.

Solche Geschichten hörten die Leute hier, aber auch an den Orten, aus denen Tobias kam, von jeher gern, deshalb fragten sie auch nicht allzu sehr danach, was jener Zadoh verbrochen hatte, etwas sicherlich, sollte dieses Volk doch selbst darüber nachdenken, warum immer einer von ihnen an etwas schuld war, der Anfang der Geschichte war hervorragend, und deshalb erwartete man deren Fortsetzung mit großer Ungeduld.

Dieser Zadoh, sagte Tobias, wurde also zuerst ausgezogen, dann spießte man ihn auf einen starken und gut zugespitzten Eisenpfahl, der durch den Dickdarm und durch den ganzen Körper ging wie ein Bratspieß. Auch quer unter beiden Achseln hindurch wurde er so befestigt. Anschließend wurde unter ihm ein nicht zu starkes Feuer angezündet. Wenn das Feuer zu hoch aufflammte, wurde es sofort ein bisschen gedämpft. Wenn sich auf der Haut des Verurteilten Brandblasen zeigten, wurde er schnell mit einer Mischung aus Salpetersäure und Quecksilberdunst eingeschmiert, was ihn am ganzen Körper stark angriff. Und als sich sein eingeschmierter Hintern stark aufzublähen begann, wurde er mit glühenden Drähten gepeitscht. Sein Kopf wurde mit Teer und Pech übergossen und dann angezündet. Auf seinen

Schamteilen hatte man Feuerwerksraketen befestigt, die dort funkensprühend zerstoben. Erst jetzt wurde ihm das zuteil, was der raue Miklauž aus Graz schon gleich eingangs zu tun pflegte: mit einer scharfen Zange wurde ihm die ganze Haut abgezogen, oben von den Schultern, von den Ellen, den Hüften, den Knien bis hinunter zu den Knöcheln. Was Brust und Bauch betrifft, da wurde ihm die Haut mit scharfen Fischschuppen abgescheuert, und überall, wo das bloße Fleisch zutage kam, spülte es einer der Henker mit einem Wasser aus, das bei ihnen *aqua vitae* hieß, das war ein ziemlich brennendes Wasser, in dem sich Eisenspäne befanden. Die Nägel wurden bis zur Hälfte vom Fleisch entfernt und gleich wieder mit Stecknadeln befestigt, wie das der Schneider im Schaufenster mit den Kleidern macht. Dann wurden ihm alle Finger an den Händen abgerissen. Man riss ihm die Zehen heraus und ließ sie an dünnen Hautfetzen baumeln. Zum Schluss gossen sie Öl in die Glut, und auf einer Flamme gleich der, wie sie die Glasbläser verwenden, wurde Zadoh Glied für Glied, beginnend mit den Beinen, verbrannt, und so hauchte er sein Leben aus.

Die Zuhörer schwiegen eine Weile, diese Geschichte hatte Eindruck auf sie gemacht, wenn keine andere, dann diese. Noch nie hatten sie auf den Kirchenbildern, die die Martyrien der Heiligen zeigten, solch langwierige Folterprozesse gesehen.

– Ihr wisst doch, sagte der Altvater aus Pettau bescheiden, die Italiener wollen immer etwas Besonderes, Raffinement!

– Das ist es eben, sagte der Stadtrichter zufrieden, das ist eben *italianissimo!* Er klopfte mit dem Bierkrug an den Tisch, und alle Anwesenden taten es ihm mit lauter Zustimmung nach.

Wenn die Sache hier ihr Ende genommen hätte, wäre alles in bester Ordnung gewesen, die slawischen Gäste aus den südösterreichischen Ländern und ihre Gastgeber aus der Fürstenstadt wären in Frieden auseinandergegangen, und die „Ereignisse von Landshut", wie es in der Überschrift des Berichts der Visitationskommission heißen sollte, hätte es überhaupt nicht gegeben. So aber tauchte irgendein einheimischer Geschichtenerzähler auf, an solchen herrscht eben nirgends Mangel, der anfing davon zu schwafeln, was er schon alles gesehen habe, zum Beispiel das Erdbeben in London. Dort seien die Ziegel von den Dächern gefallen, auf dem Markt seien die Gemüsestände umgestürzt, die Schiffe auf dem Fluss hätten zu schaukeln begonnen, einige seien sogar untergegangen.

– Er hat ein Erdbeben erlebt?, sagte Pfarrer Janez, was ist denn das schon Großartiges? Uns schickt der Herrgott jedes Jahr eines, manchmal zugleich mit den Türken.

Die Pilger lachten, aber den Stadtbürgern war gar nicht fröhlich zumute, es erschien ihnen gar nicht höflich gegenüber den Gastgebern, dass sie lachten, wenn einer von ihnen erzählen wollte, was er Einzigartiges erlebt hatte, es erlebte eben nicht jeder ein Erdbeben in London, das schließlich nicht jeden Tag stattfand.

– Die Erde schwankte, rief der Landshuter Geschichtenerzähler, sein Name war Jokl, das Wasser schwappte über die Flussufer, den Häusern riss es die Schornsteine weg. Als ich anschließend dort herumging, sah ich, wie es mancherorts aus den Fenstern rauchte, die Menschen heizten mitten in den Wohnungen.

Jokl war ein kleines Männchen, ein richtiger Kümmerling im Vergleich zu dem Riesen Tobias, und mit dessen Alter konnte er sich schon gar nicht messen, aber er ließ sich nicht zum Schweigen bringen. Tobias, der in all seiner Größe doch nur ein Mensch war, konnte es nur schwer hinnehmen, dass noch jemand erzählen konnte – der ist doch niemals in London gewesen!

Jokl ließ sich nicht beirren: War ich, ich war in London. Die Straßen waren mit Wagen und allem möglichen Kram verstopft, Soldaten mussten den herzöglichen und königlichen Kutschen den Weg bahnen, Diebe, Räuber und alles mögliche Gesindel kamen auf ihre Rechnung, das städtische Geschmeiß schlich sich in die Häuser und trug davon, was übrig geblieben war. Die Schiffe auf dem Fluss waren vollgestopft bis an den Rand.

Tobias' Laune verschlechterte sich zusehends, man kann ihn verstehen, jeden Erzähler würde es treffen, wenn die Wirkung seiner starken Geschichte so verblasste und sich hier auf einmal jeder dafür interessierte, was Schlimmes sich in London noch alles ereignet hatte, Jud Zadoh und *italianissimo* versanken in der Vergessenheit.

– Und, rief er wütend, auf welchem Fluss? Auf welchem Fluss waren die Schiffe vollgestopft bis zum Rand?

Jokl sah ihn verächtlich an:

– Jedes Kind weiß, welcher Fluss durch London fließt: die Themse. Die umliegenden Orte, sagte er, Highgate, Hampstead und Harrow waren vollgestopft mit Flüchtlingen in Panik und Schrecken. Die Hauseigentümer rieben sich die Hände, sie kassierten zehnmal so hohe Mieten.

Das machte einen starken Eindruck auf die Zuhörer, sowohl auf die Gäste als auch auf die Gastgeber. Auf die Gäste, weil die Namen der Orte, die Jokl heruntergerattert hatte, in den Ohren der slowenischen Pilger so mächtig widerhallten, als hätten sie die Glocken der St Paul's Cathedral gehört; wenn man Highgate, Hampstead oder Harrow sagte, klang das nun einmal ganz anders als Pivka, Pušča oder Pišece. Den Gastgebern wiederum war nicht die Bemerkung über die hundertfachen Mieten entgangen, was für eine Konjunktur! Sie tauschten nur Blicke aus und nickten einander zu. Alle dachten dasselbe: Wenn doch München oder Worms ein solches Erdbeben treffen würde, nicht zu stark, nur in dem Ausmaß, dass man hier wenigstens dreimal so hohe Mieten verlangen könnte.

Tobias verstummte beschämt, keiner nahm mehr Notiz von ihm, seine Geschichte war in diesem Wettbewerb untergegangen, aber noch schlimmer war, dass ihn die Seinen verraten hatten: Sie bedeuteten ihm mit den Händen, er solle doch schweigen, damit sie hören könnten, was in London passiert sei.

Jokl fuhr fort:

– Alle warteten auf das nächste Erdbeben, die Themse galt als ein ziemlich sicherer Ort. Was soll's, man schaukelt ein bisschen, und wenn das Schiff untergeht, kann man immer noch schwimmen. Stellt euch den breiten Fluss vor, von einem Ufer zum anderen voller Schiffe und Boote, alle voller Menschen, und alle warten, wann es wieder bebt.

Sie konnten es sich vorstellen, ohne Weiteres, durch Landshut floss auch ein Fluss. Im Wirtshaus Zum heiligen Blut herrschte angespannte Stille, alle warteten, wann es wieder beben würde, Tobias fror es in seinem Erzählerherzen.

– Sie warten am Morgen und sie warten den ganzen Tag bis zum Abend und fragen sich, wann wird wohl Westminster einstürzen, wann wird der Turm von St Paul's in Schutt und Asche fallen?

Jokl hielt inne. Er sah sich mit einem gewaltigen Blick unter den Zuhörern um, als ob er eine Art Altvater Tobias wäre und nicht das kleine Männchen Jokl. Wer eine solche Geschichte hatte, ganz London auf Schiffen versammelt, darauf wartend, dass Westminster einstürzte, mit einem solchen Erzähler konnte ein Geschichtenerzähler mit der Verbrennung eines Jüdchens einfach nicht mithalten. Keiner der Zuhörer rührte sich. Wenn jetzt jemand gefragt hätte, auf welchem Fluss sich all diese Schiffe befunden hätten, wäre er von einem Bierkrug erschlagen

oder in einem Fass ertränkt worden. Aber plötzlich ging die Sache nicht weiter ... Sie warteten und warteten bis zum Abend, bis zum Morgen, die Schiffe schaukelten, Westminster steht immer noch. Du hast zu früh innegehalten, Jokl. Hier zeigt sich, wer ein großer Erzähler ist, und wer ein kleiner Geschichtenkrämer, wer Jokl ist und wer Tobias ...
– Und?
Die Zuhörer waren gespannt bis zum Äußersten, Westminster hätte einstürzen müssen, bei Tobias wäre es eingestürzt, die Glocken von St Paul's wären unter metallischem Dröhnen zu Boden gekracht, zusammen mit den Türmen, die Schiffe wären zusammen mit den Londonern untergegangen, Highgate, Hampstead und Harrow wären von einer riesigen Flutwelle heimgesucht worden, es wäre eine lehrreiche Pointe gefolgt, jemand hätte dafür die Verantwortung zu übernehmen gehabt, jemand wäre langsam aufgehängt worden, Tobias hätte ein Körnchen Wahrheit für einen guten Schluss geopfert, aber Jokl verstand das eben nicht, er war ein bisschen verwirrt, als er so viele fragende Augen sah: Und? Dann? Was war weiter?
– Was soll weiter gewesen sein?
In Wirklichkeit kam gar kein Erdbeben, langsam stiegen die Menschen von den Schiffen herunter, die Mieten fielen wieder, wer sie im Voraus bezahlt hatte, verlangte, dass man sie ihm zurückzahlte ... Jokl sah sich etwas ratlos um, Tobias hob den Kopf, er war schon ganz am Boden gewesen, jetzt hatte ihm dieser Tölpel selbst wieder aufgeholfen.
– Und das ist alles?, sagte Tobias siegessicher.
– Was willst du denn noch?, sagte Jokl.
– Das ist nichts, sagte Tobias. Natürlich, für ihn war das weniger als nichts, bei Tobias stürzte zum Schluss immer etwas ein oder wurde wenigstens jemandem die Haut abgezogen; wenn er die Geschichte gehabt hätte, wären nicht nur die Türme gefallen, wenn Tobias damals in London gewesen wäre, wie dieser Jokl es ja wohl gewesen war, das musste man zugeben, aber was hieß das schon, wenn er es gewesen war, wenn er nichts daraus zu machen verstand, wäre Tobias dort gewesen, wäre bestimmt die Kuppel von St Paul's dem anglikanischen Ketzerbischof auf den Kopf gefallen, hätte die Abtei von Westminster die Blüte des englischen Adels zusammen mit dem Thronfolger und seiner süßen Braut unter sich begraben, wäre noch manch anderes passiert.
– Wie nichts?, sagte der Stadtrichter Franz Oberholzer. Eine ganze Stadt von Engländern schaukelt auf Schiffen, und das ist nichts?

– Das ist eine große Geschichte, rief der Gutsbesitzer Dolničar, der hier irgendwie den Pilgerprinzipal vertrat, und hob den Krug: Auf das Wohl der ruhmreichen Fürstenstadt Landshut, die einen solchen Weltreisenden hat. Dolničar schien es, dass jeder sein Lob erhalten hatte, und wirklich, vielleicht hätte in diesem schönen und festlichen Augenblick alles ein ruhiges Ende genommen und hätten die Pilger am nächsten Tag ihren Weg zu den Drei Weisen fortgesetzt, wenn der Altvater aus Pettau diese protokollarische Lüge ruhig hingenommen hätte. Menschen in Tobias' Alter haben manchmal Grillen und sind eitel, Erzähler noch mehr. Und Tobias konnte es gar nicht gut ertragen, dass man hier ein kleines Männchen namens Jokl nur deshalb lobte, weil er einmal in London gewesen war und dort ein Erdbeben gesehen hatte, das es letztlich gar nicht gegeben hatte, noch mehr ärgerte ihn, dass jetzt alle mit dem Gedanken an die Themse schlafen gehen würden, voller schaukelnder Schiffe, den Jud Zadoh aber vergessen hatten, Tobias war es gewohnt, dass das letzte Wort ihm gehörte.

– Die Angst vor dem Erdbeben in London, sagte er, ist doch eine Kleinigkeit im Vergleich zu dem, was in Jerusalem geschehen ist, als ich dort auf Pilgerreise war.

Es war offensichtlich, dass ihm niemand zuhörte. Er fuhr lauter fort:
– Und was ist ein solches Nichterdbeben verglichen mit der Erwartung vom Ende der Welt?

Die weisen und verständigen Männer sagten etwas von Morgenstund und Gold im Mund. Jetzt verlor Altvater Tobias verständlicherweise die Geduld. Er schlug mit dem Stock auf den Tisch, dass die ganze Schankstube gefährlich ins Wanken geriet, noch mehr als beim ersten Londoner Erdbeben, und aus den Krügen das schäumende Bier bis unter die Decke spritzte.

– Im Jahre 999, donnerte Altvater Tobias, der wütende Erzvater aus Pettau, im Jahre 999 erwartete man vor dem Beginn des Millenniums den Weltuntergang, der in der Apokalypse angekündigt ist. Die sieben Siegel sprangen auf, die sieben Engel griffen zu den sieben Posaunen und schickten sich an hineinzustoßen.

Vor einem so mächtigen Anfang mussten die Zuhörer einfach verstummen, obwohl die Köpfe vom Bier schon benommen waren und alle nur noch ans Bett dachten.

– Das war in Jerusalem, sagte Tobias, und in der Stadt waren Tausende Pilger zusammengeströmt, um dort all die schrecklichen Dinge der vier apokalyptischen Reiter und zum Schluss das Kommen des Herrn zu erwarten. Wenn der Herr zwischen den Wolken erscheinen und die Guten von den Schlechten trennen würde. Und die Pilger von Jerusalem waren in großer Angst und viele in völliger Verzweiflung, denn unter ihnen gab es zahlreiche Sünder und falsche Propheten. Deshalb verkauften alle der Reihe nach, was sie besaßen, und niemand nahm eine hundertfache Miete im Voraus, es wollte sogar niemand etwas kaufen, denn alle warteten auf den Tag des schrecklichen Gerichts. Häuser fielen, nicht durch ein Erdbeben, sondern weil ihre Besitzer sie selbst abrissen. Was soll ich mit einem Haus, sagten sie, was soll ich mit einer Miete, wenn meine Bleibe morgen das himmlische Königreich oder die Hölle mit ihren Qualen sein wird? Ritter, Bürger, Bauern, Männer und Frauen, alle strömten zusammen und alle sahen mit ängstlichen Augen zum Himmel empor. Wenn es donnerte, fielen sie auf die Knie, denn sie dachten, der Donner wäre die Stimme Gottes, daran bestand kein Zweifel. Sie sahen fallende Sterne, Zeichen am Himmel, die das Kommen des Gerichts ankündigten, die Erde rings um die Stadt tat sich des Öfteren auf, und Höllenschlunde gähnten. Als ich unter ihnen ging ...

An dieser Stelle sagte Stadtrichter Franz Oberholzer:

– Wie bitte?

Anderen Zeugenaussagen zufolge soll Stadtrichter Franz Oberholzer an dieser Stelle einen Krug zerschlagen haben. Er soll den Krug mit Bier zu Boden geschmettert und gesagt haben, dass er sich das nicht länger anhören werde. Und dann habe sich der Krug nicht wieder zusammenfügen lassen. Doch es ist wenig wahrscheinlich, dass gerade der Richter derjenige gewesen wäre, der den Krug zerschlagen hat, es gab nämlich zahlreiche andere Zeugenaussagen. Ein Stadtbürger soll einen Degen gezogen und Tobias' Stecken durchgehackt, ein anderer soll auf den Boden gespuckt haben usw. Auf jeden Fall sollte es schwerfallen, für die Ereignisse, die folgten, gerade den Landshuter Stadtrichter verantwortlich zu machen. Oberholzer war ein gemäßigter Mensch, er war stolz darauf, die Pilger aus den südlichen Ländern jenseits der Berge empfangen und ehren zu dürfen. Deshalb hat er höchstwahrscheinlich gar keinen Krug zerschlagen, war aber vielleicht tatsächlich von seinem Platz hochgekommen, als er sagte:

– Wie bitte?

– Damals, als ich unter ihnen umherging und sie beobachtete und so wie sie wusste, dass irdisches Gut ein Nichts ist, dass die Dinge ein

Nichts sind, dass sogar der Mensch ein Nichts ist ..., sagte Tobias in seinem Feuer.

– In welchem Jahr war das?, fragte der Richter, der ein genauer Mensch war und sich nicht verwirren ließ, in welchem Jahr?, sagte er laut, und die Landshuter Bürger lachten noch lauter.

– Anno Domini CMXCIX, donnerte Tobias. Ich kann es auch anders sagen: DCCCCIC!

– Und in dem Jahr wart Ihr in Jerusalem?

– Bestimmt nicht in London, von dem es damals noch nicht viel gab. Ich ging durch Jerusalem mit meinen alten Knochen, die damals noch jung waren, genauso sicher, wie ich jetzt in Landshut stehe. Und davor bin ich mit dem Schiff gefahren.

Die Pilger wussten, dass Tobias in einem anderen Jahr mit dem Schiff gefahren war, nicht im Jahre CMXCIX. Und sie wussten, dass er diesmal entschieden zu weit über das Begriffsvermögen der Landshuter Bürger hinausgegangen war, auch über ihr eigenes. Sie waren es gewöhnt, dass er in den Erinnerungen an vergangene Jahre weit ausholte, aber diese Geschichte mit dem Jahre des Herrn CMXCIX war nun wirklich starker Tobak. Sie sahen ein, dass ihn das kleine Männchen Jokl ärgerlich gemacht hatte, begriffen auch, dass ihn der heilige Zorn übermannt hatte, weil sie ihn nicht hatten erzählen lassen, doch sie verstanden ebenso, dass die Landshuter Bürger vom heiligen Zorn gepackt wurden, weil die Geschichte ihres Reisenden angesichts Jerusalems, der himmlischen Posaunen, der sich auftuenden Erde, vor allem aber wegen der Häuser, die niemand kaufen wollte, weil sie plötzlich keinen Wert mehr hatten, zu völliger Bedeutungslosigkeit herabgesunken war. Deshalb versuchten sie ihn zu beruhigen und den Bürgern zu erklären, dass Tobias zu dieser Stunde manchmal ein wenig übertreibe.

– Nein, sagte Franz Oberholzer zornig, aber noch immer besonnen: Dieser Mensch übertreibt nicht, sondern er lügt.

Der Wahrheit zuliebe muss man sagen, dass auch die ungarischen, das heißt slowenischen Pilger das oft dachten, aber sie hatten seine Geschichten gern, deshalb sahen sie über ein Wort auch manchmal hinweg.

– Er will uns zum Narren halten, fuhr der Stadtrichter fort, er glaubt, wir könnten nicht zählen.

– Wir können verdammt gut zählen in diesem Land, sagte Bierbrauer Wittmann, der das Bier für die Pilger ohne Bezahlung bereitgestellt hatte und dem es doch zu dumm schien, wenn hier so geredet wurde, als ob nichts einen Wert hätte. Auch er soll sich jetzt erhoben haben. Und überhaupt, erzählten später die Pilger, hätten schon alle Landshuter Bürger gestanden und geschrien und Tobias' Angaben widersprochen, während sie selbst lieber weiter dagesessen und geschwiegen hätten.

Aber Tobias hörte nicht auf die Bitten seiner Pilgerkollegen, noch weniger ließ er sich von den Landshuter Bürgern zum Schweigen bringen.

Er sagte: Damals erschien der berühmte Prophet Phobos aus Mazedonien, er hob die Arme, sodass wir ihn alle gut sehen konnten, die wir am Rande des Erdenschlundes standen, der hinter den Mauern von Jerusalem gähnt, und rief, dass wir ihn alle gut hören konnten, die wir Augen hatten zu sehen und Ohren hatten zu hören: Die Schafe werden zur Linken und die Widder werden zur Rechten sein. Tobias dachte einen Augenblick nach und korrigierte sich: oder umgekehrt.

– Wenn das nicht zu bunt ist!, rief Stadtrichter Franz Oberholzer und zerschmetterte jetzt vielleicht wirklich den so oft erwähnten Krug. Ein Geschrei brach los, in dem einer den anderen so mancherlei hieß.

Und vielleicht hätten sie sich sogar jetzt noch beruhigt und die Scherben aufgesammelt, denn niemand hörte Tobias mehr zu, wenn nicht noch eine Kleinigkeit passiert wäre, die der Bericht über die „Ereignisse von Landshut" zu erwähnen vergisst.

Pfarrer Janez wollte die Stimmung beruhigen, er sagte, dass man das nicht wörtlich nehmen müsse, dass Altvater Tobias eben gern in Allegorien spreche.

Der Richter trat zu Janez.

– Habe ich Euch richtig verstanden, Herr?, sagte er. Ihr billigt diese Lüge?

– Die Allegorie ist eine besondere Art Wahrheit, sagte Janez, seht …
Er versuchte etwas zu erklären, aber es war schon zu spät, der heilige Zorn, die frühe Stunde und das Bier taten das Ihre, die weisen und verständigen Männer verloren die Kontrolle über sich, zu so einer Stunde geschieht das gern; einer der Bürger, ja, es war Bierbrauer Wittmann selbst, er, der doch den Pilgern eine erkleckliche Menge an Fässern von seinem Besten spendiert hatte, er gab Pfarrer Janez einen kleinen Stoß, sodass dieser wegrutschte und mit dem Kopf an den Tischrand schlug. Und danach war nichts mehr zu machen.

Wenige Stunden später brannte Landshut an verschiedenen Enden, in der Rosenstraße wurde die Tür eines Hauses eingeschlagen, beim Rathaus fielen Schüsse, auf dem Taubenmarkt lagen umgestürzte Wagen.

Mitten am Vormittag war das Durcheinander so groß, dass man gezwungen war, das Militär zu rufen, damit es Ruhe schaffte, die städtischen Ordnungskräfte waren überfordert. Ein Eilbote ritt nach Passau, wo sich eine Armeeeinheit aufhielt, wohl eine Schwadron böhmischer Kürassiere und, welch ein Zufall!, die Batterie der Krainer Artilleristen unter dem Kommando des Hauptmannes Franz Henrik Windisch.

[25]

Simon hört Schritte, die sich der Tür nähern. Das ist nicht jenes Tacka-tacka-tack, das ganze Nächte über ihm gegangen ist, die hinkende Warnung aus dem Jenseits, das ist ein Gleiten, ein Rascheln von Kleidern, ein Atmen, das am späten Abend plötzlich in der Klosterzelle ist. Er fährt auf: Katharina.
 – Hier hast du dich versteckt, sagt sie aus dem halbdunklen Bereich an der Tür, er hört ihr Atmen, auch sie hört seines, durch das offene Fenster bringt der Wind Männer- und Frauenstimmen, fröhliches Lachen, ausgelassene Rufe, betrunkenes Singen.
 – Wie bist du hereingekommen? Es ist verboten.
 – Nichts leichter als das, sagt sie, durch die Wände.
 Er tritt zu ihr, versucht sie zu umarmen, sie weicht zur Tür zurück, eine Fremde.
 – Du bist weggelaufen, sagt sie, du bist vor mir weggelaufen.
 – Amalia hat mir die Tür geöffnet, sagt er, ich bin vor diesen Teufeln in Lendl davongelaufen, sie wollten mir den Prozess machen.
 Er ist nicht vor ihr weggelaufen, er ist vor den beiden Teufelsrichtern und dem Pilgertribunal weggelaufen, vor den Geistern in jenem Schloss aus Zeiten, als dort wegen *crimen bestiale* gerichtet wurde, er ist nicht vor ihr geflüchtet, vielleicht ist er vor sich selbst geflüchtet, vor dem Novizen aus dem Laibacher Kolleg, aus dem Ersten Probehaus, der noch immer in ihm steckt und ihn seinem eigenen Gewissen anzeigt, wie er einst seine Kollegen und Lehrer angezeigt hat, obwohl er entlassen worden ist, steckt jener Novize, sein Gelübde, noch immer in ihm.
 – Ich wollte dich suchen, sagt er.
 – Warum hast du es nicht getan?
 Sie setzt sich auf das Bett. Er will allein sein, denkt sie, er ist noch

immer Jesuit, er hat bereut, er hat mich aus seiner Angst heraus verlassen, aus heftigem Verlangen nach Einsamkeit. Seine Einsamkeit ist mehr als ihr beider Liegen unter den Sternen, die Einsamkeit ist mehr als die Gemeinsamkeit zweier Menschen, einer ist mehr als zwei. Sie wartet auf eine Antwort, es gibt keine.

– Ich habe einen Pater in Weiß gefragt, er bedient die älteren Pilger, sagt sie, ich bin ins Kloster gegangen, alle Flure sind leer, ich habe dich leicht gefunden. Du hast mich nicht gesucht.

Durch das Fenster weht wieder Singen und Lachen herein.

– Im Rathaus gibt es ein schönes Fest, sagt sie, jetzt tanzen sie in der Bierhalle. Komm mit mir, sagt sie und sieht ihn seltsam an, in ihren Augen schimmert das Mondlicht, komm, wir wollen tanzen.

In dieser Seele ist eine Wunde, in den leuchtenden Augen liegt Herausforderung, sie hat sich rasch verändert, er hätte sie nicht alleinlassen dürfen. Er hätte vor dem Pilgertribunal erklären müssen, dass seine Absichten ehrenhaft seien, dass sie zusammen nach Kelmorajn und zurück nach Krain reisen würden, wo sie gemeinsam vor ihren Vater treten und dann zusammen sein würden ... Als ob das alles so einfach wäre, als ob so etwas überhaupt möglich wäre.

– Ich kann nicht tanzen, sagt er, ich mag keine schönen Feste.

Er kennt sie, die großen schönen Feste, er kennt sie aus Laibach, er hat immer beiseite gestanden, wenn sich die Truthähne und Puten aufplusterten, Männer und Frauen, Bischöfe und Grafen, Barone und Stadtrichter, er kennt die Dorffeste und ihre Rohheiten, er hat unter dem Baldachin den Bischof aus Asunción kommen sehen, den Provinzial aus Posadas, er hat Prozessionen und Passionen, Konzerte und Aufführungen gesehen, er kann verstehen, dass die Landshuter Festlichkeiten die Pilgerherzen mit Glück erfüllen, die Reise ist anstrengend und schwer, es muss einen festlichen Augenblick geben, die Pracht fremder Kirchen, Jongleure und Musikanten, Bier und Singen und Tanzen, alle brauchen das, jedermann braucht das, doch nicht er, er schon lange nicht mehr, er mag keine Menschen auf Festen, festlich gestimmte Menschen, festliche Säle und festliche Kirchen, erhabene Augenblicke vor festlichen Kirchen, wo festliche und erhabene Gesichter lachen und in ihre Nähe locken, wo sie sich suchen und verführen, ohne sich finden zu lassen, bis ihnen der Wein die Falle stellt, wenn sich Augen öffnen, weit, und verborgene Gedanken zutage kommen, wenn sie sich verführen lassen, wenn Schein und Glanz abfallen, nein, die

Stille ist besser, die Einsamkeit, die für festliche Menschen Nichtexistenz und Nichtbestehen bedeutet, auf jeden Fall etwas Unbehagliches, eine Welt, wo es keine Welt gibt, die Einsamkeit ist der einzige Raum der Begegnung mit sich selbst, auch mit anderen, mit ihr, mit Katharina, der Wiedergefundenen.

– Auch ich kann es nicht, sagt sie und lächelt, aber in ihren Augen ist noch immer dieser gefährliche wunde Schimmer, ich werde hierbleiben.

– Dies ist ein Kloster, sagt er.

– Ich gehöre in dieses Kloster, sagt sie. Ich gehöre da hin, wo du bist.

– Das ist ein schlimmes Vergehen.

Es ist gleich, ob es ein schlimmes Vergehen ist, für Katharina ist es gleich, ihr Weg geht abwärts, seit Simon sie verlassen hat; und wenn sie es noch so gut verstehen kann, dass er fliehen musste, seit das geschehen ist, führt der Weg nach Kelmorajn bergab, die Wunde in der Seele ist noch nicht geheilt: Vor der Wunde in der Seele, vor der Wahrscheinlichkeit, auch diesmal verlassen zurückzubleiben, ist es ihr einerlei, ob etwas ein Vergehen ist oder nicht, ob es Sünde ist oder nicht, denn dieser Mensch, dieser Simon, der sie verletzt hat und der sie liebt, das weiß sie, das fühlt sie, dieser Mensch will weg, will in seine Einsamkeit, wo es Raum nur für einen gibt, und das kann sie nicht zulassen, denn nur sie weiß, wann sie wirklich das sein wird, wofür Herzog Michael, das lauernde Tier, sie hält, das ist sie dann, wenn sie allein bleibt, nachdem sie mit ihm gewesen ist, mit dem Ersten, im Fieber, getan hat, was sich nur mit ihm wiederholen kann, einzig mit ihm.

Vom Rathaus wurde der Klang der Fanfaren über die Dächer von Landshut getragen, danach kam ein etwas stillerer Abschnitt, dann die Flöten der Volksmusikanten und das Tosen der sich vergnügenden Menge. Den späten Abend, der mit der Nacht verschmolz, und den weiblichen, den so sehr weiblichen Körper neben sich hatte er noch nie so stark gefühlt. Das Beben der Stille, das entferne Singen, das Überströmen des Bebens in den Körper, die Hand, die nach ihrem Haar griff, ihrem Gesicht, nach ihrem Körper. Die ständige Kontrolle, dachte der Novize in Simon aus dem Ersten Probehaus, er würde ihn niemals verlassen, der junge Novize hatte ihn, den erwachsenen Mann, jenseits des Meeres nicht verlassen und war bei ihm geblieben, als er sich der Pilgerprozession anschloss, ein Jesuiter, den die jungen Männer auslachten, wenn er vor einer Frau erschrak, der Jesuiter aus dem Jesuitenhaus, von dem er für immer gezeichnet war, sagte zu ihm: Ständige Kontrolle ist nötig, sie ist nötig vor der Klosterpforte, und sie ist nötig bei einem Frauenkörper. Das Kloster ist von einer Mauer umgeben, damit keine Versuchungen kommen, obwohl Versuchungen auch über die Mauer kommen, auch durch die Wände, so wie sie es getan hat, sie kommen zur unbewussten Abendstunde, es muss nicht sein, dass sie zum Fest im Rathaus oder zum Tanz im Bierzelt kommen, sie kommen in der unbewussten Abendstunde, sie kommen in den Schlaf und kommen am Morgen aus einer anderen, einer parallelen Welt, die wir in uns tragen, das können keine Mauern verhindern, keine Kontrollen. Sie will mit ihm, dorthin zu ihren Leuten, nicht um zu tanzen, sondern um allen und jedem zu zeigen, dass Simon und Katharina, Katharina und Simon zwei sind, die zusammengehören, für immer und vor allen. Aber auch hier ist sie mit ihm, zwischen ihren Welten gibt es keine Mauer, es ist eine dünne Wand, die sie selbst errichtet haben, jetzt werden sie sie einreißen; obwohl man sie nicht einzureißen braucht, überhaupt nicht, aus einem Bewusstsein in das andere, aus ihrem in seines, aus seinem in ihres, kann man hindurchschreiten, die Wand ist durchsichtig, sie können einander sehen, und nur eine Bewegung genügt, dass sie in ihrer Durchlässigkeit sich auflöst. Ein unkontrolliertes Kloster ohne Mauer, ein unkontrollierter Frauenkörper auf einem weiten Weg, weit von zu Hause, ein verwundeter und ausgesetzter Körper, ihn, seine Bewegung nimmt seine verletzte Seele an, die Berührung des Haars, die Berührung des Körpers.

– Es heißt, sagt er leise, dass der weibliche Körper für die Versuchung offener und ausgesetzter sei als der männliche. Die Kontrolle der Frau ist so notwendig, wie es die Kontrolle der Klosterpforte ist.

Katharina muss lachen. Ihr Lachen ist wie ihre Augen, anders, herausfordernd, seltsam, als würde aus ihr jemand anders lachen, das weibliche Innere ist ein Hort der Gefahren und Versuchungen.

– Kontrolliere mich, sagt sie.

Ihr Körper ist überhaupt nicht gefährlich, ihr Körper ist kein Hort der Gefahren, er ist schön, seit sie mit ihm ist, das ist der Körper, den sie seitdem fühlt und kennt.

– Wovor hast du Angst?, sagt sie, wieder lacht sie laut auf.

Er will sagen, sie solle leiser lachen, man werde sie hören. Wovor hat er Angst? Vor allem hat er Angst, vor allem, hier in diesem Haus hat er vor allem Angst, er kennt diese Häuser, das sind Häuser der Angst und der Kontrolle des einen über den anderen, seiner selbst über sich, das sind Häuser, wo Gott einen besser sieht, weil jene, die darin wohnen, es selbst so wollen, weil sie darin den Blick Gottes über sich, in sich rufen, wenn sie uns hier kriegen, denkt er, werde ich auf dem Scheiterhaufen brennen, wenn nicht in Landshut, dann in einem größeren Feuer, und sie wird man öffentlich zur Schau stellen.

Aber die Hand, die diese Augen schon kennt, die jetzt im Mondlicht gefährlich leuchten, die Hand streicht mit den Fingern über sie hin, dass sich die Augenlider schließen, die Hand kennt dieses Haar, diese brennenden Wangen, die Nasenöffnungen, die die Luft einziehen und ausatmen, man hat ihn gelehrt, dass die Körpereingänge am meisten ausgesetzt sind, durch sie kommt die Versuchung, durch die Augen kommen die Schönheit und der Wunsch nach Schönheit, durch die Ohren das lockende Flüstern, durch die Nasenlöcher der Duft nach dem Körper, überall, wo der weibliche Körper offen ist, kriechen Leidenschaften heraus, auch ihn überströmen die Gefühle, er ist betäubt von diesem Körper, den er aus Augenblicken kennt, in denen ihn der Krankheitswahn, und aus Augenblicken, in denen ihn das Liebesfieber gepackt hat, die warmen und feuchten Stellen, die Finger schnüren rasch die Kleider auf; die Wand, die eine Wand der Angst und der Vorsicht ist, weil sie in einem ummauerten Kloster sind, gibt es nicht mehr, sie ist verflogen, auch die dünne durchsichtige Wand, die ihre Wand der Angst vor Wunden und seine Wand des ängstlichen und gut unterwiesenen Novizen ist, gibt es nirgends mehr. Sie haben sich niedergelegt, umarmt.

[26]

Landshut brannte an verschiedenen Enden, in der Rosenstraße wurde die Tür eines Hauses eingeschlagen, beim Rathaus fielen Schüsse, am Taubenmarkt lagen umgestürzte Wagen, der Stadt entgegen galoppierte das kaiserliche Heer, das man zu Hilfe gerufen hatte; keine größere einheimische Einheit war in der Nähe, die städtische Ordnungstruppe hatte gänzlich versagt, also hatte man die Österreicher gerufen, in der Not frisst der Teufel Fliegen.

Ein angesehener Bürger, und zwar der freigiebige Bierbrauer Wittmann, der sich so vergessen hatte, dass er Pfarrer Janez einen Stoß versetzt hatte, sollte diese Tat bis ans Ende seiner Tage bereuen. Obwohl er das Glück hatte, dass man sich in den nächsten Wochen und Monaten noch mehr als mit ihm mit dem Stadtrichter befasste, der angeblich einen vollen Krug Bier zu Boden geschmettert hatte; der Krug war zerbrochen. Der Richter hätte das nicht tun dürfen, ungeachtet dessen, dass sein Zorn durchaus gerechtfertigt war: Da lädt man sie zu Tisch, und sie vergiften einem das Essen mit Lüge. So war die öffentliche Meinung in Landshut und den Nachbarorten, wo man bald erfuhr, was geschehen war, und auch, wie alles zusammen angefangen hatte.

Als die pilgernden Bauernburschen, die an der Tür standen und neugierig der Debatte der Weisen und Verständigen im Wirtshaus Zum heiligen Blut lauschten und auf ihre bäuerlich ungehobelte Art die Festgewänder der Stadtherren beglotzten, als die also sahen, dass Pfarrer Janez umfiel, legte sich ihnen, wie man sagt, die schwarze Nacht auf die Augen. Doch als sich Pfarrer Janez rasch aufrappelte und alle im Wirtshaus mit dem sprechenden Namen sehen konnten, dass ihm unter den Haaren ein dünner Streifen Blut hervorsickerte, geriet bei den ungarischen Pilgern das slowenische Bauernblut ins Kochen.

– Nichts Schlimmes, sagte Pfarrer Janez, ich bin nur ausgerutscht. Aber es war schon zu spät.

– Ihr werdet Pfarrer Janez nicht schlagen, sagte ein junger Mann mit eckigen Schultern und ergriff, ohne dass er noch jemanden gefragt hätte, den erstbesten Ratsherrn, dessen er habhaft werden konnte, und drückte ihn unter sich. Dort am Boden würgte und walkte er ihn, wobei er ihm die geflochtenen Goldtressen vom Rock riss und ihm das Hemd über den Kopf zog.

Ein anderer griff nach einem Stuhl und knallte ihn ins Fenster, dass die farbigen Scheiben über ihm zerbarsten. Die Landshuter Bürger wussten, welcher Schaden da angerichtet wurde, denn das Glas stammte aus einer Glashütte in der Nähe Salzburgs und die Goldtressen auf dem Rock des Ratsherrn aus einer Münchner Tuchmacherei. Deshalb riefen die einen nach der Stadtwache, während die anderen die ungarischen Pilger aus dem Wirtshaus zu drängen versuchten. Das war aber nicht leicht, denn es stellte sich heraus, dass draußen noch mehr von ihnen warteten, die die Frühlingsnacht nicht hatte schlafen lassen. Und statt dass die Stadtbürger die Bauern aus dem Wirtshaus gedrängt hätten, drängten die Pilger die Honorationen der Stadt nach einem bösen Gerangel in die Vorratskammer und sperrten diese zu. Dem Reisenden und Geschichtenerzähler Jokl banden sie die Füße zusammen, warfen das Seil über einen Balken und zogen ihn unter die Decke, sodass er komisch mit den Armen ruderte und mitten im Raum baumelte. Zwei Nachtwächter, die das Geschrei gehört hatten und sich am Ort des Geschehens einfanden, wurden ebenfalls in den Gelegenheitskerker gesteckt. Pfarrer Janez befahl wütend, man solle den anderen sofort auf den Boden herablassen, was sie unverzüglich taten, sodass er wie ein Sack herunterplumpste; die Bürger samt Stadtrichter und beiden Wächtern solle man sofort aus der Vorratskammer lassen. Doch das wollten sie nicht.

– Ja was ist denn mit euch, Leute?, sagte Janez Demšar, ich bin nur ausgerutscht, wiederholte er, doch niemand hörte ihn mehr, das Bier kochte in den Adern, in den Augen herrschte Nebel, in den Köpfen lauter Teufel.

– Sie haben Pfarrer Janez geschlagen!

Der Frauenschrei lief von der Bierhalle durch die Wittstraße, hallte wider von den Häusern am Alten Platz, die Fenster in der Fischerstraße an der Isar gingen auf, vor dem Rathaus versammelten sich die aus dem

Schlaf gerissenen Bürger, die einen hatten in der Eile Hosen angezogen, den anderen sah das Nachthemd unter dem Mantel hervor, hier gab es ebenfalls Stadtwächter, einer fragte den anderen, was los sei, was für ein Gekreische durch die ruhige Stadt laufe. Sie hatten das Frauengeschrei nicht verstanden, doch sprach sich rasch herum, dass die ungarischen Pilger im Wirtshaus Zum heiligen Blut den Stadtrichter Franz Oberholzer angegriffen, ihn mit Teer übergossen und in ein Bierfass getaucht hätten. Im Wirtshaus hätten sie alle Fenster und Möbel zerschlagen, und aus der Kirche trügen sie schon die Goldkelche und die Monstranz fort; einige Pilger hätten gemeint, man könne auf die Weise Ersatz für das Messgeschirr schaffen, das in irgendeinem Alpental untergegangen sei. Auch unter denen, die sich noch in der großen Wittmann'schen Bierhalle befanden, wo Landshut sie am Vorabend so gut mit Speck, Bohnen und Bier versorgt hatte, und unter denen, die schon in den nahen Hospizen schliefen, lief die Kunde rasch um, wie man hier mit Pfarrer Janez umgegangen war. Eine Frau hatte gesehen, dass ihm das Blut aus Nase, Ohren und Augen gelaufen war, andere erzählten, dass ihm die Wächter Arme und Beine gebrochen hätten und dass man ihn auf einem Wagen ins Stadtgefängnis gebracht habe. Die Pilgermänner versammelten sich sofort in der Mitte der Bierhalle und beschlossen, ihn auf Biegen und Brechen zu befreien. Die Schwierigkeit lag nur darin, dass sie nicht wussten, wo er geschlagen worden war und wo sich das Stadtgefängnis befand, in das man ihn gebracht hatte. Sie beschlossen, zum Rathaus zu marschieren. Sie nahmen das Kreuz und die Fahnen, und hinter ihnen strömten von allen Seiten die Pilger zusammen, junge und alte, auch viele Frauen wollten bei der Befreiung von Pfarrer Janez mithelfen. Ungefähr um drei Uhr morgens marschierte diese große Gruppe Menschen unter Geschrei und Gesang durch die schon völlig wache Stadt in Richtung Rathaus, stürzte unterwegs Wagen um, schlug gegen die Türen und wälzte Bierfässer durch die Straßen. In der Nähe des Rathauses, wo sich Stadtwachen und Bürgerwehr zu einem Marsch Richtung Wirtshaus Zum heiligen Blut anschickten, kam es zu einem schlimmen Zwischenfall. Eine Gruppe von Stadtwachen wollte in der Rosenstraße das wild anstürmende Pilgerheer aufhalten, das ebenfalls das Wirtshaus Zum heiligen Blut ansteuerte. Da die mehrmals wiederholten Aufforderungen die ungarischen Pilger nicht zum Stehen brachten, gab man ein paar Warnschüsse ab. Eine der Kugeln traf eine ältere Pilgerin ins Bein, sodass sie unter schrecklichem

Geheul zu Boden fiel. Das versetzte die ungarischen Pilger endgültig in helle Wut. Vor den Schüssen stieben sie zwar auseinander, doch bald darauf sammelten sie sich wieder bei der Wittmann'schen Brauerei, von wo aus einzelne Gruppen zu Zerstörungs- und sogar Raubzügen durch die Stadt aufbrachen. An der Kleinen Isar ging ein Heuboden in Flammen auf, es brannte ein Holzlager, bald darauf auch ein paar Schuppen in der Nähe der Brauerei, sodass in der Stadt die totale Panik ausbrach. Vom Fürstenhof konnte man die brennenden Gebäude sehr schön sehen, die Menschen, die dazwischen hin- und herliefen, und der morgendliche Frühlingswind trugen auch das Rufen, das Schreien und den Widerhall der Schüsse in alle Richtungen. Die Verwirrung war groß, und niemand wusste, was wirklich vor sich ging.

Pfarrer Janez Demšar war nicht im Kerker, es floss auch kein Blut aus seinen Ohren, und seine Arme waren ganz, traurig saß er am Tisch im Wirtshaus Zum heiligen Blut. Er starrte in den Bierkrug vor sich, und sein Blick irrte im verwüsteten Wirtshaus umher, über die zerschlagenen Stühle, Tische und Krüge, zu den Fenstern, durch deren zerbrochenes farbiges Glas das Mondlicht hereinsickerte und sich mit dem Morgengrauen mischte. Er sah die schlimmen Folgen des berühmten Krainer Zorns und der Unduldsamkeit der Landshuter Bürger und sagte unablässig vor sich hin: Beruhigt euch, Leute, ich bin nur ausgerutscht. Beruhigt euch. Obwohl er allein saß und niemand ihm zuhörte.

Erst gegen Morgen kam die Stadt notdürftig zur Ruhe, zwischen dem Stadtrichter, der in der Vorratskammer eingesperrt war, und dem Stadtrat, der eine Sondersitzung im Rathaus einberufen hatte, trugen Boten mehrere Briefe hin und her, es wurde vorgeschlagen, mit der Pilgerleitung Verhandlungen über die Einstellung der Feindseligkeiten und den raschest möglichen Abzug der unliebsamen und zügellosen Gäste aufzunehmen. Doch um neun Uhr kam die Nachricht in den Stadtrat, dass die Unruhen erneut ausgebrochen seien. Diesmal auf dem Fischmarkt, wohin die nichts Böses ahnenden Fischer ihren Fang gebracht hatten. Dorthin waren irgendwelche Pilgerfrauen gekommen und sofort mit den Fischern und ihren Frauen in Streit geraten. Die hatten in ihrem singenden Bayerisch gemeint: eine solche Dankbarkeit, das sind diese Leute von der türkischen Grenze! Wir schulden euch überhaupt nichts, schrien in ihrem singenden Krainisch die Pilgerfrauen, mit Erbsen und Speck und mit verdorbenem Bier, das es den Pilgern ausschenkt, wird sich Landshut nicht das Seelenheil erwerben, steckt euch euren Speck in den

Arsch! Eine hob den Rock und zeigte, wohin sie ihn sich stecken sollten. Dann fingen diese slawischen Furien an, die Stände umzuwerfen und die Fische in den Körben zum Fluss zu tragen, zurück ins Wasser mit ihnen, dort gehören diese Geschöpfe Gottes hin. Die Stadtwache bezog im Laufschritt Stellung, aber Ruhe und Ordnung konnten bei Weitem nicht zur Gänze wieder hergestellt werden. Genau genommen drohten die Unruhen jeden Augenblick erneut auszubrechen. Da konnte nur die Armee eine Lösung bringen, aber bis diese Kürassiere und Artilleristen aus Passau angeritten sein würden, musste man verhandeln. Die Situation in der Fürstenstadt Landshut hatte sich inzwischen zwar etwas geklärt, war aber nach wie vor äußerst besorgniserregend: Der Großteil der Pilger hatte sich in der großen Bierhalle der Wittmann'schen Brauerei verbarrikadiert, wo die Älteren ruhten und die Jüngeren Wache hielten und die Bierfässer anzapften. Die Bürgerwehr, die sich der Stadtwache angeschlossen hatte, sagte, die Pilger hätten auch Schusswaffen. Gegen Morgen hatte es nämlich an einem Fenster der Brauerei aufgeblitzt, und beim Goldschmied auf der anderen Straßenseite war die Scheibe des Schlafzimmerfensters zersplittert. Sie verlangten, dass Waffen ausgegeben und der Schuldige umgehend vor Gericht gestellt würde. Wie sie über ihn richten würden, wussten sie nicht, denn den Stadtrichter Oberholzer hielten die ungarischen Pilger zusammen mit Bierbrauer Wittmann, dem Geschichtenerzähler Jokl und weiteren Bürgern in der Vorratskammer des Wirtshauses Zum heiligen Blut gefangen.

    Herzog Michael Kumerdej lag im Landshuter Hospiz in einem Zimmer für besonders angesehene Gäste, den verbundenen Kopf, wir wissen schon, seit wann er verbunden war, hatte er auf die Brust gesenkt, und seine Augen irrten verzweifelt über den Boden, wo die zerknautschten Teile seiner herzöglichen Ausstattung lagen: der Hut, das Seidenhemd, das Sielengeschirr und der Riemen mit den goldgewirkten Knöpfen, alles war zerdrückt und mit Bier überschüttet, es stank nach Bier, ein bisschen auch nach Erbrochenem, nach Resten von Speck und gekochten Erbsen. Das heftige Stöhnen, das aus dem Nachbarraum kam, von den heiligen Szenen, die sein Weib Magdalenchen auch an diesem Morgen sah, dieses heftige Stöhnen hätte diesmal durchaus von ihm stammen können, er fühlte es geradezu aus seinem schmerzenden Inneren kommen.

    Leonida Schwartz wühlte fieberhaft in dem Haufen: Wo war die Goldkette? Mit zitternden Händen wendete sie die stinkenden Kleidungsstücke und ächzte wütend: Du hast sie verloren, du schlampiger Kerl, in der Bierhalle hast du sie verloren, als du dich mit einer Frau herumgewälzt hast, du Fickschwanz, vielleicht hat sie sie dir gestohlen. Leonida war den Tränen nahe: Was würde Schwartz sagen? Das war die Arbeit seiner Hände, die Kette war für Kelmorajn gedacht, zwei Pfund Gold steckten darin, ein Pfund Silber, das Wissen und Können eines Goldschmieds und Gürtlers! Ach, du Lotterbube, du Säufer, alle wissen es, alle haben dich gesehen. Michael wusste nicht, was sie gesehen hatten, er hatte nichts gesehen, erinnern konnte er sich auch nur an wenig, aber sie hatte es gesehen. Nein, sie war mit Schwartz, ihrem Mann, zusammen gewesen, sie waren beim Goldschmied auf Besuch gewesen, dorthin war ein Schuss geflogen, was für schreckliche Dinge waren in jener Nacht passiert, aber nichts im Vergleich zu dem, was sich der Pilgerherzog erlaubt hatte, der jedem als Vorbild hätte dienen müssen, er hatte die Goldkette verloren, man hatte ihn dabei gesehen, wie er einer Frau unter den Rock griff, wie er es eben immer machte, der Bumser, Ficker, Liederjan.

– Oje, sagte der Herzog und fasste sich an den verbundenen Kopf.

– Das ist noch nicht das Schlimmste, man ist daran gewöhnt, dass du das tust. Sobald du nur einen Rock siehst, musst du ihn hochheben, du Schmutzfink. Peinlich ist es, dass diese Frau die Tochter des Stadtrichters ist, der uns gestern so feierlich empfangen hat.

– Oje, jammerte der Herzog noch lauter. Was noch, sagte er, was noch? Erzähl rasch, damit es möglichst bald vorüber ist.

– Man hat gesehen, wie du dich mit Bier hast volllaufen lassen, bis du unter dem Fass lagst und man dich ins Zimmer für besonders angesehene Gäste tragen musste. Kein Wunder, dass das arme Magdalenchen neben einem solchen Menschen so leidet.

Der Herzog fühlte, dass er einen großen Kopf hatte, so groß wie das Zimmer, und innerhalb dieses Zimmers prallten Leonidas Worte wie Kanonenkugeln von den Wänden ab, das Jammern kam nicht nur von Magdalenchen, es war auch seines, es kam von den Schmerzen, denn der Kopf tat noch mehr weh als in jener Nacht in dem unglücklichen Schloss in diesem Nest, wie hieß es noch gleich, Lent, so irgendwie.

– Diese verdammte Kette wird sich schon wiederfinden, knurrte er. Er stand auf und wankte von all dem Übel. Was ist, das ist, sagte er, gib mir von dem Tee. Er fasste nach dem Tischrand, Wittmanns Bier war stark. Er legte sich hin, weil ihm nicht nur der Kopf wehtat, sondern auch der Bauch. Leonida legte ihm fürs Erste Essigwickel auf die Brust, sie hätten auf den Kopf gehört, aber der war stark verbunden.

– Jetzt musst du zeigen, sagte sie, die Kanonade ging weiter, dass du der Herzog bist und kein Schlamper, Faulpelz, Lotterbube, Fickschwanz, Hurenbock, Rammler und Säufer, trommelte Leonida auf ihn ein, während sie ihm Tee aus Holunder- und Lindenblüten zubereitete. Er dachte, soweit er denken konnte, dass ihm alles aus den Händen geglitten war, wie hätte er wissen sollen, dass die Herde so außer sich geraten würde.

– Du hast dich unter dem Fass verkühlt, sagte sie und goss ihm eine Flüssigkeit ins Ohr, sie sagte, das sei Saft der Hauswurz, zu der man auch Ohrwurz sage.

– Man darf doch noch ein bisschen Vergnügen haben, oder?, belferte der Herzog und Prinzipal, er versuchte sich anzukleiden, mit Schwierigkeiten, mit großen Schwierigkeiten und Widerwillen gegen seine Kleider, man würde sie waschen müssen, bügeln, hier und da etwas flicken, das würde Leonida erledigen. Auch ein Herzog darf sich wohl mal vergnügen, es war ein schöner Empfang, dachte er, obwohl er wusste, dass er es nicht durfte. Ein Herzog durfte nicht. Kaum lockert man die Zügel, jagt der Wagen von der Straße. Und jetzt musste er ihn zurückschieben, es würde nicht leicht sein. Von Leonidas Tee begann es in seinem verbundenen Kopf ein bisschen klarer zu werden. Als man an diesem Morgen an seine Tür gehämmert hatte, war er nicht aufgewacht. Er hatte so fest geschlafen, dass man die Tür aus den Angeln heben, ihn vom Bett ziehen und ihm in den schmerzenden Kopf hinein erklären musste, dass draußen zwischen den ungarischen Pilgern, für die er verantwortlich war, und den Landshuter Bürgern, für die der Stadtrichter Franz Oberholzer verantwortlich war, Gefechte ausgebrochen seien. Zuerst dachte er, das sei wegen dieser jungen Frau mit dem weizenblonden Haar passiert, die gelacht hatte, die doppelt so viel Bier getrunken hatte, wie er selbst imstande gewesen war, wegen ihr und ihren rötlichen Schenkeln, die er versucht hatte auseinanderzudrücken, wozu er aber leider viel zu erschöpft gewesen war, vor allem aber zu benommen vom Bier. Trotzdem hatte er versucht, sie auseinanderzudrücken, und, als er aufgrund der Macht der Natur endlich ablassen musste, beschlossen, es am nächsten Tag nachzuholen. Doch das hatte er beschlossen, als er schon unter dem Bierfass lag. Er hatte es schön, er war versteckt unter dem großen Bierbauch des Fasses, der ein Gefühl der Sicherheit und des sicheren Schlafes gab, keine Verantwortung für die Herde. Er hatte einen schönen Traum, er ritt durch das Stadttor, wo ihn Ratsherren und Stadtrichter in schwarzer Seidenrobe empfingen, ja, dort auf dem Pferd saß der Landesfürst selbst und lächelte und nickte freundlich, ja, er neigte sogar huldvoll den Kopf vor den tapferen Reisenden, die von weither gekommen waren, über Berge, durch Schnee und Sturm, über Wildbäche und Felsenpässe. Und er ritt an der Spitze der ungarischen Pilger, des heiligen ungarischen Heeres, hinter ihm fuhr der Wagen mit Magdalenchen, auch sie freute sich über diesen Anblick, das erste Großereignis der berühmten Pilgerfahrt, das nächste würde in Augsburg sein, in Augsburg werde ich durch ein Spalier von Grenadieren in weißen Hosen, mit Epauletten und aufgesteckten Bajonetten reiten. Vorher aber, so träumte er zufrieden, vorher werde ich mir die Tochter des Stadtrichters suchen und ihr die roten Schenkel auseinanderdrücken. Ich kann nicht die ganze Zeit auf Reisen sein, die ganze Zeit mit einer solchen Verantwortung, ohne ein bisschen Vergnügen zu haben. Pfarrer Janez wird es verstehen, dachte er und wurde im selben Augenblick von Wut gepackt. Nicht wegen der Frau; Leonida hatte ihm erzählt, dass der unglückliche Pfarrer ihnen das alles eingebrockt habe. Warum hatte er sich nur in den Streit einmischen müssen, sie hätten die zwei stänkernden Geschichtenerzähler, Tobias und Jokl, in Bier tauchen sollen; wenn er dabei gewesen wäre, hätte er es getan, und es wäre Ruhe gewesen. Das Problem aber war, dass er nicht dabei gewesen war, er hatte unter dem Fass gelegen, er hatte versucht, zwei rote Schenkel auseinanderzudrücken, und hatte nicht einmal mehr das zustande gebracht. Genau genommen war es schrecklich, dachte er. Auf keiner Pilgerfahrt war jemals Ähnliches geschehen. Na ja, so eine Sache, wie sie ihm in der Bierhalle unter dem dicken Fass passiert war vom Zuviel des Guten, das hatte es schon öfter gegeben. Es war aber noch nie passiert, dass nach einer so schönen und festlichen Aufnahme mit so vielen Ansprachen und Trinksprüchen, nach dem Empfang in Samt und Seide und dem üppigen Abendessen im Rathaus, von wo sie noch zu Wittmanns Brauhaus aufgebrochen waren, dass er am Morgen danach in einem derartigen historischen Chaos aufgewacht wäre, dass es in den Chroniken verzeichnet sein würde. In einer brennenden Stadt, inmitten von Geschrei, Schlägereien, Schüssen und lodernden Feuern, die bis zum Morgen kaum gelöscht werden konnten. Er wusste, dass Berichte drüber an den Laibacher Erzbischof und den Wiener Hof gelangen würden, dass die Kuriere schon unterwegs waren und dass das nichts Gutes verhieß. Und auch wenn in diesem Augenblick alles vorüber gewesen wäre, wäre es zu viel gewesen. Aber es war noch lange nicht alles vorbei. Und bei alledem hatte er unerträgliche Kopfschmerzen. Verhandlungen, dachte er, jetzt muss ich zu Verhandlungen ins Rathaus. Jetzt muss ich zeigen, dass ich ein Herzog bin und kein Faulpelz, Schlamper, Säufer und Lotterbube, wie Leonida sagt, und das, zumindest was diesen Morgen betrifft, ziemlich zu Recht.

Es dauerte noch geraume Zeit, bis er wirklich der Herzog war. Der Hut musste ausgeklopft werden, was nicht leicht war, und der schreckliche Geruch nach Bier und Erbrochenem, der sich überall verbreitete, musste beseitigt werden. Leonida machte ihm Johanniskrauttee, mit dem er sich den Mund spülte, am ganzen Leib betupfte sie ihn mit Rasierpomaden, die einer der Pilger beim Landshuter Barbier besorgt hatte. Der hatte sich auch angeboten, den kranken Herzog zur Ader zu lassen, bevor er zu den Verhandlungen mit den Ratsherren ging, damit er so gesund wie möglich und das ganze Unglück, das diese Nacht über die Stadt hereingebrochen war, möglichst rasch ausgestanden wäre. Den Aderlass lehnte er ab, dankbar nahm er hingegen das Wirken von Leonidas Händen an, auch wenn sie ihn dabei die ganze Zeit über die Gräuel der Trunksucht, der Zügellosigkeit und allerlei sonstiger Schludereien aufklärte. Auf den Kopf legte sie ihm Meerrettichblätter und auf den großen weißen Bauch heiße Umschläge mit Rosmarinwein, sie träufelte ihm nicht nur Haus- oder auch Ohrwurz in die Ohrmuschel, sondern vermischte auch zerstoßenen und stinkenden Liebstöckelsamen mit Eiern, das musste er dann schlucken. Dann gab sie ihm in Schnaps getränkten Beifuß zu kauen, auch Anis und Kümmel.

Jetzt war der Herzog der ungarischen Pilger für seine Aufgabe bereit, für die Verhandlungen mit den städtischen Behörden, um zu retten, was zu retten möglich war.

Um die Mittagszeit begannen die Verhandlungen, als auch die Nachricht eintraf, dass die Armee in Passau bereits in Marsch gesetzt worden sei.

Nachdem die Verhandelnden die Situation gemeinsam in Augenschein genommen hatten, fielen zuerst ein paar böse Vorwürfe über den Missbrauch der Gastfreundschaft: Die Felder hätten letztes Jahr schlecht getragen, im Lande herrsche Armut, mancherorts fast Hunger. Fische gebe es in der Isar nur wenige, Speck vom Winter sei auch nur wenig übrig geblieben. Und doch habe die Fürstenstadt Landshut den Pilgern aus den südlichen Ländern einen Empfang bereitet, wie sie ihn in deutschen Städten selten erleben würden. Anstatt dankbar zu sein, hielten die Pilger den Stadtrichter und andere angesehene Bürger, einschließlich des berühmten Reisenden, der London gesehen hatte, in einer Vorratskammer gefangen. Vonseiten der Pilger waren Vorwürfe wegen der Überheblichkeit und sogar Gewalt durch die Landshuter Bürger zu hören, die die jahrhundertealte Tradition nicht achteten, wegen des unfreundlichen Empfangs der frommen Pilger, die sich auf dem heiligen Weg in die heilige Stadt Kelmorajn befänden, auch wegen der dem geistlichen und geweihten Herrn Janez Demšar zuteilgewordenen Gewalt. Als die gegenseitigen Vorhaltungen ausgesprochen und gleichgewichtig verteilt waren, legte man, wie man sagt, seine Forderungen auf den Tisch.

Die Vertreter der Fürstenstadt verlangten, dass der Bierbrauer Wittmann unverzüglich freigelassen werde, weil die Bierproduktion ins Stocken geraten sei und dadurch großer Schaden entstehe. Zuerst, sagte Michael Kumerdej, müsse man die Pilger aus der Brauerei herauslassen, denn wo zweihundert Leute eingesperrt seien, könne die Produktion ohnehin nicht mehr laufen. Und außerdem, sagte er, sei gerade der geschätzte und geehrte Bierbrauer Wittmann derjenige gewesen, der ihren Pfarrer gestoßen und verletzt habe, und sie müssten verstehen, dass das die Menschen aus Ländern, wo geistliche Herren hoch geachtet würden, in Rage gebracht habe. Noch vorher, sagte die Landshuter Seite, müsse man den Stadtrichter freilassen, damit er seinen Platz im Rathaus einnehmen und über die Verursacher der Unruhen zu Gericht sitzen könne. Wie kann er zu Gericht sitzen, sagte Michael, wenn gerade er, meinen Angaben zufolge, der Hauptverursacher der Unruhen gewesen ist? Er hat den Krug zerschlagen, der sich nicht mehr leimen lässt. Die Pilger müssten verstehen, sagte die städtische Seite, dass den Stadtrichter, der ein Mensch der Prinzipien und der Wahrheit sei, die offensichtliche Lüge in starke Erregung versetzt habe, dass einer der Pilger, ein gewisser Altvater aus Pettau, hundertfünfzig Jahre alt und im Jahre 999 sogar im Heiligen Land gewesen sein soll. Das konsumierte Bier und die späte Stunde, die alle bedauerten, hin oder her, die Lüge habe des Richters Würde und die Ehre der Fürstenstadt Landshut beleidigt, auch zu solcher Stunde und unter solchen Umständen.

Michael Kumerdej beriet sich kurz mit den Pilgerältesten.

– Der Stadtrichter ist ein ehrenwerter Mann, das weiß ich, sagte er, weil ich die Ehre hatte, auch seine ehrenwerte und kluge Tochter kennenzulernen, aber Tatsache ist, dass der Altvater aus Pettau so alt ist, wie er eben ist.

Die Pilger räumten ein, dass Letzterer mit der Behauptung von seinem Aufenthalt in Jerusalem etwas übertrieben habe und dass ihn der Wunsch nach einem Kräftemessen mit dem örtlichen Erzähler angestachelt habe, sie könnten aber nichts an seinen ehrenwerten Jahren ändern, ein paar Jahre auf seinem grauen Kopf rauf oder runter. Gut, sagten die Ratsherren, doch der Stadtrichter werde Entschuldigungen verlangen. Gut, sagte Gutsbesitzer Dolničar, und wir verlangen eine Entschuldigung, weil die Stadt uns Pilger auf dem heiligen Weg nicht so gastfreundlich empfangen hat, wie es schon seit Jahrhunderten der Brauch ist. Wie denn nicht, sagten die Landshuter Bürger, wir haben euch siebenundzwanzig Fass Bier spendiert! Nach dem einem der Kopf wehtut, sagte Michael. Die Räte sprangen auf. Nach Landshuter Bier hat noch niemandem der Kopf wehgetan. Wenn einer unter dem Fass liegen bleibt, rief ein Ratsherr, ein Braumeister, ist das seine Sache, die die Ehre des Landshuter Bieres um nichts mindert.

Die Ratsherren erhielten vor der Fortsetzung der Verhandlungen die Erlaubnis, sich mit dem Richter in der Vorratskammer des Wirtshauses Zum heiligen Blut zu beraten, und Michael Kumerdej und die Pilgerältesten durften in die Bierhalle. Stadtrichter Franz Oberholzer, der das Leben in der Vorratskammer schlecht vertrug, war nachgiebig.

– Es widerstrebt zwar der menschlichen Vernunft, sagte er, aber nationale Heiligtümer muss man achten. Und wenn alle diese Leute meinen, dass der wilde Alte wirklich so alt ist, wie sie glauben, und vielleicht sogar älter, dann sollen sie das in Gottes Namen glauben.

– Von unserem Tisch essen sie, sagten die verbitterten Ratsherren, aus unseren Händen empfangen sie ihr Bier, und zum Dank zündeln sie und schlagen alles kurz und klein.

– Wahrscheinlich, sagte Richter Franz Oberholzer, ist auch das bei ihnen Volksbrauch. Deshalb sollen sie nur denjenigen ausliefern, der eine Schusswaffe besitzt, die anderen sollen möglichst rasch aus der Stadt verschwinden.

In der Brauerei redeten die Pilger um einiges härter mit ihrem Herzog. Er habe unter dem Fass geschlafen, während sie für Pfarrer Janez und ihre Pilgerehre gekämpft hätten. Und davor sei er weiß Gott wo mit dieser runden Frau gewesen, mit der Tochter des Mannes, der ihren Pfarrer beleidigt, geschlagen und verletzt habe. Aber der Pfarrer sagt, meinte einer der Ältesten, dass er ausgerutscht sei. Er ist nicht einfach so ausgerutscht, der Pfarrer rutscht nie einfach so aus, er wurde gestoßen. Also solle man sich bei ihm entschuldigen. Die Stadt solle den friedlichen Wallfahrern auch den Schaden ersetzen, den ihre Habe und ihr Ansehen erlitten hätten. Wenn das nicht geschieht, sagte ein Bauer, wird es diese Nacht wieder brennen. Michael wagte nicht einzuwenden, dass die Habe der Landshuter eigentlich mehr Schaden genommen habe, denn er wollte nicht erneut den Vorwurf hören, wo er gewesen sei und wo er gelegen habe, während sie gekämpft hätten.

Nach Rasierpomaden duftend und mit einem schmerzenden Ohr, in dem es von Leonidas Kraut namens Ohrwurz noch immer rauschte, kehrte er ins Rathaus zurück und schlug vor, die grundsätzlichen Fragen, wer angefangen habe, wer wie alt und schon wo gewesen sei, und schließlich auch, wer gastfreundlich sei und wer nicht und wer die Gastfreundschaft missbrauche oder nicht missbrauche, auf sich beruhen zu lassen. Er schlug vor, alle sollten alle freilassen, die Pilger den Richter und die Seinen aus der Vorratskammer und die Bürger und die Stadtwache die Pilger aus der Bierhalle. Sein Ohr schmerze, und er wolle, dass die ganze Sache endlich ein Ende nehme. Die Landshuter Bürger stimmten nach langem Ratschlagen zu, sie verlangten allerdings, dass man zuerst den Richter freilasse. Darauf bestünden sie, und sollten ihnen die Pilger auch das ganze Bier in der Bierhalle wegtrinken. Ansonsten seien schon Kürassiere und Artillerie auf dem Weg, um die Ordnung wiederherzustellen.

Jetzt sahen die einen wie die anderen ein, dass es so nicht gehen würde, wenn sie so weitermachten, würden neue Feindseligkeiten noch vor Ankunft der Armee ausbrechen. Deshalb sagte der Pilgerherzog Michael Kumerdej zu den versammelten Ratsherren der Fürstenstadt, dass niemand eine so unglückliche Entwicklung der Ereignisse habe vorhersehen können. In dieser Hinsicht waren sie sich einig. Sie vereinbarten, dass die Entschuldigungen ausgesprochen würden, wenn Richter Oberholzer, Bierbrauer Wittmann, Wandersmann Jokl freigelassen wären, und dass auf der anderen Seite die österreichischen Pilger die Brauerei verlassen würden. Bis zum Abend wurden die Dinge in Ordnung gebracht und die vereinbarten Entschuldigungen ausgesprochen. Als Erstes entschuldigte sich Herzog Michael Kumerdej, dann sprach er feierlich, wie es der hundertjährige Brauch verlangte, im Namen der hier ungarisch genannten Pilger aus Krain, der Steiermark, Kärnten und Görz seinen Dank aus, er bedankte sich für die Bewirtung und die gute Versorgung und wünschte dem ruhmreichen Stadtrat ein glückliches Regieren und allen Räten gute Gesundheit, in der Hoffnung, dass auch andere deutsche Städte, aber auch die Klöster und Hospize auf dem Weg, der noch auf sie warte, die frommen und bescheidenen Menschen auf ihrer Reise zum Goldenen Schrein der Drei Weisen in Köln und zu den heiligen Tüchern in Aachen ebenso gastfreundlich aufnehmen mögen wie die alte und berühmte Stadt Landshut. Die Pilger begannen sich auf die Abreise vorzubereiten, die Stadt würde noch Atem schöpfen vor der Ankunft der Armee, die noch in dieser Nacht, wahrscheinlich gegen Morgen, einmarschieren sollte.

Wie die Folgen sein sollten, wissen wir: grauenvoll, epochal, historisch. Eine Visitationskommission sollte kommen, sie würde eine Untersuchung durchführen, zum Teil unter den Pilgern, die als Zeugen dableiben sollten, zum Teil unter den Bürgern, der Bericht über die „Ereignisse von Landshut" sollte eiligst an die Wiener Hofkanzlei übermittelt werden, dort sollte kurz darauf ein Verbot der Pilgerreisen nach Kelmorajn für ewige Zeiten erlassen werden. Und falls sich viele Jahre später fromme Menschen aus dem südlichen Österreich fragen sollten, warum diese berühmten Pilgerreisen denn verboten worden seien, sollte niemand mehr den Grund des Verbotes kennen, nämlich eine gut und eine schlecht erzählte Geschichte, ein beleidigter Erzähler und ein Pfarrer, der mehr ausgerutscht als gestürzt war, zu große Mengen Bier und der zerbrochene Krug eines Richters.

Herzog Michael schlief auch die letzte Nacht in Landshut wenig. Nach Hause, das heißt in das beste Zimmer des Landshuter Hospizes, war er erst gekommen, als in der Ferne der Lärm der Armee, das Klirren der Waffen, das Schnauben der Pferde, das Gebrüll der Offiziere zu hören waren. Er hatte daran gedacht, ihnen entgegenzugehen, vielleicht würde es irgendeiner Erklärung bedürfen, er wäre bestimmt gegangen, wenn er gewusst hätte, dass dort Soldaten aus seiner Heimat unter dem Kommando des Hauptmanns Windisch mit den Waffen rasselten und schrien, er wäre gegangen, obwohl er müde war. Er war mehr als müde, er war geprügelt wie ein Hund, unter dem verbundenen Kopf hämmerte noch immer das mit Bier vermischte Blut, schlafen, nur das wollte er, ruhen, schlafen. Aber in dieser Nacht war ihm einfach kein Ruhen gegönnt, alle würden schlafen, nur er sollte bis zum Morgen wachen, seine schlimme, seine schlimmste Stunde sollte erst noch kommen. Als er sich die Stiege bis ans Ende hinaufgeschleppt hatte, musste er sich an der Wand festhalten, um nicht hintenüberzufallen und die steilen Stufen hinunterzudonnern, über die er gerade nach oben gekrochen war. Oben stand eine riesige weiße Erscheinung, die sich dort auf keinen Fall hätte befinden dürfen, weil sie sehr schwache Beine hatte, sie hätte im Bett sein müssen, genauer gesagt: in zwei Betten, erst jetzt wurde er sich dessen bewusst, dass nicht ihr Lachen und Weinen ihn erwarteten. In der Tür stand das Große Magdalenchen, er glaubte seinen Augen nicht trauen zu können, sie stand dort, die Hände in die Hüften gestemmt, und aus ihren Augen zuckten Blitze, er wünschte sich über alles, sie möge sich wieder hinlegen, damit er unter ihren Visionen einschlafen könnte; wenn auch sie wegen allem, was sie sehen würde, stöhnen würde, jetzt stöhnte von allem Bösen er, sie würde ihm einen ganz anderen Wermut zu trinken geben als Leonida Schwartz.

Noch jemand konnte in dieser Nacht nicht schlafen, und dieser Wachende sah am Morgen etwas viel Schlimmeres und Größeres, als es das Große Magdalenchen war. Der Altvater aus Pettau, der einfach nicht hatte vorhersehen können, dass wegen seiner unschuldigen Geschichte vom Weltuntergang eine solche Unordnung entstehen würde, fühlte eine Art Schwere in der Brust, das unsichtbare Gewicht eines historischen Tuns mit historischen Folgen, Altvater Tobias hatte sich irgendwo in den Straßen von Landshut verirrt. Ihm war schwer ums Herz; obwohl ein Erzähler, und zwar der beste, war auch Tobias nur ein Mensch. Er ging die Isar entlang und überlegte, was alles schon auf Pilgerfahrten geschehen war und ob das, was gerade in Landshut geschehen war und noch geschah, mit irgendetwas vergleichbar war, das er schon erlebt hatte. Am meisten tat es ihm allerdings leid, dass er seine Geschichte nicht hatte beenden können. In Jerusalem hat es am Ende des Jahres CMXCIX, wie wir genau wissen, überhaupt keinen Weltuntergang gegeben, wie es auch dieses dumme Erdbeben in London nicht gegeben hat. Vielleicht wäre es zu alledem nicht gekommen, hätte man ihn die Geschichte fertig erzählen lassen, auch ein Erzähler seines Formats ist nur ein Mensch; derartige Jahrhundertfolgen hatte er einfach nicht vorhersehen können. Außerdem war ihm nicht einmal gelungen zu erzählen, dass die damaligen Berechnungen von Jerusalem falsch waren. Zum Untergang der Welt hätte es, wie man im Nachhinein ausgerechnet hatte, am sechsundzwanzigsten April des Jahres eintausenddreiunddreißig, am Tage Christi Himmelfahrt, kommen sollen. Aber was an diesem Tag geschehen war, war wieder eine andere Geschichte, an die Tobias nicht einmal denken wollte. Jetzt dachte er lieber an das, was in Landshut geschehen war, und daran, wo er unterkriechen sollte, bis die Menschen diese böse Wut abgelegt hätten und für neue Geschichten bereit wären. Eine davon würde besonders interessant werden, das würde die Geschichte von der Jakobsleiter und die Erzählung darüber sein, warum in einem steirischen Ort – in welchem, das würde noch zu bestimmen sein – eine Sprosse dieser Leiter verehrt wird, einer Leiter, auf der die Engel aus dem Himmel auf die Erde hinunter- und wieder hinaufgestiegen sind, dort wird sie verehrt, obwohl den biblischen Erzvater Jakob diese Leiter nur geträumt hat. Wie also konnte sich die Leiter aus einem Traum in der wirklichen Welt wiederfinden, sodass von ihr Sprossen erhalten sind, die jetzt in der Steiermark als *reliquiae reliquiarum* gefeiert werden; und alles andere, was zu dieser Geschichte gehört. Unruhig ging er den Fluss entlang und baute an seiner neuen großen Geschichte, während die müde Stadt noch in tiefen Schlaf versunken lag. Und als er sich mitten im schöpferischen Nachdenken schon auf den Rückweg in die Stadt machen wollte, ließ ihn etwas innehalten. Weit hinten in der Landschaft, dort wo die Wiesen aufhörten und die Wälder begannen, erblickte er ein großes Tier, vielleicht eine Kuh, nicht irgendeine, sondern so groß wie St Paul's in London oder St. Peter in Rom, vielleicht so groß wie beide zusammen. Den Kopf hatte sie hoch oben über dem Nebel und unter den Wolken, den Wanst groß und rund wie eine Kuppel, wie beide Kuppeln beider Kirchen, die er schon gesehen hatte. Ein wenig glotzte sie mit ihren mühlradgroßen Kuhaugen gedankenverloren irgendwohin in die Ferne, über die Dächer der Stadt hin, ein wenig rupfte sie mit ihrem Kuhmaul an den Kronen der Bäume. So sind die Verhältnisse in Deutschland, dachte er, die Pilger hatten recht: hier ist wirklich alles größer. Er dachte, dass das kein gutes Zeichen sein könne, eine so große Kuh in aller Herrgottsfrühe, so eine war noch in keiner seiner Geschichten vorgekommen, er dachte, er sollte jemanden zum Zeugen rufen, aber es war niemand in der Nähe, alles schlief. Jetzt hörte das große Tier auf, an den deutschen Linden und Eichen zu rupfen, sein Blick senkte sich auf ihn, den winzigen Erzähler dort allein in der Ebene, es öffnete sein Maul weit, eine richtige schwarze Höhle gähnte dort hinten, ein richtiger Kuhmagen in der Größe von Jonas' Walfisch. Er fühlte, dass es ihn in diese Höhle hineinzog, es überlief ihn kalt: So etwas kann sich einer nicht ausdenken, außer es ist so ein seltsamer Traum ... Ob einen so etwas einfach auffrisst? Für einen Augenblick zögerte er, dann behielt die Neugier die Oberhand, vielleicht ist es keine Kuh, vielleicht ist es ein Ochse oder gar ein Stier. Über die ungemähte Wiese stapfte er dem großen Tier entgegen, das trotz seiner ganzen Größe keinen Laut von sich gab.

An diesem nebeligen Morgen machten sich auch die Pilger auf den Weg aus der Stadt, dem fernen Köln entgegen. Wieder fehlten ein paar, vergeblich suchte man Katharina Poljanec aus Dobrava, nirgends war mehr der seltsame Eremit zu sehen, der manchmal von irgendwoher aufgetaucht und wieder verschwunden war, es fehlten ein paar Bauernburschen, von denen es hieß, dass die Armee sie aufgegriffen und in Uniformen gesteckt habe, auch Altvater Tobias war nirgends zu sehen. Pfarrer Janez sah seine slowenischen Pilger, wie sie die müden Beine über den nebeligen Weg schleiften, er sah seine Beine, die in gleichmäßigen, schon schmerzenden Stößen den müden Körper weiterschleppten. Sie gingen, als ob sie sich für jedweden menschlichen Sündenpfuhl bestrafen wollten, in dem sie in den letzten Tagen bis zu den Knien gewatet waren. Sie hörten überhaupt nicht wieder auf zu gehen, sie schwiegen und überwanden die Entfernung des großen Landes, sie schleppten sich über seinen wurstförmigen Bauch aus dem Tal auf den Berg und wieder hinunter. Die Banner waren verbogen, sie reichten sich gegenseitig das Holzkreuz und schwankten unter seinem Gewicht. Einige versuchten zu singen, ein paar Stimmen nahmen die Melodie wohl auf, aber immer wieder verlor sich das Lied im Reisestaub und zerfiel in vereinzelte Stimmen.

Dinge, die geschehen sind ... geschehen, sie mussten geschehen. Dort in der Bierhalle, mitten in einem Land, das über nicht viel Nahrung verfügte, hatten sie sich im Bier gewälzt und waren über zermanschte Bohnen und Speck getreten, unter Erbrechen, Schreien, Spucken, Torkeln, unter Schlägen, unter verschwitzten Umarmungen. Das Leben ist eine unauflösliche Verflechtung von Niedrigem und Hohem, von Alltäglichem und Wunderbarem. Wenn sie zur ersten Kirche kämen, wenn sie die bekannten Bilder des Kreuzweges erblickten, würden ihre Seelen wieder auflodern, denn wir sind mit Bildern gesegnet, und nur durch sie können wir verstehen; die Bilder in den Kirchen, die Taten der Heiligen, ihre Farben, der Ausdruck auf ihren Gesichtern sind nur andere, höhere Bilder unseres Lebens, auch die Bilder der Natur, der Wolken, des Nebels, durch den wir uns an diesem Morgen schleppen und in dem wir warten, dass endlich die Sonne scheint.

Jetzt ist jeder mit seinen Gedanken auf dem Weg nach Kelmorajn, mit seinen Ängsten weit weg von zu Hause, mit dem Bild seiner Landschaft daheim und des kleinen Hofes, den er zurückgelassen hat, mit seiner Erinnerung. Der Geist eines jeden Einzelnen, ihr gemeinsames Ich, schwebt jetzt hoch über dem Landshuter Biersumpf, oben unter den Baumkronen, dieser Geist musste sich im Schlamm wälzen, um emporsteigen zu können, er musste tief fallen, damit er aufsteigen konnte, hoch, dort hinauf, wo auf den Wolken ihre alten Heiligen sitzen, die ihnen nach Kräften zu helfen versuchen. Die Schreie und das Lachen Magdalenchens schweben dahin über den Baumkronen an der Straße, über den dichten Kronen des Frühlingswaldes auf dem Hügel mitten in dieser deutschen Landschaft, die sich gleichmäßig hebt und senkt: ein langes Tal, eine Ebene, ein sanfter Hügel und wieder langsam den Hang hinunter, wie das Leben. Über ihnen, hoch über dem Morast, durch den sie gerade gewatet sind, hoch über den reinigenden Wassern, hoch über den Baumkronen, über den Wolken, dort gibt es kein großes Tier, dem Altvater Tobias gefolgt ist, keine große Kuh mit aufgerissenem Maul, sondern dort schwebt nach wie vor der Goldene Schrein mit den Relikten der Drei Weisen, die nach Bethlehem gekommen sind, um zu huldigen; von dort ist die Misere hier unten überhaupt nicht zu sehen, mit diesem goldenen Glanz über sich steigen sie den sanften Hang hinab, irgendwo in der Ferne schimmert der Rhein, die Ahnung des großen Stromes ... So verlieren sich die Kelmorajner Pilger im Nebel mit ihren Hoffnungen, die eingerollten Banner im Herzen, Schwindelgefühle im Kopf und Schwielen an den Füßen, sie verlieren sich in der nebeligen Weite des fernen Landes, wir sehen sie nicht wieder.

[27]

Aus der Ferne waren mehrere aufeinanderfolgende Schüsse zu hören, dann Geschrei. Jemand rannte die Straße hinunter. Simon öffnete die Augen, wieder lag die weiße Hand auf seiner Brust, ihre weiße Hand, der *deimos,* die weiße Hand des Entsetzens, der ewigen Angst des Novizen vor der Verdammnis. Mir hat geträumt, dass jemand geschossen hat, dachte er, das war Santa Ana, mir hat geträumt, dass die Bandeirantes in Santa Ana schießen, dass sie auf der fernen Estanzia Hirten und deren Tiere metzeln, das große Rind bricht in die Knie, als der portugiesische Soldat dem Tier mit den feuchten Augen das Gewehr an die Stirn setzt, abdrückt, der große Körper knickt ein, das hat mir geträumt, dachte er, ich habe auch Geschrei gehört. Er sah zum Fenster, der Mond war nirgends mehr zu sehen, die Sterne schienen ruhig auf Landshut herab, auf sie beide; im Verlaufe ihrer Wanderung werden sie auf Santa Ana und auf die Estanzia scheinen, wo er sich von den Missionen verabschiedet hat, zusammengetreten und gefesselt, mit dem Blick auf die ermordeten Guaraní, auf den Corregidor Hernandez, auf ... Er wollte nicht weiterdenken, er wollte nicht an die kleine Teresa denken, an Hernandez' Tochter, an ihre Augen, an ihr *Deo gratias* ... Das Fenster des Gästezimmers im Landshuter Dominikanerkloster ging auf die Straße hinaus, er horchte, für einige Zeit war alles still, dann wehte aus der Stadtmitte das Jubeln und Schreien vieler Menschen heran, Stimmen wogten hin und her und verloren sich wieder in der großen deutschen Ebene. Katharina bewegte sich, wieder lag ihre Hand auf seiner Brust, sie öffnete die Augen, was ist los? Sie schießen, sagte er.

– Wer schießt?

– Ich weiß nicht, sagte er, in Deutschland gibt es immer irgendeinen Krieg. Schlaf jetzt, sagte er.

– Ich friere wieder, sagte sie. So habe ich damals gefroren, als wir unter den Sternen schliefen, erinnerst du dich an unser gemeinsames Lager?
 – Ich erinnere mich. Du hast im Schlaf gezittert, dein ganzer Körper hat gebebt.
 – Das war von dir, sagte sie.
 – Die Kälte?
 – Nein, von dem, was geschehen war. Jetzt war es ähnlich, nur anders.
 – Wie anders?
 – So. Jetzt war es mein Körper, nicht ich.
 – Du bist nicht dein Körper?
 – Damals war ich ich und mein Körper, meine Seele und mein Körper, jetzt hat nur mein Körper ein Behagen gefühlt. Es ist in mich gekommen.
 – Durch den Mund?
 – Ja, auch durch den Mund. Du sagst doch immer, dass die menschlichen Sünden durch die Körperöffnungen kommen.
 – Durch die Nasenlöcher?
 – Durch die Nasenlöcher der Fichtenduft, der Wind ferner Länder, der Geruch deines Körpers, durch die Ohren dein Atmen, dein Flüstern, alles. Du solltest mein Mann sein, Simon. Alles ist offen für dich, auch durch die Haut kannst du in mich kommen, aber du willst nicht, du kannst nicht, du hast Angst, Simon, nur wovor? Deshalb ist es anders, Simon, mein Körper hat das Behagen gefühlt, nicht ich. Verstehst du? Ich weiß, dass du es nicht verstehst, schüttle nur den Kopf. Aber du musst wissen: Wenn du mich nicht liebst, wenn du wieder vorhast wegzugehen, dann ist alles das eine Wunde, jede Öffnung ist eine Wunde, die Seele schmerzt.

Sie sahen zur Decke empor. Wieder wehte Geschrei heran, als würde Holz splittern, Fensterglas.
 – Morgen, sagte er nach einiger Zeit, morgen gehe ich zum Pilgerprinzipal und zu den Bauern und Bürgern vom Tribunal, ich werde erklären, ich werde bitten, wir werden gemeinsam reisen.
 – Das wirst du nicht, nein, sagte sie leise.
 – Schließ die Augen, sagte er, schlaf.

Er lag auf dem Bett in seiner Wachheit, in der Stille des Dominikanerklosters, er horchte auf das ersterbende Schreien in der Ferne, die Sterne im Fenster erloschen langsam, das schwarze Himmelsgewölbe verblasste, wurde gräulich, der Morgen war nicht mehr weit. Zu dieser Stunde hatte er einstmals noch über den Büchern gesessen, obwohl es nicht erlaubt war, zu dieser Stunde sollte man schlafen und bald darauf aufstehen und in die kalte Kirche des hl. Jakob gehen, zu dieser Stunde hatte er sich manchmal vorgestellt, wie er bald vor Franz Xaver stehen und an seine Reisen denken würde, ein paar Jahre später hatte er zu dieser Stunde dem dumpfen Rufen und hellen Kreischen der ersten Vögel aus dem Wald gelauscht, der mit seinen Wipfeln Santa Ana umgab, zu dieser Stunde hatte er manchmal an seine Pflichten gedacht, die auf ihn warteten, an die Katechese, an die Druckmaschine, die er und Pater Christian zusammenbauen würden, hatte an die kleine Teresa gedacht, die ihn vor dem Haus mit einem *Deo gratias, gratias tibi, Domine* erwarten würde, zu dieser schlaflosen Morgenstunde, wenn neben ihm die geliebte Frau lag und träumte oder ebenso hinter ihren geschlossenen Lidern wach lag, zu dieser, immer zu dieser Stunde, wenn die Nacht ging und der Morgen noch nicht gekommen war, kam die Luzidität des Erinnerns, einmal hatte ihn die kleine Teresa gefragt: Schläft Gott denn gar nicht? Er hatte gelacht und gesagt: Nein, Er schläft nie, und gedacht: Gott ist ein großer Schlafloser, ich bin ein kleiner Schlafloser, ich schlafe nur manchmal nicht. Jetzt dachte er, wenn ich einschlafe, wenn wir alle einschlafen, werden wir in Gott schlafen, dort ist ein einziges Vergessen, dort werden wir nicht an die Dinge denken, die uns quälen, an die Angst vor dem, was gerade geschehen ist, daran, was er hätte tun müssen, damit Katharina nicht verletzt würde, das Vergessen dessen, was in den Missionen geschehen ist, das Vergessen des Vaters, des Hörigen von Auersperg, der vergessen werden musste, aber die Erinnerung kam oft gerade zu solcher Stunde, die Luzidität des Erinnerns zu dieser Stunde war schrecklich, die *insomnia* weckte jedes Detail aus dem Leben, jede Feigheit, jeden Verrat, jede schändliche Verlegenheit; Schlaflosigkeit war die Unfähigkeit zu vergessen, es stand geschrieben: Der Mensch braucht den Schlaf nicht, um sich auszuruhen, er braucht ihn, um zu vergessen. Und für sich wusste er, dass er sich nicht dem Schlaf in die Arme legen konnte, wie es sein Vater gekonnt hatte, der sich nach der schweren Arbeit hinlegte, die Augen schloss und bis zum Morgen schlief, er konnte es nicht; auch wenn er vom ganztägigen Gehen müde war, war der Schlaf kurz. Jetzt, wenn er nach der Liebe einschlief, war er noch kürzer, denn die sündige Seele tobte und der strenge Novize verriet sie bei Gott. Wenn der Schlaf einmal gegangen war, kehrte er bis zum Morgen nicht zurück; wenn Simon aufwachte, war er vom Schlaf getrennt, aber noch immer in ihm, getrennt von der Welt, aber noch immer in ihr, getrennt von den Formen, aber mit einer durchaus klaren Vorstellung von ihnen, die taumelige morgendliche Luzidität erlaubte kein Festhalten dessen, was in die Erinnerung kam, es gab keinen Gedanken, der geblieben wäre, jeder wirkte selbsttätig, es wirkte die Unsicherheit, es wirkten die Fragen, es wirkte die Angst vor dem Ende, vor einem Ende ohne Heil, vor dem Verderben, auch das Gebet half nicht in solcher Stunde, das Gebet half erst am Morgen, wenn ein reiner und kühler Tag anhob. All diese Bauern, die diese Nacht durchgesoffen hatten, lebten mit der Nacht und dem Tag, wie sein Vater gelebt hatte, sie lebten mit ihrer Pflanzenhaftigkeit und Tierhaftigkeit, mit der Erde, die das Erlöschen und das erneute Heraufkommen des Tages kannte, eines jeden Tages, wie sie das Erlöschen des Lebens wie selbstverständlich hinnahmen, eines jeden Lebens, all diese einfachen Menschen, abgefüllt mit Bohnen und Bier, verstanden womöglich besser, was das alles war, was in der Nacht rings um ihn atmete und was in den heraufziehenden Morgen verschwand, besser als er, der Scholar, der so viele Nächte bei den Büchern durchwacht hatte, so viele Tage in Gesprächen mit gelehrten Männern und angespannten Grübeleien in den Jesuitenhäusern zugebracht hatte, in Laibach und in Santa Ana, am Meer und inmitten der amerikanischen Ebene, er kannte nur hämmernde Fragen und kraftlose Antworten. Und jetzt, wo er an der Seite dieser Frau war, an Katharinas Seite, war endlich die Zeit gekommen, wo er keine Fragen mehr wollte, kein Wachen ohne Form und keine Luzidität des Erinnerns, wo er in die bäuerliche Pilgerfrömmigkeit eintauchen und mit Katharina nach Kelmorajn pilgern, von dort zurückkehren und auf Dobrava oder irgendwo, einfach irgendwo mit ihr leben wollte, wo er sich, wie die Bauern, wie seine vergessene Mutter, sein vergessener Vater, der Selbstverständlichkeit der Menschen- und Tier- und Pflanzenwelt mit ihrem Gebären und Erlöschen überlassen wollte. Jetzt wo er sich an Katharinas Seite und auf dem Weg zum Goldenen Schrein endlich mit sich selbst hätte aussöhnen müssen, denn deshalb hatte er sich auf den Weg gemacht, um sich mit sich selbst auszusöhnen, um in eine Welt einzutreten, in der es keine hämmernden Fragen gab, sondern schlummernde Sehnsucht, die einfache Ahnung göttlicher Präsenz, jetzt war er in

Krankheit und Unruhe gestürzt, jetzt lag neben ihm eine Frau, der er mit seiner Unsicherheit die Seele, den Körper verwundet hatte, jetzt hatte eine gewaltige Unruhe in Körper und Geist Einzug gehalten, selbst wenn sie ginge, würde neben der stillen Beklommenheit auch die Luzidität des Erinnerns bleiben, in seinem inneren Blick würde für immer ihr glänzendes braunes Haar bleiben, ihre herausfordernden leuchtenden Augen, die so waren, weil sie verletzt waren, ihr Lachen, das herausfordernd war, weil es verletzt war, der Duft ihrer Haut, die Teile ihres Körpers. Er wachte und horchte auf die schwindende Nacht des Rufens, die Nacht voller heiserer Männer- und schriller Frauenstimmen, er wachte und horchte auf die Stimmen der Verführung, wie er sie bei St. Peter in Laibach gehört hatte, er horchte auf die Stimmen der Gewalt, all das animalische Grunzen betrunkener Menschen; er wusste gut, dass auch das ein Teil jenes animalischen und vegetativen Lebens war, das stets um diese Menschen war, wie es um die Indianer in den paraguayischen Reduktionen gewesen war, eines Lebens, das sie in allen Situationen natürlich machte, weshalb ihre morgendliche Frömmigkeit aufrichtig war, morgens waren die Gesichter nach all ihren nächtlichen Ferkeleien müde und von schwarzen Augenringen gezeichnet, aber zugleich auch schon voller Reue, auch schon rein; ihr Sturz in die Niederungen der behaarten Tierwelt, des Rülpsens und Grunzens war natürlich, deshalb waren auch die gewaschenen Gesichter und reumütigen Augen natürlich, während des Gebetes wurde ihnen vergeben, denn ein Geist, der so tief stürzte, dass er die ganze Nacht hindurch bis zum Morgen immer mehr ein Teil der Tierwelt wurde, ein Geist, der zuließ, dass der Mensch ganz tief hinunterstieg in das Grunzen und Sichpaaren, in das Schwein, dieser Geist konnte sich auch erheben, mit dem Gebet erhob er sich und zog den schweinischen Menschen mit sich empor. Deshalb sahen alle diese Menschen den Goldenen Schrein hoch oben unter den Wolken reisen, sie sahen ihn, wie er ihn einfach nicht sah, weil er ihn nicht sehen konnte. Ihr Goldener Schrein, zu dem sie ihr ganzes Menschen- und Pflanzen- und Tierleben lang reisten, war voll der göttlichen Nähe, war umso lichter und umso reiner, je dunkler, angstvoller und schmutziger ihr Leben war; sein Leben hingegen kam dem Licht und der Reinheit des Goldenen Schreins um nichts näher, seine Novizenseele rannte gegen die Wände der Klosterzelle an und suchte verängstigt einen Ausweg, den Stein der Weisen, eine Lösung, die weder ihr noch ihm eine neue Wunde zufügen würde, einen Ausweg und eine Lösung, mit der sie ruhig über die Frühlingslandschaft dem Goldenen Schrein nachfliegen könnte, wie das an diesem Morgen die Seelen aller Pilger nach Kelmorajn taten, alle Seelen außer ihren beiden, ihrer beider Seelen stiegen einen immer steiler und immer dunkler werdenden Hang hinab, immer tiefer, ihre schlaflosen Seelen, die nicht schliefen, so wie Gott nicht schlief, von dem ja bekannt ist, dass er ein notorischer Unschläfer ist.

Wir kennen das Bild: Katharina träumt, dass sie von einem Mann langsam entkleidet wird. Vielleicht geschieht es im Schlaf, vielleicht in morgendlicher Halbwachheit, zum Schluss sieht der Mann sie nackt, und sie kann nichts dagegen tun. Das Bild ist qualvoll und verlockend zugleich, mit leichtem Geschick öffnet er die Knöpfe ihres Leibchens, sie spürt seine Hände gar nicht, sie spürt nur, dass sie immer nackter wird und nichts dagegen tun kann, jetzt streichelt er sie an Brüsten und Bauch, sie hört sein Atmen, doch sie sieht sein Gesicht nicht, das ist ein Mensch ohne Gesicht, er hat Hände und einen männlichen Körper, jetzt, an diesem Morgen im Dominikanerkloster in Landshut, scheint es Katharina, dass sie das Gesicht aus diesen Träumen erkennen wird, er berührt sie genau dort, wo sie es will, mit solcher Intensität, wie sie selbst es will, sie sagt: nein, doch die Hände halten nicht an, das Atmen an ihrem Ohr hört nicht auf, der Mann ist nah und fern zugleich, sein Blick liegt auf ihrem Körper, doch damals, auf Dobrava, da weiß sie noch nicht, wer er ist, dort hat er noch kein Gesicht und keinen Namen, jetzt scheint es ihr, dass sie eine aufgeschreckte Fratze sieht, die sie kennt, sie will sich wehren, sich bedecken oder schreien, aber sie kann es nicht, jetzt weiß sie, dass sie wirklich nackt daliegt, sie kann sich nicht wehren, der Mann fasst sie an den Hüften und nähert sich ihr von hinten, sie ist leicht, sie ist ohne Kraft, sie ist nass vor Schweiß und bis in die letzte Faser erregt, mit unendlich erregendem Grauen bemerkt sie, dass jemand an der Tür steht und ruhig das Ausziehen und Berühren beobachtet, ihren nassen Körper, ihr Kneten und Schieben, wie die Bauern auf Dobrava dazu sagen, er betrachtet ihre nackten Brüste und ihr Gesäß, das sich bewegt, den ganzen Körper, der nicht stillhalten kann, obwohl Katharina weiß, dass jemand da ist, der all das beobachtet, dass es ein Teufelswerk ist, Simon, sagt sie im Traum oder in der Halbwachheit, jemand steht an der Tür, da ist niemand, sagt Simon, jemand, der Simon sein sollte, jemand, der noch immer in ihren Träumen ist, ist jetzt plötzlich hier, im Dominikanerkloster, die nackte

Frau, die niemals hier sein dürfte und die die Verdammnis über dieses Haus herabrufen wird, mit keinem geweihten Wasser wird man diese Sünde abwaschen können, jetzt ist sie hier und zugleich dort, auf Dobrava, oben auf dem Berg ist Nacht, Nacht bei St. Rochus, unsichtbare Erscheinungen umfliegen den Kirchturm, der Schatten, der an der Tür steht, ist dunkler als der Hintergrund, als die Tür, als der Türstock und die Wände, der Unbekannte ist mit einer Kutte bedeckt, für einen Augenblick ist sein Gesicht zu sehen, glänzende Augen, in denen das Mondlicht aufblitzt, wie es in ihren Augen blitzt, das war der Wind, denkt sie. Simon, war das der Wind? Da ist nichts, sagt Simon, doch, sagt Katharina, ich habe ihn gesehen, einen Bösen mit der Kapuze über dem Kopf. Der Böse hat keine Kapuze über dem Kopf, sagt Simon, doch, wenn ich es dir doch sage, sagt Katharina. Ein Klosterbruder würde so etwas niemals tun, sagt Simon, du bist ein solcher verdammter Klosterbruder, sagt Katharina und fasst sich im Traum an den Mund, Jesus, was habe ich gesagt? Das Geschlechtsloch, sagt Simon, das Geschlechtsloch ist ein klebriges Höllenloch. Katharina öffnet die Augen, habe ich Fieberträume? Ich habe keine Fieberträume, neben mir liegt Simon, er wird morgen nirgendwohin gehen, nichts wird er über sie beide aussagen, niemanden wird er für sie beide bitten, nichts wird er tun, mit offenen Augen starrt er an die Decke, krank vor Angst, krank wegen sich selbst, wegen des Novizen in sich, der von Furcht vor Verdammnis besessen ist, wegen dieses Novizen, dem sie schon vor langer Zeit das Herz zerpresst und gebrochen haben, in Katharina ist wieder das Zischen der Schlange, das Gift des Hasses, das sie in jener Nacht verspürt hat, als sie erfuhr, dass er gegangen war und sie wie eine Straßendirne allein zurückgelassen hatte, hier liegt er und badet in seinen Novizenkontemplationen und Ängsten, er ist ängstlicher, als sie es jemals war, Katharina erkennt an den Zügen seines regungslosen verhärteten Ausdrucks die Züge eines der beiden Männer, eines der zwei Teufel, die auf Dobrava nachts zu ihr gekommen sind, während die Dämonen aus der glühenden Spalte zwischen Himmel und Erde, zwischen Himmel und Meer angeflogen kamen, als die Erscheinungen aus Istrien um den Glockenturm schwirrten, sodass sich sogar ihr Engel ängstlich duckte, wie er sich auch jetzt wegduckt, als er sieht, dass alles bergab geht, den Hang hinunter. Einer der beiden Teufel aus der Nacht auf Dobrava ist Simon, diese Furchen an der Nase, diese Augenringe der Schlaflosigkeit in seinem Gesicht, das ist er. Und wer ist der andere?

Sie werden den ganzen Tag schlafen und die ganze folgende Nacht wachen.

Der andere wird im Morgengrauen des nächsten Tages im Klosterhof vom Pferd steigen.

[28]

Die morgendliche Stille wurde zerschnitten von Armeebefehlen, Pferdeschnauben, Wagenknarren und Räderpoltern auf dem Pflaster um das Kloster. Simon hörte zwischen Träumen und Wachen das Donnern von Pferdehufen, das die Brücke über dem Wasser erzittern ließ. Wo? In Kärnten? Auf der anderen Seite der Welt? Die müden Liebenden sprangen auf, als ob sie der Pater Prior selbst nackt in der Klosterzelle erwischt hätte. Simon öffnete die Tür, aber auf dem Gang war niemand, niemand hatte sie erwischt, der Lärm, der sie geweckt hatte, kam vom Eingang und vom Hof. Sie suchten die Kleidungsstücke zusammen, die zwischen ihren Körpern und auf dem Boden lagen, und schlüpften schnell hinein. Katharina zog einen Spiegel aus der Reisetasche und brachte mit eckigen Bewegungen ihr Haar in Ordnung. Simon sprang mit halb geschnürter Hose auf den Gang und kam kurz darauf wieder zurück.

– Draußen ist irgendeine Armee, sagte er, verschwinden wir von hier.

– Armee? Was soll eine Armee im Kloster?

Mit dem Spiegel in der einen und dem Kamm in der anderen Hand lief sie auf den Gang hinaus.

Im Hof saßen mehrere Reiter auf breiten Pferderücken. Sie sahen sich um, jemand rief etwas, einen Befehl zum Tor in den Klosterhof, durch das die Fußsoldaten einen beladenen Wagen zogen. Die Reiter auf den Pferden, die unter ihnen unruhig traten und mit den Hufen auf das Pflaster klackten, die Reiter waren Offiziere, behängt mit Riemen, Silbergurten, an den Pferdebäuchen baumelten Säbel, hinter den breiten Gürteln sahen die fein verzierten Griffe von Pistolen hervor. Der Klosterhof schien sich vorübergehend in ein Heerlager, wohl in ein Stabsquartier zu verwandeln.

Einer unter ihnen, der, der mit den meisten Bändern behängt war, mit Riemen, mit Silber und seidenen Strumpfbändern, sah unter dem breiten schwarzen Federhut hinauf zu den Fenstern des Klostergangs. Katharina zuckte zusammen, etwas Kaltes überlief sie von den Fersen bis zum Kopf, mitten durch den ganzen Körper, vom Scheitel herunter und durch die Brust schnitt die Überraschung: Es war der Pfau. Das war ohne Zweifel er, der von allen am meisten herausgeputzte Offizier, der mit den luftigen weißen und bunten Federn am Hut, mit den Silberbändern und silbernen Pistolengriffen hinter dem Gürtel, der Pfau, den sie so oft im Hof des Meierhofes von Dobrava gesehen hatte. Das war er, Windisch, anders, aber immer noch er. In einem einzigen Augenblick sah sie, dass er anders war, beleibter, sogar dickbäuchig, er sah ein bisschen müde aus, und er erschien älter, ernster als der junge Pfau von damals, der auf Dobrava herumspaziert war und mit Schlachten und Siegen geprahlt hatte, die auf ihn warteten, noch immer waren seine Gesichtszüge regelmäßig, fast schön, wie damals, obwohl dieses Gesicht vom Soldatenleben etwas gerundet war, ein wenig aufgedunsen. Aber all das machte nur aus ihm, dass er nicht mehr der Neffe des Barons Windisch war, einer der Neffen des Barons Windisch, sondern nunmehr er selbst, Windisch, Franz Henrik Windisch, Hauptmann jenes Krainer Regiments, das der Laibacher Fürstbischof vor dem Abmarsch in den Krieg gesegnet hatte, ein Krieger, der in fernen Landen für die Ehre und die schlesischen Besitztümer unserer Kaiserin Maria Theresia kämpft, alles das sah Katharina mit einem einzigen Blick – lang weniger als ein Jahr, kurz weniger als ein paar Augenblicke –, als sie mit halb ausgekämmtem Haar am Fenster stand, den Kamm in der einen und den Spiegel in der anderen Hand.

    Und auch Windisch war verblüfft. Ein Soldat ist an alle möglichen Überraschungen gewöhnt, aber dass er unter den Gewölben eines Klostergangs ein bekanntes Frauengesicht aus der Heimat sehen würde, das glich doch sehr einem Traum. Im selben Augenblick hatte er das Gesicht der Poljanec-Tochter erkannt, ja, das war sie, lebendig und wirklich, sie, die einst wie ein Schatten an die Fenster des Meierhofes gehuscht war und hinuntergespäht hatte, die Tee vergossen hatte und ihm mit ihrer aufdringlichen weiblichen Anwesenheit auf Schritt und Tritt in den Weg geraten war, die seine Aufmerksamkeit auf sich ziehen wollte, aber sie nicht hatte auf sich ziehen können, weil sie nicht hübsch genug war, nicht schön genug, weil sie auch keine richtige Frau war, obwohl sie schon längst in dem Alter war, über das Alter hinaus, in dem sie eine richtige Frau hätte sein müssen. Es stimmt nicht, dass er sich bis zu diesem Augenblick nie an sie erinnert hätte, ein Soldat erinnert sich auf seinen Feldbetten, unter Zelten oder in den Zimmern irgendwelcher Wirtshäuser, im Weinrausch, der ihn mit Melancholie erfüllt, ein Soldat erinnert sich an alle Frauen, die er einmal gekannt hat, alle, die er jemals gehabt hat, Windisch hatte sich öfter an Katharina erinnert, sie hatte er noch nicht gehabt, hätte es aber können. Und dort oben im Fenster eines Klosters mitten in Bayern stand jetzt diese Katharina, die einst nicht so schön und hell und selbstbewusst gewesen war wie ihre verheiratete Schwester Kristina; Katharina, die schweigsam und ungeschickt gewesen war, die jetzt plötzlich ganz anders war, mit ausgekämmtem Haar, mit dunklen Augen, die ihn erkannt hatten, müde von der schlechten Nacht, die auf einmal eine Frau war, auf ihre Weise hübsch, auf ihre Weise schön.

Und wie sich ihre Blicke dort auf dem fernen Krainer Meierhof nie hatten treffen können, mochte es ein kalter Winter oder ein heißer Sommer, ein wehmütiger Herbst oder ein sinnlich duftender Frühling sein, wie sie einst so oft seinen Blick gesucht und sich abgewendet und er durch sie hindurch wie durch einen gläsernen Gegenstand geblickt hatte, so trafen sich jetzt ihre Blicke zwischen Verblüffung und Verwunderung, denn sie sahen im jeweils anderen denselben und doch völlig anderen Menschen, einen anderen Mann und eine andere Frau.

Windisch saß ab, genau genommen sprang er trotz seiner Beleibtheit sehr geschickt vom Pferd, zog seinen mit Straußenfedern geschmückten Hut, verneigte sich und fegte mit den Federn über den Boden, wie das einst oder vielleicht noch dieser Tage die hohen Herren bei Hofe taten.

– Erlauchtes Fräulein, sagte er mit dröhnender Stimme, die in der Zwischenzeit schon ihren selbstverständlichen Befehlston angenommen hatte, aber noch immer angenehm und anziehend rau klang, wie damals auf Dobrava ... Welch eine Gnade und welch Glück, Euch mitten in fremden Landen zu sehen, sagte er, denn in der Zwischenzeit hatte er sich auch angewöhnt, vor den versammelten Soldaten theatralisch aufzutreten und zu sprechen. Doch er fuhr nicht fort, sondern fing an zu grinsen:

– Ich wusste ja, Katharina, dass du im Kloster landen würdest.

Auch Katharina lachte. Und alle Offiziere im Hof fingen unter ihren weißen Perücken laut zu lachen an, sodass die Federn auf den breiten Hüten zitterten, sie lachten laut, obwohl sie nicht genau wussten, worüber, aber lachen taten sie einfach immer gern.

Simon hörte das Lachen durch die offene Tür, das war ein Lachen, das er gut kannte. Das Lachen von einer Brücke, über die ein donnernder Ritt gegangen war, auch an das Gesicht, das sich damals bei seiner freundlichen Frage mit der Röte überbordenden Jähzorns gefüllt hatte, konnte er sich gut erinnern. Weg von hier, dachte er, so schnell wie möglich weg von hier, weg von diesem Lachen, weit weg von den Bandeirantes.

Rasch verwandelte sich der Klosterhof in ein Heerlager. Ein Mönch versuchte noch, mit seinem Körper einen Wagen aufzuhalten, den die Soldaten durch das Tor schoben, es fehlte nur wenig, und er wäre unter die Räder gekommen. Der Prior schüttelte verzweifelt den Kopf, als ihm einer der Offiziere klarzumachen versuchte, dass sie sich hier lediglich für drei bis vier Tage einquartieren würden, bis sie die Ordnung in der Stadt wieder hergestellt hätten, und dass im Kloster nur Offiziere mit wenig Begleitung verbleiben würden. So etwas, sagte der betagte Prior, so etwas hat es hier noch nie gegeben.

– Dann wird es jetzt eben das erste Mal sein, sagte der Offizier. Und außerdem werden wir Euch eine Entschädigung zahlen.

Es stellte sich heraus, dass die Offiziersbegleitung doch erheblich war. Der Hof füllte sich mit Wagen, an den Mauern warfen die Soldaten Heu und Zeltplanen ab, unter den Gewölben hallte das verzweifelte Blöken der Schafe wider, die geschlachtet wurden, von irgendwoher kamen Hunde angestreunt, die das Blut vom Boden leckten und zwischen den Stiefeln der Schlächter herumliefen, winselnd den Tritten auswichen und wieder zu den warmen, Geruch verströmenden Blutlachen zurückkehrten.

Die Offiziere verteilten sich auf die leeren Zellen. Ihr Rufen und Lachen hallte durch die Flure, Kloster und Umgebung waren zum Heerlager geworden.

Katharina sah nachdenklich aus dem Fenster, ihr Blick wanderte über die Wagen und Kanonen, über die Pferderücken, über das lebhafte Gewimmel der Soldaten, durch die Wälder und über die Dächer und Kirchtürme der nahen Stadt. Er irrte weit weg, auf einen frühlingshaften Hof im Krainischen, sie hörte es: unten klapperten die Frauen mit ihrem Geschirr, sie sah es: im Hof spazierte der Pfau umher und plusterte sich auf.

– Du kennst ihn, sagte Simon. Auch ich kenne diesen Menschen. Ich bin ihm bei Villach begegnet, auf einer Brücke.

Katharina antwortete nicht. Wie war einst, vor langer Zeit, vor ein paar Monaten, die Welt nur einfach gewesen. Der Vater saß am Tisch und über ihm stand das Schriftband HISHNI SHEGEN. Und jetzt war sie in einem Kloster, das eigentlich kein Kloster war, sondern ein Heerlager, und da war er, niemand anders als er, der Neffe des Barons Windisch, seit zehn Jahren kam er nach Dobrava, zehn Jahre lang hatte sie ihn angesehen, ihn mit Blicken gesucht, auf ihn gewartet. Und jetzt, ein paar Monate später, war alles anders, als ob jetzt, auf dieser Reise zehn Jahre vergangen wären und die Zeit auf Dobrava nur ein paar Monate gedauert hätte. Und Franz Henrik war plötzlich so nah, wie er es dort im Hof nie gewesen war. Doch Simon, der Mensch, der so überraschend in ihr Leben getreten war, war noch näher, wenngleich sie auf einmal nicht mehr genau wusste, wer ihr näher war, der, der mit ihr in diesem Raum stand, oder der, dessen befehlende Stimme unter den Klostergewölben widerhallte. Der, der vom Fenster zur Tür ging, oder der, der breitbeinig mitten im Hof stand und mit rauer Stimme einen Soldaten anfuhr.

Simon ging in der Zelle auf und ab: Bestimmt hat dich jemand gesehen, als du im Gang gestanden bist, der Prior war im Hof, hat er hinaufgesehen?

– Ich habe den Prior nicht gesehen.

– Oder einer der Klosterbrüder, hat dich einer der Dominikaner gesehen?

– Ich weiß nicht, sagte Katharina, ist das jetzt wichtig?

Er sah sie verwundert an: Ich muss dich von hier wegbringen. Er sagte das beim Gehen vom Fenster zur Tür, von der Tür zum Fenster, hin und her, her und hin: Weg von hier, weg von hier, bevor sie sehen, dass du hier übernachtet hast. Wenn ich daran denke, sagte er, wenn ich nur daran denke, was passiert wäre, wenn eine Frau im Laibacher Konvikt übernachtet hätte. Wir müssen aufbrechen, so schnell wie möglich weg von hier, wie soll ich dich unbemerkt hier rausbringen?

– Ich kann gehen, wie ich gekommen bin, sagte Katharina: durch die Wände.

Jetzt hätte sie unbemerkt auch nicht durch die Wände gehen können, weit um das Kloster herum zog sich das Heerlager. Plötzlich hielt er inne.

– Ich bringe dich zu den Pilgern, sagte er, und ich werde einen anderen Weg nehmen.

Katharina sah ihn fragend an: Warum willst du einen anderen Weg nehmen?

– Deshalb, Katharina, weil sie mich nicht mit dir gehen lassen werden.

– Besinn dich, Novize, sagte Katharina, wir können gemeinsam nach Kelmorajn gehen.

Er blieb stehen und sah sie unsicher an: Du hast recht, wir können gemeinsam gehen.

– Richtig, sagte er, natürlich, gemeinsam nach Kelmorajn. Jetzt gehe ich in die Stadt, um ein Pferd zu finden. Vielleicht ist es gut, sagte er, wenn du hier wartest. Ich werde nachsehen, ob sich die Stadt beruhigt hat, ich werde ein Pferd oder ein Muli finden, vielleicht sogar einen Wagen.

– Du lässt mich hier?

– Nur für kurze Zeit, bis Mittag.

– Als er in der Tür stand, streckte sie die Hand nach ihm aus, vielleicht wollte sie ihn zurückhalten, komm zurück, sagte sie, komm rasch zurück.

[29]

Dieser Tage ist es nur selten jemandem gegeben, mit Geistern zu sprechen, und außerdem ist es gefährlich, wie gerade in diesem Jahr ein Weiser und Seher aus dem Norden anmerkt, vielleicht schreibt er das sogar am selben Tag, als sich im Dominikanerkloster in Landshut Asasēl und seine Brüder versammeln, um die Geschichte der Katharina Poljanec bis zum Äußersten zu verwirren und ihr statt hinauf, zum Goldenen Schrein und zur Entdeckung der himmlischen Schönheit, den Weg hinunter zu zeigen. Böse Geister seien solcher Natur, dass sie den Menschen bis auf den Tod hassten und sich nichts mehr wünschten, als sowohl seine Seele als auch seinen Körper zu verderben, wie es denen auch wirklich widerfahre, die sich so sehr der Einbildung überließen, dass sie den Freuden entsagten, die dem natürlichen Menschen gebührten. Deshalb dürfe der Mensch nicht einfach auf eigene Faust mit ihnen sprechen, denn dann würden sie von ihm erfahren. Der Weise und Seher, der schon mit ihnen gesprochen hat, berichtet, dass sie zusammenleben, und zwar mehr zur linken Seite hin, an einem wüsten Ort. Es könnte aber trotz der Gefahr, dass sie von einem erfahren, erforderlich sein, sich an diesen Ort zu begeben und mit ihnen zu sprechen, denn nur sie wissen, welche Verwicklung sich mitten im Dominikanerkloster zusammenbraut, welches Missverständnis sich zwischen den beiden anbahnt, die sich lieben, und vor welche Probe ihre Liebe schon zum zweiten Mal gestellt wird. Man müsste vielleicht doch auf eigene Faust mit ihnen sprechen, um herauszufinden, warum mitten in der Stille des geweihten Hauses solche Fratzen und falschen Vorstellungen über ihren Geliebten in die Träume und halb wachen Gedanken der Katharina Poljanec kommen, oder erscheint er ihr gar schon als der leibhaftige Böse? Sie könnten wissen, woher es kommt, dass die schlaflosen Gedanken des studierten Scholastikers Simon Lovrenc so wild gegen die Wände der Klosterzelle anbranden, wo die Rettung doch so nah ist: Sie liegt mit geschlossenen Augen neben ihm und atmet, ihre weiße Hand ist kein *deimos,* sondern die Hand der Rettung, man braucht sich nur für sie zu entscheiden, für die Liebe. An dem wüsten Ort mehr zur linken Seite hin müsste man hier und dort nachfragen, wo diese neuerliche Unsicherheit Simons herrührt, warum er wieder weggeht, wenn er doch hier sein müsste, wovor er Angst hat, oder haben sie auch in ihn schon den Samen des Gifts gesenkt? Doch wer traut sich dorthin, wer würde wohl mit ihnen sprechen wollen?

Jeder slowenische Pilger, jedes Kind in dem Land, aus dem sie kommen, kann sich diesen Ort und seine Bewohner mühelos vorstellen: Eine Wüstenei ist er, mit Gesichtern besiedelt, die abscheulich und ohne Leben sind, aus finsteren Gegenden sehen ihre großen Köpfe auf langen Hälsen hervor, ihre bleichen und dünnen Gesichter mit roten Pupillen, Ziegenohren und Pferdezähnen. Vielleicht ist es noch schlimmer, vielleicht sind die Gesichter dort schwarz, die einen sind schwarz, die anderen glühend wie Fackeln, wieder andere entstellt von Abszessen, Ausschlägen und Geschwüren; viele aber haben nicht einmal ein Gesicht, sondern an der Stelle, wo das Gesicht sein müsste, nur ein haariges oder knochiges Etwas, bei einigen sieht man nur die Zähne, ihre Körper sind gespenstergleich, wenn sie sprechen, ist ihre Sprache zornmütig, hasserfüllt und rachsüchtig, denn jeder spricht aus seiner Lüge, und seine böse Natur verleiht den Worten ihren Klang; der Weise aus dem Norden muss es wissen, er hat sie schon gesehen. Und es wissen auch die Menschen in Krain und der Steiermark, so wie es Katharina und Simon wissen, mag seine Gelehrsamkeit noch so groß sein, dass sie in Höhlen hocken, wenn sie sich in die Nähe menschlicher Wohnstätten begeben, dass sie im Bachschilf umherstreichen, dass sie mit ihren gedrungenen, von Schweinewarzen übersäten Körpern unsichtbar durch den Wald schleichen, runde Bäuche, in denen die Flamme glost, die aus dem brüllenden Maul hervorbricht. Deshalb herrscht im Wald immer ein leises Grollen, Brummen, Rütteln, Rascheln und Zischen, da gibt es Felshöhlen, in denen ganze Knäuel von Schlangen liegen, im Fels sind Nester von Adlern und Habichten, die auf Kadaver warten, tierische oder menschliche, da gibt es gefährliche und bösartige Kobolde, geflügelte Schlangen, Waldfeen, zottige und gehörnte Perchten, grüne Waldmänner, Wassermänner in Bächen und Flüssen, Hundsköpfige und geschuppte Drachen.

Jeder kann sie sich leicht dort vorstellen, an dem wüsten Ort mehr auf der linken Seite, vielleicht auch einmal im nächtlichen Wald oder in Höhlen, doch niemand kann sie sich im Dominikanerkloster vorstellen, obwohl zumindest Simon schon längst gewarnt sein müsste, tacka-tacka-tack, hat es doch über seinem Kopf geklopft und gehumpelt. Eines liegen sie neben dem anderen, sie haben sich wiedergefunden, aber ihre Gedanken irren in Unsicherheit und unter nächtlichen Fratzen umher. Simon liebt die Frau, die neben ihm liegt, stärker, als er jemals in seinem Leben geliebt hat, er liebt anders, als man es ihn im Jesuitenhaus gelehrt hat, aber er liebt, und trotzdem wälzt er sich im aufgewühlten Meer der Zweifel und Ängste; und Katharina, die diesen Schiffbrüchigen aus Indien gefunden hat, die den Schiffbrüchigen von dem mächtigen Schiff der Gesellschaft des hl. Ignatius für sich und für sie beide gefunden hat, wie sie noch niemanden zuvor gefunden hat, diese Katharina horcht jetzt voller Unruhe auf die heiseren Befehle des aufgeputzten Artilleriehauptmanns, eines Mannes, den sie längst aus ihrem Leben verschwunden glaubte. Jetzt wäre es gut, ihren Schutzengel zu Hilfe zu rufen, wie ihre Mutter Neža es sie gelehrt hat, aber Katharina kommt in diesem Augenblick Derartiges nicht in den Sinn, sie sitzt im Zimmer, sie horcht, in ihrer Brust wogt der schwarze Zorn gegen Simon, weil er weggegangen ist, auch wenn nur bis Mittag, wie er schon einmal weggegangen ist, mitten in der Nacht, und sie allein gelassen hat. Es kann sein, dass sie ihn ruft, ihren Engel, wenn es zu spät ist. Und genauso kann es sein, dass auch Simon noch am selben Tag den Himmel zu Hilfe ruft, er weiß noch nicht, was er wissen müsste, aber er hat genug Bücher gelesen, dass er es wissen könnte: Der Mensch will das, was er liebt, Liebe ist auch der Wille, das, was man liebt, zu besitzen; wenn er das gewusst hätte, hätte er Katharina nicht so leichtsinnig allein gelassen, würde er jetzt nicht durch die ruhigen Landshuter Straßen gehen, benommen von Bier und Sonne, würde nicht ohne rechte Lust, als wäre ihm alles gegeben und bliebe ihm nichts zu wünschen, in Wittmanns Brauerei herumfragen, wo er ein gutes, gesundes, beschlagenes Pferd kaufen könne.

Andererseits, muss man denn wirklich an diesen wüsten und gefährlichen Ort mehr auf der linken Seite, um zu erfahren, was niemandem verborgen ist: In jedem Menschen sind die Geister aus der Hölle und die Engel aus dem Himmel gegenwärtig, wegen der Geister aus der Hölle hockt der Mensch in seiner eigenen Bosheit, wegen der Engel aus dem Himmel ist er zugleich aber auch im Guten, die Geister, die sich mit dem Menschen verbinden, sind wie er selbst, denn mit ihnen hat er seine Neigungen gemein. Er kann sich mit den einen oder mit den anderen verbinden, beide sind da, er kann auf- oder absteigen, darin besteht sein geistiges Gleichgewicht, das ist seine Freiheit. Er muss sich entscheiden. Auch wenn er verängstigt und unsicher ist, wie Simon Lovrenc, noch immer voll der Lehren aus dem Ersten Probehaus, noch immer von den Mauern dieses Hauses umstellt, obwohl er Meere und ferne Länder durchreist hat, wo er Gutes zu tun versucht hat und es zu Bösem entartet ist, noch immer irrend zwischen Jesuitenhaus und Katharina; auch wenn sein Herz schwach ist, wie es auch Katharinas ist, auch wenn das Bild des einen, dem sie zehn Jahre lang nachgesehen hat, das in wenigen Monaten erloschen war, plötzlich wieder in sie eingetreten ist, um jetzt mit aller Kraft aufzuleben. Zum Schluss muss sich jeder selbst entscheiden, es ist einzig und allein seine Sache.

[30]

Der Teufel gaukelt dir ein Blendwerk vor, manchmal ist es schwer, sich rasch und richtig zu entscheiden. Der arme Simon Lovrenc machte sich Sorgen, wie er zuerst Katharina verstecken und sie dann unbemerkt aus dem Kloster schaffen könnte, anstatt dort zu bleiben und alle Zugänge zu ihr mit sich selbst zu vermauern. Als er aus dem Tor trat, sah er, dass das Ganze längst keine Ähnlichkeit mehr mit einem Kloster hatte, auf dem Feld war ein Heerlager, auf einem Wagen und ringsum lungerten junge Frauen, eine wusch sich und scherzte mit den Soldaten, die ihr zusahen, er wollte schon zurückgehen und Katharina aus dieser Höhle herausholen, dann entschloss er sich doch, zuerst ein Pferd oder vielleicht einen Wagen aufzutreiben. Der Fluss floss langsam, sein ruhiger, heller, bräunlicher Spiegel war ein Blendwerk, und auch die Stadt war ein Blendwerk: Die Straßen waren fast still, sie waren aufgeräumt, als ob sich darauf nie, und schon gar nicht die Nacht und den Tag zuvor, ein kleiner Krieg abgespielt hätte. Aber Kriege vergessen die Menschen gern, kleine noch rascher als große. Und überhaupt zogen in jenen Jahren so viele Heere und Pilgerprozessionen durch die dortigen Lande und lösten immer neue Gesichter die gerade hindurchgezogenen und immer neue heitere, deftige oder gewalttätige Ereignisse die gerade vergangenen ab. Jede neue Armee ließ das Land noch wüster als die vorige zurück, und jede hatte einen Ausbruch von noch größerer Frömmigkeit zur Folge, durch die Stadt reisten heimische und fremde Menschen zu Pferd oder zu Fuß, auf Wagen und Kutschen und Karren, Gesichter kamen und gingen, raubeinige Soldaten, sanfte weibliche, großnasige und wildwüchsige männliche Pilgergesichter, schöne blasse und rotwangige Mädchen- und warzige Altweibergesichter, Doppelkinne zitterten und bleiche Krankengesichter spukten, alle kamen und gingen, und hinter ihnen musste aufgeräumt werden, die Stadt lebte immer von Neuem auf, als ob jene, die gerade abgezogen waren, nie da gewesen wären; du wirfst einen Stein ins Wasser, und das Wasser schlägt Wellen, bald darauf beruhigt es sich, und auf seiner Oberfläche ist nichts mehr zu sehen, als hätte es nie Wellen gegeben. Und auf dieser ruhigen Fläche der gewaschenen Straßen der von fremdem Gerümpel und Schmutz geräumten Stadt ging Simon Lovrenc, ein wenig benommen, unausgeschlafen; seine aufgewühlte Seele und die in der Zelle wütenden Gedanken, alles hatte sich irgendwie beruhigt, besser gesagt: hockte an diesem warmen und ruhigen Vormittag irgendwo am Boden. Er sah sich um, ob er irgendwo die Pilger finden würde, wenigstens einen, vielleicht wäre es doch besser, wenn sie sich ihnen anschlössen, komme, was da wolle. Er fand niemanden, sie waren weitergezogen. Niemand konnte ihm sagen, in welche Richtung, sie waren schon vor Morgengrauen aufgebrochen, weil sie noch weit kommen wollten. Sie waren so gegangen, wie sie in die Stadt gekommen waren, und die Stadt lebte ihr aufgeräumtes Alltagsleben weiter. Er wusste, wohin sie aufgebrochen waren, doch es waren viele Wege, die ans Ziel führten, also würden sie zwei tun müssen, was er vorgeschlagen hatte: Katharina und er würden den Weg durch das fremde Land allein gehen. Darüber war er froh, weil sie allein sein würden, ein wenig Angst hatte er aber auch, denn er würde Katharina und sich vor Gefahren schützen müssen, die in diesem wirren Land lauerten, durch das große Mengen Volks ihrem teils frommen, teils strategischen Ziel entgegenzogen, die einen zu den heiligen Reliquien, die anderen zu irgendwelchen Wiesengefilden und Sümpfen, wo sie in einer Schlacht ihre Knochen lassen würden. Er irrte durch die Straßen, zu Mittag gab er auf, in Wittmanns Brauerei trank er langsam ein Bier und hörte einem Bürger zu, der den Bauern aus einer Zeitung vorlas. Das Blatt schrieb: Die preußische Armee ist in Böhmen einmarschiert, in Prag verschanzt sich die kaiserliche österreichische Armee, dorthin hat sich der Oberbefehlshaber Karl von Lothringen begeben. Der Rhein ist wieder über die Ufer getreten, die Getreidespeicher sind schon fast leer, die Preise sind stark gestiegen.

Simon fragte, wo er ein Pferd kaufen könne, ein gesundes, beschlagenes, man sagte ihm, wo: beim Schinder am Stadtrand, dort bleibt immer mal ein Tier von den Armeen und Prozessionen zurück, die durch die Stadt ziehen, verloren oder krank, sie heilen und verkaufen es wieder, oder sie schinden es und verkaufen es in anderer Form. Ein bisschen benommen vom Bier, bewegte er sich durch den hellen, freundlichen Tag, durch die Straßen und über die kleinen Plätze, wo die Händler zur Mittagszeit ihre Geschäfte schlossen, wo die Marktfrauen ihre Wagen zusammenräumten, um in die nahen Dörfer zurückzukehren. Unten am Fluss luden Tagelöhner vor einer Gerberei stinkende Tierhäute von den Wagen, er musste daran denken, dass darunter wahrscheinlich auch Pferdehäute waren, die am Tag zuvor noch die festen Körper von Kanonen ziehenden Haflingern umgeben, die weiße Schönheiten, Leutnants, Generäle oder gar einen Feldmarschall getragen hatten, oder Rotfüchse, die eine bischöfliche Kutsche gezogen hatten, jetzt waren sie nur noch schlaffe Häute, die vor der Gerberei auf dem Haufen lagen und in der warmen Mittagssonne stanken. Außerhalb der Stadt fand er das Pferdeasyl, die großen Tiere standen hinter einem Zaun und sahen ihn an, eine Stute voller Wunden, auf denen Schwärme von Fliegen saßen, kam näher, er riss etwas Gras ab, und die Ärmste rupfte es dankbar aus seinen Händen. In der Haustür erschien eine ältere Frau mit einem Eimer unterm Arm, es ist keiner da, sagte sie, kommt später wieder.

Er beschloss zu warten, bei Wittmann trank er noch ein Bier und erfuhr auch noch, dass England und Frankreich ebenfalls Krieg angefangen hätten, und zwar um die nordamerikanischen Länder, um jene öden Landschaften, wo es unendliche Wälder und riesige Seen gab, Simon wusste, dass unter dem wilden Volk dort viele Pater der Gesellschaft ihr Leben verloren hatten, Pater John de Brebeuf war im Feuer verbrannt, Gott gebe ihm den ewigen Frieden. Der Tag war schön, er kehrte zum Fluss zurück und sah ins Wasser, das ruhige Wellen zeigte, der Tag war wie gewaschen, sonnig, Simon schien er voll des Segens des Schöpfers, jetzt würde er ein Pferd kaufen und er und Katharina würden aufbrechen. Alles war so sauber und friedlich, wie denn auch nicht: Der ganze Tag war ein einziges Blendwerk.

Der Kater, der mit einem blutigen Vogel spielte, freute sich noch am meisten über den schönen Tag. Lange versuchte er im Spiel, das ihm großen Spaß zu machen schien, den großen Vogel zu töten, eine verletzte oder kranke Krähe, die mit gebrochenen Füßen und Flügeln zitterte und einknickte, ein paar Schritte lief, bis sie der verspielte Kater mit der Pfote wieder zu Boden schlug, die mit den Flügeln flatterte und nach einigen Schlägen in die krallige und scharfzähnige Umarmung des gut gelaunten nachmittäglichen Katers flog, der ganz blutig ums Maul war. Nach einer Zeit verschwand der Kater hinter einem der Haufen von Häuten, Simon sah auf den Fluss, horchte auf die Rufe der Gerber und das Klatschen der Häute, seine aufgewühlte Seele, sein unausgeschlafener müder Körper, sein vom Mittagsbier benommener Kopf kamen zur Ruhe, da war der Fluss, der ruhig durch all diese aufgewühlte Benommenheit floss, da war die warme Sonne am Himmel; Simon Lovrenc fiel zuerst ins Dösen und schlief dann fest ein.

Geweckt wurde er vom Getrappel von Pferdehufen auf dem Pflaster, die Wagen der Gerber fuhren mit den gegerbten Häuten ab, Leder zur Verarbeitung, ihm schien es, als hörte er eine Menge Pferdehufe, einen donnernden Ritt, wo hatte er das schon einmal gehört? Der donnernde Ritt ging über die Brücke, wie die Teufel trappelten sie über die Brücke, die Kanonenräder donnerten über die Balken, die Offiziere lachten laut, vor seinen Augen blitzte das schöne, ein wenig aufgedunsene Gesicht des Hauptmanns Windisch auf. Er sprang auf, wenn er eine Uhr gehabt hätte, hätte er darauf gesehen und sich an den Kopf gefasst: Er hatte ganze drei Stunden lang geschlafen. Aber auch ohne Uhr wusste er, dass er woanders sein müsste, nicht hier an der Isar, von der die Abendkühle heranwehte und auf der sich die letzten Strahlen der Sonnenkugel spiegelten, die hinter den Hügeln in der Ferne, hinter den Bäumen und Häusern der Stadt, unterging und lange Schatten über Ufer und Fluss warf. Die Wagen der Gerber waren weggefahren, er war allein, nur der gut gelaunte Kater streifte noch um seine Beine, in der Brust drückte ihn die abendliche Bangigkeit, wie sie jeden um diese Zeit drückt, wenn der Tag stirbt und die Nacht noch nicht geboren ist. Simons Bangigkeit war umso schmerzlicher, weil er an sie dachte, er hatte kein Pferd, im Kloster war die Armee, welcher Teufel hatte ihn sich in diesem göttlichen Frieden dort auf die Uferböschung legen lassen, damit er alles vergaß und verschlief? Ihn, der ein solcher Schlafloser war. Sie macht sich Sorgen um mich, dachte er, Katharina, sagte er, Katharina.

[31]

Maria Theresia – *vivat!*, donnerte es unter den Fenstern des Klosterrefektoriums; die um die Bratspieße im Klosterhof versammelten betrunkenen Soldaten sangen bis zur Heiserkeit und machten sich mit mächtigem Gebrüll Mut vor den Schlachten, die da kommen sollten, und verdrängten die Trauer um die Heimat, die sie verlassen hatten, um die Frauen, die in ihren Krainer Dörfern und Städten allein geblieben waren. Vor gut einer Stunde war die Messe für ein langes Leben des österreichischen Kaiserhauses und den Sieg der Waffen ihrer Kaiserin, die von Wien aus unsichtbar ihren Feldzug begleitete und deren Augen überall bei ihnen waren, besonders in so feierlichen Augenblicken wie diesem, zu Ende gegangen. Der Klosterprior hatte sich nun doch mit der Anwesenheit der Militärs im Kloster abgefunden, vor allem nachdem man ihm im Voraus eine Entschädigung gezahlt und ihm Hauptmann Windisch beim Allerheiligsten geschworen hatte, dass sie ihren Weg nach zwei Tagen fortsetzen würden. Er hatte sogar eingewilligt, unter Mitwirkung des bischöflichen Vikars eine Messe für ihr Leben, die Kanonen, für die Kaiserin und alles andere zu lesen. *In nomine Patris et Filii et Spiritus sancti,* nur damit sie so schnell wie möglich weiterzögen. Danach segnete er auf besonderen Wunsch Windischs vor dem Kloster noch die Pferde und Kanonen und betete leise dabei, dass alle zusammen, auch diese Pferde und Kanonen, so schnell wie möglich vor den Klostermauern verschwinden würden. Anschließend hatte sich das Heer dem Feiern an den Feuern im Hof hingegeben, man fraß, soff, sang und räkelte sich unter den dick mit Stroh gepolsterten Klostergewölben. Es war schön, schöner als in den feuchten Zelten vor der Stadt oder auf der Wiese.

Die Offiziere aßen im Refektorium zu Abend, gemeinsam mit dem Prior, einigen missmutigen Brüdern und dem bischöflichen Vikar aus

Passau. Auf dem Ehrenplatz, zwischen dem Vikar und Windisch saß Katharina. Es war schön, bestimmt schöner als in irgendeinem Pilgerhospiz, das war das Erste, was sie dachte, als sie den Raum betrat, der mit Fackeln ausgeleuchtet war und vom goldenen Geschirr glänzte, das die Offiziere ins bescheidene Refektorium geschleppt hatten, es war hell, die Offiziere waren rasiert und trugen Paradeuniformen, den meisten floss blaues Blut durch die Adern; als man sich gesetzt hatte, spielte ein Landshuter Virtuose auf dem Cembalo, die sanften Töne dieses lieblichen Instruments erfüllten den Raum und ihre von Ungewissheit gequälte Seele, alle meinten, er spiele brillant, bravissimo. Sie war nicht die einzige Frau, auch neben anderen Offizieren saßen gut gelaunte Damen, wahrscheinlich ihre Gattinnen, die im Extrawagen hinter der Armee herfuhren. Manche waren richtiggehend laut, fast zu laut, einige waren bald auch ein wenig betrunken, wie natürlich auch die Offiziere bald betrunken waren, wie auch der bischöfliche Vikar gut gelaunt war und wie auch Katharina selbst schon nach der ersten Vorspeise, nach der Gänseleberpastete, eine besonders angenehme Benommenheit durch den Kopf strömen fühlte. Für einen Augenblick dachte sie, dass etwas geschah, was nicht geschehen dürfte, sie dachte auch an Simon, der sich den ganzen Tag nicht hatte sehen lassen, in der Tiefe ihrer Seele hatte sie oft an ihn gedacht und zur Tür geblickt in der Hoffnung, dass er plötzlich erscheinen würde.

    Den ganzen Tag über hatte in ihr das bekannte Lied aus Lendl immer stärker geklungen: Ich habe gewusst, dass er weggeht, ich habe gewusst, dass er nicht zurückkommt. Als Windisch kam und sie zum Abendessen einlud, lehnte sie zunächst ab, dann erinnerte er sie daran, dass sie sich lange, sehr lange kannten, sie musste daran denken, dass das eigentlich viel länger war, als sie und Simon sich kannten, den sie vielleicht überhaupt nicht so gut kannte, er sagte, dass ihr seine Offiziersehre garantiere, dass alles in Ordnung sein werde und die anderen Offiziere ihr mit allem nötigen Respekt beggenen würden, wie es ihnen die Offizierswürde im Dienste der großen Kaiserin gebiete, er werde ihr den Respekt erweisen, den ein Fräulein aus so angesehener Familie verdiene, und sie glaubte sich eigentlich auch in Sicherheit. Franz Henrik, das heißt, den Neffen des Barons Windisch, kannte sie schon sehr lange, er war ein Freund ihres Vaters, genau genommen kannte sie ihn viel länger als Simon Lovrenc, den sie zwar sehr lieben gelernt hatte, der aber wieder verschwunden war, der schon zum zweiten Mal verschwunden war und sie allein gelassen hatte, wie sollte das eine Frau wohl aushalten, sie sagte, sie warte auf einen Herrn, mit dem sie gemeinsam reise, Windisch sagte, ooooh, wie ist das möglich?, was ist das für ein Herr, der ein so geachtetes Fräulein allein lässt? Und sie dachte, dass er recht habe, mit welcher Absicht auch immer er das gesagt haben mochte, es war ihr klar, dass er sie zu diesem Abendessen locken wollte, aber er hatte recht, schließlich kannte sie ihn. Nicht nur dass sie ihn kannte, sie hatte ihn einst mit langen und beharrlichen Blicken bewundert, dort auf Dobrava, das jetzt so weit war. Sie hatte ihn mit Blicken bewundert, nicht aus dem Herzen, und nur, was aus dem Herzen kommt, kann sich vollständig hingeben. Deshalb dachte sie nicht im Geringsten daran, sich diesem Menschen hinzugeben, er gefiel ihr, er war sehr aufmerksam, zu der Soiree würde sie gehen.

Ihr Silberkelch war die ganze Zeit gefüllt, Franz Henrik war ihr Mundschenk und liebenswürdiger Gesprächspartner, er besaß ein schönes Nürnberger Ei, das er mehrmals aus der Tasche zog. Mitten im Lärm des Refektoriums hörten sie die Schläge der Uhr, sie hörten ihr Werk: tack-tack-tack, sie lachte, weil sie sich ein Ohr zuhalten musste, wenn sie dieses Tack-tack-tack in dem Lärm im großen beleuchteten Speisesaal hören wollte, wo so viele Kerzen flackerten und so viele Gesichter flimmerten und hinter den Fenstern das Gebrüll der schon jetzt siegreichen Armee aufstieg, *vivat* Maria Theresia, *vivat*!

Und sie hörte diese Uhr und das immer lauter werdende Tack-tacktack auch noch, als sie auf einmal allein waren. Sie wusste selbst nicht, wie und wann sie mit Windisch allein geblieben war, vielleicht hatte sie doch zu viel Wein getrunken, es war so, dass alle auf einmal aufgebrochen waren, die schon ziemlich betrunkenen Frauen, die sich den Offizieren um den Hals gehängt hatten, eine mit hellem, glattem Haar hatte, den Kopf in die Hände gestützt, mit halb wehmütigem, halb leerem Blick vor sich hin gesehen und leise und traurig in einer Sprache gesungen, die Katharina nicht verstand; die anderen Frauen waren weniger schön gewesen, besonders dann, als sich ihre Kleider schon in geradezu liederlicher Unordnung befanden und ihre Wangen verschmiert waren, das konnten keinesfalls Gattinnen dieser Herren sein, die den Cembalisten drängten, irgendwelche Soldatenlieder zu spielen, zu denen sie so laut sangen, dass der Musiker vollkommen überflüssig war, denn er war überhaupt nicht mehr zu hören gewesen, sie hatten mit den Fersen auf den Boden gestampft und gesungen, mit den Bechern auf die Tische geklopft, sodass der Wein über die Ränder geschwappt war; das Fest war plötzlich weniger elegant als zu Beginn gewesen, genau genommen waren diese Leute den Bauern von Dobrava oder gewissen Pilgern schon ziemlich ähnlich geworden, sie hatte gesagt, sie sei müde, sie würde gern schlafen gehen. Und auf einmal, wie nach einem Fingerschnippen, war sie hier, in seinem Zimmer, er sagte, dass ihn schlimmes Heimweh plage, sie würden über Laibach und über Dobrava sprechen, vor allem über Dobrava, dort habe es ihm immer gefallen, er sei gern dorthin gekommen, Natur und Tiere, Pferde und freundliche Menschen, auch ihretwegen sei er gern dorthin gekommen, aber das habe er ihr nicht sagen können, sie sei immer so verschlossen gewesen, immer habe sie etwas verschüttet oder zerbrochen, Katharina musste lachen. Sie sprachen über Dobrava und darüber, wie es dort jetzt wohl war, wo die Lerchen zwitschernd zum Himmel aufstiegen, wo die Apfelbäume blühten, wo das Getreide schon grün war, darüber, welche Knechte besonders faul, welche Mägde besonders putzsüchtig waren und zu welcher die Burschen unter das Fenster kamen. Vom Hof her kam jetzt entferntes Schnarchen, laute Gespräche der Offiziere und die schrillen Stimmen ihrer Frauen, die das Fest verließen, und die ganze Zeit über die ruhigen Rufe der Wachen, die Wache standen und nüchtern waren, denn das war die Armee, die ihre Ordnung hatte, wenn sich die einen amüsierten, bedeutete das noch lange nicht, dass die Armee disziplinlos war. Die Armee, sagte Windisch, die Armee muss sich amüsieren, aber Wachen müssen Wache stehen. Katharina fragte, ob er die Uhr deshalb habe? Weshalb? Damit er sehen könne, wann Wachablösung sei. Und sie lachte, obwohl sie nicht wusste, worüber. Am ehesten noch über das Tack-tack-tack der Uhr, das gleichmäßig aus dem glatten eiförmigen Metallapparat kam, es drang ihr in die Ohren und setzte sich in ihrem angenehm benommenen Kopf fest. Dann schien es ihr, als würde sie plötzlich in völlig gleichem Rhythmus tacktacken wie ihr Herz. Ihr Herz tacktackte immer schneller, ihr Herz schlug, wie die Uhr in einem Glockenturm schlug. Denn ihr angenehm benommener Kopf stellte fest, dass ihr angenehm ermatteter Körper auf dem Bett mitten im Zimmer des Hauptmannes saß, dass dort sein Mantel mit den vielen Silbertressen über den Stuhl geworfen hing, dass auf dem Tisch die silbernen Pistolen lagen und dass Hauptmann Windisch ganz nah bei ihr war, im aufgeknöpften weißen Hemd, dass ihr von seiner behaarten Brust der männliche Duft entgegenschlug, dass das jener

Franz Henrik war, der Pfau, der einmal im Hof umherspaziert und in ihre Träume und ihren Schlaf gekommen war. Es war gänzlich unerhört und unglaublich, dass sie jetzt irgendwo in der Ferne mitten in einem fremden Land mit diesem Mann zusammen war, der ihr so vertraut war, sie kannte ihn ja, nicht nur vom Hof und vom Speisesaal her, sondern auch aus den Träumen und dem Schlaf in ihrem Zimmer, das er nie betreten hatte. Jetzt hatte sie seines betreten, sie wusste selbst nicht, wann. Sie lachte noch immer über das Tack-tack-tack der Uhr, obwohl es schon das Hämmern eines Herzens war, ihr schien, seines, jetzt seines, das unter dieser behaarten Brust und zwischen diesen immer häufigeren Seufzern hämmerte. Sie wollte aufstehen, für einen Moment dachte sie daran, wohin Simon verschwunden sein mochte, dass er sie vielleicht nicht einfach so verlassen hatte, dass er nicht so, wie er gekommen war, auch verschwunden war, sie trank noch einen Schluck Wein, sie wollte aufstehen, aber Windisch wand ihr mit einer weichen Bewegung den Becher aus der Hand und drückte sie sanft, wenngleich sehr bestimmt, zurück aufs Bett. Sie legte sich hin, das Bett sank ein, die Zimmerdecke drehte sich leicht über ihrem Kopf, sie hörte das Ticken der Uhr und das Hämmern des Herzens und sah mit weit offenen Augen, wie er den Säbel aus der Scheide zog und ihr mit der hellen, kalten Klinge den Rock lüpfte. Er stand neben dem Bett und lüpfte ihr mit dem Säbel den Rock. Alles das war ganz unglaublich, sicher und gefährlich zugleich, sie war zu Hause und weit weg von zu Hause, sie war mit jemandem, den sie kannte, und trotzdem hatte sie etwas Derartiges nicht erwartet, jemand stand neben dem Bett, lüpfte mit der kalten Klinge ihren Rock und betrachtete ihren Körper im Schein der flackernden Kerze. Sie wollte aufschreien, aber aus ihrem Mund kam nur ein tiefer Seufzer, ein immer schneller hervorgestoßenes Seufzen, das eigentlich ein Schnaufen war. Sie fühlte die kalte Klinge, die am Bein emporglitt, die heiße Hand, die die Klinge ablöste und ihren Rock hob, hastig das Leibchen auf ihrer Brust aufknöpfte und aufschnürte. Er sagte etwas, sie hörte irgendwelche Worte, die sie nicht verstand, sie wusste nur, dass er es war, nach allem doch er, den ihr Blick so oft umfasst hatte, mitten am Tag auf Dobrava und mitten in der Nacht, wenn von St. Rochus die Glocke läutete.

[32]

Simon erreichte das Klostertor erst gegen Abend. Die Straße und das Feld davor waren voll mit Pferden, Kanonen, Wagen, aber nirgends waren Soldaten und Begleitmannschaften zu sehen. Mehrere Wachen standen um die Kanonen herum, am Tor drängelte sich ein größerer Haufe bewaffneter Soldaten. Eine Frauensperson mit wirrem Haar sprang von einem der Wagen und lief wie eine Furie zum Tor, als würde sie etwas Wichtiges versäumen. Die Wachen am Klostertor hielten sie an und traten um sie herum. Sie boten ihr Wein an, sie trank ein paar Schluck und brachte rasch das vom spätabendlichen Schlaf zerdrückte Haar und ihr Kleid in Ordnung, einer rief unter Lachen, hier müsse man Eintritt zahlen, und lästerte:

– Du traust dich ja doch nicht!

Sie traute sich aber doch. Zuerst raffte sie ihren Rock, dann drehte sie sich um, bückte sich und hob ihn hoch, etwas Weißes leuchtete auf, der Unterrock, höher, riefen die Soldaten, höher, sie hob den Rock bis zur Taille, dass die Rundung der Haut aufblitzte, und klatschte sich mit der Hand auf den Hintern.

– Ihr Schweine, rief sie. Mein Offizier versohlt euch den Bauernarsch mit dem Ochsenziemer.

Heftiges Lachen begleitete sie, als sie durch die Tür lief. Simon wartete, bis das fröhliche Ereignis vorüber war, dann ging er ihr nach, mit einem etwas unbehaglichen Gefühl.

Fast hätten ihn die Wachen, die der flüchtenden Frau nachsahen, nicht bemerkt. Fast wäre er schon an ihnen vorbei gewesen, als sich ein untersetzter schnauzbärtiger Grenadier umdrehte.

– He du, rief er, wir halten hier Wache.

Simon versuchte wortlos weiterzugehen, doch der andere nahm die

lange Flinte mit dem aufgepflanzten Bajonett von der Schulter und setzte ihm die Spitze der gefährlichen Klinge an die Brust.
– Ich wohne hier, sagte Simon, lasst mich durch.
– Du wohnst hier, sagte der Untersetzte, und wo hast du dein Käppchen?
Simon erschien es zu dumm, das zu erklären. Was für ein Käppchen, was will dieser Schnauzbart?
– Die Kapuze, sagte der andere. Die hier wohnen, die haben entweder Kapuzen oder Uniformen. Du hast weder das eine noch das andere. Und du trägst auch keinen Rock, dass wir dich zu den Offizieren durchlassen könnten.
Die anderen Wachen grinsten.
– Vielleicht geht er ja zur Messe, sagte einer von ihnen.
– Die Messe ist längst schon aus. Die hast du versäumt, Brüderchen.
Die Messe war schon längst aus, aus dem Innenhof kamen Jubelrufe zu Ehren der Kaiserin Maria Theresia, durch die Toreinfahrt sah man Feuer lodern, es roch nach gebratenem Fleisch.
– Ich bin nicht dein Brüderchen, sagte Simon. Ich bin ein Scholastiker aus Laibach, auf dem Weg nach Köln, ich übernachte hier mit meiner Dame, und Ihr habt mich unverzüglich durchzulassen.
– Er ist ein Scholastiker, sagte der schnauzbärtige Grenadier und ließ das Gewehr sinken, weil er sich vor Lachen bog, seht den Scholastiker! Und im Kloster übernachtet er mit seiner Dame.
Die anderen grinsten fröhlich.
– Alle Damen, rief der, der für den Spaß sorgte, alle Damen in diesem Haus übernachten mit den Offizieren.
Simon stieg der Nebel vor die Augen. Er packte die lange Flinte und riss sie dem Soldaten aus den Händen. Der hörte auf zu lachen, die Augäpfel traten ihm hervor, so etwas hatte er nicht erwartet. Er war der Kommandant der Wache, und ihm hatte so ein komischer Pilger, was schon?, ein Scholastiker?, in einem Moment der Unachtsamkeit, während er lachte, die Flinte aus den Händen gerissen, und das vor seinen Untergebenen.
– Gib das Gewehr her, sagte er, gib mir das Gewehr zurück.
Simon wusste nicht, was er mit dem Prügel in den Händen tun sollte, er drehte ihn hin und her, dann schleuderte er ihn wütend von sich, sodass er im hohen Bogen wegflog und in den Morast platschte. Der Grenadier sah, wie sein Gewehr durch die Luft flog, die größte Schande für einen

Soldaten ist es, seine Waffe zu verlieren, jetzt drehte er völlig durch. Er stieß Simon mit beiden Händen vor die Brust, dass er wankte. Zahlreiche Hände fielen auf ihn nieder, in seinem Kopf sprangen Funken auf, und vor seinen Augen wurde es dunkel von dem Gewehrkolben, der seinen Scheitel streifte, sie stießen ihn zu Boden. Angriff auf die Wache, Angriff auf die Wache!, schrie der untersetzte Schnauzbart. Er lief sein Gewehr holen, stolperte und fiel hin. Im Nu hatte er sich aufgerappelt, die Augäpfel wollten ihm vor Wut herausspringen, als er sah, dass er mit diesem Fall in den Augen seiner Untergebenen noch tiefer gefallen war.

– Bindet ihn, bindet ihn!

Jemand lief zu den Wagen und kam mit einem Strick zurück. Rasch banden sie ihn wie einen Strohbund.

– Jetzt wirst du sehen, jetzt wirst du sehen, keuchte der Untersetzte und zog den Strick um die Handgelenke noch fester, sodass die Haut ganz blau wurde, jetzt wirst du sehen, was es heißt, eine Wache anzugreifen, die Armee anzugreifen.

Er packte ihn an den Haaren und zog ihn hoch. Er lehnte ihn gegen die Mauer.

– Haltet ihn, sagte er und lief in den Innenhof des Klosters. Jemand hielt Simon das Bajonett vor die Brust, die anderen standen im Halbkreis um ihn herum und sahen ihn an wie ein wildes Preußentier, das ihnen in die Falle geraten war.

Es verging einige Zeit, bis der untersetzte Schnauzbart wieder zurückkam, begleitet von mehreren rotbäckigen Offizieren, allen war schon der Wein in den Kopf gestiegen und alle waren nach der feierlichen Messe fröhlich gestimmt.

Einen unter ihnen erkannte Simon sofort. Das war er, Katharinas Bekannter, vielleicht ihr Freund, er, den er von irgendeiner Brücke her kannte.

– Sieh an, sieh an, was wir da haben, sagte Hauptmann Windisch.
– Vielleicht ein preußischer Spion, meinte einer der aufgekratzten Offiziere.
– Er sagt, er sei ein Scholastiker aus Laibach, sagte eine der Wachen. Er sagt, er suche eine Dame aus dem Krainischen, beide seien Pilger.
– Was bist du also?, fragte Windisch, Scholastiker, Pilger oder Spion? Du willst nicht antworten? Ich sage dir, was du bist.

Zu den Offizieren gewandt sagte er:

– Du bist ein Hammel.

Die Offiziere und Soldaten fingen an zu grinsen.
– Diesen Hammel habe ich einmal schon fast in den Bach geworfen. Er trat zu ihm und sah ihm in die Augen.
– Erinnerst du dich, Hammel?
– Lasst mich hinein, sagte Simon, ich will meine Sachen holen und mit Katharina von hier fortgehen.
Mit Katharina? Windisch lachte heiser auf. Katharina, die Tochter vom Poljanec?
Er drehte sich zu den Offizieren um und erläuterte:
– Katharina ist die schöne Dame, die bei der Soiree auf dem Ehrenplatz sitzen wird, neben mir.
– Der geht es gut, sagte einer der Offiziere.
– Nicht wahr?, sagte Windisch, ihr fehlt es an nichts.
Wieder drehte er sich zu Simon um.
– Sie wird nicht mit dir gehen, sagte er, wir ziehen gen Köln, und sie geht mit uns. Das ist sicherer. Und bequemer.
Die Offiziere nickten einander ernsthaft zu.
– Erlaubt mir, dass ich mit ihr spreche, sagte Simon.
– Sie will nicht mit dir sprechen, sagte Windisch.
– Ich werde in Laibach Beschwerde einlegen und ich werde nach Wien schreiben an das Generalkriegskommissariat, sagte Simon, ich werde mich beschweren.
Die Offiziere sahen einander an: Er wird sich beschweren. Worüber denn?
Windisch nahm seinen Hut ab, verneigte sich und machte mit dem Federbusch eine virtuose Geste.
– Huldreiche, wohlgeborene Kaiserin, Eure Hoheit, der Hammel verbeugt sich und beschwert sich.
Die Offiziere wieherten vor Lachen. Windisch wurde ernst.
– Du kannst dich beschweren, sagte er, aber aus dem Landshuter Kerker. Du hast die Militärwache angegriffen, du hast dem Wachkommandanten das Gewehr aus der Hand gerissen. Das ist ein Angriff auf das Leben und die Würde der kaiserlichen Armee.
Er überlegte einen Augenblick. Dann befahl er abgehackt:
– Bin-den!
So befahl er, obwohl Simon Lovrenc gebunden war, wie er gebundener nicht hätte sein können. Bewachen, morgen bringt ihr ihn in den Stadtkerker. Wir können ihn nicht mitschleppen.

Er drehte sich zu dem Untersetzten um, der mit niedergeschlagenem Blick dastand.

– Ihn auch, sagte Windisch. Morgen zwanzig Schläge vor versammelter Mannschaft. Wo kommen wir denn hin, wenn sich einer meiner Soldaten von einem Zivilisten das Gewehr aus den Händen reißen lässt. Und dann noch ein Wachkommandant!

Der Wachkommandant nahm das Koppelzeug ab, einer seiner Soldaten zuckte mit den Achseln und band ihm die Handgelenke zusammen. Beide wurden zu einem der Planwagen geführt, Simon wurde hinaufgeworfen wie ein gebundener Sack, der Untersetzte kletterte allein und mit hängendem Schnauzbart hinterher.

Die Offiziere gingen zurück ins Refektorium.

– Man kann nicht einmal in Ruhe zu Abend essen, sagte Windisch. Überall gibt es Ärger.

Er zog das Ei, die runde Uhr, aus der Hosentasche, klappte es auf und hielt es gegen das Licht des nahen Feuers.

– Und die Zeit läuft, sagte er.

Für Simon lief die Zeit in dieser Nacht nur langsam. Der Untersetzte und er saßen jeder an seinem Ende des Wagens, sie hörten das immer schleppendere Singen von jenseits der Klostermauern, die immer spärlicheren *Vivat*-Rufe und warteten, jeder mit seiner eigenen Beklommenheit, auf den Morgen. Zuerst sah es so aus, als wollte ihn der Untersetzte umbringen. Er redete mit der Wache, die neben dem Wagen auf- und abging und vor sich hin spuckte: Diese gelehrte Krätze, sagte er, dieser kastrierte Hammel, wie der Hauptmann zu ihm gesagt hat, der hat mir das Gewehr aus den Händen gerissen. Guck weg, sagte er zu der Wache, und ich erwürg' ihn.

– Mach keinen Mist, brummte der Wächter in seiner Verlegenheit, mach keinen Mist, sonst kriege ich nicht zwanzig, sondern hundert Schläge.

Dann beruhigte er sich langsam. Man brachte ihm einen Krug Wein, er trank mit gebundenen Händen, sodass es ihm über das Kinn lief, ein paarmal blitzte er noch wütend zu Simon hinüber, dann legte er sich auf die Seite und fiel ins Schnarchen. Simon hörte bis zum Morgen die Soldaten, die aus dem Kloster zurückkehrten, das waren die, die nicht gleich unter den Gewölben eingeschlafen waren, sie krochen auf die Wagen, sangen betrunken, schnarchten dann, sprachen im Schlaf und furzten laut, auch ihre Pferde furzten und traten neben den johlenden Betrunkenen, die durch das Lager torkelten, unruhig auf der Stelle. Von Weitem hörte er Frauenlachen, er dachte an Katharina, er verstand nicht, warum sie nicht da war, um ihn zu retten, wenngleich ihm klar war, dass Katharina nicht wissen konnte, was ihrem Liebsten zugestoßen war, ihm, den ihre Seele auch weiter lieben würde, so hatte sie gesagt, auch wenn das Feuer sein Fleisch verzehren würde, wenn man ihn verbrannt und eingeäschert in Flüsse und Seen streuen oder er von wilden Tieren in Stücke gerissen würde. Wie sollte sie ihn da nicht lieben, den hier auf einem Armeewagen wie ein Strohwisch Gebundenen, Geprügelten und Bewachten, es gab überhaupt keinen Zweifel daran, dass sie ihn noch immer liebte, wenn sie nur zu ihm könnte, wenn sie nur wüsste, wo er war. Er sah zu der immer dunkler werdenden Klosterfassade hinüber, zu den Fenstern, hinter denen die Kerzen und Fackeln erloschen, und bei dem Gedanken, dass sie ihn liebte und auch dass mit ihr sicher alles in Ordnung war, denn dort waren ebenso der Prior und die Dominikanerbrüder, bei dem Gedanken inmitten all des Schnarchens und der allmählich leiser werdenden Stimmen des soldatischen Trinkgelages sank er schließlich doch in den Schlaf. Das umso leichter, als der untersetzte und schnauzbärtige Soldat vom vielen Wein anfing gleichmäßig und traurig zu leiern:

Schon morgen früh um neun
Rück' ich in Marburg ein
Bei meiner Kompanie,
Beim jungen Hauptemann.

Und die Wache antwortete ihm in abgerissenen Folgen:

Ich komm' im weißen Rock,
Den Säbel vor dem Bauch,
Den schweren Kopf gestaucht,
Die Preußenweiber auch.

Beim ersten Morgengrauen, als schon die Reitknechte zwischen den Pferden umherliefen und ihnen Heu brachten, wachte er mit einem schneidenden Schmerz in der Brust auf: Katharina. Plötzlich war es ihm nicht mehr um sich selbst zu tun, er dachte an sie, plötzlich sah er sie vor sich, wie sie dahockte, nackt, und in die Glut blies, und ein schrecklicher Schmerz durchfuhr ihn bei dem Gedanken, dass sie in dem Morgengrauen ein anderer so sehen könnte als er, der er erste Mann war, der sie so gesehen hatte. Deshalb war es ihm auch egal, als er den Knebel in den Mund, den Schlag übers Ohr bekam, als sein Kopf gegen die Wagendeichsel prallte, als sie ihn hinunterwarfen, als ihm der untersetzte Schnauzbart wütend nachspuckte, als sie ihn auf einen anderen Wagen warfen und zur Stadt fuhren, als er hörte, wie die Räder über das Stadtpflaster ratterten, und er zu erraten versuchte, wo die Fahrt jetzt hingehen mochte. Auch nachdem sie ihn über irgendwelche dunklen Treppen in einen Keller gebracht und die Eisentür hinter ihm versperrt hatten, dachte er noch immer an sie, mit großem Schmerz, aber auch mit großer Liebe.

Er dachte, es wäre Abend, als die Tür aufging, aber es zeigte sich, dass es Morgen war, der nächste Morgen. Ohne Wasser und Brot hatte er den ganzen Tag und die ganze Nacht überstanden, er hatte sie in jenem Haus hocken sehen, wo sie übernachtet hatten, er hatte sie in der Klosterzelle liegen sehen, ein Schmerz, scharf wie eine Säbelklinge, die über die Haut fährt, spaltete ihm die Brust. Er dachte nicht an Essen, er dachte nicht an Wasser, der Schmerz kam von ihr, die auf einmal nicht mehr da war und die womöglich dort war, wo sie nicht sein dürfte. Es war nicht schwer, ohne Essen und Wasser zu sein, es war schwer, ohne sie zu sein. Schwer war es auch dann, als sie ihn so ungewaschen, stoppelig und ungut riechend ins Rathaus brachten, vor den Richter Franz Oberholzer.

Der Richter meinte, er könne ihn wegen des Angriffs auf die kaiserlich-österreichische Armee, die in diesem Krieg ihr, das heißt ein bayerischer Verbündeter sei, der auch für sie und ihren König kämpfe, auf der Stelle zu mehreren Monaten Gefängnis bei Wasser und Brot verurteilen, doch das werde er nicht tun. Es freue ihn, sagte er, dass er einen von den ungarischen, das heißt krainischen Pilgern in den Händen habe, die in der Stadt randaliert und großen Schaden angerichtet hätten. Wenigstens einer würde zahlen, wenngleich nicht mit Geld, das Simon Lovrenc, wenn er wirklich so hieß, offensichtlich nicht habe. Er werde ihn für beides verurteilen, für den Angriff auf die Wache und für das Randalieren in der Stadt. Simon versuchte zu widersprechen: Er sei nicht in der Stadt gewesen, als die Unruhen ausgebrochen waren, er habe den Wächter gestoßen, weil er ihn nicht ins Kloster lassen wollte.

Doch Oberholzer ließ sich nicht beirren. Er werde ihn verurteilen, wenn die Zeit dafür gekommen sei. Zuerst einmal müsse er seine Identität feststellen. Dieser Tage liefen alle möglichen Galgenvögel herum, einer lüge mehr als der andere, ein Dieb sagt, er sei aus Holland, dabei stinkt er nach böhmischem Bier, der andere, ein Räuber, er sei ein Bürger aus Wien, und dabei hat er solche Pratzen, als ob da Schaufeln und Mistgabeln zusammengewachsen wären, und der Mist klebt unter den Sohlen. Solle sich herausstellen, dass er nicht der sei, für den er sich ausgebe, nämlich ein Scholastiker des Jesuitenkollegs in Laibach, der mit Wissen der dortigen Erzdiözese die Pilger auf ihrem Weg zu den Heiligtümern in Köln begleite, sondern ein anderer, vielleicht wirklich ein preußischer Spion, vielleicht ein vagabundierender Dieb und Räuber, dann werde er ihn natürlich entsprechend hart anfassen. Er solle froh sein, dass Oberholzer ihn in die Hände bekommen habe, dies sei ein Rechtsstaat, er respektiere die Gesetze, würde die Armee über ihn als einen Spion befinden, würde man über den Ast des ersten Apfelbaums einen Strick werfen und ihn baumeln lassen. Deshalb werde er zuerst mit der ersten Gruppe von Kaufleuten die Frage nach Laibach senden, ob der und der wirklich das und das sei, von dem er behaupte, es zu sein. Im Moment habe niemand die Absicht, dort hinunterzureisen, wenn es aber jemanden gebe und wenn derjenige, der hinunterreise, auch wiederkehre, dann werde die Sache klar sein. Wenn sie es sei. Vielleicht. Und bis dahin werde Simon Lovrenc im Landshuter Kerker warten müssen.

Simon wollte wissen, wie lange das dauern werde.

Mindestens einen Monat, vielleicht auch länger, antwortete der Richter. Er könne danach aber auch Beschwerde einlegen, wenn er glaube, ihm sei Unrecht widerfahren.

Man brachte ihn dorthin zurück, von wo man ihn geholt hatte, und sperrte die Tür hinter ihm zu. Jetzt war er wirklich im Kerker, nicht in irgendeinem Keller, nicht in einem Lissaboner Herbergsloch, in einem richtigen Kerker für richtige Verbrecher.

[33]

Als sie die Augen öffnete, sah sie zuerst ein umgestoßenes Glas, verschütteten Wein, heiliger Franziskus, sagte sie zu sich selbst, wie viel Wein habe ich getrunken? Dann sah sie den ledernen Soldatengürtel, über den Stuhl geworfen, der zweite Gedanke war schon schrecklicher: Es ist nicht passiert, es kann nicht passiert sein. Aber derselbe Gedanke, der zweite Gedanke, war auch zugleich die Antwort: Es ist passiert, es hat passieren müssen. Seit sie ihn, den Pfau aus dem Hof von Dobrava, wiedergesehen hatte, wusste sie, dass es passieren musste. Damals hatte sie sich vage vorgestellt, dass es nach einem langen Werben irgendwo im Sommergras von Dobrava passieren würde, vielleicht nach einer Verlobung oder Hochzeit, auch darüber hatte sie nur undeutliche Vorstellungen; doch sie hatte sich nie vorstellen können, dass es mitten in einem Heerlager sein würde, in einem Kloster, und das, nachdem sie ihn bereits aus dem Herzen, ja fast aus dem Gedächtnis gestoßen hatte. Das hatte schon nichts mehr mit dem zu tun, was in der Zwischenzeit in ihr Leben getreten war, ein Jesuit aus Indien, eine Wasserflut, in der sie fast ertrunken wäre, die Belästigungen durch den ungeschliffenen Herzog; als ob inzwischen keine Zeit vergangen wäre, ist sie auf einmal am Fenster, malt mit dem Finger einen Pfau ans Glas, mit dem Blick aus dem Zimmer, aus dem geschlossenen Raum in den Hof, auf die Wiese, wo er reitet, und sie will aus dem geschlossenen Raum ins Freie. Sie hat es gewollt, warum gesteht sie es sich nicht ein? Warum hat sie es sich vorher nie eingestanden? Die ganze Zeit hat sie gewollt, dass er in ihr Zimmer käme, deshalb ist es jetzt passiert, nur anders, ganz anders? Katharina hätte sich dort auf Dobrava nicht einmal vorstellen können, dass es so passieren würde: Ein vom Trunk aufgedunsenes Gesicht beugt sich über sie, lüpft ihr den Rock mit dem Säbel, drückt ihr die Beine auseinander ...

Sie stand abrupt auf und begann sich hastig anzuziehen, als könnte sie damit die Erinnerung an diese Nacht vertreiben, sie wollte sich an diese Nacht nicht erinnern, aber sie würde es tun, noch oft sollte sie sich daran erinnern, diese Nacht hatte ihrem Leben eine andere Richtung gegeben. Überall im Raum lagen Windischs Sachen verstreut herum, die Militärhose, mehrere Hüte mit Straußenfedern, auf dem Tisch ein Feldstecher und Futterale von Landkarten, auf den Stühlen Ledergurte, eine Reisetasche, Pistolen. Sie öffnete die Tür und trat auf den Gang hinaus, dort stand Windisch, bis zum Gürtel nackt, weiß von Rasierschaum vom Hals bis zu den Augen. Sein Bursche in der roten Uniform hielt ein Handtuch und einen Krug mit Wasser bereit.

– Oho, sagte er durch den dünnen Spalt der weißen Seifenmaske, sind wir aufgestanden?

Katharina sah über den Hof auf die andere Seite der Arkadengänge, dort hatte sie auch schon geschlafen, eine Nacht davor und noch eine. Wohin sollte sie gehen? Sollte sie sich verstecken? Würde sich die Erde unter ihren Füßen auftun?

– Warte, sagte Windisch, sie bringen uns ein Frühstück, er beugte sich über das Geländer und pfiff, einer der Soldaten meldete sich gehorsam, unterdes, sagte Windisch, kannst du zusehen, wie ich mich rasiere.

Seine Stimme war nicht rau, sie war heiser, vom Singen, vom Wein und vom Einbrüllen auf die Soldaten. Er legte das Rasiermesser zurück, nahm den Säbel, prüfte mit dem Daumen die Schärfe, zog mit den Fingern der anderen Hand die Gesichtshaut straff und begann sich vorsichtig mit dem Säbel zu rasieren, der Leibbursche grinste, ihm fehlte die obere Zahnreihe, sein Herr ist Soldat über allen Soldaten, er kann sich mit dem Säbel rasieren. Obwohl er sich manchmal, wenn er zu viel Wein getrunken hat, mit dem Säbel auch schneidet, manchmal schießen die Kanonen bei den Manövern am Morgen zu weit, manchmal zu nah, zu viel Wein ist für einen Offizier nicht gut. Katharina sah über den Hof. Dort öffnete sich eine Tür, und es schnürte ihr die Kehle zu. Jemand anders kam heraus, ein Offizier im Hemd, er gähnte und reckte sich.

– Sieh nicht hin, sagte Windisch, während ihm der Bursche Wasser in die Hände goss, damit er sich das Gesicht abspülen konnte, er ist nicht mehr da, sagte er, er ist nicht mehr da, der Scholastiker, er hat sich davongemacht, schon gestern Abend.

Der Bursche reichte ihm das Handtuch, Windisch betupfte sich die rote, scharf rasierte Haut, trat zu ihr, er hatte eine behaarte Brust, der Bauch hing ihm über den Gürtel, sie stand regungslos da, als er dicht an sie herantrat, er beugte sich zu ihrem Gesicht herunter, es roch nach Seife und kaltem Wasser, es war eine schöne Nacht, flüsterte er.

Katharina sah mit zusammengepressten Lippen vor sich hin.

Windisch trat zurück:

– Was ist? War es eine schöne Nacht?

Er wartete nicht auf die Antwort, er wusste, es würde keine geben, er lachte laut über etwas, woran er sich gerade erinnert hatte.

– Uns hat man auch etwas Latein beigebracht, sagte er unter heiserem Lachen, auf der Akademie in Wiener Neustadt. Nicht nur Hydraulik und Taktik.

Er hob die Arme, bildete mit den Händen einen Trichter und rief über den Hof:

– *Felix conjunctio!*

Der Offizier auf der anderen Seite hörte auf zu gähnen, er legte seinen Arm über die Schultern einer Frau, die hinter ihm aus der Tür gekommen war, und rief zurück:

– *Conjunctio felix.*

Gelächter schallte über den Hof, es lachte Windisch, es lachte der Offizier auf der anderen Seite, es lachte die Frau und schlang ihre Arme um seinen Hals, auch der Bursche, dem die obere Zahnreihe fehlte, lachte fröhlich, hatte er doch alles verstanden, reinweg alles, was hier vor sich ging, obwohl er kein Latein konnte.

– Wer ist diese Frau?, fragte Katharina, als sie im Zimmer waren und er sich vor dem Spiegel die Uniform anzog, die Tressen in Ordnung brachte und die Riemen strammzog.

– Ach die, sagte Windisch.

– Die, ja.

– Eine Ungarin, sagte er, ihr Offizier ist auch Ungar, er kann mit ihr reden ... Sie ist nicht so wie du.

Katharina fröstelte es ums Herz.

– Und wie ist sie?, fragte sie.

– Was weiß ich, wie sie ist, sagte Windisch und setzte sich einen breiten Hut mit Straußenfedern auf, sie heißt Klara.

In den Hof wurde der gefesselte untersetzte Schnauzbart gebracht. Die Soldaten waren im Karree angetreten, Grenadiere und Kürassiere ohne Pferd, am Brunnen standen ein paar Offiziere herum und warteten auf Windisch, der mit raschen Schritten aus dem dunklen Gang kam. Jemand rief ein scharfes Kommando, die Gewehre rasselten, die Soldaten standen kerzengerade. Windisch sagte etwas von mangelnder Disziplin und von bösen Folgen eines Wachevergehens, er hob die Hand, dem Untersetzten wurden Jacke und Hemd vom Körper gezogen, er war nackt bis zum Gürtel, vier Trommler schlugen zuerst leise, dann immer lauter auf die gespannten Häute. Der Soldat wurde an den Brunnen gebunden, ein kräftiger Grenadier mit aufgekrempelten Ärmeln und einem Stock in der Hand trat zu ihm. Er prüfte die Biegsamkeit, legte dem anderen die eine Hand auf den Nacken, damit er sich bückte, schwang die andere Hand hoch und schlug mit einem Pfeifen auf die gespannte Haut, unter dem Trommeln auf den gespannten Häuten war das Klatschen kaum zu hören. Als er das dritte Mal ausholte, platzte die Haut und es gähnte dort eine blutige Wunde, erst jetzt stöhnte der Geschlagene laut auf. Katharina sah Klara und noch einige Frauen zwischen den Arkadengängen. Ihr verstohlenes Reden und Seufzen bei den Schlägen inmitten der schweigenden Mannschaft und des Trommelns begleiteten die Bestrafung, bei jedem Schlag seufzten sie lauter, die einen fächelten sich vor Aufregung Luft zu, die anderen stöhnten, aber keine verließ ihre Loge, die Szene war schmerzlich erregend, von so einer Szene konnte man den Blick nicht abwenden. Beim zehnten Schlag sank der Soldat in die Knie, der Vollstrecker hörte auf, der Stock war am Ende schon etwas ausgefranst. Ein Arzt kam und untersuchte die Wunden des Unglücklichen, dann übergoss er ihn mit Wasser, damit er wieder auf die Beine kam. Windisch und der Arzt berieten sich kurz, noch fünf, sagte Windisch, und der Stock kerbte wieder in die schon zerfetzte Haut auf dem Rücken und im Nacken, auch unter den Haaren sickerte Blut hervor. Noch fünf würde der Wachsoldat aushalten, dem irgendein Zivilist, irgendein Jesuit, der jetzt im Kerker saß, das Gewehr weggerissen und in den Schlamm geworfen hatte, er hätte dreißig verdient, nicht fünfzehn, aber Windisch war an diesem Morgen guter Laune, und fünfzehn schienen zu genügen.

– Mir ist kalt, sagte sie am Abend, als draußen die Feuer brannten und sie sich unter dem lang gezogenen Singen der Soldaten mit Windisch, dem Auserwählten ihrer Jugend, zur Ruhe legte, mir ist so kalt. Es ist Sommer, sagte Windisch, dir kann nicht kalt sein. Mir ist kalt, sagte sie, deck mich zu, es gab weder Himmel noch Sterne über ihr, die in diesem Frühling geschienen hatten, als sie einer zudeckte, jetzt waren über ihr die Zimmerdecke, ein geschlossener Raum ringsum, die ziemlich geschreckten und gewissenhaften Wachen riefen gleichmäßig auf dem breiten Streifen um das Kloster herum, die letzten Rufe kamen von weit draußen vom Feld. Er deckte sie mit seinem schweren Körper zu, er legte sich mit seinem ausladenden Bauch auf sie, so habe ich es nicht gemeint, sagte sie, ich friere wegen der kalten Nachtlager, dachte sie, wegen der fremden Städte und kalten Berge, ich friere wegen Simons plötzlicher Abwesenheit, aber auch wegen der Wärme von Windischs Körper, unter dem sie fast regungslos lag, auch davon wird ihr nicht warm, obwohl sein Körper heiß ist, glühend, tierisch riechend, eine tierische Wärme ausstrahlend, die Wärme des runden Pferdekörpers, auf dem sein runder Körper den ganzen Tag beim Exerzieren gesessen hat, wie ist mir nur kalt, dachte sie.

– Du darfst nicht denken, sagte Windisch danach, als er Atem geschöpft und Wein aus dem Krug getrunken hatte, nachdem er sich vom Bett erhoben hatte, dass du so bist wie Klara oder die anderen Frauen. Das sagte er freundlich, so sanft, wie er nur konnte.

Das dachte sie nicht, ihr war nur kalt, das war alles.

– Du wirst nicht mit ihnen reisen, sagte er, du wirst deinen eigenen Wagen haben, du wirst im Wagen des Kommandanten fahren, fast in einer Kutsche. Und wenn wir zurückkommen, träumte Windisch laut, werde ich Oberst und du meine Dame, du wirst bei Hofe mit den Damen plaudern, die mir den Siegesorden anstecken werden.

Sie dachte nicht, dass sie jemals gern mit Hofdamen plaudern würde, ihr ganzer Körper zitterte vor Kälte, während sie sich wusch und Windisch, der Auserwählte ihrer Jugend, sich im Bett umdrehte, dass das Holz von seinem Gewicht knarrte, und laut in seinen siegreichen Träumen schnaufte.

Katharina stand vor dem Spiegel, die Öllampe warf einen Schatten über ihr Gesicht, obwohl sie sich gewaschen hatte, war sie nicht rein, wie sie an jenem Morgen rein gewesen war, als sie zum ersten Mal mit Simon aufgewacht war; sie hatte keinen klaren Blick, sie hatte trübe Augen, wie die biblische Lea sie hatte, Lea hatte trübe Augen, Rahel jedoch war schön von Gestalt und hatte ein hübsches Gesicht, ich bin nicht hübsch, dachte sie, ich bin nicht schön, ich bin nicht Rahel, meine Augen sind matt, vielleicht war ich Rahel, jetzt bin ich es nicht mehr; nie wieder würde sie fühlen, was sie damals, im Frühling, gefühlt hatte, ihr üppig volles Haar, das reine Gesicht, das Vibrieren jeder Saite ihres Körpers, nie wieder würde sie solche morgendliche Musik hören. Langsam öffnete sie die Dose mit Windischs schwarzem Stiefelfett und verschmierte es in ihrem Gesicht, im flackernden Schein der Öllampe betrachtete sie ihr Gesicht im Spiegel: Die Büßerin Margareta hatte ihre Schönheit gehasst und ihr Gesicht mit Ruß beschmiert, es hilft aber nichts, dachte Katharina, ich bin nicht Margareta, ich bin nicht die heilige Agnes, die den himmlischen Bräutigam mehr liebte als den römischen Verführer und alle Männer dieser Welt, ich bin nicht Agnes, dass das Haar meinen verderbten Körper bedecken würde, wie es ihren keuschen Körper bedeckt hat, als man sie ins Freudenhaus brachte; wann war das noch, als sie ein Mädchen war und sie bei den Ursulinen in Laibach von der hl. Agnes lasen? Ich bin nicht Margareta, ich bin nicht Agnes, ich bin nicht einmal mehr Katharina. Ich hätte nicht fragen dürfen, wer ist jene Frau dort, die Ungarisch spricht, diese Klara, ich hätte fragen müssen, wer ist diese Frau hier, deren Gesicht mit schwarzem Fett beschmiert ist, deren trübe Augen mir aus dem Spiegel entgegenblicken.

[34]

Für Engel sind die Menschen schrecklich. Oft verstehen sie ihre Taten nur schwer, da sie ja auch nicht verstehen können, dass in den Menschen auch jene Geister herrschen, die an dem wüsten Ort mehr auf der linken Seite wohnen und bei der Geburt eines jeden Menschen fröhlich aus vollem Halse lachen. Auch Katharinas Engel, das heißt Engelin, versteht nicht, was vor sich geht, diese Nacht sieht er sehr böse aus. Ein Engel sieht nämlich kein Gewimmel von Menschen, er sieht einen, seinen Menschen, er sieht sie, Katharina. Weil er manchmal menschliche Gestalt annimmt, kann man ihn sich dort auf dem Gang des Dominikanerklosters vorstellen, wo im Hof die betrunkenen Soldaten *Vivat!* schreien und wo in Windischs Zimmer Katharina dem Tack-tack-tack der Uhr lauscht, man kann sie sich vorstellen, die Engelin. Sie kreuzt die Arme auf der Brust, die Augen funkeln und sie schüttelt den Kopf: Wozu hat sie das nötig? Fühlt sie denn nicht, dass hier nicht jene Wärme ist, derentwegen es nötig war, ihr aus dem Glockenturm von St. Rochus nachzufliegen? Wegen so einer eiförmigen Uhr, diesem Teufelsgerät, ist alle Mühe vergebens. Sie weiß ja, die Engelin, dass es nicht nur wegen der Uhr ist, dass es auch wegen des getrunkenen Weines und noch mehr deswegen ist, weil Simon unbedachterweise weggegangen ist und sie allein gelassen hat, und dass es vor allem deshalb ist, weil sie den Auserwählten ihrer Jugendjahre wieder getroffen hat, denn Katharinas Engel weiß das, er muss es wissen: Zehn Jahre hat sie auf ihn gewartet, und jetzt ist der, nach dem sich ihre Augen auf Dobrava gesehnt haben, jetzt ist der auf einmal hier, im Herzen ist etwas aufgebrochen, was dort seit Langem geruht hat. Er weiß ja, Katharinas Engel, dass Katharina in dieser Nacht nicht gut sieht, er weiß, dass es deshalb so ist, weil durch die starke Bewegung im Herzen die Mauer rings um sie eingestürzt ist, trotzdem schüttelt er zornig den Kopf; er, der Engel, gleicht der bösen Schwester Pelagia und nicht Katharinas Engelin, er weiß alles, aber er kann es nicht verstehen: Es gibt keine Wärme, hier weht Kälte, wer würde wohl Kälte statt Wärme wählen, für Engel sind die Menschen wirklich schrecklich und unberechenbar.

Früher war Gott strenger, angeblich soll er in alten Zeiten richtig grimmig gewesen sein, deshalb konnten solche Dinge nicht geschehen. Wenn eine Frau einem versprochen war, dann konnte sie nicht mit einem anderen sein, ohne dass Gott fürchterlich gezürnt hätte. Und als Katharina noch ein kleines Mädchen war, wusste sie bereits: Gott sieht alles, Gott weiß alles, man darf keine Sünde begehen. Und als sie dann ein großes Mädchen war, wusste sie es noch besser. Bei den Ursulinen hatten sie nicht nur einmal im Buch des Krainer Predigers Janez Svetokriški die Geschichte von der hl. Agnes gelesen, Katharina Poljanec kannte diese schöne und lehrreiche Geschichte gut, sie kannte das Bild aus dem Buch, auf ihm war Agnes mit schwarzem Haar bedeckt, so wie sie, Katharina, es nach ihrer Mutter hatte, die ebenfalls Agnes hieß, aber ihr hatte geschienen, dass die Agnes, mit der man so hässlich umgegangen war, gelbes, goldgelbes Haar haben müsste, wie die Frau an der Wand des Kirchleins des hl. Nikola in Visoko, die gelbes Haar hatte, so lang, dass es ihren Körper hätte bedecken können, die aber nicht wollte, dass das Haar ihren Körper bedeckte, und die bereits von der roten Zunge des Ungeheuers zu ihren Füßen beleckt wurde. Als Katharina zu den Ursulinen ging, wollte sie sein wie Agnes, auf keinen Fall wie die Frau von dem Wandbild, über dem LUXURIA geschrieben stand. Aber was helfen gute Absichten, was schöne und lehrreiche Geschichten, wenn wegen der Bewegung im Herzen die Mauern einstürzen.

Die hl. Agnes wusste sehr wohl, dass eine Braut es sich am raschesten mit ihrem Bräutigam verdarb, wenn sie auch nur das kleinste Liebeszeichen einem anderen gab. Ein solches Zeichen mied sie wie den bitteren Tod, im Wissen, dass der himmlische Bräutigam sagen würde: *Ego, tuus zelotes,* und, wenn er bemerkte, dass man andere liebte neben ihm, mächtig zornig werden konnte. Und die schöne Agnes liebte niemanden sonst als ihren himmlischen Bräutigam, dem sie ihr junges Herz, ihre Seele und ihren Körper geschenkt hatte. Eines Tages jedoch bekam der Sohn des reichsten und edelsten römischen Herrn Sophronius diese schöne Jungfrau zu Gesicht, er verliebte sich mächtig in sie, sendete ihr ein vornehmes und äußerst wertvolles Geschenk und warb um sie. Doch Agnes wollte dieses Geschenk nicht einmal ansehen, geschweige denn annehmen. Der Jüngling beschloss, selbst mit ihr zu sprechen, überzeugt davon, dass sie, nachdem sie ihn gesehen und gehört hätte, einwilligen würde, ihn zu nehmen. Eines Tages, als Agnes allein zu Hause war, suchte er sie auf und begann ihr die schönsten und süßesten Worte zu sagen und wollte ihr wieder viele wertvolle Dinge schenken, doch die hl. Agnes wandte sich ihm zornig zu mit den Worten: *Discede a me, pubulum mortis, quia iam alio amatore praeventa sum*, was hieß: Lass mich in Frieden, denn ich habe mich jemand anders anverlobt, den ich liebe und der mich liebt, du bist zu spät gekommen, und auch wenn du früher gekommen wärst, würde ich dich nicht haben wollen, auch wenn du römischer Kaiser wärst, denn mein Bräutigam ist vornehmer, schöner, reicher und liebenswürdiger als alle Menschen dieser Welt. Er ist so sanft, dass seine Worte süßer sind als Honig und Zucker. Er ist von solchem Adel, dass ihn die Engel bedienen. Er ist so rein, als hätte ihn eine Jungfrau geboren. Er hat so helle Augen, dass die Sonne daneben dunkel ist. Als der verliebte Jüngling erkannte, dass es keine Hoffnung für ihn gab, Agnes zu überreden, ihn zu lieben, wurde er vor Trauer so krank, dass man ihn ins Bett legen musste. Der Vater des jungen Mannes, sein Name war Sophronius, brachte Agnes noch mehr Geschenke, aber sie wies alle zurück, ihr waren ja andere Geschenke versprochen, doch nicht wie der Katharina von Siena, die statt einer goldenen Krone einen Dornenkranz bekam, nicht wie der hl. Theresia, die statt eines goldenen Ringes einen eisernen Nagel bekam: Agnes war eine goldene Krone versprochen, und ihr ganzer Körper sollte mit Gold und Perlen bedeckt sein. Der himmlische Bräutigam wollte nämlich unter den heiligen Jungfrauen gerade die hl. Agnes zur Königin machen, und so überhäufte er sie mit Gold, denn Agnes hatte doppeltes Leid durchzustehen, nicht nur das Leid im Tod, sondern auch das Leid durch die Verletzung ihrer Scham. Als nämlich Sophronius erkannte, dass er weder mit Gutem noch mit Bösem etwas ausrichten konnte, wurde er von schrecklicher Wut gepackt. Er ließ sie durch die Gerichtsdiener holen und verfügte, dass Agnes seine Götzen anbeten sollte, andernfalls würde man sie ins Freudenhaus werfen, damit jeder Mann mit ihr Unkeuschheit treiben könne. Als Agnes das hörte, sagte sie: Du willst, dass ich tote Götzen anbete, Teufelsbilder, weil ich deinen lebenden

Sohn nicht zum Bräutigam will? Das werde ich nicht tun. Und wenn du mich mit Gewalt in das unreine Haus wirfst, bleibt mir die Hoffnung auf meinen himmlischen Bräutigam, der es nicht erlauben wird, dass ich dort meine Jungfräulichkeit verliere, so wie er das Lamm vor dem bösen Wolf gerettet hat. *Non habitabit lupus cum agno*. So wird er auch mich vor den Lüstlingen retten. Als er diese Worte hörte, befahl der böse Sophronius den Knechten, Agnes nackt auszuziehen, damit er und sein Sohn ihre schamlosen Augen an ihrem Körper weiden könnten. Agnes hätte lieber die allerschlimmsten Dinge erlitten, als vor den Männern nackt dazustehen, daher weinte sie inniglich. Aber sie gedachte auch ihres himmlischen Bräutigams, der von den Juden nackt ausgezogen worden war, bevor sie ihn kreuzigten. Und so wie der wohltätige Vater, als er seinen Sohn nackt sah, befahl: *Afferte cito stolam primam, induite illum*, was bedeutete, bedeckt ihn mit dem erstbesten Gewand, tat es in gleicher Weise der himmlische Bräutigam mit der armen Agnes. Er bedeckte sie zwar mit keinem Gewand, jedoch mit ihrem Haupthaar. Er ließ ein Wunder geschehen, denn Agnes wuchs das schwarze Haar so rasch, so rasch, dass niemand ihren nackten Körper sah. Als Eva erkannte, dass sie nackt war, lief sie aus Scham unter einen Feigenbaum, Agnes hingegen wurde von Gott mit Haar bedeckt, damit sie nicht vor Scham starb. Doch nicht nur mit Haar, sondern auch mit himmlischem Licht, wie sie selbst sagte: *Induit me Dominus ciclade auro texta*. Hier ist auch die Antwort auf die Frage, die wir uns oft stellen: Werden die Menschen im Himmel nackt sein oder bekleidet? So wie Agnes bekleidet war, werden auch die Erwählten bekleidet sein: mit himmlischem Licht.

Doch Sophronius gab keine Ruhe, als er das sah, sondern befahl, die Jungfrau Agnes in das Hurenhaus zu bringen, damit sie dort ihre Jungfräulichkeit verliere. Viele Lüstlinge liefen hin, als sie erfuhren, dass die schöne Agnes dort sei; sie wollten ihre unreinen Wünsche befriedigen, doch jeder, der ihre Kammer betrat, wurde von einem mächtigen Licht geblendet, wodurch er im Herzen Reue verspürte und von seiner Absicht abließ. Das war das Licht, das der Engel machte, der sich auf Befehl des Herrn vor Agnes' Keuschheit stellte. Mit den anderen kam auch der verliebte Sohn des Sophronius angelaufen, um endlich seine unreinen Wünsche zu befriedigen; er kümmerte sich nicht um das Engelslicht, sondern trat auf die Jungfrau zu und wollte sie an sich reißen. In diesem Augenblick wurde er von Entsetzen geschlagen, er stürzte zu Boden, der Teufel kam und erwürgte ihn. Der Vater wollte vor Trauer fast sterben, er ging zu Agnes und bat sie demütig, sie möge beim himmlischen Bräutigam die Wiederbelebung seines Sohnes erflehen. Agnes kniete nieder und betete, und bald danach stand der Sohn von den Toten auf und begann in ganz Rom umherzulaufen und zu rufen: Nur der Gott ist der Wahre, zu dem die Getauften beten. Die römischen Geistlichen erklärten Agnes zur Hexe und verbrachten sie auf den Scheiterhaufen, doch das Feuer wich vor ihr zurück, nicht eines ihrer Haare verbrannte.

Agnes entsteigt dem Feuer lebendig.

Der himmlische Bräutigam aber heißet: *Agnus occisus ab origine mundi*.

So folgte sie mit großer Freude dem Henker, als er sie holen kam und zum Richtplatz führte. Und sie beugte ihren Kopf wie ein Lamm, doch den Henker überkam Furcht. Als er dem unschuldigen Schäfchen dennoch den Kopf abschlug, begann die Erde vor Trauer zu beben, wie sie damals gebebt hat, als am Kreuz Jesus Christus starb, das Lamm Gottes. *Et terra mota est*.

In der Akademie für Artillerieoffiziere in Wiener Neustadt wurden solche schönen und lehrreichen Geschichten nicht gelesen. Mathematik, Geometrie, Ingenieurswesen, Hydraulik und Artillerieattacke, so hießen dort die Gelehrsamkeiten, von solchen Dingen träumt der schnarchende Mensch auf dem Bett; er forciert einen eiskalten Fluss, irgendwo, seine Kanonen versinken im Schlamm, er schlägt auf die Köpfe der Soldaten ein, damit sie sie herausziehen, er muss sie zur *Attacke* postieren, wie er es auf dem Übungsgelände gekonnt hat, hier aber ist es nicht möglich, es ist Winter, wer hat sich als Zeitpunkt für die Schlacht einen derart kalten Winter ausgesucht? Im Winter ruht die Armee, sie nistet unter Schafsfellen, die Kürassierschwadron hat schon angegriffen, und er zieht noch immer seine Kanonen aus dem Fluss ... Er träumt nie von Katharina, hier herrscht hydraulische Kälte ... Auch Katharinas Engel hat hier nichts mehr verloren, ihm ist es ebenso kalt, wie es Katharina mit der schwarzen Fettschmiere im Gesicht kalt ist, es ist Sommer, aber ihr ist kalt, wie es dem Auserwählten ihrer Jugend kalt ist, der vor der Schlacht samt seinen Kanonen irgendwo in einem kalten Fluss versinkt; es ist bekannt, dass die Engel nur dort sind, dass sie sich nur dort wohlfühlen, wo es warm ist von der Liebe, wenn ihr doch warm wäre, dann würde der Engel vielleicht mit diesem Hauptmann und seinen kalten Hydraulikträumen um ihre Seele kämpfen, aber ... auch Engel sind nur Engel, der Krieg ist nicht ihr Metier, wo es kalt ist, weichen sie, und auch Katharinas Engel wird weichen, er wird sie verlassen, er wird sich auf den weiten Weg machen, zurück in den Glockenturm von St. Rochus, dort ist Sommernacht, auch dort ist es kalt, so wie in Katharinas Seele, aber dort kann er wenigstens ruhig dahocken und abwarten, ob es jemals wieder warm wird, dort braucht er wenigstens nicht ihr schwarzes Gesicht zu sehen, über das die Schatten der nächtlichen Öllampe huschen.

[35]

Ein geschlossener Raum, nicht groß, mit den Schritten maß er die Zelle ab: sechzehn Fuß in der Länge, zwölf Fuß in der Breite. Es hätte auch eine Klosterzelle sein können, aber es war eine Arrestantenzelle. Als es noch eine Klosterzelle, nein, keine Zelle, denn in der Gesellschaft mochte man das Wort nicht, als es noch ein Zimmer im Jesuitenhaus gewesen war, in dem er, in die Vorbereitungen für die Disputationen vertieft, Exegese, Dogmatik und die Philosophie des Thomas von Aquin büffelte und Rhetorik übte, war sein Denken einzig um das Bakkalaureat, um die Insignien, um Epomis und Birett gekreist, er hatte hoch hinaus gewollt, jetzt war er tiefer als je zuvor, wieder in einer Zelle, in einer für Arrestanten. So eine kannte er aus Olimje, eine Zelle der Angst und des Wartens, er kannte einen Keller, in dem er für kurze Zeit, für ein paar Stunden, hinter Schloss und Riegel gewesen war, er kannte ein dachloses Herbergsloch in Lissabon, aber nichts war vergleichbar mit dem hier. Von all den Räumen hatte der Weg irgendwohin geführt, letztlich zu einem Leben mit Katharina, auf dem Weg nach Kelmorajn, und dann irgendwohin nach Dobrava oder nach Laibach, mit Katharina. Jetzt gab es plötzlich keinen dieser Wege mehr, es gab auch keine Vergangenheit mehr. Jetzt war er nur noch ein Verbrecher in einem Landshuter Kerker. Er würde verurteilt werden, weil er eine militärische Wache angegriffen und weil er Eigentum und Ehre und Würde der Landshuter Bürger verletzt hatte. Je sinnloser ihm schien, dass er, ein armer Scholastiker, ein einsamer Mensch, ausgestoßen aus der großen Gemeinschaft der Gesellschaft Jesu, aus ihren Legionen, dass er die Armee ihrer habsburgischen Majestät Maria Theresia angegriffen haben sollte, die Wache eines Artillerieregiments, das gegen die Armee Friedrichs von Preußen kämpfte oder vorhatte zu kämpfen, je sinnloser ihm erschien, dass ausgerechnet er beschuldigt wurde, er, der niemandem jemals auch nur ein Haar gekrümmt hatte, Landshuter Eigentum verletzt zu haben, wo er doch jene Nacht in einer Klosterzelle verbracht hatte, nun ja, mit wem er sie verbracht hatte, hatte er nicht vor, den Richtern zu erzählen, desto weniger verstand er, warum er plötzlich den Halt verloren hatte. Du taumelst vor einem Nichts, dachte sein philosophisches Gehirn. Die Sache war so sinnlos, dass sie dem Nichts ähnelte, dem Abgrund des Nichts, das existierte, das auf jeden wartete, um ihn in sich hineinzuziehen. Vielleicht war es so, weil er zu viel Verstand, aber zu wenig Liebe hatte. Und jetzt, als ihm schien, dass er sie gefunden hätte, dass sich sein religiöser Verstand und seine menschliche Sehnsucht in gemeinschaftlicher Liebe zu einem lebendigen Wesen gefunden hätten, zu allem Lebenden in einer Frau und in allem Guten, das sie personifizierte, jetzt war plötzlich alles zerfallen. Die Zelle maß sechzehn Fuß in der Länge und zwölf in der Breite. Hinter der Wand rann irgendein Wasser, vielleicht die städtische Kanalisation, denn feuchter Gestank drang durch die unsichtbaren Poren in der Wand. Auf der anderen Seite war hoch oben ein Fenster, das er nicht erreichen konnte, das Fenster sah auf eine leere Straße hinaus, manchmal hörte er Schritte auf dem Pflaster näher kommen, wenn er aufstand, konnte er manchmal Holzschuhe sehen, die in der Morgenstunde vorbeizockelten, abends lud irgendein Kirchturm zum abendlichen Ave, nachts hallten die Rufe der Stadtwachen wider. Morgens bekam er Brot, Brei, Wasser, manchmal gekochte Rüben und ein Stück fettes Fleisch. Richter Oberholzer hatte kein so hartes Herz, er hätte ihn bei Wasser und Brot schmoren lassen können. Auch das Lager war nicht ganz hart, der Kerkermeister hatte ein paar stinkende Schafsfelle über die Holzbretter geworfen, er kroch hinein, sie waren warm, Gott verstand sie so zu machen, dass sie die Schafe in den kalten Nächten und in den Bergställen in den langen Wintern wärmten. So lag er da, in ein Fell gewickelt, das einst einen richtigen Hammel gewärmt hatte.

Am frühen Abend, wenn das Licht im Kerker erlosch, zeichneten sich an der Wand Bilder aus seinem Leben ab, meistens jedoch ihr liebes Gesicht, ihr Gesicht an einem Pilgerfeuer. Ihr Blick, den er zuletzt gesehen hatte, wie sie nachdenklich in den Spiegel sah, während sie sich kämmte, wie sie dann wie abwesend über die Berge sah, ihr Blick, benommen von ihrer beider Nacht. Jetzt sah er es am Pilgerfeuer, dort war er das erste Mal darauf geprallt, auf zwei Augen in einem beschienenen Gesicht; unter allen Gesichtern, unter einander gleichenden, in die Nacht getauchten, vom Feuerlicht beschienenen, war damals ein einziges, schmerzlich nachdenkliches, schmerzlich junges, schmerzlich schönes Gesicht hervorgetreten. Alle anderen waren verschmolzen zu einer unkenntlichen Masse, nur eines war plötzlich unter ihnen aufgeleuchtet, auf der anderen Seite des Feuers, durch die Flammen hindurch, ein Frauengesicht, ein Blick, der ihn getroffen hatte, über diesem einen Gesicht glühte eine kleine Lichtkuppel, und diese Lichtkuppel war jetzt eine Lichtgarbe, die durch die Luke seines Kerkers fiel, es war das Licht ihrer Anmut, Keuschheit und Treue.

    Der Gedanke an Katharina half ihm mehr als der Gedanke, dass ihm Gott der Herr, wie allen Menschen, vielleicht eine besonders schwere Prüfung auferlegt hatte. Es half ihm nichts, wenn er sich erinnerte, dass Jeremias in ein Kerkergewölbe gekommen und für lange Zeit dort verharren musste, nichts, wenn er daran dachte, dass Herodes Johannes den Täufer hatte gefangen nehmen, fesseln und in den Kerker werfen lassen wegen Herodias, der Frau seines Halbbruders Philippus, nichts, wenn er sich erinnerte, dass Paulus und Silas böse verprügelt und in den Kerker geworfen worden waren und dass der Kerkermeister, dem eingeschärft worden war, ja gut auf sie aufzupassen, den Befehl befolgt und sie ins tiefste Verlies geworfen und ihre Füße in den Block geschlossen hatte. Das Erdbeben, das sie rettete, würde ihn nicht retten, nicht nur weil es in diesem Land keine Erdbeben gab, sondern deshalb, weil die anderen beiden wegen des Glaubens und ihres Zeugnisses für den HERRN dort waren, er hingegen, weil er irgendeine Flinte gepackt und sie in den Dreck geschleudert hatte. Die einzigen Worte aus seiner gelehrten Erinnerung, die ihm ein wenig halfen, stammten aus der Offenbarung, so lange rief er sie sich in Erinnerung, bis er sie in die genaue Wortfolge gebracht hatte: *Fürchte dich vor nichts, was du erleiden wirst! Siehe, der Teufel wird etliche von euch in den Kerker werfen, um euch zu versuchen: Zehn Tage werdet ihr in der Not sein. Sei getreu bis an den Tod, so will ich dir die Krone des Lebens geben.* Und diesen Worten gesellte sich der Gedanke hinzu, dass dieser Teufel kein anderer als Windisch war, dessen aufgedunsenes Gesicht ihn an einen der Bandeirantes erinnerte, an jenen portugiesischen Soldaten, der sich während des Ritts durch die Estanzia Santa Ana gebückt, ein Mädchen hochgezogen und ihm die Kehle durchgeschnitten hatte.

Noch immer hörte er den donnernden Ritt, ein riesiger Mann ritt über eine Brücke, ein Offizier mit Federschmuck, über die Brücke in Kärnten, wo der Hauptmann und der Jesuit einander begegnet waren, ein Pilger und ein Soldat ... Hammel, hatte Windisch gesagt, ich werde dich ins Wasser treiben, du Hammel. Nachts hörte er ihn sagen: Weißt du, was man mit einem Lämmchen macht, du Hammel? Man schneidet ihm die Kehle durch, sagte er mit seiner rauen und vom Befehlen heiseren Stimme. Das ist der Teufel, das wusste Simon seit damals, als er ihm in Kärnten begegnet war, Windisch hatte ihn in den Kerker gebracht, nicht Richter Oberholzer, und er, Simon Lovrenc, der Verbrecher im Landshuter Kerker, hatte beschlossen, diesen Teufel zu suchen und eines Tages zu finden. Und er würde seiner Liebe zu Katharina treu bleiben, und das würde für ihn die Krone des Lebens sein. Was die Treue anging, hatte er ja kaum viel Auswahl, selbst wenn er vorgehabt hätte, sie auf die Probe zu stellen.

Er betete, er sprach mit seinem hohen und unerreichbaren Vorbild Franz Xaver, der ihm in den kalten Morgenstunden in der Laibacher Kapelle immer zu helfen und zu raten gewusst hatte. Aber es wurde nicht besser, jede Nacht, bevor er einschlief, zitterte der Schatten eines Messers an der Wand. Er sah ein Messer, in den Tisch gerammt, wie es die Bauernburschen in den Dörfern unterhalb von Auersperg taten, jemand stach es in den Tisch und sagte: Soll ziehen, wer ein Kerl ist.

Nach zwei Wochen gab es noch immer keine Antwort aus Laibach, vielleicht war die Kaufmannskarawane, die die Frage des Landshuter Richters zum Laibacher Bischof bringen sollte, überhaupt noch nicht aufgebrochen. Sonst aber wurde sein Leben im Kerker besser, und die Gedanken an Katharina, wie auch an die schwere Prüfung, die ziemlich sinnlos schien, waren nicht mehr so schmerzlich. Bald konnte er auch den Kerker verlassen, um zur Arbeit zu gehen, wo er andere Gefangene kennenlernte. Dem Kerkermeister, der ein praktischer Mensch war, schien es doch übertrieben, dass die vier Häftlinge, die er unter Verschluss hatte, Essen bekamen und sich auf Schafsfellen wärmten, was alles aus dem städtischen Haushalt kam, ohne dass sie dafür arbeiteten. Deshalb setzte er sie bei der Feldarbeit ein, später lieh er sie auch an Wittmanns Brauerei aus, wo sie Fässer rollten und auf Wagen luden. So lernte Simon Lovrenc einen kleinen schwarzen Menschen kennen, von dem sich herausstellte, dass er ein Metzger war. Aber er war nicht deshalb im Kerker, weil er etwa mit falschen Gewichten betrogen oder ohne Erlaubnis geschlachtet hätte, sondern weil er das Vieh so schlachtete, dass das Blut abfloss. Anstatt aus dem Blut, wie die anderen Metzger in diesem Land, Blutwürste zu machen, ließ er das Blut abfließen und bedeckte es dann mit Sand. Er war nach seinem Glauben überzeugt, dass dieses Blut Jahve gehörte, der laut Moses aufgetragen hätte: *Allein das Fleisch zusammen mit seinem Leben, das heißt mit seinem Blut, das esset nicht.* Der Metzger erklärte, dass das Blut die Seele sei, und weil die Seele das Leben sei, müsse man das Tier auf die richtige Art und Weise schlachten, rituell, damit es koscher werde, das heiße, damit es die Menschen, die Gott treu seien, überhaupt zu sich nehmen könnten. Simon versuchte dem lebhaften Juden, mit dem er hinter den Fässern, wenn sie sich von deren rollenden Gewicht erholten, Bier aus Krügen trank, klarzumachen, dass so ein Standpunkt nicht nur deshalb sinnlos sei, weil die Seele in der Liebe sei und nicht im Blut, sondern auch deshalb, weil es sich wegen des Ausblutenlassens nicht auszahle im Kerker zu sitzen. Er solle es besser in einem Eimer auffangen, wie es die klugen Bauern machten, und könne es ja dann irgendwohin schütten. Der Jude lachte über diese Unbildung des sonst so klugen Menschen. Er zeigte ihm eine Rolle, die er unter dem Hemdärmel an den Arm gebunden hatte. Das ist ein heiliger Text, sagte er, und das heißt, dass jedes Wort darin heilig ist, er wird deshalb an den Arm oder an den Kopf gebunden, damit seine Worte direkt in den Körper gehen. Wort und Körper sind eins, Blut und Seele sind eins. Und wenn er wegen seiner Überzeugung, dass jenes Blut, das Seele war, Gott gehörte, wenn er deshalb im Kerker sein musste, dann war auch das in Ordnung. Und wenn Simon glaube, er sei ohne Grund hier, dann sei er, der jüdische Metzger, anderer Meinung, denn er denke, Simon sei hier, weil Jahve es so wolle. Auch Simon versuchte zu glauben, dass der Herr es so wollte, vielleicht war es so im Buch des Lebens geschrieben. Manchmal war es vielleicht jemandem gegeben zu sehen, was darin geschrieben stand, er hätte gern gewusst, was über ihn und Katharina darin stand, über Katharina und ihn. Eines Abends nahm er das Angebot des Juden an, sie beteten zusammen, zwei Gegner nach Erziehung und Glauben, sein altes Gebet, der jüdische Schächter und der einstige Jesuit:

Herr, Gott meines Heils,
Tag und Nacht schreie ich vor dir.

Lass mein Gebet vor dich kommen,
Neige dein Ohr meinem Ächzen zu.
Denn meine Seele ist satt vom Leiden,
Mein Leben ist ans Totenreich gelangt.

So will er es, so will er es, hämmerte es in Simons Kopf in den langen Nächten nach den Gesprächen mit dem jüdischen Metzger, und er musste sich eingestehen, dass Gott es so wollte, sein Leben war beim Totenreich angelangt. Wenn er es selbst nicht wollte, hieß das nichts, wenn es ihm unrecht erschien, so hieß das ebenfalls nichts, auch wenn sie ihn aus den Missionen fortgeschleppt hatten, es war Gottes Wille gewesen, und wenn seine keusche Geliebte auf ihn wartete, so wie er auf sie wartete, dann bedeutete das etwas, dann hatte alles zusammen einen Sinn. Doch in den Nachtstunden kam immer häufiger auch ein Gedanke, der sich in seinen Kopf eingrub und nicht mehr hinaus wollte: Windisch, der Pfauenteufel, hatte er ihr vielleicht etwas Schlimmes angetan? Er hatte ihn gesehen, wie er sie ansah, als er im Klosterhof mit seinen Tressen und Seidenbändern und silbernen Pistolengriffen so mächtig absaß, er hatte gesehen, wie er sie ansah und mit seiner heiseren, vom Befehlen und unaufhörlichen Saufen heiseren Soldatenstimme zu ihr hinaufrief wie zu jemandem, der ihm ganz nahe stand: Ich wusste ja, dass du im Kloster landen würdest. Und sie hatte ihm zugelächelt, mit ausgekämmtem Haar und dem Kamm in der Hand. Und jetzt reiste sie mit ihm, mit der Soldatenmeute, mit dem Offiziersrudel. Er erinnerte sich an die Frau, die die Wächter umstellt hatten und die den Rock gelüpft und sich auf den Hintern geklatscht hatte, und er konnte nicht anders, als in die schwärzeste Verzweiflung zu fallen, die ihm Windisch und Katharina vormalte, einen Teufel und einen Engel, er sah ihn, wie er hinter ihr stand, während sie sich im Spiegel besah, wie er sich ihr näherte, ach, das waren Bilder, denen er mit keiner Theologie, mit keiner jüdischen Exegese, mit nichts entrinnen konnte, mit keinem: So will es Gott, so will es Gott, denn alles kann sein, nur das nicht, das darf nicht sein, das darf nicht sein. Konnte es sein, dass jemand Katharina so sah, wie er sie gesehen hatte, konnte es sein, dass dieser Windisch oder wer immer etwas gegen ihren Willen oder, was noch schlimmer wäre, mit ihrem Willen tat? Es konnte nicht sein, es konnte nicht sein. Alles kann seinen Sinn haben, so etwas kann es nicht. Denn wenn eine solche Sache ihren Sinn hatte, dann war das mit seinem Glauben und seiner Liebe, mit seiner Logik und Dogmatik alles zusammen ganz gewaltig falsch. Dann hatte auch jener Häftling recht, den er auf dem Gang getroffen hatte und den man nicht arbeiten ließ, weil er ein hinterhältiger Mörder und Gewalttäter, ein Räuber war, dieser Schächer zur Linken, den nicht einmal die Gesta zu benennen vermögen, weil er die Haupt- und Todsünde des vorsätzlichen Mordes, der Gewalt gegenüber Unschuldigen, der Gier nach Gold, das er seinen unschuldigen Opfern gestohlen hatte, auf sein Gewissen geladen hatte, dann hatte er recht, als er zu ihm sagte: Wo ist jetzt dein Jesus, um dich zu retten, wo ist deine Jungfrau Maria? Er hatte hinter ihm hergeschrien, auch als er in seine Zelle ging: Wenn du sagst, dass du unschuldig bist, warum rettet sie dich nicht? Er hielt sich die Ohren zu vor diesen Worten, doch wenn er an seiner Tür vorüberflüchtete, hörte er sein Gelächter trotzdem: Du kriegst ihren Kuss, du kriegst den Jungfernkuss. Der Jungfernkuss, oder besser: der Kuss der Eisernen Jungfrau, war eine Vorrichtung, von der man in allen Kerkern Österreichs und Bayerns sprach, obwohl sie noch nie jemand gesehen hatte. Das war ein eiserner Kasten, nach dem menschlichen Körper gemacht, der Kopf war das Abbild der Jungfrau Maria, ins Innere jedoch ragten scharfe Messerklingen. Wenn man da einen Verbrecher hineinsperrte und den Kasten schloss, durchbohrten die scharfen Klingen langsam seinen Körper, und wenn der Kasten ganz geschlossen war, blieb nur noch die Figur mit den gekreuzten Armen und Ihrem Antlitz. Er wünschte sich, dieser schreckliche Verbrecher mit seinem Gelächter würde in ihrer Umarmung ersticken, damit er ihn nicht mehr hören musste. Er schrie und flüsterte, auch im Schlaf sah er sein Grinsen, hörte sein Flüstern: Jungfernkuss, Jungfernkuss. Der Gedanke an Katharina, zusammen mit Windisch, der Gedanke an Katharina mitten im Heerlager, das war sein Jungfernkuss, je mehr Gedanken, desto mehr Klingen. Und er träumte auch immer öfter, dass der Teufel Windisch die engelsgleiche Katharina mit sich geführt hatte, dass er mit ihr in Palästen und auf Höfen war, wo es bunte Fenster gab, aus denen Katharina morgens in die Ferne sah, wo es Toilettentische mit dünnen Beinen gab, wo es, ach, breite Betten mit Daunendecken gab, durchgeschwitzt von sich liebenden Körpern. Es war nicht ein Messer, es waren viele Messerklingen. Das waren die Klingen solcher Messer, die in den Kopf, ins Herz, in die Lunge drangen und sich ins weiche Gewebe des Fleisches bohrten bis auf die Knochen, die an den Knochen abrutschten und weitergingen, bis zum Ende. Aus solchen Träumen erwachte er, gelöchert von seinem Foltergerät namens Jungfernkuss. Wenn das einen Sinn ergab, dann war das Blut die Seele, und die war des Teufels, und diese Seele, dieses Blut würde er vergießen, ihres und seines. Eines Nachmittags trank er während der Arbeit in der Brauerei mit dem heiter gestimmten Juden ziemlich viel Bier, im Kopf wurde es ein bisschen finsterer oder auch etwas heller, als er laut zu deklamieren begann:

Liber scriptus proferetur
In quo totum continetur
Unde mundus iudicetur ...

[36]

Wer einmal die Orte aufsucht, sagt Simon Lovrenc, an denen wir Jesuiten unsere Missionen errichtet haben, die Europa als paraguayische Reduktionen kennt, wer in der Stille von Santa Ana seinen Fuß zwischen die Ruinen der einst mächtigen Gebäude und Kirchen, des Jesuitenhauses, des Siechenhauses, der Guaraní-Wohnstätten setzt, wer die ausgetrockneten Brunnen sieht, den wird eine große Verwunderung überkommen und tiefer Respekt erfüllen gegenüber allem, was dort geschaffen wurde – mit Glauben, festem Willen, mit Weisheit und Tätigkeitssinn. Der wird nicht nur an die Inspiration glauben, die uns begleitet hat, sondern an die Festigkeit des Fundaments, auf dem die Kirche ruht, an die Festigkeit und Einheit des mystischen Körpers der Gesellschaft Jesu, die ein solches Wunder zu schaffen imstande war; wer die schiefen Kreuze mit den Namen der Brüder auf dem längst überwucherten Friedhof sieht, der wird an die unermessliche Kraft der menschlichen Organisationsgabe, Tätigkeit, Findigkeit und Fähigkeit glauben, die sich unter der Führung der Hand Gottes in jedem Moment erneuern kann, die die Pater, die nunmehr in den europäischen Staaten und in den Missionen Nordamerikas und Asiens umherirren, jederzeit in die Missionen zurücksenden kann, auch ihn, Simon Lovrenc, dessen Name in den Jesuitenchroniken in Indien verzeichnet steht, auch ihn kann die Macht der Gesellschaft aus dem Landshuter Kerker retten und dorthin zurückschicken, wo sein Platz ist und wo er glücklich war, weil seine Arbeit in jedem Augenblick, auf Schritt und Tritt mit Gottes Gegenwart gesegnet war, mit der Gegenwart des Heiligen Geistes, der ihm jeden Morgen seinen Verstand erleuchtete, wenn er das Trommeln hörte und für einen neuen Tag des Schöpfers erwachte, in seinem Dienst, im Dienste der Gesellschaft, wenn das geschehen, wenn man die Missionen erneuern würde, dann würde Simon Lovrenc wieder alles verlassen, auch Katharina, die er jetzt nicht verlassen hat, er würde dorthin gehen, vergessen würde er diese Irrfahrt durch die deutschen Lande voller sinnloser Versuchungen und Blendwerke des Teufels, vielleicht würde er sogar seine Liebe vergessen, die nicht mehr göttlich war, sondern menschlich, sehr menschlich, und seinen Namen wieder unter die der Brüder einreihen, die die Guaraní zu Christen gemacht und das Evangelium unter den Wilden verbreitet haben, wenn auch auf dem Friedhof von Santa Ana oder San Ignacio Miní oder Trinidad oder San Miguel oder Loreto, wo die immer schieferen und immer stärker überwucherten Kreuze auf den Gräbern der Brüder mit den Namen Romero, Simecka, Strobel, Paucke, Cardial, Montenegro, Charlett zurückgeblieben sind und auch seiner auf einem der Eisenkreuze stünde, die von den Guaraní noch einige Zeit in Ordnung gehalten und mit Blumen geschmückt würden, bis sie sich langsam neigten und in der Erde versänken. Wer einmal im Morgengrauen die Nebelschleier über dem Fluss Paraná, seine Buchten, das weiche Verlaufen des Wassers ins Licht und zurück gesehen hat, der vergisst das nicht, auch nicht im Landshuter Kerker, wer den roten Platz, die mächtige Fassade aus rotem Sandstein, die grünen Gärten gesehen, wer den Staub gerochen hat, unter den vielen Füßen aufsteigt, die sich so lebhaft über die gestampfte Erde bewegen, wer all diese Menschen gesehen hat, voller Leben, Rufen, Singen, wer die Sonne nach Westen hat gleiten sehen, über die roten Dächer und grünen Baumwipfel hinweg, die in sich, in ihrem Grün, die Ahnung des großen glitzernden Flusses, die Ahnung der Wasserfälle weit oben tragen, wer zwischen den Patres gestanden hat, die sich vor der Kirche in ihren schwarzen Mänteln versammeln, wer die weiß gekleideten Guaraní-Mädchen und ihre Väter und Brüder mit Werkzeug, Waffen oder Büchern gesehen hat, dem werden diese Szenen, die Farben dieser Traumlandschaft, ihre Stimmen und Klänge bis zur letzten Stunde vor Augen sein.

Nicolas Neenguiro, der indianische Befehlshaber, der in Concepción der Corregidor war, schrieb in dem Jahr, als Simon gegen seinen Willen die Missionen verließ: „Herr, höre die Worte deiner Kinder. Dieses Land gab uns Gott selbst, und in diesem Land ist unser Superior Pater Roque Gonzales unter uns gestorben, wie viele andere Patres auch. Sie bildeten uns aus und widmeten sich nichts anderem so sehr wie uns. Kein

Portugiese und kein Spanier hat uns etwas von dem gegeben, was wir haben: eine mächtige Kirche, ein wunderschönes Dorf, Ställe voller Tiere, Scheunen, eine Baumwollweberei, Bauernhöfe und Meiereien, all das ist unsere Arbeit. Warum also wollen sie von all dem Besitz ergreifen? Sie wollen uns verhöhnen, aber es wird ihnen niemals gelingen. Der Herr, unser Gott, will nicht, dass es geschieht. Wenn der Pater Kommissar, der gekommen ist, um uns umzusiedeln und die Jesuitenväter wegzuschicken, wenn er will, dass unsere Väter jetzt anders sind, als sie bisher waren, dann waren sie auch früher nicht, was sie heute sind. Jetzt will er, dass wir unsere Siedlungen verlassen, dass wir wie die Hasen in die Wälder laufen oder wie die Schnecken in die Wüste kriechen. Ich habe nicht mehr genug Worte, um mein Volk zu beschwichtigen oder mich ihm entgegenzustellen, wenn es zornig wird." Diesem Brief zufolge leisteten die Reduktionen San Miguel und San Nicolas offenen Widerstand, dort hatte man beschlossen, noch einmal zu gewinnen, die Bandeira noch einmal durch die Wälder nach São Paulo zurückzutreiben, wie sie es schon oft getan hatten, sie hatten die Kriegsfertigkeiten noch nicht verlernt, weder die Guaraní noch die Jesuiten.

In Santa Ana gab es keinen Widerstand, Pater Simon Lovrenc brach mit rund dreißig Guaraní auf, die ihre Familie mitnahmen, denn sie hingen sehr an ihnen und glaubten, dass nur sie selbst sie richtig beschützen könnten, mit den rund dreißig Guaraní und zwei belgischen Patern ritt er zu einer entlegeneren Estanzia, wo seine missionarische Sendung ein jähes Ende nahm, mit einem Schlag auf den Scheitel, mit gefesselten Füßen, mit dem Gedanken an Superior Herver, der in Santa Ana mit einem Fläschchen Yerba Mate in den Händen zurückgeblieben war. Die Estanzia, wo sie nach zwei Tagesritten übernachtet hatten, wurde im Morgengrauen von Bandeirantes aus São Paulo umstellt. Sie waren so nah, dass man das Schnauben ihrer Pferde, die lauten Unterhaltungen hören, die Waffen sehen konnte, die in den morgendlichen Sonnenstrahlen blinkten. Sie schickten einen Unterhändler mit dem Angebot, die Estanzia solle sich ergeben, sie würden alle verschonen, die keine Waffen in den Händen hielten, die Pater würden sie nach São Paulo schicken und von dort mit dem ersten Schiff nach Europa. Der Corregidor Hernandez Nbiarú, der seine Familie ebenfalls nicht im Pueblo hatte lassen wollen, bot an, sie würden sich unter der Bedingung ergeben, dass die Soldaten dreien der Guaraní und einem belgischen

Pater erlaubten, mit den Kindern und den Frauen zurückzukehren. Unter dieser Bedingung würden sie sich ergeben, andernfalls würden sie kämpfen, so wie Nicolas Neenguiro beschlossen hatte zu kämpfen und mit ihm alle Indianer und Jesuiten in Concepción und San Miguel, zusammen mit ihren Kindern und Patern würden sie in den Himmel gehen, in das Land ohne Böses. Als der Unterhändler zu seinen Leuten zurückkehrte, waren dort ein kurzes Lachen, Befehle, Waffenklirren, das Stampfen von Pferdehufen zu hören, sie wurden ohne Zögern angegriffen. Und das Letzte, was Simon sah, bevor man ihm die Füße band und ihn auf den Wagen stieß, war die kleine Teresa. Ein portugiesischer Reiter riss sie im vollen Galopp vom Boden hoch und beförderte sie mit einem Fußtritt aufs Pferd. *Deo gratias*, rief sie vor Entsetzen oder vielleicht in plötzlicher Erleuchtung oder vielleicht deshalb, weil sie dachte, das wären portugiesische Worte, die der schreckliche Mann mit dem Messer in der Hand verstehen würde, *Gratias tibi, Domine*, der Reiter hielt für einen Augenblick das Messer in der Luft an, als er sie hörte, dann lachte er auf, Jočo, rief er jemandem zu, der unter dem Dach einer Holzhütte Feuer legte, Jočo, hast du gehört?, die kleine Bestie spricht Latein. Sie bedankt sich bei dir, rief Jočo und lachte kurz, und der andere schnitt ihr die Kehle durch, das war das Letzte, was er gesehen hatte, noch jetzt hatte er sie vor Augen: die kleine Teresa, wie der portugiesische Kavallerist sie zum Sattel heraufreißt, ihr mit einer kurzen Bewegung die Kehle durchschneidet und sie wegwirft wie einen Fetzen, wie ein Stück Aas, und weiterreitet. So starb dieses Lamm Gottes, dieses schöne und kluge Mädchen, das gerade vor kurzem mit lieblicher Stimme zu sagen gelernt hatte *Deo gratias, gratias tibi, Domine* ... im Vorbeigehen, beim Ritt eines bewaffneten Kavalleristen. *Ecce Agnus Dei, qui tollis peccata mundi!*

Als sie ihm die Füße so weit lösten, dass er gehen konnte, war ihm danach, mitten in dieser Ebene in den Himmel zu brüllen, in jenen Himmel, wo er niemanden sah, hinaufzubrüllen wie ein Stier, so laut zu brüllen, aus solchen Tiefen aufzubrüllen, dass es vom Himmel widerhallte, damit Gott dort oben, im Land ohne Böses, selbst in der *apyka* sitzend, hören könnte, was hier unten vor sich ging, damit er sich umdrehte und hier herunterblickte, wenn er vielleicht gerade woanders hinsah, vielleicht nach Asien, damit ihn auch der Generalobere Ignacio Visconti und Papst Benedikt, Provinzial Matías Strobel und Superior

Inocenc Herver hörten, damit es in den Fluren des Laibacher und aller anderen Jesuitenkollegs widerhallte, nur brüllen, denn Worte hatte er keine mehr, aber auch wenn er sie gehabt hätte, wen auf Gottes weiter Welt würde interessieren, warum er brüllte, warum er schrie, was der gebundene Jesuit Simon Lovrenc zu sagen hatte, was in der Jesuitenchronik von Santa Ana aufgezeichnet sein sollte, er, der Jesuit aus dem innerösterreichischen Lande Krain, wer würde je erfahren, dass er Missionar in Indien gewesen, dass er aus Buenos Aires zu Pferd bis Posadas gereist war und sich in das Leben der paraguayischen Reduktionen eingegliedert hatte, als sie schon dem Untergang geweiht waren, dass er kaum ein Jahr später abgereist war, an den Knöcheln wie ein Stück Vieh gefesselt, so die ganze Provinz Misiones durchmarschiert war und teilweise auf dem Wagen durchsessen hatte, einen großen Teil des Waldes bis São Paulo, von wo er, gebunden wie ein Galeot, nach Lissabon gebracht worden war, wo nicht viel fehlte, und man ihn vors Inquisitionsgericht gestellt hätte. Die Chronik einer Abreise, eines Aufenthalts in den Missionen und einer Rückkehr sagt nichts aus, wenn darin nicht die gewaltigen Kämpfe zwischen Unterwerfung und Gehorsam enthalten sind, zwischen *perinde ac cadaver* und der völligen Überzeugung seines Verstandes, dass er dort hätte bleiben sollen, im Gelobten Land, das ihn für immer prägen würde, dort hätte bleiben sollen, den roten Markt von Santa Ana in den Augen, die Morgentrommel und das Singen der Indianerkinder in den Ohren für sein ganzes Leben, bis zum letzten Tag. Simon Lovrenc war bereits in São Paulo, auf dem Weg aufs Schiff, er war gewaltsam abgeführt worden, als wäre er ein Galeot und nicht ein Glied der heiligen Gesellschaft Jesu und nicht ein Sohn des Ignatius von Loyola, er sah die große Armee ausrücken, die Kanonen, die Kavallerie; konnte nicht einmal der hl. Ignatius, er war doch Soldat, gegen diese Armee etwas ausrichten? Er sah die Bandeira, die schreckliche Armada, ausrücken, er brauchte nicht zu fragen, wohin sie gingen, die Mamelucken, die grausamen Krieger. Er wusste, dass die Nostri und die Guaraní dieser Armada keinen Widerstand entgegensetzen konnten, die Nostri, weil sie unter dem Verdikt der Todsünde nicht kämpfen durften, wer es täte, würde mit durchlöchertem Schädel oder durchschnittener Kehle enden, die Guaraní, weil sie zu schwach waren, oftmals hatten sie sich verteidigen können, jetzt würden sie es nicht können, sie kamen mit Kanonen über sie, mit der Kavallerie, mit dem Donnern der Hufe; bevor die Kanone von Pater Kluger ein einziges Mal schießen könnte, würde Santa Ana zerstampft sein. Die rote Erde wird ihr Blut trinken, das Blut der guaraníschen Krieger, ihrer Kinder und Frauen, auch das Blut jener Pater, die geblieben sind, um im Namen des Herrn zu kämpfen ... Konnte nicht einmal der erste Krieger der Gesellschaft dort im Himmel, in seinem Leben war er auch ein Krieger, ein Offizier gewesen, unser Vater, der Vater der Gesellschaft, Ignatius, Don Iñigo Lopez de Recalde, konnte nicht einmal er etwas tun?

Nach Lissabon gelangten die Nostri, die man an verschiedenen Ecken und Enden der Missionen eingefangen hatte, erst ein halbes Jahr nach dem entsetzlichen Erdbeben, das die Stadt fast völlig zerstört hatte. Überall stank es, überall stieg Staub auf, die Stadt zitterte noch immer in Angst, während ihre Untertanen in den paraguayischen Reduktionen mordeten, Gott entlud seinen schrecklichen Zorn über der Stadt, aber mit dem Morden hörten sie trotzdem nicht auf, hier krochen die Menschen wie die Würmer in den Trümmern herum, mit dem Staub stieg auch der Weihrauch in den Himmel, überall wurde gebetet, von überallher erschallten die Rufe: *Kyrie eleison! Christe eleison!* Man brachte die Jesuiten in den Resten eines Klosterhauses mitten in der Stadt unter, nein, es war kein Kerker, es war ein vorläufiger Aufenthaltsort: hier würden sie unterschreiben, nie mehr nach Indien zurückzukehren, sonst ... Sonst konnte ihnen widerfahren, was sofort nach dem Beben einer Gruppe der in diesem Lande schrecklich verhassten Jesuiten widerfahren war: Man hatte sie beschuldigt, das Erdbeben über die Stadt hereingerufen zu haben, sie, genau sie und niemand anders sollte es gewesen sein, in ihren schwarzen Soutanen wurden sie auf Scheiterhaufen verbrannt, das Volk konnte für einige Zeit aufatmen. Die Strafe war vor allem deshalb als gerecht empfunden worden, weil gerade sie es gewesen waren, die sich die Inquisition ausgedacht hatten, jetzt wurden sie von derselben Inquisition, die in der Zwischenzeit die Dominikaner übernommen hatten, zum Scheiterhaufen verurteilt, sie brannten schön. Und als er in Lissabon durch das aufgerissene Stück Dach in das aufgerissene Stück seines Himmels blickte, aus dem Gott auf ihn herabsah, stiegen böse Vorwürfe und Zorn in seiner Brust auf, Gehorsam gab es in diesen Nächten nicht einmal gegenüber dem Allerhöchsten, geschweige denn gegenüber dem Rektor, dem Superior oder dem Generaloberen in Rom. Er wusste, dass Gott sah, was jetzt, in diesem Moment, in den Missionen geschah, vielleicht sah er die Brüder, die bei den Indianern geblieben waren und jetzt kämpften, vielleicht wurde jemandem in diesem Moment von einer portugiesischen Kugel der Kopf weggeschossen oder von einer Lanze das Herz durchbohrt, vielleicht lag auch Pater Berger, der für seine lieben kleinen Guaraní ein Konservatorium gegründet hatte, zwischen den Indianern und trieb den Paranáfluss hinunter; Gott sieht alles, er weiß alles, und Simon Lovrenc dort in Lissabon konnte nicht verstehen, warum er das zuließ, und wenn er all das zuließ, warum die kleine Teresa sterben musste, mit so wundersam schönen Worten auf den Lippen, andere kannte sie nicht, vielleicht hatte sie geglaubt, sie würde mit diesen Worten ihr Leben retten, vielleicht. Warum hast du uns dort hinübergeschickt, Vater, warum aus dem kalten Gang, aus Xavers Kapelle dort hinüber, warum gab es diese Sehnsucht in meinem Herzen? Etwa, damit ich sehen würde, was recht, was gut, ja was schön ist? Oder damit ich jetzt all das vernichten, ermorden, zerschießen, zerplündern, zerfallen lassen soll, warum? Welche Theologie, welche Exegese soll das verstehen? Gott kommt durch das Sakrament in den Menschen, und wer war offener dafür als die roten Menschen aus Indien, die tags zuvor noch in den Wäldern gelebt hatten und nun Choräle sangen ... lateinisch ... und Bücher druckten, war das nicht der höchste Beweis dafür, dass das Schöne und Gute mit dem Sakrament kam, letztlich auch das Nützliche? Letztlich lebten sie auch viel besser, wer konnte begreifen, warum das alles scheitern musste. Und zwar auf solche Weise, dass dieses große Werk wieder von Christen zerstört wurde, von Angehörigen der heiligen katholischen Kirche, und dass der Befehl, die Missionen zu verlassen, vom Generaloberen der Gesellschaft aufgrund einer päpstlichen Anweisung erteilt wurde, weil sich der Papst dem spanischen König gebeugt hatte, der sich seiner Schwester gebeugt hatte, die sich dem portugiesischen Minister Pombal gebeugt hatte, und wer sollte verstehen, dass Gott in dieser ganzen Kette, die zur Evakuierung der Missionen geführt hatte, nicht ein einziges Mal gesagt hatte: Nein! Aber Gott sagte nicht: Nein, er zerriss die Kette nicht, der Papst zerriss sie nicht, der Generalobere sagte nicht, was er hätte sagen müssen: Nein! Jetzt führte diese Kette ins Böse, zog viele Brüder in den Tod, die Guaraní in die Sklaverei und unter die wilden Tiere, und Simon Lovrenc und die anderen Brüder, die keine Spanier waren, sondern Österreicher, Belgier, Holländer, ihn und die anderen Pater, das Frachtvieh, dorthin, wo er jetzt in dem schmutzigen Loch von Herberge in der zerstörten Stadt Lissabon lag, einer Stadt, in der die Menschen umherkrochen, Massen von Menschen über Trümmer krochen wie über einen großen Ameisenhaufen und wo es ein halbes Jahr nach dem Erdbeben noch nach Kadaver stank, wie es an jenem schönen Tag gestunken hatte, als die kleine Teresa den Bischof aus Asunción begrüßte. Er starrt in den aufgerissenen Himmel über sich, Simon Lovrenc, und versteht nicht, versteht nichts, auch *perinde ac cadaver* kann ihm dabei nicht mehr helfen. War es klar, was Pater Lovrenc nicht klar war, war es wenigstens dem Generaloberen Visconti in Rom klar oder Papst Benedikt, dem Vierzehnten dieses Namens? Sie hatten Pater Matías Strobel gehört, seine verzweifelten Bitten, sie waren genauestens unterrichtet. Meine Augen, gewöhnt an die langen Flure im Haus der Gesellschaft Jesu, an die dunklen und kalten Abende, meine Augen, gewohnt, zu Boden zu sehen, denn nur so konnten sie dem Gebot der Unterwerfung, des Gehorsams und der Entsagung dem eigenen Willen folgen, waren auf einmal weit geöffnet, hier schien das Licht der heiligen Allgegenwart, der Vernunft, die durch menschliches Werk Wunder schuf, das war der größte Erfolg der Gesellschaft Jesu seit ihrem Entstehen. Als Gott seinen Blick hinüberschweifen ließ, unter die großen Wasserfälle, entstand dort das neue Gelobte Land, die Guaraní waren das Auserwählte Volk. Aber alles, was ich sah, als ich dort hinkam, alles das hatten sie selbst erworben und erkämpft, etwas hatte sie am Anfang erleuchtet, die Ankunft der Jesuiten, nur das Kreuz und das Licht, dann ging es von allein, niemand konnte aufhalten, was Gott in jener milden Wildnis sprießen ließ, auch die portugiesischen Ansiedler nicht, die ihre Bandeira-Armee deshalb aufgestellt hatten, um sich die getauften Wilden und mit ihnen die schwarzen Jesuiten zu unterwerfen. Von Anfang an hatten sie nicht hinnehmen können, dass diese Waldwesen fähig waren, die Botschaft des Kreuzes anzunehmen, noch ungläubiger und argwöhnischer hatten sie das Wachsen ihrer Siedlungen und Kirchen beobachtet, die funktionierende Landwirtschaft, die allgemeine Schreibkundigkeit, Musik und Malerei, zuletzt sogar das Druckhandwerk. Diese Waldwesen hatten gelernt, Bücher zu drucken; aus Einzelteilen, die aus Europa angereist waren, hatten sie eine Druckerei zusammengesetzt, Pater Christian hatte einige Dinge von Hand hergestellt, sie druckten das Buch *Sermones y Exemplos en lengva Gvaraní*. Und all das war geschaffen worden durch einen einzigen Blick Gottes.

Und kaum hatte Gott für einen Moment den Blick abgewandt, vielleicht blickte er gerade nach Schwarzafrika, brannten schon die Siedlungen, schnitt schon eine gezückte Klinge der kleinen Teresa die Kehle durch. Wenn er den Blick wieder zurückwenden wird, für Gott ist das ein Augenblick, für uns sind das mehrere Jahrzehnte, wird es in der Provinz Misiones nur noch Ruinen geben. Vergib mir, Vater, dass ich so denke, in meiner Seele ist es schwarz, ich werde aus der Gesellschaft austreten, ich werde bitten, dass man mich entlässt.

Die Brüder trösteten sich mit Gebet, mit Exerzitien, mit Mutmaßungen, wohin man sie schicken würde, zurück nach Frankreich, zurück nach Holland, zurück nach Böhmen, zurück in die kalten Flure und langen Winter, aus denen sie gekommen waren und die sie schon fast vergessen hatten, so wie sie ihre Mütter und Brüder, Väter und Schwestern vergessen hatten. Nun verbargen sie in Absprache mit den portugiesischen Behörden ihre Zugehörigkeit und glichen in ihren bunten Gewändern eher einer Gruppe von Kaufleuten, die in der Erdbebenstadt gefangen war, denn wenn sie in schwarzen Soutanen umhergingen, würden die Leute sie womöglich wie die Ratten erschlagen; dafür wurden sie nämlich gehalten, für Ratten, die so viel Leid, die das Erdbeben bewirkt hatten, ein paar solcher Ratten hatten auf dem Scheiterhaufen gebrutzelt. Heimlich gingen sie zum Hafen, wo sie Nachrichten über die Vorgänge jenseits des Meeres in Erfahrung zu bringen suchten, die Brüder waren ihm immer fremder, Simon wollte mit ihnen nichts mehr zu tun haben, nichts hören, nichts wissen, so oder so waren alle Nachrichten schlecht, nicht nur die portugiesische Bandeira aus São Paulo, auch die Truppen der spanischen Großgrundbesitzer aus Buenos Aires hatten gegen die Missionen losgeschlagen, überall gab es Verrat, Unheil, er hielt sich die Ohren zu, eine Nacht fing er trotzdem ein Flüstern auf: Der Superior von Santa Ana, Inocenc Herver, war an einer ansteckenden Krankheit gestorben, die während der Umsiedlung ausgebrochen war. Nach rund einem Monat kam ein Abgesandter der Gesellschaft aus Madrid, auch er durch ein gewöhnliches Gewand getarnt, er kam wie ein Schatten, schlich sich unter sie in Gesellschaft des Lissabonner Prälats und verlangte sofort mit Entschiedenheit: Ihr werdet eine Erklärung unterschreiben, dass ihr nicht mehr zurückkommt, nie mehr. Ihr werdet nach Rom gehen, die, die es wollen, werden in das Jesuitenhaus zurückkehren, aus dem sie gekommen sind. Die Gesellschaft weiß, dass ihr gehorsam sein werdet, in der Gesellschaft gibt es keine freie Wahl. Wer das nicht tut, wer die Erklärung nicht unterschreibt und nicht dorthin geht, wohin er zu gehen hat, für den gibt es keine Rettung, den erwartet das Allerschlimmste: Er wird entlassen, ausgestoßen; ohne dass ihn jemand verflucht hätte, wird er verflucht sein, er wird ohne Hilfe und Gnade bis zum letzten Tag umherirren.

Die Pater unterschrieben, einer nach dem anderen, Simon bat um Entlassung aus der Gesellschaft. Der Abgesandte des Madrider Jesuitenhauses schlug ein Gespräch vor, Simon wusste, was er sagen würde: Die Gesellschaft liebt dich, die Gesellschaft will, dass du in ihr bleibst. Das sagte er wirklich. Du hast dich verpflichtet, das vierte Gelübde, die Gesellschaft will dich, deine Seele wird verloren sein, du wirst in Sünde fallen, die Todsünde wird über dich herfallen, es wird kein Heil geben, deine Seele wird der ewigen Verdammnis überantwortet werden.

Er unterschrieb nicht, er bat um Entlassung aus der Gesellschaft.

– Ich kann dich nicht entlassen, sagte der schwarze Iberer mit dem schönen und strengen Gesicht, so muss Xaver ausgesehen haben, die Entlassung bekommst du in deinem Haus, ich werde einen Bericht nach Rom schicken, die Entlassung muss der Generalobere oder der Provinzial des Teiles der Gesellschaft bestätigen, dem du angehörst, sagte er, was mich betrifft, bist du entlassen, verworfen, du bist allein, von nun an wirst du allein sein wie niemand sonst auf dieser Welt, du bist geächtet, du bist ausgestoßen. Amen.

[37]

Im Sommer des Jahres siebzehnhundertsechsundfünfzig fand er sich in Triest wieder, von dort schaffte er es mit Fuhrleuten bis Laibach, eines Morgens stand er lange vor der Tür des Kollegs, bevor er das Gebäude betrat, von dem er einmal geglaubt hatte, dass er es nie wiedersehen würde. Er ging ins Büro des Oberen, er sagte, er werde die Gesellschaft verlassen, er bitte um Entlassung. Der grauhaarige Präpositus wurde ganz blass: Das ist schrecklich, was ist mit deiner Seele, mein Sohn? Er glaube der Gesellschaft nicht mehr, er habe jegliches Vertrauen verloren, in seinem Herzen gebe es keine Unterwerfung mehr. In Paraguay würden die Nostri erschlagen, die Indianer erschlagen, die Dörfer niedergebrannt, Pater Inocenc Erberg sei während der Umsiedlung gestorben, und all das geschehe auf Befehl des Generaloberen Visconti, er bitte um Entlassung. Der Präpositus streifte ihn mit einem zornigen Blick, so etwas hatte er noch nicht gehört. Glaubte Pater Simon denn, dass das nicht Gottes Wille sei, glaubte er denn, dass sich das Haupt der Societas Jesu in einem solchen Irrtum befinden könne? Es ist noch schlimmer mit mir, Pater, sagte Simon, viel schlimmer, ich glaube, dass der böse Geist über die Gesellschaft gekommen ist. Der Präpositus musste sich setzen. Er vergrub das Gesicht in den Händen. Dann hob er den Kopf, aus seinen Augen war der Zorn geschwunden, sie waren kalt: Am liebsten würde ich dich über die Schwelle jagen, sagte er, am liebsten würde ich zu dir sagen: Verschwinde. Aber du weißt sehr gut, dass diese Entscheidung der Generalobere fällt, in Ausnahmefällen der Provinzial, wir dürfen die Arbeiter nicht leichthin aufnehmen, noch schwerer ist es für uns, sie zu entlassen. Ich glaube, der Brief ist schon in Rom, sagte Simon, in Lissabon habe ich meinen Entschluss bekannt gegeben.

Der Präpositus wollte wissen, ob er sonst noch jemandem davon erzählt habe. Simon sagte, niemandem, an diesem Morgen sei er in Laibach angekommen. Der Präpositus schüttelte den Kopf, Gott sei dir gnädig, ich werde für dich beten. Er sah ihn an, einen solchen Arbeiter brauchten sie nicht. Er konnte ihn nicht zurückhalten, er würde die Verwirrung, die in ihm war, weitertragen, die Ruhe im Kolleg würde gestört, die Schande wäre groß, der Gesellschaft würde Schaden zugefügt, und das zu einer Zeit, wo sie schon von allen Seiten bedroht war. Er würde ihn heimlich entlassen, er solle Bescheid geben, wo er sich aufhalte, man werde ihn aufsuchen. Trotzdem solle er warten, vielleicht werde sich die Verwirrung in seiner Seele legen, vielleicht werde ihm wieder die Gnade leuchten, die Gnade Gottes und die Gnade der Gesellschaft.

Er ging nicht in die Kapelle, in die Kapelle der kalten Morgen und großen Hoffnungen, er ging auch nicht nach Haus; diese Bauersleute, nur das Herz wusste noch ein wenig von ihnen, er konnte nicht vor sie hintreten, zu tief hatte er sie begraben, viele Jahre lang hatte er ihnen keinen einzigen Gedanken gewidmet, keine Erinnerung, wie sollte er jetzt vor sie hintreten? Er strich durch das Land, für einige Zeit schlüpfte er bei den Paulinern in Olimje unter, er war verloren, wer von den Nostri aufgegeben wurde, der war wirklich verloren. Dort suchte er Hilfe in der Kapelle des Franz Xaver, ihm vertraute er sich an, wie sich ihm von allem Anfang an in Laibach anvertraut hatte, ich kann nicht mehr, sagte er, ich kann nicht mehr. Er ging über die Felder und sah den bäuerlichen Menschen bei der Arbeit zu, er sah ihre frommen Prozessionen, und etwas rührte sich in seinem Herzen, diese Einfachheit, diese Klarheit, ihre Wallfahrten, manchmal schien es ihm, als liege hier das Geheimnis der Offenbarung des einfachen und klaren Gottes, das er unter den Guaraní gespürt hatte.

Endlich kam die Antwort, im Winter. Durch den hohen Schnee kam ein Jesuit aus Marbruk gestapft, Simon wusste, dass er seinetwegen gekommen war. Vor dem Abendessen wurde er in des Priors Kanzlei gerufen. Sie standen sich allein gegenüber, beide kannten die Konstitutionen, beide die Exerzitien, beide alle Probehäuser, beide die vier Gelübde. Sie mussten nicht viel sprechen, beide wussten, dass Simon Lovrenc, so, wie er war, widerständisch, starrköpfig und in der Seele verwirrt, nicht bereit war zu Gehorsam und Arbeit, dass er einfach nicht mehr für große Aufgaben einsetzbar war, die Gesellschaft brauchte ihn nicht mehr. Und auch diesmal ging es nicht ohne Warnung ab: Die Gesellschaft brauche ihn nicht, aber er werde die Gesellschaft brauchen, er solle wissen, dass er sie brauchen werde, niemand sei so allein wie ein entlassener Jesuit. Ihn erwarteten Trauer und Einsamkeit, in der Einsamkeit werde er teuflischen Versuchungen ausgesetzt sein, nur in der Gesellschaft sei er sicher, jetzt sei er verloren. Ich müsste Mitgefühl mit dir haben, sagte der Abgesandte, so verlangen es die Konstitutionen, aber ich besitze diese Gabe des Heiligen Geistes nicht, ich habe sie nicht, ich verachte dich, sagte er, wenn du zurückkommen wirst, und du wirst zurückkommen, wird die Buße schlimm sein, du wirst wieder ins Erste Probehaus müssen. Simon hörte ihm nicht mehr zu, er ging hinaus aufs Feld, er ging durch den Wald, sein Herz hämmerte, jetzt war er draußen, es war schrecklich, aber so musste es sein, so muss es sein, Herr, verlass mich nicht in dieser Stunde, gib mir die Kraft, dass ich dir auf andere Weise diene, am Waldrand fiel er auf die Knie, ich bin allein, ich bin allein, er legte sich nieder und zog die Knie zum Kinn, er zitterte am ganzen Leib. Erst am Abend kam er ins Kloster zurück.

Am nächsten Morgen eröffnete ihm der Prior, dass er auch in Olimje nicht bleiben könne, man habe ihm ein Dach über dem Kopf gegeben, weil er in Not gewesen sei und auf die Entscheidung gewartet habe; er müsse verstehen, dass man ihn jetzt nicht länger hier behalten könne, die Jesuiten könnten denken, dass sie seiner Sache Vorschub leisteten. Er bedankte sich und ging. Jetzt beschloss er doch, nach Zapotok zu gehen. Als er auf dem Hof erschien, sah man ihn an wie einen Menschen, der dem Grab entstiegen war, der von dorther kam, wo sein Vater schon war, nicht einmal das hatte er gewusst, dass sein Vater gestorben war. Die Mutter weinte untröstlich, sie glaubte, dass ihr Sohn zurückgekehrt wäre. Aber wohin hätte er zurückkehren sollen, er war doch nie hier gewesen, das war eine andere Welt, diese Frau, die sagte, dass sie seine Schwester sei, diese ältliche und abgearbeitete und derbe Frau, erkannte er überhaupt nicht. Er ging in den Wald, aus dem sein Vater einst das Holz geschleppt hatte, daran konnte er sich noch am besten erinnern. Diesmal fiel er nicht auf die Knie, gedankenlos ging er durch den Wald, er erinnerte sich eines bösen Winters, als es ihn unter den Nägeln fror, als ob darunter scharfe und heiße Eisennägel wären. Nach zwei Tagen ging er nach Laibach, auf dem Kreisamt erledigte er in wenigen Tagen alles, er verkaufte alles Land, es war nicht viel, aber genug, um etwas Geld zu haben, er war kein Bettler. Wenn er in der

Gesellschaft geblieben wäre, wäre er ein Bettler geblieben, der Hof wäre in ihren Besitz übergegangen, sicherlich hätte er ihn der Gesellschaft übergeben, auch das Haus, das Vieh und alles andere, was er jetzt jener Frau überließ, die einmal seine Schwester gewesen war.

Im Frühjahr des Jahres siebenundfünfzig, kurz nach Ostern, saß er an einem regnerischen Abend im Wirtshaus Kolovrat nahe dem erzbischöflichen Palais, gedankenlos trank er Wein und sah auf den Schoppen vor sich, gedankenlos hörte er den lauten Gesprächen zu, es ging lebhaft zu, ein gewaltiger grauhaariger Greis erzählte unglaubliche lustige Geschichten aus fernen Ländern, die er vor ewigen Zeiten besucht hatte. Simon hörte ihm nicht zu, er kannte die fernen Länder, er wusste, dass alle etwas von ihnen wissen wollten, überall sprach man von China und Amerika, von Goldschätzen, von Wilden und Löwen und Riesenschlangen.

Simon verwickelte sich an jenem Abend ein wenig abwesend in ein Gespräch mit einem Gutsbesitzer, der Mann schien den Tränen nahe, auf jeden Fall aber war er schon ziemlich angetrunken, er sagte, er trinke nie, er habe zwei Töchter, einen Sohn in Triest, einen Hund namens Aaron, ein großes Stück Wald, Felder und Pferde, seine Frau sei gestorben, Gott gebe ihr den ewigen Frieden, aber heute trinke er, weil er verzweifelt sei; schon den ganzen Tag stehe er vor dem bischöflichen Ordinariat und warte, dass ihn Hochwürden empfange, doch Hochwürden hätten für ihn keine Zeit, Hochwürden können niemandem von der Wallfahrt nach Kelmorajn abraten, obwohl er, der Verwalter auf dem Gut von Baron Leopold Henrik von Windisch und auch selbst Grundbesitzer, obwohl er ein paar Wagen Holz für den Bau in Gornji Grad gespendet habe. Er werde gehen, sagte er, auch er werde auf diese Wallfahrt gehen. Simon konnte dem Ganzen nicht entnehmen, worum es genau ging – um Holz, um eine Wallfahrt, um den Hund, die verstorbene Frau, die unruhige Tochter, die von zu Hause weggegangen war ... Er lauschte lieber dem mächtigen Erzähler, gerade hatte er die Geschichte von den zwei Köpfen Johannes des Täufers beendet, die in Konstantinopel aufbewahrt werden, und eine neue darüber begonnen, wie er mit einem hochgestellten Herrn, ihr werdet schon noch hören, wie hoch!, nach Schottland gereist sei und dort ganz besondere Früchte gefunden habe. Die hätten sich, nachdem sie auf den Bäumen gereift waren, von den Ästen gelöst und seien ins Wasser gefallen. Und hätten sich im Wasser in Enten verwandelt. Diese Bäume wüchsen auf den

Orkneyinseln. Dort hätten sie, erzählte er, auch nackte und elende Menschen gesehen, die glücklich gewesen seien, wenn ihnen jemand einen gewöhnlichen Stein geschenkt habe. Rhea wiederum heiße ein ungewöhnliches Gestein, das brenne. Wenn man es in ein kleineres Wasser werfe, sprudele und gluckere es noch lange, und wenn in ein größeres, dann nur für kurze Zeit. Zwei junge Männer, die mit langen Dolchen bewaffnet waren, machten sich über diese Geschichte mächtig lustig, das soll heißen, da wuchsen Enten auf den Bäumen? Auf den Bäumen waren Früchte. Wenn sie ins Wasser fielen, verwandelten sie sich in Enten. Und das sollte ein Wunder sein? Die jungen Männer schlugen sich vor Lachen auf die Schenkel, ich weiß nicht, ob es ein Wunder war, rief der Altvater, doch hat sich der Herr Piccolomini, habt ihr gehört!, der spätere Papst, der auch dabei war, sehr darüber gewundert.

Warum waren es denn keine Brathähnchen? Es waren Enten, sagte der Erzähler, ein biblischer Mensch, und so ging es hin und her, Enten, Hühner; die Enten hatte es in Schottland gegeben, die Hühner waren damals gewesen, als sie nach Compostela gepilgert waren, irgendeinen krainischen Pilger hatte man dort wegen eines gestohlenen Huhns gehenkt, dann hatte man selbiges gebraten, und auf dem Richtertisch war es wieder lebendig geworden, und siehe da, auch der Pilger war wieder auferstanden.

Die ganze Kneipe lachte fröhlich über diese Geschichten, auch Simon musste lachen, schon lange war ihm das nicht passiert. Dann begann der Altvater zu erzählen, dass sich von allen Seiten Scharen von Pilgern auf Kelmorajn zuwälzten, auch er sei dorthin unterwegs. Es kämen Krainer und Steirer, Ungarn und Polen, Franzosen und Holländer, auch Mönche aus Syrien, Jongleure aus Frankreich, ungarische Zigeuner, Pelegrí aus Compostela, Palmeros aus Jerusalem, deutsche Maurer und irische Musikanten, und an allen Ecken und Enden bereiteten sich alle auf den Einzug in Kelmorajn vor, dort befänden sich die Kette, an die der hl. Petrus gelegt war, sein Stab, ein Dorn aus der Krone Christi, ein Nagel aus dem Kreuz, Gebeine des hl. Sebastian und Haut des hl. Bartholomäus sowie goldene Kelche und heilige Messgewänder im Überfluss, und ihr wollt etwas über ein richterliches Brathähnchen hören. Ein Brathähnchen kann niemals ein Wunder sein, und seine Überreste niemals eine Reliquie. Im Wirtshaus wurde wieder gelacht, Simon lachte mit den grinsenden Bauern, fast alle hatten faule Zähne, er lachte mit rotwangigen Leuten, die er vor einer Stunde noch nicht gekannt hatte, mit Kaufleuten und Pferdehändlern, er klopfte dem verzweifelten Gutsbesitzer auf die Schulter: Alles wird gut, Herr, alles wird noch gut, Eure Tochter wird bestimmt zurückkehren, wie heißt sie noch mal? Er überhörte die betrunken gemurmelte Antwort, er erfuhr nicht, wie sie hieß, die Tochter, die nach Kelmorajn wollte, im Wirtshaus stieg der Lärm an, im Wirtshaus Kolovrat wurde lärmend auf Maria Theresia und ihre Generäle angestoßen, dass es bis unter die Fenster des Bischofspalais schallte: *Vivat! Vivat!* Dort hinter den Fenstern wälzte sich der Laibacher Fürstbischof unruhig im Schlaf hin und her unter seinem Himmel mit den rotwangigen Engeln, die weiß hätten sein sollen, durchsichtig weiß.

In seiner Seele hatte sich etwas bewegt, die Nostri hatten ihn verlassen, aber hier waren Menschen, lauter Menschen, der Wein bekam auf einmal Geschmack, er bestellte ein Stück Fleisch, aß es, lachte mit den Bauern und den Bürgern, hörte Geschichten von Wallfahrten, schon lange hatte er keine mehr gehört, schon seit den Jahren des Noviziats, er hörte aufmerksam zu und fragte nach der Wallfahrt, zu der gerade jetzt so viele Menschen aus den südösterreichischen Ländern aufbrachen, auch dieser große graue Mann, der ein wenig Lügenmärchen erzählte, aber in guter Absicht. Als er ging, irrte der unglückliche Gutsbesitzer an ihm vorüber, hielt sich auf der Straße an der Mauer fest, aufs Pferd, sagte er, ich will aufs Pferd.

Simon Lovrenc ging zur Jakobskirche, sah zu den dunklen Fenstern des Kollegs auf, dachte an den jungen Novizen, der gewacht und an die Decke gesehen und wachend von den Missionen geträumt hatte, wohin man ihn schicken würde, wenn er gut genug verstanden hatte, was Gehorsam bedeutete. Dort unter den Fenstern des Kollegs fiel sein Entschluss: Ich gehe mit diesen einfachen Menschen auf die Wallfahrt. Vielleicht würde er dort den Frieden finden, den er mit dem Weggang aus Santa Ana, mit der Abreise aus Lissabon, mit der Verweisung aus Olimje, mit dem Verlassen der Gesellschaft verloren hatte, der Name Kelmorajn klang wie ein großer offener Raum, fast wie Paraguay, fast wie früher einmal China.

[38]

Dort auf Dobrava, vielleicht scheint dort die Sonne. Hier ist es dunkel, die Bäume neigen sich.

Hauptmann Franz Henrik Windisch steht am Fenster und sieht in die schweren Wolken, die sich auf die Ebene senken.

– Die deutschen Lande, sagt er dort durchs Fenster, sind ein einziger Acker, hier und da eine Erhebung, und dann wieder Acker, Polje würde man bei uns sagen, Deutschland ist Polen.

Er lacht laut über seinen Einfall, noch immer lacht er gern, so laut wie möglich. Katharina sieht auf seinen breiten Rücken, der ihr den Blick auf die deutsche Ebene versperrt, und denkt an Dobrava, wahrscheinlich scheint dort wirklich die Sonne, sie scheint bestimmt. Vater reitet nach Hause, am Brunnen wird er sich den Staub aus dem Gesicht waschen. Krain ist nicht Deutschland, Dobrava ist nicht Polen, Dobrava ist ein breites, helles und grünes Tal, von dunkelgrünen Wäldern gesäumt, die bis in steile Höhen ansteigen, dort oben, wo sie aufhören, beginnt eine felsige Bergwelt, wo nichts wächst. Zuerst werden immer diese Felsen von der Sonne beschienen, bevor sie Dobrava überflutet.

– Dafür gibt es aber in allen deutschen Landen gutes Gelände zum Kriegführen, räuspert sich Windisch. Ein bisschen zu viel Morast allerdings, die Kanonen- und Wagenräder sinken ein.

Katharina sieht den Hund, den zottigen Aaron, wie er zum Brunnen läuft, mit dem Schwanz wedelt, der Vater tätschelt ihn, er sieht zum Fenster hinauf, zu ihrem Fenster, immer lässt er seinen Blick so über das Haus wandern, jeden Tag, wenn er von den Weiden und Äckern zurückkehrt.

– Bei uns, doziert Windisch, als ob Katharina sein Offizier wäre, bei uns kommst du mit Kanonen nirgends hin. Du kannst auch nirgends hinschießen. Überall gibt es irgendeinen Berg oder ein Tal. Du kannst höchstens die Füchse und Hirsche im Wald niederknallen.

Wieder lacht er, er schenkt sich Wein vom Tisch ein. Jetzt, wo sein breiter Rücken nicht mehr dort ist, jetzt kann sie durch das Fenster in die dunkle Ebene hinaussehen, die Wolken über dem Horizont berühren sich mit der gerundeten Landschaft, von der Buche vor dem Haus fällt das Laub, das Feld ist dunkel, abgemäht, es ist Herbst, bald wird es Winter sein, Katharina denkt an Dobrava, wie dort die Herbstsonne scheint. Es ist kein Heimweh, denn dort auf Dobrava ist ihr Zimmer, das einsam ist, ist das Fenster, durch das sie sonntags oder zu Ostern den schönen Pfau, den selbstgefälligen Pfau, den Neffen des Barons Windisch, betrachtet und, obwohl er ein Pfau war, bewundert hat. Jetzt sitzt sie mit dem Neffen des Barons Windisch irgendwo mitten in der deutschen Landschaft, er ist noch immer ein Pfau, er trägt seidene Strumpfbänder, und die Perücke hängt über dem Mantel an dem Haken, als würde dort ein Mensch hängen, dicker ist er, einen ziemlichen Bauch hat er von den soldatischen Fress- und Saufgelagen gekriegt, trotz Reiten und Anstrengungen hat sich sein Bauch über den Gürtel gehängt, aber er ist noch immer ein Pfau, sein Gang ist genauso wie damals im Hof, seine Stimme ist genauso rau, sein Lachen so laut wie damals, noch immer prahlt er herum, wie damals.

– Aber hier werden wir statt der Füchse die Preußen niederknallen. Nur müssen wir sie aus ihren Sumpflöchern herauskriegen.

Windisch siegt noch immer, obwohl er noch immer keine Schlacht erlebt hat. Viele Straßen, Morast, viele Heerlager und Wirtshäuser, viele geschlachtete Lämmer und Schweine und Truthähne, aber noch immer kein Preuße, kein ruhmreiches Schlachtfeld.

Windischs Regiment war im heißen Sommer gegen den Rhein vorgerückt, um sich dort mit der französischen Armee zu vereinen, die aus Köln kam, aus eben jenem Köln, wo die Pilger vermutlich schon ihr Ziel erreicht hatten, dann war ein neuer Befehl gekommen, sie hatten sich fast einen Monat lang durch die Wälder weit nach Norden geschleppt, durch Münster, um dem Satan Friedrich in den Rücken zu fallen, dann hingen sie bis zum Herbst an Waldrändern oder in Dörfern herum, bis sich die Kolonnen einzeln wieder in Bewegung setzten, Windisch ritt irgendwo weit vorn, Katharina fuhr in einer bunten Gesellschaft aus Wagen, Pferden und Fußvolk im Tross mit, wo die Intendanz, die

Sanitätseinheiten und die Offiziersfrauen waren, gefolgt von einem Rudel Bettler, das in sicherer Entfernung wie eine Meute Aasgeier darauf wartete, was es von dem abräumen, aufessen oder anziehen könne, was die Armee zurückließ. Jeden Abend kam er zu ihr, selten übernachteten sie auf dem Wagen, die Armee bewegte sich so langsam, dass sich Windisch in den Bauern- und Bürgerhäusern, in Wirtshäusern oder Hospizen um das Nachtlager kümmern konnte, sie bürstete seine staubige Kleidung und polierte seine Stiefel, wenn das alles vorbei ist, hatte er gesagt, gehen wir nach Dobrava zu deinem Vater Josef. Nach Dobrava, dachte sie mit dumpfem und abwesendem Blick, dorthin, wo die Sonne scheint, während über den deutschen Hügeln schwere Wolken hängen, aus denen manchmal ein langer unangenehmer und warmer Sprühregen fällt. Sie kannte die öden Straßen der Städte, durch die die Hufe der Kürassierpferde stampften und wo nachts die Stadtwachen mit Laternen umgingen, wenn sie mit dem betrunkenen und aufgedrehten Windisch ein Offiziersfest verließ, sie kannte die vom Mondlicht überfluteten Obstgärten, über die die Rufe der Wachen hinschallten und wo das Läuten der Glocke vom nahen Stadtturm zu hören war. Du hast Glück, sagte Klara, dass du deinen Offizier hast, ich habe auch einen, ich habe auch Glück, vor zwei Jahren war ich bei einer kroatischen Pandureneinheit, dort trat mich mein Leutnant einem Obersten ab, und der überließ mich dann, einfach so, gleich dem ganzen Stab, das dauerte so lange, bis ich meinen Offizier gefunden hatte, er kommt aus Pecs, jetzt ist es gut, es war aber auch schon sehr schlecht, meiner ist gut, sagte sie, deiner ist auch gut, aber so sind nicht alle. Pass auf, sagte Klara, bevor dir die Zähne ausfallen, bevor deine Brüste zu hängen beginnen, musst du heiraten, manch einer ist es geglückt, wenn es dir nicht glückt, sagte sie, treten sie dich wie eine Hündin, aber vorher stellen sie dich den anderen zur Verfügung, pass auf, sagte Klara, wir beide haben Glück, es sind nicht alle so gut wie unsere beiden. Katharina dachte an Amalia, früher hatte sie geglaubt, dass Amalia in einem solchen Leben enden würde, wie es Klara lebte, jetzt schien es, als wäre sie selbst nicht weit davon entfernt. Klara wusste es, sie erzählte ihr, dass nicht alle so gut seien, manche schlügen ihre Frauen, die, die auf den Gemeinschaftswagen fahren, dort gebe es immer irgendein Gekreische, sie würden sich auch untereinander prügeln; deiner sorgt für dich, sagte Klara, er hat den einen Grenadier verprügeln lassen ... Das war dieser hellblonde Bursche gewesen, er hatte Katharina nachgestellt;

wenn er konnte, hatte er sich ihrem Wagen genähert und ein Wort gesagt, eines Tages war er zum Bach gekommen, wo Katharina Töpfe wusch, er sah sie mit seinen hellen Augen an, speichelte seinen Mittelfinger ein und reckte ihn hoch, sie war lange genug in Soldatengesellschaft gewesen, um zu wissen, was das bedeutete. Er hatte sie nicht angefasst, sie tat, als ob sie nichts gesehen hätte, aber jemand anders hatte es gesehen, der Feldscher, der es Windisch meldete; am nächsten Tag zogen sie dem jungen Mann das Hemd vom Leib und zerfetzten unter Trommelwirbel einen Stock auf seinem Körper, rissen ihm die Haut auf dem Rücken in Fetzen, unter unheilvollem Trommeln und unter dem fröhlichen Geschrei der Frauen von den Leiterwagen, die ihre Genugtuung für die tagtäglichen Demütigungen, Beleidigungen, obszönen Worte und heimlich gezeigten Mittelfinger der Soldaten erlebten; er wurde so geprügelt wie jener Wächter im Hof des Landshuter Klosters, nur dass Windisch nach Beratung mit dem Arzt der Hand des Vollziehenden diesmal nicht nach fünfzehn Schlägen Einhalt gebot.

Der Auserwählte ihrer Jugend hatte wirklich Wort gehalten: Sie reiste auf einem Reisewagen, einem bedeckten, er glich einer großen Kutsche, er holperte nur etwas mehr, er war aber so geräumig, dass sie darin auch hätte liegen können, wie sie früher das Große Magdalenchen im Wagen hatte liegen sehen. Manchmal glaubte sie ihr zu gleichen. In ihrem inneren Leben gab es noch immer den Goldenen Schrein, obwohl sie jetzt glaubte, dass sie ihn nie zu Gesicht bekommen werde, da waren die Psalmen aus der Ursulinenschule, da waren die heiligen Frauen Margareta und Agnes, da waren die hl. Katharina von Alexandrien und die hl. Katharina von Siena, nachts betete sie mit Gedanken an sie, mit Gedanken an daheim, mit Gedanken an Simon, der im Kerker lag, schon seit Langem wusste sie, dass der Auserwählte ihrer Jugend ihn dort hineingebracht hatte. Sie betete und sprach mit sich selbst, aber sie seufzte und stöhnte nicht, wie es Magdalenchen getan hatte, sie schwieg, schweigend sprach sie mit sich selbst, mit Simon, mit ihrem Hund auf Dobrava, schau, hatte Simon gesagt, vielleicht ist das dort ein böser Stern, ich kann ihn nicht loslassen, denn er lässt mich nicht los, vielleicht zieht er mich zu sich, vielleicht leitet er mein Leben, nein, das war nicht seiner gewesen, jetzt wusste sie es, es war ihr böser Stern, dieser böse Stern leitete sie, er hatte sie zu etwas verleitet, was sie nicht gewollt und trotzdem getan hatte. Windisch hatte für ihre Gebete nur ein mildes

Lächeln, ich bin froh, sagte er, dass ich eine so fromme Frau habe, ich habe es gewusst, brabbelte er eines Abends in seinem Suff, ich habe es gewusst, sagte Windisch, dass die richtige Frau auf dem Weg zu mir ist, du bist die richtige Frau, Katharina, ich habe es gewusst, dass so eine kommen wird, ich werde sie mir nehmen, wenn sie nahe genug ist. Katharina, murmelte er, ist nicht eine von denen, die hinter der Armee herlungern, die sich anbieten und auf Befehl den Offizieren die glatten Schwänze lecken, sondern eine richtige Frau, eine anständige Frau, eine ehrenhafte Frau, die meiner unwiderstehlichen Anziehungskraft nicht sofort erliegt, an dieser Anziehungskraft wird wohl niemand zweifeln, schwafelte er, eine ehrenhafte Frau für einen Offizier mit Ehre, die Ehre des Offiziers ist des Offiziers Gesicht, wer Ehre hat, hat ein Gesicht, die Ehre steht ihm ins Gesicht geschrieben, ist in der Körperhaltung, im Reiten des Pferdes, im Mut vor der Schlacht, das sieht man dem Menschen an, Adel und Ehre sind die Schönheit seines Gesichts, sieh nur die Bürgersfrauen, anständige Frauen, mit wem sie reden, wem sie zurufen, wenn ich in die Stadt reite, wenn ich mir die Ärmel hochziehe und die Tüchelchen in der Luft auffange, mit dem Säbel die Kränze von den Fenstern auffange, mich vor den Damen verneige, die am liebsten zu mir aufs Pferd hüpfen würden, man weiß ja, bramabarsierte er, was männliche Anziehungskraft ist, vor der eine Frau nicht haltmachen kann, vor allem, wenn ich mir die Perücke aufsetze, das Ornament der Vornehmheit, das mein Gesicht umrahmt, den Hut darauf ... Katharina schwieg. Psalmen schwirrten ihr durch den Kopf, *die den Bund mit ihrem Gott vergisst: wenn sie eine ledige Hure ist* ... Er hatte ihr italienische Kleider mit Spitze und seidene Strümpfe gebracht, ein leuchtendes Mieder, das musste sie anlegen, damit er es aufschnüren konnte. *Und siehe, da kommt ihm eine Frau entgegen, aufgemacht wie eine Hure und Eroberin der Herzen* ... Mein Verstand hat mich verlassen, dachte Katharina dumpf, für einen Augenblick herrschte eine Art Leere. Sie weinte nicht, sie schwieg, es ist trotzdem gut, sagte Klara, denk an die Frauen auf dem Leiterwagen, wie die enden werden, wie es ihnen schon jetzt ergeht ... *die Dunkelheit, in der sie sich bewegte, war nicht von einer Nacht zur anderen, sondern von einem Tag zum anderen immer schwärzer, immer dichter* ... Eines Nachts warf er sie aus dem Bett: Raus aus diesem Bett, du hast mit einem verfluchten schwarzen Pfaffen rumgehurt. Das war eine schlimmere Beleidigung als die, dass er sie hineingelockt hatte. Er war in ihrem Kopf, Windisch, unaufhörlich war er mitten in ihrem Kopf und ihrem Körper, Simon löste sich auf; wenn sie ängstlich an ihn dachte, auch wenn sie an das Schlimmste dachte, dass er im Kerker sterbe, dass er auf die Galeere gebracht werde, war das etwas, das hinter den Schleiern der Erinnerung und Vorstellung lag, Windisch, der steckte mitten in ihrem Kopf mit allen Bildern der Zügellosigkeit, mit allen Stimmen, mit dem Keuchen am Ohr. Mit seinem Rüssel war er in ihr, mit seinem Rüssel drang er in sie, mit seinem Ziegenbart scheuerte er unaufhörlich an ihren Wangen, Brüsten, am Bauch ... Erst nachdem er sie aus dem Bett geworfen hatte und sie auf und ab ging, während er vollkommen betrunken einschlief und in seinem besoffenen Traum irgendwelche Befehle grunzte, erst da fühlte sie sich so, dass sie daran dachte, sich den hellblonden Grenadier zu nehmen und sich an Windisch zu rächen ... *Nimm die Zither, geh umher in der Stadt, du vergessene Hure! Spiel, so gut du kannst, sing Lied um Lied, dass man sich deiner erinnert!* ... Das tat sie nicht, am Morgen war Windisch ganz zerknirscht und unglücklich, er sank vor ihr auf das Knie und senkte den Kopf, er gefiel ihr sehr gut in dieser Haltung, die nicht büßerisch war, kein bisschen, er kniete, als sollte er zum Ritter geschlagen werden. Ich kann nirgendwohin flüchten, dachte sie, er kann mich aus dem Bett werfen, er kann mich darin empfangen ... Aus meiner Sünde, aus dieser Unzucht kann ich nirgendwohin flüchten, wie Simon nicht aus seiner Schlaflosigkeit flüchten kann. Dem Kerker wird er entkommen, aber der Schlaflosigkeit nie ... Er hatte ihr schon längst erzählt, dass er ihn dorthin gebracht hatte, er habe die Wache angegriffen, er habe ihn wegschaffen müssen, er hätte viel schlimmer enden können, manchmal hätten sie einen am Apfelbaum hochgezogen, mit einer Schlinge um den Hals, es hätte viel schlimmer mit ihm enden können ... Immer gab es etwas, das hätte schlimmer sein können, auch um sie hätte es viel schlimmer stehen können. Und da war kein Haar, das über meine Nacktheit gewachsen wäre, sagte sie zu sich selber, wie die ganze Zeit früher oder noch jetzt das Große Magdalenchen zu sich selber sprach und seufzte und stöhnte, da war kein Haar, wie es über Agnes gewachsen war, als er mir mit dem Säbel den Rock lüpfte; *und als ich nackt war, ging er um mich herum wie um ein Tier im Käfig,* in Kreisen, nur dass das wilde Tier draußen war, es sah durch die Gitter hinein, er ging an den Wänden entlang und sah mich an, von allen Seiten besah er mich, ich wendete meinen Kopf nach ihm, aber er verbot es mir, er verband mir die Augen, und ich hörte ihn, wie er um mich herumging, manchmal kam er näher und berührte mich, mit der Hand, mit der Säbelklinge, manchmal blieb er an der Wand oder irgendwo im Dunkeln stehen und betrachtete mich. Ich hatte keinen himmlischen Bräutigam an meiner Seite, der meinen Leib mit Haar bedeckt, der einen Engel geschickt hätte, damit er mit einem mächtigen Licht seinen Blick und seine unaufhörliche, unersättliche Begierde zurückschmettere. Sein Schweiß liegt auf mir, sagte sie schweigend, überall, sein Gestank und sein Schleim sind am ganzen Körper und in mir. Was, wenn ich sein Kind zur Welt bringe?

In alten Zeiten war Gott zornig, damals ließ er solche Dinge nicht zu, jetzt ließ er es zu, dass Windisch ihr einmal sagte, sie sei schön, engelsgleich schön, und in ihr wieder die Sanftmut von Dobrava, die Sehnsucht von Dobrava herrschte. Der Hochmut, den sie in sich trägt, gewinnt die Oberhand, das ist der Hochmut, der der Anfang jeder Sünde ist, der Sünder ist ein zügelloses Tier, hatte einmal Pfarrer Janez gesagt, der Sünder ist ein geflüchteter Teufel. Das war er, Windisch, jetzt bin ich es auch, die hochmütigen Engel hat Gott in die Hölle gestoßen, auch mich zügelloses Tier wird er hinunterstoßen. Was ist mit mir? Bin ich eine Hündin? Eines dieser wilden Tiere, die hinter den Armeen herstreunen, im Stroh wühlen und das Blut geschlachteter Lämmer lecken?

Was ist mit mir geschehen, was ist mit mir geschehen? Bin das noch ich? Wir müssen Gottes Absichten gehorchen, hat einmal Pfarrer Janez gesagt. Katharina redete schweigend, ein zweites Magdalenchen, mit sich selbst, ganze Nächte lang sprach sie ohne Worte: Was wir nicht tun wollen, das tun wir? Ja. Das ist eine momentane Blindheit, wenn du nicht siehst ... Du kannst dich retten, manchmal hat Gott die Absicht, uns zu prüfen. Katharina schrie vor Schmerz: War das Gottes Absicht? Dass ich mit dem Henker meines Liebsten schlafe? War sie das?

Wildbäche wüteten in ihr, schwemmten Ufer weg, Brücken ächzten und barsten, das Wasser schleuderte tote Tiere herum. Sie hatte jegliche Urteilskraft verloren, die Unzucht hatte sie verschluckt. Die Ausschweifung üppiger Bilder, ihrer Taten, alles, was Windisch mit ihr tat, wozu ihr Körper Ja sagte. Die Bäume gehen mir nach, sagte sie, die Kirchtürme verneigen sich vor mir, ich habe mich in einem Wald verirrt.

[39]

Den Räuber brachten sie dann eines Morgens weg, der Kerkermeister fuhr sich mit dem Finger um den Hals, was bedeutete, dass er die Schlinge um den Hals bekommen würde, er würde am Galgen strampeln und baumeln, und Simon wusste nicht, ob er aufatmen sollte, weil es sein Schreien und Höhnen nicht mehr geben würde, oder ob er um Gnade für seine Verbrecherseele beten sollte. Dann dachte er, dass es allmählich gut wäre, einmal für seine eigene zu beten, die sich in einer zumindest bedenklichen Verfassung befand.

Einige Monate zogen ins Land, auch der jüdische Schächter wurde entlassen, draußen war es kalt, er faulte in den Schafsfellen vor sich hin und wartete auf eine Antwort aus Laibach. Aus der Nachbarzelle kam Hundegebell. Dort hatten sie einen hohen und reichen Herrn eingesperrt, der gemeint hatte, er müsste noch höher und reicher werden, weshalb er zu tief in die Kasse der Weberzunft gegriffen hatte, die tief gewesen war, da die Zunft den Stoff für die Militäruniformen herstellte, von dem es in diesen Zeiten nicht genug gab. Auch er war überzeugt, dass ihm Unrecht widerführe und dass Gott ihn verlassen hätte, denn die Armee würde doch jeder betrügen, so sehr er konnte, und aus der Kasse hätten auch jene genommen, die ihn vors Gericht gebracht hätten. Simon konnte sich mit dem Seelenzustand seines Nachbarn und dem ihm widerfahrenen Unrecht nicht mehr beschäftigen. Es war alles zu viel und dauerte schon zu lange. Aber er musste sich mit dessen Hund und seiner unglücklichen Hundeseele beschäftigen, die sich im Kerker nicht wohl fühlte. Der hohe Herr hatte solche Angst vor dem Kerker, dass er, ein wenig auch mithilfe des ihm verbliebenen Geldes, erbeten hatte, dass sein Hund mit ihm eingesperrt sein dürfte, so hatte er weniger Angst vor den Ratten, die in der Kanalisation hinter den

Gefängnismauern herum- und manchmal auch unter dem Türspalt hindurchkrochen. Er hatte weniger Angst, sein Hund jedoch umso mehr. Der bellte unaufhörlich, Simon bedeckte seinen Kopf mit den Schafsfellen und hielt sich die Ohren zu, man solle den Hund oder den Herrn oder ihn wegbringen, vor allem aber solle der Bote aus Laibach endlich kommen, der sagen würde, dass er der und der sei, Simon Lovrenc, ein ehemaliger Jesuit, ein Scholastiker, ein Missionar oder nichts von alledem, die Gesellschaft spricht nicht gern über entlassene Krieger, sollen sie einfach melden, dass er der Sohn eines Auersperg'schen Untertanen aus Zapotok sei. Er kam nicht, der Bote, und so fiel Simon in eine tiefe Herbstdepression, die bei jedem Rattenkratzen von Hundegebell unterbrochen wurde.

Dafür kam eine andere Nachricht, der Kerkermeister, mit dem er schon richtig vertraut war, erzählte es ihm, dass auf den Schlachtfeldern wichtige Dinge geschehen seien. Die Armee Friedrichs von Preußen habe schon vor Monaten bei einem Ort namens Roßbach die vereinten Armeen der Österreicher und Franzosen geschlagen, worauf diese eine noch größere Streitmacht aufgeboten hätten und nach Schlesien gezogen seien, bei Leuthen nahe Breslau hätten die Alliierten eine noch schlimmere Niederlage erlebt, Schlesien sei verloren gegangen, nun reite der preußische Satan auf Bayern zu. Die österreichische Armee habe mächtig Prügel bekommen, es habe viele Tote gegeben, und Kaiserin Maria Theresia weine untröstlich in die Kissen. Ihre Armee ziehe sich ohne Ordnung zurück, flüchte in alle Richtungen wie eine Herde, auf die sich der Wolf stürzt. Die überlebenden Offiziere und Soldaten liefen über alle Felder und Täler in Richtung Heimat, auch der große General Laudon, der einst die Preußen bei Kolin überwunden hatte, habe sich irgendwo verloren. Durch Schnee und Schlamm, durch Wasser und durch Wälder. Eine Armada halte noch in Böhmen aus, dort schreie man noch: Nach Schlesien, nach Schlesien! Doch der Wagen der Gerechtigkeit sei zerleiert, vergebens die zehnjährige Mühe, das Sammeln riesiger Armeen, nun donnere der Wagen bergab, mit der Kaiserin und ihrer gerechten Sache gehe es steil bergab, samt allen Toten, samt ganz Schlesien.

In solchen Verhältnissen, in der allgemeinen Auflösung, die schon überall zu spüren war, schien es auch dem Stadtrichter, der die unglücklichen Ereignisse mit den Pilgern schon längst vergessen hatte, unsinnig, einen Menschen noch länger im Kerker zu halten, den er genau genommen nicht einmal verurteilt hatte. Außerdem schien ihm, dass Simon Lovrenc, einerlei, ob er nun so hieß oder nicht, schon lange genug eingesperrt war und, wenn er schuldig war, auch schon hinreichend gesühnt hatte, nicht nur für sich, sondern auch für die ungarischen, das heißt, krainischen Pilger, die der Stadt so viel Scherereien bereitet hatten. Der Wahrheit zuliebe sei gesagt, der Richter musste sich eingestehen, dass er ihn vergessen hatte. So viele wichtige Dinge waren in der Stadt und in der Welt geschehen. Manchmal hatte er ihn zwar gesehen, wenn er zur Arbeit in die Brauerei ging, dann hatte er gedacht, dass es so seine Ordnung habe, weil der Stadtkasse auf diese Weise kein Schaden entstehe. Aber jedesmal hatte er den unwichtigen Menschen auch gleich wieder vergessen. Simon war in dieser Zeit oft der Gedanke gekommen, dass Gott es war, der ihn vergessen hatte, natürlich, wie hätte er denn auch wissen können, dass es Richter Oberholzer war. Aber von seinem Stand- oder Liegepunkt aus, je nachdem, dort im Keller, an dem die Stadtkanalisation vorbeiführte, wo die Ratten kamen und der Hund des Nachbarn bellte, war das eigentlich ein und dasselbe.

Eines Nachmittags war Simon Lovrenc unter heftigem Hundegebell damit beschäftigt, den Kerkergang zu fegen. Der Hund in der Zelle des Herrn warf sich gegen die Tür und bellte fast bis zur Heiserkeit, damit sich sein Herr sicher fühlte, mehr noch deswegen, weil auch er schon so lange eingesperrt war, dass er die grünen Felder, über die er früher gelaufen war, vergessen hatte und das Scheuern eines Reisigbesens nicht mehr von Rattenfüßen unterscheiden konnte. Mitten in dieser Verrichtung und mitten in dem Lärm kam der Kerkermeister, nahm ihm den Besen aus der Hand und sagte:

– Du kannst gehen, du bist frei.

So war er eines Tages plötzlich frei. Die anständige Landshuter Justizhoheit sorgte dafür, dass er die Ledertasche wiederbekam, die im Kloster zurückgeblieben war. Und darin fehlte nicht ein gelber Taler noch ein weißer Sechser. Auch das Messer, den Dolch, der nicht zum Brotschneiden bestimmt war, den Ledergürtel und die Kleidung fand er bis zum letzten Stück darin wieder. Er nahm sich ein Zimmer im Wirtshaus Zum heiligen Blut, wo er sich wusch und sich umzog. Er schlief eine Nacht im Bett auf einem Leintuch, und schon war er ein anderer Mensch. Am Morgen spielte er mit dem Gedanken, sich ein Pferd zu kaufen, aber dann nahm er doch ein Maultier, das zwar etwas langsamer war, dafür aber ausdauernd, und das Tier war gesund. Er wusste, wohin es ihn tragen würde, nicht ins Krainische, sondern weiter, dorthin, wohin er aufgebrochen war, und nichts würde ihn aufhalten: nach Kelmorajn. Dort würde er sie finden, Katharina. Und den Goldenen Schrein, beide.

Und als die Kirchtürme von Landshut hinter ihm zurückblieben, war er auf einmal so frei, dass er es nicht richtig fassen konnte. Deshalb war es nicht verwunderlich, dass sein Gedanke auf dem Rücken des Maultiers ebenso wie der erste Gedanke, als er auf die Straße hinaus getreten war, sozusagen ein sklavischer war, Simon Lovrenc war noch immer der Sklave seiner irdischen Liebe: Katharina. Wenngleich zu sagen ist, dass sein erster Gedanke in Freiheit kein anderer war als alle anderen Gedanken in dem Keller, genau derselbe, der auch der letzte Gedanke im Kerker gewesen war: Katharina.

[40]

Mit dem Säbel hast du mir die Beine gespreizt, sagt Katharina Poljanec zu dem schnarchenden österreichischen Offizier, dem Neffen von Baron Leopold Henrik Windisch, mutig warst du und betrunken, betrunken warst du vor Mut und mutig vor Trunkenheit, über dich selbst hast du dich gewundert, wie mutig du über eine Frau aus deinen Landen siegst, die du mitten in Deutschland gefunden hast. Was tut eine Frau aus deiner Gegend mitten in Deutschland, was kann sie schon tun, als die Beine spreizen vor der entschlossenen Gewalt eines betrunkenen österreichischen Offiziers, der noch in keiner Schlacht war, der die ganze Zeit nur darauf geachtet hat, sich nicht das Seidenhalstuch schmutzig zu machen, der bis jetzt wie ein Pfau mit knarrenden Riemen, weißem Rock und Pfauenkopfputz um die polierten Kanonen herumstolziert ist? Doch morgen stehst du in der Schlacht, unweit von hier, Windisch, unweit von Breslau, auf einer Ebene bei einem Ort mit Namen Leuthen, auch die preußischen Kanonen sind poliert und warten darauf, im Morgengrauen Feuer zu spucken, und ihre Granaten werden das Fleisch deiner Armee zerfetzen, vielleicht auch dein Fleisch, im Pulvergestank, im Blitzen der Explosionen. Deshalb bist du jetzt auch betrunken, Windisch, betrunken bist du von Wein und Angst, erschrocken horchst du auf die Rufe der erschrockenen Wachen rings ums Dorf, rings um deine erschrockenen polierten Kanonen, horchst auf das angstvolle Singen der kroatischen Soldaten in der Ferne, nirgends mehr die Trompeten des Militärorchesters und die Paraden und die weißen Pferde, dein Seidenhalstuch macht keinen Sinn mehr. Du weißt genau, dass es keine Hilfe für dich gibt, du weißt genau, dass es immer den trifft, der Angst hat, und du hast die Hosen voll vor Angst, du bist betrunken vor Angst, du wirst es nicht überleben. Die preußischen Kanonen werden morgen früh dein Fleisch zerfetzen, in die Sümpfe um Leuthen streuen. Wo ist jetzt dein Pfauenschritt, mit dem du über diesen Hof im Krainischen stolziert bist, wo ist dein Bocksprung, dein Gelächter, dein Gemecker, mit dem du so mutig die Pilgersfrau besprungen hast, die auf dem Weg war zum Goldenen Schrein in Köln, die Frau eines anderen, eine Frau, die geliebt hat und wieder liebt, die noch immer einen anderen liebt, denn nur für einen Moment hat sie gedacht, dass sie dich liebt, den Auserwählten ihrer Jugend. Sie liebt einen anderen, obwohl du ihr eingeredet hast, sie werde einmal die Deine sein, eines Obersten Braut, als du sie mit dir geschleppt hast durch die Soldatenlager, durch die Offiziersunterkünfte, wenn du sie Nacht für Nacht betrunken in dein Bett gezerrt hast, obwohl du sie gezwungen hast, bei dir zu liegen und nicht bei dem, bei dem sie liegen wollte und hätte liegen müssen. Betrunken bist du, Franz Henrik Windisch, Neffe des Barons aus Krain, des alten Pfaus, einer von den vielen Pfauenneffen des Barons, betrunken bist du vor Angst, kaum kriegst du deine betrunkenen Lider auf, und deine Arme sind schwach, und die Beine knicken dir ein, wenn du versuchst vom Bett aufzustehen und zurückkippst, betrunken wie ein Schwein, du wärest gern ein Schwein, um nicht morgen mit deinem schönen Gesicht und der ganzen Pracht deiner edlen Ehre, die noch prächtiger ist als dein Bauch, um nicht ins Feuer der preußischen Kanonen zu müssen, in jedem Schweinestall lägst du lieber samt deinem Seidenhalstuch, als morgen deiner Batterie befehligen, den Säbel ziehen und den Angriff befehlen, „Feuer!" schreien zu müssen, denn das Feuer wird auch von der anderen Seite kommen, Kugeln, Granaten, die kalten Klingen der Bajonette, jetzt weißt du das gut und hast keinen Ausweg mehr. Keinen Ausweg hast du mehr, das sagt dir Schnarchendem und Betrunkenem Katharina Poljanec, die slowenische Pilgerin, die aufgebrochen war zum Goldenen Schrein in Kelmorajn und sich in deinem Käfig verfangen hat, betrunkener Hauptmann.

Ich kämme mir das Haar in dem Käfig, der am Turm von St. Lamberti hängt, ich betrachte meine müden Züge im Spiegel und höre dein Stöhnen dort ferne in deinem Schlaf, in deinem erschrockenen Traum, in dem du die Trommeln und Trompeten der Preußenarmee hörst, in dem du die polierten Kanonen auf der Grasböschung jenseits des Sumpfes siehst, die Kanonen, die Feuer speien werden. Es ist Nacht, deine letzte Nacht. Du hast mich in den Käfig gesperrt, die ganze Zeit bin ich in dem Käfig, Windisch, seitdem ich mit dir und deinem

Offiziersrudel ziehe, bin ich in einem dieser Eisenkäfige, die noch heute am Turm von St. Lamberti zu Münster hängen. Hast du die Käfige gesehen, Windisch? Ich glaube nicht, dass du sie gesehen hast, auch wenn du durch diese Stadt geritten bist. Dein Blick ist stets nach unten gerichtet, unter die Hufe, zur Erde, nie siehst du, was oben ist, über den Wolken, unter dem Himmel. Von oben kommt Regen oder heiße Sonne, etwas anderes interessiert dich nicht. Und wenn man sie dir gezeigt hat, als du dort vorne geritten bist, hast du dir das Seidenhalstuch zurechtgezupft und fröhlich gegrinst. Aber mir gehen sie nicht aus dem Kopf, seit ich sie gesehen habe, die Gräber hoch unter den Wolken. Jede Nacht träume ich von den Menschen, die dort hoch oben waren, hoch über der Erde, unter dem Himmel und doch in Gräbern, unwiderruflich in ihre Gräber gesperrt, sie waren nicht mit Erde bedeckt, sondern mit Wolken, der Deckel ihres Sarges war der blaue Himmel. Man hat mir erzählt, sie hätten dort in Münster das neue Jerusalem errichten wollen, sie hätten sich in der belagerten Stadt verschanzt, sie hätten jede mit jedem geschlafen, und ihre Propheten hätten Vielweiberei getrieben. Ansonsten aber taten sie all die Dinge, die auch du auf deinen Kriegszügen tust, da ist kein Unterschied. Nur dass du all das in den Tag hinein tust, während sie glaubten, sie hätten das neue Jerusalem gegründet, und dabei Jesajas uralte Klage über die Stadt vergaßen: *Wie ist zur Hure geworden die treue Stadt!* Sie war voller Recht; Gerechtigkeit wohnte darin, und jetzt Mörder! Hurenböcke wurden sie, wie du einer bist, Windisch, dein Silber ist Schlacke, dein Wein ist verwässert. Die Strafe hat sie ereilt, in Käfige wurden die falschen Propheten gesperrt und den Kirchturm hinaufgezogen, und nur ihre Knochen blieben übrig, vielen Geschlechtern zur Mahnung. Und du glaubst, Offizierspfau, Frauenschänder, Weinkellerplünderer und Dorfbrandschatzer, du glaubst, dich träfe keine Strafe. Schon morgen, das sage ich dir, schon morgen wird es dich treffen im mörderischen Lärm der ersten Schlacht, die du erlebst, auf der gefrorenen Dezembererde von Leuthen. Das ist meine Prophezeiung. Auch deshalb wird es dich treffen, weil du mich, eine Pilgerin auf dem Weg zum Goldenen Schrein in Kelmorajn, in einen Käfig gesperrt hast, morgen wird es dich treffen, österreichischer Artilleriehauptmann Franz Henrik Windisch, Neffe des Barons Windisch aus dem Krainischen, bei Leuthen in Schlesien wird dir am 5. Dezember 1757 eine preußische Granate den Kopf vom Hals und aus deinem blauseidenen Halstuch reißen.

In einem Käfig, wie sie am Turm von St. Lamberti hängen, in einem solchen durchsichtigen Himmelsgrab bin ich, seit du mich mit Betrug und Gewalt fortgeschleppt und von meinem Geliebten losgerissen hast. Nirgendwo mehr Simon, Simon Lovrenc, der mir versprochen war, dem ich versprochen war für immer. Wir beide waren auf dem Weg nach Kelmorajn und wollten dann heim nach Dobrava, und dorthin wären wir auch gegangen, hätte es dich nicht gegeben. Wenn du nicht in jener Schenke, denn das war kein Kloster mehr, seit du dort im Hof abgesessen bist, du hast es in eine Schenke verwandelt, wenn du nicht dort aufgetaucht wärest, du Bock, mit deinem Seidentuch. Meinen Geliebten hast du in die Leibeigenschaft verkauft, mich hast du mit dir fortgeschleppt, in dein Bett hast du mich geschleppt, und ich bin mit dir gezogen, und meine Klage über dein, über mein Tun gellt aus dem Käfig über die Dächer der schlafenden Stadt, über die Flur, über den Sumpf, über das Lager der schlafenden Soldaten. Zwischen dem dunklen Himmel hoch droben und der schwarzen Erde tief unten kauere ich hier seit vielen Nächten, warte auf deinen Rausch und dein Dich-auf-mich-Wälzen und diese Nacht endlich auch auf den Abgang aus dieser Welt, deinen oder meinen. Dich sollte man in einem Käfig an den Glockenturm hängen und herzeigen als Pfau und Bock, beides zugleich, manchmal auch als betrunkenes Schwein. Aber es hilft nichts, jetzt stecke ich in einem solchen Käfig, du hast mich da hineingebracht, Windisch, jede Nacht bin ich im Traum darin aufgehängt hoch oben am Kirchturm. Manche sagen, man hätte sie lebendig darin eingesperrt und ausgehängt. Tagsüber haben die einen sie verhöhnt, die anderen sich vor Angst bekreuzigt. Denn wenn sie den Blick zum Himmel erhoben, sahen sie dort das Sterben und den nahenden Tod, den Tod, der vom Himmel kam. Nachts konnte man ihn hören, nachts wachten die Münsteraner Bürger unruhig auf und horchten auf die Rufe der sterbenden Menschen, noch lange nachdem die Sterbenden bereits tot waren, hörten sie das verzweifelte Schreien der sterbenden Leichname, die aus ihrem Käfig weder in den Himmel konnten noch hinab in die schwarze Erde. So steht es mit mir, Windisch, lebendig eingeschlossen bin ich in das Grab, das du mir bereitet hast, nachts, wenn du betrunken bist und dir die Lider schwer ins Gesicht hängen, wenn sich deine gierigen Arme nicht mehr heben können, um mich zu schlagen und mein Weinen zu ersticken, nachts klage ich um meinen Geliebten, der nirgends mehr ist, nachts ist meine Klage erlaubt, nachts dringt meine

Trauer auch in deinen schnarchenden Säuferschlaf. In den Schlaf, in dem du dich hin und her wirfst und versuchst dich vom Lager zu erheben, weil dich die Angst gepackt hat vor dem morgigen Feind, den schrecklichen Preußen, den Bestrafern deiner Liederlichkeit, den Rächern aller deiner sieben Todsünden mit dem Hochmut, dem Seidenhalstuch des pfauenhaften Offiziershochmuts, an erster Stelle. Aber auch wenn du morgen feige krepierst, wird mein Leben nicht erlöst sein, denn du hast mir den genommen, mit dem ich bis zur letzten Stunde zusammen sein wollte, bis zum letzten Pulsschlag in der letzten Faser meines Körpers. Du hast ihn mir genommen, ihn niedergeworfen, ihn in den Kerker stoßen lassen, und mich hast du in dein blutiges Verräterbett genommen. Auch wenn du krepierst, bleibe ich im Käfig deiner Lüsternheit, deines betrunkenen Schleimens über meinen Körper, den du gezeichnet und vergiftet hast, aufgehängt bleibe ich dort unter den Wolken, ohne Grab, ohne die schwarze Erde über mir. Raubvögel werden sich auf mein verhöhntes Fleisch stürzen, mein Blutsaft wird die Mauern hinab auf die Plätze der alten Stadt rinnen.

Unweit von Münster ist ein kleiner Ort, wo ich das Tor zur anderen Welt gesehen habe. Das Geheimnis, das den erlöst, der es begreift und empfangen will. Ein Geheimnis, wie es der Goldene Schrein in Kelmorajn birgt, zu dem wir slowenischen Pilger ziehen. Das Geheimnis sind Reliquiarien, sind leere Schädel, die dich anstarren, eingefasst in Edelsteine und bunte Bänder, sie liegen stumm da und warten auf dich, um mit ihrer Stummheit zu dir zu reden, um dich mit Angst zu erfüllen. Ich weiß, Windisch, dich würden sie nur mit Lachen erfüllen, mit Gegröle und Ziegengemecker. Einst war deine Stimme angenehm rau, als ich dir das letzte Mal begegnete, war sie heiser vom soldatischen Schreien und Befehlen, vom Wein und vom Brüllen. Am Ende ist aus deiner Stimme ein Meckern, ein Bockslachen geworden. Aber jetzt ist dir gar nicht nach Lachen zumute, du liegst betrunken da, und im Halbschlaf strömt das Grauen vor dem morgigen Tag durch deine Augen. Dir ist nicht zum Lachen, dir ist nach gar nichts zumute, weil du voller Angst bist vom dummen Kopf bis zu den glucksenden Eingeweiden und den einknickenden Knien, weil dich die Angst vollkommen gepackt hat, die Angst vor dem Ende, vor dem Unbekannten, vor jener Welt, in der es keine Seidenhalstücher gibt, kein Pfauentrippeln und nach neuem Leder riechende, knarrende Uniformriemen. Aber dir war zum Lachen, und wie dir zum Lachen war, als ich von den heiligen Dingen sprach, zu denen wir slowenischen Pilger ziehen. Lauthals hast du gelacht, gemeckert, du Bock, über deinen Bocks- und Schnauzbart ist dir der rote Wein geronnen, du hast die Offiziere in dein Zimmer gerufen, und auch denen musste ich die heiligen Dinge aufzählen, damit auch sie zusammen mit dir lauthals lachen konnten. Mich hieltest du mit eisernem Griff um die Schulter gepackt, mit der anderen Hand hieltest du mit eisernem Griff den Krug Wein, trink, sagtest du, und ich musste den sauren Wein trinken, erzähl, sagtest du, was haben sie dort drunten bei uns in Istrien und Venedig? Reliquien, sagte ich. Was für Reliquien?, sagtest du. Ein Bein der hl. Barbara, sagte ich. Was noch?, sagtest du, was haben sie noch? Die Zunge der hl. Maria von Ägypten, sagte ich, und was haben sie in Köln?, sagtest du und prustetest vor Lachen den Wein durch die Zähne, was haben sie in Köln? Die Heiligen Drei Könige, sagte ich. Die Knochen der Heiligen Drei Könige, meckertest du, und in Aachen, was haben sie in Aachen? In Aachen haben sie die Windeln des Jesuskindes, sagte ich, dorthin und zum Goldenen Schrein in Köln wollten wir pilgern, und deine Offiziere haben sich auf die Knie geschlagen, und ihre zahnlosen Weiber, die sie mit sich schleppten wie du mich, sie wieherten, obwohl ich weinte und diesen Wein trank und nicht weg konnte, nirgends konnte ich weg von deiner Armee, mit der du mich durch die deutschen Lande geschleppt hast. Und dazu, hast du gesagt, um die Windeln zu sehen, ziehen diese Leute durch halb Europa, durch Wind und Wetter und Dreck, so wie wir herumziehen mit unseren Kanonen, Pferden und Huren. Die auch geweiht sind, hast du geschrien, alles ist geweiht. Denn mich, hast du geschrien, mich hat der Laibacher Erzbischof persönlich geweiht, bevor ich in den Krieg, in die großen Schlachten gezogen bin. Du bist noch in keiner Schlacht gewesen, Windisch, und möge dieser bischöfliche Segen, der von Laibach bis Leuthen über dir und deinem Regiment schwebt, möge er morgen helfen, wenn du in deiner ersten und letzten Schlacht stehen wirst. In jener Nacht gab es niemanden unter deinen Offizieren und niemanden unter deren Weibern, der gesagt hätte, auch Klara nicht, auch sie hat in Angst geschwiegen, niemanden, der gesagt hätte, jetzt aber Schluss, hören wir auf mit diesem Lästern, diesem Schänden der heiligen Dinge und gehen wir schlafen. Vielleicht hätte ich dich damals, als ihr euch satt gegrölt hattet, als wir endlich ins Bett durften, mit euch ins Bett als eure Soldatenhuren, vielleicht hätte ich dich damals umbringen müssen, anstatt das alles zu ertragen, vielleicht hätte ich es in einer anderen Nacht tun müssen, als du betrunken schnarchtest, als du dich zuvor betrunken von mir heruntergewälzt hattest, als ich gegen meinen Willen dein betrunkenes Fleisch riechen musste, vielleicht hätte ich dir damals den Krug an den Kopf schmettern müssen, wie ich ihn gegen dieses lauernde Tier namens Michael geschmettert habe, vielleicht hätte ich dich besoffenen, schnarchenden und meckernden Bock erschlagen müssen, um schon damals meine Seele zu erlösen. Dann wäre ich wieder weitergezogen zum Goldenen Schrein, wohin ich mit den slowenischen Pilgern unterwegs war, bis du mich in deinen finstern Käfig gesperrt hast, den münstrischen Käfig, in dem ich mit dir herumziehe von einem verkommenen Heerlager zum nächsten. Erschlagen hätte ich dich müssen, damit das aufhört, aber vorher hätte ich dir noch sagen müssen, was es auf sich hat mit dem Tor zur anderen Welt, wie man hindurch- und dorthin kommt, wo alles ganz anders ist als hier, hier, wo du betrunken daliegst vor Angst vor der morgigen Schlacht, die schweren Lider hebst und zu begreifen versuchst, was ich dir sage, du hörst die Rufe der Wachen, die du abschreiten müsstest, aber dazu bist du nicht fähig, denn du bist betrunken vor Angst vor dem Tod, vor dem Unbekannten, vor dem Zerfallen deines Fleisches in der Erde, wohin es fallen wird, nachdem es eine Zeit lang in den Baumkronen gehangen hat, wohin es im Blitzen und Krachen der morgigen Explosionen geschleudert worden sein wird.

Erinnerst du dich, Windisch, wie das Wasser deine Armee, deine Haubitzen und Pferde nahe Koblenz weggeschwemmt hat? Und uns, die Weiberschwadron, wie ihr Offiziere uns spöttisch nennt, uns hat es mit euch zusammen weggeschwemmt. Ein paar Tage hatte es durchgeregnet, am Zusammenfluss von Rhein und Mosel stieg das Wasser rasch an, wir sahen die weißen Bäuche der umgekommenen Schweine, die wie Schwäne auf der dunklen und unruhigen Oberfläche des Flusses schwammen. In dem Hospiz, wo ich in jener Nacht wartete, während du die Kanonen und Pferde ins Trockene zogst, und wo sich noch manch verlorener Pilger eingefunden hatte, drang das Wasser zuerst in den Keller, bald danach ins Refektorium im Erdgeschoss, und wir mussten schleunigst aus dem gefährlichen Bereich verschwinden, wollten wir nicht untergehen. Dort, Windisch, dort habe ich mir gewünscht unterzugehen, obwohl es nicht mehr weit war bis Kelmorajn, damals hatte ich noch Hoffnung, dass ich es sehen würde. Wir waren so nahe, dass wir den Glanz des Goldenen Schreins am Wolkenhimmel sehen konnten, sein Strahlen durch die Strähnen des dunklen Regens, lach nur, Windisch, ich habe ihn gesehen, den Goldenen Schrein am Himmel. Überall war alles unter Wasser, die Menschen, die aus den Städten geflohen waren, erzählten, dass das Wasser in Köln dreißig Fuß hoch stand, dass durch die Gassen Ströme von Schlamm flossen, in denen Mensch und Tier umkamen. Die Weiberschwadron wurde in höher gelegene Gegenden geschickt, dort verloren wir uns und fanden uns an irgendwelchen Wegkreuzungen wieder. Einen ganzen Monat dauerte unser Umherirren durch Wind, Regen, Schnee, Matsch und Dreck, wir übernachteten auf einsamen Gehöften, denn die meisten Dörfer auf unserem Weg abseits vom Rhein, abseits von Köln und dem Goldenen Schrein waren in sehr schlechtem Zustand. Nicht wegen des Wassers, das dort nicht mehr war, sondern wegen der preußischen, russischen, polnischen, englischen, bayerischen und österreichischen Armeen, die darüber hinweggezogen waren, das Vieh zusammengetrieben und öde Brandstätten hinterlassen hatten. Auch einer deiner österreichischen Haufen in verdreckten weißen Uniformen hatte die Landschaft vor uns zerstampft, auch du bist durch die Landschaft geritten, Windisch, die Wagenspuren deiner Kanonen haben sich tief eingeschnitten in die zerstörten Marktflecken, das waren deine Schlachten, verbrannte Dörfer, geschlachtete und gebratene Schweine und geplünderte Weinkeller. Wir beteten für unsere Seelen und baten den Himmel, er möge uns den Goldenen Schrein sehen lassen, wir waren doch schon so nahe, wir haben auch für die Seelen der Soldaten gebetet, die die morastige Landschaft vor uns erbarmungslos niederstampften, auch für deine Bocksseele, Franz Henrik Windisch, haben wir gebetet. Auch da mussten wir durch, um an den Ort zu gelangen, wo der Eingang ist, wo das Tor ist zur anderen Welt. Und damals, als ich bei Koblenz untergehen wollte, damals habe ich erkannt, dass ich deinetwegen aus dieser Welt wollte, Windisch. Aber ich bin nicht untergegangen, ich habe an Simon gedacht, den Gott dazu bestimmt hatte, das weite Meer nur deshalb zu überqueren, damit wir beide uns begegnen konnten, Simon und ich, ich und Simon, warum sollte ich dann untergehen, dich hätte das Wasser an seinen Grund ziehen müssen.

Dann beruhigte sich alles, die Wolken waren fest am Himmel, sie hingen da oben nicht mehr unheilschwanger, die Flüsse zogen sich in ihr Bett zurück, wir zogen hinter euch her, die ihr weit vorausrittet, mit uns waren ein paar abgerissene Soldaten, die ihr uns als Eskorte zugeteilt hattet. Nur langsam bewegten sich die himmlischen Reisenden vor uns her, gerade so, dass sie uns den Weg in die Ebene im Norden wiesen. Hier ist der Himmel nie blau wie bei uns daheim, immer irgendwie grau, und trotzdem war es schön, auf einmal war es friedlich, auf einmal zog Simon mit mir, im selben Moment, wo es dich nicht gab, konnte er kommen und sich neben mich auf den Wagen setzen, ich sah ihn, ich hörte ihn, eine Frau kann das, Windisch, wenn um sie kein Bockgemecker und kein Körper ist, der alles besetzt, einfach alles, der ihr mit seinem Bauch und seiner bewachsenen Brust Körper und Seele bedeckt. Ich redete mit ihm, schüttle dich nur vor Lachen, es war ein Wunder, Simon sagte, jetzt kann wirklich nichts mehr geschehen, keine Überschwemmungen, kein Tribunal, kein Köpfen von Tieren und kein Henken mehr, nur noch der Weg zurück, zu den Drei Weisen und dann noch weiter zurück nach Hause, wohin ich mich nie mehr zurückwünschte als damals, denn keinem war ich noch so nahe gewesen wie damals Simon, den ich aus dem Kerker herbeigerufen hatte, und beide wussten wir genau, wohin wir wollten: zum Goldenen Schrein, nur noch dorthin. Und von dort heim, nach Dobrava, für immer, nach Dobrava, wo wir an einem sonnigen Nachmittag, noch müde vom Weg, aber schon ausgeruht von der ersten Nacht des heimischen Schlafs, zum grünen Hang unter St. Rochus aufsehen, das Gackern der Hühner im Hof und das Scheppern der Metallteller in der Küche hören würden, denn es würde das ein gewöhnlicher Tag sein, kein Festtag, wenn nach des Vaters Willen Porzellanteller auf den Tisch kommen. Einen gewöhnlichen Tag wollten wir, mit gewöhnlichen Metalltellern und mit Aarons Hundegebell, und viele solcher Tage mit dem Vesperläuten von St. Rochus jeden Abend, viele solcher Tage, Abende und friedlichen Nächte wollten wir, kleine gewöhnliche Dinge, und trotzdem wollten wir zu viel. Wir wussten nicht, dass hinter einem Waldrain, in einer Schenke am Rand der zerstreuten Häuser eines westfälischen Weilers, dein liederliches und disziplinloses Heer wartete, dass du dort wartetest, Franz Henrik Windisch, Neffe Baron Leopolds, mit deinem teuflischen Ziegenbart und dem Seidentuch um den Hals.

Aber das ist noch nicht das Ende, als ihr euch mit den Franzosen zusammengetan habt, um gemeinsam nach Schlesien zu ziehen, war Simon noch immer bei mir. Nahe Münster mietete er ein Pferdegespann samt Kutscher, und so fuhren wir slowenischen Pilger in einem leichten Gefährt, jetzt waren auch Amalia, Pfarrer Janez und der Altvater mit dem weißen Bart bei mir, wir fuhren durch das weite fremde Land, fern von daheim, fern vom Ziel, doch mit der klaren Absicht, dorthin zu kommen, unser Wagen war die Himmelskutsche, die Straße unter uns spürten wir nicht, die Reise ging leicht vonstatten, alle trugen ein Lächeln. Wir fuhren an der Ems entlang, der Himmel und seine Fluten auf der Erde hatte sich beruhigt, die Pferde bewegten ihre breiten Flanken vor uns, die Welt wurde leicht, überschaubar und verheißungsvoll, gewoben aus einem Traum, wie du, Windisch, noch nie einen gehabt hast. An den Abenden reiste wieder der Goldene Schrein mit uns, als ich mit dir zusammen war, war er verschwunden, jetzt erschien er wieder, wir sahen sein heiliges Schimmern zwischen den Wolken, sein goldfarbenes und rötliches Strahlen über der Ebene bis hin zur schimmernden Weite der Nordsee. Unweit der alten Stadt Rheine übernachteten wir in einem Kloster der Kreuzritter, das mit seiner ganzen Mächtigkeit am glatt dahinfließenden Wasser lag, ich erinnere mich seines Namens: Kloster Bentlage. Wer würde sich nicht des Namens jenes Ortes erinnern, wo man das größte Geheimnis hütete, das Tor zur anderen Welt. Dort machten wir halt, die Schwadron erniedrigter und beleidigter Frauen aus dem militärischen Tross, Offiziersfrauen, dort hat mich Klara gefragt: Was ist mit dir, Katharina, wohin schaust du, was siehst du? Und ich habe Simon gesehen, der neben mir ging, Pilger, die aus ihren wie Schleier schwebenden Gestalten und Gesichtern lächelten, und auch ich habe gelächelt, so ist der Weg zum Goldenen Schrein, Windisch, eine lächelnde, freundliche, schleierartige, regenbogige Straße, Windisch. Dort war das Wasser glatt, sanft plätscherte es an die grasigen Ufer, dort hatte sich auch die Ems langsam und verlässlich in ihr Flussbett zurückgezogen. Dort an den Ufern der Ems, wo die weiten Wiesen morgens von silbrigem Tau bedeckt sind und wo sich abends durch die Kronen der hohen Bäume, deren Namen ich nicht kenne, das letzte Licht wie ein Schleier auf die Erde legt, dort trafen wir Frauen auf die slowenischen Pilger, alle, die wir dem Hochwasser bei Koblenz entronnen waren, wo ich untergehen wollte und mich Simon, der Gedanke an ihn, gerettet hatte, dort haben wir das Tor gesehen, das in die andere Welt führt. Ich weiß, Franz Henrik Windisch, deine Bocksseele meckert noch im Schlaf vor Lachen, wenn du mich hörst, denn ich weiß, dass du mir zuhörst, nur ist dein

Schlaf tief, so tief wie deine schnarchende Trunkenheit, und deine Trunkenheit ist so tief wie deine kriegerische Mannesrohheit, die vor Lachen grölt, wenn sie hört, dass wir das Tor zur anderen Welt gesehen haben. Ich weiß, was in deinen betrunkenen Gedanken deine fleischigen Lippen brabbeln, wenn sie aufhören zu grinsen: So gern würde ich dieses Tor sehen, das in die andere Welt führt. Du wirst es sehen, Windisch, du wirst es sehen, morgen früh wird deine Seele dort anklopfen, während die Stücke deines Fleisches in die Baumkronen fliegen.

An dem Ort riecht es nach Meer, nach Salz. Als Simon und ich unterm gestirnten Himmelsgewölbe liegen, legt sich feuchtes Salz auf unsere Haut, obwohl es zum Meer noch weit ist. Hier vereinigen sich Wasser, salzige Erde und Luft zu einem unauflöslichen nächtlichen Gemisch. An diesem Ort, im Kloster des Ortes, im Kloster Bentlage, bewahren die geistlichen Väter ein Geheimnis, wie es die spanischen Soldaten in den aztekischen Pyramiden der Neuen Welt gefunden haben. Das Geheimnis sind Reliquien, die die Unsrigen leicht als echt erkannten, können sie doch nie genug von derartigen Wundern und heiligen Dingen bekommen, und die dann besonders wertvoll sind, wenn man nach Gottes Ratschluss so weit gehen muss, um zu ihnen zu gelangen, so weit, nach Norden, fast bis an den Rand der Weltenscheibe, wo das Festland nebelig im großen Meer endet. Inmitten der Parkanlage, am stillen Fluss, zwischen Bäumen, deren Namen ich nicht kenne, inmitten der mächtigen Gebäude des Kreuzritterklosters bewahren sie ein Geheimnis, wie es auf der Welt nicht viele gibt. Dort liegen zu Hunderten die Überreste heiliger Menschen, ihre Schädel und Gebeine, Haare, Gegenstände, angesichts deren einem der Atem stockt und sich das slowenische Pilgerherz zusammenzieht vor Angst, Ehrfurcht und ungekannter Beklommenheit. Es gibt ein Stück Stein, in den sich die Muttermilch der Jungfrau Maria verwandelt hat, einen Splitter aus dem Tisch des Letzten Abendmahls, es gibt ein Stück der Geißel, mit der die römischen Rohlinge unsern Herrn gegeißelt haben, und auch Marienhaar: *crines beatae Mariae virginis*. Und das alles, eingestickt in glänzende Stoffe, gefasst in edles Metall und edle Steine, dieser ganze Paradiesgarten, das ist das Tor ins Jenseits, wer aufgebrochen ist zum Goldenen Schrein von Kelmorajn, der versteht das leicht und gut. Wir, die Frauenarmee und die slowenischen Pilger, standen zusammen mit dem Pater, der uns erlaubt hatte, dieses Wunder zu schauen, im Halbdunkel des Kreuzritterklosters, hinter dem Fenster strömte das breite Wasser, über die Landschaft, über die Dächer des Klosters und der Kirche legte sich der Abend, in dem Raum war es still, einige knieten nieder und beteten still für sich, wir schauten wortlos auf diese große und geheimnisvolle Landschaft des Reliquiars, die im Halbdunkel übersät war mit den Überresten einst lebender Menschen, mit Dingen, die nach mehr als tausend Jahren den Weg aus dem Heiligen Land an dieses versteckte Ende der Welt gefunden hatten, übersät mit Dingen, die jedes für sich und alle zugleich wirksam waren, und einer von uns ahnte die wahre Antwort, die wahre Frage, denn diese Überreste der Welt in der Landschaft des Paradiesgartens wirkten hier wie dort, sie blickten uns an und sahen zugleich ins Jenseits. *Mors certa, hora incerta*, sagte der Pater, und jemand, ich glaube, es war ein Pilger aus Marbruk in der Untersteiermark, setzte hinzu: Das ist das Tor zur anderen Welt.

Ich weiß, was dir in deinem Säuferschlaf durch den Sinn geht, Windisch, du würdest die kostbaren Steine einsammeln und die Knochen in den Fluss werfen. Ich weiß, wie du bei deinem letzten Schnarchen lachst, mit Geistern bist du gegangen, sagst du, bei dir hat es ausgehakt, liebes Weib, dein Jesuit aus dem Landshuter Grab ist ein Hammel, du redest in deinem Traum und lachst und fragst mich: Und was ist hinter der Tür? Dein Lachen dröhnt und meckert, du Bock: Was ist hinter der Tür? Hinter der Tür, die Antwort ist doch so einfach: Hinter der Tür schläft Gott. Das ist so gewiss, wie in meiner Heimat die Menschen von jeher glauben, dass Gott hinter dem Himmelsgewölbe schläft, das nichts anderes ist als das Tor zum Jenseits, in den Himmel. Haben nicht die alten Slowenen schon damals, in den fernen Zeiten, als es unseren Erlöser noch nicht gab, zwischen Gott und der Erde ein Himmelsgewölbe errichtet? Sie errichteten es deshalb, weil sie sich vor der Macht und dem Glanz Gottes fürchteten. Wenngleich sie glaubten, dass Gott in dem Augenblick, als er einmal für kurze Zeit erwachte und um sich blickte, mit seinem ersten Blick die schönen Berge und Flüsse auf unserer Erde schuf, sein zweiter Blick brachte unsere liebe Sonne hervor, sein dritter Blick unseren freundlichen Mond und jeder weitere einen neuen funkelnden Stern. Und von all dem ging ein solcher Glanz aus, dass sie unaufhörlich erzitterten unter seinem Auge. Er bekam Mitleid mit ihnen, er wollte nicht, dass sie sich fürchteten, und übersiedelte in den Himmel, sie aber errichteten zwischen Erde und

Himmel ein großes blaues Gewölbe, mit Wolken am Tag und Sternen in der Nacht. So einfach ist das, und so einfach ist das mit der Tür zum Jenseits in dem Kloster, wo sich das Herz des Geheimnisses befindet, wo sich die Tür zur anderen Welt befindet. Der himmlischen, denn die Tür ist fest gefügt aus den Überresten von Menschen und ihren Dingen, die heilig waren und sind, die von dieser und zugleich von jener Welt sind.

Hast du dich jemals gefragt, du tief schnarchender Mensch, was sich so viele Male die slowenische Pilgerin Katharina Poljanec gefragt hat: Ist es wahr, dass der Mensch, wenn er stirbt, aus der einen Welt in die andere hinübergeht? Reißt die Liebe ab, wenn das geschieht? Beginnt der Leib zu zerfallen, weil ihm die Seele genommen wurde? Ist die Liebe dasselbe wie Seele und Atmen? Und wenn es so ist, warum fühlt er dann die Liebe auch im Geschlecht? Denn dort habe ich sie gefühlt, auch dort, als ich mit Simon ging, den ich mir aus dem Landshuter Kerker in die nördliche Tiefebene herbeirief, wo ich mit dem Geliebten an den Frühlingsabenden lustwandelte, so wie wir und mit uns das Muli, das fröhliche Tier, einst gegangen sind, wenn wir die Sterne am Himmel zählten und das duftende Gras unter uns spürten. Im Geschlecht, das, seit du mich gepackt hast, Windisch, seit du mir mit dem Säbel die Beine gespreizt hast, nur noch ein klebriges Loch der Hölle ist. Und dennoch, dennoch geht der Geist nicht weg, schwebt die Seele nicht davon, bevor das Schlagen des Herzens erstorben ist. Und zwar deshalb, weil das Herz das Organ der Liebe ist, weil meines, Katharinas Herz, voller Liebe zu Simon gewesen ist, zu dem Menschen, den es auf einmal nirgends mehr gab, denn dann erwartete uns deine Armee, ihre Trommeln und Trompeten, die verlorene Weiberschwadron, Simon war verschwunden, und statt seiner gab es nur diesen Klumpen aus Wein und Angst, dem ich erlegen bin, der mich nicht nur gezwungen hat, der mich auch betört hat, dass ich ihm erliegen musste, ich werde nie wissen, warum; dieser Klumpen aus Fleisch und Wein, der über mich herrscht, hebt jetzt die schweren Lider und zeigt das Weiß des Grauens darunter. Auch meines Grauens über mein Leben und den Käfig darum herum. Wenn Simon kam, in der Wirklichkeit oder im Traum, schlug das Herz immer schneller, wenn du kommst, stockt es stets vor Widerstand. Ich könnte sterben, würde es nicht die Liebe zu ihm geben, mein Herz könnte stillstehen, weil in ihm keine Seele mehr wäre, die Liebe ist. Und wenn der Mensch wirklich in jene Welt eingeht mit dem letzten Gedanken, den er in dem Augenblick in sich trug, als der Lebensfaden riss, mit dem Gedanken des letzten Atemzugs, dann graust mich auch davor, denn ich könnte in jene Welt mit dem Gedanken des Hasses und Abscheus vor dir eingehen, Windisch, und nicht mit dem Gedanken der Liebe zu ihm, zu Simon Lovrenc, meinem Liebsten, der zwischen den Heeren nach Köln irrt, Leibeigener und Pilger, verraten, geschlagen vielleicht, vermutlich blutig, vermutlich gerettet, zum Goldenen Schrein, vor dem wir uns sicher noch auf dieser Welt wiedersehen werden, noch auf dieser, wie wir uns schon außerhalb dieser Welt im Kloster Bentlage wiederbegegnet sind, an der Tür zur anderen Welt. Wir werden uns wiedersehen, und sei es für eine Berührung, für einen Blick, für ein Wort. Des Übergangs in jene Welt wird sich der suchende Pilger, der verstehende Mensch, bewusst beim Anblick der Gebeine am Flusse Ems, der Knochen und der Dinge, die einst Leben waren, die Leben trugen aus Fleisch und Blut, Leben einer emporstrebenden Seele. All denen, von denen heilige Gebeine erhalten geblieben sind, haben die Engel schon den Schleier vom Gesicht genommen, den nebeligen Schleier, der das Leben in dieser von dem Leben in jener Welt trennt, den Schleier, der der Tod ist und der für kurze Zeit auf unseren Gesichtern liegt.

Es ist Morgen, Windisch, der Schleier der Nacht hebt sich, der letzte Morgen deiner Herrschaft über meinen Leib und meine Seele ist gekommen, mein Leben im Käfig zwischen Himmel und Erde nähert sich dem Ende. Deinem Ende, denn meine Freiheit, mein Leben ist allein mit deinem Ende verbunden, eine andere Lösung gibt es nicht. Die letzten Wachen rufen, ein sonniger Tag wird den Dezembermorgen und den Schauplatz menschlichen Todes überstrahlen. Noch einmal wirst du dir die Stiefel anziehen, noch einmal wirst du dir Wasser ins Gesicht schwappen, um den Wein aus dem Kopf zu vertreiben, essen wirst du an diesem Morgen vor Angst nichts, ich werde dir nichts auftragen, wie ich es so viele Morgen getan habe, noch einmal werde ich dir helfen das Seidentuch zu binden, ja, auch die Stiefel werde ich dir polieren, noch einmal wirst du in den Spiegel sehen und dir Schnauz- und Ziegenbart kämmen, denn ohne die wirst du auch am letzten Morgen nicht sein können. In dem großen *Buch des Lebens* ist der letzte Akt schon geschrieben, der kaum eine Stunde danach gespielt werden wird, wenn du noch ein letztes Mal deine polierten Kanonen und die schön gestapelten Granaten daneben inspiziert hast.

Beschrieben ist auch das letzte Bild: Du hebst den Säbel, in der Ferne hörst du die Trompete, die zum Angriff bläst, die Infanteristen laufen am Waldrand auf die preußischen Stellungen am Rande des Moors zu, endlich hebst du den Säbel in einer Schlacht, nicht betrunken über einer Frau, die sich ausziehen muss, damit du ihr die Beine spreizen kannst, du hebst den Säbel, um deiner Batterie den Befehl zu geben: Feuer. Und wartest darauf, dass das Feuer aus den Schlünden der Rohre bricht und die preußischen Köpfe zerfetzt und deinen Siegesruhm von der Schlacht bei Leuthen in die krainische Heimat trägt, aber irgendwer auf dieser sanften Wiesenböschung, der beinahe schwarzen Böschung gegenüber, wird einen Augenblick vorher ebenfalls Feuer befehlen, und du wirst nicht das Feuer aus deinen Kanonen sehen, sondern du wirst Erdklumpen sehen, die den Himmel verdecken, und zwischen den Erdklumpen abgerissene Glieder, die noch immer in weißen Uniformen stecken, in knarrenden Gurten, diese Stücke der Welt, diese Knochen, diese nichtigen Dinge werden den Dezemberhimmel verdecken, und einen Augenblick danach werden es nur noch Reste der Welt sein, verstreut über die Höllenlandschaft bei Leuthen, und das wird das Letzte sein, was du siehst.

[41]

Was Katharina sah, die schwere Masse Fleisch, die schnarchte, stöhnte und sich im Bett hin und her wälzte, war ein äußerliches Trugbild. Hauptmann Franz Henrik Windisch ritt in diesem Moment gerade an der Spitze seiner Kompanie über eine sanft geschwungene Landschaft, die Kanonen hatte er weit hinter sich gelassen, auch die Truppe seiner treuen Krainer war weit zurückgeblieben, aus der Ferne hörte er ihren ein wenig verstimmten Bauerngesang:

Den Säbel wetze ich mir scharf,
Damit der Preiß ihn schmecken darf,
Schon glänzt er hell wie lauter Licht,
Fürn Preiß'n gibts ka Hilfe nicht.
Dem ein'm fliegt's Kopferl himmelwärts,
Dem andern fährt das Schwert ins Herz.

Immer entfernter war das Singen seiner Soldaten, von Musik hatten sie keine Ahnung, aber sie waren treu, sie waren kampfesmutig, sie waren furchtlos, weil auch er selbst furchtlos war, jetzt ritt er allein über die grasigen Hänge, und so schwer er auf seinem rundlichen Pferd war, so leicht war er zugleich, aus leichtem Trab wechselte er in den Galopp, hinweg über das Buschwerk und durch die Sumpflandschaft, bis er eine solche Leichtigkeit verspürte, bis das Pferd kaum mehr den Boden berührte: Mit jedem Abdrücken der Hinterbeine stieg es leichter und höher in die Luft. Die Seidenbänder flatterten leicht um seinen Körper, aus dem Gürtel zog die behandschuhte Hand den silbernen Griff, und die Pistole spuckte eine lange Flamme feurigen Gifts gegen den Rand des fernen, doch zugleich immer näheren Waldes, wo die preußische

Armee auf den Angriff wartete. *Vivat Maria Theresia!*, rief seine unhörbare Stimme, und das Kürassierschwadron, das ihm in der Ferne folgte, antwortete mit einem mächtigen: *Vivat!* Und von der linken Flanke wiederholte die Eliteeinheit der Grenadiere wie ein mächtiges Echo ein weiteres Mal: *Vivat!* Sein weißes Spitzenhemd stand offen, und die zahlreichen Tapferkeitsmedaillen glitzerten auf seiner behaarten Brust, der Glanz der aufgehenden Sonne blendete die Augen der feindlichen Armee am dunklen Waldrand. Er flog über das Sumpfland von Leuthen, über den Fluss, über die brennenden, von seiner Pistole in Brand gesetzten Straßen der Stadt, weit unten lagen mitten auf dem Stadtplatz die toten Körper des Erbfeindes, zermalmt von den Hufen seines Pferdes, niedergestreckt von seinem sausenden Säbel, den er mit dem anderen Arm schwang, mit dem Arm, an dem das Hemd bis zum Ellbogen aufgekrempelt war, und der Säbelgriff ächzte unter dem kräftigen Griff seiner Hand, der gespannten Muskeln. Die Sporen stachen nur leicht in den Pferdebauch, stärker stieß er mit den Fersen zu, als er bemerkte, dass sich das Pferd auf den Waldrand zubewegte, dorthin, wo schweigend die preußischen Soldaten standen, über deren Köpfen bunte Banner schnalzten. Das war auch das einzige Geräusch, das er hörte, das Schnalzen der lebenden Fahnen im Wind. Das Pferd sank tiefer, und Windisch wurde es schwer ums Herz, als er sah, wie schwer wurde, wie beide schwer wurden, er und sein rundliches Pferd, wie die Muskeln schlaff wurden und im großen Bauch der Wein vom Vorabend schwappte, wie in einem Fass schwappte und ihn zusammen mit seinem Bauch und dem Pferd hinunterzog. Noch einmal zielte er mit der Pistole und zog am Abzug, aber es gab keinen Ton, keinen Knall, auch kein feuerflammendes Gift. Der Hahn, dachte er, der Hahn schlägt nicht, ich habe die Pistole nicht geölt. Und auch den Säbel konnte er nicht heben, der Hemdsärmel schlenkerte um den schlaffen Arm, der keine Kraft mehr hatte. Jetzt können mich nur noch meine Kanoniere retten, dachte er, nur noch die Granaten, die in schönem Bogen über mich hinweg zum Waldrand dort drüben fliegen werden, wo die preußische Armee mit ihren schnalzenden Fahnen schweigend steht. Wenn sie dort unten angeflogen kommen, wenn sie am Boden aufblitzen und zerknallen, wird auch diese regungslos schweigende preußische Armee in alle Richtungen auseinanderfliegen und werden ihre Fahnen zerfetzt an den geschwärzten Masten hängen. Doch statt der Granaten flog er selbst in so schönem Bogen hinunter, er fiel, Windisch, er fiel, wie Menschen fallen, die nicht wissen, ob sie dieses Fallen träumen oder ob dieses Fallen auf den Grashang und Waldrand zu Wirklichkeit ist. Und es ist Wirklichkeit, es muss sein, wenn über dem Magen eine solche Leere herrscht, wenn Übelkeit aus dem Bauch, diesem glucksenden Fass, aufsteigt in den Kopf, wenn das Herz zittert und vor Grauen fast stehen bleibt bei der Erkenntnis, dass zwischen den Beinen und unterm Arsch kein Sattel mehr ist, auch kein Pferd mehr. Jetzt weiß er, dass er jener schweigenden Armee vor die Füße fallen wird, dass sie ihn in tausend Stücke zerreißen, mit unzähligen Kugeln durchlöchern wird, wenn er nicht gleich von allein zerbirst, gleich vom Fallen, wenn von irgendwo nicht auch noch das schwere Pferd auf ihn fällt, das auch fallen muss, wenn er fällt. Windisch versucht hochzukommen, versucht die Augen zu öffnen, um den schweren und erbarmungslosen Fall aufzuhalten, der dauert und dauert. Aber er fällt nicht, Windisch liebt sich selbst zu sehr, um einfach so zu fallen, er landet weich, über die Flammen hinweg, die seine Stiefel belecken, neben dem Feuer. Dort, um das nächtliche Waldfeuer herum, sitzen preußische Soldaten, einer schlägt die Trommel, denn es kommt jemand. ER kommt, Hauptmann Franz Henrik Windisch richtet sich auf, streckt die Brust heraus, zieht den Bauch ein, denn vor ihm steht der *Preiß* aus jenem Lied, aber nicht irgendeiner, sondern der Große, der Größte unter den *Preiß'n*, Friedrich der Große mit der Hakennase und der mächtigen weißen Perücke auf dem Kopf, im blauen Rock, mit glänzendem Purpur besäumt.

– *Meine Soldaten*, sagt der satanische Friedrich in den satanischen Träumen des österreichischen Hauptmanns, und Windisch schnürt es das Herz ab, denn er weiß gut, dass er, Windisch, kein Soldat der *Preiß'n* ist, er ist Soldat der jungen Kaiserin Maria Theresia, für die er *Vivat* ruft und für die er bereit ist zu sterben, doch Friedrich sagt zu ihm, wie zu den anderen, die um das Feuer stehen: – *Meine Soldaten,* sagt er, *nun schlaft gut, morgen haben wir den Feind geschlagen oder sind alle tot.* Das sind historische Worte, denkt Windisch, historische Worte Friedrichs von Preußen vor der Schlacht bei Leuthen. Jetzt bin ich ein Soldat Friedrichs des Zweiten, denkt Windisch, also bin ich ein Verräter, das Kriegsgericht wird mich zum Tod durch Erschießen verurteilen. Aber sie verurteilen ihn nicht zum Tod durch Erschießen, sondern zu einem schrecklichen Spießrutenlauf. Er muss durch ein Spalier seiner Soldaten laufen, die mit erhobenen Stöcken in den Händen dastehen, mit schweigenden Gesichtern auf den Verräter warten, dass er losläuft, und kaum will er einen Schritt nach vorn machen, fliegt ein Schlag über sein Gesicht, dass das Blut über seine Augen strömt und er nichts mehr sieht. So geschieht es einem Verräter, so hat er selbst seine Krainer Soldaten bestraft, jetzt bestrafen sie ihn, die Stöcke klatschen auf sein weißes Hemd und zerfetzen die behaarte Haut darunter, aber das Schlimmste ist, dass er nicht laufen kann, er kann mit dem glucksenden Fass Wein hinter dem Gürtel nicht laufen. Und der Wein reicht hinauf bis in die Kehle, mir wird schlecht, denkt er, mir wird schlecht, mit quellenden Augen hebt er sich auf die Ellbogen, die Quellaugen sehen einen Raum, den sie nicht erkennen, eine Frau, die an der Feuerstelle sitzt und ihn regungslos anstarrt, Windisch setzt sich im Bett auf, und vor Übelkeit, vor Angst, von allem Durchgestandenen und Durchlebten, von allem zu viel Getrunkenen speit er einen dicken Strahl Rotwein im großen Bogen in den Raum und auf sich selbst. Mit verschreckten Augen sieht er sich um und versteht nichts, weiß nicht, ob alles schon hinter ihm liegt oder ob alles erst beginnt.

[42]

Der große Krieg wütete auf dem ganzen Kontinent. Nach der schrecklichen Niederlage bei Leuthen versuchten die zersprengten österreichischen Armeen vergebens sich wieder zu vereinen. Ganze Truppenteile irrten durch weite Landschaften, krochen über Bergpässe, standen an Flüssen und warteten auf eine Überfahrt, einzeln und in Gruppen ritten Soldaten und Offiziere durch Wälder, übernachteten in der Nähe von Dörfern und waren auf Teufel komm raus auf das eigene Überleben bedacht, die Kanonen, die sie eine Zeit lang hinter sich hergeschleppt hatten, lagen am Straßenrand, die Pferde versanken im Sumpf, kranke und verwundete Soldaten schleppten sich in größere Städte in der Hoffnung, dort Hilfe zu finden, in der Hauptsache erlebten sie aber Beschimpfungen, Drohungen oder die auf sie gerichteten Gewehre der Stadtwachen, eine geschlagene Armee wird von niemandem respektiert, vor ihr hat niemand Angst. Wie die Wölfe schnürten sie um die Ortschaften herum, schlugen zu, wo sich eine Gelegenheit zeigte, griffen sich ein Huhn oder ein Schaf und flüchteten zurück in die sumpfigen Wälder oder strichen über einsame Wege auf hohen Bergen. Den Offizieren, die sich auf der Flucht befanden, ging es nicht viel besser, selbst von den eigenen Soldaten wurden sie nicht mehr respektiert, es gab kein Exerzieren und keinen Stock mehr, nicht einmal die Androhung des Stocks, der die Haut vor der angetreten Schwadron zerfetzen würde.

Unter diesen Scharen rückte Simon Lovrenc von Stadt zu Stadt vor, fragte flüchtende Soldaten, ob sie von einer Krainer Einheit wüssten, ob jemand von Hauptmann Windisch gehört habe, ob jemand eine Frau gesehen habe, so und so, auf jeden Fall schön, anmutig, engelhaft, er hatte ganz Bayern durchquert und sich gen Schlesien gewandt, von wo sich diese Scharen heranwälzten, diese Wolfsrudel, er stapfte durch den Schnee von Dorfpfaden und musste durch den Matsch der Landstraßen beinahe schwimmen, ging morastige, von Rädern, Menschenfüßen und Pferdehufen zermanschte Fuhrwege, fragte in Wirtshäusern, in denen er übernachtete, fragte Stadtwächter, suchte mit fiebrigem Blick und atemlos wie ein Jagdhund seine, ihrer beider, ihre Spur. Viele Tage des Umherirrens lagen hinter ihm. Er fragte nach Pilgerprozessionen, aber es gab nicht wenige, und es war auch ziemlich viel Zeit vergangen, seit die Krainer Pilger von Landshut aus weitergezogen waren. Jetzt hatten viele von ihnen den Goldenen Schrein bestimmt schon gesehen. Die einzige Spur, auf die er stieß, war die von Altvater Tobias. An den alten, angeblich mehr als hundert Jahre alten Mann konnten sie sich erinnern, so einen Pilger traf man selten, obwohl von da unten gar nicht so wenige eigenartige Leute durch ihre Gegenden kamen. Er hatte vor einer Kirche gesprochen, war mit einem Wagen gefahren, hatte mit einem Fährmann über einen Fluss gesetzt. Er fragte auch nach der österreichischen Armee, ob eine Armee mit Kanonen und umfangreichem Tross durchgezogen sei. Natürlich waren Kompanien und auch ganze Regimenter durchgezogen, sie waren in Zweierreihen gen Schlesien gezogen und wie eine versprengte, verlaufene Herde zurückgekehrt, hatten sich geschlagen von den preußischen Schlachtfeldern zurückgeschleppt. Es gab Pilgerprozessionen und es gab Armeen, die kreuz und quer zogen; irgendwo in diesem reisenden Gedränge, auf diesen Straßen, Wassern, Kreuzwegen, in diesen Dörfern und Städten war auch sie. Irgendwo musste sie sein.

So verging der Winter jenes Dezembers siebenundfünfzig, der in einem einzigen leuthenischen Schwung die österreichische Streitmacht zerschlagen hatte, es vergingen die ersten kalten Monate des Jahres achtundfünfzig, er ritt aus Schlesien fort und ging nach Böhmen, von dort kehrte er nach Bayern zurück, wich im weiten Bogen Landshut aus, er wollte zum Rhein, wo er schon im letzten Herbst gewesen war, war er doch, ohne es zu wissen, rheinabwärts und durch die Ebenen des Nordens gezogen, weil Katharina ihn dorthin gerufen hatte, bis hin zu der Tür, die in die andere Welt führt. Der Winter verging, es war ein nasser Frühlingsmonat, es nieselte leicht, als er von Weitem Nebelschleier erblickte, die sich über einer großen Wasserfläche erhoben, über einem See.

Als er zu dem großen See kam, der Starnberger See genannt wurde, und zu dem Ort an dem See, der Tutzing hieß, erfuhr er beim ersten Haus, beim Haus des Fischmeisters, dass sich unten in der Hütte eine Frau aufhalte, die einen Verwundeten mit sich schleppe. Der Fischmeister hatte krumme Beine, er reparierte eine an die Wand gelehnte Reuse. Er schöpfte Wasser aus dem Brunnen und bot dem Reisenden auf dem Pferd davon an. Reisenden helfen wir gern, sagte er, besonders wenn sie christlich sind. Dieser Soldat oder Räuber, oder was er ist, der ist des Teufels. Nachts schreit er. Der Aufseher erzählte ihm, ja er rühmte sich, dass er hier sozusagen eine vom Fürsten angestellte Amtsperson sei, er sorge für die Fische und damit auch für die Menschen, die sie hier mit seiner Erlaubnis oder ohne aus dem Wasser holten. Deshalb sei ihm nicht egal, was hier herum vor sich gehe. Als er erwähnte, dass die Frau eine Pilgerin sei, sie habe selbst gesagt, dass sie nach Kelmorajn wolle, überlief Simon eine Ahnung, eine Ahnung bis an die Knochen und ans Herz, die sich dann oben auf den Magen setzte und dort stecken blieb. Was für eine Sprache spricht sie denn? Eine fremde, Ungarisch. Dass sie eine fremde Sprache spreche, wüssten sie deshalb, weil sie mit dem Verwundeten in dieser Sprache redete. Und nachts fluche der Verwundete in dieser Sprache, er schreie auch auf Deutsch, er fluche recht übel. Der Fischmeister glaube, dass der Kranke ein entflohener Soldat sei, er habe Waffen bei sich, und nachts brülle er überhaupt sehr unschön, das Dorf könne von seinem Fluchen und schrecklichen Schreien nicht schlafen, man könne es kaum erwarten, sie loszuwerden, obwohl man den Kranken und die Frau, die sich um ihn kümmere, ja nicht einfach aus dem Dorf jagen könne. Die Ahnung saß ganz oben im Magen und bewegte sich in Richtung Kehle, die sich zuschnürte wie zum Weinen. Sie wusste, die Ahnung, dass sie es war, seine Katharina, die Untreue, dieses Schnüren in der Kehle verwandelte sich in Verzweiflung und Wut, der Mann war mit Sicherheit Windisch, der Offizier, dieser Angeber von einem Hauptmann, und der, der hier ankam, war ein Jesuiter, ein Mönchlein, das aus dem Kerker kam, jetzt waren alle drei hier am Ufer eines Sees: Katharina, der Pfau und der Jesuit.

Mit dem Maultier am Zügel ging er rasch den Weg hinunter, den ihm der Fischmeister gewiesen hatte. Unter ihm lag der See, seine weite Fläche glänzte in der Abendsonne, sie war ein Spiegel des Himmels, seiner untergehenden Farben. Im Hintergrund erhob sich ein Kranz hoher Berge, ihre Spitzen glühten in derselben Farbe, in die der See getaucht war. Unten stand ein verlassenes Haus, davor ein ausgeleierter Wagen, alles zusammen auf der Schattenseite, fast im Dunkeln, als eine Frau mit einem Eimer am Arm aus diesem Dunkel heraustrat. Sein Herz fing noch wilder an zu schlagen, und er musste stehen bleiben. Sie ging mit einem Schritt zum Brunnen, den er in keinem Traum, in keinem Dunkel, in keinem Wald, an keinem See nicht wiedererkannt hätte. Er sah sie, wie sie den Eimer an den Haken hängte und das Brunnenrad losband, sich über den Rand beugte und in die Tiefe sah, und auch, wie sie sich beugte, wie sie sich dann, nachdem sie den Eimer hochgezogen und das Wasser umgegossen hatte, streckte und ihr Haar richtete, auch das war untrüglich sie. Die Pilgerin, die eine fremde Sprache sprach, war sie. Sie blieb stehen und sah über die glitzernde Wasserfläche. Auch sein Blick wanderte darüber hinweg, sie waren beide in dieselbe Schönheit versunken. In den schlaflosen Nächten im Kerker, an den einsamen Abenden und in der Morgendämmerung, wenn er auf die Wand gestarrt und darauf Bilder aus dem Traum und Bilder aus dem äußerlichen Leben der Natur gesehen hatte, was ebenfalls so etwas war wie Traum, damals hatte er gewusst, dass er, falls überhaupt noch einmal, die Dinge der Welt, Berge, Felder, Wälder, Sonne, Mond, anders sehen würde, als er es bis dahin getan hatte. Jetzt weiß ich doch, was Schönheit ist, obwohl ich sie nicht verstehe, ich kann sie nicht mit Worten erklären, denn wenn ich es könnte, könnte ich sie auch erschaffen, wie Gott sie aus dem Wort erschaffen hat. Doch er wusste, dass das, was er sah, Schönheit war, wie es die Enten wussten, die auf dem Wasser lagen, die Hunde, die über den Hang liefen, die Fische, deren Rücken unter der Wasseroberfläche blinkten. Alle wussten, dass alles das schön war, einer, der zwischen Kerkermauern gesperrt gewesen war, wusste es noch besser als andere Menschen und Tiere. Und das Schönste an diesem Bild war, dass auch sie es jetzt versunken betrachtete. Jetzt war er ganz nah, er wollte schon rufen und den Hügel hinunterlaufen, da rührte sie sich, nahm den Eimer auf und trug ihn ins Innere.

Er ging so nahe zum Haus hinunter, dass er menschliche Rede hören konnte, ihre Stimme, eine Männerstimme, die ihr antwortete. Die Ahnung, die ganz oben im Magen saß, nagte jetzt an den Knochen, der See dunkelte, der Himmel dunkelte. Er kehrte auf den Hang unter dem Dorf zurück, band das Maultier an einen Baum, setzte sich ins Gras, sah in die Fenster des Hauses, in dem sich warmer roter Kerzenschein verbreitete, und konnte sich nicht von der Stelle rühren.

Als es im Kirchturm zur Abendmesse läutete, öffnete sich die Tür der Hütte, darin zeigte sich die Frau im schwachen rötlichen Kerzenlicht aus dem Inneren und hängte sich ein Plaid über die Schultern. Sie rief etwas, ich gehe zur Messe, sie rief es mit einer Stimme, die er nicht kannte, mit einer Stimme, die grob und schroff war, zur Messe, ja, na und! Sie schloss die Tür, im Haus fiel etwas zu Boden und zersprang, eine Männerstimme brüllte etwas hinter ihr her, dann wandte sie sich zum Weg und kam geradewegs auf ihn zu. Jetzt hämmerte sein Herz nicht mehr, es blieb stehen.

Auch ihres blieb stehen, als er sie anrief, aber ihres deshalb, weil sie dachte, er wäre ein Geist, jener Geist, der schon einmal bei ihr gewesen war, am übergehenden Rhein und in dem Kloster weit im Norden, jetzt war er noch einmal zurückgekehrt. Geist oder nicht, Flüchtling aus dem Kerker oder nicht, Jesuit oder nicht, sofort, als ihre Herzen wieder zu schlagen begannen, fing Katharina ihn zu küssen an. Sie weinte und küsste ihn zugleich. Sein Gesicht war im Nu völlig nass von ihren Tränen und Küssen. Sie nässte sein Gesicht und die geschlossenen Augen, sie küsste ihn auf Augen und Stirn und Nase und Haar und Hals, ohne aufzuhören, sie küsste seine Hände und Hemdbänder, die über der Brust verknüpft waren, knüpfte sie auf und küsste sie, klammerte sich mit dem ganzen Körper an ihn, und seine Hände griffen wie von selbst nach diesem Körper, der sich mit fiebernder Gewalt um ihn schlang, nach dem vertrauten Körper, den er liebte und an den er so oft gedacht hatte, die Hände hoben von allein den Rock, griffen unter den Rock, streichelten ihr Gesäß und den Rücken, überall war ihr vertrauter schmiegsamer und beweglicher Körper, ihr heißer, fiebernder Körper, wie in jener ersten Nacht, als sie sich das erste Mal liebten, als sie krank darniedergelegen hatte, noch immer irgendwie krank. Sie nahm ihn an der Hand und führte ihn in das Haus am See, schloss die Tür, hinter der jemand hüstelte, im Halbschlaf etwas rief, wen hast du da, Frau, wer ist da? Sie schob den Riegel vor, dort lag jemand auf dem Bett und röchelte, es ist nichts, sagte sie, kümmere dich nicht um ihn, sagte sie und zog ihn zu sich, aufs Bett. Ja, hauchte sie, ja, ja, sagte sie ohne Unterlass dort unten, im Haus am See, in dem dunklen Raum und nässte ihn mit ihren Tränen und Küssen, ja, bitte, ja, ja, er verstand selbst nicht, was mit ihm vorging, seine Hände glitten noch immer über ihren Körper, streichelten ihr Haar, zogen aber zugleich an diesen Haaren, die Faust ballte sie zu einem Klumpen, dass es an ihrem Scheitel knirschte und sie vor Schmerz stöhnte. Trotzdem sagte sie ja, ja, und als die streichelnden und klammernden Krallen seiner Hände zum Gesicht griffen, als sein Körper ihren nach unten bog, sodass sie bei dieser plötzlichen, starken und heftigen Bewegung wie ein Knäuel aus dem Bett rollten, fasste seine Hand ihr Gesicht und drückte es heftig gegen den Boden, der Kopf schlug auf den Holzboden, er schlug sie, und sie küsste ihn mit tränenden Augen immer weiter, ja, bitte, ja. Du bist es, sagte sie, dich habe ich gesucht, in schmutzigen Herbergen habe ich dich gesucht, in Heerlagern, von Feuer zu Feuer bin ich gegangen, durch Überschwemmungen, durch Hospize und Klöster, jetzt bist du da.

Auf einmal sah er ein Bild: Simon Lovrenc, jesuitischer Novize, Jesuiter, kommt eines frühen Morgens aus dem Spital, dort haben irgendwelche Herrschaften eine Frau bei sich, jung und schön, mit benommenen Augen sieht sie ihn an, diese Benommenheit überträgt sich auf ihn, sodass ihm schwindlig wird im Kopf, jetzt wusste er, was er damals wollte: beides, sie bestrafen und zugleich haben, sie schlagen und ihr den Rock heben und sich zwischen ihre Beine legen, das wollte er, beides. Jetzt sah er zugleich ihr Gesicht und das Katharinas, er sah seine Hand über ihrem Gesicht ausholen, ihr über die geliebten Wangen streichen, ihren Hals kosen und ihn gleichzeitig pressen, und er wusste nicht genau, was geschah, wo er war, er wusste nicht, was er tun würde. In einem zeitlosen Augenblick sah er einen Maler, der mit grimmem Strich auf einer Wand malte, der mit wildem Schwung kräftige Farben auftrug und sie mit sanften Bewegungen wieder verwischte, damit sie sanftere Abtönungen annahmen, er sah sie so, wie jener Maler das Bild der Frau an der Wand der Kirche in Visoko ob Laibach gesehen hatte, der mit grimmem Strich und sanftem Zug erzählte, was in der wirklichen und was in der erfundenen Welt Schreckliches und Unheimliches geschehen war, der einen entblößten Frauenkörper an die Wand gemalt, ihr eine Schlange um die Füße gewunden, ihr hinter den Rücken den Versucher gemalt hatte, vielleicht den, der hinter der verriegelten Tür röchelte und fluchte, der den Versucher beim Betrachten des entblößten Frauenkörpers an die Kirchenwand gemalt und über das Bild geschrieben hatte: LUXURIA.

Und in einem Augenblick plötzlicher Abwesenheit, als er für einen Moment dachte, dass er aus ihr gern etwas anderes machen würde als das, was sie unwiderruflich war, dass er mit Schlagen und mit Streicheln aus ihrem Körper gern etwas schaffen würde, was es unwiederbringlich nicht mehr gab, in diesem Augenblick drang sein Körper in sie, stieß sein Glied zwischen ihre gespreizten Beine, in das warme und von Sünde nasse, glühende Fleisch, drängte die Zunge in die klaffenden Lippen, machte er sich mit der Wut des Bestrafens und gleichzeitigen Vergebens über dieses tränende, weinende und von Küssen nasse Frauenwesen, das ihn gesucht hatte und ihn für sich und in sich haben wollte und auch selbst etwas anderes sein wollte als das, was es nun war, was es in den Umarmungen eines anderen geworden war. Mit aller Kraft klammerte sie ihn an sich, und beide Körper zuckten stoßweise, auch noch, als er neben ihr lag und aus der Nähe sah, wie ihre entblößten weißen Brüste wogten, und beide schluchzten, auch bei ihm flossen die verdammten Verrätertränen, die es nicht hätte geben dürfen, nichts auf dieser Welt hätte so sein dürfen, wie es jetzt war.

– Dass ich wenigstens deine Tränen bekomme, sagte er, dass ich wenigstens das von deiner Seele bekomme.

– Gott sieht, flüsterte sie, Gott weiß, wie es um meine Seele steht.

Aus der breiten Rocktasche zog sie die eiförmige Uhr: Ich habe die Messe versäumt.

– Woher hast du diese Uhr?

– Sie macht so schön tack-tack, sagte sie, hör doch, komm näher, sagte sie, komm nah an mein Gesicht, ganz nah, damit ich deine Wärme spüre, hör doch.

Sie lauschten der Uhr. Tack-tack-tack.

[43]

Vier Kühe, hat jemand gesagt, vier Kühe.
Der Reiter auf dem schwarzen Rappen gräbt sich vor der Kompanie ein, stemmt die Hände in die Hüften und fragt, dass es in seinem Kopf dröhnt und über den ganzen weiten Platz hallt:
Wer hat da gesagt, vier Kühe?

Der Reiter ist Windisch, obwohl vielleicht nur seine Hälfte, vor der Kompanie steht nur die Hälfte des Hauptmanns Franz Henrik Windisch, die Hälfte seines Gesichts, umwickelt mit einem weißen Tuch, das den Kiefer irgendwie zusammenhält. Der Filzhut mit den weißen Quasten verdeckt, was zu verdecken möglich ist, aber es ist klar, dass Seine Hoheit nie wieder sein wird, was sie einmal gewesen ist, linke Wange, Auge und Ohrmuschel, alles zusammen hat ihm an diesem Morgen eine preußische Granate weggerissen. Er weiß, dass es geschehen ist, das weiß er. Aber noch kommandiert er, noch schreit er seine Befehle.

Das werde ich überhören, denkt er, mit diesem Blödsinn werde ich mich nicht abgeben.
Er sitzt auf seinem Rappen, die Kompanie der Krainer Artilleristen ist vor ihm angetreten, dahinter die polierten Kanonen, dahinter die böhmischen Küraßiere, in der Tiefe die Wagen mit dem Tross, dort ist die Weiberschwadron, von dort schauen Katharinas Augen und die vielen Augenpaare der anderen Frauen, alles ist so, wie es sein muss, obwohl Windisch deutlich weiß, dass nicht alles so ist, wie es sein soll. Vor allem fühlt er, dass er nur halb ist und dass auf der anderen Hälfte eine Art Leere ist, so viel wie nichts. Er weiß, dass er etwas gegen diese

Stille auf dem Feld vor sich tun muss, eine Stille, in der ein unverständlicher Satz verhallt ist.

Er reißt sich zusammen, zieht den Säbel blank und ruft:
Gott schütze Ihre Majestät Kaiserin Maria Theresia!
Doch die Kompanie schweigt, die polierten Kanonen glänzen still, der Rappe mit seinem warmen und runden Bauch bewegt sich unter ihm, und die Zeit ist auf seltsame Weise stehen geblieben.

Vivat!, ruft er mit erhobenem Säbel.

Deo gratias, könnte der Laibacher Bischof sagen, der sich unverhofft auf diesem Feld eingefunden hat, nach der Schlacht bei Leuthen. Doch auch der Bischof schweigt, er sagt weder *Deo gratias* noch *Dominus vobiscum*, er hat keinen goldenen Kelch in den Händen, keinen Weihrauch, er steht nur da und sieht ihn an und schüttelt kaum merklich den Kopf.

Etwas stimmt hier nicht, denkt Hauptmann Windisch, etwas stimmt hier gewaltig nicht, warum schweigen alle? Noch einmal wendet er sich an die Truppe, noch einmal ruft er: *Vivat!*

Und jetzt donnert, muht, brüllt die Mannschaft los wie eine Rinderherde:
Vier Kühe, vier Kühe.

Vier Kühe, vier Kühe!, hallt es in seinem Kopf, der Hauptmann, der in der Schlacht verwundet wurde und nicht mehr kampffähig ist, wird vier Kühe bekommen. Wenn er kein Vermögen hat, wird Kaiserin Maria Theresia für ihn sorgen, sie ist gütig zu ihren Soldaten, ein Hauptmann bekommt vier Kühe, um sich versorgen zu können, dazu eine Hütte oder einen Stall, ein Leutnant kriegt nur zwei Kühe, ein gewöhnlicher Soldat kann einer Kuh in den Arsch kriechen.

Vier Kühe, vier Kühe, hallt es in seinem Kopf, genau genommen in etwas mehr als dem halben Kopf, in dem, was von dem schönen Kopf übrig geblieben ist, vier Kühe, *Deo gratias*.

Windisch wacht auf. Er liegt auf dem Holzboden, auf einer Zeltplane, darunter ist zerdrücktes Stroh, in der Ecke steht ein Bett, an der Wand hängt ein Kruzifix. Er sieht zum Kruzifix:

Lieber Onkel Baron Leopold Henrik Windisch, sagt er, was mir Schreckliches geträumt hat! Mir träumte, ich würde vier Kühe bekommen, die ganze Kompanie hat gemuht. Ich kriege keinen Obristenrang, nie, und du, mein lieber Onkel Baron Windisch, du hast mich verächtlich, sehr verächtlich angesehen und gesagt: Du bist ein ausgedienter Soldat, du bist ein halber Soldat, wo hast du dein Auge, wo ist dein Ohr, hast du wenigstens gesiegt in der Schlacht, in der du alles das verloren hast, wo sind die Orden? Vier Kühe sind keine vier Orden.

Auch der Erlöser scheint ihn ohne rechtes Erbarmen vom Kreuz herab anzusehen. Windisch steht auf schwachen Beinen und taumelt zu dem Scheibenrest, der im Fenster verblieben ist, das über und über mit Stroh zugestopft ist. Er dreht es gegen das Licht und sieht eine Fratze mit verbundenem Gesicht, mit leicht verwachsener Haut an den Rändern des Verbandes, ihm blickt ein überwuchertes Gesicht entgegen, voller schwarzer und grauer Stoppeln, ihm blickt ein einziges fieberndes und verschrecktes Auge entgegen. Wer ist das, wer ist das, noch immer weiß er nicht, ob er wacht oder ob er träumt, ob er vor der Kompanie reitet oder auf dem Rappen schwebt. Katharina, ruft er, er bildet sich ein, dass Katharina ihm sagen könne, wer der ist, der ihn ansieht. Eine Tür schlägt, doch Katharina ist nicht da. Noch einmal wandert sein fragender Blick zum Gekreuzigten:

Hast du kein Erbarmen? Wenn du eines hast, ändere das, wenn es Wirklichkeit ist. Und wenn ich es träume, weck mich auf.

Er hat kein Erbarmen:

Du wirst kein Oberst, sagt er, vier Kühe wirst zu füttern. Was ist daran schlecht?

Windisch heult auf, er brüllt wie ein Büffel:

Katharina, Katharina, du Hündin von Dobrava, warum hilfst du mir nicht?

Er wachte auf und brüllte noch immer.
– Wer ist bei dir? Katharina!

Er ging zur Tür und begann darauf einzuschlagen, sie war verriegelt, jemand ist bei dir, schrie er heiser und versuchte es mit rauer, befehlsgewohnter Stimme: Sofort bei mir melden! Aber es kam keine Antwort.

Er sank auf dem Bett zusammen und vergrub seinen halben Kopf in den Händen und fing an zu weinen, aus dem einzigen Auge tropften dicke Tränen, vier Kühe, verdammt, vier Kühe.

Katharina sah zur Hütte am Dorfrand.
– Er ruft wieder, sagte sie.

Es war Nacht, Simon und sie horchten eine Zeit lang schweigend auf das Schreien und Stöhnen, das aus der Hütte am See kam.
– Hilf ihm, sagte Simon.
– Ich kann nicht, sagte sie, er wird wieder aufhören.
Das Schreien wurde tatsächlich schwächer und verklang langsam.
– Ich kann nicht mehr, sagte sie. Ich habe ihn auf dem Wagen bis hierher geschleppt, ich habe die Bauern mit seinem Geld bezahlt. Ich wollte ihn irgendwohin bringen, in ein Lazarett oder Hospiz. Als das Dröhnen und Krachen begann und erschrocken die ersten pulverversengten Soldaten angelaufen kamen, floh das Lager in alle Richtungen. Ich griff sein Geld, es war der Zusammenbruch. Wir, vor allem die Frauen, die Köche, die Pferdeknechte, hatten weiter entfernt genächtigt. Dann ging ich zurück, er lag auf einem Wagen, Klara war dabei, ihn zu verbinden, ihr Ungar schüttelte den Kopf: Es ist zu Ende, sagte er, mit ihm ist es zu Ende. Die preußische Infanterie griff an, wieder flüchtete alles, die Verwundeten wurden von den Lazarettwagen geschmissen, damit sie schneller flüchten konnten, er fiel mit verbundenem Kopf vom Wagen, ich zog ihn in den Wald, am anderen Morgen in eine Scheune. Ich glaubte ihn tot, dann kam er plötzlich hoch und schwang den Säbel, er lief durch den Wald und wurde wieder ohnmächtig. Auf dem Wagen habe ich ihn bis hierher geschleppt, ich kann nicht mehr. Jetzt hilf du ihm.
– Wie?
– So, wie er selbst will, dass es ihn nicht mehr gibt.
– Das kann ich nicht, Katharina. Ich hasse ihn, der Teufel ist in ihm, aber erschlagen kann ich ihn nicht.
– Jetzt ist er weder tot noch lebendig, sagte sie, das ist nichts.
– Lassen wir ihn, sagte er, sie werden ihn holen.
– Niemand wird ihn holen, sagte sie. Er hat mich gebeten, dass ich ihn ersteche.
Simon versuchte sie zu streicheln. Sie stieß seine Hand weg.
– Ich kann nicht mehr, sagte sie. Erstich ihn, erstich du ihn, schneid ihm den Hals durch.
Simon wich zurück.
– Dich hat er in den Kerker gebracht, aus mir hat er eine Soldatenhure gemacht, ja, das war ich, seine Offiziershure, du musst ihn töten. Erstich ihn, sagte sie. Man muss ihn umbringen. Er selbst will es so. Er ist weder tot noch lebendig. Erlöse ihn.

[44]

Ihr Gesicht war zum Antlitz des Engels mit dem Schwert erstarrt. Die Glocke schlug im Raum zwischen See und Bergen, zwischen der morgendlich dunklen Wasserfläche, der Himmelskuppel darüber und den hellen Felsenbergen an ihrem Rand. Sie weckte den See und das Kreischen der Möwen, sie weckte das Feld und den Wald und das Gekrächze der Krähen. Und sie schallte hinauf in die kristallene Stille, dorthin, wo aus einem Spalt im Wolkenhimmel ein Streifen scharfen Lichts auf die verschneiten Berggipfel fiel. Das war ein Lichtkegel, das war jener Lichtkegel, den der Kirchenmaler gesehen hatte, als er sein Bild an die Kirchenwand malte: den Engel mit dem Schwert, die Sünder, den Himmel und die Erde. Diese Lichtgarbe hatte Simon vor sich, und die ganze Welt war zu seinen Füßen. Er stand oben bei der Kirche am Ufer des Starnberger Sees, und an der Wand der Kirche in Feldafing prangte das Spiegelbild der Schöpfung zu seinen Füßen. Die Schöpfung auf dem Bild war aus dem Traum, die zu seinen Füßen war aus dem Wachen. Der Traum war zumindest einmal das Spiegelbild der Welt im Wachen gewesen, anders und doch gleich. Ein Bild der Schöpfung, mit menschlichen Augen gesehen, für einen Augenblick durch menschliche Augen hindurch gesehen, von den Händen eines ländlichen Malers nachgeschaffen, mit der ungelenken Zeichnung seiner Hände, die das malen wollten, was sie daliegen sahen, von hier, über den See hin bis zu den kristallenen Bergen, bis hin zu dem Lichtstrahl hinauf in den Himmel und aus ihm heraus. Ein Lichtstrahl, der Erde und Himmel vereint, beides zugleich hatte er gewollt und gesehen, der ländliche Maler, Erde und Himmel. Die Glocke war verstummt, das Möwengeschrei hatte sich beruhigt, die Krähen hatten sich auf Bäumen und Feldern niedergelassen. Und dieser Lichtstrahl, diese himmlische Lawine aus der Öffnung in der Himmelskuppel, diese Lawine hinab und dieser irdische Ausbruch hinauf, wohin reichte er? Etwa bis hinauf zum Heiligen Geist und bis zu Gott Vater wie auf dem Wandbild? Aus dem Geist, aus dem Vogel ganz oben, strömt Licht, scheint durch die Krone, die jeder von seiner Seite her hält, Gott Vater und Gott Sohn. Sie sitzen jeder auf seinem Thron wie Könige, in einen hellblauen Mantel gehüllt, wie ihn Fürsten übergeworfen haben, mit einem Krummstab, wie ihn Bischöfe tragen, Vater und Sohn sitzen einander gegenüber, Gott und Gott, gemeinsam halten sie die Krone der Welt, durch die herab das himmlische Licht strömt. Durch den Himmel, durch die Krone, durch die Wolken herab auf zwei Engel, auf zwei große Engel, die mit großen, hängenden Flügeln auf der Erde stehen. Der eine hat ein Schwert in der Hand, der andere einen Schild, sie stehen auf der Erde, überströmt vom Licht, das aus dem Himmel, das mit aller Schwere vom Himmel auf die Erde und auf sie beide fällt. Und um sie herum und über ihnen die armen nackten Leiber der sterblichen Menschen, von Gerechten und Sündern, emsige Leiber, wimmelnde Leiber, die über die Lichtsträhne aufsteigen zu Gott Vater und Gott Sohn und Heiligem Geist, aufsteigen und sich während des Aufsteigens umwenden, die auch stürzen, viele arme Leiber, nackte Leiber stürzen kopfüber hinunter zugleich mit der Himmelslawine, andere Leiber stürzen in dem irdischen Ausbruch in die schwindelerregende Tiefe und zurück auf die Erde zu Füßen der beiden Schreckensengel. Und steigen wieder auf, aufgerichtet, mit ausgestreckten Händen empor, in den Himmel greifend, dann immer mehr gekrümmt, eingeknickt, eingerollt zu Kugeln, die im leeren Raum zwischen Himmel und Erde kreisen. Die Engel stehen auf einer dichten Materie zwischen den Himmeln und der Erde, die unter ihren Füßen ist. Und unter ihren Füßen ist der Tod. Den Tod hat der ländliche Maler auf einem Pferd gemalt, den Tod mit einer Sense in den müden Händen, mit einer Sense, die ihm aus den Händen gleitet und unter dem müden Gleiten neue Leben nimmt, ihn, den Tod, hat er auf einer siechen Mähre gemalt, seine knochigen Beine baumeln an der Flanke, und die Beine der siechen Mähre sind eingesunken in die schwere morastige Erde. Und Simon verstand bei diesem einfachen Bild, das eine Kopie irgendwelcher alten Meister war, verstand bei diesem einfachen Bild, was dieses Licht bedeutete, das die Berge überflutete, diese Lawine, die aus dem Himmel kam und zugleich aus der Erde aufwärts schoss. In dieser Garbe, über diese Lawine steigen und stürzen die Seelen, die wir nicht sehen. Denn beim Anblick des Lichts über dem See hat genau das und nichts anderes auch der Maler gesehen, als er seine Gerüste an die Wand stellte. Und plötzlich verstand er, dass das so war wie zwischen Traum und Wachen. In seiner luziden Schlaflosigkeit sah und verstand er es jetzt: Die ganze Zeit über sind sie hier und die ganze Zeit zugleich mit uns, die Seelen, unsere Seelen und die Seelen der anderen, die Seelen der Toten und die Seelen der noch Ungeborenen. Das alles ist gleichzeitig, alles ist hier und jetzt. Der Schlaf ist uns nur deshalb gegeben, damit wir uns dessen nicht die ganze Zeit über bewusst sind, damit wir vergessen. Wer an Schlaflosigkeit leidet wie er, der versteht, was das Licht unter dem Kuppelhimmel bedeutet, das in einer Garbe auf die Erde strömt, von dort, wo ewiges Wachen und ewiges Verstehen von allem sind. Auf eine von der Himmelskuppel bedeckte Erde, auf eine Erde, auf der es nichts anderes gibt als den Tod.

Am dunklen Waldrand über Dobrava trat im ersten Morgendämmern ein großer und schrecklicher Hirsch aus, Vater hatte von ihm erzählt, die Knechte auf Dobrava zitterten jeden Herbst vor ihm, wenn die Brunftzeit kam, die Jäger stellten ihm Jahr für Jahr mit klopfenden Herzen nach, konnten ihn aber nie zur Strecke bringen. Dieser Hirsch brachte im November, zu Allerheiligen und Allerseelen, für jeden, der sich ihm in den Weg stellte, den Tod nach Dobrava. An diesem stillen Novembermorgen suchte sich das erste Licht den Weg durch die tiefen Wolken über St. Rochus, ein mildes Licht nach unten, auf die Wiesen, auf die in den Wipfeln hockenden Krähen, auf die Schafe, die sich unruhig in der Hürde drängten. Er verhielt auf der Lichtung mitten im Wald und schritt langsam dem Licht nach den Hang hinunter, trat vorsichtig über das Reisig, damit unter seinem Schritt, unter seinem schweren Körper und dem mächtigen Geweih kein Ast brach. Im Wald war es noch dunkel, am Rande leuchtete es, vom Sumpfland am Fluss stiegen Nebelschwaden auf und zogen über ihn weg, über seinen ruhig schweifenden gefährlichen Blick. Er schritt aus dem Wald auf die Schafe in der Hürde zu, dort auf der gewaschenen grünen Wiese traten sie schon unruhig auf der Stelle. Als er in der völligen Stille noch ein paar Schritte machte, fingen die Schafe an zu blöken und liefen an der Hürde auf und ab, einige drängten sich mit ihren Jungen im überdachten Stall zusammen und sahen mit ihrem unschuldigen Blick, mit ihren Schafs-, Lamm-, Gottesaugen in den klaren Morgen, in den ruhigen Wolkenmorgen, aus dem das große, gefährliche, Grauen bringende Tier kam. Nur der Hammel, das schwere Tier, blieb am Flechtzaun stehen und grub sich mit seinem Gewicht regungslos in die grasige Erde ein, starrte wie gebannt vor sich hin, vielleicht war er erschrocken, vielleicht war er mutig, jedenfalls rührte er sich nicht, als der Hirsch langsam aus dem Wald auf ihn zukam. Der wühlte die Erde auf, röhrte laut, schleuderte mit dem Geweih Erdklumpen und Grasbüschel auf, dann nahm er Anlauf und prallte gegen den Zaun. Der Hammel stand noch immer an der Umzäunung seiner Schafsfestung. Der Hirsch machte kehrt und ging ein paar Schritte auf den Waldrand zu. Der Hammel blökte fröhlich, triumphierend und siegesgewiss verkündete er der Morgenschöpfung seine mächtige, schwere Unverrückbarkeit, vor der alles zu weichen habe. Doch der Hirsch war nur so weit zurückgegangen, dass er Anlauf nehmen konnte. Er schnellte den grasigen Hügel hinunter und übersprang den Zaun im hohen Bogen. Die Schafe liefen in blökendem Schrecken hin und her, im Stall traten sie eines über das andere, über die Lämmchen, auch die kleinsten, und suchten den Ausgang, den es nicht gab. Doch der Hirsch blieb vor dem Hammel stehen, nur der interessierte ihn, nur das Tier seines Geschlechts, das nur deshalb hier war, um vor ihm zu weichen oder ihn zu töten, den Hirschen, den Menschen, den Hund, den Widder oder den Hammel. Er senkte den Kopf, stürmte los und stieß von unten in die Brust des schweren und feisten Hammels, dass es den aus seiner Unverrückbarkeit riss und in die Luft hob. Der Hirsch wich zurück, der Hammel röchelte, in der Brust war etwas zertrümmert, der Schmerz zog ihn hinunter, seine Vorderbeine knickten ein. Er versuchte zurückzuweichen, doch der Hirsch war schon wieder bei ihm, er stieß nach seinem Kopf, aber traf ihn in die Seite. Der Hammel hatte sich schon umgedreht, um mit einknickendem Schritt zum Stall zu flüchten, zwischen seine Schafe, um sich unter ihnen zu verstecken, unter denen, die er mit seiner Schwere und seinem Mut zu beschützen versucht hatte. Doch vor dem Stall holte ihn der Hirsch ein und streifte ihn an den Hinterbeinen, dass die Knochen krachten. Der Hammel kroch nur noch mit letzter Kraft und in Todesangst in den Stall, wo ihn keiner beschützen konnte, wo es keine warme Herde gab, die ihn mit ihren weichen Fellen und großen Bäuchen umgeben hätte, wo es keine sich zusammendrängenden Schafskörper gab, die die schrecklichen, erbarmungslosen Stöße abgefangen hätten, die für ihn bestimmt waren. Die Schafe waren in alle Richtungen zerstoben und liefen jetzt voller Angst in dem weiten umfriedeten Raum umher, aber die irren Hirschaugen sahen nur ein Ziel, das männliche Tier, das es zu vernichten galt. Langsam ging er ihm nach in den Stall, unbeirrt durch das Klagen und schmerzliche Stöhnen des eingebrochenen, todwunden Hammels. Er stieß in ihn, bis ihn sein Geweih durchlöchert hatte, er drehte den schweren Körper herum, so lange noch ein Funke Leben ihn ihm war, er stieß so lange zu, bis von ihm kein Ton mehr kam, keine Bewegung, kein Zucken und kein Atemzug.

Simon Lovrenc steckte den Dolch hinter den Gürtel, den aus der Tasche, den, der nicht zum Brotschneiden bestimmt war, langsam querte er den Hang an der Kirche mit der Wandmalerei, mit dem Bild des Engels mit dem Schwert, mit dem Bild des gleichzeitigen Diesseits und Jenseits, er stieg zum See hinunter, ging auf das Wirtshaus am See zu, die Glocke hallte über die morgendlich dunkle Fläche, durch die Himmelskuppel darüber, von den hellen Felsenbergen an ihrem Rand, sie weckte den See und das Kreischen der Möwen, sie weckte Feld und Wald und das Krächzen der Krähen. Und sie hallte hinauf in die kristallene Stille, dorthin, wo auf den Schnee unter dem Wolkenhimmel und durch den Himmel eine Strähne scharfen Lichts schien.

Windisch fuhr auf. Etwas hatte ihn geweckt, das Läuten von der Dorfkirche her. Er dachte daran, aufzustehen, doch bei dem Gedanken, dass er sich waschen und in den Spiegel sehen müsste, verging ihm der Mut. Er legte sich wieder ins Bett und starrte an die Decke. Jeden Morgen sah er an die Decke, jeden Morgen packte ihn erneut das Entsetzen vor dem eigenen schweren und sinnlosen Schicksal. Niemals zuvor hatte er auf diese Weise gedacht; seit er aus der Schlacht bei Leuthen gekommen war, überfiel ihn jeden Morgen der Gedanke, dass sein Schicksal schwer war, sinnlos und unvorhersehbar. Heute, dachte er, heute reitest du mit Filzhut und silbernen Pistolengriffen hinter dem Gürtel, reitest unter gewaltigem Trommelwirbel durch die Stadt, schön und bewundert, die Bürgersfrauen lachen dir zu, heute bewundern und lieben dich alle, morgen, an dem Morgen, der von nun an bis zum Schluss das einzige Heute bleibt, fehlt dir das halbe Gesicht, und du traust dich nicht mehr in den Spiegel zu sehen. Kein Wein hilft mehr, der Wein pocht morgens in den Wunden, schmerzlich breitet sich im ganzen Körper die Erkenntnis aus, dass du nicht mehr du bist, sondern jemand anders, einer, der mit dem hohen Herrn Hauptmann Franz

Henrik Windisch nichts mehr gemein hat. Einer, der ein Ohr und ein Auge verloren und ein zertrümmertes Wangenbein hat und dem ein Stück Wange weggerissen ist, der denkt nicht mehr an Ehre und Ruhm, an Medaillen und Paraden, an einen Empfang im Laibacher Landhaus oder, sogar davon hatte er einst geträumt, am Wiener Kaiserhof. Er träumte nicht mehr davon, wie er einmal vor der erlauchten Kaiserin Maria Theresia das Knie beugen und wie sie dem tapferen Hauptmann, dann vielleicht schon Oberst, die Erbrechte an einem Besitz in Krain verleihen würde. Der war jetzt arm und allein und wagte nicht in den Spiegel zu sehen. Ruhm und Ehre, auch wenn sie kommen sollten, würden ihm nie wieder das Ohr zurückgeben und das Wangenbein flicken, keine Medaille würde ihm das Auge zurückgeben, seine Kaiserin war keine so geschickte Chirurgin, dass sie ihm das schöne Gesicht zurückgeben könnte, dem so viele Frauen nachgeblickt hatten. Und er würde auch kein Oberst werden, jetzt war es dafür zu spät, so würde er keine Kompanie und keine Schlacht mehr führen. Vielleicht würde er ein paar Kühe bekommen, verwundete Soldaten kriegten Kühe, um sich versorgen zu können. Windisch war zum Lachen und zum Weinen zugleich zumute: Ein paar Kühe würde er bekommen, aber keine Medaillen, Paraden oder Besitzungen. Und es würde ein großes Glück sein, wenn ihn sein Onkel, Baron Windisch, so, wie er war, überhaupt noch sehen wollte. Ehre und Ruhm waren keine Nebelschwaden mehr, die über dem See schwebten, hinter dem Fenster, durch das er auch nicht mehr sehen wollte, um darin nicht die Fratze mit dem zerfetzten und verbundenem Gesicht erblicken zu müssen, eine Fratze, die früher einmal er selbst gewesen war. Wäre er ans Fenster getreten, hätte er es geöffnet, hätte er einen einzelnen Mann sich dem Haus nähern sehen, er war aus dem Wald herausgetreten und für einen Augenblick am Saum stehen geblieben, jetzt setzte er langsam seinen Weg fort, mit einem langen Dolch hinter dem Gürtel, ein Hirsch, der einmal ein Hammel gewesen war, um den Hammel zu finden, der einmal ein Hirsch gewesen war.

Windisch dachte, dass es gut wäre, jemanden bei sich zu haben, der kein Soldat war, jemanden, der kein Verwundeter war wie er selbst, jemanden, der nicht verlassen war wie er, den in diesem leeren Bauernhaus am See alle verlassen hatten, damit er ihnen irgendwann einmal nachkriechen würde. Er hatte nicht im Lazarett bleiben wollen, er hatte nicht das Stöhnen hören und die abgerissenen Beine und Arme sehen wollen, er wollte sich seine Wunden allein lecken. Aber jetzt wünschte er sich jemanden, dem er vielleicht leidgetan hätte. Er dachte an Katharina, die Tochter des Poljanec, die jetzt wahrscheinlich in irgendeiner Kirche auf den Knien lag. Vielleicht wäre es gut, wenn Katharina hier wäre, er hatte aus ihr eine so brauchbare Begleiterin gemacht, dass er langsam anfing sie gern zu haben. Auch wenn sie sich die ganze Zeit an seiner Seite wie eine Offiziershure gefühlt haben mochte, was sie genau genommen auch war. Aus der frommen Pilgerin hatte er im Bett, in der Küche und bei ihren Feiern eine durchaus brauchbare Frau gemacht, aber nachts weinte sie oft, weil sie keine fromme Pilgerin mehr war, sondern das, was sie eben war, weil ihr gelehrter Mönch, der in einem Kerker in Landshut vor sich hin fror und vor sich hin faulte und wahrscheinlich seine Gebete und Weisheiten vor sich hin leierte, nirgends mehr zu sehen war. Für einen Augenblick dachte er, dass die preußische Granate, die vor ihm eingeschlagen war, vor seinem herrlichen armen Rappen, und ihm die Eingeweide des runden Bauchs und den breiten Brustkorb zerfetzt und die starken Glieder abgerissen hatte, dass diese Granate vielleicht die Strafe eines ihrer Pilgerengel war, die angeblich mit ihnen reisten, über den frommen Leuten, eine Strafe dafür, was er mit Katharina und ihrem gelehrten Mönchlein gemacht hatte. Nur für einen Augenblick dachte er das, er dachte auch, dass sie sich ihm letztlich selbst hingegeben hatte, sie hatte ihn seit je bewundert, schon damals, als er auf dem Meierhof von Dobrava verkehrt hatte, deshalb hatte sie sich ihm selbst hingegeben, und sie hatte es nicht schlecht bei ihm gehabt. Der Jesuiter hatte aus dem Weg geschafft werden müssen. Aber diese Frau könnte jetzt vielleicht ein Gebet für ihn sprechen, sie könnte ihn diesem Goldenen Schrein oder den Aachener Windeln anempfehlen. Vielleicht könnte er aber auch selbst ein Gebet sprechen, bestimmt kannte er noch ein Gebet. Doch beten um was? Wenn er mit seinen Soldaten in der Kirche gewesen war, wenn sie vor dem Abmarsch in den Krieg oder vor einer Schlacht von einem Feldkuraten oder einem Bischof, der gerade bei der Hand war, gesegnet wurden, hatte er sich dem Himmel um einen Sieg, um Soldatenehre und Ruhm, um eine siegreiche Heimkehr anempfohlen. Um was sollte er jetzt beten? Was konnte ihm das bringen, was konnte ihm das schöne Gesicht, das Sehen und Hören wiedergeben? Das halbe Sehen und das halbe Hören? Trotzdem sank er plötzlich neben dem Bett auf die Knie:

Allergnädigste Himmelsmutter, hilf einem Menschen, der gefallen ist und aufstehen will. Heiliger Christophorus, Beschützer der Reisenden und Schutzpatron unseres Regiments, hilf mir, dass ... Wie sollte er ihm helfen? Es ging nicht weiter. Hier halfen weder Ruhm noch Ehre, weder Gebet noch Fluch. Hauptmann Windisch vergrub sein Gesicht, jenen Teil des Gesichts, den er noch hatte, in den Händen und begann, neben dem Bett kniend, verzweifelt und tränenlos zu schluchzen.

An einem stillen Novembermorgen trat der Hirsch aus dem Wald, blieb am Waldrand stehen und schritt über die Wiese zum Zaun. Simon Lovrenc schritt mit eisiger Miene zu dem Haus, wo der war, der das Einzige zerstört hatte, was er je im Leben besessen hatte. Zu dem Haus, wo dieser Versucher und Verführer und Zuhälter war; bestimmt hatte er sie an vielen Morgen hockend und nackt gesehen, wie sie in die Glut im erkalteten Herd blies, wie er selbst sie einst eines Morgens, eines glücklichen Morgens seines Lebens, gesehen hatte. Er rief sich das Bild seines schönen Gesichts unter dem Pfauenhut vor Augen, seines vollen, mit bunten Silberbändern umwickelten Körpers, er sah ihn, wie er ihn irgendwann lange zurück irgendwo in der Nähe von Villach in Kärnten gesehen hatte, an einer Brücke über ein unbekanntes Flüsschen, als er auf einem Rappen in sein Leben geritten kam, aufrecht sitzend und mit den Beinen, an denen er seidene Strumpfbänder trug, an die breiten Flanken des schwarzen Pferdes geklammert, während er, Simon Lovrenc, im hohen nassen Gras stand und sein heiseres und sinnloses Gebrüll zu hören bekam. Damals war er in sein Leben geritten, und Simon Lovrenc hatte überhaupt keinen Zweifel daran, dass jene Begegnung ein Zeichen war, das für sein Leben bestimmend gewesen war, obwohl er das damals nicht wusste, nicht hatte wissen können, bis er vor der Tür des Dominikanerklosters einen Schlag auf den Kopf und einen Knebel in den Mund und Ketten an die Füße bekommen hatte. Aber jetzt, jetzt wusste er auch, dass damals, als sie ihn wie einen Streuner, wie einen tollwütigen Hund gestoßen und geprügelt hatten, als er im Klosterkeller um Wasser bat, nur um einen Schluck Wasser, dass damals dieser Bock, dieser Pfau, dieser schöne, ordinäre Hauptmann mit seinen behaarten Armen Katharinas Beine gespreizt hatte und in sie eingedrungen war, in das Geschlechtsloch, in das klebrige Höllenloch, dass er sich mit seinem Bauch auf sie gelegt, seinen Säuferatem in sie hineingeatmet hatte, dass er an jenem und an vielen anderen

Morgen zugesehen hatte, wie sie in die Glut blies, damit er selbst im Warmen aufstehen und Katharina ihn waschen und seinen säuferischen Morgenschweiß riechen konnte, ja musste. Diese Frau, mit der er zur höchsten Erkenntnis gelangen wollte, sie, die die Reinste, die Liebreizendste gewesen und die einmal bei Simons Anblick errötet war, sie hatte dieser Haufen Fleisch und Wein, klebrige Masse und menschlicher Gestank, zu Boden getreten, zerstampft und hatte ihr alles genommen, auch ihre Seele. Geblieben war die Lüsternheit, die fünf Finger der Lüsternheit, ein unzüchtiger Blick, eine schweißige Berührung, eine schmutzige Sache, die ein reines Herz ausbrannte, schleimige Küsse, die stinkende Sünde der Unzucht. Windisch, du triebhaftes Tier, du verkörperter Teufel, empfiehl dein Herz, sagte er, Hauptmann Windisch, empfiehl deine Seele dem Allmächtigen.

Als er die Tür aufstieß, zeigte sich ihm ein Bild, das er nie erwartet hätte. Windisch kniete neben dem Bett, den Kopf unter der Decke vergraben, seine Arme hingen kraftlos zu Boden, regungslos, und Simon Lovrenc kam der Gedanke, dass er eigentlich einen Leichnam vor sich hatte, fast erleichtert dachte er, dass dieser Mensch tot war und dass er ihm nichts mehr zu tun brauchte. Trotzdem trieb ihn die kalte Wut weiter, er zog den Dolch aus dem Gürtel und hob ihn. Wenn er noch lebt, dachte er, werde ich ihn niederstechen, ich werde diesem Teufel, der so tut, als wäre er ein Lamm, die Kehle durchschneiden. Und als sich der große Körper unter ihm regte, wollte er schon ausholen, holte auch schon aus, als eine unsichtbare Macht seine Hand, die den Todesstoß führen wollte, in der Luft anhielt. Vielleicht war es der Wunsch, vorher noch sein Gesicht zu sehen, das Grauen in seinen Augen, vielleicht war es tatsächlich ein unbekannter Engel, der sie anhielt, denn offensichtlich hatte auch das personifizierte Böse, das Windisch hieß, einen Engel an seiner Seite, vielleicht hatte dieser unbekannte Engel der rasenden Bewegung Einhalt geboten. Im selben Augenblick grub sich der kniende Körper unter den Decken hervor, Windisch kam mit dem Oberkörper hoch, blieb jedoch auf den Knien. Er verschränkte die Hände vor dem Gesicht und begann etwas zu murmeln. Man konnte sehen, dass er betete, aus diesem Gurgeln waren auch einzelne Worte wie Jungfrau Maria und hl. Christophorus, Schutzheiliger des Krainer Regiments, herauszuhören. Simons Gedanke war, der ist schon gestraft, sein Gedanke war, er könne doch keinen Menschen töten, während er betete, ungeachtet dessen, dass dieses Knäuel aus Bosheit und Schmutz endlich aus der Welt geschafft gehörte, wenn ihn schon die preußische Granate nicht aus der Welt geschafft hatte, die offensichtlich einzig zu diesem Zwecke angeflogen gekommen war. Aber des Menschen Wege, auf die ihn Gottes Wille führt, sind verschlungener, als Simon Lovrenc es sich in diesem Moment vorstellen konnte, auch wenn er ein noch so studierter Scholastiker war. Hauptmann Windisch war weder der Tod durch eine preußische Granate noch unter seinem Dolch zugedacht, noch nicht, noch war ihm des Messers Klinge nicht zugedacht. Als sich der Kniende in seinem Gebet umdrehte, überfiel nicht ihn das Entsetzen, das Entsetzen überfiel Simon Lovrenc. Hauptmann Windisch fehlte fast das halbe Gesicht, von der rechten Hälfte war nur eine blutig bläuliche Masse übrig geblieben, ein Gemisch aus Haut, Fleisch und Adern, verklebt mit weißen Fäden und Lappenresten, die vom Verband in das hineingewachsen waren, was einmal ein Gesicht gewesen war. Die andere Hälfte war überwuchert, unten gab es Spuren des einmal schön gepflegten Ziegenbarts. Das Auge, das ihn hinter den verschränkten Händen ansah, war tränennass, dicke Tränen krochen aus dem einzigen Auge durch die behaarte Masse, und die Lippen, die ein wenig zur Seite hingen, die Lippen öffneten sich, und von irgendwo aus der Kehle kamen ein Gebet und ein Fluch zugleich:

– Stich endlich zu, du verdammter Hammel, du gerittener. Schlachte mich ab im Namen des Vaters, des Sohnes und des Heiligen Geistes ... Sag Amen und stich zu.

Simon wich ungewollt einen Schritt zurück und ließ die Hand mit dem Schlachtwerkzeug sinken. Die schreckliche Wut, die ihn in diesen Raum getrieben hatte, die schreckliche Wut in der Brust war gewichen, es blieb nur ein verwundertes Grauen, das sich langsam in menschliches Mitgefühl verwandelte.

– Was ist, Hammel, kam aus dem schiefen Mund, hast du Angst? Machst du dir wieder in die Hosen vor Angst, du Hammel, du kastrierter?

Windisch kam nur mit Mühe auf die schwachen Beine. Der Körper war noch immer schwer, obwohl er viel Blut verloren hatte, aber die Beine waren schwach, die Arme schlaff. Er taumelte durch den Raum und warf mehrere Stühle um. Mit letzter Kraft nahm er eine stramme Haltung an, er hob Kopf und Nase und stülpte sich den Hut mit dem Federschmuck bis zu den Augen über.

– Du hast keine Ehre, sagte er mit so viel Verachtung, wie nur er sie aufbringen konnte, ich sehe keine Ehre in deinem Gesicht. Er holte Luft, verschluckte sich, es pfiff in seiner Kehle, er hustete und fuhr stolz fort:
– Der Mensch hat sein Gesicht und seine Ehre, ein Offizier besonders. Manchmal wird ihm das genommen ... mir ... will man alles nehmen, was ich habe ... die Ehre, das sind die vier Kühe Maria Theresias, das Gesicht ist ein mit dem Säbel zerhackter Kürbis, so gelb wie auf euren Feldern, du Auersperg'sches Bäuerlein ... die Kerne sehen aus seiner Mitte heraus ... Aber du Pfaff, du Mönch, du hast nicht einmal so viel Ehre, wie sie mir geblieben ist, du hast noch nicht einmal die Hälfte eines Gesichts. Wenn du eines hättest, würdest du dich trauen. Komm schon, du schwarzer Pfaffenhund, hol aus, gib Hauptmann Windisch den Rest.

Er versuchte die Pistole mit dem Silbergriff auf dem Tisch zu erreichen, aber der schwere Körper wischte alles hinunter, Teller, Pistole, Krug, sein schwerer Körper, alles zusammen fand sich auf dem Boden wieder.

– Denn wenn du es nicht mit mir machst, keuchte er und kroch über den Boden, um an den Silbergriff zu kommen, mache ich es mit dir. Ich erschieße dich wie einen tollwütigen Hund, und diese Frau erschieße ich wie eine läufige Hündin.

Simon stieß die Pistole mit dem Fuß zur Tür, der Mensch am Boden packte ihn am Hosenbein, du Hammel, keuchte er, damals hätte ich dich eintunken müssen, ich hätte dich in den Bach werfen müssen. Schlagartig kehrte die Wut zurück. Das ist ein Teufel, auch wenn er halb tot ist. Mit demselben Fuß trat er dem schweren Körper in die Rippen, sodass sich der stöhnend auf den Rücken rollte. Mit beiden Händen packte er die schlaffen Arme und fing an, ihn zum Ausgang zu zerren, ohne in diesem Moment zu wissen, was er mit dem schweren Körper überhaupt wollte, in dem, so verwundet, wie er war, noch immer die Teufel wüteten, er schleifte ihn über den Boden, und hinter ihm zog sich eine breite Spur von verschüttetem Wein und von Blut, das wieder aus seiner Wunde im Gesicht und am Hals zu fließen begonnen hatte. Er schleifte ihn über die Schwelle in den staubigen Hof, er schleifte ihn zwischen den Hühnern, die laut gackernd in alle Richtungen flatterten, zwischen den Schweinen, die im Mist wühlten, unter dem Geschrei irgendwelcher Frauen auf der Wiese, er sah, dass ihnen auf krummen Beinen der Fischmeister entgegengelaufen kam;

wie einen schweren Sack Fleisch oder ein geschlachtetes, halb totes Tier schleifte er ihn über den Hof und fühlte, wie auch seine Kräfte nachließen, wie sich auch in ihm die Schwäche des Verwundeten ausbreitete, die Schlaffheit seiner Arme, die mit den Händen kaum greifen konnten, um sich seinem Griff zu entreißen, seiner schwachen Beine, die manchmal versuchten zu treten, sich gegen den Boden zu stemmen, um das schreckliche, schmerzende und erniedrigende Ziehen durch Staub und Hühnergestank und Schweinemist zu beenden, sich wenigstens mit den Sporen an etwas am Boden festzuhaken, jemanden zu verletzen, vielleicht Simon Lovrenc, zwischen den Beinen, den Hammel endgültig zu kastrieren. Und als der nicht mehr wusste, wohin mit diesem Körper, was er mit ihm tun sollte, als er auch nicht mehr konnte, als ihn die Kräfte schon fast völlig verlassen hatten, ließ er ihn am Rand der Jauchegrube liegen, trat über ihn, über den Körper, der sich aufzurappeln versuchte, und hob mit letzter Anstrengung das Brett, auf dem er zu liegen gekommen war. Er hob es an, sodass die Masse aus Wein und Blut und Dreck hinab in den menschlichen und tierischen Gestank rutschte. Er packte das Brett und drückte es gegen den Körper, irgendwo gegen die Schultern, sodass er unterging, er warf das Brett hinterher und sank selbst kraftlos zusammen. Er sah irgendwelche Bauern über den Hof gelaufen kommen, irgendwelche Bauersfrauen, darunter Katharinas Gesicht mit offenem Haar, ihren schwarzen Blick, den Fischmeister, der den Mann aus der Jauche zog.

[45]

Jetzt tut Katharina Poljanec wieder etwas, das niemand von ihr erwartet hätte: Sie nimmt seinen gewaschenen und verbundenen Kopf in den Schoß und spricht zu ihm, als würde sie ihm ein Schlaflied singen: Schön warst du, Windisch, schön wie ein Pfau zwischen den Beeten, jetzt bist du ein Scheusal, du hast ein Truthahngesicht, deine Haut ist rot und violett, der halbe Kopf fehlt dir, hättest du wenigstens ein gutes Herz, doch auch das fehlt dir von allem Anfang an. Was macht es, wenn du das nicht einmal weißt, auch das ist ein Teil deiner Armseligkeit, du bist arm, ich werde dich heilen. Simon, der beschämt an der Tür steht und zusieht, die Barmherzige und der Verwundete, eine Pietà, eine Szene plötzlicher Gnade, Simon ist es, als wäre jetzt er mit Jauche übergossen, als sagte Katharina mit schwarzem Blick durch das wirre Haar hindurch zu ihm: Wie konntest du so mit dem armen Teufel umgehen? Katharina wischt ihm das Gesicht ab, sie leuchtet geradezu vor Erbarmen mit dieser Fratze, die sie mit Gewalt in ihre Offiziershöhle geschleppt und ihn, Simon, in den Kerker gestoßen hat, hier ist etwas, das Simon nicht versteht, auch Mitgefühl hat seine Grenzen, hätte er vielleicht auch Mitgefühl mit dem portugiesischen Soldaten haben sollen, der der kleinen Teresa die Kehle durchgeschnitten hat? Soll er etwa Mitgefühl mit Händen haben, die das Blut eines Gerechten vergießen, oder mit dem Herzen eines Menschen, der böse Pläne schmiedet? Er versteht das Frauenherz nicht, dem der arme Teufel Windisch wie kein anderer auf der Erde leidtut, ein so großer Mann, ein solcher Angeber mit einer solchen Vorstellung von sich, auch wenn sie falsch war, ein solcher Mensch, der es gewohnt ist zu befehlen, darf nicht so am Boden liegen, darf noch weniger so erniedrigt werden, dass man ihn auf einem Bauernhof in die Jauchegrube wirft. Simon kann nicht verstehen, was

Katharina angekommen ist, warum ihr der arme Teufel so leidtut. Du verstehst es nicht!, würde Katharina am liebsten rufen, als sie ihn schweigend in der Tür stehen sieht, du verstehst es nicht: Wenn ein so mächtiger Mensch so tief fällt, will man ihm auf die Beine helfen, du darfst ihn nicht so sehen, sei er, wie er wolle, auch wenn man ihn nicht mag, auch wenn er dir in seiner Erniedrigung nichts von seinem Unglück vorplärrt. Dieses menschliche Häuflein Elend mit dem halben Gesicht und der dünnen Schicht Haut, die allmählich über seine Augenhöhle wächst, hat gar nichts mehr mit dem Menschen gemein, dem sie alles Schlechte gewünscht, über den sie Leid und Verfluchung herabgewünscht, von dem sie sich gewünscht hat, er möge in der Schlacht fallen, an dem sie sich in schlimmer Sünde vergangen hat, als sie von Simon verlangte, er solle ihn aus der Welt schaffen, als sie die Haupt- und Todsünde begangen hat, jetzt, in dem plötzlichen Erbarmen ist sie davon reingewaschen, die Jauche hat seine Bosheit, die nichts als Hochmut gewesen ist, abgewaschen, sie hat auch den schrecklichen Vorsatz, das Aufhetzen zum Mord von ihr abgewaschen, dieser Mensch, von dem die kalte Jauche geronnen ist, über die Reste seiner Seidengürtel und Strumpfbänder, den man aus der Grube gezogen hat, dieser Mensch, der vor Schwäche und Kälte zittert und dessen Auge sie fiebrig und anklagend ansieht, dieser Mensch ist nicht mehr jener Windisch, den sie aus tiefstem Herzen gehasst hat, wie sehr sie ihn auch einmal bewundert haben mag, jetzt wird ihm nur noch ihr tiefes Erbarmen zuteil. Simon versteht es nicht, sie hat doch gesagt, er solle ihn umbringen, er solle ihn erlösen; umbringen schon, würde Katharina sagen, aber nicht erniedrigen. Katharina sieht Simon an, mit schwarzem Blick, und sagt mit fast befehlender Stimme, als ob alle auf dieser Welt Simon befehlen dürften, die Rektoren und Präfekten, Superioren, Provinziale und Generäle, Richter und Offiziere, sagt mit befehlender Stimme: Was schaust du? Man muss ihn in ein Lazarett oder nach Hause schaffen, den armen Teufel.

Simon hämmert ein Schmerz in der Seele, er sieht nicht das Bild der Gnade und des Erbarmens, der Schmerz, der in seinem Herzen hämmert, weicht der Wut und dem Zorn auf die zwei, die Verbündete sind, gegenseitige Auserwählte von Jugendzeit an, was tut er zwischen den beiden? Mit Feindschaft im Herzen sieht er Katharinas hochmütigen schwarzen Blick, die dunklen Augenringe darunter, ihr wirres Haar, ihren Mund, der sich für Simon für schroffe Befehlsworte, für den hingegen, dessen Kopf sie im Schoß hält, zum Kusse öffnet; das ist kein Bild des Mitleids, des Erbarmens und der Gnade, dieses Bild erfüllt Simon Lovrenc mit Hass, sie ekelt ihn an, beide ekeln ihn an, so wie der Herr sechs Dinge gehasst hat und sieben Dinge seine Seele mit Ekel erfüllt haben: ein hochmütiger Blick, eine falsche Zunge, Hände, die das Blut eines Gerechten vergießen, ein Herz, das böse Vorsätze schmiedet, Füße, die der Bosheit nachlaufen, einer, der falsches Zeugnis ablegt, und einer, der Streit unter den Brüdern sät.

Er tat nicht nur Katharina leid, sondern allen Frauenherzen im Dorf, als sie die Reste des einst so stolzen Soldaten sahen, eines derer, die einmal aus der einen, dann wieder aus der anderen Richtung durch ihr Dorf geritten waren, einmal siegreich, das andere Mal geschlagen und vernichtet, einmal mit Trommelklang, das andere Mal mit müden, einknickenden Knien und lahmenden Pferden. Also nahmen sich die Bäuerinnen gemeinsam mit Katharina seiner an, sie wuschen und verbanden ihn und bereiteten ihm ein Lager im Pfarrhaus. Dort war der Dorfpfarrer unentwegt am Kreuzschlagen und verdrehte die Augen zu IHM, um die arme Seele zu retten, die im Fieber irrte, das ihn endgültig hingestreckt hatte, als sie ihn aus der kalten Jauche gezogen hatten. Jedesmal, wenn er die Augen öffnete, fing er an, sich die sauberen Verbände abzureißen, mit denen die Frauen seinen Kopf umwickelt hatten, und versuchte, die Salben im Raum herumzuspucken, mit denen sie sein wundes Gesicht und seinen Kopf eingeschmiert hatten. Und der gutherzige Pfarrer musste sich die schrecklichen Flüche anhören, die aus dem kranken Körper und aus der kranken Seele in deutscher und in einer anderen, ungarischen oder slawischen Sprache hervorgurgelten. Windisch redete im Fieberwahn: Nicht weitergehen, dort ist Sumpf, ohne Arme, ohne Beine liegen sie da ... Die Kartätschen fertig machen! ... Vier Kühe, vier Kühe ... Wo sind die Unseren, wer sind die Unseren? ... Sind unsere eure? Nein, eure sind nicht unsere ... Und wieder folgte eine Lawine von Befehlen und Flüchen, auch Katharina rief er: Du Hündin, du Tochter des Poljanec, ich werde eine Wiener Dame aus dir machen, Oberst Windisch, Baron Windisch ...

Simon Lovrenc ging mit pochendem Schmerz im Herzen hinter dem Dorf, hinter den Häusern umher, trat unter den Engel mit dem Schwert und sah zu den Sternen empor, um zu verstehen, was das alles war mit

Katharina und ihm, warum ihm Gott eine solche Prüfung auferlegte, warum solcher Hass von seinem Herzen Besitz ergriffen hatte, war es nur deshalb, weil er so sehr liebte? Weil er dachte, dass die Liebe zu einer Frau aus demselben Stoff sein müsse wie die Sehnsucht nach der Liebe Gottes? War das der schreckliche Irrtum, der ihn zu dieser furchtbaren Gewalttat geführt hatte, die fast schon eine Mordtat war, die, wenn er richtig überlegte, schon der Mord selber war? War er doch schließlich völlig entschlossen gewesen, es zu tun, mit dem Dolch hinter dem Gürtel hatte er den Raum betreten, dann hatte er ausgeholt. Er ging auch unter den Fenstern des Pfarrhauses verwirrt umher, von dort waren manchmal Windischs Schreie und die Gebete des Pfarrers zu hören, von dort kamen, was das Unglaublichste war und was ihn noch mehr verwirrte, auch die beruhigenden Worte Katharinas, fast zärtliche Worte, mehr noch, ein leises Singen, ähnlich den Schlafliedern aus ihrer beider Heimat, ein gleichmäßiger Singsang, mit dem Katharina die seelischen und körperlichen Schmerzen der menschlichen Kreatur dort oben zu lindern suchte, die ihr und ihm, ihm und ihr so viel Leid zugefügt hatte. Erbarmen, natürlich, Erbarmen, wogegen es keinen christlichen Einwand gab, das man demutsvoll anzunehmen oder sogar zu bewundern hatte, Erbarmen, das zur Vergebung fähig war, aber was konnte Erbarmen tun gegen die wilde Unruhe der schrecklichen Eifersucht, der Wut und des Ekels?

– Wir können ihn nicht hier lassen, hatte Katharina ruhig und bestimmt gesagt, wenn er einigermaßen gesund ist, werden wir dafür sorgen, dass er in gute Hände kommt.

Jetzt ist er in guten Händen, dachte Simon wütend, jetzt, und er war es wirklich. Denn mit solcher Intensität, wie sie einst in Dobrava gehungert hatte, um so dünn wie Pergamentpapier zu werden, und mit solcher Kraft, wie sie später Essen in sich hineingestopft hatte, um sich in eine runde Kugel zu verwandeln, hatte sie jetzt beschlossen, die knurrende Kreatur mit dem halben Kopf gesund zu pflegen. Bisher hatte sie gemeint, dass man ihn wegschaffen müsse, irgendwohin, wo sie ihn loswerden würde, wo sie ihn abladen würde wie eine schwere, lästige Last, jetzt war sie entschlossen, ihn gesund zu pflegen. Sie legte ihm eingeweichte Trockenpilze und Dörrpflaumen auf die Wunden, über die dünne Haut auf dem Auge band sie ihm ein Tuch aus Leinen, getränkt mit Pfirsichkernöl, das sie beim Fischmeister in Tutzing gekauft hatte, sie wusch seine Haut mit Kamille, sie legte Baldrianwurzeln in Schnaps ein und gab ihm davon zu trinken. Das trank er gern, denn es war gut fürs Herz, auch in Schnaps getauchten Kautabak kaute er gern, wenngleich er dabei die ganze Bauernmedizin verfluchte und nach einem Arzt verlangte, der richtige Heilpulver und Salben aus den Wiener Apotheken bringen würde. Sie kaufte alle Arzneien, die man in den Orten um den See kannte, vor allem Fischöl, das man dort besonders schätzte. Eine Frau brachte ihr bei, wie man aus Fichtenharz, Wachs und getrockneten Heidelbeeren eine Salbe für verletzte und verbrannte Haut zubereitete. Windisch nahm ihre Heilkunst mit knurrender Dankbarkeit an und zählte die Golddinare aus einer Kiste ab, die sie mit sich geschleppt hatten. Etwas schlechter ertrug er ihren Entschluss, ihn nicht nur zu heilen, sondern auch zu verändern. Sie sprach zu ihm vom Gebet, mit dem der Mensch mit Gott reden könne, von den Wunden unseres Erlösers, der für uns schlimmer gelitten habe, als irgendjemand auf der Erde leiden könne, sogar mehr als Windisch, der nicht mehr schön sei, wie er es einmal gewesen sei, und deshalb stark leide, aber Anmut sei trügerisch und Schönheit leer. Sie sprach zu ihm von der Seele, die wichtiger sei als ein schönes Gesicht, vom jenseitigen Königreich, wo die einzige Schönheit herrsche, die Schönheit des Himmels, ihr gehöre die Majestät der Sterne, der funkelnde Schmuck in den Höhen des Herrn; dort und schon auf Erden zeige sich die Schönheit der Seele mehr und besser als an kaiserlichen Höfen, wo die menschliche Seele auch obristenhaft sein könne, wenn sie das unbedingt wolle, aber dort sei das nicht wichtig, denn dort seien die Seelen voller Reichtum und voll des Lichts, das sie geradewegs von Ihm bekämen. Sie sprach von allem zu ihm, was sie aus den Schulstunden wusste, als sie die heiligen Bücher gelesen und darüber gesprochen hatten, auch davon, was sie selbst darüber dachte. Bei ihm scheine es mit der Seele so zu sein, wie es mit Soldatenseelen eben sei, mit ihnen gehe Gott ein wenig anders um, auf jeden Fall geduldiger.

Windisch hörte ihr zu, ab und zu ließ er ein ungnädiges Knurren hören, doch ihre sanfte Stimme beruhigte ihn und schläferte ihn ein. Wenn er sich bisher mit diesen Dingen beschäftigt hatte, dann lediglich, wenn ihre kaiserlich-christlichen Waffen gesegnet wurden und wenn sie mit Unterstützung von Bischöfen in Goldornaten, unter Beihilfe von Weihrauch und sanftem Gesang, darum gebetet hatten, dass diese Waffen auch siegen mögen. Sie erzählte ihm vom Goldenen Schrein, den es in Köln gebe, und von den heiligen Windeln, die man in Aachen zeige. Er spottete nicht mehr, zumindest nicht laut, vielleicht deshalb, weil ihn das Bild, das Katharina mit ihren Worten malte, das Bild des in Weihrauch gehüllten, von vielen Menschen in goldenen Mänteln umgebenen Goldenen Schreins an den Kaiserhof erinnerte, wo man ihm doch einmal einen Orden anstecken würde, das halbe Gesicht würde er dabei wohl unter dem Hut verstecken können; ihre Erzählungen wirkten beruhigend und einschläfernd. Er mochte auch das ungarische Volkslied von Maria, die den Fährmann ertrinken ließ, weil er sie nicht um Gottes Lohn, für den himmlischen Thron, übersetzen wollte, sondern nur für gelbe Taler, für weiße Sechser. Eine solche Maria gefiel ihm, die glaubte er zu verstehen. Und so pflegte Katharina den Hauptmann Franz Henrik Windisch gesund, den Menschen, dem sie Verderben und Tod gewünscht hatte, ihm sang sie wie einem Kind das Wiegenlied von Maria und dem Fährmann vor.

Und wie sehr sie sich dem verwundeten Hauptmann widmete, dem längst nicht mehr Auserwählten ihrer Jugend, so sehr bemühte sie sich, Simon zu beschwichtigen. Sie ahnte, welche Unruhe in seiner Seele wütete, und das war nicht die Unruhe wegen des schrecklichen Schicksals der Guaraní, die von der Gesellschaft verraten worden waren, die von der katholischen Kirche verraten worden waren, der größten, weltweiten und einzigen, der er angehörte, das war auch nicht die Unruhe des verschreckten Novizen in ihm und nicht die um sich greifende Unruhe der Schlaflosigkeit, die die Dinge im Himmel und auf Erden verstehen wollte, die die neue Welt und den neuen Himmel mit dem inneren Auge schauen wollte. Das war, eingeengt auf einen schmalen Spalt der Welt, eine Unruhe, die nur eines sah: sie und Windisch; eine Unruhe, die sich in Wut verwandelte, wie sie sie nur erahnen konnte. Wenn Windisch eingeschlafen war, gingen Simon und sie ins Dorf, um Essen und Medizin zu besorgen, und auf dem Weg küsste sie ihn die ganze Zeit, sie küsste ihn auch, wenn sie am See saßen und in den Sonnenuntergang sahen, sie wollte ihn nicht verlieren, dann weinte sie auch, weil sie fühlte, dass sie ihn bald verlieren würde. Sie weinte und küsste ihn, wohin sie auch gingen, und immer, wenn sie mit ihrer Samariterinnentätigkeit bei Windisch fertig war. Sie fuhren mit dem Boot über den See nach Starnberg, wo es ein Fischerfest gab, sie beobachteten, wie die Männer große Fische in die Boote warfen, die sie an Haken aus dem Wasser gezogen hatten, die weißen Bäuche blinkten im Schilf, dieses Flimmern lebender Wesen, die bald sterben würden. Dann aßen sie Fisch, tranken Bier und lachten über die betrunkenen Bauern, Fischer, Weber, Metzger, Bürger, alles Menschen, die in diesem kriegsmüden und verarmten Land leben wollten, wie die Menschen überall lebten, auf Dobrava oder in Laibach, in Landshut oder in Tutzing. Natürlich küsste sie ihn auch auf dem Rückweg, und Simon war die ganze Zeit nass von ihrem Speichel und ihren Tränen, er war verwirrt, er liebte und hasste zugleich, die gefährlichste Mischung der Gefühle wütete in ihm, jetzt wusste er, dass es nicht erst seit dem Tag war, als er diesen Menschen in die Jauchegrube geworfen, als er ihn hatte töten wollen und es nicht konnte, sondern schon seit damals, als er im Kerker zum ersten Mal daran gedacht hatte, dass sie mit ihm zusammen wäre, seine Katharina. In dieser Unklarheit hatte er sie damals, als sie wieder zusammen schliefen, grob an den Haaren gepackt, sie geschlagen und geküsst, wegen dieser gefährlichen Mischung stieß er sie jetzt manchmal auf grobe Weise weg, worauf sie sich mit noch größerer Kraft auf ihn stürzte, bis sie am Seehang liegen blieben, eingehüllt in ihr offenes Haar und erschöpft vom unaufhörlichen Kosen, Berühren, Küssen und Weinen. Wenn sie am Seeufer lagen und er auf die nächtliche Wasserfläche hinaussah, bedrängte ihn der Gedanke, dass er all dem irgendwie ein Ende machen, weggehen oder aber, auch dieser Gedanke kam ihm zu seinem Grauen immer wieder, oder aber den Menschen, der ihm so viel Leid zugefügt hatte, ihm und mehr noch ihr, diesen Menschen umbringen, ihm einen Stein um den Hals binden und ihn lautlos vom Boot auf den Seegrund hinablassen müsste. Und so mit wenigen Handbewegungen das zu Ende bringen, was er Tage zuvor mit dem Blick auf den Engel mit dem Schwert so pompös begonnen hatte, jetzt müsste er es rasch tun, wortlos, und dann in die Nacht hinausgehen. Du bist ein Nachtmensch, sagte sie, dein Leben ist die Nacht, die Feuer auf dem Hügel über dem Dorf, eine Spinne bist du, ein Schatten, Wälder suchen dich heim in der Nacht. Bleib, sagte sie, lass uns zum Goldenen Schrein pilgern, dann gehen wir nach Haus, Windisch bringen wir gesund und mit gereinigter Seele zu seinem Onkel, dem Baron, wir zwei bleiben auf Dobrava, auf Dobrava ist es gut, sagte sie, alles wird gut. Und wieder begann sie ihn zu küssen.

Dann stand sie auf, hab Erbarmen, sagte sie, ging den Hang hinunter zum Haus und legte Windisch einen frischen Kopfverband an. Sie sang ihm ein Schlaflied vor, ein altes slowenisches Soldatenlied, das er noch lieber hatte als das Lied von Maria und dem Fährmann:

Ach, du Soldatentrommel,
Du rechter Glockentrumm,
Du wirst mir dereinst läuten,
Wenn ich ans Sterben kumm.

Und als sie das Bim-bam-bim-bam, bim-bom sang, begannen aus der einen Kopfhälfte, die unverbunden war und wo sein nunmehr einziges Auge ruhte, Tränen zu fließen. Zum Glück lag er im Dunkeln und zur Wand gekehrt, sodass Katharina es nicht sehen konnte.

[46]

Ist denn ein Quell im selben Ursprung süß und bitter? Kann er beides zugleich sein? Katharinas heiße Küsse betören Simon an den heißen Sommerabenden, aber jedesmal wenn sie von ihm fortgeht, um Hauptmann Windisch zu pflegen, jedesmal wenn er von dort ihr Singen hört, sein barsches Bärenknurren und tristes Taubengurren, breitet sich in Simons Kopf eine kranke Verwirrung aus, ein seltsames Schweigen, aus dem kein Wort mehr kommt. Wie ist es möglich, dass derselbe Mund, der sich so fest an seinen schmiegt, zu der Offiziersfratze freundliche Worte spricht und ihr an warmen Abenden vorsingt? Sieh nicht den Wein an, Simon, wie er rot leuchtet, wie er im Glase funkelt, wie er glatt fließt. Zum Schluss beißt er wie eine Schlange, spritzt Gift wie eine Viper, mit dem Wort, mit der Zunge, zum Schluss werden deine Weinaugen seltsam blicken, wird dein Herz wirr sprechen. Jegliche tierische Natur – Raubtiere, Vögel, Kriechtiere, Meerestiere – lässt sich von der menschlichen Natur zähmen, und die zähmt sie wirklich, nur die Zunge lässt sich nicht zähmen; sie ist ein unbeständiges Böses und voll todbringenden Giftes. Der Schmerz, der in seiner Brust hämmert, wird von Tag zu Tag stärker, die Welt ist nur noch ein schmaler Spalt, es gibt keine Vergangenheit, keine Zukunft, da ist nur noch Katharina, die ihn küsst und Haar und Bein um ihn schlingt, da ist nur noch der Dritte, den es nicht geben dürfte, der aber da ist, mit jedem Tag, an dem die Haut ein Stück zuwächst, mit jedem Tag, an dem sein Weindurst und sein heiseres Singen wieder zunehmen, wird er mehr. Nur noch ein Wort braucht Simons hämmernder Schmerz, nur noch ein Wort, damit etwas in ihm endgültig zerbricht. Und am Ende kommt dieses Wort, am Ende beißt es zu wie eine Schlange.

Eines Morgens, wahrscheinlich ist es schon im Spätsommer oder zu Herbstanfang, erschallt vor dem Haus am Seeufer ein Singen, Windisch rasiert sich mit dem Säbel, es ist der letzte Morgen an diesem Ort, am nächsten Tag werden sie aufbrechen, noch ein Tag liegt vor ihnen, noch eine Nacht, laut schallt Windischs Singen, im Haus packt Katharina Sachen in die Taschen, sie verabschiedet sich von diesem Ort, hier können sie nicht mehr bleiben, es ist Zeit, dass die Sache zu einem Ende kommt; vor dem Haus rasiert sich der vom Hals bis zu den Augen eingeseifte Windisch, er singt, die *aria da capo* gurgelt aus seiner heiseren Kehle, er rasiert sich mit dem Säbel das halbe Gesicht, die andere Hälfte ist bereits mit dünner Haut überwachsen, auf dieser Hälfte wächst nur hier und da ein dünnes Härchen, das er mit der Schneide wegschnippt. He, Simon, ruft er in seinem ausgelassenen Übermut, du Laibacher Pfaff, du Auersperg'scher Bauer, du musst dir eine Hure suchen, an denen herrscht kein Mangel in Deutschland, dass dein Leben nicht ohne diese Erfahrung vergeht. Simon löst den kümmerlichen Fang, den er im frühmorgendlichen Dunkel gemacht hat, aus dem Netz; er schweigt, er antwortet nicht, während Windisch vor sich hin singt und ihm fröhlich etwas erzählt, der Wille zum Leben und zu übermütigen Worten ist in vollem Umfang zurückgekehrt, wenn er nicht singt, gibt er seine fröhlichen Lebensweisheiten von sich: Such dir eine Hure, sagt er, der Mensch darf sich nicht enthalten, du darfst dich nicht enthalten, wer sich enthält, ist ein schlechter Mensch, er unterdrückt etwas in sich; und dann schweigt er. Wie du die ganze Zeit schweigst, so seid ihr Pfaffen, auch ihr ehemaligen Pfaffen, ein Pfaff bleibt eben ein Pfaff, wie ein Soldat ein Soldat bleibt, für immer ... Du darfst weder einer Frau noch deiner Strebsamkeit noch lustiger Gesellschaft entsagen, keinem davon, denn wenn du dem entsagst, übst du Rache an denen, die es haben, und du, ehemaliger Pfaff, du willst Rache ... Du bist hinterhältig, du sprichst tagelang kein Wort ... Wenn du kein Pfaff wärst, wärst du vielleicht mein Soldat, o ja, wir hätten dich schon unter dem Mist hervorgestochert, mit Peitsche und Kugel haben wir sie zusammengetrieben, die nicht in den Krieg wollten, gegen den *Preiß'n*, das ist *iuris regio*, weißt du, was *iuris regio* ist? Peitsche, Ketten ... Aber wer gehorcht, kriegt einen Golddukaten, zehn Mariatheresientaler und noch eine Kupfermünze obendrauf. Simon schweigt, er kennt das, sein Schreien und Singen und Philosophieren, je gesünder er ist, desto mehr schreit, singt und philosophiert er, Simon schweigt. Nein, Windisch kann seinem Windischtum nicht entsagen, wer so etwas geglaubt hat, hat sich schwer geirrt, er kommandiert nur ein bisschen weniger, weil er niemanden zum Kommandieren hat, hier kommandiert jetzt in der Hauptsache Katharina, denn Simon schweigt, er gibt nur die allernötigsten Sätze von sich, Simon fängt Fische, abends sitzt er vor dem Haus, sucht ihre Blicke und hört ihre Lieder; wenn Windisch knurrt, zieht er sich zurück. Und Windisch knurrt und brummt, wie Kranke und griesgrämige alte Leute knurren. Aber jetzt versucht er auch schon, jemandem mit dem Säbel in die Rippen zu stoßen, zum Spaß, abends in der Kneipe versucht er damit einen Tonkrug in der Luft entzweizuhacken, doch es will nicht gelingen, denn er hat nur ein Auge, während Hand und Säbel gewohnt sind, den Anweisungen beider Augen zu gehorchen, er haut daneben, kommt ins Stolpern und läuft vor Wut in der einen Gesichtshälfte ganz rot und in der anderen ganz blau an. Den betrunkenen Mesner, den er nur ein bisschen an den Rippen stupsen, mit dem er sich einen Spaß erlauben, den er nur ein wenig erschrecken hat wollen, um die Leute im Wirtshaus zu unterhalten, hat er aus Ungeschick am Hals geritzt, und damit das Unglück noch größer wird, hat der verschreckte Mesner in den scharfen Säbel gegriffen, in den Säbel, mit dem man sich rasieren kann, hat ihn mit beiden Händen gegriffen und sich heftig in die Handflächen geschnitten. Der Unmut unter den Gästen ist groß, die Bauern geben wenig darauf, was der da schreit: dass er für sie und für die Kaiserin Maria Theresia in der Schlacht bei Leuthen gekämpft, dass er dort ein Auge verloren hat. Auf die wütenden Bauern macht das keinen Eindruck, für sie hat er mit Sicherheit nicht gekämpft, man braucht niemanden in die Rippen zu stoßen, und wenn er ihn schon in die Rippen stoßen will, meinen sie, dann soll er ihn ein bisschen tiefer stoßen und nicht in den Hals, wo er ihm die Ader durchschneiden könnte. Und warum tragen diese Soldaten überhaupt Säbel, wenn sie ein Wirtshaus aufsuchen? Im Nachbarland gebe es sogar eine Vorschrift, nach der man die Waffe draußen zu lassen habe, unter Bewachung. Windisch gerät über diese Forderung in Rage, ein Soldat lässt seine Waffe niemals draußen, er nimmt sie sogar mit ins Bett, er hat seinen Säbel immer an der Bettseite hängen. Und was Maria Theresia betrifft, schreit ein betrunkener Bauer, so soll ihr Beschäler sie reiten ... Ihre Soldaten müssen sich den Schwanz ans Bein binden, wenn diese wilde Frau die Truppen inspiziert, und dann hebt der Schwanz das Bein, mit dem sie salutieren ... Die betrunkenen Bauern beleidigen SIE, für die Windisch seinen halben Kopf hingegeben hat, sie drohen mit den Fäusten: Bei Leuthen, da habt ihr anständig eins aufs Maul bekommen von den Preußen. Windisch zieht die Pistole aus dem Gürtel, zieht den Hahn zurück, wartet ein wenig, dann zieht er den Abzug durch, es knallt und raucht gewaltig, die Gäste und der verletzte Mesner drängen in die Küche, wo sie in der Hast ein paar Töpfe mit Brei und Schweinerippen umwerfen, zwei kriechen unter den Tisch, Windisch versucht sie mit dem Säbel hervorzustochern. Er kommt betrunken nach Hause, sternhagelvoll, Katharina bringt ihn ins Bett, Simon beobachtet die unschöne Szene schweigend. Mich ärgert nur, brummt er, dass mir die Hand nicht richtig gehorcht, und grinst besoffen: Sie drängen in die Küche zwischen die Töpfe wie die Hammel in den Stall, was, Pfäfflein? Warum tust du das?, sagt Katharina, du bist noch nicht gesund. Simon schweigt. Katharina kennt das alles schon, sie kennt solche Abende in den Wirtshäusern, sie kennt es, ihn ins Bett zu legen, nicht nur einmal hat sie von dem betrunkenen Körper die Hosen heruntergezogen, die versauten Uniformstücke auf den Haufen geworfen. Warum tut er das? Der halbe Kopf fehlt ihm, kaum hat er seine Wunden geleckt, kaum hat sie ihn mit Salben und Tees und heilenden Tinkturen auf die Beine gebracht, schon sind sie dort, wo sie waren, fast dort, Katharina beschließt: Hier können sie nicht mehr bleiben. Aber auch wenn sie es wollten, das Dorf sieht sie schief an, die drei sind schon zu lange hier.

Nach diesem Zwischenfall erscheinen der Wirt und der Fischmeister und ersuchen sie, von hier wegzuziehen, der Offizier sei schon gesund genug, um wie eine ganze Schwadron Soldaten zu randalieren, und der gute Herr Pfarrer meine auch, dass sie hier in der Sünde des Konkubinats lebten, man wisse nicht, was und wie es zwischen ihnen sei, aber die Leute ertrügen das schlecht. Wenn im Wirtshaus oder woanders etwas Schlimmeres passiert wäre ... Die Leute merkten sich das, und noch die Enkelkinder ihrer Enkelkinder könnten unter dem Ruf zu leiden haben, sie hätten die Reisenden aus dem fernen Land vor dem Volkszorn nicht schützen können. So sei das eben bei ihnen, die Leute würden manchmal von Wut gepackt, deshalb sei es besser, wenn sie in Frieden weiterzögen, und alle drei sollten in Gottes Namen zurückkehren in ihr Krain, der Wirt könnte ihnen sogar einen Wagen und einen Knecht mitgeben, damit er sie bis an den Fuß des Bergpasses bringe. Wäre der einäugige Windisch imstande gewesen, seine Arme besser zu lenken, hätten die drei wohl ganz anders mit den beiden Abgesandten geredet, so aber hieß es sich auf den Weg machen, allerdings nicht nach Krain, Katharina wollte Kelmorajn sehen, sie würde es sehen.

So kommt der letzte Morgen vor der Abreise, so kommen der letzte Tag in Tutzing am Seeufer und die letzte Nacht. Schon seit Langem sammelt sich jede Nacht eine Wolke Ungeziefer über dem Haus am Ufer, schon seit vielen Nächten sammeln sich um das Haus jene, die an einem wüsten Ort mehr auf der linken Seite leben, und beobachten das seltsame Dreigespann und sehen und hören mehr, als die Dörfler wissen können, die auch manchmal um das Haus herumschleichen, um zu sehen und zu hören, was in seinem Inneren wohl vor sich geht, wer mit wem ist, wie die Verhältnisse sind, das wollen die Leute immer sehen und hören. Die von dem wüsten Ort hören, was die Dörfler nicht hören, sie hören eine unbekannte Melodie, das Singen dreier Seelen, die in ihrem Inneren einfache hasserfüllte, einfache liebevolle Dinge sagen; ein seltsames Stimmenterzett, nur die Geister hören die ineinander verwobene Musik, die hasserfüllte, liebevolle Verwobenheit der unhörbaren Worte, die übereinander aufsteigen, nebeneinander hergehen, nebeneinander liegen, ineinander verwoben fallen, aufeinanderprallen, schweigende und schmerzliche Worte, Worte des Erbarmens und Worte der Verwirrung in der Seele ... Diese Frau ..., sagt Windisch zu sich selbst, während er den Heilschnaps schlürft, in dem Katharinas Baldrian, Anis und viele andere Kräuter sind, es sind gute Kräuter. Katharina, sanft ist deine Hand, ich kenne deinen Körper, du bist mir durch raue Heerlager gefolgt, viele Nächte hast du bei mir gelegen, du wirst es wieder tun, wenn dieser Pfaff geht, dieses Pfäfflein, dieser schweigende hinterhältige Mensch, an irgendeinem Scheideweg werde ich mich seiner entledigen, und du wirst mit mir gehen, du bewunderst mich immer noch, ich ziehe mir den Hut über das Gesicht, die Krempe ganz herunter, du gehst an den Hof, Katharina, du kannst mich nicht verlassen, jetzt würdest du mich verlassen, wenn du könntest, aber du kannst es nicht, du hast auf mich gewartet, hast du gesagt, ich bin Windisch, der Neffe des Barons Windisch, der von Dobrava, der im Blitzen der Explosionen Erprobte, den Rappen hat die Kartätsche unter meinem Körper zerrissen, ich werde wieder reiten, ich werde dir wieder den Rock heben, eine Frau muss sich eingestehen, dass sie ein bisschen Grobheit braucht, auch wenn sie eine Hofdame werden will, die Frau eines Obersts, das wirst du, wenn wir uns erst des Pfaffen entledigt haben, die Frau des Obersts Windisch, das Regiment wird *Vivat!* rufen, und auch Maria Theresia wird mit dir ein, zwei Worte wechseln ... Ich täusche mich selbst, sagt Simon, ich, Simon, der ich Petrus bin, ich täusche mich, vielleicht täuscht mich mein

Auge, vielleicht das Gehör, die Sehnsucht des Herzens ist eine Sehnsucht aus göttlicher Eingebung, und in der göttlichen Eingebung ist das Rauschen ihrer Anwesenheit, ich bin von ihr umgeben wie von einer Ringmauer, bin mit ihr, die dort auf dem Wagen sitzt, wenn wir am frischen Morgen am See entlangfahren, sie hat sich eine Rosshaardecke über die Knie gelegt; sie hat ihre Knie auch auf dem weißen Leintuch, und ich bin darauf mit ihr; sie ist weit weg von diesem schrecklichen Menschen, diesem Teufel, dessen Anwesenheit ich nur deshalb ertragen muss, weil er arm ist, weil er hilflos ist, und sie ist neben ihm in einem Schleier aus Licht, das unter dem Himmel hervorströmt, ich sage nur ein Wort, und sie wird mich wieder küssen, mein Gesicht und meine Hände und meinen Rock, sie ist von mir erfüllt, ohne mich gibt es sie nicht, ohne sie gibt es mich nicht, nur deshalb bin ich noch hier, nur deshalb bin ich geritten und gegangen, deshalb hat sich diese Mähre über die Straßen der deutschen Lande geschleppt, deshalb schlucke ich Staub und stapfe durch den Dreck, ein Jagdhund auf der Spur, deshalb, damit ich nachts manchmal ihr gleichmäßiges, ihr engelgleiches Atmen neben mir hören, die Wärme ihres ruhigen Körpers spüren darf, deshalb hämmert mir der Angstschmerz in der Brust, weil ihr Atmen nicht nur mein ist, es war nicht nur mein, es war auch sein, und noch jetzt ist es nicht nur mein. Ich höre die Sterne, ich höre das Meer, ich höre ihr Herz und ihr Blut, das mein ist, weil das Blut die Seele, der Körper ist, der mir gehört, wie er Gott gehört ... Sei gegrüßt, du Himmelskönigin, sagt Katharina unhörbar in ihrer Wehmut, ich liebe einen, wie eine Frau einen Mann nur lieben kann, denn ich bin errötet, wie man nicht mehr erröten kann, als ich ihn das erste Mal dort am Feuer gesehen habe, dem anderen will ich helfen, er ist tief gefallen, unter seinem Pferd an den Rand des Todes, und ich habe ihn durch die Kriegsgegend geschleppt, zwischen Flüchtlingsfeuern und zersprengten Heeren hindurch, durch Sümpfe und dreckige Nachtlager, ich habe ihm die Wunden verbunden, ich habe ihn gehasst, aber ich konnte den Verwundeten und Hilflosen nicht zurücklassen, wenn ich mit ihm war, bin ich nicht mehr errötet, ich habe mich hingegeben, bin mit ihm gegangen, habe mit ihm gelegen, er war der Auserwählte meiner Jugend, was konnte ich tun? ... Den Hammel, knurrt die unhörbare Stimme Windischs, den Hammel hätte man in diesen Fluss tauchen müssen, in Landshut hätte man ihn umbringen müssen, man hätte einen Strick über den Ast des erstbesten Apfelbaums werfen und ihm die Schlinge um den Hals legen müssen, diesem preußischen Spion.

Wie wollte er wohl aus ihr eine Dame machen, wie ich es könnte? Hör zu, Katharina, ich werde ein großes Bett mit einem Baldachin kaufen, auf dem wird ein großer Teich mit Schwänen sein, morgens, wenn du erwachst, wirst du an der Decke des Baldachins die Schönheit des Morgens sehen, ich werde ein Tischchen mit dünnen Beinen kaufen, damit du dich schön machen kannst, weil du hübsch bist, weil du schön bist, deine Stimme ist lieb, wenn sie Soldatenlieder singt, aus deinem Körper kommt eine Kraft, die ich oft genützt, die ich erregt habe, das Blut ist dir in die Wangen gestiegen, wenn meine Kraft in dich überging und deine Kraft zu meiner wurde, der Hammel wird mir nie gleichkommen, der hinterhältige Schweiger wird nie sein, was er sein möchte: Windisch. Er wird immer ein Bauer sein, ein Auersperg'scher Knecht, ein Untertan, ein verschreckter Pfaff ... Was die hören, die fähig sind, unhörbare Worte zu hören, die, die sich in einer Wolke seltsam gestalteten Ungeziefers über dem in Dunkelheit getauchten Haus sammeln, die von dem wüsten Ort, die unsichtbar unter den Fenstern lauern, was die hören, ist kein Engelsgesang, hier ist kein Raum für Engel, die sind längst fort, was sie hören, sind keine einfachen Worte, in denen sich die drei verstricken und mit denen sie einen Ausweg in sich selbst suchen, das sind Töne, die diese Kreaturen gern haben: knurrendes Prahlen, wehmütiges Gurren, pfeifendes Heulen, sich schlängelndes Zischen, schneidendes Messerschleifen, tönendes Schlagen von Herzen, die in großen leeren Brustkörben schmerzlich pochen wie Schmiedehämmer.

Der Quell ist im selben Ursprung zugleich süß und bitter. Wehe dem, der daraus seinem Nächsten einschenkt, sein Gift hinzugießt und ihn betrunken macht, damit er die eigene Nacktheit sieht! Sieh nicht den Wein an, Simon, wie er rot schimmert, wie er im Glas funkelt, wie er sich geschmeidig einschenken lässt. Am Ende beißt er zu wie eine Schlange, spritzt Gift wie eine Viper, mit dem Wort, mit der Zunge ... In dieser Nacht taumelt Simon mit einem Krug Wein aus dem Haus ans Seeufer, er schenkt sich ein, trinkt, die Fläche des Sees glänzt dunkel, manchmal wird sie vom Mondlicht beschienen, hinter den Wolken hervor, die sich rasch über den Himmel bewegen. Ihm hinterher kommt ein Schatten: *Ich habe geschlafen, aber mein Herz war wach, da ist die Stimme meines Liebsten, der anklopft.* Langsam lässt sie sich nieder, setzt sich zu ihm, umschlingt ihn mit den Armen, sie trinken Wein, süß und bitter, Katharina küsst ihn berauschend, *sie küsst mich mit den*

Küssen ihrer Lippen, denn ihre Liebe ist betäubender als Wein ... du bist schön, meine Liebste, und es ist kein Fehl an dir ... ich werde meinen Rock ausziehen ... mein Liebster ist weiß und rot, flüstere, Simon, in dieser letzten Nacht am Ufer dieses Sees, hebe mir den Rock, flüstere das Wort, das du nie aussprichst, das niedrige, obszöne, ich werde mich dir hingeben, wie du es willst, nimm mich von hinten, wie eine Hündin ... Hebe mir den Rock mit dem Säbel, Offizier, Hengst, machtlos werde ich vor dir sein, spreize mir die Beine, schieb ihn mir hinein ... Simon zuckt zusammen: Was sagst du da, Katharina? Der Himmel kommt ins Wanken, die dunkle Fläche des Sees steigt schräg an bis zu den Bergen, nur ein Wort hat sein Schmerz noch gebraucht, der unerbittlich in der Brust hämmert, nur diese Worte noch, jedes hat zugestoßen wie eine Schlange und das Viperngift in ihn gespritzt, Simon fährt zusammen, die Fläche des Sees gerät ins Schwanken, er stößt die Frau von sich: Was sagt sie da, Katharina, mit wem glaubt sie zu sprechen? Der Wein spricht aus ihr, das Gift ist in dem Wein, was sagst du da?, sagt Simon. Mit wem sprichst du?

Der Spiegel des Weins im Krug, der Spiegel des Sees, beide schwanken, der Boden unter den Füßen schwankt, wie die Straße unter den Füßen des jungen Mannes dort bei St. Peter in Laibach, wo die Herren diese seltsam schöne Frau bei sich hatten, geschwankt hat: Am Morgen, als er durch die leeren Straßen ging, hat der Versucher bei St. Peter eine Szene vor ihn hingestellt, die ihm in Brust und Eingeweide ging, ins Geschlecht, die Herren sind ihm nach einer durchzechten, nach einer durchhurten Nacht entgegengekommen, bei ihnen war eine Frau, ein Hurenweib, mit seltsam abwesendem, zu allem bereitem Blick, ein Anblick, der den Novizen Simon Lovrenc, den jungen Burschen, völlig verwirrt hat, die Frau lächelte abwesend, eine schmerzlich anziehende Szene, eine Szene, die der Versucher gestellt hatte: Gesell dich zu ihnen, sieh sie an, sie ist zu allem bereit. Willst du?, sagte sie, einer der Herren streichelte ihre Brüste, als sie Simon ansah: Willst du? Sag, wenn du willst. Mit hämmerndem Herzen ist er ins Konvikt gelaufen, Jesuiter!, hat es hinter ihm her geschallt, er hat Angst vor einer Frau! Er hat sich im Zimmer eingeschlossen und fantasiert und nach sich selbst gegriffen, dass das verräterische Bett in einer Sünde knarrte, die er nicht dem Superior meldete; der schöne und doch ekelerregende, abscheuliche und doch unendlich anziehende Anblick hat ihn nicht losgelassen, nie mehr, er ist ihm gefolgt wie ein Wort aus dem Großen Text: *Denn am*

Fenster meines Hauses sah ich durchs Gitter und suchte unter den Unverständigen und gewahrte unter den Jungen einen Burschen ohne Verstand: Er kam um die Ecke in die Straße gebogen und ging auf ihr Haus zu. In der Dunkelheit, in der Abendstunde, mitten in Nacht und Dunkel. Und siehe, da kommt ihm ein Weib entgegen, aufgemacht wie eine Hure und Eroberin der Herzen. Sie ist wild und unbändig, ihre Füße halten es daheim nicht aus. Sie umgarnt ihn mit verführerischem Zureden, verführt ihn mit glattem Munde. Sofort geht er ihr nach, geht wie ein Ochs zur Schlachtbank, stapft wie ein Idiot zur Kette.

Es ist derselbe Quell, es sind dieselben Lippen, die Worte der Liebe und Worte des menschlichen Ekels sprechen, dieselben Lippen preisen den Herrn und künden Flüche, was ist mit dir, Katharina? Was hat dieser Mensch mit dir getan? Er stieß sie von sich, stand auf und ließ sie am Seeufer zurück. Er ging hinauf zum Haus, machte leise die Tür auf, blieb im dunklen Zimmer stehen und horchte auf Windischs Schnarchen. Er band die Tasche auf und suchte mit zitternden Händen den Dolch, er fand ihn nicht. Über den blassen Lichtstrahl, den der Mond durch das kleine Fenster schickte, trat er zur Tür, hinter der das Schnarchen hervorkam, ein donnernder Ritt über die Brücke, er stand in dem Raum, wo der große Körper auf dem Rücken lag, am Bettrand hing der Säbel, die beiden Pistolen lagen auf dem Tisch. Er zog den Säbel aus der Scheide, der andere stöhnte, er wollte aufwachen, er spürte, dass jemand im Raum war, dass er etwas sagen, rau auflachen, heiser etwas befehlen müsste, aber der Schlaf war tief, er hätte nicht einmal muhen, nicht einmal meckern können wie in einem bösen Traum, der Schlaf war tief wie die Ewigkeit. Simon drückte ihm mit dem Knie den Kopf gegen das Kissen, er spürte, wie die dünne Hautmembran aufplatzte und sein Bein mit Blut tränkte, jetzt wurde er wach, er versuchte hochzukommen, doch die Schneide des gut gewetzten Säbels schnitt schon in seinen Hals, so wie eine einzige Bewegung den dünnen Hals der kleinen Teresa durchschnitten hatte, diesem Bandeiranten, diesem portugiesischen Soldaten, der das gleich im Reiten getan hatte, gleich auf dem Pferderücken, und der die kleine Teresa weggeworfen hatte wie einen Kadaver, wie einen Fetzen, dem gurgelte jetzt das Blut aus dem Loch im Hals, er streckte die Hände aus und packte ihn am Rock, aber gleich darauf erschlafften seine Arme, wurden seine Augen glasig, nicht einmal *Deo gratias* konnte er mehr sagen, wie es die kleine Teresa getan hatte.

[47]

Die ersten Kelmorajner Pilger, die von der weiten Gottesreise heimkehrten, wurden im Spätherbst des Jahres siebenundfünfzig bei Rateče gesichtet. Es war die Zeit, als der Herbst in den Winter überging, die Wiesen waren morgens mit Reif bedeckt, von den Häusern roch es nach warmem Mist, die letzten Schafherden drängten sich in den Hürden, und die Kühe käuten friedlich in ihren Ställen wieder. In den Bergen war schon der erste Schnee gefallen, und die Menschen waren froh über die stinkende Stallwärme, die sie lange Monate hindurch wärmen würde, wenn sie zusammen mit ihren Tieren unter den zugeschneiten Häusern atmen und sich Geschichten von Werwölfen erzählen würden, die sich genauso vor der Kälte in den Höhlen der nahen Berge versteckten, von Kriegen in fernen Ländern, besonders in Preußen und Russland, von schwarzen Indianern jenseits des Meeres, wo es nie Winter wird und wo die Dorfbewohner nach der Feldarbeit im Schatten von Palmen und anderen seltsamen Bäumen, die sie vor der heißen Sonne schützen, ruhen und sich zur Jause das Fleisch der Menschen aus dem Nachbardorf brutzeln. Der Hirte auf den Weiden bei St. Tomaž trieb am Morgen die Schafe aus dem Stall, damit sie noch etwas von dem armseligen und kalten Gras rupfen konnten, als am Ende des Tales fünf, sechs Gestalten mit Wanderstöcken und Feldflaschen auftauchten, sie hatten auch zwei Pferde dabei, auf einem ritt eine Frau unter gerafftem Schleier, das andere Pferd war mit Packen und Geschirr behängt und mit Heiligenbildern, Rosenkränzen und zahlreichen Devotionalien beladen. Der Hirte dachte zuerst, es wären Frächter aus dem Kanaltal, dann aber, als er all die heiligen Dinge sah, wusste er sofort, dass das der Rest jener Volksmenge war, die sich hier bereits im vergangenen

Winter und frühen Frühjahr durchgewälzt hatte, er konnte sich kaum noch erinnern, so viel Zeit war seit damals schon vergangen.

Er lief ins Pfarrhaus und versetzte mit dieser Nachricht den Pfarrer in solche Aufregung, dass der noch etwas verschlafene Herr die Schüssel mit der Buchweizengrütze und der heißen Milch über seine beste Hose goss. Im Pfarrhaus war oft über die Kelmorajner Pilger gesprochen worden, je weniger Nachrichten über sie eintrafen, desto mehr Vermutungen und Sorgen gab es über die Menschen, die sich für ihren Segen auf einen so weiten Weg gemacht hatten, wo doch in Bayern Armeen, in den Bergen Räuber und am Rhein Hochwasser auf sie warteten. Und noch bevor er die beste Hose gegen eine andere wechseln konnte, war schon das ganze Dorf in Aufregung: Die Pilger aus Kelmorajn! Sie kommen zurück! Die Pilger aus Kelmorajn entfalteten ein Banner mit dem Bild des hl. Christophorus, hoch erhoben hielten sie das Kreuz, den Vorreiter des siegreichen christlichen Heeres, und marschierten stolz durch den kalten Morgen unter den Berggipfeln in der blanken Sonne, die dort oben so herrlich prangte zum Ruhme ihrer Rückkehr. Das ganze Dorf versammelte sich, viele wollten sie berühren, denn diese Menschen kamen mit Gottes Segen, der auch auf denjenigen übergehen konnte, der einen Gesegneten berührte – man konnte nie wissen, wozu es gut war. Im Pfarrhaus bekamen sie ein ausgiebiges Frühstück, neben Sterz und heißer Milch auch Käse und Zwiebeln. Sie aßen hastig und fröhlich, denn sie hatten die ganze Nacht auf dem Luschariberg aus Dank für die glückliche Heimkehr gebetet. Dann begannen sie von Dingen zu erzählen, die noch viel interessanter waren als die Werwölfe in den Höhlen über dem Dorf und die Indianer, die sich unter der heißen Sonne ihre Nachbarn zur Jause brutzelten, solcher Geschichten waren sie schon überdrüssig. Sie erzählten lieber von Dingen, bei denen die Bauern, aber auch der Pfarrer, mit offenem Mund lauschten. Sie sprachen von Bergen, die höher waren als die hiesigen, von einem großen Fluss, auf dem Schiffe fuhren, von Städten, die größer waren als Laibach, von Empfängen vor den Stadttoren, von Pilgerbällen und von Armeen, die plündernd durch die deutschen Lande zogen, die Pilger aber im Großen und Ganzen in Ruhe ließen, von Brauereien, wo man Bier aus großen Krügen und fast umsonst trank. Sie hatten Kuppeln und goldene Altäre gesehen, sie hatten Stadtmauern und reiche Märkte gesehen, sie hatten auch Pilger aus Syrien gesehen und Zigeuner, die Tanzbären mit sich führten, und zwar viel größere, als es die gewöhnlichen Krainer Bären waren, solche, die einen töten konnten, wenn die Zigeuner sie von der Kette ließen, auch Hunderte von Schafen, und nicht nur zehn oder zwanzig, wie es die einheimischen Bären taten. Sie hatten Hügel mit Galgen gesehen, Galeoten in Ketten, Tamboure bei Heeresparaden, Stadtpfeifer und Frauen, die ihre Körper verkauften. In Köln hatten sie sich vor dem Goldenen Schrein verneigt, in Aachen hatten sie der Zurschaustellung der heiligen Tücher beigewohnt, der Windeln, in die Maria das Jesuskind gewickelt hat. Sie brachten auch Dreikönigszettel aus Köln mit, und jeder dieser Zettel war einen Golddinar wert, und sie verkauften sich gut, denn jedermann wusste, dass es keinen besseren Segen gab, und gut war auch, dass demjenigen, der einen solchen Zettel hatte, drei Tage vor seinem Tod die Heiligen Drei Könige erschienen und er so rechtzeitig sein Testament schreiben, sich von seinen Nächsten verabschieden und sich mit Gebeten auf den Weg ins Jenseits vorbereiten konnte.

In den folgenden Wochen, schon im Schneetreiben und durch morastigen Schneematsch stapfend, erschienen Pilger in Gruppen, zuweilen auch einzeln, an allen Ecken und Enden Kärntens, der Steiermark und Krains. In allen Dörfern und Märkten verbreiteten sich die Nachrichten von ihrer Heimkehr und von den seltsamen und großen Dingen, die sie auf der langen Reise erlebt hatten. So erreichte die aufregende Kunde auch die Häuser um St. Rochus und den Meierhof Dobrava.

Jožef Poljanec warf keine Schüssel mit Buchweizensterz um und goss sich auch keine Milch über seine beste Hose, er ging auf den Friedhof und brachte seiner Frau, die schon lange dort lag, die Nachricht, auf die sie schon lange wartete.

– Alle kommen zurück, sagte er mit ruhiger Stimme, als würde er die Arbeit für den nächsten Tag verteilen, auch unsere Katharina wird zurückkommen.

Seit der Buchenast, das hohe Zeichen vom Himmel, ihm auf den Kopf gefallen war, sah man ihn oft am Grab der Verstorbenen stehen, einige hatten ihn sogar halblaut sprechen hören. Die Dienstboten des Meierhofes wussten, wie schwer der Verwalter Poljanec darunter litt, dass er keine Nachricht von seiner Tochter hatte. Aus den Oberlanden kamen nur Nachrichten vom Krieg, einmal hatten die Unsrigen die Preußen in die Zange genommen, ein andermal waren sie geschickt ausgewichen, einmal wäre der Preußen-Friedrich mit seinem Pferd fast auf der Flucht ertrunken, dann wieder hatte es geheißen, man hätte ihn schon gefangen und brächte ihn gefesselt nach Wien. Als gegen Ende des Sommers Baron Leopold Henrik Windisch den Meierhof aufsuchte, schlossen sich die beiden Herren im Haus ein und sprachen bis spät in die Nacht über die militärischen Operationen. Er, der Baron, sei um die Zukunft des Kaiserreichs besorgt, auch um seine eigene Zukunft, ein wenig auch um das Schicksal des Krainer Regiments und eines Hauptmanns, der in ihm kämpfe, um seinen Neffen Franz Henrik. Der Jüngling sei schön und intelligent, er, der Baron, sei überzeugt, dass eine glänzende Karriere auf ihn warte, er hoffe, dass er auch wagemutig genug sei, das aber wiederum nicht zu sehr: Im Krieg sei es gut, den Kopf ganz zu behalten. Sollten ihn die Bauern verlieren, ihre Köpfe seien leer, und um sie sei es nicht schade, wie es um den Kopf seines Neffen schade sei, außerdem könne man immer neue Rekruten ausheben, an ihnen herrsche kein Mangel, jede Familie habe mehr als fünf Kinder.

Von den Pilgern kamen lange keine Nachrichten mehr, und wenn welche kamen, klangen sie für Poljanec nicht gerade gut. Nicht alle waren zurückgekehrt, auch Katharina war nicht zurückgekommen. Er befahl, die Pferde vor den leichten Reisewagen zu spannen, dann überlegte er es sich, weil ihm alles zusammen zu langsam ging. Mit zitternden Händen sattelte er selbst die Stute und ritt hastig davon in Richtung Laibach. Er war überzeugt, dass Katharina jeden Augenblick hinter einer Ecke erscheinen würde, auf einem Wagen, zu Pferd oder zu Fuß. Vielleicht hatte sie in Laibach bei ihrer Schwester haltgemacht, bestimmt beteten die Pilger im Dom Dankgebete, wenn nicht bei der Schwester, dann würde er sie dort finden, schon zu Mittag, spätestens beim Vespergebet. Und als er in Laibach im Hof des hohen Bürgerhauses absaß und als er im Fenster das bleiche verärgerte Gesicht seiner jüngeren Tochter sah, musste er sich das erste Mal eingestehen, dass er besorgt war. Seine jüngere Tochter hatte ebenfalls keinerlei Nachricht von ihrer Schwester, und deshalb war sie ärgerlich. Sie kochte ihm schwarzen Kaffee, den jetzt alle in Laibach mit Begeisterung tranken, goss ihm davon in ein Porzellanschälchen und setzte ihren Vater in einen dünnbeinigen Sessel, von dem Poljanec befürchtete, er könnte unter seinem Gewicht zerbrechen. Er trank die süße schwarze Flüssigkeit, aber er musste andauernd aufstehen, um ans Fenster zu treten, dann ließ er sich wieder schwer in den Sessel fallen, der von seiner

Schwere ächzte, wie es vor unbekannter Schwere auch in ihm immer mehr ächzte. Kristina war wütend, weil er unaufhörlich aufstand, und sie war wütend, weil fast alle Pilger, von denen sie etwas in Erfahrung hatte bringen können, längst eingetroffen waren, nur ihre Schwester nicht. Und zwar weil sie immer etwas Besonderes sein wolle und weil sie launenhaft sei. Weil sie das eine Mal nichts esse und dann wieder zu viel. Weil sie sich einmal in ihrem Zimmer einsperre und dann wieder aus Trotz bis spät in die Nacht im Wald hocke, sodass alle Angst um sie hätten. Weil sie immer Kaffee verschütte. Weil sie geradezu Freude daran habe, ihnen Sorgen zu machen. Kristina war wirklich besorgt, aber sie wusste ihrer Sorge nur so Ausdruck zu verleihen, indem sie auf ihre ältere Schwester wütend war. Was hat sie denn auf diese Wallfahrt gehen müssen, welchen normalen Menschen drängt es denn heutzutage zu so einer Reise?

– Wenn sie sich nur ein bisschen bemüht hätte, sagte sie, hätte sie Henrik, hätte sie Windisch heiraten können und würde jetzt so leben, wie wir leben ... Sie wollte sagen: wie alle anständigen Leute leben, überlegte es sich aber mit einem Blick auf den Vater, in und unter dem alles vor schlimmer Schwere ächzte, und setzte hinzu: wie ich lebe, die ich es auch nicht immer leicht habe.

Der Vater schwieg.

– Und was machen wir jetzt?, fragte sie nun fast schon wütend, wo sollen wir sie jetzt suchen?

Kristina trat ans Fenster. Als sie das scheckige Tier im Hof erblickte, um das ein paar Kinder herumstanden, die ihm Grasbüschel hinhielten, geriet ihre Wut in noch größere Wallung, der Vater fing an schrullig zu werden, er hatte wenig Umgang mit Menschen, er redete mit sich selbst, ein schrulliger Vater, eine schrullige Schwester, wie soll einer mit solchen Verwandten zurechtkommen? Sie drehte sich ruckartig um. Hatte er wirklich auf dieser scheckigen Stute herreiten müssen? Konnte er nicht ein wenig auf sein Ansehen und auch auf das Ansehen ihrer Familie Rücksicht nehmen? Hatte er nicht den leichten Reisewagen, der fast eine Kutsche war? Musste er mit dieser Schindmähre angeritten kommen? Ganz Laibach würde über sie lachen.

Poljanec wusste, dass seine Tochter nichts Schlechtes dachte. Sie machte sich Sorgen um Katharina und war wütend, und außerdem war Schecke wirklich etwas unansehnlich, sie war so rund, dass sie schon Ähnlichkeit mit einer Kuh hatte, auch ihr Name war der einer Kuh.

Aber er hatte sie gern, treu begleitete sie ihn durch Feld und Wald, schon viele Jahre trug sie ihn, obwohl sie als Zugpferd sogar noch besser war. Und er war auch nicht der beste Reiter, das hatte ihm Baron Leopold Henrik Windisch gesagt, der gut reiten konnte, fast so gut wie sein Neffe Franz Henrik, der mit seinem Rappen der beste Reiter weit und breit war. Er überhörte alles, was sie sagte, seine Gedanken hatten sich bei der Frage festgehakt, die sie unter einem Berg anderer, unnötiger Worte versteckt hatte: Wo sollen wir sie jetzt suchen?
– Ich werde im bischöflichen Ordinariat fragen, sagte er.

Er erhob sich, dass es unter ihm ächzte. Vom Fenster sah er zu dem armen Tier im Hof hinunter, mit dem die Kinder große Freude hatten. Es war scheckig, und sein Fell glänzte auch nicht mehr. Es waren schlechte Zeiten, nichts war mehr so, wie es einmal gewesen war. Der Laibacher Erzbischof Graf Attems hatte lange gekränkelt, seine Haut war scheckig geworden, man hatte sein Ende kommen sehen, Papst Benedikt war genauso alt und kränklich, auch er konnte sterben, und was würde dann sein? Auch er selbst würde sich am liebsten zu Neža legen, das hatte er ihr schon gesagt: Wenn Katharina nicht zurückkäme, würde er sich einfach zu ihr legen und einschlafen.

Vor dem Bischofspalais wurden Fässer mit Wein von den Wagen gerollt. Der Wein ist herangereift, dachte er, aber seine herangereifte Tochter war nirgends zu sehen. Besonnen, wie er trotz seiner verstiegenen Gedanken war, dachte er, dass dieser Gedanke ziemlich dumm war, und dass sich alles im Kopf in dieselbe Richtung bewegte, dass ihn jedes Ding an sie erinnerte und dass er eine noch so ruhige Hand haben konnte, es würde trotzdem alles verkehrt laufen, wenn im Kopf nicht alles in Ordnung war. Und als sich dieses „herangereift" wie von allein noch einmal in seinen Kopf drängte, hielt er inne und schlug sich mit der Faust vor die Stirn. Jetzt war es besser.

Von einem jungen Geistlichen erfuhr er, dass er auf keinen Fall zum Bischof könne. Er wolle ja gar nicht zum Bischof, damals habe er zu ihm gewollt, jetzt wolle er es nicht, auch wenn der kränkliche Bischof das wünschen sollte, der Bischof interessiere ihn überhaupt nicht, sagte er zu dem verwunderten Kaplan, er sagte, er würde gern etwas über die Pilger erfahren, die jetzt aus den deutschen und schweizerischen Landen zurückkehrten. Der junge Mann erklärte ihm mit einer Stimme, die ahnen ließ, dass er den Schlüssel zu einem Geheimnis besaß, dass es gerade deshalb nicht möglich sei, zum Bischof vorgelassen zu werden. Im bischöflichen Ordinariat herrsche nämlich große Aufregung wegen der Kelmorajner Pilger, mehr könne er dem Herrn natürlich nicht sagen. Trotzdem gelang es Poljanec, zum bischöflichen Sekretär vorzudringen. Der hatte mehrere Listen, doch eine Katharina Poljanec stand nicht darauf.

– Aber das heißt überhaupt nichts, sagte er, gerade in dieser Angelegenheit herrscht nämlich ein großes Durcheinander.

Es zeigte sich, dass wegen der letzten Wallfahrt im bischöflichen Ordinariat ziemlich schlechte Stimmung herrschte. Sie hätten Beschwerden aus Bayern und der Pfalz bekommen, sogar aus Köln und Aachen, wegen des Benehmens der Pilger aus ihren und anderen österreichischen Diözesen. In Köln habe man sogar ein Büchlein in der ihnen verständlichen slowenischen Sprache gedruckt, um die Leute zu korrektem Verhalten anzuhalten, aber es habe alles zusammen nichts gefruchtet. Es sei zu großen Unregelmäßigkeiten gekommen, über die der bischöfliche Sekretär dem Herrn Poljanec jedoch keine Auskunft geben könne. Außerdem würden noch Informationen gesammelt, wahrscheinlich werde es ohnehin zu einem Verbot der Wallfahrten kommen, auch darüber werde schon gesprochen. Nein, eine Poljanec Katharina sei auf keiner Liste, er habe ihren Namen nie gehört, was auch Gutes bedeuten könne. Denn er habe die Namen derjenigen gehört, die unterwegs schlimmere Vergehen gegen die Gesetze der dortigen Länder begangen hätten, um von den leider vorgekommenen Haupt- und Todsünden gar nicht zu reden. Dann fügte er noch hinzu, was er nicht sagen wolle, aber trotzdem sage, damit ihm später niemand etwas vorwerfen könne: Etliche seien unterwegs aus verschiedenen Ursachen auch gestorben, aber auch diese Angaben lägen ihnen noch unvollständig vor. Auf der ganzen Welt herrschte große Wirrnis, fast so wie im Kopf von Jožef Poljanec.

Der bischöfliche Sekretär wusste, was das Ächzen eines Stuhles auf dünnen Beinchen in einer solchen Stille bedeutete, die dann entstand, wenn einer sich nirgends mehr hinwenden konnte außer an den Himmel, er ahnte auch, dass im Kopf des Herrn, der mit so abwesendem Blick schaute, nicht alles in bester Ordnung war, er wollte ihm einen konkreten und fast irdischen Rat geben.

– Der Pilgerprinzipal, sagte er, der, gegen den wir ebenfalls eine Untersuchung einleiten werden, heißt Michael Kumerdej. Er wohnt in Windischgrätz im Mießtal. Ich habe gehört, dass er bereits zurückgekehrt ist. Wenn überhaupt jemand, dann wird er wissen, wo Ihre Tochter ist.

– Michael?, sagte Poljanec. Ich kenne ihn. Er hat ein Messer in den Tisch gerammt. Er hat gesagt, soll es herausziehen, wer ein Kerl ist!

Mit etwas benommenem Kopf ging Poljanec an den Fässern mit dem gereiften Wein vorüber. Sollte er zurückgehen zu Kristina? Dort würde er dieses schwarze Wasser trinken und sich unangenehme Dinge über sein Pferd, seine Reitkünste und vor allem über Katharina anhören müssen, die sich nicht zu verheiraten wisse. Sollte er seinen Sohn unten in Triest aufsuchen? Der wusste ja gar nicht, dass Katharina vor fast einem Jahr weggegangen war, er kam nicht auf den Meierhof, und wenn er es gewusst hätte, hätte es ihn eher wenig gekümmert, er stand dort an den Schiffen und zählte die Frachtballen, bis an die Ohren hatte er sich in seine erfolglosen Geschäfte mit den überseeischen Ländern vergraben. Und bevor er nach Triest käme, wäre er auch schon in Windischgrätz. Er dachte auch an seine Freunde in der Gesellschaft für Landwirtschaft und andere nutzbringende Künste, er dachte sogar an Baron Windisch, in der Not denkt der Mensch an jeden, der ihm helfen könnte, aber er wusste zugleich, dass ihm die Freunde aus der Gesellschaft ebenso wie Baron Leopold Henrik Windisch vor allem eines sagen würden: Konntest du sie denn nicht zurückhalten? Diese Frage wollte er nicht hören. Er wollte keinen Rat und keinen Vorwurf mehr hören, weder wegen seines Verhaltens noch wegen seiner Sitzweise auf dem dünnbeinigen Stuhl, wegen seiner Art, den Kaffee zu trinken, noch weniger hinsichtlich seiner Stute und seiner Reitkünste. Also wendete er Schecke, sein Blick suchte den Boden, zu hören war zuerst nur das Klacken ihrer Hufe auf dem Stadtpflaster, dann das Platschen über die Landstraße, und sah schließlich Dobrava vor sich, ein schwaches Kerzenlicht in den Fenstern des großen Hauses, er sah zum Fenster im ersten Stock hinauf und sah sie, ihr Gesicht, das Haar über dem Kopf geflochten, sie, Katharina. Im Fenster des Zimmers über der Küche, dort, wo er oft ihr Gesicht an die Scheibe gedrückt gesehen hatte, sah er es auch jetzt ganz deutlich, und es presste ihm so die Brust zusammen, dass er fast zu weinen anfing. Das ist im Kopf, dachte er, das geschieht alles im Kopf. Er sprang vom Pferd und übergab es dem Knecht, damit er es in den Stall brachte. Und bevor er noch einmal zum Fenster im ersten Stock hinaufsah, schlug er sich mit der Faust gegen die Stirn. Jetzt war dort niemand mehr.

Am Morgen spannte er zusammen mit dem Knecht an, sie schlugen ihre Beine in Fiakerdecken ein und machten sich auf den Weg ins Mießtal.

Den Pilgerprinzipal fand er ohne Schwierigkeit. Herzog Michael und seine Frau kannte jeder. Sie lebten in einem kleinen Haus am Stadtrand, um das Haus lag haufenweise Holz, Michael war Zimmermann, wenn er keine Pilger führte, von der Ehre allein konnte man nicht leben; obwohl er von den kaiserlichen Behörden für jede Pilgerreise einen kostenlosen Wagen und Pferde gestellt bekam und obwohl er unterwegs durch Geschenke adeliger Herren und Stadtobrigkeiten einige Mittel zusammengetragen hatte, war ihm nur wenig geblieben. Und so sah er in seiner Zimmermannsschürze nicht wie ein Herzog aus, er sah wie ein Zimmermann aus. Aber der Kopf war noch immer herzogsschlau, sofort als er das finstere Gesicht des Verwalters von Dobrava erblickte, wusste er, was es geschlagen hatte.

– Magdalenchen, rief Michael mit mächtiger Stimme, wir haben Gäste.

Aus dem Inneren war Frauenlachen zu hören, dann Stöhnen. Michael zuckte mit den Achseln und forderte sie auf einzutreten, in die niedrige verrußte Küche. An der Wand hing das Bild des hl. Alexis, des Schutzpatrons der Pilger, auf dem Tisch lag ein Stapel Dreikönigsbilder, ein Golddinar, jedes Stück. Michael öffnete die Tür zum Nebenzimmer und verschwand, zu hören waren ein paar aufeinanderfolgende Frauenschreie, Poljanec und sein Knecht sahen einander an, Poljanec fühlte einen leichten Schwindel im Kopf, er dachte: Das ist noch immer von dieser Buche. Michael Kumerdej kehrte mit einer dicken Goldkette um den Hals zurück, jetzt war er wieder ein richtiger Pilgerprinzipal. Er nahm eine Flasche Schnaps und schenkte allen dreien ein, sie tranken mit einem Schluck aus, Poljanec fühlte, dass das nicht gut war für seinen Kopf, seit dem letzten Frühlingsschnee, als er durch den Wald gegangen war, war das nicht gut für seinen Kopf, Michael schenkte wieder ein, wieder tranken sie mit einem Schluck aus, in Poljanec' Kopf drehte sich etwas auf seltsame Weise: Wen hast du da hinter der Wand?, fragte er.

– Was glaubst du denn, wen ich da habe?, trompetete Michael und grinste.

Poljanec sah vor sich hin, alle drei schwiegen lange, die Decke war niedrig, immer niedriger.

– Wo ist sie?, sagte er nach langer Zeit in diese Schnapsstille, in diesen Raum hinein, in dem es immer dichter wurde, immer weniger Luft gab, weil auch sie immer niedriger wurde. Michael schwieg lange.
 – Ich weiß es nicht, sagte er endlich. Zuletzt war sie mit einem Pfaffen.

Poljanec sah ihn seltsam an, so seltsam, als wäre jener schneebeladene Ast noch einmal vom Himmel herabgefallen. Den anderen beiden schien es, als würde er schielen. Michael war zum Lachen zumute, er wollte schon losprusten, fast hätte er losgeprustet, doch dann überlegte er es sich im letzten Moment, nämlich als er die Pupillen sah, die sich zur Nasenwurzel eindrehten. Er sagte vorsichtig:
 – Warum fragst du nicht euren Pfarrer? Janez Demšar wird es wissen.

Es war offensichtlich, dass Jožef Poljanec nicht vorhatte, irgendjemanden noch irgendetwas zu fragen. Er stand auf, ging zu der Tür, hier hast du sie, sagte er, hier hast du sie versteckt, er stieß die Tür auf ... Was ist mit ihm?, fragte Michael, was ist mit Euch, Herr?, fragte der Knecht und ging ihm nach, um ihn zu beruhigen, um ihn vor sich selbst zu schützen. Auf dem Bett lag Magdalenchen, mit ihrem üppigen Fleisch von Bettrand zu Bettrand, in Auflösung begriffen, sie stöhnte und lachte, als sie die beiden unbekannten Männer in der Tür stehen sah. Das ist ja gar nicht Katharina, sagte Poljanec, ich werde doch wohl meine Tochter kennen. Das ist Magdalenchen, sagte Michael, meine Frau. Und wo ist meine Frau?, fragte Poljanec. Was ist mit Euch, Herr?, sagte der Knecht. Nichts ist mit mir, sagte Poljanec, ich frage nur, wo meine Frau ist. Das kommt von all dem Schlimmen, sagte der Knecht, als wollte er das seltsame Benehmen seines Herrn entschuldigen, er ist auch keinen Schnaps gewöhnt, sagte er.

Nicht der Schnaps ist schuld, schuld ist das Messer, das Poljanec in den Tisch gepflanzt sieht, das ist jenes Messer, das schon einmal bei St. Rochus in den Tisch gepflanzt war, der Pilgerherzog Michael hatte es in jener Nacht dort zwischen die Gläser mit dem Schnaps gepflanzt, sodass sein Griff gefährlich im Licht der Ölfunzel zitterte, dass sein Schatten zwischen den Schnapslachen hin und her huschte und sich in die verschreckten Seelen der betrunkenen Bauern kerbte, soll herausziehen, wer ein Kerl ist, ein alter Brauch, eine Mutprobe für die betrunkenen slowenischen Bauern: Soll herausziehen, wer sich traut ... Der Messerschatten hatte damals an der Wand unter der geschwärzten

Decke gezittert, die sie beschützt hatte mitten in der Höhle der Nacht, mitten im schrägen Hang der Allhöhle der Dunkelheit, durch die die Dämonen flogen, die sich auf die Dächer des Dorfes setzten, durch den dichten Regenschleier zum Glockenturm von St. Rochus aufflogen und sich von dort im Steilflug, aufgeschreckt von den Schlägen der bronzenen Glocke, vom geweihten Beben der Luft und des Regens im Steilflug nass hinabstürzten, in den Wald, in die Schweineställe, auf die Dächer des Dorfes ... Und jetzt zitterte der Griff des mit der Spitze ins Holz, in die Nasenwurzel, zwischen die Pupillen von Poljanec' Augen gestoßenen Messers, soll er es herausziehen? Er wird es nicht herausziehen, er wird es niemandem ins Gesicht oder in die Brust stoßen, ein Messer, ein durchschnittener Hals sind in dieser Geschichte völlig genug, das Messer, das Poljanec sieht, ist noch immer das von St. Rochus, aus jener Nacht, als aus dem Riss zwischen Himmel und Erde die Teufel über das Oberland geflogen sind, die Zeit ist stehen geblieben, der Griff zittert noch immer, Poljanec sinkt zusammen, die niedrige Decke bricht über seinen Kopf herein, im Kopf herrscht Benommenheit, draußen herrscht Nacht, Nacht bei St. Rochus, jene Nacht, in der die Pilger zum Goldenen Schrein aufbrechen, der über ihren Köpfen schwebt, alle sehen ihn in jener Nacht, alle, die bei den Vigilien sind und nach Köln aufbrechen, zum Himmelsschiff.

[48]

Kelmorajn aber ist weder ein Schiff am Himmel noch ein Schrein in den Wolken noch der azurblaue Himmel darüber, der darauf wartet, einen mit seinem strahlenden Leuchten aufzunehmen, noch ein Schwall Schönheit, der einem die Seele öffnet und das Herz überflutet. Kelmorajn, das Katharinas nach Schönheit, Vergebung und Heilsversprechen hungernde Augen jetzt endlich zu sehen bekommen, ist eine große Baustelle, genauer gesagt: eine verlassene Baustelle, auf der haufenweise aufgetürmtes Bauholz herumliegt, Latten, Stapel zugeschnittene Steine, hier von irgendwelchen Leute abgeladen, die mit ihren langsamen Ochsengespannen wieder verschwunden sind; Kelmorajn, das sind Balken, Stücke zerfetzten Sackleinens, das über Maurergerüste gespannt war, die an der Fassade des Hauses emporklettern und einsturzgefährdet sind, sodass sie niemand mehr betreten kann; mit dem Kot streunender Hunde und Katzen vermischte Sandhaufen, angerührter und nicht verwendeter Mörtel, zerbrochene Hämmer und Schaufeln, unter den Füßen nachgebender weißlicher Schlamm; Kelmorajn, das sind Seilwinden und im Wind baumelnde Flaschenzüge, Räder und Stricke, Pflöcke, Haken, Keile, an die Wand gelehnte Karren und Kaleschen mit gebrochenen Achsen ... Eine Baustelle, auf der niemand arbeitet, das himmlische Bauwerk steigt nicht mehr himmelwärts, wie es müsste, wer soll denn bauen in Zeiten des Krieges? Es gibt weder Architekten noch Maurer, Steinmetze und Zimmerleute, Ziselierer und Maler, Poliere und Frachtführer; die einen sind zurückgegangen in ihre warmen italienischen Lande, die anderen mussten die Uniform anziehen, ihre Hände tragen kein Werkzeug, schwere Schaufeln und feine Hämmer, scharfe Sägen und zarte Pinsel; wenn sie sie überhaupt noch haben, Arme und Beine und Köpfe, wenn es sie ihnen nicht weggerissen hat bei Kolin, Roßbach oder Leuthen, bei Prag oder irgendwo im Sächsischen, ihre Ochsen ziehen keinen glatt geschnittenen Marmor und feinen Alabaster, jetzt ziehen sie Haubitzen auf Schlachtfelder, durchs Rheintal, durch die Oberpfalz und das Badische auf irgendwelche Felder Schlesiens und Böhmens, auf die Schauplätze menschlichen Todes, auf Schauplätze des Ochsentodes; das Werk zum Ruhme des Himmels ist ins Stocken geraten, nicht zum ersten Mal, schon seit mehr als fünfhundert Jahren gerät es immer wieder ins Stocken und erhebt sich erneut unter den Himmel, seit jenem dreizehnten April, als man damit begonnen hat, das größte und schönste Heiligtum zu bauen, damit in ihm die Gebeine der Drei Weisen ihre letzte Ruhe finden, seit dem dreizehnten April des Jahres zwölfhundertachtundvierzig, als der Bau begann und drei Jahre später hätte beendet sein sollen, es aber nicht war, seit damals, seit der dunklen Zeit, in die wir überhaupt nicht hineinsehen können; so fern ist sie, dass kein Licht der Erinnerung mehr in sie zurückreicht, seit damals wächst der Bau Stein für Stein in den Himmel, stürzt mit seinen strebenden Gewölben, Türmchen und Kapitellen zusammen zu brennenden Ruinen und wächst wieder empor ... Hier muss ohne Unterlass gebaut werden, denn jeder Bewohner Kölns weiß: Der Tag, an dem die Kirche fertig gebaut sein wird, bedeutet das Ende der Welt. Und so wächst sie, schon ein halbes Jahrtausend lang, um mit neuer und immer wieder neuer Schönheit in ihren Mauern den Goldenen Schrein zu bergen, in dem die Gebeine der Drei Weisen ihre friedliche Ruhe gefunden haben, jener Männer, die in den Tagen des König Herodes aus dem Osten nach Bethlehem gekommen sind und gefragt haben: Wo ist der, der als König der Juden geboren wurde? Wir haben nämlich seinen Stern aufgehen sehen und sind gekommen, ihm zu huldigen; die Knöchelchen ihrer Füße, die das Heilige Land in heiligster Zeit durchwandert haben, die Überreste der Knie, die sich vor dem neugeborenen Sohn Gottes gebeugt haben, die heiligen Knöchelchen sind in der christlichen Welt umhergeirrt, bis man sie endlich aus Mailand an diesen Ort gebracht hat, damit sie hier im Goldenen Schrein ihre Ruhe finden, im sicheren Schutz des Gotteshauses, so als hätten sie selbst befohlen: Gehe hin und errichte uns einen Tempel, errichte ihn auf Fels, nicht auf Sand ... Damit sie von hier, vom Goldenen Schrein aus ausstrahlen, diese Knochen – das Licht der Christenheit, das Licht des Kontinents, das in finsterster Nacht in jeden Winkel leuchtet, auch nach Sankt Rochus im Krainischen. Vorerst strahlen sie noch, jetzt wo

Katharina und Simon in die Stadt kommen, noch glänzt der Goldene Schrein, auch wenn sein Haus eine Baustelle ist, aber die wird es nicht mehr lange sein, nur noch wenige Jahre, und die Geistlichen werden in dunkler Nacht mit den heiligen Reliquien nach Augsburg fliehen, hierher werden Revolutionäre aus Frankreich dringen, vorbei wird es sein mit dem Ruhm von Kelmorajn, die Kathedrale wird ein Heeresmagazin und Pferdestall werden, in ihr werden Lieder von Brüderlichkeit und Freiheit widerhallen, aber auch militärische Befehle und Flüche.

Bei Sankt Rochus im Krainischen ist es finster, im Glockenturm bebt Katharinas Engel, denn von ihr, von Katharina, der er treu ist, seit sie das Licht der Welt erblickt hat und ihr bestimmt ward, seinem Glanz nachzustreben, von ihr kommt jetzt aus der Ferne polare Kälte, um ihr Herz ist es kalt und finster wie in jenen finsteren und wüsten Gegenden im Norden und mehr auf der linken Seite, obwohl sie jetzt die Kirche in Köln umschreitet, wo sie von goldenem Licht überflutet werden müsste, so oft hat sie davon geträumt. Wie zwei Schmuggler sind sie in die Stadt gekommen, wie zwei verängstigte Schatten, die des Nachts ein gurgelnder Sack Fleisch weckt, eine gurgelnde Seele aus offenem Abgrund, nachts berühren sie einander nicht, jeder sieht in seinen Abgrund, ihnen ist kalt, und der Schlaf flieht ihre Augen: Grauen, Grube und Fallstrick sind vor dir, Erdenbewohner. Einer ist dem anderen lebendiger Zeuge einer Nacht, die beide gern vergessen würden, die sie vergessen könnten, doch ist es nicht möglich, es ist nicht möglich, das schleichende und meuchlerische Schleppen des schweren, in Fischernetze, in Sackleinen gewickelten Fleisches zu vergessen, Simon handelt, als hätte er all das lange vorbedacht, er beschwert den Leichnam mit Steinen, wälzt ihn in den Kahn und rudert weit hinaus auf den See. Als er zurückkommt, schimmert es hell von den Bergen, Katharina liegt auf dem Bett, ihr Kinn zittert vor Kälte, die wird sie nicht mehr verlassen, jetzt friert es sie so sehr, dass Simon sie nicht mehr wärmen kann, auch nicht, wenn draußen mondhelle Frühlingsnacht sein wird, übersät mit Sternen, unter denen sie eines längst vergangenen Frühlings gelegen haben ... Simon nimmt das Bettzeug hoch, wäscht den Boden auf, unter dem Bett findet er noch die Pistole mit dem Silbergriff; Strumpfbänder, Zierbänder, den breitrandigen Hut mit der Pfauenfeder, alles, was nach dem Körper zurückgeblieben ist, der auf dem Grund des Starnberger Sees nahe Tutzing liegt, alles, was nach dem Pfau zurückgeblieben ist, der sich einst auf Dobrava aufgeplustert hat, kommt in die Grube hinter dem Haus, wohin sie im Sommer die Fischköpfe geworfen haben, jeglichen stinkenden Unrat, die wird niemand ausheben. Am Morgen erklärt er dem Fischmeister in kurzen Sätzen, dass der Hauptmann in der Nacht zu seiner Artillerieeinheit abgereist sei, Gott sei Dank, sagt der Fischwart, Gott mit euch, fügt er hinzu, als die beiden weggehen, ja, Gott mit uns, denkt Simon, Gott, hilf uns, Katharina sagt nichts, ihr Kinn zittert, obwohl Sommer ist, die schmerzende Kälte greift nach ihrem Herzen, ihr ist so kalt, als hätte sich auch für sie, so wie für Simon, die Tür zur Ewigkeit für immer geschlossen.

Und als sie in Köln eintreffen, ist es auch schon hier kalt, es ist Spätherbst, die Straßen sind oft nass vom Regen, die Städter leben ihr beschauliches Leben, allerdings von Tag zu Tag mehr im Ungewissen, was der neue Kriegswinter bringen wird, das hier ist eine Stadt namens Köln, Kelmorajn gibt es nirgends, das ist nur eine große, verlassene Baustelle, selbst Pretiosa und Speciosa, die in besseren Zeiten den Ruhm der großen Reliquien verkündet haben, selbst die Glocken schweigen aus Vorsicht, damit man sie nicht zu Kanonenkugeln umschmilzt. Im Vorstadtgasthof Zur Traube, wo sie absteigen, verbringen sie kalte Nächte ohne Berührung und ohne Liebe, mit kalten Herzen und Händen, der Schlaf ist ein seltener Gast in diesem Zimmer, einer ist dem anderen ein stummer Zeuge jener Nacht am See, als hin und wieder der Mond hinter den Wolken hervorgeschienen hat. Im Gastraum stellt ihnen niemand Fragen, wichtig ist, dass sie bezahlen, in Kriegszeiten ist jeder Golddinar willkommen, obwohl man sie fragen müsste, der Wirt müsste sich erkundigen, ob sie ungarische Pilger sind. Hier werden Pilger nämlich nicht mehr gern aufgenommen, schon geraume Zeit werden sie von niemandem mehr am Stadttor mit offenen Armen und Ehrungen empfangen, nicht etwa, weil die Kirche geschlossen ist, sondern weil die Herrschenden übereingekommen sind, dem Wallfahren langsam ein Ende zu setzen, an der Gasthoftür klebt ein Zettel, von Wind und Regen sind die Buchstaben verblasst, aber noch immer lesbar: Wir ... durch Gottes Gnade Erzbischof in Köln und durch kaiserliches Mandat Kurfürst in der Hauptstadt Bonn, verbieten mit besonderer Verfügung den so genannten Ungarn das Betreten unserer Stadt Köln und unserer erzbischöflichen Lande ... Erlassen wurden Befehle zur genauesten Durchführung der Verfügung, jeder ungarische Pilger, der trotz des Verbotes die Landesgrenze überschreiten sollte, sei sofort anzuhalten, zu verhören und zurückzubefördern; die Verfügung werde von den Kanzeln verkündet und an öffentlichen Plätzen ausgehängt. An den Buchstaben dieser Verlautbarung gehen sie jeden Tag vorüber, Simon jeden Tag mit der dumpfen Gewissheit, dass ihm genau an diesem Tag der Wachtmeister die Hand auf die Schulter legen wird, Katharina jeden Tag in der Hoffnung, dass sich die Tore des Heiligtums öffnen werden und dass sie dort in der durch farbige Fenster erhellten Dunkelheit das geheimnisvolle Leuchten des Goldenen Schreins erblicken wird; jeden Tag geht sie über diese Baustelle und fragt den Wächter in der Baracke, wann die Tore geöffnet werden, ob zu Weihnachten? Der Wächter über die zerleierten Wagen und windschiefen Maurergerüste, die Stein- und Sandhaufen, das im Wind flatternde Sackleinen, die ächzenden Balken und baumelnden Flaschenzüge, der Wächter weiß, dass Katharina eine Pilgerin ist, etwas anderes kann sie nicht sein, aber er wird sie nicht melden, die Verfügung ist für die Massen von Krakeelern bestimmt, nicht für eine arme Frau, sagt er, die Glaube und Hoffnung zu dem weiten Weg bewogen haben, aber helfen kann er ihr nicht, er weiß selbst nicht, sagt er, wo der Schrein aufbewahrt wird, vielleicht tief im Keller? Die Frau sieht müde aus, durchgefroren und unausgeschlafen, und doch ist sie eine Frau, noch immer jung, er winkt ihr, sie solle in die Baracke kommen, sie könne sich wärmen, seine Augen glänzen, vielleicht fänden sie gemeinsam eine Lösung, er kenne jemanden, der betrete die Kirche jeden Tag ... Wolle er sagen, Katharina könne sich den Blick auf den Goldenen Schrein mit ihrem Körper erkaufen? Ja, das wolle er sagen, hat nicht auch Maria von Ägypten ihre Fahrt ins Heilige Land damit bezahlt, dass sie die Seeleute herangelassen hat. Der Mann zeigt es mit den Händen und wackelt mit den Hüften, so ... Weil Katharina nicht antwortet, glaubt er, der Vertrag wäre geschlossen, und streckt die Hand aus, um sie an der Schulter zu fassen, aber im selben Moment, als er sie berührt, zischt es aus ihrem Mund und ihren Nasenlöchern heraus wie aus dem Schlund einer Schlange, eines Drachens, die Hand zuckt zurück, und der Wächter springt weg vor dem Vipernbiss, über ihn ergießt sich ein Schwall derber, von Windisch geerbter Soldatenflüche, er versucht diesem Furiengespenst rückwärts zu entkommen und fällt dabei über einen mit Hundekot übersäten Sandhaufen. Keiner wird mich mehr anrühren, sagt Katharina zu sich selbst, als sie in das kalte Zimmer zurückgekehrt ist, auch er nicht, der dort auf mich wartet, dunkel und in sich selbst hineinstarrend, in den offenen Abgrund in seinem Inneren; ich werde auch nicht beichten, bevor ich den Schrein nicht gesehen habe. Jetzt hat sie schon Zweifel, ob es ihn überhaupt gibt. Sie geht durch die Straßen und redet laut in ihrer Sprache, sodass sich die Menschen verwundert nach ihr umdrehen, laut und wütend zischt sie vor sich hin: Wo ist jetzt der Goldene Schrein mit den Reliquien der Heiligen Drei Könige? Wo ist die kleine Basilika, die ihr Licht über den christlichen Kontinent sendet, wo ist ihre Schönheit, damit sich die dunkle und kalte Seele der Wanderin aus dem fernen Ort daran sattsehen, sich wärmen und hell werden kann, wo sind die goldenen Propheten an ihren goldenen Wänden, der Weltenrichter mit dem Buch des Lebens, wo ist der *Liber vitae*, in dem alles aufgezeichnet ist? Wo ist König Salomon, Rex Salomo mit dem Frauengesicht, damit Katharina Poljanec in seiner, in ihrer Weisheit und Milde Trost finde, wo ist der von trauernden Engeln umgebene Gekreuzigte? Und wo sind die anderen wundertätigen Heiltümer, derentwegen sich die Wallfahrer jedes siebente Jahr aus den slowenischen Landen auf den Weg machen? Wo sind Stab und Kette des hl. Petrus? Wo die Gebeine des hl. Laurentius, des hl. Sebastian, wo ist die Haut des hl. Bartholomäus? Wo ist der Dorn aus der Krone Christi und wo der Nagel, mit dem sie ihn ans Kreuz schlugen? Wo sind die heiligen Monstranzen, die heiligen Kelche und Messgewänder, wo die diamantengeschmückten Krummstäbe der alten heiligen Bischöfe? Vielleicht gibt es das alles gar nicht. Sie wird nicht zur Beichte gehen, sie wird nicht sagen, was sich am Seeufer zugetragen hat, sie wird nicht bereuen, wenn es den Goldenen Schrein nicht gibt.

Jeden Tag geht sie in die Kirche Mariä Himmelfahrt, die ist offen, sie setzt sich in eine Bank und sieht in die leeren Gesichter der Apostel, die nichts zu sagen vermögen, es gibt keine Worte für ihre Seele, die verschlossen ist, kalt und leer. Sie sieht auch Ihr Antlitz, *ave, gratia plena, Dominus tecum*, mit mir ist er nicht, mit mir ist niemand mehr, dort im Zimmer wartet der Blutbräutigam auf sie, das hat sie auch zu ihm gesagt, eines Nachts, als sie dalagen und an die Decke starrten: Du bist mein Blutbräutigam.

Auch mit Simon ist niemand mehr, jeden Tag ist er länger von daheim weg, wenn man daheim sagen kann zu dem kalten Zimmer über dem Speiseraum des Gasthofs, einem Zimmer, wo tagsüber die Leere des ungemachten und ungewärmten Bettes gähnt und abends Katharinas Kälte und Schweigen herrschen. Er macht keine Anstrengung, diesen Raum mit einem Wort oder einer Berührung zu erwärmen, er kann ihr nicht helfen, der Blutbräutigam, wie denn auch, wenn er sich selber nicht helfen kann. Jeden Tag geht er durch die Marzellenstraße und sieht auf die Tür, die sich vor und hinter den Professen, Scholastikern, Koadjutoren und Novizen öffnet und schließt, er erkennt den Präfekten am Gang und an der Art, wie er mit einem linkischen Jungbauern redet, so einem, wie er selbst einst einer gewesen ist, der Sohn eines Auersperg'schen Hörigen. In der Marzellenstraße befindet sich der mächtige Gebäudekomplex des Jesuitenkonvikts mit seiner ganzen Strenge, mit den langen gebohnerten Fluren, die Simon hinter der reglosen Fassade erahnt, mit dem Auditorium und Refektorium, mit den Schlafsälen und dem viereckigen Hof, der sich auch irgendwo hinter diesen Mauern befinden muss, einem Hof, in dem in den Pausen Gelehrsamkeit und Scherzworte junger Leute und ernste Gespräche der Professen einander abwechseln. Mit seiner ganzen Strenge, vor der sich die anderen Menschen fürchten, weil sie seine einfachen Geheimnisse nicht kennen, erscheint Simon Lovrenc das Gebäude jeden Tag mehr als ein Zufluchtsort, als sicherer Unterschlupf, in ihm gibt es Brüderlichkeit, Freundschaft, Vaterschaft und Sohnschaft, alles, was er verworfen und zu vergessen versucht hat, dort drinnen sind Gemeinschaft und Einheit aller Glieder der Gesellschaft, mystisches Einssein, Liebe, die fähig ist, zu empfangen und zu geben, Reue anzunehmen und Sünden zu vergeben, eine unglückliche und irrende Seele mit dem Mantel allumfassenden Einsseins zu umhüllen, wozu die Liebe zwischen Mann und Frau niemals imstande wäre.

Am Abend saßen sie in der „Traube" schweigend im Gastzimmer am Tisch, zusammen mit mehreren Kaufleuten, einem Pferdehändler, einem Tuchmacher aus Bonn mit Frau und Tochter, es war üblich, dass die Gäste am großen Gemeinschaftstisch zusammen aßen. Sie aß ein Stück Fleisch, als sie eine seltsame Übelkeit verspürte und ihr Mageninhalt in Wallung geriet. Mit dem Löffel langte sie nach dem gekochten Gemüse in der Tischmitte, als die Übelkeit aus dem Magen hinaufzuwandern begann, durch die Brusthöhle und zur Kehle. Zuerst fühlte sie im Mund einen bittern Strahl aus dem Inneren, dann das Anbranden von Nahrung und Flüssigkeit, die dort hinaus wollten, wo sie hineingekommen waren. Sie presste die Zähne zusammen, ihre weit geöffneten Augen zeigten den Kampf, der sich in ihrem Inneren abspielte. Sie presste die Zähne zusammen, damit die flüssige Masse nicht hinausschwappte. Mit großer Mühe schluckte sie alles wieder hinunter. Sie wollte aufstehen, doch blieb sie lieber sitzen, sie hatte Angst, dass sich das gefährliche Hochkommen aus dem Magen auf dem Weg vom Tisch wiederholen könnte. Alle langten fröhlich nach den dampfenden Fleischstücken, den Krautköpfen und den Kohlrabistücken, jemand ermunterte auch sie zum Zugreifen. Die Übelkeit schien vorüber zu sein, und so fuhr sie noch einmal mit der Gabel zur Platte, schnitt sich ein Stück Fleisch ab, aber in dem Moment, als sie es zum Mund führte, spürte sie, wie sich das Ganze wiederholte und dass sie aufstehen und hinauslaufen müsste, doch der bittere Schwall war schon im Mund, und noch bevor sie die Zähne erneut zusammenpressen konnte, war er auch schon draußen. Er schwappte über ihre Hand, in den Teller und über den Tisch, zuerst etwas Gelbes, dann Stücke vom Fleisch und vom Gemüse, das sie bereits zu sich genommen hatte, etwas Schwarzes, Wein, der im Magen lag, alles zusammen schwappte in einem Schwall über sie und über den Tisch und über das Kleid der Tuchmachersgattin, die neben ihr saß, und es überkam sie das reine Entsetzen vor sich und vor dem, was gerade geschehen war und was sie nie im Leben würde wiedergutmachen können. Die Tischrunde war verstummt, zuerst blickte man konsterniert, dann stand jemand auf, sie sah nicht, wer, ein Mann, und warf zornig sein Messer auf den Tisch, zwischen die Platten und mitten in das Erbrochene, schob den Stuhl zurück und ging hinaus. Auch sie stand auf, jetzt gelang es ihr doch, sie stand auf und lief, die Hände vor dem Mund, hinaus, an die Luft, im Hof erbrach sie noch einmal. Simon kam ihr nach, nein, sie winkte ab, sie wollte allein sein, er fasste sie an die Schulter, nach langer Zeit berührte er ihren Körper, sie fuhr zusammen und wich zurück, sie zischte, als wäre Simon jener Wächter, der sie in die Baracke hatte locken wollen, fort, Otterngezücht. Sie ging nach oben und warf sich aufs Bett, stand auf und ging im Zimmer auf und ab, sie ahnte, sie wusste, was das bedeutete, schon geraume Zeit ahnte sie es, mit beiden Händen fasste sie nach ihrem Bauch, betastete ihre Brüste, der Eispanzer um das Herz begann zu schmelzen.

Sie wartete lange, dass Simon kommen würde, ich muss dir etwas sagen, wann hatte sie zuletzt auf ihn gewartet? Als es schon spät war und die Schritte der Vorübergehenden auf der Vorstadtgasse immer seltener wurden, stieg sie die Treppe hinunter in den Gastraum, dort war niemand, im Halbdunkel war der Wirt dabei, die Stühle aufzustapeln, Katharina kehrte ins leere Zimmer zurück, jetzt sollte das Zimmer nicht leer sein, Simon sollte hier sein, ich muss dir etwas sagen, aber Simon ist nicht hier, denn das Zimmer ist immer kalt und leer, auch wenn Katharina darin ist, Simon geht unter den erleuchteten Fenstern des Jesuitenkonvents in der Marzellenstraße auf und ab. Katharina nimmt ein dickes Wollplaid, legt es sich um und läuft die Treppe hinunter, öffnet die Tür zur Straße, Simon in der Marzellenstraße klopft an die Tür, er wartet lange, Katharina läuft die Gasse hinunter, die Tür des Konvikts öffnet sich, Simon spricht mit dem Mann im Talar und tritt ins Innere, Katharina irrt durch die Gassen, drückt auf die Türklinke von Mariä Himmelfahrt, die Tür ist versperrt, der Stadtwächter ruft etwas hinter dem Schatten her, der sich von der Kirchentür wegbewegt, Katharina geht in Richtung Kathedrale, wo in der Dunkelheit der Goldene Schrein leuchtet, geht durch die Marzellenstraße an der Tür vorüber, durch die Simon eingetreten ist, stolpert über die Baustelle, in der Wächterbaracke glost ein kleines Feuer, vor ihren Augen schwankt der südliche Glockenturm, das ist keine Einbildung, der Südturm ist geneigt, schief hängt er über der Stadt, zum Stillstand gekommen mitten im Bau. Katharina tastet über die Wand, dort ist eine kleine Tür, die Tür gibt nach, die Tür öffnet sich auf wundersame Weise, Katharina bleibt für einen Moment stehen: Soll sie sich den Segen der Drei Weisen erschleichen? Wenn Maria von Ägypten ihren Körper hergeben konnte, um ins Heilige Land zu gelangen, dann kann auch sie sich mitten in der Nacht eine Berührung des Heiltums nehmen, auf die sie so lange gewartet hat, sie will den Segen haben, sie wird ihn haben. Katharina huscht durch die Tür, plötzlich steht sie in der Mitte des großen Kirchenschiffs, allein, ganz allein geht sie durch das Halbdunkel, oben, hoch oben durch die bunten roten und blauen und gelben Fenster der Dreikönigskapelle scheint der Mond, der treue Zeuge ihres Suchens, ihr Herz pocht unter den riesigen Gewölben, unter der Decke erschreckt oder erfreut es vielleicht dort nistende Nachtvögel, die jetzt durch die Dunkelheit flattern, vorbei an dem großen, von einem Maurergerüst verstellten Altar, sie sieht sich um, betastet die Pfeiler, sie braucht sich nicht umzusehen, was sie sucht, ist ganz in ihrer Nähe, sie muss sich über den Sockel recken, auf dem der Schrein steht, sie zieht die staubige Plane weg, dunkel glänzt das Gold, die Finger betasten das kühle Metall, Katharina bleibt das Herz stehen, so ist ihr das Herz damals stehen geblieben, als sie zwischen den Wallfahrerfeuern Simons Augen erblickt hat, auch damals, als er am See erschienen ist, sie ist da, sie ist am Ziel, beim Goldenen Schrein. So wie einst die nächtlichen Räuber, die von ihm die Edelsteine abgeklaubt haben, nimmt sie seine heilige Macht, lässt den Segen des Goldes und der Reliquien der heiligen Knöchelchen aus den Knien der Drei Weisen aus dem Schrein auf sich überströmen, von jenen Knien, die an der Gotteskrippe in Judäa gekniet haben, nicht nur auf sich und für sich, auch auf das neue Leben, das sie in sich trägt, der Eispanzer ums Herz ist am Schmelzen, große Eisschollen bersten unter Donnern und Krachen, dass es unter den Gewölben des riesigen Raumes widerhallt, dass der schon vorher geneigte südliche Glockenturm gefährlich ins Schwanken kommt. Katharina hört den gewaltigen Lärm nicht, sie hört von der Tür, durch die sie ins Innere gehuscht ist, ein Knarren, das ist der Wächter auf seinem nächtlichen Rundgang, sie lässt den Schrein zurück und läuft zum Ausgang, eine Heiltums- und Segensräuberin, dort rennt sie fast den hl. Christophorus um, die vier Meter hohe Statue des vertrauten und gütigen Heiligen sieht auf sie herunter, auf der Schulter trägt er das Jesulein, das sein Haar berührt, unten beugt sich ein Mönch, der am Flussufer mit der Lampe Gott sucht, am Ufer eines Wassers, an dem sie ihn fast verloren hätte.

Es ist durchaus möglich, dass sich Katharina Poljanec, die nächtliche Heiltums- und Segensräuberin, in der Dunkelheit dem falschen Schrein genähert hat. Wer noch nie in der Kölner Kathedrale war, kann den Schrein der Drei Weisen auch bei Licht sehr leicht mit dem Engelbertschrein verwechseln, es stimmt zwar, dass sie von unterschiedlicher Größe sind, aber jemand, der zuvor weder den einen noch den anderen gesehen hat, kann das nicht wissen, auch der Engelbertschrein ist golden und edelsteingeschmückt, auch er ist von Gestalten heiliger Menschen umgeben, aber in ihm befinden sich nur die Überreste eines Bischofs dieses Namens, und die in Gold getriebenen Figuren auf dem Sarg sind Darstellungen zehn anderer Kölner Bischöfe; wir könnten sagen, dass vom Engelbertschrein weit weniger Gnadenkraft ausgeht als von dem, aus dem die Gnade über den ganzen Kontinent und das Licht in jeden

Winkel Europas strahlt. Es war dunkel, ihr Herz schlug heftig, und es war nicht möglich, zu erkennen, welchen der beiden Schreine sie berührt hat, auch war der Lärm, der im selben Moment entstand, gewaltig, er hätte jeden durcheinandergebracht. Kenner dieser Dinge sagen, dass es wichtig ist, was der Mensch in einem solchen Augenblick im Herzen fühlt, ob es sich mit Licht und Wärme füllt. In jenem Halbdunkel war zu sehen, mehr noch zu hören, dass gerade das geschah, ganz gleich, ob es nun Engelberts Schrein oder jener der Drei Weisen war, ob der Segen nun an sich genommen, sozusagen mitten in der Nacht geraubt wurde; ein warmes Glücksgefühl durchströmte ihr Herz, und Katharina, der selbst der hl. Christophorus an der Tür der Kathedrale half, wieder auf die Straße zu finden, ohne dass sie selbst gewusst hätte, wie, hatte von nun an ein erleuchtetes, vor Gnade glühendes Gesicht, jetzt vermochte sie den Weg nach Hause, nach Dobrava, zu finden, dort hockte ihr Engel, und dort ächzte selbst das Holz unter Jožef Poljanec vor Trauer um die verlorene Tochter.

Den ganzen Tag wartete sie auf ihn. Wäre sie infolge der beiden Ereignisse nicht völlig außer sich gewesen, wäre ihr vielleicht eingefallen, dass sich in der Marzellenstraße das Jesuitenkonvikt befand, denn sie war nicht zum ersten Mal durch diese Gasse gegangen, und sie hätte vielleicht, als sie aus der Kirche zurückkam, zu dem erleuchteten Fenster in der Mitte der Hausfront hinaufgesehen. Dort erzählte Simon Lovrenc dem Pater Superior die ganze Nacht von seinem Leben, alles erzählte er, er legte die Beichte ab, er bat, ins Haus aufgenommen zu werden, er sei ein verlorenes Schaf, man solle ihn annehmen, wie es der Herr aufgetragen hat: *Wenn ein Mann hundert Schafe hätte und eines von ihnen sich verirrte, lässt er da nicht die neunundneunzig auf den Bergen und geht hin und sucht das verirrte? Und wenn er es findet, wahrlich, ich sage euch, freut er sich seiner mehr als über die neunundneunzig, die nicht verirrt sind.* Er, Simon Lovrenc, sei dieses Schaf, das sich im Gebirge verirrt hat, es sei nicht der Wille des Vaters im Himmel, dass eines dieser Kleinen verloren geht. Am nächsten Tag lag er vor dem Altar auf dem Gesicht und wartete auf die Entscheidung der Pater, die pausenlos berieten, was mit der fast verlorenen Seele ihres ehemaligen Bruders geschehen solle. Und *wenn dein Bruder fehl geht, gehe hin und warne ihn unter vier Augen. Wenn er auf dich hört, hast du einen Bruder gewonnen. Wenn er aber nicht auf dich hört, nimm noch einen oder zwei mit dir, damit die ganze Angelegenheit anhand der Aussage zweier* oder dreier Zeugen beurteilt werden kann. Wäre es nur um die Worte Jesu gegangen, hätte man ihm nach seinem aufrichtigen und langen Bereuen wohl vergeben können; weil es aber um die strengen Regeln der Gesellschaft und um die Gefährdung ihres Ansehens ging, berieten sie sich auch mit dem Provinzial, die Sache war ganz und gar nicht leicht: Das Mindeste, was unverzüglich geboten schien, war, dass man ihn von dem verderblichen Einfluss dieser Frau fernhielt, die Versuchung hatte ihn von einer Hauptsünde zu einer Todsünde geführt, der böse Geist war sein Begleiter, seit wer weiß wann, mit Sicherheit war er es schon in den paraguayischen Reduktionen und in Lissabon gewesen, das Äußerste, was sie für ihn tun konnten, war, dass sie ihn aufnahmen ins Erste Probehaus, es würde sich zeigen ...

Als erst am dritten Tag ihres immer hoffnungsloseren Wartens zwei Männer in den Gasthof Zur Traube kamen, der eine trug eine schwarze Soutane, der andere ein Lederwams, das unter seinem schweren Mantel hervorsah, und sie um eine Unterredung baten, war Simon schon auf dem Weg aus Köln hinaus, in Begleitung eines Bruders aus dem Konvikt ritt er durch das Rheintal. Höflich bat man sie um ein Gespräch, eine bange Ahnung drückte ihr oben auf den Magen, jetzt brauchte sie Simon, sie wollte ihm etwas sagen. Der eine, der den schwarzen Mantel trug, ein Jesuit aus der Marzellenstraße, fragte sie direkt, dass es direkter nicht möglich war, ob sie mit dem Pater, mit dem entlassenen Pater Simon Lovrenc, im Konkubinat gelebt habe. Ihr Schweigen war eine deutliche Antwort. Der andere, der das Lederwams trug, ein Vertreter der städtischen Behörden, fragte, ob sie wisse, dass den ungarischen Pilgern das Betreten der Stadt und der erzbischöflichen Lande verboten sei. In beiden Fällen, sagte er, habe sie schlimme Übertretungen der kirchlichen und weltlichen Gesetze begangen, man könne sie bestrafen. Doch das würden sie nicht tun, sagten beide fast mit einer Stimme, wenn sie ihrem verderblichen Einfluss auf den Novizen Simon absagen würde. Novize? Ja, Novize, er habe gebeten, wieder in die Gesellschaft Jesu aufgenommen zu werden, wer einmal entlassen wurde und zurückkehren wolle, sei ein Novize. Das steht er nicht durch, dachte sie, sie fragte, ob sie ihre Leute denn noch immer in die Missionen entsandten, nach Paraguay? Das ist Sache der Gesellschaft, sagte der Jesuit, ausschließlich ihre Sache, setzte der Beamte hinzu. Ich würde gern mit ihm sprechen, ich will ihm etwas sagen. Das ist nicht möglich, sagte der Jesuit, der

Novize Simon hat die Stadt schon verlassen. Wieder durchströmte sie jene Kälte, die in jener Nacht, als sie den Schrein berührt hatte, von ihr gewichen war; in die Missionen, dachte sie, zu den Indianern, dorthin, wo die rote Erde ist, unter die großen Wasserfälle. Ein Kind wird geboren werden, sagte sie. Die Besucher sahen einander an. Sie traten auf den Flur hinaus und berieten sich flüsternd. Als sie zurückkehrten, sagte der Beamte zornig, dass man mit ihr nichts mehr zu tun haben wolle, man werde sie bis Salzburg bringen, ob sie etwas zu den Reisekosten beitragen könne. Von dort werde sie mithilfe irgendwelcher Kaufleute oder guter Menschen ja wohl weiterkommen.

Simon und der Kölner Pater, er war Koadjutor auf Zeit, waren schon im Rheintal, noch nicht weit von Köln, als sie oben auf einem mit Rebstöcken bepflanzten Hang einen Baum mit einer seltsamen großen Frucht erblickten, die schief und krumm vom Ast hing. Darunter trieben sich menschliche Gestalten herum, hastig umrundeten sie den Baum. Je näher die zwei kamen, desto deutlicher wurde die Szene: An dem Baum hing jemand, Bettler umkreisten ihn wie Hyänen, kehrten ihm die längst ausgeleerten Taschen um, dazu zog ihm jemand die Hose herunter, ein anderer wollte sie an sich reißen, noch bevor es dem Ersten gelungen war, sie dem Gehenkten auszuziehen. Es war eine große Hose, um die sie sich rauften, denn am Baum hing ein großer Leichnam, die Beine merkwürdig nach oben gekrümmt, ein Wächter kam angelaufen und trieb die Meute auseinander. Simon und der Koadjutor kamen so nahe heran, dass sie die verrenkten Beine des Gehenkten, das geschwollene Gesicht und den blauen Hals sehen konnten. Der Wächter sagte, er warte auf den Richter aus Bonn, hier habe man jemanden aufgehängt, er wisse nicht, wen, und er wisse nicht, wer das getan habe. Obwohl, sagte er, man sich denke könne, wessen Werk das sei, er schüttelte den Kopf: Man sieht, dass er gestrampelt hat, deshalb hat er verrenkte Beine, hier waren richtige Scharlatane am Werk, die Franzosen haben ihn aufgehängt, die Franzosen sind schlampig, die österreichischen Soldaten, oder gar die Preußen, ja, die machen die Sache besser, die binden einem die Beine zusammen und brechen ihm den Nacken, dann hängt der Mensch gerade, nicht so wie der hier. Die Bettler waren auseinandergestoben und beobachteten jetzt von Weitem, was die Herren tun würden, noch immer rauften sich die zwei auf dem Weg zwischen den Weinbergen um die Hose des großen Mannes, der reglos vom Baum hing, die blau angelaufene Zunge hing ihm aus dem Mund, sein mächtiger grauer Bart war verschmiert, als hätte man ihn durch den Dreck gezogen. Plötzlich durchfuhr es Simon: Das ist Tobias, der Altvater aus Pettau, der große Erzähler. Ohne Worte hing er dort, eine Geschichte hatte er nicht zu Ende erzählen können, betrunkene Soldaten hatten einen Strick über den Ast geworfen und ihn hochgezogen. Am Halsband des Gehenkten hatte jemand ein Stück Papier befestigt, darauf war in ungelenken Buchstaben geschrieben: LÜGNER. Es waren also doch keine Franzosen gewesen.

[49]

Der Kirchturm schwankt von den Schlägen der großen Glocke, die in ihm hämmert, rings um den Turm und über den Dächern der Stadt fliegen verschreckte Vögel, auf den Straßen und Plätzen wartet eine dunkle Menge auf den Beginn der Prozession. Es ist Abend, die letzten Stunden des Karfreitags, in den Fenstern zittern Kerzenflammen, die singende und schlagende Glocke ist das schlagende Herz der schweigenden Menge. Auch die hohen Berge rings um die Stadt schweigen, dort irgendwo spricht Jesus zu seinen Jüngern, dass er nach Jerusalem gehen und vieles von den Ältesten, den Hohepriestern und Schriftgelehrten erleiden wird müssen, hier, in der Stadt, muss er ermordet werden, und am dritten Tag wird er wieder lebendig werden, wird er wiedererweckt werden. Die Mauern von Bischofslack sind an diesem Abend die Mauern Jerusalems, hier wird sich der Kreuzweg abspielen, den die Kapuzinerbrüder veranstalten, die Glocke schlägt, ihre Schläge sind der über Jerusalem gereckte Arm des Engels, der Herr wird es vernichten, Weh über dich, Jerusalem, weil du dich nicht von deinen Sünden reinigen willst, wirst du ein Steinhaufen sein, unbewohnt wie die Wüste ... Siehst du die großen Bauwerke?, fragt Jesus, da wird mit Sicherheit kein Stein auf dem anderen bleiben und nicht einstürzen. Jetzt sagt der Herr zu dem Engel: Es ist genug, hebe deine Hand ... Und die Glocke verstummt.

Katharina weiß, was folgt, sie hat diese Szenen oft gesehen. Als sie ein Mädchen war, hat sie dabei vor Angst gezittert, jetzt zittert sie nicht, nur ein dicker Kloß hat sich in ihrer Kehle breitgemacht, hier ist sie zu Hause, sie kennt diese Stille, die vor Beginn der Prozession herrscht, sie kennt die Gassen, sie ahnt die dunklen Waldhänge über der Stadt, ihre Ränder, hinter denen der Tag schwindet, sie kennt sie, unweit von hier liegt Dobrava, morgen früh wird sie aus ihrem Fenster auf die Felder sehen, sie blickt sich um, ob sie ein bekanntes Gesicht sieht, sie sieht eines, Maria aus Krain, sie waren zusammen bei den Ursulinen in Laibach, ihr Gesicht ist älter geworden, sie klammert sich an den Ellbogen eines Mannes, den kennt Katharina nicht, sie winkt ihr, doch sie sieht sie nicht, es ist schon dunkel, aber auch wenn sie sie sehen würde, würde sie sie nicht erkennen, sie, Katharina, ist lange weg gewesen, niemand weiß, was mit ihr geschehen ist, wohin die verlorene Tochter des Poljanec verschwunden ist; sie schluckt den Kloß hinunter, hebt sich auf die Zehen, um besser zu sehen, obwohl sie weiß, was folgt:

Der Mesner geht durch die Stille des Platzes, aus der Kirche erklingt die Totenglocke, das ist das Zeichen für den Beginn der Passion. Die Stille wird von den Pfeifern und Trommlern unterbrochen, Ministranten tragen das Kreuz und das Banner, hinter ihnen reitet auf weißem Pferd der Tod.

Katharina, des Poljanec Tochter, steht unter den Straßenarkaden ihrer Heimatstadt und sieht die wohlvertraute Szene, sie hat keine Angst vor dieser weiß gekleideten Erscheinung, wer das Leben in sich trägt, fürchtet ihre Sense nicht, Katharina hat das Leben mit sich, von weither hat sie es mitgebracht, noch immer trägt sie es in sich, im runden Bauch, vor dem sie die Hände hält, um es vor der Menge zu schützen, dort schläft das Leben, manchmal strampelt es ein wenig.

Hinter dem Tod tragen Männer und Burschen eine Bühne mit einem lebenden Bild, darauf sind Adam und Eva, in Schafsfelle gehüllt, die von Tieren auf den Bergweiden oberhalb der Stadt stammen, Katharina zuckt zusammen, das Gesicht der Frau mit dem weizenblonden Haar kennt sie von irgendwoher, heilige Muttergottes, sagt sie, das ist doch Amalia! Sie ist zurückgekehrt, Katharina winkt mit den Armen und ruft aus dem Gedränge, damit Amalia sie sieht, Amalia ist Eva, den Adam kennt sie nicht, ihr scheint, dass Amalia sie von der Bühne herunter angesehen hat, doch ihr Gesicht bleibt regungslos, es bleibt das Gesicht Evas, wie viel hätte ich dir zu erzählen, Amalia, was alles passiert ist, Amalia! Katharina würde sich gern ausweinen, wenn sie jemanden hätte, bei dem sie es tun könnte, wenn Amalia hier wäre, an ihrer Seite, und nicht dort oben auf der Bühne, die Menschen verstummen, der Teufel tanzt um Adam und Eva herum, der Engel mit dem Schwert hebt an:

Aus dem Paradies, dem fröhlichen, schönen Ort,
Müsst ihr, Adam und Eva, Gott Ungetreue, fort.

Einer der Burschen, ein Tölpel, stolpert, die Bühne auf den Tragestangen fängt gefährlich an zu schwanken, Eva klammert sich an den tanzenden Teufel, um nicht zu fallen, die Köpfe der Menge durchzieht ein fröhliches Schmunzeln, die Fanfaren künden eine neue Szene an, aus den dunklen Arkaden löst sich der Totentanz – Papst, Kardinal, Chorherr, Prälat, Kaplan, Kaiser, König, Edelmann, General, Graf, Beamter, Bürgermeister, Bürger, Bauer, Bettler, alle vor dem Angesicht des Todes, in Ornat und Uniform und Lumpen versammelt; hinter ihnen ertönt ein heftiges Stöhnen, die Teufel treiben eine in Ketten gelegte Seele, die arme Frau wird über den Boden geschleift:

Verdammt sei diese Liebe,
Die mich so tief berührt,
Dass sie in solche Schmerzen
Und Martern mich geführt.

Kreuzträger, sich geißelnde Büßer in Kutten, Pharisäer mit roten Mützen, Pilatus auf dem Pferd, Pagen, eine Prozession von Engeln, die die Insignien des Leidens des Herrn tragen: den Kelch, den Beutel Silberlinge, Strick, Schwert, Geißel, Pfeiler, Gewand, Nägel und Zange, Schwamm, Leiter, Krone und einen lebenden Hahn, der demjenigen krähen wird, der Ihn verleugnet hat, Ihn, den sie geißeln und dem sie Leid zufügen und den ein Engel aus dem Himmel tröstet, Träger in roten Kutten, in Kutten des blutigen Leidens, und die unbarmherzigen Juden, einheimische Burschen, die ihr Geschäft verstehen, der erste Jude stellt sich breitbeinig hin und schwenkt den Ochsenziemer über Seinem gekrönten Haupt, über dessen Stirn ein Rinnsal Blut fließt:

He, Brüder, seht den harten Ziemer
Sich um seinen Rücken winden.
Ich will ihn wie Vieh zerfleischen,
Dass wir seine Stimme hören.

In die Stille schnalzen mehrere Schläge über Jesu Rücken, der an den Pfeiler gebundene Mensch stöhnt, er hat wirklich eine starke Stimme, den zweiten Juden bringt das völlig in Rage, der ist aus Gorenja vas, der hat eine Geißel in der Hand, ungeduldig drängelt er sich nach vorn und stößt den ersten Juden weg, der mehr ausgeholt als zugeschlagen hat, der seiner Meinung nach nicht genug zugeschlagen hat:

Lass jetzt mich, sieh, was ich kann.
Die ganze Haut zerfetz' ich ihm.

Und er schlägt den Gefesselten über den Rücken, dass die Haut aufplatzt und sich dort ein blutiger Fleck ausbreitet, unter der Wand des großen steinernen Kornspeichers, wo sich die Szene abspielt, sind plötzlich Beifallsrufe von Männer- und Frauenstimmen zu hören; er ist so groß, Jesus, wer würde ihn nicht gern mit der Geißel schlagen? Zieh ihm eins drüber, ruft eine Männerstimme, er ist ja nicht dein Bruder, und die Menge grölt, und der Bursche aus Gorenja vas zieht ihm tatsächlich noch eins mit aller Kraft über den blutigen Rücken, er hat zu viel Schnaps getrunken, der Arm ist stark, und der da ist schuld, jemand muss schuld sein, an irgendetwas sicher, er grinst fröhlich, als der Gegeißelte jetzt wirklich, jetzt verdammt wirklich stöhnt und am Pfeiler ins Wanken gerät, die Mauer des Kornspeichers ist die Mauer von Jerusalem, Ordner und Kapuziner laufen zur Bühne, die die Träger nun zu Boden lassen, die Gäste auf der Tribüne stehen auf, kreuzige ihn, schreit eine Frau, die neben Katharina steht, schlag ihn. Das *horribile flagellum* singt noch einmal auf dem Rücken des armen Menschen, bevor es gelingt, dem zweiten Juden die Pferdegeißel zu entwinden, der zweite Jude aus Gorenja vas ist verwundert: Was ist denn?, fragt er mit roten Augen, die nicht verstehen, was plötzlich los ist, war es zu stark? Die unruhige Menge, die nicht mehr weiß, ob sie die Sache anhalten oder ob sie mitmachen soll, wirft in ihrem Gekreische und Gedränge die Leiter um, der Kelch rollt über das Pflaster, der Herde zwischen die Füße, der Hahn, der dreimal krähen müsste, flattert verschreckt auf und fliegt unter die Arkaden, die Teufel stampfen über das Stadtpflaster, die Glocke schlägt wieder, die Jerusalemer Glockentürme schwanken, Katharina drückt sich gegen die Wand, sie hält die Tränen zurück, inmitten dieser plötzlich wild gewordenen Menge, dieses Meeres, das hin- und herbrandet, ruft sie Katharina von Alexandrien und die aus Siena an, sie ruft ihre Mutter Neža, Agnes, das Lamm Gottes, sie soll ihr Kind beschützen, sie sieht, wie die Glockentürme schwanken, sie sieht im Himmel die alten Krainer Heiligen Primus und Josef, Rochus und Thomas sitzen, sie sitzen unter Engeln auf Wolken, sie bereden sich beunruhigt und schütteln den Kopf, als sie ihre wild gewordene Herde sehen, die wieder einmal bereit ist, zuzuschlagen und zuzustechen, zu geißeln und zu kreuzigen, auf einmal spürt sie eine Hand bei sich, die sie fest packt und in eine Seitengasse zieht, Amalia, sagt Katharina, hast du den Goldenen Schrein gesehen? Ich habe ihn gesehen. Red nicht, sagt Amalia, lauf lieber. Sie laufen zum Stadttor, über die Brücke, draußen zwischen den niedrigen Hütten atmen sie auf, was für verrohte Menschen hier leben, sagt Amalia, ich bringe dich nach Dobrava.

So findet sich eines Morgens eine andere Katharina in Begleitung Amalias auf Dobrava wieder, inmitten der Blicke, die ihren runden Bauch löchern, findet sich vor ihrem Vater wieder, der unter dem HISHNI SHEGEN sitzt, und unversehens schießen ihr die Tränen in die Augen, endlich ergießt sich der zurückgehaltene Tränenbach über ihr Gesicht, doch nicht wegen des Vaters, der einen abwesenden und ein wenig verwirrten Blick hat, seit ihm der Buchenast, dieses Zeichen von oben, auf den Kopf gefallen ist, die Tränen strömen ihr in die Augen, als man ihr erzählt, dass Aaron, der alte Hund, gestorben sei, lange habe er auf sie gewartet, oft habe er vor der Tür zu ihrem Zimmer gelegen, schließlich sei er an Altersschwäche und wohl auch vor Trauer gestorben. Sie wusste, dass es auch vor Trauer war, Hunde sind traurig, sie haben solche Augen, ergeben und wehmütig, sie sind noch trauriger als die Menschen, aber was das Schlimmste ist, sie wird ihn niemals wiedersehen, auch im Himmel nicht, Hunde kommen nicht in den Himmel, dorthin, wo ihre Mutter Neža ist, dorthin kommen sie nicht, obwohl Katharina glaubt, dass sie eine Seele haben, wer je in Hundeaugen gesehen hat, wird das nicht bestreiten.

[50]

Pater Chronist des Laibacher Jesuitenkollegs vermerkte im Juni des Jahres siebzehnhunderteinundsechzig: „Aus Graz kam Simon Lovrenc zu uns, unser viel geprüfter Bruder. Vor dreizehn Jahren hat er hier sein Noviziat abgelegt und alle Proben mit viel ausgezeichnetem Lob absolviert. Er wurde in die paraguayischen Missionen geschickt, um dort mit seinem festen Glauben, seinem glänzenden Wissen und seinem entschlossenen Charakter bei der Verbreitung des Evangeliums zu helfen und in Übereinstimmung mit den Zielen und den Konstitutionen der Gesellschaft Jesu zu wirken. In der Mission Santa Ana war er Assistent des dortigen Superiors Inocenc Erberg, der ebenfalls aus unserem Haus dorthin entsandt worden war und in Paraguay zur Zeit der Indianerumsiedlungen eine schlimme Krankheit von ihnen bekam, an deren Folgen er bei seinem mutigen Werk zum Ruhme Gottes gestorben ist. Nach der Auflösung der paraguayischen Reduktionen wurde Pater Simon Lovrenc von der Gesellschaft feindlich gesinnten portugiesischen Soldaten gefangen genommen und zusammen mit anderen Brüdern nach Lissabon gebracht, wo er unerwartet um die Entlassung aus der Gesellschaft bat, ein Jahr später wurde seine Entlassung genehmigt. Nach langem Umherirren fand er sich in Köln wieder, wo er erneut um Aufnahme bat und nach Graz geschickt wurde. Gemäß der Entscheidung des Grazer Provinzials wurde er erneut ins Erste Probehaus aufgenommen, wie es in solchen Fällen die Konstitutionen vorschreiben, zu dieser Zeit wurde er mehrmals seitens der dortigen kirchlichen und weltlichen Obrigkeiten wegen gewisser Vorkommnisse bei einer Pilgerreise nach Köln verhört, an der er teilgenommen hatte, um wieder den rechten Glauben und den inneren Frieden zu finden, wobei er aber gerade auf dieser Reise seine Seele noch schwerer belastet und gegen

Gottes Gebote auf mehrere allerschlimmste Weisen verstoßen hat, eingerechnet die Haupt- und Todsünde. In Graz ertrug er das Erste Probehaus schlecht, nach drei Jahren bat er um die Versetzung nach Laibach, hier, wo er seinen Weg begonnen hatte, würde er gerne *quattuor hominum novissima* erwarten. Nach den Regeln der Gesellschaft hätte man ihn schon nach Jahr und Tag entlassen müssen, doch hat sich die Societas Jesu seiner erbarmt. So kam Bruder Simon nach dreizehn Jahren wieder zu uns als Novize. Obwohl er der Gesellschaft nicht mehr nützen kann, wurde ihm der Titel eines Koadjutors auf Zeit verliehen, auch deshalb, damit seine unruhige Seele in ihrem sicheren Umfeld, im bußfertigen Leben und im Bereuen ohne äußerliche Versuchungen und Störungen den Weg zur Vergebung finden könne. Seine Hauptaufgabe ist die Sorge für die Kapelle des hl. Franz Xaver, alles deutet darauf hin, dass er wenigstens diese Arbeit gut verrichten wird."

Der Provinzial, der ihn empfing, blickte aus traurigen Augen, seine blauen Augen waren schlau, aber inzwischen auch traurig. Noch immer steckte in ihm der große Einschmeichler und kleine Herrscher, aber die Nähe des Jenseits hatte ihn milde gemacht, er war noch immer durchtrieben und gerissen, seine Hände zitterten vom Alter, er wollte streng sein, wie es erforderlich war, aber eine greisenhafte Rührung durchströmte ihn: Bist du nicht der, der immer die Ärmel aufgekrempelt hat? Du warst ein guter Arbeiter, ein ausgezeichneter Scholastiker. Eigentlich, sagte er, müsse man ihn dem Gericht übergeben, aber die Gesellschaft wisse, wie viel Leid und Reue in seiner Seele wohnten, in keinem Kerker sei es so dunkel und schlimm.

– Du bist aus Zapotok, sagte er, jetzt erinnere ich mich.

– Ich war es, sagte Simon, ohne nachzudenken, ich war von dort, Hochwürden.

– Natürlich, sagte der Provinzial, du warst, du hast es vergessen, so ist es recht, zuerst musst du vergessen, wo Zapotok ist, dann alles andere. Das Schlimmste ist, sagte der Provinzial, dass du den Gehorsam verweigert hast, du hast das vierte Gelübde gebrochen.

Simon wusste, was das Schlimmste war, drei Jahre lang hatte er das in Graz zu hören gekriegt, jeden Tag hatte er die Augen niedergeschlagen und gesagt: Es wird sich nie wiederholen. Auch jetzt sagte er es. Er dachte wirklich so, außerhalb der Gesellschaft gab es für ihn kein Leben mehr, er würde alles tun, was zu tun nötig war, in Graz hatte er nicht die Konzentration aufgebracht, andauernd wurde er verhört, jetzt würde es anders sein, hier war sein Daheim. Der Provinzial schüttelte sein graues Haupt, hier ist weder dein noch unser Daheim, sagte er, unser Daheim ist das himmlische Königreich. Ja, sagte Simon, es ist, wie Ihr es gesagt habt. Nicht weil ich es gesagt habe, sagte der Provinzial. Nicht deshalb, wiederholte Simon rasch, nicht deshalb, Hochwürden, weil Ihr es gesagt habt, sondern deshalb, weil ... Im Kopf fühlte er eine Leere, früher hätte er auf Slowenisch, auf Deutsch und auf Lateinisch geantwortet, er hätte ein Zitat aus Augustinus hinzugefügt, jetzt sofort ... Deshalb, weil ..., sagte er, verzeiht, Pater, stotterte er, mir fehlt die Konzentration.

Wenn nicht die Arbeit in den Missionen hinter ihm gelegen hätte, wo die Pater zum Ruhme Gottes und zum Ruhme der Gesellschaft den Spuren und dem Beispiel Franz Xavers gefolgt waren und für beide viel erlitten hatten, hätte man ihn im Laibacher Haus nicht lange geduldet. Sie hätten ihm nicht die Möglichkeit gegeben, über den Büchern wieder die Konzentration zu finden, sie hätten nicht zugesehen, wie er aus seinem Zimmer in die Franz-Xaver-Kapelle ging und wieder zurückkehrte, ohne sich nützlich gemacht zu haben, wie sich alle anderen nützlich machten, in der Schule oder im Krankenhaus, unter den Armen oder beim Predigen in der Kirche des hl. Jakob. So aber gewöhnten sie sich allmählich an den immer schweigsamer werdenden Bruder. Die Konzentration über den Büchern fand er trotzdem nicht, eines Tages räumte er sein Zimmer völlig aus, er hatte beschlossen, auf dem nackten Boden zu schlafen. Jeden Tag dachte er an den Eremiten, an Hieronymus, der mit seinen Ziegen und Fellen in seiner Alpenhöhle wohnte und jeden Morgen und jeden Abend vor dem Gebet mit dem Glöckchen bimmelte, das an einem Strick aus einem kleinen Spalt hinausging. Wenn ihm schwer um die Seele war, und das war es jeden Tag, erinnerte er sich an ihn. So ein Eremit wollte er sein, den im Sommer bei der Vesper die Hirten auf den Bergweiden tief unter den Felsen hörten und den nur die Ziegen zu Gesicht bekamen, die sich an das sanfte abendliche Glöckeln gewöhnt hatten und die seltenen Büschel des scharfen Alpengrases rings um seine Zelle abrupften; der sich im Winter die Glocke mit einer Schnur an den Fuß band, an die große Zehe, die der einzige Körperteil war, der aus den zottigen Fellen herausragte, mit denen er über und über bedeckt war, damit er zum Ruhme Gottes läuten konnte. Auch ich, sagte Simon Lovrenc, auch ich bin ein Winterwald im November, ein Sickerfluss, ein Blinder, der den Weg zu allem sucht, auch ich weiß, dass die Landkarte der Vogelflug ist, auch meine Sprache ist der Abgrund der Sprache, die stumme Sprache des Erinnerns. Langsam wurde auch das Erinnern immer weniger, sein Zimmer war eine Berghöhle, der Raum der Welt war die Kapelle des hl. Franz Xaver. Dort wischte er jeden Tag den Staub vom Altar und von der liegenden fünf Fuß langen Statue des Missionars, er entfernte jeden Fleck, scheuerte den weißen Genueser Marmor, die Ornamente auf den Alben und Messgewändern, den schwarzen Marmor der Mauren, die mit ihren Schultern den Altartisch stützten, die Pilaster, den Seraph und den Cherub, auch die beiden Statuen, die Europa und Afrika vorstellten, mit einem Lappen wischte er den Boden auf. Eines kalten Wintermorgens erinnerte er sich an den jungen Novizen, der genauso mit einem Lappen mit geschwollenen und roten Händen mitten im kalten Winter den Boden in der Kapelle des Franz Xaver aufgewischt hatte, dass es ihn unter den Nägeln schmerzte, dass seine Hände blau und rot vor Kälte waren; an den jungen Novizen aus Zapotok, der kein Heiliger werden wollte, der sich aber an den kalten Morgen tief und aus vollem Herzen wünschte, wie Xaver reisen und kämpfen zu können; wenn du das alles hinter dir hast, hatte er damals gedacht, ist es nicht schwer, im gläsernen Altartisch zu liegen, im durchsichtigen Sarg, von einem malerischen und prächtigen Altar umgeben, damals hatte er gedacht, dass auch in einem bescheidenen Sarg zu liegen nicht schwer sein würde, wenn man vorher etwas geschaffen und erlebt hatte. An jenen fernen kalten Morgen war Simon Lovrenc beim Seitenaltar der Jakobskirche in Laibach oft sehr warm ums Herz gewesen, seine Gedanken wurden von fernen Welten, von Landschaften gewärmt, wo es niemals Schnee gab wie in den Auersperg'schen Wäldern, sondern eine glühende Sonne am Himmel, eine große Sonne, und nachts einen klaren Himmel. Der Heilige war damals groß gewesen, noch größer als jetzt, sein großer Körper war tot, aber seine Seele war fern in den asiatischen und afrikanischen Ländern, sie schaute vom Himmel auf sie herab, auf eine Welt, die Xaver gekannt hatte und in der er zu Hause gewesen war. Er dachte an den jungen Novizen, an den kleinen Jesuiten mit den Pickeln im Gesicht, der schon damals seine Gedanken zwang, nicht die Berge hinter der Stadt zu übersteigen, nicht in die Schluchten von Auersperg hinabzusteigen und dort dem Vater zu begegnen, der genau solche Hände hatte, bläulich vor Kälte, vom Entrinden und Schleppen der Baumstämme aus dem Winterwald; damals wusste er, was sich ihm nun, nach all den Reisen und Prüfungen, bestätigt hatte: Was dieser Mensch tat, der einmal sein Vater gewesen war, hatte keinen Sinn, was er selbst tat, war Herzens- und Willensbildung, die einem höheren Zweck dienen würde, dem sie noch diente, noch immer, wenn auch mit dem Lappen auf kaltem Boden. Eines Morgens überkam ihn der seltsame Wunsch, sich dort in den Altartisch neben den Heiligen zu legen, um zu sehen, ob es stimmte, was damals der Novize gedacht hatte: dass es ihm leicht fallen würde, so zu liegen. Nur die Größe der Xaver-Statue verwehrte ihm, es zu tun, dort drinnen war nicht genug Platz für beide. Aber auch so, dachte er, dient jeder auf seine Weise Gott und der Gesellschaft, er mit seinem Liegen, ich mit Besen und nassem Lappen. Ihrer beider Wille stand von allem Anfang an im Dienst der Gesellschaft, seiner zum Schluss mit einem Lappen auf kaltem Boden, *omnia ad maiorem Dei gloriam.*

Aus all den folgenden Jahren, die er im Laibacher Kolleg verbrachte, sind nur zwei Ereignisse erwähnenswert. Vom ersten ist eine kurze Notiz in derselben Chronik erhalten, die auch seine Ankunft vermerkt, im Mai des Jahres siebzehnhunderteinundsiebzig vermeldet der Chronist: „Heute Morgen hat Profes Dizma bemerkt, dass dem Körper Franz Xavers, der in der Mensa seines Altars liegt, der rechte Arm fehlt. Er wurde am Ellbogen abgeschnitten, und keine Spur deutet darauf hin, wer das getan haben und wo sich der Arm befinden könnte." Das ist alles, was der Chronist vermeldet, wenn er doch wenigstens noch einen Satz hinzugefügt hätte des Inhalts, dass dieser Vorfall das Kolleg erheblich beunruhigt habe, wenn er wenigstens angedeutet hätte, wie groß die entstandene Aufregung gewesen sei. Alle Professen, Koadjutoren und Brüder, selbst das dienende Personal im Kolleg, vom Laienbruder bis zu den Köchen, Schneidern, Fassbindern und Kutschern, war von dem Vorfall tief erschüttert. Sie versammelten sich in kleinen Gruppen und verlangten eine Untersuchung, die Tat war frevelhaft, es war klar, dass ein großes Unglück über das Haus kommen würde, jeder verdächtigte jeden, der Superior verbot jeglichen Ausgang, denn es sollte nichts von der Affäre nach außen dringen, bevor die Untersuchung beendet wäre. Es hätte leicht geschehen können, dass das Gerücht eines Wunders in Umlauf käme, schließlich hatte auch im Haus schon mancher das eine gedacht: nämlich, dass auch dem Körper des Heiligen, der in Goa ruhte, dort im fernen Asien, ein Arm ab dem Ellbogen fehlte. Auf Befehl von Claudius Aquaviva, dem Generaloberen der Gesellschaft, war Franz Xaver hundertfünfzig Jahre zuvor der Arm am Ellbogen abgetrennt und nach Rom überführt worden, der Heilige konnte nicht auf so große Entfernung verehrt werden, ohne dass man wenigstens etwas von ihm bei der Hand hatte; dort wurde ein großer Altar errichtet, in den die Reliquie versenkt wurde. Wenn nun aber der Arm auch von der Statue in Laibach verschwunden war, war das nicht ein Wunder in reinster Form? Wenn sich die Sache herumspräche, würde niemand mehr das fromme Volk davon abhalten zu können, von überall herbeizuströmen, um die Statue zu verehren, der ein Arm fehlte, wie auch der Heilige in Asien ohne Arm geblieben war, das Laibacher Kolleg hätte ein Wunder am Hals, den Verdacht eines Wunders, Kommissionen aus Rom und Wien, Besuche von Bischöfen und Kardinälen; es war nicht die Zeit, dass sich die Gesellschaft einen solchen Verdacht leisten konnte, für die Gesellschaft waren die Zeiten schlecht, an vielen europäischen Höfen verlangte man ihre Abschaffung. Also wurde jeglicher Ausgang verboten und die strengste Untersuchung eingeleitet. Die Sache nahm nicht viel Zeit und Mühe in Anspruch. Die Untersuchung begann beim Koadjutor Simon Lovrenc, dem die Sorge für den Altar oblag, und dort wurde sie auch beendet. Der Arm wurde, unter seinem Bett versteckt, gefunden, genauer: auf dem Fußboden unter der Decke, auf der er schlief. Natürlich wollte man herausfinden, warum er das getan hatte, warum er dem Franz Xaver den Arm am Ellbogen abgeschnitten, genauer: abgesägt hatte. Wegen der Glaubwürdigkeit, gab er zur Antwort. Tatsächlich mangelte es ihm schon an Konzentration. Dieses Mal wurde beschlossen, ihn augenblicklich zu entlassen, dieses Mal nicht auf seinen Wunsch, sondern auf Entscheidung des Superiors hin. Doch dann behielt ein schwerwiegenderer Gedanke die Oberhand: Sollte er herumgehen und erzählen, weshalb er entlassen worden war? Damit würde der schon verursachte Schade noch viel größer werden. Die Zeiten waren so, dass sich die Gesellschaft auch das nicht mehr leisten konnte. Der Ring um sie schloss sich immer enger, nicht nur in den überseeischen Ländern, nicht nur in Portugal und Frankreich, sondern auch hier in Österreich und in Krain wurde er immer enger, der Gesellschaft ging die Luft aus.

Das zweite Ereignis wird in der Chronik nirgends erwähnt, davon gibt es keine Notiz. Wie sollte es auch, wo es doch keinen Zeugen, kein gesprochenes Wort gab? Es war nur von dem Schlagen zweier Herzen gekennzeichnet, die sich einmal geliebt hatten, bestimmt ist das auch irgendwo notiert, wenigstens bei den Engeln, die jeden schnelleren Schlag eines Herzens hören, von dem die Wärme ausgeht, in der sie sich wohlfühlen. Es war mitten an einem sonnigen Sommervormittag, die Sonnenstrahlen fielen in schrägen Streifen auf Seraph und Cherub, auf Europa und Afrika, auch auf die liegende Statue des Franz Xaver mit dem wieder befestigten Arm. Simon Lovrenc wischte den Boden in der Kapelle, als die Tür zur Kirche aufging, er wich in die Dunkelheit zurück, wie er es gewohnt war; wenn Besucher kamen, huschte er wie ein Schatten, wie eine Spinne in eine dunkle Ecke, er wollte mit niemandem aus der äußeren Welt etwas zu tun haben. Durch die Mitte des Kirchenschiffs kam eine Frauengestalt, augenblicklich erkannte er ihren Gang, er kannte diesen Schritt von vielen Wegen, er kannte die Bewegung dieses Körpers, neben ihr ging ein Mädchen, die ganze Zeit über plätscherte ihr liebes und neugierig fragendes Stimmchen; als sie zur Kapelle kamen, verstummte das Mädchen. Es schien, als ob sie vor dem großen daliegenden Mann im Altar erschrocken wäre. Katharina bekreuzigte sich und bewegte rasch die Lippen, das Mädchen zeigte mit dem Finger auf Cherub: Ist das ein Engel? Ja, sagte Katharina leise, das ist ein großer Engel. Ist das der, der ein Schutzengel ist? Simon hatte gewusst, dass sie eines Tages kommen würde, er hatte ihr von dieser Kapelle erzählt, vor der ein junger Novize, ein Untertan von Auersperg, an kalten Wintermorgen mit seinen Gedanken an die warme chinesische Küste gestanden hatte, die Xaver niemals betreten hatte, aber er würde es einmal tun, hatte er damals gedacht, sicherlich. Sie war schön, zumindest schien es ihm so, obwohl in Wirklichkeit ihr Gesicht hart und müde war, auch ein bisschen ältlich. Obwohl ihr dunkelbraunes, langes, gesundes, glänzendes Haar nicht zu sehen war, es war unter einem Tuch versteckt, erahnte er es, ahnte er seine Schönheit, ach, viele Jahre waren vergangen, wie viele? Zehn? Oder mehr? Und als er aus der Dunkelheit ihr von der Sonnengarbe beleuchtetes Gesicht sah, war sie schön, ach, wie die hl. Agnes, so geschieht es, wenn den Menschen die Ahnung einer einstigen Liebe umstrahlt. Er wusste, dass sie seinetwegen gekommen war, einmal musste sie kommen, sie musste mit ihm noch einmal durch die ferne Traumlandschaft unter den Wasserfällen schreiten, durch die Landschaft, von der er ihr erzählt hatte, als sie unter dem gestirnten Himmel lagen, auch durch die wirkliche Landschaft, durch die sie wirklich gereist waren, zu Fuß und auf dem Maultier, das nach dem Hochwasser bei ihnen geblieben war, eines fernen Frühlings zwischen Nieswurz und Schlüsselblumen, er wusste, dass auch sie sich gerade jetzt genau daran erinnerte, woran sollte sie sich sonst erinnern? Das Mädchen mit den klaren Augen erinnerte ihn an die kleine Teresa, obwohl er sich nicht an sie erinnern wollte, weil in ihm kein Raum für Erinnerungen mehr war, wenn er nur konzentrierter gewesen wäre, als er sein konnte, hätte er auf dem Gesicht des Mädchens, das seine Arme zu der schwarzen Figur Afrikas ausstreckte, die irgendwie vertrauten Züge des jungen Novizen sehen können, des Sohnes des Auersperg'schen Untertanen aus Zapotok, dessen, an den er sich nicht mehr erinnern konnte, weil ihm befohlen worden war, ihn zu vergessen, weil er es auch selber so gewollt hatte: alles vergessen. Nur das Herz, das dort in der Dunkelheit schlug, wollte ihm deutlich machen, dass diese Frau ihm nahe war, dass sie ihm näher war als alles auf der Welt, näher als Xaver und die Gesellschaft, näher, als er sich selbst jemals sein konnte.

Ein paar Jahre nach diesem Ereignis, das die Chronik des Jesuitenkollegs nicht notiert und das Simon Lovrenc, dem ewigen Novizen, den Schlaf raubte, wie ihn einst die Szene mit der Frau und ihren feuchten Augen bei St. Peter lange Zeit nicht hatte schlafen lassen, einige Jahre danach, im Herbst des Jahres siebzehnhundertdreiundsiebzig, brach für die Jesuiten in Krain und in der ganzen Welt die Welt zusammen. Am neunundzwanzigsten September um neun Uhr morgens kamen drei Kommissare, ein Schreiber und ein Buchhalter ins Laibacher Kolleg, mit ihnen kam auch der neue Verwalter der Kirche zum hl. Jakob, der Weltgeistliche Rode. Dem Rektor wurde mitgeteilt, er solle die Mitglieder des Jesuitenordens zusammenrufen. Der Kommissar, der Generalvikar Karl Edler von Peer, gab ihnen in einer kurzen Ansprache bekannt, dass Papst Clemens XIV. aus wichtigen Gründen die Gesellschaft Jesu vollständig auflöse. Darauf verlas Notar Maronig die Bulle *Dominus ac Redemptor,* mit der Papst Clemens XIV. mitteilte, dass er nach reiflicher Überlegung, mit fester Erkenntnis und aus der Fülle seiner apostolischen Macht die genannte Gesellschaft auflöse, sie ersticke, auslösche und abschaffe.

Simon Lovrenc ging in sein Zimmer, legte sich auf den Boden und versuchte zu schlafen, in der Nacht hatte er wenig geschlafen, er hoffte, jetzt einschlafen zu können, vor dem Mittagessen, wenn es überhaupt noch ein Mittagessen geben würde, heute müsste als Vorspeise Gerstenbrei auf dem Speiseplan stehen, danach Kalbsgulasch, ein Leberknödel, ein Glas Wein und Brot. Er horchte auf die erregten Stimmen auf dem Gang und im Hof, die Stimmen der gelehrten Professen, Mathematiker und Philosophen, Prediger und Grammatiker, Katecheten und Präfekten, er horchte auf die Köche und Hausmeister, Schneider, Kutscher, Knechte, Pferdeknechte und Wundärzte, ein Babylon aus Stimmen, Wörtern, Fragen, abgerissenen Sätzen von allen, denen eine Welt zusammengebrochen war, nur was sollte ihm noch zusammenbrechen, erstickt, ausgelöscht und abgeschafft werden? Schließlich hatte er solche Szenen irgendwann, irgendwo weit weg schon einmal gesehen und gehört. Er konnte trotzdem nicht einschlafen, wie sollte der Mensch denn inmitten solchen Durcheinanders schlafen? Zu Mittag ging er nachsehen, was mit dem Mittagessen war, natürlich gab es nichts, wer sollte an Mittagessen denken, wenn die Welt zusammenbrach, sollte der Koch an Lederknödel denken, wenn er morgen vielleicht schon von Reissuppe für die Armen lebte? Im Durcheinander der Küche nahm er etwas Brot und ging zurück in sein Zimmer. Er dachte daran, wie gut es jener Eremit in den Salzburger Bergen hatte, den die Ziegen besuchen kamen, wenn er mit dem Glöckchen bimmelte. Der brauchte nicht zu denken, was aus Mathematik und Grammatik, aus Indien und Asien, aus Politik und Homiletik, aus Bulle und Brevier, aus seiner Pension oder aus Russland wurde, wohin sich mehrere aus diesem Haus aufgemacht hatten, die Landkarte war für ihn der Vogelflug. Er hörte lautes Beten und Singen aus der Kirche, alle waren doch nicht von Hoffnungslosigkeit gepackt worden. Das Singen schläferte ihn allmählich ein, als er daran dachte, wo sie sangen, erinnerte er sich für einen Augenblick jenes Mädchens, das vor gut einem Monat mit dem Finger auf den Cherub gezeigt hatte. Dann schlief er ein. Mitten in der Nacht hörte er im Halbschlaf ein Tacka-tacka-tack, o mein Gott, dachte er, Xaver geht um, nein, sagte er zu sich, der ist ohne Arm, das Bein ist bei Ignatius kürzer, er geht nach den Kranken sehen. Am Morgen packte er ein paar Kleider in einen Bettelsack, auch das Brot, eine Flasche Wein, die Soutane faltete er zusammen und legte sie vor die Tür, er dachte kurz daran, noch einmal in die Kapelle des Franz Xaver zu gehen, aber es waren eine so frühe Stunde und ein so frischer Septembermorgen, dass er sich auf einmal auf der Straße wiederfand, kurz darauf war er schon am Laibacher Moor, wo liegt eigentlich Dobrava?, dachte er, ich war noch nie dort, er ging über einen schmalen Steg zwischen den Wassern im Moor, auf diesem Weg war er einst nach Laibach gekommen. Nach gut zwei Stunden war er in Visoko, er blieb beim Kirchlein des hl. Nikola stehen und betrachtete das Wandbild, jenes, von dem ihm Katharina erzählt hatte, das mit der nackten Frau, deren Beine von einer roten Zunge umschlungen wurden. Dann stieg er über einen steilen Hang hinunter in eine dunkle und feuchte Schlucht, irgendwo auf ein Dorf zu, das er schon längst vergessen hatte, gegen Zapotok und noch weiter, noch weiter hinunter, gegen Rob.